Günter Grass

Der Butt

Günter Grass: Werkausgabe
herausgegeben von Volker Neuhaus und Daniela Hermes

Band 8
herausgegeben von Claudia Mayer-Iswandy

Günter Grass
Der Butt

Roman

Steidl

1. Auflage 1997

Erstausgabe: August 1977

Buchgestaltung: Günter Grass, Gerhard Steidl
Gesamtherstellung: Steidl, Göttingen
Printed in Germany
ISBN 3-88243-489-9

Für Helene Grass

IM ERSTEN MONAT

Ilsebill salzte nach. Bevor gezeugt wurde, gab es Hammelschulter zu Bohnen und Birnen, weil Anfang Oktober. Beim Essen noch, mit vollem Mund sagte sie: »Wolln wir nun gleich ins Bett, oder willst du mir vorher erzählen, wie unsre Geschichte wann wo begann?«

Ich, das bin ich jederzeit. Und auch Ilsebill war von Anfang an da. Gegen Ende der Jungsteinzeit erinnere ich unseren ersten Streit: rund zweitausend Jahre vor der Fleischwerdung des Herrn, als das Rohe und Gekochte in Mythen geschieden wurde. Und wie wir uns heute, bevor es Hammel zu Bohnen und Birnen gab, über ihre und meine Kinder mit immer kürzeren Wörtern stritten, so zankten wir uns im Sumpfland der Weichselmündung nach neolithischer Wortwahl über meinen Anspruch auf mindestens drei ihrer neun Gören. Doch ich verlor. So fleißig meine Zunge turnte und Urlaute in Reihe brachte, es gelang mir nicht, das schöne Wort Vater zu bilden; nur Mutter war möglich. Damals hieß Ilsebill Aua. Auch ich hieß anders. Doch Ilsebill will nicht Aua gewesen sein.

Ich hatte die Hammelschulter mit halben Knoblauchzehen gespickt und die in Butter gedünsteten Birnen zwischen grüne gesottene Brechbohnen gebettet. Auch wenn Ilsebill mit noch vollem Mund sagte, das könne prompt anschlagen oder klappen, weil sie, wie der Arzt ihr geraten habe, die Pillen ins Klo geschmissen hätte, hörte ich dennoch, daß das Bett zuerst recht haben sollte und die neolithische Köchin danach.

Also legten wir uns, wie wir uns jederzeit umarmt umbeint haben. Mal ich, mal sie oben. Gleichberechtigt, auch wenn Ilsebill meint, das Vorrecht der Männer, einzudringen, werde kaum ausgeglichen durch das weibliche Kümmerrecht, Einlaß zu verweigern. Doch weil wir in Liebe zeugten, waren unsere Gefühle so allumfassend, daß ihnen im erweiterten Raum, außer der Zeit und ihrem Ticktack, also aller irdischen Bettschwere enthoben, eine ätherische Nebenzeugung gelang; wie zum Ausgleich drängte ihr Gefühl stößig in mein Gefühl: Doppelt waren wir tüchtig.

Es hat wohl, vor Hammel mit Birnen und Bohnen, Ilsebills Fischsuppe, aus dem Sud bis zum Zerfall gekochter Dorschköpfe gewonnen, jene fördernde Kraft gehabt, mit der die Köchinnen in mir, wann immer sie zeitweilten, zum Wochenbett einluden; denn es klappte, schlug an, aus Zufall, mit Absicht und ohne weitere Zutat. Kaum war ich – wie ausgestoßen – wieder draußen, sagte Ilsebill ohne grundsätzlichen Zweifel: »Na, diesmal wird es ein Junge.«

Das Bohnenkraut nicht vergessen. Mit Salzkartoffeln oder historisch mit Hirse. Wie immer bei Hammelfleisch ist es ratsam, von angewärmten Tellern zu essen. Trotzdem war unser Kuß, wenn ich das noch verraten darf, talgbelegt. In der Fischsuppe, die Ilsebill mit Kapern und Dill grün gemacht hatte, schwammen Dorschaugen weiß und bedeuteten Glück.

Nachdem es geklappt haben mochte, rauchten wir im Bett unter einer Decke jeder seine Vorstellung von Zigarette. (Ich lief, die Zeit treppab, davon.) Ilsebill sagte: »Übrigens brauchen wir endlich eine Geschirrspülmaschine.«

Bevor sie über umgekehrte Rollenverteilung weitere Spekulationen anstellen konnte – »Ich möchte dich mal schwanger erleben!« –, erzählte ich ihr von Aua und ihren drei Brüsten.

Glaub mir, Ilsebill: Sie hatte drei. Die Natur schafft das. Ehrlich: drei Stück. Doch hatte nicht sie allein. Alle hatten so viel. Und wenn ich mich genau erinnere, hießen steinzeitlich alle so: Aua Aua Aua. Und wir hießen allemann Edek. Zum Verwechseln. Und auch die Auas waren sich gleich.

Eins zwei drei. Weiter konnten wir anfangs nicht zählen. Nein, nicht tiefer, nicht höher: dazwischengebettet. Und zwar waren sie alle drei gleich groß und hügelten landschaftlich. Mit drei beginnt die Mehrzahl. Die Vielfalt, die Reihe, Kette, der Mythos beginnt. Trotzdem mußt du jetzt nicht Komplexe kriegen. Wir hatten später welche. In unserer Nachbarschaft, östlich des Flusses, soll Potrimp, der neben Pikoll und Perkun Pruzzengott wurde, drei Hoden gehabt haben. Ja, du hast recht: Drei Brüste sind mehr oder sehen nach mehr, immer mehr aus, bedeuten Überfluß, künden Verschwendung an, versichern auf ewig Sättigung, sind aber, genau besehen, abnorm – doch immerhin denkbar.

Klar. Mußt du sagen: Männliche Wunschprojektion! Mag ja sein, daß das anatomisch nicht möglich ist. Damals aber, als die Mythen noch Schatten warfen, hatte Aua drei Stück. Und es stimmt schon, oft fehlt heute die dritte. Ich meine, es fehlt irgendwas. Na, das Dritte. Sei doch nicht gleich so gereizt. Jadoch ja. Ich werde bestimmt keinen Kult daraus machen. Natürlich sind zwei genug. Du kannst schon glauben, Ilsebill, daß mir das reicht im Prinzip. Bin doch kein Narr und lauf einer Zahl nach. Jetzt, wo es ohne Pille und dank deiner Fischsuppe sicher geklappt hat, wo du schwanger bist und deine zwei bald mehr als Auas drei wiegen werden, bin ich zufrieden und wie ohne Wunsch.

Die dritte war immer die übrige. Im Grunde nur eine Laune der launischen Natur. Unnütz wie der Blinddarm. Überhaupt frage ich mich, was diese Brustbezogenheit eigentlich soll? Diese typisch männliche Tittomanie? Dieser Schrei nach der Ur-Super-Nährmutter? Schön, Aua war Göttin später und ließ sich ihre drei Zitzen in handgroßen Lehmidolen bestätigen. Aber andere Göttinnen – zum Beispiel die indische Kali – hatten vier und mehr Arme. Das machte noch praktischen Sinn. Die griechischen Muttergöttinnen – Demeter, Hera – waren hingegen normal bestückt und hielten trotzdem während Jahrtausenden ihren Laden zusammen. Allerdings habe ich Götter abgebildet gesehen, die hatten ein drittes Auge, und zwar auf der Stirn. Möchte ich nicht geschenkt haben.

Wie überhaupt die Zahl drei mehr verspricht, als sie hält. Mit ihren drei Dingern hat Aua so übertrieben, wie die Amazonen mit einer einzigen Brust untertrieben haben. Weshalb heute die Feministinnen immer ins andere Extrem fallen. Nun krieg doch nicht gleich schlechte Laune. Bin ja für die Manzis. Und glaub mir, Ilsebill, zwei reichen wirklich. Bestätigt dir jeder Arzt. Und unser Kindchen wird, wenn es kein Junge ist, bestimmt mit zwei genug haben. Was heißt hier: Aha! Sind nun mal so verrückt, die Männer, und gibbern nach immer mehr Brust. Dabei haben alle Köchinnen, mit denen ich zeitweilte, wie du nur links rechts was gehabt: Mestwina zwei, Agnes zwei, Amanda Woyke zwei, Sophie Rotzoll hatte zwei rührende Mokkatäßchen voll. Und die kochende Äbtissin Margarete Rusch hat mit ihren zwei allerdings enormen Titten den reichen Patrizier Eberhard Ferber im Bett erstickt. Also bleiben wir auf dem Teppich. Das Ganze ist mehr ein Traum. Nicht Wunschtraum! Fang doch nicht immer gleich Streit an. Wird doch wohl noch erlaubt sein, ein bißchen zu träumen. Oder?

Einfach lächerlich, diese Eifersucht auf alles und nichts. Wo kämen wir hin, wie müßten wir verarmen ohne Entwürfe und Utopie! Dann dürfte ich nicht mehr mit Blei auf weißem Papier dreimal die Linie ausschwingen lassen. Dann müßte die Kunst nur immer Ja und Jawoll sagen. Ich bitte dich, Ilsebill, sei mal ein wenig vernünftig. Nenne das Ganze eine Idee, aus deren Widerspruch der weiblichen Brust die fehlende Dimension, so etwas wie eine Überbrust erwachsen soll. Du mußt das dialektisch begreifen. Denk mal an die römische Wölfin. An Ausdrücke wie: Busen der Natur. Und was die Zahl betrifft, an den dreieinigen Gott.

Oder an die drei Wünsche im Märchen. Wieso ertappt? Ich wünsche mir doch? Meinst du? So. Meinst du?

Also gut. Zugegeben: Wenn ich ins Leere greife, meine ich immer die dritte Brust. Geht mir bestimmt nicht alleine so. Muß doch Gründe dafür geben, daß wir Männer so brustversessen und wie zu früh abgestillt sind. Es muß an euch liegen. Es könnte an euch liegen. Weil ihr das wichtig, zu wichtig nehmt, ob sie hängen, immer ein bißchen mehr hängen. Laß sie doch hängen, verdammt noch mal! Nein. Deine nicht. Aber sie werden, bestimmt, mit der Zeit. Amandas hingen. Lenas Brüste hingen schon früh. Und doch habe ich sie geliebt und geliebt und geliebt. Es muß ja nicht immer das bißchen mehr oder weniger Brust sein. Zum Beispiel könnte ich deinen Arsch samt Grübchen genauso schön finden. Und zwar auf keinen Fall dreigeteilt. Oder was anderes Rundes. Jetzt, wo dein Bauch sich bald kugeln wird und Begriff ist für alles, was Platz hat. Vielleicht haben wir nur vergessen, daß es noch mehr gibt. Was Drittes. Auch sonst, auch politisch, als Möglichkeit.

Aua, jedenfalls, hatte drei. Meine dreibrüstige Aua. Und auch du hattest eine mehr, damals im Neolithikum. Denk mal zurück, Ilsebill: wie es anfing mit uns.

Auch wenn die Vermutung handlich ist, sie alle, die Köchinnen in mir (neun oder elf), seien nichts als ein draller Komplex und üblicher Fall extremer Mutterbindung, reif für die Couch und kaum geeignet, in Küchengeschichten Zeit aufzuheben, muß ich dennoch auf dem Recht meiner Untermieterinnen bestehen: Sie wollen raus alle neun oder elf und von Anfang an namentlich da sein: weil sie zu lange nur alteingesessene Insassen oder Komplex sein durften und ohne Namen geschichtslos geblieben sind; weil sie zu oft nur stumm duldend und selten beredt – ich sage: dennoch beherrschend – Ilsebill meint: ausgebeutet und unterdrückt

– für Pfeffersäcke und Deutschherren, für Äbte und Inspektoren, nur immer für Männer in Rüstung und Kutte, in Pluderhosen, gamaschengewickelt, für Männer gestiefelt oder mit schnalzenden Hosenträgern gekocht und was sonst noch getan haben; und weil sie sich rächen wollen, an jedermann rächen wollen: endlich außer mir – oder wie Ilsebill sagt: emanzipiert.

Sollen sie doch! Sollen sie doch uns alle und auch den Koch in ihnen – das werde wohl ich sein – zu Männchen machen. Aus mittlerweile verbrauchten Pappis könnten sie einen Mann entwerfen, der, unbeleckt von Vorrecht und Macht, klebrig neu wäre; denn ohne ihn geht es nicht.

»Geht es leider noch nicht!« sagte Ilsebill, als wir ihre Fischsuppe löffelten. Und nach der Hammelschulter zu Bohnen und Birnen gab sie mir neun Monate Zeit, meine Köchinnen auszutragen. Gleichberechtigt sind uns Fristen gesetzt. Was immer ich vorgekocht habe; die Köchin in mir salzt nach.

Worüber ich schreibe

Über das Essen, den Nachgeschmack.
Nachträglich über Gäste, die ungeladen
oder ein knappes Jahrhundert zu spät kamen.
Über den Wunsch der Makrele nach gepreßter Zitrone.
Vor allen Fischen schreibe ich über den Butt.

Ich schreibe über den Überfluß.
Über das Fasten und warum es die Prasser erfunden
haben.
Über den Nährwert der Rinden vom Tisch der Reichen.
Über das Fett und den Kot und das Salz und den Mangel.
Wie der Geist gallebitter

und der Bauch geisteskrank wurden,
werde ich – mitten im Hirseberg –
lehrreich beschreiben.

Ich schreibe über die Brust.
Über Ilsebill schwanger (die Sauregurkengier)
werde ich schreiben, solange das dauert.
Über den letzten Bissen geteilt,
die Stunde mit einem Freund
bei Brot, Käse, Nüssen und Wein.
(Wir sprachen gaumig über Gott und die Welt
und über das Fressen, das auch nur Angst ist.)

Ich schreibe über den Hunger, wie er beschrieben
und schriftlich verbreitet wurde.
Über Gewürze (als Vasco da Gama und ich
den Pfeffer billiger machten)
will ich unterwegs nach Kalkutta schreiben.

Fleisch: roh und gekocht,
lappt, fasert, schrumpft und zergeht.
Den täglichen Brei,
was sonst noch vorgekaut wurde: datierte Geschichte,
das Schlachten bei Tannenberg Wittstock Kolin,
was übrigbleibt, schreibe ich auf:
Knochen, Schlauben, Gekröse und Wurst.

Über den Ekel vor vollem Teller,
über den guten Geschmack,
über die Milch (wie sie glumsig wird),
über die Rübe, den Kohl, den Sieg der Kartoffel
schreibe ich morgen
oder nachdem die Reste von gestern
versteinert von heute sind.

Worüber ich schreibe: über das Ei.
Kummer und Speck, verzehrende Liebe, Nagel und Strick,
Streit um das Haar und das Wort in der Suppe zuviel.
Tiefkühltruhen, wie ihnen geschah,
als Strom nicht mehr kam.
Über uns alle am leergegessenen Tisch
werde ich schreiben;
auch über dich und mich und die Gräte im Hals.

Neun und mehr Köchinnen

Die erste Köchin in mir – denn nur von Köchinnen kann ich erzählen, die in mir hocken und raus wollen – hieß Aua und hatte drei Brüste. Das war in der Steinzeit. Wir Männer hatten nicht viel zu sagen, weil Aua für uns das Feuer, drei Stückchen glühende Holzkohle dem himmlischen Wolf geklaut und irgendwo, womöglich unter der Zunge versteckt hatte. Danach hat Aua wie nebenbei den Bratspieß erfunden und uns gelehrt, das Rohe vom Gargekochten zu unterscheiden. Auas Herrschaft war milde: Die Steinzeitfrauen legten sich, nachdem sie ihre Säuglinge gestillt hatten, ihre Steinzeitmänner an die Brust, bis sie nicht mehr rumzappelten und fixe Ideen ausschwitzten, sondern still dösig wurden: brauchbar für allerlei.

So wurden wir allemann satt. Nie wieder, als später Zukunft anbrach, sind wir so satt geworden. Es lagen ja immer Säuglinge an. Immerzu floß uns Überschuß zu. Nie hieß es: Genug ist genug, oder mehr ist zu viel. Kein vernünftiger Nuckel wurde ersatzweise angeboten. Immer war Stillzeit.

Weil Aua allen Müttern als Nahrung einen Brei aus gestampften Eicheln, Störrogen und den besonderen Drüsen der Elchkuh vorschrieb, schoß den Steinzeitweibern auch dann die Milch ein, wenn keine Säuglinge anlagen. Das machte friedlich und teilte die Zeit. So pünktlich genährt, blieben wir zahnlos noch stößig, was einen ziemlichen Männerüberschuß zur Folge hatte; die Frauen waren sterblicher, weil schneller verbraucht. Für uns blieb wenig zu tun zwischen den Stillzeiten: Jagd, Fischfang, Faustkeilproduktion; und wenn wir dran waren nach strenger Regel, durften wir die durch Fürsorge herrschenden Frauen belegen.

Übrigens sagten zur Steinzeit schon die Mütter zu ihren Babies: »Eiei« – und die Männer, dazugerufen, sagten: »Nana«. Väter gab es keine. Nur Mutterrecht galt.

Das war eine angenehm geschichtslose Zeit. Schade, daß jemand, natürlich ein Mann, plötzlich beschloß, Metall aus Gestein zu schmelzen und in Sandformen zu gießen. Dafür hatte Aua das Feuer weiß Gott nicht gestohlen. Doch so sehr sie auch drohte, uns die Brust zu verweigern, die Bronzezeit und was an harter Männersache danach kam, ließ sich nicht aufhalten, doch immerhin ein wenig vertagen.

Die zweite Köchin in mir, die raus will namentlich, hieß Wigga und hatte schon keine drei Brüste mehr. Das war zur Eisenzeit, aber Wigga, die uns verbot, die fischreichen Sümpfe zu verlassen und mit den durchziehenden Germanenhorden Geschichte zu betreiben, hielt uns noch immer in Unreife. Nur die Schnurkeramik durften wir den Germanen abgucken. Und eiserne Tiegel, die sie in ihrer Hast zurückließen, mußten wir sammeln, weil Wigga herrschte, indem sie kochte und Töpfe feuerfest brauchte.

Für alle Männer, die alle Fischer waren – denn die Elche und Wasserbüffel waren knapp geworden –, kochte sie Dorsch, Stör, Zander und Lachs, legte sie Plötze, Neunaugen, fingerlang Ukeleis und die kleinen schmackhaften Ostseeheringe auf jenen Eisenrost, den aus germanischem

Schrott zu schmieden wir gelehrig genug waren. Indem sie glubschäugige Dorschköpfe bis zum Zerfall auskochte und so einen sämigen Sud gewann, hat Wigga die Fischsuppe erfunden, an die sie, weil uns Hirse noch nicht bekannt war, den gestoßenen Samen der Sumpfgräser rührte. Womöglich in Erinnerung an Aua, die uns überliefert zur dreibrüstigen Göttin geworden war, hat Wigga, der immer Säuglinge anlagen, ihre Fischsuppen aus eigener Brust gemilcht.

Wir ungestillten Männer waren ziemlich zappelig und wie von germanischer Unrast infiziert. Fernweh kam auf. Wir kletterten auf hochstehende Bäume, standen auf Dünenkämmen, verkniffen die Augen zu Sehschlitzen und suchten den Horizont ab, ob nicht was kommen, was Neues kommen wolle. Deshalb – und weil ich mich weigerte, wie auf ewig Wiggas Köhler und Torfstecher zu sein – bin ich mit den germanischen Goitschen, wie wir die Goten nannten, auf und davon. Kam aber nicht weit. Wurde fußkrank. Oder machte, weil mir Wiggas gemilchte Fischsuppe fehlte, gerade noch rechtzeitig kehrt.

Wigga hat mir verziehen. Sie wußte, daß sich Geschichte zwischen Hunger und Hunger vergißt. »Die Germanen«, sagte sie, »wollten nicht auf ihre Frauen hören, deshalb werden sie überall immerzu untergehen.«

Für Wigga habe ich übrigens einen Kamm aus Fischbein gefeilt, weil mir ein sprechender Butt so klug zu raten wußte. Ich hatte den Plattfisch noch zu Auas Zeiten aus dem Flachwasser gefischt und wieder schwimmen lassen. Der sprechende Butt ist eine Geschichte für sich. Seitdem er mich berät, hat die Männersache Fortschritte gemacht.

Die dritte Köchin in mir hieß Mestwina und herrschte immer noch dort, wo uns Aua und Wigga mit ihrer Fürundfürsorge kindlich gehalten hatten, zwischen den Sümpfen der Weichselmündung, zu Füßen der Buchenwälder des Baltischen Höhenrückens, hinter Strand- und Wanderdünen. Po Morze – vorm Meer gelegenes Land –, weshalb Mestwinas Fischervolk, das schon Wurzeln pflanzte, bei den benachbarten Pruzzen die »Pomorschen« hieß.

Sie bewohnten ein Hakelwerk, so genannt, weil die Umzäunung der Siedlung, aus Weiden geflochten, vor pruzzischen Einfällen Schutz bot. Mestwina war, weil Köchin, auch Priesterin. Sie hat den Auakult zur Hochform gebracht. Und als wir getauft werden sollten, hat sie das Heidnische mit dem Christlichen so lange verkocht, bis es katholisch wurde.

Für Mestwina bin ich Schäfer, der ihr Hammeldünnung lieferte, und Bischof, dem sie tischte, zugleich gewesen. Jene Bernsteinkette, die ihr beim Kochen überm Fischsud aufging, habe ich in Stücken vom Strand gesammelt, mit glühendem Draht gelöchert, unter geeigneten Sprüchen gefädelt; und jene Suppe, aus Dorschköpfen gewonnen, in der, weil die Kette riß, an die sieben Bernsteinstückchen verkochten, habe ich als Bischof Adalbert gelöffelt, worauf ich stößig wie ein Bock aus Aschmateis Stall wurde.

Später hat man den Bischof Adalbert von Prag, der ich in meiner Zeitweil gewesen bin, heiliggesprochen. Doch hier ist von Mestwina zu reden, die, weil sie mich kurzerhand erschlug, nur den Männern übliches Handwerk betrieben hat. Und der Butt schimpfte mit mir, als ich ihm den Fall vom April des Jahres 997 berichtet hatte: »Das ist Amtsanmaßung! Schließlich habt ihr euch halbwegs zu Kriegern gemausert. Diesen Totschlag zu verüben wäre Männersache gewesen. Eindeutig. Ihr dürft euch die absoluten Lösungen nicht aus der Hand nehmen lassen. Keine Rückfälle in die Steinzeit, bitte. Die Frauen sollten sich mehr innerlich um die Religion kümmern. Die Küche ist Herrschaft genug.«

Die vierte Köchin in mir ist zum Fürchten, so daß sie loszuwerden Vergnügen bereitet. Nicht mehr pomorsche Fischersfrau, sanft im Hakelwerk herrschend, sondern, seitdem die Stadt gegründet war, Frau eines Handwerkers: Dorothea von Montau genannt, weil im Weichseldorf Montau geboren.

Ich will sie nicht schlechtmachen, obgleich der Ratschlag des sprechenden Butt, nach so viel geschichtsloser Weiberfürsorge, fortan die Männersache mit maskulinem Überdruck zu betreiben und den Frauen zwar nicht die Kirche, aber die Religion als Zweitrecht der Küchenherrschaft zu überlassen, meiner Dorothea hochgotisch anschlug. Wenn ich sage, daß sie, obgleich vom Volk wie heilig verehrt, eher hexisch und des Satans Bettstück gewesen ist, heißt das wenig für eine Zeit, die sich, während die Pest im Vorbeigehen raffte, Hexen und Heilige in Personalunion hielt.

So typisch Dorothea für das vierzehnte Jahrhundert gewesen sein mag, der Küche jener bis zum Erbrechen nach Fettlebe verrückten Zeitläufte hat sie nur einseitig beigetragen, denn Dorothea herrschte, indem sie die Fastenküche aufs ganze Jahr bezog; Martin und Johannis, Lichtmeß und die hohen Feiertage nicht ausgelassen. In ihren Töpfen wurde keine Graupe geschmälzt. Immer in Wasser und nie in Milch ließ sie die Hirse quellen. Kochte sie Linsen und graue Erbsen, durfte kein Knöchlein sein bißchen Mark spenden. Nur Fisch ließ sie zu, den sie mit Rüben, Lauch, Ampfer und Lattich garte. Von ihren Gewürzen wird noch erzählt werden. Wie sie Gesichte hatte und das Herz Jesu in Brotteig backen ließ. Welche Buße ihr süß war und wie sie die Erbsen durch büßendes Knien erweichte. Wonach sie hungerte und was ihre Schönheit gesteigert hat. Wozu mir der Butt riet, doch mir war nicht zu raten: Ruiniert hat sie mich, die Hex.

Margarete Rusch, auch die dicke Gret genannt, hockt als fünfte Köchin in mir. Wie sie hat keine gelacht: so total. Während sie eine schlachtwarme, noch tropfende Gans zwischen den runden Knien rupfte, bis sie in einer Federwolke saß, ließ sie in ihrem Gelächter den Papst und den Luther ersaufen. Das Römische Reich und die teutsche Nation, Polens Krone und die zerstrittenen Zünfte, die hansischen Herren und den Abt zu Oliva, Bauerntölpel und lausige Ritter, was da gepludert, bewamst, gekuttet oder verblecht die wahre Lehre im Fähnlein führte, hat sie verlacht; sie hat ihr Jahrhundert verlacht.

Während sie aus dem Bauch heraus lachte und die elf Gänse Stück für Stück rupfte, habe ich, ihr Küchenjunge und Löffelziel, pustend den Flaum in Schwebe gehalten; das konnte ich immer schon: Federn blasen und schwebende Federn in Schwebe halten.

Die rupfende Köchin war als Äbtissin der Birgittinen eine jener freischweifenden Nonnen, die sich nahm, was in ihre Schlafkiste paßte. Mich, das Franziskanermönchlein, hatte sie sich während der Vesperandacht aus Sankt Trinitatis geholt. Die dicke Gret war eine so geräumige Frau, daß viele Herren in ihr verlorengingen. Patriziersöhnchen waren ihr Vorgericht: butterköpfiger Spargel. Den Abt zu Oliva hat sie zu Tode gemästet. Dem Prediger Hegge soll sie das linke Hodenei abgebissen haben. Dann liefen wir dem Patrizier Ferber zu, der katholisch bleiben und nicht auf Margrets gepfefferte Hammelzungen zu dicken Bohnen verzichten wollte. Dann waren wir wieder in evangelischem Dienst und kochten auf Festtagen reihum für die Zünfte. Als König Bathory die Stadt belagerte, wollten wir sicherer vor den Mauern sein und polnisch abkochen. Bei ihr habe ich warm gelegen. Bei ihr fand ich Ruhe. Sie hielt mich unter Verschluß. Sie war das deckende Fett.

Die dicke Gret, das hat mir der Butt gesagt, war eine Frau nach seinem breitmäuligen Geschmack: Sie ließ die Männer ihren todernsten Weizen-Pfahlgeld-Zunft-Glaubenshandel betreiben und lachte sich, während sie einander auf immer kompliziertere Weise abstachen, verpulverten oder als Silbenstecher die Schrift auslegten, schier gesund bei so viel mörderischer Kurzweil. »Wenn sie gewollt hätte«, sagte der Butt, »hätte sie jederzeit wieder Auas Herrschaft antreten können.«

Die sechste Köchin in mir – sie drängeln und sind namentlich neun und mehr – hat auch, doch nicht lachend, Gänse gerupft. Die Hafermastgans, als die Schweden, Feuer im Rücken, abzogen. Als dann die Schweden (pünktlich auf Martin) zurückkamen, blieb von den restlichen Gänsen nur die Schüssel gerührtes Blut, um das gekochte Kleinzeug – Hals, Herz, Magen, die Flügel – mit Wurzelwerk und Birnenschnitzeln schwarzsauer zu binden.

Gleich hinterm Stall, unterm Apfelbaum, an dem später die Köpfe mit Schnäbeln himmelwärts baumelten, hat Agnes die Gänse gerupft und Liedchen dabei gesungen: verwehte Wörter zum Müdmachen, die die Schwedennot reimten und mit dem Gänseflaum einen Novembertag lang in der Schwebe blieben. O Jammertal!

Das war, als Agnes noch kindlich-kaschubisch war. Wie sie dann städtisch wurde und für den Stadtmaler Möller kochte, waren die Schweden mit ihrem Gustav Adolf schon anderswo. Dafür kam, vier Jahre nach Lützen, angesäuert vom langatmigen Krieg, der Poet und Diplomat Martin Opitz nach Danzig gereist.

»Agnes«, sagte der sprechende Butt – wobei ich nicht sicher bin, ob ich den neunmalklugen Fisch als Maler Möller oder als Dichter Opitz befragt habe –, »eure Agnes«, sagte er, »gehört zu jenen Frauen, die nur umfassend lieben können: Für wen sie kocht, den liebt sie; und da sie euch beiden, dem einen die geschwollene Leber, dem anderen die verbitterte Galle jeweils schonend bekocht, müßt ihr mit ihrer, wie ihr meint, geteilten, wie ich sage, doppelten Liebe zu Tisch sitzen und das Bett knarren hören.«

Dem Maler Möller hat sie ein Mädchen geboren; doch mir hat Agnes, als mich die Pest in Schweiß gebracht hatte, das Sterbekissen mit Gänsedaunen platzvoll gestopft. Sie war so gut. Doch kein Gedicht ist mir auf ihre Güte gelungen. Immer nur fürstliche Lobhudelei und Jammertalallegorien. Kein vollmundiger Agnesreim auf Hühnerbrühe, Kalbsmilke, Schwadengrütze und ähnliche Schonkost. Das soll nachgeholt werden.

Die siebte Köchin in mir hieß Amanda Woyke und ist mir, wenn ich sie alle und ihre Töchter versammelt schwatzen und die Preise zu jeder Zeit vergleichen höre, besonders deutlich geblieben. Niemals könnte ich freiweg sagen: So, genau so sah Agnes aus, weil Agnes immer anders wehmütig und allenfalls wie zwischen Möller und Opitz hin- und hergerissen aussah; doch leicht fällt es mir, Amandas Aussehen ins Bild zu bringen: Sie hatte ein Kartoffelgesicht. Genauer: Die Schönheit der Kartoffel feierte in ihrem Gesicht Alltag. Nicht nur das Knollige an Amanda, auch ihre Haut insgesamt hatte jenen erdigen Glanz und Schimmer von greifbarem Glück, der matt auf gelagerten Kartoffeln liegt. Und weil die Kartoffel zuallererst große umlaufende Form ist, verhielten sich ihre Augen klein und lagen, ohne von starken Brauen betont zu sein, ringsum schwellend gebettet. Und auch ihr Mund, den kein fleischiges Lippenrot, sondern kaschubischer Sandboden tönte, war gute Laune der Natur: zwei Wülste, immer bereit, Wörter wie Bulwe, Wruke und Runkel zu bilden. Von Amanda geküßt zu werden hieß von der Erde, ich meine jene trockenen Kartoffelböden, die die Kaschubei berühmt gemacht haben, einen Schmatz bekommen, der nicht flüchtig war, sondern sättigte, wie Pellkartoffeln uns satt machen.

Wenn Mestwina gelächelt hat, glänzte Weidengeäst im März; das Lächeln der Dorothea von Montau ließ den Nasenrotz der Kinder zu Eiszapfen erstarren; das Lächeln meiner Agnes war von Todessehnsucht gefaßt und hat mir das Sterben schmackhaft gemacht; doch lächelte mir Amanda zu, konnte die Geschichte vom Sieg der Kartoffel über die Hirse, gewunden wie Amandas Kartoffelschalen, forterzählt werden: Denn immer schälte sie vom Daumen weg, wenn ihre Geschichten ins Kraut schossen. Als Gesindeköchin der Königlich-Preußischen Staatsdomäne Zuckau mußte sie täglich an die siebzig Knechte und Mägde, Tagelöhner, Instleute und Althäusler bekochen.

»Man sollte ihr ein Denkmal errichten«, sagte der Butt, »denn die Einführung der Kartoffel in Preußen nach der Zweiten Polnischen Teilung, als überall Hungersnot herrschte und Eicheln ihren Marktpreis hatten, ist ohne Amanda Woyke nicht denkbar. Sie hat, nur eine Frau, dennoch Geschichte gemacht. Erstaunlich, nicht wahr? Erstaunlich!«

Die achte Köchin in mir wollte partout ein Mann sein und ihrer revolutionären Zeit gemäß mit angriffiger Brust auf Barrikaden stehen; dabei ist Sophie Rotzoll zeitlebens ein siebenmal verschlüsseltes Mädchen geblieben, so nah ihr die Männer (und also ich) gekommen sind. Geliebt hat sie nur den stotternden Gymnasiasten Friedrich Bartholdy, der wegen jakobinischer Umtriebe zum Tode verurteilt wurde. Siebzehn war er und Sophie vierzehn: Deshalb hat ein Gnadenbeweis der Königin Luise von Preußen den schroffen Spruch zu Festung lebenslang gemildert. Erst vierzig Jahre später, als alte Frau, besser: ältliches Fräulein, hat Sophie ihren Fritz, krank aus der Festung Graudenz entlassen, wiedergesehen. Kalbskopf in Kräuteressig, Pfifferlinge zu Schweinebauch, Hasenpfeffer in Rotwein gesotten: was sie ihm alles gekocht, wie sie ihn agitiert, welch hohe Ziele sie ihm und der Menschheit gesteckt hat; Bartholdy wollte nicht mehr, er wollte nur noch sein Pfeifchen schmauchen.

Ich habe sie gut gekannt. Schon als Junge bin ich mit Sophie, soweit die Wälder um Zuckau lagen, in die Pilze gegangen. Sie konnte alle beim Namen nennen: den Hallimasch, den giftigen Seidenriß, Anisegerlinge, die auf Nadelböden gern den geschlossenen Hexenkreis bilden. Vereinzelt der Steinpilz stand. Die Stinkmorchel wurde Begriff. So heillos kurzsichtig sich Sophie an revolutionären Büchern verlesen hatte, Pilze bestimmte sie auf den ersten Blick.

Später, als sie für Pastor Blech, den Hauptpfarrer zu Sankt Marien, kochte, und noch später, als sie Napoleons Gouverneur, dem General Rapp, zuerst begeistert, dann konspirierend die Küche geführt hat, bin ich Blech, der Pastor, dem sie entlief, und Rapp, der Gouverneur, den sie durch ein Gericht besonderer Pilze absetzen wollte, nacheinander gewesen.

Sophie konnte mitreißen. Sie sang im Keller, auf allen Treppen und in der Küche: »Trois jeunes tambours!« Ihre Stimme war immer voraus: Säbelhieb Peitschenknall Freiheitsdurst Todeskuß. Es war, als wollte Dorothea von Montau ihren himmlischen Überdruck irdisch entladen. »Seit Sophie«, sagte der sprechende Butt, »ist die Küche wie aus dem Häuschen. Immerzu Revolution.« (Und auch meine Ilsebill hat diesen fordernden Blick.)

Die neunte Köchin in mir wurde geboren, als Sophie Rotzoll, die achte, im Herbst neunundvierzig starb. Fast könnte man meinen, sie habe das Banner der Revolution an Lena Stubbe weiterreichen wollen; und es ist auch nicht von der Hand zu weisen, daß Lena, die jung einen Ankerschmied heiratete, der im 70/71er Krieg vor Paris fiel, als junge Witwe, indem sie einer Volksküche vorstand, die Armensuppe zwar stumm austeilte, doch unterm Löffel sozialistisch hoffte. Aber Lenas Stimme trug nicht. Sie agitierte niemand. Sie konnte sich nie recht begeistern. So bebelkundig sie sich belesen hatte, blieb sie doch immer von grauer Praxis umwölkt.

Als Lena Stubbe zum zweitenmal eine Ehe einging, war sie schon eine reife Frau, und ich (wie ihr erster Mann Ankerschmied) war zwar zehn Jährchen jünger als sie, doch auch nicht mehr neu und, zugegeben, ein Trinker.

Sie hat die Streikkasse geführt und vor meinem Zugriff zu schützen versucht. Sie hat meine Schläge ertragen und mich getröstet, wenn ich, weil ich sie wieder geprügelt hatte, zerknirscht in den Hosenträgern hing. Lena hat mich überlebt, denn 1914, als ich zum Landsturm nach Ostpreußen kam, wurde sie zum zweitenmal Witwe.

Danach hat sie nur noch Suppen ausgeteilt: Graupen-Kohl-Erbsen- und Kartoffelsuppen. In Volksküchen, Caritashäusern, im Grippewinter 17 aus Gulaschkanonen, danach bei der Arbeiterhilfe, und als die Nazis kamen mit ihrem Winterhilfswerk und den Eintopfsonntagen, war sie uralt mit der Suppenkelle noch immer rührig.

Als Junge – schon wieder neugierig da – habe ich Lena gesehen. Ihr weißes Haar, in der Mitte gescheitelt. Ihre besondere Art des Suppeausteilens. Eine ernste, wie von Beruf mitleidende Frau. Der Butt meint, eigentlich sei Lena Stubbe unpolitisch gewesen, wenn man von ihrem »Proletarischen Kochbuch« absähe, das nach dem Wegfall der Bismarckschen Sozialistengesetze als Manuskript vorlag, doch keinen Verleger fand.

»Sehen Sie«, sagte der Butt, »das hätte Bewußtsein verändern und neues schaffen können. Zwar gab es dazumal bürgerliche Kochbücher ungezählt, aber das proletarische fehlte. So kochte die Arbeiterklasse mittellos dennoch bürgerlich. Sie sollten, bevor Sie sich eine zehnte oder gar elfte

Köchin erfinden, aus dem Nachlaß der Lena Stubbe zitieren. Schließlich sind Sie Sozialdemokrat.«

Die zehnte und elfte Köchin in mir sind noch ungenau, weil mir die beiden zu nah bekannt wurden. Nur ihre Namen stehen schon auf sonst leerem Blatt: Billy (die eigentlich Sibylle hieß) verlor ich in den sechziger Jahren an einem Himmelfahrtstag, der in Berlin und anderswo lauthals als Vatertag gefeiert wird; mit Maria, die auf der Leninwerft in Gdańsk (früher Schichau-Werft Danzig) in der Werkkantine arbeitet, bin ich verwandt.

Ich gebe zu: Billy und Maria drängen. Doch weil mir der Butt zur chronologischen Folge rät und da ich nun einmal von so vielen Köchinnen besetzt bin, sei mir – zumal mich meine gegenwärtige Ilsebill ziemlich beutelt – vorerst erlaubt, die drei Brüste der neolithischen Köchin Aua handlicher zu begreifen als jenes Vatertagsfest, das im Juni 1962 im Grunewald und im Tegeler Forst, in Spandau, Britz und am Wannsee als reine Männersache gefeiert wurde. Wer von so viel Vergangenheit verstopft ist und endlich zu Stuhl kommen möchte, den drängt es, von Mestwinas Bernsteinkette zu erzählen, auch wenn ihm der Aufstand der Werftarbeiter in den polnischen Hafenstädten, wie er im Dezember 1970 durch alle Zeitungen ging, näher sein sollte.

Olle Kamellen. Die Geschichte der Hirse. Was aß der Bauer leibeigen von dem, was ihm blieb? Nach welcher Speisenfolge hat die dicke Gret klösterliche Äbte schlachtreif gemästet? Was geschah, als der Pfefferpreis fiel? Die Rumfordsche Armensuppe. Wie der Knollenblätterpilz politisch zu werden versprach. Als die Erbswurst erfunden und so Preußens Armee gestärkt wurde. Warum die Proletarier bürgerlich essen wollten. Was das heißt: am Hungertuch nagen. »Doch vielleicht«, sagt der Butt mit seinem Schiefmaul lehrerhaft, »können wir aus der Geschichte lernen, welchen Anteil an ihr die Frauen hatten, zum Beispiel, als die Kartoffel siegte.«

Aua

Und säße gegenüber drei Brüsten
und wüßte nicht nur das eine, das andere Gesäuge
und wäre nicht doppelt, weil üblich gespalten
und hätte nicht zwischen die Wahl
und müßte nie wieder entweder oder
und trüge dem Zwilling nicht nach
und bliebe ohne den übrigen Wunsch . . .

Aber ich habe nur andere Wahl
und hänge am anderen Gesäuge.
Dem Zwilling neide ich.
Mein übriger Wunsch ist üblich gespalten.
Und auch ganz bin ich halb nur und halb.
Immer dazwischen fällt meine Wahl.

Nur noch keramisch (vage datiert) gibt es,
soll es Aua gegeben haben: die Göttin
mit dem dreieinigen Quell,
dessen einer (immer der dritte) weiß,
was der erste verspricht und der zweite verweigert.

Wer trug dich ab, ließ uns verarmen?
Wer sagte: Zwei ist genug?
Schonkost seitdem, Rationen.

Wie der Butt gefangen wurde

Aber nein, Ilsebill! Bestimmt rede ich nicht dem Schummelmärchen nach. Wahrhaftig werde ich, was Philipp Otto Runge als andere Wahrheit mitschrieb, auf meinem Papier erinnern; und müßte ich Wort für Wort aus der Asche lesen. Denn was ein altes Weib im Sommer 1805 dem Maler zusätzlich in die Feder schwatzte, wurde zwischen Rehwiese und Waldteich bei Vollmond verbrannt. So wollten die Herren die patriarchalische Ordnung schützen. Deshalb brachten die Brüder Grimm nur die eine Rügener Niederschrift »Von dem Fischer un syner Fru« auf den Märchenmarkt. Seitdem ist des Fischers Frau Ilsebill sprichwörtlich: ein zänkisches Miststück, das immer mehr haben, besitzen, beherrschen will. Und der Butt, den der Fischer gefangen und wieder freigesetzt hat, muß liefern und liefern: die größere Hütte, das steinerne Haus, das Schloß königlich, des Kaisers Macht, den päpstlichen Stuhl. Endlich fordert Ilsebill Liebgottchens Vermögen, die Sonne auf- und untergehen zu lassen; worauf die raffgierige Ilsebill und ihr zu gutmütiger Mann bestraft werden und wieder in ihrer Kate, »Pißpott« genannt, ihr Fell aneinander reiben müssen. Wirklich, ein nimmersatter Hausdrachen. Kriegt den Rachen nicht voll. Hat immer noch ein Gelüst. Die Ilsebill, wie sie im Buche steht.

Dabei wäre meine der lebende Gegenbeweis, den ich hiermit bekanntmache. Und auch der Butt meinte, es sei an der Zeit, die Urfassung seiner Legende zu veröffentlichen, alle Ilsebills zu rehabilitieren und jenes weiberfeindliche Propagandamärchen zu widerlegen, das er listig unter die Leute gebracht hatte. Jadoch, gründlich. Nur noch die Wahrheit. Glaub mir, Liebste, es lohnt nicht, Streit anzufangen. Du bist ja im Recht, wie immer im Recht. Schon hast du, bevor wir uns streiten, gewonnen.

Das war gegen Ende der Steinzeit. Ein ungezählter Tag. Wir machten noch keine Striche und Kerben. Nur mit Furcht sahen wir den Mond abmagern oder Fett ansetzen. Nichts Vorbedachtes traf pünktlich ein. Kein Datum. Nie kam wer oder was zu spät.

An einem zeitlosen Tag, heiter bis wolkig, fing ich den Butt. Dort, wo sich der Fluß Wistulle immer verändert gebettet mit der offenen See mischte, hatte ich meine Korbreusen ausgelegt, in Hoffnung auf Aale. Netze kannten wir nicht. Und auch das Angeln mit Haken und Köder war noch nicht üblich. Soweit ich zurückdenke – die letzte Eiszeit setzt meinem Erinnern Barrieren –, haben wir Fische nur immer mit gespitzten Ästen, später mit Pfeil und Bogen gespießt: in den Flußarmen den Barsch, den Zander, den Hecht, Aale und Neunaugen, und wenn er flußab zog, den Lachs. Dort, wo die Baltische See wandernde Dünen bespülte, spießten wir Plattfische, die im warmen Seichtwasser gerne im Sand gebettet liegen: Flundern, Rotzungen, den Butt.

Erst als Aua uns lehrte, Körbe aus Weidengeäst zu flechten, half uns der Zufall, den Sammelkorb auch als Reuse zu begreifen. Uns Männern kam ja selten eine Idee. Wieder ist es Aua gewesen, die einen Korb, gefüllt mit abgenagten Elchknochen, am Ufer eines Nebenflusses, der später Radune, viel später Radaune hieß, im Schilf versenkte, damit der Fluß die letzten Fasern und Sehnenreste ablaugte; denn Aua benutzte Elch- und Rentierknochen als Küchenwerkzeuge und für kultische Zwecke.

Als wir den Korb nach genügend Zeit aus dem Fluß hievten, gelang es einigen Aalen, knapp zu entkommen, doch blieben, neben Kleinzeug, fünf armlange Burschen im Geflecht und tobten zwischen den blanken Knochen. Das wurde wiederholt. Diese Fangtechnik ließ sich entwickeln. So hat Aua die Reuse erfunden; wie sie knapp zwei Jahrhunderte später aus dem Lügenbein der Sumpfvögel den ersten

Angelhaken entwickelt hat. Und nach ihren Angaben, unter ihrer wie Schicksal verhängten Aufsicht haben wir jene zur offenen Seite verengten Körbe geflochten, in die wir später aus Eigenantrieb, ohne daß uns Aua wie auf ewig bevormunden mußte, einen zweiten, dann dritten verengten Korb gehängt haben, um den Aalen die Flucht zu erschweren. Schmiegsame, lang ausgeschossene Weidenruten in ein kompliziertes System gezwungen: schon kunstvoll. Es ging auch ohne Aua.

Gute Fänge seitdem. Überfluß. Erste Räucherversuche in hohlen Weiden. Aal und Reuse wurden als Wortpaar Begriff und durch mich, der ich zwanghaft überall Zeichen setzen mußte, ins Bild gebracht. Bevor ich, nach dem Auslegen der Reusen, den Strand verließ, zeichnete ich mit scharfem Muschelrand in den nassen Sand: zum Beispiel sich windende Aale hinter kunstvollem Flechtwerk. Und wäre unsere Gegend nicht flach und sumpfig, sondern gebirgig zur Höhlenbildung fähig gewesen, hätte ich sicher den Aal in der Reuse als Höhlenzeichnung hinterlassen. »Neolithische Felsenritzbilder nordosteuropäischer Fischerkulturen, verwandt den südskandinavischen Maglemosezeichnungen auf Knochen und Bernstein«, würde der Butt in seiner heutigen Zeitweil sagen; er hielt ja von Anfang an auf Kultur.

Das konnte Aua nicht, Zeichen setzen, ein Bildnis machen. Zwar fand sie meine geritzten Sandbilder schön und kultisch brauchbar, zwar wollte sie sich und ihre drei Brüste so faßlich abgebildet sehen, doch als ich eine fünffach verengte Reuse aus zwecklosem Spaß auf eine Strandfläche übertrug, wurden die Fünferreuse und ihre zeichnerische Entsprechung verboten. Der von Aua mit ihren Brüsten gesetzte Grundwert Drei durfte nicht überschritten werden. Ähnlich schroff wurden mir Grenzen gesetzt, als ich den Butt, gefangen in einer Aalreuse, zum Bild machte. Aua steigerte sich in muttergöttlichen Zorn: So etwas habe sie noch nie gesehen. Und weil sie das nie gesehen habe, könne es sowas nicht geben. Das sei nur erfunden und deshalb nicht wahr.

Unter Strafandrohung wurde mir von Aua und dem gesamten Weiberrat verboten, jemals wieder einen Butt, gefangen in einer Aalreuse, zu zeichnen. Heimlich tat ich es doch. Denn so sehr ich die Verweigerung der täglich dreimal stillenden Brust als mutterrechtliche Strafe zu fürchten gelernt hatte, der Butt war stärker, zumal er, ich mußte nur »Buttke« rufen, jederzeit zu mir sprach. Er sagte: »Sie will sich, nur immer sich bestätigt sehen. Was außer ihr ist, steht unter Verbot. Doch die Kunst, mein Sohn, läßt sich nicht verbieten.«

Gegen Ende des dritten Jahrtausends vor der Fleischwerdung des Herrn – oder wie ein Computer ausrechnete, am 3. Mai 2211 vor unserer Zeitrechnung – es soll ein Freitag gewesen sein – an einem jungsteinzeitlichen Tag, bei Ostwind und unter Wolken in losem Verband geschah, was später aus Gründen patriarchaler Selbstherrlichkeit zum Märchen verfälscht wurde; das kränkt meine Ilsebill immer noch.

Jung war ich, aber schon bärtig. Am späten Nachmittag wollte ich meine dreifach verengte Korbreuse einholen, die ich am frühen Morgen, noch vor der ersten Stillzeit, ausgesetzt hatte. (Etwa dort war mein bevorzugter Fangplatz, wo später der beliebte Badeort Heubude mit der Straßenbahn, Linie 9, bequem zu erreichen war.) Meiner Zeichenkunst wegen wurde ich von Aua fürsorglich durch Nachstillen außer der Reihe bevorzugt. Deswegen sagte mein erster Gedanke, als ich den Butt in der Aalreuse sah: Den bringe ich Aua. Den soll sie, nach ihrer Art, mit feuchten Lattichblättern umlegen und in heißer Asche garen.

Da sprach der Butt.

Ich bin nicht sicher, ob mich seine schiefmäulige Ansprache mehr erstaunt hat als die platte Tatsache, einen breitgelagerten Butt in einer Aalreuse gefangen zu haben. Jedenfalls habe ich auf die Worte »Guten Tag, mein Sohn!« nicht mit einer Frage nach seinem erstaunlichen Sprechvermögen geantwortet. Vielmehr wollte ich wissen, was ihn, den Plattfisch, bewegt haben mochte, sich durch alle drei Verengungen in eine Reuse zu zwängen.

Der Butt gab Auskunft. Von Anfang an belehrend, mit allwissender Überlegenheit und deshalb, trotz seiner kategorischen Punktumsätze, geschwätzig näselnd, professoral, wie von der Kanzel herab abkanzelnd oder penetrant väterlich: Er habe mit mir ins Gespräch kommen wollen. Nicht etwa dumme (oder sagte er damals schon) weibliche Neugierde sei sein Antrieb gewesen, sondern ein wohlbedachter Entschluß aus männlichem Willen. Schließlich gebe es einige über den jungsteinzeitlichen Horizont weisende Erkenntnisse, die er, der wissende Butt, mir, dem dumpfen, durch totale Weiberfürsorge kindlich gehaltenen Mann und Fischer vermitteln wolle. Vorsorglich habe er das baltische Küstenplatt zu sprechen gelernt. Viele Worte mache man hierzulande ja nicht. Ein armseliges, nur die Notdurft benennendes Gemaule. In relativ kurzer Zeit habe er sich den alles breitschlagenden Zungenschlag eingeübt. Schon könne er »Pomuchel« und »Ludrichkait« sagen. An Sprachschwierigkeiten werde der Dialog gewiß nicht scheitern. Doch auf Dauer empfinde auch er das Weidengeflecht als eng.

Kaum hatte ich ihn aus der Dreierreuse befreit und auf Sand sichergelegt, sagte er zuerst: »Danke, mein Sohn!« und dann: »Natürlich weiß ich, welchen Gefahren mich mein Entschluß aussetzt. Mir ist bekannt, daß ich schmecke. Es hat sich herumgesprochen, auf wie verschiedene Weise eure durch Fürsorge herrschenden Weiber Plötze am Weidenspieß rösten, den Aal, den Hecht, den Zander, die handgroßen Flundern auf durchglühten Steinen braten oder meinesgleichen, wie jeden größeren Fisch, mit Blättern umlegt in heiße Asche betten, bis wir gar sind und dennoch saftig bleiben. Wohl bekomm's! Es schmeichelt, schmackhaft zu sein. Dennoch bin ich sicher, daß mein Angebot, dir, das heißt der Männersache für alle Zeit als Berater verpflichtet zu bleiben, meinen Küchenwert übersteigt. Kurzum: Du, mein Sohn, setzt mich wieder frei; ich komme, sobald du mich rufst. Dein Großmut verpflichtet mich, dich mit weltweit gesammelten Informationen zu versorgen. Schließlich ist meinesgleichen – in dieser und in verwandter Art – in allen Meeren, an allen Küsten zu Haus. Ich weiß, wie dir zu raten wäre. Rechtlos, wie ihr baltischen Männer gehalten werdet, wird euch mein Zuspruch notwendig sein. Du, ein Künstler, der in seiner Not Zeichen zu setzen versteht, der die bleibende, die vielsagende Form sucht, du wirst den vergänglichen Vorteil der Beute gegen mein zeitloses Versprechen abzuwägen wissen. Und was meine Glaubhaftigkeit betrifft, sei dir, mein Sohn, die Devise ›Ein Mann – ein Wort!‹ als erster Lehrsatz vermittelt.«

Stimmt. Ich fiel auf ihn rein. So von ihm angesprochen, fühlte ich mich. Mir kam Bedeutung zu. Dieses Übersichhinauswachsen. Dieses Sichbewußtwerden. Schon nahm ich mich wichtig. Doch immerhin – glaub mir, Ilsebill! – blieben noch Zweifel. Ich wollte den sprechenden, mir so viel versprechenden Butt prüfen. Kaum hatte ich ihn ins Flachwasser geworfen, rief ich ihm nach: »Butt! Komm zurück! Ich muß dich was fragen.«

Und wo ich ihn ausgesetzt hatte, sprang er aus der Baltischen See mir auf beide Handteller: »Was gibt's, mein Sohn? Immer zu Diensten. Übrigens auch bei Sturm und Wellengang.«

»Aber«, sagte ich zum Butt, »wenn wir nun gar nicht unter der Fürsorge unserer Aua leiden? Wenn uns nichts fehlt, weil es uns gutgeht? Wirklich! Denn wir bekommen ja, was wir brauchen. Nichts geht uns ab. Nur selten, wenn wir Fisimatenten machen, wird uns die Brust verweigert. Dreimal täglich werden wir angelegt. Selbst den Klappergreisen ist noch das Stillen sicher. Das war schon immer so. Auch in der Altsteinzeit. Jedenfalls seit Ende der letzten Vereisung. Die Brust bekommt uns. Wir sind satt, zufrieden, geborgen. Immer werden wir warm gehalten. Nie müssen wir uns für oder gegen etwas entscheiden. Frei von Verantwortung leben wir, wie wir Lust haben. Sicher, manchmal die Unruhe. Wenn man wissen will, von wo der Fluß kommt. Oder ob hinterm Fluß, wo die Sonne aufsteigt, irgendwas los ist. Auch möchte ich wissen, ob man weiter zählen kann, als wir dürfen. Und auch die Frage nach dem Sinn. Ich meine, ob das, was wir so machen und was ja immer dasselbe ist, außer dem, was es ist, noch was anderes sein könnte. Aua sagt: Es ist nur, was ist. Sie gibt uns, sobald wir zappeln und zweifeln, die Brust. Das hilft auch, na gegen die Unruhe und das Fragen. Während du, Butt, mich nervös machst. Du redest so zweideutig. Was sind das: Informationen? Sag schon: Wo kommt der Fluß her? Darf man woanders mehr als drei Reusen ineinanderhängen? Und hat das, was ist, auch noch anderen Sinn? Zum Beispiel das Feuer. Wir wissen nur, daß Aua für uns, gleich nach Ende der letzten Vereisung, drei Stückchen glühende Holzkohle vom Himmel geholt hat. Sie sagt, Feuer ist gut, um Fleisch, Fische, Wurzeln und Pilze zu garen, auch um schwatzend drumrum zu hocken wegen der Wärme. Ich frage dich, Butt: Was noch kann das Feuer?«

Da gab mir der Butt Antwort. Er erzählte von Horden auf beiden Seiten des Flusses, die auch ihre Aua hätten, auch wenn sie sich Eua oder Eia nennen lasse. Von anderen Flüssen und dem viel größeren Meer erzählte er. Wie eine schwimmende Zeitung gab er mir Nachricht, informierte er mich über heroischen und mythologischen Klatsch. Zeus-

Zitate, von einem Gott namens Poseidon kommentiert, kommentierte der Butt. Weibliche Gottheiten – eine hieß Hera – wurden glossiert. Doch ich begriff nicht viel, selbst wenn er sachlich technisch informierte. So sprach er zum erstenmal vom Metall, das man aus Steinen mit Hilfe des Feuers schmelzen könne, damit es, in Sandformen gegossen, wieder erkalte und hart werde. »Merke, mein Sohn! Metall läßt sich zu Speerspitzen und Äxten schmieden.«

Nachdem sein Schiefmaul »Das Ende des Faustkeilzeitalters« verkündet hatte, beschrieb er mir den Weg zu nahe gelegenen Hügeln landeinwärts, zum später baltisch genannten Höhenrücken, wo, wenn auch spärlich, metallhaltiges Gestein zu finden sei. Und drei Tage später, als ich ihn, wie verabredet – »Buttke, Buttke inne See!« –, wieder rief, brachte er mir, wahrscheinlich aus Schweden, eine Gesteinsprobe mit: versteckt in der oberen Kiementasche.

»Nur Mut!« rief der Butt. »Dieses und mehr ausgeschmolzen, und ihr habt nicht nur Kupfer gewonnen, sondern obendrein dem Feuer einen weiteren, einen fortschrittlichen, scheidenden, entscheidenden, einen männlichen Sinn gegeben. Feuer, das ist nicht nur Wärme und Garküche. Im Feuer züngeln Visionen. Das Feuer reinigt. Dem Feuer enteilt der springende Funke. Feuer, das ist Idee und Zukunft. Schon hat sie an anderen Flüssen begonnen. Männer meistern sie zielbewußt, ohne die dortigen Auas und Euas zu fragen. Nur ihr laßt euch noch an die Brust legen und einlullen. Säuglinge bis ins Greisenalter. Jetzt gilt es, prometheisch vom Feuer Besitz zu ergreifen. Sei nicht nur Fischer, mein Sohn, sei Schmied!«

(Ach, Ilsebill, wäre das Metall doch in den Bergen geblieben.) Angeblich auf Jagd – und wir spießten auch eine Wildsau – fanden wir in den später »Zigankenberge« genannten Hügeln das Mitbringsel des Butt, seine Gesteinsprobe bestätigt. Bald besaßen wir eine Kupferaxt, paar Klingen und einige metallene Speerspitzen, die wir prahlerisch rumzeigten. Die Weiber schauerten kicherig, sobald sie das neue Material berührten. Schon nahm ich Schmuckbestellungen entgegen. Da griff Aua ein.

In Wut geraten, drohte sie sogleich, die Brust zu verweigern. Peinliche Verhöre mußten wir Edeks uns gefallen lassen. Wo diese plötzlichen Kenntnisse herkämen? Uns falle doch sonst nichts Nützliches ein. Was dem Feuer an Dienstleistung abzuverlangen sei, werde ausschließlich von ihr, der Überaua, entschieden. Nichts gegen den Gebrauchswert der metallenen Gegenstände – darunter das erste von mir geschmiedete Küchenmesser –, doch diese plötzliche Selbständigkeit gehe zu weit.

Aller Verdacht blieb an mir hängen, weil die anderen Edeks geständig auf mich wiesen. Ich log mir Zufälle zusammen und verriet den Butt nicht. Zur Strafe wurde mir einen harten Winter lang von allen Weibern die Brust und der warme Rest verweigert. Striktes Metallverbot wurde ausgesprochen. Keine Zweckentfremdung des Feuers mehr. Die Kupferaxt, die paar Klingen und Speerspitzen mußten nach stampfendem Rundtanz um Auas drei Brüste, die ich in den Sand geritzt und mit Muscheln ausgelegt hatte, in den Fluß Radune geworfen werden: bei abschwörendem Geschrei. (Glaub mir, Ilsebill, das war nicht einfach, wieder zum Faustkeil greifen zu müssen.)

Doch als ich verzweifelt den Butt aus der See rief, überschrie er die aufgewühlte, die stürmische See: »Alles halb so schlimm. Ist dir nicht aufgefallen, mein Sohn, daß eure herrschsüchtig alles Metall verdammende Aua, dieser dreibrüstige Ausbund geschichtsloser Weiblichkeit, eure allesfressende Großmöse, die geheiligte Urmutter, daß eure Aua ihr kupfernes Küchenmesser, das du ihr zur Freude geschmiedet, gehärtet, geschärft hast, unter ihren küchengebräuchlichen Elchknochen versteckt hat? Heimlich benutzt sie es. Wie du, trotz Verbot, mein Bild heimlich in den Sand zeichnest. Ein gerissenes Luder, deine fürsorgliche Aua! Ihr müßt euch abnabeln. Und zwar mit dem Küchenmesser. Töte sie, mein Sohn. Töte sie!«

(Nein, Ilsebill. Ich habe mich nicht vergriffen. Das war nicht ich, der später zustieß. Ich bin immer auagläubig geblieben, bis heute.)

Sie hielt die Zeit auf. Sie war uns einziger Begriff. Unermüdlich erfand sie neue kultische Anlässe, das Seiende in feierlichen Umzügen zu bestätigen, wobei ihre fleischlichen Ausmaße die Form unserer jungsteinzeitlichen Religion bestimmten. Denn außer Aua opferten wir nur noch dem Himmelswolf, dem eine Frau aus unserer Urhorde – es ist die Uraua gewesen – drei Stückchen glühende Holzkohle gestohlen hatte. Es kam ja alles von ihr, nicht nur Reuse und Angelhaken.

Sei es, um uns Edeks von weiterem Mißbrauch des Feuers abzuhalten, sei es, um ihre Garküche zu entwickeln: Aua hat im Bereich unserer Horde das Brennen von Ton und Lehm zum Beruf gemacht. Es fing damit an, daß sie Sumpfvögel mit ihren Federn, aber auch Igel in ihrem Stachelkleid mit einer fetten Lehmschicht ummantelte und so geschützt in Glut und heiße Asche bettete. Mag sein, daß die später aufgebrochenen Schalen, in denen Gefieder und Stacheln haften blieben, als mögliche Töpfe begriffen wurden. Jedenfalls lehrte Aua mich, Ton und Lehm zu kneten, aus Moränengeröll einen hitzespeichernden, von der allseits gehäuften Glut freien Brennraum zu schichten, in dem, außer Schalen und Töpfen, meiner primitiven Kleinkunst keramische Härte eingebrannt wurde; so entstanden jene dreibrüstigen Idole, die heutzutage Museumsstücke sind.

Als ich dem Butt davon erzählte, muß er bemerkt haben, wie lustreich ich Auas Fleisch, ihre Wülste und Grübchen in Lehm nachbildete. Seine Frage hieß: »Wie viele Grübchen hat sie denn?«

Also lehrte der Butt mich zählen. Nicht Tage, Wochen, Monate, keine Plötze, Schnepfen, Elche und Renkühe: Auas Grübchen zählte ich bis zur Zahl hundertundelf. Ich formte ein dreibrüstiges Lehmidol mit hundertelf Grübchen, das unserer Aua, die nun gleichfalls bis hundertelf zählen lernte, wohl gefiel, zumal die anderen Weiber – es wurde Hordenspaß, nachzuzählen – weit unter hundert blieben. Die meisten Grübchen hatte Aua (wie du, Ilsebill) im Winterpolster ihrer Arschbacken: dreiunddreißig Stück.

Schon triumphierte der Butt: »Großartig, mein Sohn. Wenn es uns auch vorerst nicht gelungen ist, die längst überfällige Kupferzeit als Vorstufe zur Bronzezeit einzuläuten, die Stunde der Algebra hat geschlagen. Fortan wird gezählt werden. Und wer zählt, wird bald rechnen. Und wer rechnet, berechnet voraus. Wie im minoischen Reich, wo man neuerdings Haushaltsrechnungen in Tontäfelchen ritzt. Übt die Rechenkunst heimlich, ihr Männer, damit euch später die Frauen nichts vorrechnen. Bald könnt ihr die Zeit bestimmen und Daten setzen. Bald werdet ihr Abgezähltes gegen Gezähltes tauschen. Wenn nicht morgen, dann werdet ihr übermorgen bezahlt werden und gleichfalls zahlen, bezahlen. Anfangs mit Muschelgeld, doch dann kommt, trotz Aua, und sei es lange nach Aua, die metallene Münze. Hier ist eine. Attisches Silber, das noch in Umlauf ist. Ich fand das Kleingeld in einem Schiff, das vor der kretischen Küste nach einem Seebeben auf Grund ging. Doch was erzähle ich dir von Kreta und segelnden Schiffen. Was weißt du von König Minos? Ihr Tölpel hängt wie verhext an den Titten und laßt euch dumm halten von eurer Aua mit ihren hundertelf Grübchen.«

Es muß Jahrhunderte nach meinen ersten Rechenkunststückchen gewesen sein, als mir der Butt die Münze schenkte. Auch bin ich nicht sicher, ob es eine Drachme gewesen ist. Wahrscheinlich ein vorderasiatisches Opferstück, das keinen Geldwert hatte. Etwa auf tausend vor der Zeitwende zu datieren. Doch was besagte schon ein Jahrtausend mehr oder weniger bei unserer Minimalentwicklung zwischen den Sümpfen der Weichselmündung. Irgendwann jedenfalls brachte mir der Butt in seiner Kiementasche eine metallene Münze, wie er mir später und vorher minoische, archaische, attische und ägyptische Kleinkunst – Gemmen, Siegel, Figürchen und filigranen Schmuck – gebracht hat.

Natürlich habe ich die griechische Drachme, dumm wie ich war, Aua geschenkt. Wenn sie auch Spaß hatte an dem griffigen Silberling, wollte sie dennoch nichts von weiterführenden Abzählspielen, vom Kaufwert und von Zahlungsmitteln hören. Sie sagte, hundertundelf sei die höchste, die absolute Zahl, der endliche Wert Aua. Das könne man an ihr nachzählen und beweisen. Solange keinem der Hordenweiber mehr als hundertelf Grübchen abzutasten seien, bleibe es bei der Größe hundertundelf. Jede Rechnung darüber hinaus sei unnatürlich und deshalb gegen die praktische Vernunft gerichtet. Sie werde jegliche Spekulation unter Strafe stellen. In seinen Anfängen müsse man den Irrationalismus bekämpfen. Dann befahl sie mir, noch vor Einbruch des Winters hundertundelf Elchschädel auf hundertelf Pfähle in einen hundertelf Schritt messenden Kreis zu stellen und so den neuen Opferplatz zu bezeichnen.

Du wirst zugeben, Ilsebill, daß so viel urmütterliche Fürsorge, auch wenn sie mich warm und in Unschuld hielt, langsam zum Zwang wurde. Denn dabei blieb es. Noch ungezählte Jahrhunderte lang durften wir nur bis hundertelf zählen. Zwar begann irgendwann im letzten Jahrtausend vor der Fleischwerdung des Herrn der Bernsteinhandel mit den Phöniziern, die mit Schiffen gesegelt kamen, als habe der Butt sie an unsere entlegene Küste gelotst, aber wir schenkten den Herren faustgroße Klumpen und lernten nur mühsam das Tauschgeschäft. Beschummelt wurden wir allemal.

Der Butt schimpfte, wenn ich ihn aus der See rief. Er rechnete mir unsere Verluste vor: »Ihr immer noch steinzeitlichen Narren! Soll man euch denn auf ewig für dumm verkaufen! Mit eurem Bernstein könntet ihr für hundertundelf Horden, so groß und vaterlos wie eure, komplette Bronzeausrüstungen einhandeln. Silberschmuck und Purpurstoffe für die Weiber obendrein. Wenn ihr schon keine Münzen prägen dürft, dann begreift endlich, daß euer Bernstein in Sidon und Tyros wie Gold zählt. Bald hab ich euch satt. Nie werdet ihr richtige Männer werden. Ihr Memmen!«

Wie im Märchen vom Fischer und seiner Frau Ilsebill nur immer, ohne genaue Angabe, vom Butt die Rede ist – »Dar sed de Butt to em... Dar kam de Butt answemmen un sed...« –, so spreche auch ich vom Butt, als gäbe es nur den einen allwissenden, der mich, wann immer ich zeitweilte, beraten, belehrt, indoktriniert, zum Mannestum erzogen und kategorisch unterwiesen hat, wie die Frauen fügsam bettwarm zu halten und bei heiterem Gemüt in stille Duldung einzuüben seien. Dabei gibt es den Glattbutt, den Heilbutt, den Goldbutt, den Strufbutt. Meiner war und ist ein sogenannter Steinbutt, der dem Glattbutt zwar ähnelt, doch buckeln kieselsteingroße Verknöcherungen seine Haut.

Der Steinbutt ist im Mittelmeer, in der nördlichen See bis zur norwegischen Küste und in der Ostsee, meinem Baltischen Meer, verbreitet. Wie bei allen Plattfischen ist seine Augenachse im Verhältnis zum Schiefmaul schräg verkantet, was ihm den neunmalklugen und zugleich tückischen, ich sage, zwischensichtigen Blick gibt: Er schielt zeitraffend. (Angeblich soll ihn der attische Gott Poseidon im Kampf gegen Hera, die pelasgische Athene und verwandte Mutterrechtlerinnen eingesetzt haben: als Agitator.)

Seine Familie – was alles Butt genannt wird – ist wohlschmeckend. Die jungsteinzeitliche Aua garte seinesgleichen in feuchten Blättern. Gegen Ende der Bronzezeit rieb Wigga ihn beiderseits mit weißer Asche ein und legte ihn mit der hellen Blindseite auf Asche, unter der sich Glut verzehrte. Nach dem Wenden milchte sie den Butt entweder nach steinzeitlichem Rezept aus immer überschüssiger Brust oder neumodisch mit einem Schuß vergorener Stutenmilch. Mestwina, die schon auf eisernem Rost in Töpfen feuerfest kochte, hat den Butt mit Sauerampfer oder in Honigbier auf kleiner Flamme ziehen lassen. Zum Schluß streute sie wilden Dill auf den weißäugigen Fisch.

Er, der eine und einzige, der sprechende, mich seit Jahrhunderten agitierende Butt kannte alle Rezepte, nach denen seinesgleichen heidnisch zubereitet und später als christlicher Fastenfisch (nicht nur am Freitag) getischt wurde. Wie mit Distanz zu sich, also schiefäugig ironisch, konnte er seinen Wohlgeschmack preisen: »Es ist nun mal so, mein Sohn, daß der Butt zu den Edelfischen gehört. Später, wenn ihr unmündigen und von jung an vertrottelten Männer euch endlich, indem ihr Münzen prägt, Geschichte datiert und dem Vaterrecht Geltung verschafft, von der Mutterbrust lösen, ich sage endlich, nach sechstausend Jahren Weiberfürsorge emanzipieren werdet, wird man meinesgleichen, den Stein-, auch den Glattbutt, in Weißwein dünsten, mit Kapern abschmecken, in Gelee einschließen, köstlich mit Soßen verfremden und auf sächsischem Porzellan servieren. Man wird meinesgleichen brässieren, glacieren, pochieren, nappieren, filetieren, mit Trüffel adeln, mit Cognac vergeistigen und nach Marschällen, Herzögen, dem

Prince of Wales, dem Hotel Bristol benennen. Feldzüge, Eroberungen, Landnahme! Der Osten wird mit dem Westen handeln. Der Süden wird den Norden bereichern. Ich sage euch und mir Oliven, verfeinerte Kultur, den Feingeschmack, die Zitrone voraus!«

Doch das hatte Zeit, Ilsebill. (Du siehst ja, wie schwer es euch fällt, den Männern die väterliche Fürundfürsorge abzugewöhnen.) Noch lange nach Aua und ihren hundertelf Grübchen und drei Brüsten herrschten die Frauen, doch mit mehr Mühe. Wir Männer hatten schon am Metall geleckt. Und der Butt hielt uns auf dem laufenden. Ich mußte nur rufen, schon kam die schwimmende Zeitung. Ich hörte von weitentlegenen Hochkulturen, von den Sumerern und der minoischen Doppelaxt, von Mykene und der Erfindung des Schwertes, von Kriegen, in denen Männer gegen Männer kämpften, weil überall die geschichtsunlustige Weiberherrschaft gebrochen war und endlich Daten gesetzt werden durften.

Ermüdende Vorträge hielt mir der Butt: Über mesopotamische Tempelarchitektur und den ersten Palast in Knossos. Über den Getreideanbau – Emmer Gerste Spelt Hirse – in der Donauregion. Über die Herdenhaltung von Haustieren – Ziege und Schaf – in Vorderasien und über die mögliche Herdenhaltung von Rentieren im baltischen Raum. Über Grabstock und Hacke, den revolutionären Pflug.

Jeden Vortrag schloß der Butt mit beschwörenden Worten: »Es ist höchste Zeit, mein Sohn! Das Neolithikum, wie wir die Jungsteinzeit nennen, ist in seine Schlußphase getreten. Vom Zweistromland über das Nildelta bis zur Insel Kreta breitet sich, gefördert durch männliche Tatkraft, hohe Kultur aus. Da sieht man Frauen Äcker bestellen und später das gewonnene Korn in steinernen Mörsern stampfen. Da sind Hungersnöte nicht unabänderlich. Nein, Schweine und Rinder drängen, in Herden gehalten. Immer ist Vorrat. Feste Häuser werden gebaut. Aus Horde und Sippe gliedern sich Stämme. Horos-Könige herrschen. Reich grenzt an Reich. Und in Waffen stehen die Männer. Sie wissen, wofür sie kämpfen: für den ererbten Besitz. Doch ihr lottert noch immer in Unzucht und wißt nicht, was zeugen heißt. Die Mutter stöpselt sich mit dem Sohn. Die Schwester weiß nicht, daß ihr der Bruder Spaß macht. Nichtsahnend beschattet der Vater die Tochter. Alles in Unschuld! Ich weiß! Jadoch, ihr hängt an den Zitzen. Könnt nie genug bekommen. Brustkinder ewiglich. Doch draußen hat schon die Zukunft Zielfähnchen gesteckt. Die Natur will nicht mehr weiblich erduldet, sondern männlich bezwungen werden. Kanäle ziehen. Sümpfe trockenlegen. Das Land einteilen, pflügen und in Besitz nehmen. Den Sohn zeugen. Vererben. Zweitausend Jahre zu lang habt ihr Stillzeit gehabt, habt ihr die Zeit im Stillstand vertrödelt. Ich rate euch: Weg von der Brust. Ihr müßt euch entwöhnen. Mein Sohn, du mußt dich endlich entwöhnen!«

Das war einfach gesagt vom Butt, zu einfach. Wir, jedenfalls, brauchten noch ein sattes Jahrtausend, um männlich im Sinne des Butt zu werden. Doch dann wurden wir Männer, wie man nachlesen kann: Männer unter Lederkappen und Helmen mit nagelndem Blick. Männer mit schweifendem, die Horizonte abtastendem Auge. Zeugungswütige Männer, die ihre Stinkmorcheln zu Geschlechtertürmen, Torpedos, Weltraumraketen umdachten. Männer mit System, in Männerorden versammelt. Wortgewaltige Wortspalter. Sich unbekannte Entdecker. Helden, die nicht, nie und auf keinen Fall im Bett sterben wollten. Männer, die mit hartem Mund Freiheit verordneten. Durchhaltende, sich selbst überwindende, standhafte, ungebeugte, immer wieder trotzdem sagende, den Feind sich erfindende, grandios verstiegene, die Ehre um der Ehre willen suchende, prinzipielle, zur Sache kommende, sich ironisch spiegelnde, tragische, kaputte, darüber hinaus weisende Endzielmänner.

Selbst der Butt, der uns zu dieser Entwicklung geraten hat, entsetzte sich immer mehr und flüchtete schließlich – das war zu Napoleons Zeit – plattdeutsch ins Märchen. Nur kleinen Rat gab er noch. Dann schwieg er lange. Erst neuerdings wieder ansprechbar, rät er mir nun, Ilsebill in der Küche beim Abwasch zu helfen und – weil sie schwanger ist – Säuglingspflege als Kurs zu belegen. »Manch eine Frau«, sagt er, »steht durchaus ihren Mann. Wie deine tüchtige Ilsebill. Das sollte anerkannt werden, mein Sohn, wie es von Anfang an, als ich mich freiwillig in deine Aalreuse zwängte, unsere wohlwollende Absicht gewesen ist.«

Und stell dir vor, Ilsebill, kürzlich ließ mich der Butt wissen, daß er sich demnächst den Frauen und ihrer Anklage stellen will. Indem er die Grimmsche Verfälschung seiner Legende verdammte, sagte er: »Dieses Märchen muß endlich vom Tisch!«

Arbeit geteilt

Wir – das sind Rollen.
Ich und du halten, du die Suppe schön warm –
ich den Flaschengeist kühl.

Irgendwann, lange vor Karl dem Großen,
wurde ich mir bewußt,
während du dich nur fortgesetzt hast.
Du bist – ich werde.
Dir fehlt noch immer – ich brauche schon wieder.

Dein kleiner Bezirk gesichert –
meine ganz große Sache gewagt.
Sorg du für Frieden zuhaus – ich will mich auswärts beeilen.

Arbeit geteilt.
Halt mal die Leiter, während ich steige.
Dein Flennen hilft nichts, da stelle ich lieber den Sekt kalt.
Du mußt nur hinhalten, wenn ich dir von hinten rein.

Meine kleine tapfere Ilsebill,
auf die ich mich voll ganz verlassen kann,
auf die ich eigentlich stolz sein möchte,
die mit paar praktischen Griffen alles wieder heilheil macht,
die ich anbete anbete,
während sie innerlich umschult,
ganz anders fremd anders und sich bewußt wird.

Darf ich dir immer noch Feuer geben?

Wie der Butt zum zweiten Mal gefangen wurde

Sagte ich schon: Mir ging er eines jungsteinzeitlichen Tages in die Reuse. Auf allem, was hätte strittig sein können, hatten damals die Weiber den Daumen drauf. Bekannt ist unser Vertrag: Ich ließ ihn schwimmen, er hat mich mit seinen buttigen Ratschlägen durch die Zeiten gebracht. Durch die Bronze-, die Eisenzeit. Ob frühchristlich, hochgotisch, reformatorisch oder barock, ob aufgeklärt absolutistisch, sozialistisch oder kapitalistisch; der Butt war jeder Zeitenwende, allem modischen Wechsel, den Revolutionen und ihren Rückfällen, der immer neuesten Wahrheit, dem Fortschritt voraus. So half er, mit Vorbedacht, die Männersache zu besorgen. Wir, endlich wir, waren am Drücker.

Bis gestern noch. Jetzt spricht er nicht mehr mit mir. Flehentlich kann ich wiederholt »Buttke!« rufen, kein mir vertrautes »Was gibt's, mein Sohn?« antwortet. Weiber sitzen, ihn richtend, am langen Tisch. Schon ist er hinhaltend geständig. (Und auch ich gestehe, warum der Butt mich und die Männersache seit längerem satt hat.)

Als ich ihn, wenige Monate vor der Erdölkrise, wieder mal aus der See rief (um mich in Sachen Einkommensteuer beraten zu lassen), hat er mir den Vertrag gekündigt: »Aus euch Pappis ist ja kein Funken mehr zu schlagen. Nur noch Finten und Tricks. Jetzt werde ich mich«, sagte er wie zum Abschied, »ein wenig um die Ilsebills kümmern müssen.«

Natürlich biß er in trüber Ostsee an. Er hält auf Tradition. Wenn schon nicht in der Danziger, dann in der Lübecker Bucht, in jener Brühe, die Holsteins östliche Küste bespült, zwischen den Leuchttürmen Cismar und Scharbeutz, eine Seemeile vom Teerrand der Badestrände entfernt, willigte er bewußt ein und suggerierte – wie er später vor Gericht zugab – »den drei gelangweilten Damen ein wenig Anglerglück«.

Sieglinde Huntscha, die eine Zeitlang nur auf »Siggi« hörte, Susanne Maxen, »das Mäxchen« genannt, und Franziska Ludkowiak, die »Fränki« gerufen wurde, hatten in dem Küstendorf Cismar für ein paar Stunden ein Segelboot gemietet und ödeten einander bei mehr Flaute als Brise in ihrem Jargon an. Drei hartgesottene Mädchen, die (wie du, Ilsebill) zur Gruppe der Dreißigerinnen zählen – Mäxchen Anfang, Fränki Ende Dreißig – und die, wenn sie sprechen, nach jeweils paar Sätzen verächtlich ausspucken, ziemlich alles Scheiße nennen, beschissen finden oder bekackt.

Wahrscheinlich weil sich Siggi, das Mäxchen und Fränki aus vagen Gründen als Lesbierinnen begriffen und deshalb einem feministischen Zirkel angehörten, dessen erstes

Gebot den radikalen Verzicht auf penetrierende Männer aussprach, hatte Siggi ihren Spazierstock – ein ordinär männliches Stück mit metallenem Reiseandenkenbeschlag – ins Boot mitgenommen. Dieser Stock diente als Angel. Ein gewöhnlicher Bindfaden hing ihm an. Der Haken war eine geschlechtslose Nagelschere. Fränki faltete Schiffchen aus Zeitungspapier. Auch die trieben unbewegt. Kein Mützchen voll Segelwind wollte aufkommen.

Nicht mal, daß Siggi Anglerwitze erzählte. Man schipperte ohne Kunstfertigkeit. Man motzte sich mit den extravaganten Reizwörtern der längst verebbten Studentenbewegung an. Man fand das alles – und auch Siggis Angelei – ziemlich beschissen. »Was uns praktisch fehlt«, sagte Fränki beim Schiffchenfalten, »ist ne ideologisch saubere Überichstütze.« Da biß der Butt an.

Glaub mir, Ilsebill! Aufs Stichwort mit Absicht. (Später vor Gericht sagte er aus, es sei gar nicht einfach gewesen, an einem der zwar spitzen, aber doch mobilen Schenkel der Nagelschere Halt zu finden. Er habe sich deshalb die Oberlippe doppelt durchbohrt.)

Es war das Mäxchen, dem der bekannte Schrei gelang: »Da ist einer dran! Zieh Siggi! Hol ihn rein! Mannomann!«

Und das seit Jahrtausenden: das große Aha. Und die Erwartung: Wird es diesmal der ungewöhnliche, der ganz seltene, nein, einmalige, der legendäre, uralte Fisch oder doch nur wieder ein vergammelter Schuh sein? Glück an der Angel. Du mußt nur geduldig schweigen. Zeitlos die Zunge mümmeln. Nichts oder das Gegenteil denken. Dich aufheben, bis du beliebig bist. Oder das richtige Köderwort aussprechen. Oder selber Haken und Köder sein. Das sich ringelnde Würmchen.

War aber blank die Schere als Haken und hatte dem Butt doch Appetit gemacht. Da lag er nun platt auf dem Bootsboden. Seine Oberlippe blutete erst, als ihm Siggi vorsichtig und doch mit mannhaft zu nennendem Mut das Nagelscherchen aus dem Wulst zog. Seine bestaunenswerte Größe. Nie (außer dazumal) wurde in der Ostsee ein so gewichtiges Exemplar gefangen. Fast meine ich, mein neolithischer Fang sei weniger ansehnlich gewesen. Er hat sich ausgewachsen seitdem. Mehr Steine buckeln und runzeln seine Haut. Sollte auch er mit der Zeit altern, sterblich sein?

Trotz der Größe: Noch war es ein gewöhnlicher Fisch, den die drei Mädchen bestaunten. Fränki sprach von einem Klassebutt und schlug vor, ihn in Weißwein mit Kapern zu dünsten. In einem der vielen Konsumläden, die das Ostseebad Scharbeutz zum Einkaufszentrum machen, habe sie frischen Dill gesehen. Siggi wollte ihn beiderseits ölen, mit Basilikum aus der Dose bestreuen und im Backofen bei mittlerer Hitze eine halbe Stunde lang garen lassen.

Die drei wohnten in einer als Ferienwohnung vermieteten Landarbeiterkate. Das Mäxchen aß keinen als Fisch erkennbaren Fisch: Ihhh! Deshalb schlug Fränki vor, den Butt zu filetieren, in Streifen geschnitten in Ei zu wälzen und in Fett schwimmend gebacken als Fisch unkenntlich zu machen.

Siggi sagte: »Verdammt! Das hätte unsere Billy erleben müssen. Die hätte uns den Butt auf Estragonbutter gedünstet und womöglich mit Cognac flambiert.« Und Fränki hakte nach: »Was, Mäxchen? Wenn unsere Billy dir den Butt mit allem Drum und Dran tischen würde? Na? Immer noch ihhh?«

Doch das Mäxchen wollte weder so noch so und auch nicht nach Billys Art. Mäxchen wollte den Butt, kaum hatte ihm Siggi die Nagelschere aus dem Wulst der Oberlippe gezogen, wieder in die trübe Ostsee werfen: Der gucke so bös überquer. Der bringe bestimmt Unglück. Der blute so menschlich rot. Den habe man nicht zum Spaß gefangen. Der sehe nur täuschend aus wie ein Fisch. Da sprach der Butt.

Nicht etwa laut, eher im Umgangston sagte er: »Welch ein Zufall!« Er hätte auch sagen können: »Wie spät ist es eigentlich?« Oder: »Wer führt in der Bundesliga?«

Siggi, Fränki und das Mäxchen waren, wie man sagt, sprachlos. Erst später, als der Butt schon drauflos schwadronierte, gelangen dem Mäxchen halblaute Ausrufe wie: »Is ja'n Heuler. Einfach schockig. Mannomann! Wenn den unsere Billy mitbekommen hätte.«

Fränki und Siggi jedoch blieben stumm. Mit doppeltem Verstand versuchten sie, das Geschehen vom Sonntag nachmittag aufzuarbeiten, den angeblichen Zufall zu widerlegen, das irrationale Ereignis mit Vernunft zu unterfüttern und hinter der harmlosen Märchenlogik – so hatte der Butt sich vorgestellt: »Sie kennen doch gewiß, meine Damen, das Märchen ›Von dem Fischer un syner Fru Ilsebill‹« – den Plan zu entdecken: Wer spreche da zu welchem Zweck? Was müsse (vor dem Verbalisieren) zuerst rationalisiert werden: das Sprechvermögen oder die Aussage? Wolle hier verspätet und rückwirkend mittelalterliche Scholastik den Beweis antreten, daß das Böse fischige Gestalt annehmen könne? Habe man es mit dem personifizierten Kapitalismus zu tun? Oder noch widersprüchlicher: Spreche sich etwa neuerdings dergestalt Hegels Weltgeist aus?

»Wer bist du!« schrie mitten in einen buttigen Schachtelsatz Franziska Ludkowiak, die als Fränki den blechbeschlagenen Spazierstock, Siggis nun ledige Angel, gegriffen hatte und bereit zu sein schien, den ungeladenen Besuch wieder auszuladen: Der sei aus dem Zwischenreich des Unterbewußtseins gekommen. Der mache spaltsüchtig und erinnere an Filme, in denen der Irrsinn leicht versetzt aus rissigen Spiegeln schaue. (Fränki haßte Mystifikationen, so gerne sie sich vom Mäxchen die Karten legen ließ.)

Nun ist die Frage »Wer bist du?« schon oft bei ähnlich erstaunlichen Anlässen gestellt worden. Meistens wurde

Antwort verweigert oder nur dunkel raunend Auskunft gegeben. Der Butt jedoch betrieb keine Geheimniskrämerei. Zuerst bat er um gelegentliche Wassergüsse – was Siggi mit einer leeren Konservendose besorgte –, dann sollte seine immer noch blutende Oberlippe mit einem Tempotaschentuch abgetupft werden – Siggi half –, und schließlich erklärte er sich ohne Wenn und Aber.

Nach knapper Schilderung der neolithischen Situation und sachlicher Darstellung des vaterlosen Matriarchats führte er mich, den unwissenden Fischer, ein und legte dar, welche Gründe ihn bewogen hatten, sich in meine Aalreuse zu zwängen und sich vertraglich als Berater zu empfehlen.

Er nannte mich einen jungsteinzeitlichen Tölpel von durchschnittlicher Beschaffenheit. In unmündigem Zustand gehalten, sei ich nicht fähig gewesen, das totale Fürsorgesystem weiblicher Herrschaft zu erkennen oder gar zu durchbrechen. Einzig meine bildnerische Begabung, der zwanghafte Drang, Zeichen, Ornamente, Figuren in den Sand zu ritzen, habe ihm Hoffnung gemacht, ich könne, auf seinen Rat hin, Voraussetzungen schaffen für die schrittweise, er sagte, »evolutionäre« Ablösung der Weiberherrschaft. Das sei auch gelungen, wenngleich in der Weichselregion um zwei Jahrtausende verspätet. Auch danach habe er seine Last mit mir gehabt. Wann immer ich zeitweilte, ob während der Hochgotik, ob im Jahrhundert der Aufklärung, sei ich ein Versager gewesen. Überhaupt könne er der Männersache, so leidenschaftlich einseitig er sie betrieben habe, nichts mehr abgewinnen. Aber das sei nun mal seine Art: Immerzu müsse er experimentieren. Man dürfe die Schöpfung nicht als abgeschlossen werten. Er sehe sich in Einklang mit dem alten Häretiker Bloch. (Und er zitierte den Philosophen: »Ich bin. Aber ich habe mich nicht. Darum werden wir erst.«) Deshalb wolle er – er bitte die Damen, ihn einfach Butt zu nennen – eine neue Phase der Humanentwicklung einleiten. Die Männersache gebe nichts mehr her. Demnächst werde eine Krise weltweit das Ende maskuliner Herrschaft signalisieren. Die Herren seien bankrott. Machtmißbrauch habe ihre Potenz verausgabt. Keiner Impulse mehr fähig, versuche man jetzt, den Kapitalismus durch den Sozialismus zu retten. Das sei ja lachhaft. Er, der Butt, wolle sich fortan behilflich nur noch dem weiblichen Geschlecht zuwenden. Nicht etwa, indem er an Land bleibe. Man möge verstehen, er brauche sein Element. Und weil er sich der Gastfreundschaft dreier Damen erfreue, denen das verhunzte Mann-Frau-Verhältnis nur dumpfes Einerlei bedeute, hoffe er auf Verständnis für sein Elementarbedürfnis.

»Kurzum«, sagte der Butt abschließend, »Sie, meine Damen, setzen mich wieder frei; und ich berate Sie in jeder Lebenslage, aber auch grundsätzlich. Hier, heute gilt es, die Zeitenwende zu datieren. Auf dem Machtwechsel der Geschlechter beruht mein Prinzip. Die Frauen sind aufgerufen. Nur so können wir der Welt, unserer armen, weil aller Hoffnung entfallenen Welt, dem Spielball nur noch ohnmächtiger Männlichkeit einen neuen, sagen wir ruhig femininen Sinn geben. Es ist ja noch nichts verloren.«

Natürlich riefen Siggi, Fränki, das Mäxchen nicht einfach: »Topp! Machen wir. Die Sache ist perfekt. Wie geritzt.« Denn hätten sich die drei ohne weiteres auf den Vorschlag des Butt eingelassen, ihn wieder der Ostsee gegeben und sich, wie mit Handschlag, seiner Beratung versichert, wäre der weitläufige Vorgang meiner jahrtausendelangen Zeitweil verborgen geblieben; weil aber der Butt nicht freigesetzt, sondern fleißig mit Wasser begossen, mit bluttupfendem Tempotaschentuch gepflegt und endlich an Land gebracht wurde, kam alles raus, ist die mündende Weichsel der exemplarische Ort, wurde ich beispielhaft, muß ich mich häuten, beichte ich Ilsebill, schreibe ich auf, steht hier geschrieben.

Sachlich erklärte die promovierte Juristin Sieglinde Huntscha ihren Standpunkt: Das Angebot des Butt sei interessant, doch könne man nicht ohne Rücksprache mit dem gewählten Vorstand der feministischen Dachorganisation ja oder nein sagen. Schließlich habe der Butt selbstredend verkündet, daß die Zeit männlicher, das heiße einsamer Beschlüsse abgelaufen sei. Er werde verstehen, daß sein Teilgeständnis Fragen aufwerfe, die man nicht hier an Bord einer gemieteten Jolle erörtern werde. Man wolle das bisher Ausgesagte sofort zu Protokoll nehmen. Er, der Butt, möge sich als in Untersuchungshaft befindlich ansehen. Sie, Sieglinde Huntscha, garantiere ihm einwandfreie Behandlung. Fränki sagte: »Ist doch gemütlich bei uns. Oder?«

Der Butt antwortete zuerst kühl, dann mit drohendem Unterton: »Meine Damen! Freiwillig habe ich mich in Ihre Macht begeben. Mein faires Angebot, fortan nicht mehr die Männersache zu fördern, sondern der Frauenbewegung, den vielen wild entschlossenen, aber auch ratlosen und immer noch muttchenhaften Ilsebills behilflich zu sein, diese meine Gunst bleibt weiterhin angeboten. Doch sollten die Damen vorhaben, meine buttige, ins Urdunkel weisende Existenz als exemplarischen Fall in die Öffentlichkeit zu zerren, werde ich mich mit, man mag sagen, männlicher Härte zu wehren wissen. Zurückschlagen werde ich schonungslos. Mich zum Gegner zu haben ist nicht vergnüglich. Mir ist soziologisch nicht beizukommen. Keine juristische Spitzfindigkeit – sollten Sie richten wollen – könnte mich nageln. Kein menschliches Gesetz ist mir angemessen. Doch allen Grund hätten Sie, mich zu fürchten.«

Das Mäxchen war auch ein wenig verängstigt: »Der meint, was er sagt.« Doch Siggi und Fränki blieben hart wie nach Vorschrift: Durch Drohungen sei man nicht einzuschüchtern. Den Ton kenne man. Gottvater und so. Die übliche männliche Anmaßung.

Jetzt kam natürlich eine frische Brise auf. Sie segelten flott nach Cismar, einem ostholsteinischen Dorf mit sehenswertem Kloster. In ihrer strohgedeckten Landarbeiterkate für Touristen versorgte Fränki den Butt in einer Zinkbadewanne. Später holte sie Seewasser in Kanistern. Das Mäxchen kaufte in Eutin ein Buch voller Anleitungen für die Haltung von Meeresfischen in Aquarien. Währenddessen telefonierte Siggi, nachdem sie alles zu Protokoll gebracht hatte, vom dörflichen Postamt aus mit Berlin, Stockholm, Tokio, Amsterdam und New York. Das kam ziemlich teuer, auch wenn sie sich für das Hauptgespräch von der Dachorganisation zurückrufen ließ. Die Feministinnen in aller Welt waren natürlich begeistert, als sie vom sprechenden Butt und dessen phänomenalem Geständnis hörten, zumal das frauenfeindliche Märchen »Von dem Fischer un syner Fru« überall, sogar in Afrika und Indien, Entsprechungen hat.

»Wetten?« sagte Siggi zu Fränki. »Die ziehen ein Tribunal auf, und zwar – dafür laß mich sorgen – bei uns in Berlin. Ist doch ein klassischer Fall.«

Das Mäxchen sagte aus seinem Spezialbuch heraus: »Issen ganz gewöhnlicher Steinbutt. Kommt im Atlantik, Mittelmeer, in der Nordsee, selten nur noch in der Ostsee vor. Frißt Algen, Kerbtiere und so.«

Seine Oberlippe blutete nicht mehr. Flach lag er auf dem Wannenboden. Neben der Wanne hielt Siggi ein Tonbandgerät bereit. Doch der Butt schwieg sich aus.

Und du, Ilsebill? Hättest auch du für das Tribunal, für die öffentliche Abrechnung gestimmt?

Ilsebill sagte: »Natürlich nicht, Liebster. Damit du zufrieden bist: Ich hätte den Butt wieder schwimmen lassen und mir als erstes, wie im Märchen, was Dolles gewünscht. Zum Beispiel eine vollautomatische Geschirrspülmaschine und noch viel mehr, immer mehr.«

Vorgeträumt

Vorsicht! sage ich, Vorsicht.
Mit dem Wetter schlägt auch das bißchen Vernunft um.
Schon ist Gefühl zu haben, das irgendwie ist:
irgendwie komisch, unheimlich irgendwie.
Wörter, die brav ihren Sinn machten,
tragen ihr Futter gewendet.
Zeit bricht um.
Wahrsager ambulant.
Zeichen am Himmel – runenhafte, kyrillische –
will wer wo gesehen haben.
Filzschreiber – einer oder ein Kollektiv – verkünden
auf Kritzelwänden der U-Bahnstationen: Glaubt mir glaubt!

Jemand – es kann auch ein Kollektiv sein – hat einen Willen,
den niemand bedacht hat.
Und die ihn fürchten, päppeln ihn hoch mit Furcht.
Und die ihr Vernünftlein noch hüten,
schrauben die Funzel kleiner.
Ausbrüche von Gemütlichkeit.
Gruppendynamische Tastversuche.
Wir rücken zusammen: noch vermuten wir uns.

Etwas, eine Kraft, die noch nicht, weil kein Wort taugt,
benannt worden ist, verschiebt, schiebt.
Das allgemeine Befinden meint diesen Rutsch
(zugegeben: wir rutschen) mehrmals und angenehm
vorgeträumt zu haben: Aufwärts! Es geht wieder aufwärts.

Nur ein Kind – es können auch Kinder im Kollektiv sein –
ruft: Da will ich nicht runter. Will ich nicht runter.
Aber es muß.
Und alle reden ihm zu: vernünftig.

Das war im August, als sie ihn aus der Lübecker Bucht fischten. Mit British Airways wurde er nach Berlin eingeflogen. Anfang September mieteten sie in Steglitz ein leerstehendes Kino, das »Stella« geheißen hatte und später von der Presse hämisch »Der Pißpott« genannt wurde. Sie benötigten fünf Wochen Streit, um aus sieben, (nach Spaltungen) neun Frauengruppen endlich die Vorsitzende des Tribunals und acht Beisitzerinnen zu wählen: alle, bis auf die Hausfrau Elisabeth Güllen, berufstätig, weshalb das Tribunal nur am Nachmittag und gelegentlich übers Wochenende tagte.

Sie einigten sich rasch auf die Anklägerin. Und da der Angeklagte auf einen Verteidiger seiner Wahl verzichtete, beriefen sie einstimmig eine immer adrett gekleidete Pflichtverteidigerin. Im Verlauf der Fraktionskämpfe verzankten sich Siggi, Fränki und das Mäxchen; nur die Anglerin Sieglinde Huntscha machte mit beim Prozeß.

Mit seinen weinroten Klappsitzen faßte das ehemalige Kino 311 Besucher. Eine Galerie gab es nicht. Da viel technische Apparatur eingebaut werden mußte, fehlte Geld für die Renovierung des algengrün tapezierten Saals; so blieb das Kino gemütlich und hielt einen Rest Kinogeruch.

Zwar klappte es anfangs nicht mit der Organisation, doch glaub mir, Ilsebill, ich werde nicht auf Nebensächlichkeiten rumreiten – bei uns Männern klappt es ja auch nicht immer –, sondern gleich zur Sache kommen: Mitte Oktober, kurz nachdem wir nach Hammel zu Bohnen und Birnen gezeugt hatten, wurde die Anklageschrift verlesen; doch erwarte bitte von mir keinen korrekten Prozeßbericht: Einerseits bin ich kein Jurist, andererseits (wenn auch schwankend) Partei; schließlich hat man mich, meinen Fall mitverhandelt, ohne daß ich Schlagzeilen machte.

Es war einmal ein Butt. Der glich dem aus dem Märchen. Als er eines Tages von Frauen, die ihn gefangen hatten, vor ein Tribunal gestellt wurde, wollte er kein Wörtchen sagen, nur flach, stumm, vielfältig gerunzelt und uralt in seiner Zinkwanne liegen. Doch weil ihn sein dröhnendes Schweigen auf die Dauer langweilte, begann er immerhin mit den Seitenflossen zu spielen. Und als ihn die Anklägerin, Frau Sieglinde Huntscha, ohne Umstand fragte, ob er das plattdeutsche Märchen »Von dem Fischer un syner Fru« bewußt in Umlauf gesetzt und so seine nachgewiesene, seit der Jungsteinzeit anhaltende Beratertätigkeit verharmlost, ins Gegenteil gekehrt, also bösartig verfälscht und tendenziös, auf Kosten der Fischersfrau Ilsebill, zugespitzt habe, konnte sein Schiefmaul nicht anders.

Der Butt sagte, er habe nur das Erzählbare eines komplizierten, weil Jahrtausende währenden Vorgangs, der sich, trotz gelegentlicher Auswüchse, zum Wohle der Menschheit vollzogen habe, in einfache Worte gefaßt und dem Volksmund überliefert. Genau diesen Text, aber auch die geschichtsträchtige Urfassung habe der romantische Maler Philipp Otto Runge der Erzählung eines alten Weibleins nachgeschrieben. Er, der Butt, könne nicht dafür, daß die historisch genaue Aufzeichnung des Malers von den Brüdern Jakob und Wilhelm Grimm im Beisein der Dichter Arnim und Brentano überängstlich verbrannt worden sei. So habe nur seine Legende in der beliebten Sammlung »Kinder- und Hausmärchen« Aufnahme gefunden. Immerhin sei die volkstümliche Mär bis heutzutage zitierfähig geblieben. Sogleich gab der Butt ein Beispiel: »Myne Fru de Ilsebill – will nich so, as ik woll will.«

Doch als der Butt philologisch auswucherte und hessische, flämische, elsässische und schlesische Textvarianten des Märchens herzusagen begann – »hochinteressant eine lettische Variante« –, wurde er von der Anklägerin unterbrochen: »Warum, angeklagter Butt, haben Sie das dem Volksmund ausgelieferte Märchen so frauenfeindlich in Tendenz gebracht? Warum haben Sie zugelassen, daß die Verunglimpfung der Frau Ilsebill den Propagandisten des Patriarchats immer wieder zum Triumph verhalf? Man muß ja nur den diffamierenden Kehrreim zitieren. Seitdem kennen wir bis zum Überdruß das Klischee von der ewig unzufriedenen Frau, die immer neue Wünsche hat. Die Konsumhyäne. Ihr Schrei nach dem Pelzmantel. Ihr einziger Herzenswunsch: die angeblich geräuschlose Geschirrspülmaschine. Die eiskalte, immer höher hinaus geilende Karrierefrau. Der männermordende Vamp. Die Giftmischerin. In Büchern, Filmen, auf dem Theater wurden uns Luxusweibchen hübsch dressiert vorgeführt, die ihre hochkarätigen Diamanten im Tresor kühl halten, während die armen Männer sich frühverbraucht abplagen müssen: ausgesogen, abgetan. Alles Rollen, die uns, den Ilsebills, von wem wohl diktiert wurden!«

»Hohes weibliches Gericht!« rief der Butt. »Als mich während der letzten Phase des Neolithikums ein Fischer, vergleichbar dem Fischer im Märchen, in einer Aalreuse fing und wieder in Freiheit setzte, sah ich mich durch die Großmut des jungen Mannes zu beratender Tätigkeit verpflichtet. Mein Gott, war das Bürschchen dumm! Wie überhaupt die Unwissenheit der steinzeitlichen Männer als erschrekkend empfunden werden mußte. Sie handelten, wenn sie handelten, nur aus vagem Gefühl heraus. Wehleidig, wärmebedürftig, verschmust, waren sie vor allem auf Geborgenheit aus. Leicht fiel es den Frauen, ihre Steinzeitmännchen töricht zu halten. Zum Beispiel wußten die Damen, spätestens seit Beginn der Herdenhaltung, daß das Austragen und Gebären von Elchkälbern, Frischlingen und also auch von Kindern nicht selbsttätige Sache der Elchkühe, Wildsäue und Weiber war, sondern der besamenden Zeugung des Mannes, des Bullen, des Ebers und so weiter bedurfte. Aber die Damen behielten ihr Wissen schlau für sich, verrieten sich durch kein Sterbenswörtchen, ignorierten das Recht auf Vaterschaft und wollten die Männer, angeblich aus Fürsorge, nicht aufklären. So blieben sie während Jahrtausenden in Scheingeborgenheit unmündig. Nach heutigem Sprachgebrauch sagt man wohl: Die Damen herrschten durch Informationsvorsprung.«

Weil während der Hauptverhandlung Publikum zugelassen war, wartete der Butt das kurze, über sich selbst erschrockene Gelächter einiger Zuhörerinnen ab und fuhr dann fort: »Unter den herrschenden Frauen ragte eine gewisse Aua hervor, die drei Brüste hatte und idolisiert wurde. Diese Aua tabuisierte jene Impulse, die später, womöglich durch meinen Rat gefördert, all das ausgelöst haben, was wir leichthin Kultur nennen. Gerade Sie, meine verehrte gestrenge Anklägerin, sollten begreifen, daß der Zustand totaler Abhängigkeit emanzipatorisch aufgehoben werden mußte. Zumindest meinem großmütigen Fischer sollte geholfen werden.«

»Durch Männerherrschaft statt Frauenherrschaft?«

Der Butt nannte diesen Einwurf eine Suggestivfrage. Die Anklägerin ließ nicht nach: »Soll etwa anstelle des weiblichen der männliche Informationsvorsprung vom Butt gesetzte Norm bleiben?«

Er antwortete gereizt: »Der historisch bedingte Machtverlust der Frauen wird allgemein überschätzt. Immerhin blieben seit dem Frühmittelalter die Küchen- und Schlüsselgewalt, der Bett- und also auch Traumbereich, die christliche Sonntagsmoral, das wichtige Kleingeld und die mutterbezogene Kinderaufzucht dem weiblichen Geschlecht vorbehalten. Mehr noch: das ahnende Gefühl, die kleine tyrannische Laune, die süße Heimlichkeit, das Jameinen, wenn man nein sagt, die fromme Lüge, das modische Spiel, der alles und nichts bedeutende Augenaufschlag, die rasch und zu jeder Jahreszeit nachsprießenden Wünsche, all die liebenswerten, aber auch kostspieligen Extravaganzen. Ach, mit lebenslänglicher Haft ist oft ein einziges, nie wiederkehrendes Lächeln bezahlt worden. Kurzum: Es blieb wohl Frauenherrschaft genug ...«

Hier wurde dem Butt das Wort entzogen. Auf seine Gestalt anspielend, versicherte die Vorsitzende, Frau Dr. Schönherr, daß sich das feministische Tribunal nicht weiterhin seine Platitüden anhören wolle. Schließlich gebe es schwarz auf weiß die Geschichte, wie sie von Männern gemacht und von Männern unter der Devise »Männer machen Geschichte« interpretiert worden sei. Selbst ein nur flüchtiger Blick in die tägliche Politik lasse erkennen, daß alle Machtpositionen von Männern besetzt seien. Das wisse doch jeder.

Als der Butt, offenbar erregt, dazwischenrief: »Und Kleopatra? Lucretia Borgia? Die Päpstin Johanna? Die Jungfrau von Orléans? Marie Curie? Rosa Luxemburg? Golda Meir? Oder heutzutage die Frau Bundestagspräsidentin?« – wurde ihm von der Anklägerin, Frau Huntscha, die Liste punktum beschnitten: »Alles nur Ausnahmen, die den männlichen Herrschaftsanspruch zu bestätigen haben. Die üblichen Konzessionsfrauen. Ich frage Sie, angeklagter Butt: Haben Sie den Männern geraten, die Geschichte und also die Politik als reine Männersache zu betreiben?«

»Gewissermaßen arbeitsteilig wurde das alles, ich meine den politischen Kleinkram, das sogenannte schmutzige Geschäft, aber auch das risikoreiche Militärwesen, den Männern überlassen, während die Frauen ...«

»Zur Sache! Angeklagter! Sie sind gefragt worden.«

»Zugegeben: Auf meinen Rat hin löste der unterdrückte Mann die vieltausendjährige Phase geschichtsloser Frauenherrschaft ab, indem er sich gegen die Zwänge der Natur stellte, Ordnungsprinzipien entwarf, das chaotische, weil inzestuöse Mutterrecht durch die verantwortliche Disziplin des Vaterrechts ersetzte, der apollinischen Vernunft Geltung verschaffte, utopisch zu denken und praktisch Geschichte zu machen begann. Oft zu herrschaftsbetont, wie ich gestehen muß. Zunehmend kleinlich den Besitzstand sichernd. Allzu zaghaft das Neue wagend. Und immer wieder gegen meinen ausgleichenden Rat. Denn im Prinzip plädiere ich für die Gleichberechtigung der Geschlechter. Immer schon. Heute noch. Doch als ich während der jungsteinzeitlichen Spätphase gefangen wurde, blieb mir keine andere Wahl. Denn hätte mich eine Frau und nicht ein fischender Mann gefangen, wäre ich nicht freigesetzt, sondern nach den Regeln neolithischer Kochkunst überm Feuer gegart worden. Oder etwa nicht? Zu Sauerampfer und Schwadengrütze? Na also. Hübsch auszudenken die Folgen. Im Grunde wäre ich ja durchaus für die fortgesetzte Fürundfürsorge zu gewinnen gewesen. Hätte auch Rat gewußt. Zu dumm, daß mich ein Mann fing. Doch angenommen: Wenn Sie, meine verehrte Anklägerin, mich nicht erst kürzlich glückhaft in der Lübecker Bucht, sondern schon damals, im Flachwasser der mündenden Weichsel gefangen, freigesetzt, unter langfristigen Beratervertrag genommen hätten? Welche Möglichkeiten! Wer weiß, wer weiß! Gewiß wäre dann die Geschichte anders verlaufen. Womöglich gäbe es gar keine Daten. Unsere Welt wäre, na, sagen wir: paradiesischer. Ich müßte in keiner Zinkwanne den nikotinhaltigen Saalmief einer Veranstaltung ertragen, die sich Tribunal nennt. Alle Ilsebills wären mir dankbar. Aber leider: Es fing mich ein dummer, wenn auch nicht unbegabter Junge, der gar nicht begreifen wollte, wen er sich eingefangen hatte.«

Danach vertagte sich das feministische Tribunal, weil die Pflichtverteidigerin, Frau von Carnow, den Antrag stellte, es möge geprüft werden, unter welchen Bedingungen eine neolithische Frau den gefangenen Plattfisch wieder freigesetzt und womöglich in beratender Funktion unter Vertrag genommen hätte. Auch verlangte die Verteidigerin einen wenn auch nur skizzenhaften Entwurf der menschlichen Entwicklung bis in die Gegenwart, vorausgesetzt, es wäre dazumal beim Matriarchat geblieben. Frau von Carnow sagte: »Falls das feministische Tribunal bereit sein sollte, einen fairen Prozeß zu garantieren, müßte es auch in der Lage sein, beweiskräftige Alternativen zu entwickeln.«

Ehrlich, Ilsebill: Viel kam nicht dabei raus. Zwar begaben sich die neun Berliner Frauengruppen in Klausur. Zwar kamen in Ansätzen rückwirkende Utopien zu Papier. Zwar wurden aus femininer Sicht neunmal paradiesische Zustände beschrieben. Aber als die Entwürfe miteinander verglichen wurden und zum gemeinsamen Konzept verarbeitet werden sollten, brach regelrecht Krieg zwischen den Gruppen aus. Ein Jammer! Der »Sozialistische Frauenbund« weigerte sich, die, wie man sagte, »sexuelle Hackordnung« der »Lesbischen Aktion« ernst zu nehmen, während die als »liberale Chaotinnen« eingestuften Mädchen der Gruppe »Brot & Rosen« das Papier der sogenannten »Quasselgruppen« als »Sozialromantik« disqualifizierten. Dem »Frauenkollektiv Ilsebill« wurde vorgeworfen, es strebe einen »Scheiß-Bienenstaat mit Königin, Arbeiterinnen und Drohnen« an. Die »Feministische Initiativgruppe 7. August« – das ist der Tag, an dem der Butt zum zweitenmal gefangen wurde – machte sich mit einer Vision lächerlich, nach der durch genetische Eingriffe menstruierende, empfangende, austragende, gebärende, säugende Männer möglich sein sollten. Und als die dem »Sozialistischen Frauenbund« abgespaltene, vermutlich maoistische Gruppierung »Roter Pißpott« ihre Utopie der radikalen Rückkehr zu neolithischen Zuständen entwickelte, wurden ihre Mitglieder verdächtigt, Agentinnen des CIA zu sein und Schlimmeres.

Das war natürlich ein Fressen für die Presse. Hämische Glossen in allen Klatschspalten. Frau Dr. Schönherr hatte als Vorsitzende Mühe, ihren Laden zusammenzuhalten und den Prozeß fortzusetzen. Schließlich wurde ihre Kompromißfassung von allen zerstrittenen Gruppen und Kollektiven genehmigt. Ursula Schönherr verlas die knappe Formulierung: »Nach Meinung des feministischen Tribunals läßt sich die Frage des Butt, wie sich die menschliche Gesellschaft entwickelt hätte, wenn das Matriarchat nicht durch das Patriarchat verdrängt worden wäre, natürlich nur hypothetisch beantworten: Es ginge heute sicher friedfertiger, sensibler, ohne Individualanspruch dennoch kreativer, allgemein zärtlicher, trotz Überfluß dennoch gerechter und, weil ohne männlichen Ehrgeiz, nicht so verbissen, sondern heiterer zu; auch gäbe es keinen Staat.«

Jedenfalls ging es weiter. Der Butt blieb in Haft. Doch zunehmend gab er einzig das Wort »Unpäßlichkeit« zu Protokoll. Um seine Stimme zu schonen, wurde auf Antrag der Verteidigung ein Rauchverbot ausgesprochen, das alle im ehemaligen Kinosaal sitzenden Personen betraf.

Danach verlief der Prozeß drei vier Tage lang ruhig. Bereitwillig gab der Butt Auskunft über meine neolithische Zeitweil: erheiternde Anekdötchen. Das Publikum war begierig, jene fürsorglichen Tricks zu erfahren, mit denen Aua uns Männer Jahrtausende lang konserviert hat. Als der Butt jungsteinzeitliche Gerichte hersagte – Glumse zu Fladenbrot aus Eichelmehl und Schwadenkorn, Wildgans im Lehmmantel gebacken –, schrieb das Publikum eifrig mit. Auch wurden Auas Rezepte in Tageszeitungen, auf der Hausfrauenseite nachgedruckt: »Steinpilze à la Aua, in heißem Aschenbett gegart.«

Erst als der Butt immer wieder von Auas drei Brüsten, von der dreibrüstigen Aua, vom Mythos der dritten Brust sprach, kam Unruhe auf und wurde in Verhandlungspausen die Frage diskutiert: »Ist Frauenherrschaft nur mit Hilfe einer dritten Brust zu erlangen? Fehlt uns Frauen womöglich was?«

An den Wänden der Toiletten des ehemaligen Kinos fanden sich erste zeichnerische Beschwörungen des dreibrüstigen Herrschaftsprinzips. (Später füllte die Dreierbrust leere Plakatflächen in U-Bahnstationen. Auf Brandmauern, Bauzäunen sprach sich mit Pinselschwung ein urmännlicher Wunsch aus.) Als der Butt behauptete, nicht seine gutgemeinten Ratschläge hätten das Ende matriarchaler Totalfürsorge herbeigeführt, sondern der plötzliche, auch ihm unerklärliche Wegfall der dritten Brust, mußte sich das feministische Tribunal abermals vertagen.

Frau Huntscha sagte: Die jungsteinzeitliche Periode sei abgeschlossen, die Schuld des Butt aus Sicht der Anklage bewiesen, nur müsse noch, vor der Verkündung des Urteils, das angefallene Material geprüft werden, insbesondere die folgenden Behauptungen des Butt. Erstens: Es habe im Neolithikum dreibrüstige Frauen gegeben; zweitens: Nur mit Hilfe der dritten Brust sei es gelungen, den vaterrechtlichen Machtanspruch zurückzuweisen; drittens: Allenfalls dreibrüstig lasse sich wieder feminines Recht erwirken. Auch habe das Gericht zu prüfen, ob der nach dem angeblichen Wegfall der angeblichen dritten Brust weiterhin praktizierte Auakult während der Bronze- und Eisenzeit restliche Rechte des Matriarchats habe schützen können. Schließlich könne die These des Butt, der Auakult sei bis in die ersten christlichen Jahrhunderte, kaschiert als Marienkult, wirksam geblieben, nicht einfach überhört werden. Vielmehr müsse die feministische Bewegung prüfen oder durch einen Sonderausschuß prüfen lassen, ob die dritte Brust als Merkmal früher Frauenherrschaft anerkannt werden könne. Gegebenenfalls habe man sich zur eigenen Vorvergangenheit zu bekennen und den Kult der neolithischen Dreibrüstigkeit zu erneuern. Man werde Gutachten einholen. Man möge schon jetzt geschlechtsbewußte Künstlerinnen auffordern, dem Auakult in zeitgemäßer Form künstlerischen Ausdruck zu geben. Allerdings laufe man auch Gefahr, einer trickreichen Legende aufzusitzen.

Warnend rief die Anklägerin: »Indem wir den Mythos der drei Brüste reproduzieren, kommen wir womöglich nur der Wunschprojektion des Mannes, dem maskulinen Tittentrauma entgegen. Denn den Männern – das sollte bekannt sein – waren zwei Brüste noch nie genug.«

Um es kurz zu machen: Nach langem Hin und Her – die üblichen Fraktionskämpfe fanden statt – beschloß das feministische Tribunal, bei einer Gegenstimme, die dritte Brust als praktische oder denkbare Möglichkeit zu verwerfen. Frau Dr. Schönherr (die übrigens ideell meiner Aua gleicht) gab die ohnmächtige Gegenstimme ab. Die bekritzelten Wände der Kinotoiletten wurden übertüncht. Vergeblich natürlich. Immer wieder versuchten sich Kugelschreiber und Filzstifte zeichnerisch. Poppige Poster kamen in den Handel. Sogar Schulkinder sollen, von Lehrern angestiftet, Auas Reichtum weiträumig und in Farbe gekleckst haben. Und ein Bäcker in Tempelhof fand, als er Aua aus Hefeteig buk, reißenden Absatz.

Natürlich mußte, nach so viel öffentlichem Unfug, das von der Vorsitzenden des Tribunals verlesene Urteil streng sein: »Der Butt ist für schuldig befunden worden. Sein einseitiger Rat hat nur die Männersache gefördert. Rücksichtslos hat er die Einführung des Vaterrechts betrieben. Auch wenn er lange Zeit erfolglos geblieben ist, belastet ihn seine frauenfeindliche Absicht. Bei der Begründung des Urteils durfte die angebliche Vielzahl von Brüsten neolithischer Frauen nicht ins Gewicht fallen.«

Hättest auch du so gesprochen? Ach Ilsebill! Es war ja alles ganz anders. So wichtig Brüste, zwei oder drei, sind oder waren, so selbstvergessen ich Aua dreibrüstig in den nassen Seesand geritzt, aus Tonerde geknetet, in Holz gekerbt, aus einem Bernsteinklumpen geschabt habe, wirklich entscheidend ist nur die Frage gewesen: Wer hat, als wir froren und alles roh fraßen, das Feuer vom Himmel geholt?

Und du, Butt? Warum hast du vor dem Tribunal verschwiegen, daß kein Mann, nein, unsere Aua dem alten Himmelswolf das Feuer gestohlen hat? Du wirst dich nicht erinnern wollen, wie oft ich, sobald wir auf Schwemmsand unser Gespräch fortsetzten, dein Prometheusmärchen verlachte. Wie sagtest du? »Das Feuer ist männliche Tat und Idee zugleich.« Dein Schwindel sollte unser Selbstbewußtsein stärken. Nein, Butt. Du weißt es. Kein Mann, Aua ging zum himmlischen Wolf, der das Feuer hütete, und lag bei ihm. Das hast du nicht glauben wollen. Jetzt klagen dich die Feministinnen an. Alle Ilsebills weisen auf dich. Gestehe ihnen, wer das Feuer zur Erde gebracht hat. Verrate ihnen – sie wissen es nicht –, wo Aua die drei Stückchen Glut versteckt hatte. Das blieb nicht folgenlos. Sag ihnen alles, Butt. Die Ilsebills müssen das wissen. Auch klitzeklein die Nebensache.

Fleisch

Rohes faules tiefgefroren gekocht.
Es soll der Wolf (woanders der Geier)
anfangs das Feuer verwaltet haben.
In allen Mythen war listig die Köchin:
in nasser Tasche hat sie drei Stückchen Glut,
während die Wölfe schliefen (die Geier
umwölkt waren) bei sich verborgen.
Sie hat das Feuer vom Himmel gestohlen.

Nicht mehr mit langen Zähnen gegen die Faser.
Den Nachgeschmack Aas nicht vorschmecken mehr.
Sanft rief das tote Holz, wollte brennen.
Erst versammelt (weil Feuer sammelt)
zündeten Pläne, knisterte der Gedanke,
sprangen Funke und Namen für roh und gekocht.

Als Leber schrumpfte über der Glut,
Eberköpfe in Lehm gebacken,
als Fische gereiht am grünen Ast
oder gefüllte Därme in Asche gebettet,
als Speck auf erhitzten Steinen zischte
und gerührtes Blut Kuchen wurde,
siegte das Feuer über das Rohe,
sprachen wir männlich über Geschmack,
verriet uns der Rauch,
träumten wir von Metall,
begann (als Ahnung) Geschichte.

Wo das gestohlene Feuer kurze Zeitlang versteckt wurde

In unseren frühen Mythen gab es kein Feuer: Es schlugen zwar Blitze ein, Moore entzündeten sich selbsttätig, aber nie gelang es uns, die Glut zu hüten, immer starb sie uns weg. Also aßen wir den Dachs, die Elchkuh, das Schneehuhn nur roh oder auf Steinen getrocknet. Und im Dunkeln hockten wir frierend.

Da sprach zu uns das morsche Holz: »Jemand, dessen Fleisch auch Tasche ist, soll zum Himmelswolf steigen. Er verwahrt das Urfeuer, aus dem alles Feuer, auch der Blitz kommt.«

Deshalb mußte eine Frau gehen, denn das männliche Fleisch hat keine Tasche. Also stieg eine Frau über den

Regenbogen und fand den Himmelswolf, wie er neben dem Urfeuer lag. Er hatte gerade knusprigen Braten gegessen. Davon gab er der Frau einen Rest. Sie kaute noch, als er traurig sagte: »Ich weiß, du willst Feuer holen. Hast du auch eine Tasche?«

Als die Frau ihm ihre Tasche zeigte, sagte er: »Ich bin alt und sehe nichts mehr. Lege dich zu mir, damit ich dich prüfen kann.«

Da legte sich die Frau zum Wolf. Und er prüfte ihre Tasche mit seinem Wolfsglied, bis er sich ganz erschöpft hatte und auf ihrem Fleisch einschlief. Als sie ein Weilchen und noch ein Weilchen gewartet hatte, ließ sie seinen Prüfer aus ihrer Tasche gleiten, kippte ihn, wie er auf ihr lag, seitlich weg, sprang auf die Füße, schüttelte sich ein bißchen, nahm dann drei Stückchen glühende Holzkohle vom Urfeuer und versteckte sie in ihrer Tasche, wo sie sogleich den Wolfssamen auffraßen, daß es zischte.

Da erwachte der Wolf, denn er mochte gehört oder gespürt haben, daß Glut seinen Samen in der Tasche der Frau verzehrte. Er sagte: »Ich bin zu erschöpft, um dir zu nehmen, was du gestohlen hast. Aber hör gut: Das Urfeuer wird dort, wo deine Tasche sich öffnet, ein Zeichen einbrennen. Das wird dir als Narbe bleiben. Die Narbe wird jucken und jucken. Und weil es juckt, wirst du dir wünschen, daß jemand kommt und das Jucken wegmacht. Und wenn es nicht juckt, wirst du dir wünschen, daß jemand kommt und dir das Jucken macht.«

Da lachte die Frau, denn noch brannte die glühende Holzkohle nicht bis zum Schmerz, weil ihre Tasche immer noch feucht war. So sehr lachte sie, daß sie sich verklemmen mußte. Und lachend sagte sie zu dem müden Wolf: »Du alter Sack. Lüg mir nicht in die Tasche. Ich werd dir zeigen, was ich noch alles kann. Da wirst du staunen.«

Also stellte sie sich breitbeinig über das Urfeuer, hielt aber, damit nichts rausfiel, zwei Finger vor ihre Tasche und pißte in das Urfeuer, bis es erloschen war. Da weinte der alte Himmelswolf, denn nun konnte er keinen knusprigen Braten mehr essen, nur noch roh in sich reinschlingen. Das soll die irdischen Wölfe mörderisch und zu Menschenfeinden gemacht haben.

Gerade noch rechtzeitig stieg die Frau über den schon verblassenden Regenbogen zur Erde nieder. Sie kehrte zu ihrer Horde zurück und schrie, weil ihre Tasche nun trocken war und von der glühenden Holzkohle gebrannt wurde. »Aua! Aua!« schrie sie und machte sich urlautlich einen Namen.

Die Narbe im Eingang ihrer Tasche jedoch, die ihr der alte Himmelswolf als Jucknarbe vorausgesagt hatte, wurde später Klitoris oder der Kitzler genannt, blieb aber zwischen Wissenschaftlern, die den Ursprung des Orgasmus erforschen, bis heute umstritten.

Jetzt hatten wir Feuer. Nie starb uns die Glut weg. Immer hielt sich ein Räuchlein. Doch weil uns eine Frau das Feuer gebracht hatte, wurden wir taschenlosen Männer von den Frauen abhängig gehalten. Wir durften nicht mehr dem Himmelswolf, nur noch der himmlischen Elchkuh opfern.

Lange wußten wir nichts von der Funktion und vom Ursprung der Jucknarbe. Denn Aua, als sie zurückgekehrt war und sich ausgeschrien hatte, erzählte nur beiläufig, daß der alte Wolf nett zu ihr gewesen sei, daß er ihr einen Hasen am Urfeuer gebraten habe, daß Hasenbraten himmlisch schmecke, daß sie seitdem die Garküche kenne, daß sie dem Wolf vorgejammert habe, wie kalt und dunkel es unten sei, daß er von allen Opfern zu seiner Ehre Elchkälber bevorzuge, daß sie ihm seinen linken hinteren Wolfsfuß gesäubert – denn der sei eitrig gewesen – und mit Heilkräutern, die sie ja immer bei sich führe, verbunden habe, daß er, der Arme, nun nicht mehr hinken müsse, daß er ihr deswegen dankbar drei Stückchen glühende Holzkohle vom Urfeuer geschenkt habe und daß der himmlische Wolf –

allem männlichen Aberglauben zum Trotz – eine Wölfin sei.

Sonst erzählte uns Aua nichts. Und auch ich wüßte nichts, wenn ich über die klitzekleine Narbe nicht grundsätzlich nachgedacht und Ilsebills Kitzler mit anderen Mythen verglichen hätte. Doch der Butt wollte nicht glauben. Der glaubt nur an seine Vernunft.

Was uns fehlt

Vorwärts? Das kennen wir schon.
Warum nicht rückentwickeln, rasch
und ohne zu zeitweilen.
Jeder darf irgendwas mitnehmen, irgendwas.

Schon entwickeln wir uns –
und blinzeln links rechts – zurück.
Unterwegs lassen sich einige abwerben:
Wallenstein stellt Regimenter auf.
Wegen der Mode schert jemand gotisch-ekstatisch aus
und wird (in Brabanter Tuch) von einem Pestjahr erwischt.
Während die Völkerwanderung hinläppert,
spaltet sich eine Gruppe (wie bekannt) mit den Goten.
Die ihre Zukunft als späte Marxisten gesucht hatten,
wollen nun frühe Christen sein oder Griechen
vor oder nach der dorischen Säuberung.

Endlich sind alle Daten gelöscht.
Keine Erbfolge mehr.
Angekommen sind wir steinzeitlich blank.
Doch habe ich meine Schreibmaschine dabei
und reiße aus Riesenlauchblättern DIN A 4 große Bögen.
Die Faustkeiltechnologie, Feuermythen,

die Horde als erste Kommune (wie sie Konflikte austrägt)
und das ungeschriebene Mutterrecht
wollen beschrieben werden;
auch wenn keine Zeit geht, sofort.

Auf Lauchblätter tippe ich: Die Steinzeit ist schön.
Ums Feuer sitzen: gemütlich.
Weil eine Frau das Feuer vom Himmel geholt hat,
herrschen die Frauen erträglich.
Was uns fehlt (einzig) ist eine griffige Utopie.
Heute – aber das gibt es nicht: heute –
hat jemand, ein Mann, seine Axt aus Bronze gemacht.
Jetzt – aber das gibt es nicht: jetzt –
diskutiert die Horde, ob Bronze Fortschritt ist oder was.

Ein Amateur, der wie ich aus der Gegenwart kommt
und seine Weitwinkelkamera mitgenommen hat,
will uns, weil die Geschichte knallhart begonnen hat,
der kommenden Zeit überliefern:
in Farbe oder Schwarzweiß.

Gastlich von Horde zu Horde

Jedenfalls wurden wir zu spät aufgeklärt. Wenn mir der Butt gleich anfangs, als ich ihn aus der Aalreuse holte, gesagt hätte: »Mein Sohn! Möchtest du vielleicht wissen, woher die vielen Kinderchen kommen? Und auch die Elchkälber? Und wie sich die Bienen und Sumpfdotterblumen besamen, vermehren?« – dann hätte ich »Ja!« gesagt. »Erzähl mal, Butt, wie das geht. Aua behauptet immer, sie und die Elchkühe täten das ganz aus sich. Allenfalls helfe der vollfette Mond dabei. Mit uns Edeks und den Elchbullen habe das nichts zu tun.«

Aber der Butt klärte uns nicht rechtzeitig auf. Zwar quasselte er vom uns fehlenden, immer noch fehlenden Vaterrecht, aber daß wir, die Elchbullen und die Edeks, zeugungsfähig seien, daß unser Gestöß sich folgenschwer entlade, daß jener glibbrige Rotz, den wir und die Elchbullen zwar blindlings und dennoch zielgerecht ausscheiden, Samen heiße, befruchten könne, die Weiber und Kühe aufgehen lasse, endlich zur Kindsgeburt, zum Kälberwurf führe und uns Männer deshalb, wenn nicht individuell, so doch prinzipiell als Väter ausweise: das alles, diese notwendige Elementaraufklärung, blieb uns der Butt während Jahrhunderten schuldig.

Schämte er sich? Wußte selbst er nicht? Nicht einmal über Rogen und Milch der Ostseeheringe, die uns Fischern anschaulich waren, hielt er einen kleinen aufklärenden Vortrag. Statt dessen Nachrichten über entlegene Kulturen und abstraktes Gefasel über vaterrechtliche Besitzansprüche, sein ewiges Fortschrittsgetön.

Was hat er mir in den Ohren gelegen, der Butt. »Auf Kreta, mein Sohn, wo König Minos und seine Brüder herrschen« – dabei herrschten auch dort die Weiber unter der Hand –, »wird die bronzene Doppelaxt weiterentwickelt, werden nicht weidengeflochtene Hütten gewurstelt, sondern Paläste mehrstöckig gebaut, schreibt man auf Tontäfelchen Haushaltsrechnungen, ist man nicht Horde und Clan, sondern im Stadtstaat organisiert, hat kürzlich ein Künstler und Ingenieur namens Dädalus ...« Aber das sagte mir wenig. Das schlug im Sumpfland der Weichselmündung nicht an. (Du weißt ja, Ilsebill, daß ich zur Butter Brot brauche.)

Einzig die minoische Handkäsezubereitung, die mir der Butt wie nebenbei erklärte, habe ich Aua vermitteln können, auch wenn wir keine Rinder, Ziegen und Schafe kannten. Die kamen erst mit den weitgereisten Skythen aus der Tiefe des russischen Raumes, wo kein Butt Kultur propagierte, wo die Barbarei zweifelsfrei war.

Unser Käse wurde Elch- und Renkühen abgewonnen. Beiläufig gab ich Aua den Tip, die Milch in Schalen, die ich aus Ton formte, stehen, säuern, gerinnen, Wasser abstoßen, unter Druck ausscheiden zu lassen, dann handlich zu pressen, in Lattichblätter zu wickeln und verschnürt in windkrumme Weiden zu hängen.

Aua nahm das wie eigenständige Produktion. Nichts ahnte sie von König Minos und der ersten europäischen Großkultur. Und wenn viel später die eisenzeitliche Wigga unsere Ziegen- und Schafsmilch, bevor sie käsig wurde, als Quark mit Dorschrogen mengte, dann hat sie ohne kretischen Einfluß ein Gericht erfunden, das noch heute auf der Insel für ein paar Drachmen als Voressen serviert wird.

Erst zu Mestwinas Zeit wurde neben Stutenmilch Schafs- und Kuhmilch verarbeitet. Wir nannten unseren Handkäse Glumse. Die Milch glumste, wurde glumsig. Als Schäfer war ich Mestwinas Glumser. »Glumskopp«, ein zärtliches Schimpfwort. Wie auch die Zeiten ins Haus standen, kühl gelagerter Handkäse war immer gewünscht.

Für Dorothea von Montau, die keine Fleischfaser duldete, gab Glumse, gequirlt mit geröstetem Gerstenschrot, eine hochgotische Fastenspeise ab, die an Festtagen wie Mariä Lichtmeß getischt wurde. Auch krümelte sie Glumse in ihre Lauchsuppen.

Und als wenig später die deutschherrischen Ordensritter in ihrer Burg neben dem Hakelwerk ausgehungert werden mußten, schleuderten die städtischen Bürger, um ihrem Spott Gestalt zu geben, handlich zu Kugeln geformte Glumse in die belagerte Ordensburg. Das demoralisierte die Deutschherren. Sie gaben auf.

Die Äbtissin Margarete Rusch hat Wachteln und Bekassinen, bevor sie die Vögelchen am Spieß reihte, mit gut gepreßter Glumse und Preiselbeeren gefüllt, was ihr nach Zunftessen die talerharte Gunst der Jopenbierbrauer, Böttcher und reichen Tuchmacher eingetragen haben soll.

Und die Küchenmagd Agnes Kurbiella tischte dem Dichter Opitz, der den Kümmeltick hatte, Glumse mit Kümmel vermengt; die sollte seinen nervösen Magen schonen. (Doch nie hat er ein jambisch glumsendes Verslein geschrieben. Kein Reim auf Glumse ist ihm gelungen.)

Zu Pellkartoffeln hat die Gesindeköchin Amanda Woyke, außer sparsam Sonnenblumenöl, den Tagelöhnern und dem leibeigenen Gesinde der Preußisch-Königlichen Staatsdomäne Zuckau sonntags Glumse, die Woche über fettlosen Quark aus Molke in Schüsseln gerichtet. Manchmal gab es Zwiebelringe dazu.

Als Danzig Napoleonische Republik war und deshalb von Russen und Preußen belagert wurde, lernte der französische Gouverneur den Einfall der Köchin Sophie Rotzoll schätzen, an Pferdebraten, geschnitten aus den krepierten Hengsten seiner polnischen Ulanen, zum Schluß süßsauer Glumse und Rosinen zu rühren.

Lena Stubbe hat ihre ärmlichen Kohlsuppen, denen nur wenig Rindsknochen Geschmack und einsame Fettaugen gaben, mit Bröcklein Glumse geschönt. Oder sie kochte aus Sauermilch Suppen, in die sie Altbrot würfelte oder Gurken schnitt, die man der Volksküche Ohra wohltätig gespendet hatte. In ihrem proletarischen Kochbuch stand das Rezept: Saurer Hering in Glumse.

Als Billy mit ihren Freundinnen Vatertag feierte und die Welt noch heiter zu sein schien, gab es nach Steaks und Hammelnieren über Holzkohlenglut bulgarischen Schafskäse, der unserer heimischen, minoisch beeinflußten Glumse verwandt ist.

Und auch Maria Kuczorra, die als Kantinenköchin der Lenin-Werft in Gdańsk über Vorräte und deren Preise wacht, ißt polnische Glumse vom Messer, wenn sie stier vor sich hinschweigt.

Wie ja auch meine Ilsebill, seitdem sie schwanger (von mir) ist, wie süchtig nach Quark, Kefir, Dickmilch, Joghurt, der Verwandtschaft der Glumse verlangt. Doch über die Fortentwicklung unserer minoisch beeinflußten Handkäsebereitung sagte der Butt so gut wie nichts aus. Auch daß er uns zu spät aufgeklärt hat, will er nicht zugeben. Vielmehr behauptet er vor dem Tribunal, Aua und die anderen Weiber hätten wenn nicht gewußt, dann geahnt, was und wer sie Mal um Mal schwängerte, daß sie nicht Mütter einzig aus sich, sondern durch Zutat waren. Aber es habe Aua nicht gefallen wollen, diese Ahnung als Halbwissen preiszugeben und Vaterschaft wenn schon nicht individuell, dann prinzipiell zu bestätigen.

Stimmt das, Ilsebill? Habt ihr gewußt und nichts gesagt? War uns Männer dumm zu halten neolithische Methode? Habt ihr euch zugezwinkert? Seid ihr Weiber euch damals schon einig gewesen?

Ich mag dem Butt nicht glauben. Immer nur meckert er. Alles macht er mies. Wie wenig wir Edeks, die faulen Pomorschen, bereit gewesen seien, Vaterschaften zu beanspruchen, Familien zu gründen, Besitz zu vererben, Dynastien aufblühen, wuchern, degenerieren zu lassen. Nichts habe uns als Väter bewiesen. Keine anzügliche Henkelform sei uns zu Tongefäßen eingefallen, kein steinerner Phallus als kulturelles Zeugnis gelungen. Vergeblich habe er uns vom minoischen Stier erzählt. Zwar kaninchenhaft stößig seien wir gewesen, doch weil unserer Zeugungskraft unbewußt, kulturlose Schlappschwänze zugleich.

Das ist ungerecht, Ilsebill. Der Butt unterschlägt, daß uns die minoische Milchverarbeitung relativ früh angeregt hat. Als könne man Glumse nicht zur Kultur zählen. Als komme es immer und nur auf Vaterschaft an. Als hätten wir unsere Glumse – gastlich von Horde zu Horde – nicht weitergereicht.

Wie wir uns Besuch zum Abendessen laden – meine mit Reibkäse überbackenen Auberginen, dein knackiger Salat – und Gegeneinladungen zu labbrigen Hormonhähnchen in Currysoße befürchten müssen, so hatten wir auch in der Spätphase meiner neolithischen Zeitweil Gäste. Damals wie heute: Man kann auf Dauer nicht geizig für sich bleiben, auch wenn uns die netten Leute von nebenan mit ihren ewigen Eheproblemen nicht hundertprozentig passen; wir Menschen sind nun mal als gesellig definiert.

Hatte doch schon der Butt unsere Abkapselung bemängelt und mir geraten, Kontakt mit der, wie er wisse, seit Jahrhunderten landeinwärts seßhaften Nachbarhorde zu suchen: »Raus aus dem Sumpfland, mein Sohn! Bewegt euch! Wenn ihr schon nichts von der minoischen Großkultur übernehmen wollt und mit eurer Glumse als Errungenschaft zufrieden seid, dann sucht wenigstens hierzulande Vergleich von Horde zu Horde, damit ihr eines Tages Großsippe, Stamm, endlich Volk werdet. Und wenn euch eure Aua in dem Glauben hält, es gebe nur sie und euch und sonst nichts außer euch und ihr, solltest du meinem Wissen vertrauen, mein Sohn: Auch hinterm Berg ist noch Welt, gibt es Leute, vermehrt man sich lustig. Ihr seid nicht allein.«

Also überredete ich einige Jäger unserer Horde, nicht nur nahbei in den Sumpfbrüchen den Elch und den Wasserbüffel zu jagen, sondern dem Lauf der Radune aufwärts zu folgen und die angrenzenden Wälder zu durchstreifen. Mein Fischerrat, wenn der Aal von dort komme, flußabwärts wandernd die Mottlawe, Wistulle, die offene See suchend, werde dort auch noch anderes sein und nicht nur nichts, fand zögernd Zustimmung. Angst mußte geduckt werden: »Was soll uns schon viel passieren. Wir bleiben in Flußnähe. Und wenn es zu duster wird, machen wir kehrt.«

Zwar kannten wir die Waldränder vom Pilzesammeln, Wurzelziehen, von vorsichtiger Dachs- und Wildsaujagd, aber tief hinein in den Dämmerwald hatten wir uns noch nie gewagt. Unser Mut war auf Sumpf und Moor bezogen; doch kurzum, wie der Butt sagt: Wir brachen auf. Ohne Auas Wissen schlichen sechs Flachlandjäger und ich durch gehügelte Buchen- und Eichenwälder in die später Kaschubei genannte Wald- und Wasserlochlandschaft des Baltischen Höhenrückens; pfeifend übrigens. So früh lernten wir die Lippen zu spitzen und das Hausmittel gegen die Angst anzuwenden.

Vielleicht solltest du wissen, Ilsebill, daß unsere Gegend damals relativ jung war, erst nach der vorläufig letzten Eiszeit entstanden, als sich bei uns mit dem abfließenden Wasser die baltische Küste zurechtrückte. Davor, in der Riß-, Würm-, Zwischeneiszeit, gab es hier nichts, nur Zeit und Gletscher. Erst nach der Würmperiode, als anderswo schon Idole geschabt und Felsbilder geritzt wurden, folgten dem weichenden Eis unsere altsteinzeitlichen Vorfahren. Sie fanden eine ungemütliche Gegend vor. Denn die zuerst vorrückenden, dann sich zurückziehenden Gletscher hatten den kaschubischen Bergen die Spitzen abgehobelt. Moränengeröll und Urstromtäler zeigten ihren Fluchtweg an.

Unterwegs fanden wir sieben pfeifenden Flachlandbewohner grobgehauene Faustkeile, die Zeugnis von der Urhorde in einer Zeit gaben, als noch der Himmelswolf das Feuer hütete, Rohkost alltäglich war und unsere Aua nichts zu sagen hatte; auch (ich bin sicher) gab es damals den Butt noch nicht.

Nach dem vorläufigen Rückzug der Gletscher (sie werden wiederkommen, wie sie allzeit wiedergekommen sind) soll es bei uns nur windige Steppe, Geröllhalden, glucksende Moore und sich unruhig immer neu bettende Flüsse gegeben haben. Erst mit dem warmen Nachfolgeklima kamen die Wälder. Und nur an der Küste hielt sich der Ursumpf zwischen den verzweigt mündenden Flüssen. Ren, Elch und Wasserbüffel hatten sich dorthin zurückgezogen. Doch im bewaldeten Hügelland erschreckte uns außer dem Wolf und dem Bär, die wir kannten und mieden, neues Getier: Waldpferde zum Beispiel, der Luchs und der Uhu. Wir suchten die Nähe unserer nach Hause fließenden Radune und pfiffen immer kunstvoller gegen die Angst an. So, nur so, angstgetrieben die Lippen spitzend, ist der Mensch auf die Musik gekommen, auch wenn der Butt meint, der Urgrund aller Künste sei geistiger Art.

Und nach dem dritten Tag unserer verbotenen Reise standen wir sieben Sumpf- und Moorjäger sieben Waldjägern gegenüber, auf Wurfweite im Farn. Zwischen uns glatte Buchen, Pilze vereinzelt oder in Hexenkreisen, ein betriebsamer Ameisenberg, schräg einfallendes Filterlicht.

Kannst du mir glauben, Ilsebill: Nicht nur wir hatten Bammel, die auch. (Und wie uns hätte man die Fremden leise zwischen den Zähnen pfeifen hören können.) Natürlich verglichen wir erstmal, einander uns annähernd, deren Steinäxte, Speer- und Pfeilspitzen mit unserem Gerät. Wir bevorzugten Feuersteine, die wir an einem Stück kreidiger Steilküste, dem späteren Adlershorst, fanden. Die Waldjäger kannten Feuerstein nicht und behalfen sich mit Quarzit, Kieselschiefer und Felsgestein. Wenn uns die Schärfe unserer Feuersteinschneiden auf den ersten Blick überlegen machte, sahen wir doch, daß die Waldjäger wuchtige, nicht bloß zugehauene, sondern geschliffene Steinäxte mit sich trugen, deren Stielloch gebohrt war – aber wie? Wir schnürten noch immer Axt oder Beil an den gespaltenen Schaft. Mag sein, daß unsere schilfblättrig zulaufenden Feuerstein-

Pfeilspitzen gleichermaßen die Neugierde der Waldjäger erregten. Jedenfalls zeigten wir uns, nicht ohne Drohgebärden, wechselseitig unsere Ausrüstung, blieben aber handlungsunfähig, weil wir ohne Aua nicht zum Entschluß kommen konnten. Obgleich uns die Lust dreinzuhauen und zuzustechen regelrecht Gliederzucken bereitete, hielten wir Abstand; und auch die Gegenseite zappelte ohne Entschluß.

Genau, Ilsebill: Unsere Leute schickten mich, den schnellen Läufer, in Richtung Küste, Rat bei Aua zu holen, und auch bei den Waldleuten wurde einer von sieben rückwärts ins Dickicht geschickt. Wie gehetzt bin ich durch den schrecklichen Wald gerannt, in dem es, außer Luchs und Uhu, das fabelhafte Einhorn gab. Was ich erlebte unterwegs – zwei Wölfe mit bloßer Hand erwürgt, dem Braunbär vorn reingespießt, hinten raus, den Luchs mit dem Pfeil (und das nachts) zwischen die Leuchtaugen getroffen, das Einhorn genarrt, daß es sich in die Buche, Ulme, den Ahorn, nein in die Eiche bohrte –, das alles gehört nicht hierher, bleibt Nebensache, denn nur die Botschaft zählte.

Die letzte Wegstrecke saß ich einem Waldpferd drauf, das ich im Sprung bestiegen hatte. Das Reiten machte mir Spaß. Erst als der Wald sich lichtete und unter mir unser Flachland, die mündenden Flüsse Radune Mottlawe Wistulle, die immer dunstigen Moore, davor der Dünenkamm, die weißen Strände und das Baltische Meer lagen, warf mich die Stute ab. Zwei Tage und eine Nacht bin ich gerannt und geritten, zum Schluß, weil hoch zu Roß, laut singend.

Aua hörte sich meinen atemlosen Bericht ohne Zwischenfragen an, hielt ohne mich Weiberrat, kam mit zwei Weibern, die mir einen vollgepackten Korb aufluden, gab der zurückbleibenden Horde fürsorgliche Anweisungen und ordnete für mich und ihre Begleiterinnen – zwei junge Dreibrüstige – den beschwerlichen Fußmarsch an.

Diesmal erschreckte kein Luchs. Kein Einhorn stand schimmernd im Farn. Schon war mir der Urwald bekannt. In Auas Gegenwart zu pfeifen verbot sich. Aus der Radune spießte ich stehende Hechte. Wo uns bekannte Pilze wuchsen, kochten wir ab. Ein Töpfchen voll Glut im Aschenbett gehörte zu unserem Reisegepäck. Feistschenklige Frösche, Walderdbeeren größer als je geträumt. Mir, dem Pfadfinder, ging es gut: Ich wurde von allen drei Weibern gesäugt. Als einmal eine Koppel Waldpferde unter dichtstehenden Buchen aufschreckte, schien Aua entzückt zu sein; gerne hätte ich mich ihr als Reiter gezeigt.

Und dann kamen wir an und sahen: Von unseren sechs Leuten waren einer schwer, zwei leicht verletzt; die Gegenseite hatte vier Leichtverletzte, die neben unseren Blessierten im Farn lagen. Alle wurden von der Aua der Waldhorde und ihren Weibern gepflegt. Die uns bekannten Mittelchen: Ampfer, Nesseln und Pfennigkraut. Die andere Aua und ihresgleichen, die aber nicht Aua, sondern Eua hießen, hatten gleichfalls drei Brüste und herrschten wie unsere Aua durch allumfassende Fürsorge. Dieses System kannten wir schon.

Wenn ich kürzlich die mangelnde Solidarität zwischen Frauen in unserer Nachbarschaft (auch sonst allgemein) beklagt habe, kann ich dir heute besseren Bericht geben: Natürlich verstanden sich Aua und Eua blendend. Wie sie sich kichernd ihre Grübchen abtasteten, sich beschnupperten, ihre Kehllaute hochstimmten. Ihren Weiberrat hielten sie abseits unserer lädierten Männlichkeit. Offenbar wurden sogleich von Eua und Aua Einladung und Gegeneinladung ausgesprochen. Nicht Krieg wurde erklärt, sondern zu Tisch wurde gebeten. Denn schon am Abend waren wir mitsamt unseren Verwundeten Gäste der Nachbarhorde, die nicht weitab, zwischen zwei Seen – Wasserlöcher, die von der Eiszeit blieben – seßhaft war. Ich kam mit den Fischern der Nachbarhorde gleich ins Gespräch: Die hatten (außer Reusen) schon Netze. Ich zeigte ihnen, wie das Lügenbein der Waldtauben als Angelhaken zu verwenden ist.

Wir haben gefressen bis zum Magnichtmehr. Natürlich aßen die Weiber für sich und Besonderes. Aber auch wir kamen zu neuem Geschmack. Wenn bei den Weibern nach gebratenen Ukeleis auf heißen Steinen gedünstete Waldpferdleber zu Fladenbrot aus honiggesüßtem Eichelmehl getischt wurde, bekamen wir Edeks geröstetes Stückfleisch vom Wildpferd und obendrein auch die bittersüßen Fladen. Übrigens aßen die Euas und Ludeks, wie die Männer der Nachbarhorde genannt wurden, wie unsere Auas und Edeks jeder vereinzelt und voneinander abgewendet, so daß erst beim gemeinsamen Hordenschiß Stimmung aufkam; doch davon erzähl ich dir später: wie wir während neolithischer Zeitweil einzeln gegessen und den Kot gesellig beschaut haben.

Nach dem Gastmahl packte Aua den Korb aus. Ich wurde dazu gerufen. Mir wurde Ehre zuteil. Denn als Gastgeschenke hatten die Weiber meine keramische Produktion eingepackt: etliche Schalen für Glumsebereitung, die der Butt vor Gericht großzügig der Glockenbecherkultur zugerechnet hat. Drei Töpfe feuerfest, in denen Aua die Magenwände der Elchkuh vorkochte, wie wir heutzutag Kutteln vom Rinderpansen viereinhalb Stunden ziehen lassen. Und elf handliche, um den linken Mittelfinger geformte Tonfigürchen lagen im Korb voller Mitbringsel: dralle, dreibrüstige Auas, die bei uns kultische Verwendung fanden. (Meine buttköpfigen Idole, die Aua nicht mochte, aber immerhin nicht verbot, hatte sie unterschlagen. Natürlich war auch kein einziger keramischer Elchpimmel im Korb.)

Ich wurde von den Euas gelobt und getätschelt. Das Tonbrennen war denen noch unbekannt. Der Künstler der

Nachbarhorde, ein Fischer, den ich später Lud nannte, kam, dazugerufen, hörte sich meinen Kurzvortrag über die Töpferei an, gab aber nur sparsam Anerkennung von sich: ein grimmiger Kerl, der mein Freund werden sollte, immer wieder während dieser und jener Zeitweil: Ach Lud! Wie wir hochgotisch Jopenbier gesoffen, wie wir uns um die Sakramente gestritten, wie wir im barocken Jammertal Käse vom Messer gegessen und zu jeder Zeit die Kunst zerquatscht haben. Kürzlich ist Lud wieder einmal gestorben. Wie er mir fehlt! Ich werde ihm nachrufen, später.

Und zur Nacht wurden die unverletzten und die nur unerheblich am Ohr, an der Nase beschädigten Edeks und Ludeks ausgetauscht: Meine Aua nahm sich den grimmigen Lud, ich fand bei der Eua der Nachbarhorde meine fürsorgliche Aua bestätigt: so umfassend, so bodenlos, so ursächlich, so putzsauber den Kopf leerend, so reich an Grübchen, so weich, so todsicher.

Glaub mir, Ilsebill, das vergesse ich nicht. Immer werde ich auch bei dir Aua und Eua suchen. Und manchmal finde ich beide auf einem Lager mit dir. Kippt mich die eine raus, fängt mich die andere auf. Nie bin ich ganz ohne Zuflucht. Immer hab ich bei Aua bei Eua ein stubenwarmes Zuhause. So lieg ich nie fremd. So haben mich Aua als Eua und Eua als Aua hörig gemacht. Denn stell dir vor: Eua kam wieder mit ihresgleichen und vollgepacktem Korb.

Nach heutigem Zeitmaß: Drei Wochen später waren sie da und hatten auch die sieben Waldjäger und obendrein den immer grimmigen Lud als Gefolge.

Wir tischten, was wir hatten: geräucherten Störrogen, Schwadengrütze in Renkuhmilch gekocht, zu Stücken geschnittenes Wasserbüffelfilet, das, mit Birkenpilzen auf feuchte Weidenzweige gespießt, wie Schaschlik geröstet wurde. Zum Schluß gab es unsere Glumse, gemengt mit Wacholderbeeren. Das alles schmeckte den Euas und Ludeks. Und uns gefielen die Gastgeschenke.

Der Netzfischer und Künstler Lud hatte in seiner Produktion aus granithartem Gestein (womit bloß?) gehauene Mörser und Stößel zum Eichelstampfen, durchbohrte Steinbeile, ein Fischernetz (uns als Muster geschenkt) und etliche aus weichem Kalkstein geschabte Fruchtbarkeitsidole, die aber nicht das Dreibrüstige der Aua oder Eua zum Motiv hatten, sondern ovale, breitlippige Mösen darstellten, deren Spalt geöffnet und tiefgebohrt, deren unterer Lippenschluß dergestalt zum Mundstück geschliffen war, daß sich die handlichen Steinmösen als Trinkschalen für Wasser, auch Beerensaft, für Honigbier, saure Elchkuhmolke und andere Getränke anboten – etwa für das bevorzugte Gesöff unserer Nachbarhorde: entfettete, dann vergorene, süffige, berauschende Stutenmilch, denn die Ludeks aus Euas Horde zähmten Wildpferde, wie wir Elche und Wasserbüffel als Haustiere hielten. Außerdem kläfften Hunde bei denen, bei uns.

Nach dieser Gegeneinladung entwickelte sich zwischen Horde und Horde ein gutnachbarliches Verhältnis. Wir guckten Euas Leuten das Fischernetzknüpfen und Bohren der Steinäxte, endlich das Fladenbrotbacken ab, während uns die Glumsezubereitung, das Angeln mit Haken und das Brennen von Ton zu Töpfen abgeguckt wurde. Auch sonst kam es, wie es der Butt gewünscht hatte, zur Kommunikation. Der Männertausch zwischen Horde und Horde war bald regelmäßig üblich, wenngleich er Konflikte mit sich brachte; denn wir Edeks und Ludeks wurden nicht viel gefragt, mußten einfach, ob es uns paßte oder nicht.

Du wirst das verstehen, Ilsebill: Mit jeder Eua klappte es nicht. Auch unsere Auas gingen manchmal leer aus: Nichts wollte sich rühren. Es gibt frühe Nachmittage, an denen man lieber mit Kieselsteinen spielen, unbenutzt für sich sein, wunschlos in der Nase bohren, schlappschwänzig sein möchte. Manchmal ist einem die eigene Morchel zuwider, lästig, fremd geworden, das störende Anhängsel zwischen den Beinen: ein trotzköpfiges Ärgernis. So lernten wir das Versagen kennen (und die dumme Scham, wenn es nicht klappte). Beschwerden liefen von Horde zu Horde. Zeitweilig war das nachbarschaftliche Verhältnis getrübt. Es kam zwischen den Edeks und Ludeks zu Handgreiflichkeiten, auch zwischen Lud und mir. Wir mußten denen zugehauene Pfeilspitzen aus Feuerstein liefern; die boten nur Hartgestein (ungeschliffen und nicht durchbohrt) als Rohmaterial zum Tausch. Lud nannte meine keramische Produktion niedlichen Kleinkram; ich höhnte: Außer seinen Steinmösen falle ihm nichts ein. Grimm und Harm. Streit und Männergebrüll. Aber zum Krieg kam es nicht. Der Männertausch – wenn auch lustloser – blieb üblich. Dafür sorgten Aua und Eua. Die wurden sich immer einig. Beiden ging es zuallererst ums Prinzip. Allmählich mengten sich Horde und Horde zur Großsippe; später wurden wir Stamm.

Und auch der Butt hat vor dem feministischen Tribunal, trotz aller übergeordneten Bedenken und kritischen Einwände gegen die absolute Fürsorge, den Männertausch eine vernünftige Regelung genannt, weil beide benachbarten Horden so den Gefahren der verblödenden Inzucht begegnet seien.

»Immerhin«, sagte er, »hat mein Rat Isolierung aufheben, Kommunikation schaffen, Degenerierung verhindern, wechselseitige Beeinflussung ermöglichen und die pomorsche Volkswerdung fördern können; wenngleich den Männern im sexuellen Bereich zumindest freie Partnerwahl hätte erlaubt werden müssen.«

Dem stimmten drei der acht Beisitzerinnen des feministischen Tribunals zu. Leider enthielt sich die Vorsitzende, Frau Dr. Schönherr, der Stimme. Und die Anklägerin, Sieglinde Huntscha, sagte: »Den Männern mag das wahllose Bumsen möglich sein; wir Frauen jedoch sollten uns nicht mit jedem Stück Mann, das greifbar ist, abfinden.«

Und du, Ilsebill? Was meinst du? Angenommen, du müßtest mit jedem Kerl, der Lust oder nur halbe Lust hat? Jetzt, wo du schwanger bist und wir in freier Wahl übereinkamen, solltest du meine damalige Not verstehen. Sag, daß das repressiv war, uns einfach von Horde zu Horde auszutauschen: ungefragt, wie es den Weibern grad paßte. Denn mit Gastfreundschaft hatte das nichts mehr zu tun.

Doktor Zärtlich

Fehlt was?
Was fehlt denn?
Dein Atem im Nacken.
Etwas, das lutscht kaut leckt.
Die Kälberzunge, der Mäusebiß.

Es geht ein Wunsch um die Welt nach Nuschelworten,
die keinen Sinn geben.
Kinder lispeln ihn, Greise, die unter der Decke
mit ihrem Daumen für sich bleiben.
Und deine Haut, nun befragt, erschrickt unterm Test:
Scheu, die im Dunkeln (als uns Gesellschaft verging)
nicht abgelegt wurde.

Jemand heißt Doktor Zärtlich
und lebt noch immer verboten versteckt.

Was fehlt,
nennt die zählende Wissenschaft: Streicheleinheiten,
für die es keinen,
vorerst keinen Ersatz gibt.

Gestillt

Die Brust meiner Mutter war groß und weiß.
Den Zitzen anliegen.
Schmarotzen, bevor sie Flasche und Nuckel wird.
Mit Stottern, Komplexen drohen,
wenn sie versagt werden sollte.
Nicht nur quengeln.

Klare Fleischbrühe läßt die Milch einschießen
oder Sud aus Dorschköpfen trüb gekocht,
bis Fischaugen blind
ungefähr Richtung Glück rollen.

Männer nähren nicht.
Männer schielen heimwärts, wenn Kühe
mit schwerem Euter die Straße
und den Berufsverkehr sperren.
Männer träumen die dritte Brust.
Männer neiden dem Säugling
und immer fehlt ihnen.

Unsere bärtigen Brustkinder,
die uns steuerpflichtig versorgen,
schmatzen in Pausen zwischen Terminen,
an Zigaretten gelehnt.

Ab vierzig sollten alle Männer wieder gesäugt werden:
öffentlich und gegen Gebühr,
bis sie ohne Wunsch satt sind und nicht mehr weinen,
auf dem Klo weinen müssen: allein.

Die Runkelmuhme

Und dann fiel die dritte Brust ab. Zwar weiß ich nichts Genaues darüber – das war nicht zu meiner Zeit und mag nach der hundertundelften Auanachfolge geschehen sein –, aber weg war sie, Ilsebill. Doch soll sie nicht langsam weggekümmert sein, sondern urplötzlich gefehlt haben. Nein, nicht weil die Weiber es satt hatten, uns zu stillen und nachzustillen, sondern weil der Butt uns Edeks Gott sein wollte.

Du sagst: »Das ist wieder mal typisch«, aber es gab seinerzeit ein wachsendes Bedürfnis nach Ausgleich, nach einem bißchen männlicher Göttlichkeit. Es sollte der Butt ja nicht einziger Gott, sondern bescheiden nur Nebengott sein. Und irgendwann ließ sich eine der immer noch dreibrüstigen Auapriesterinnen darauf ein, von uns Männern mit Bittgesuchen bedrängt: Sie legte sich mit dem Butt ins Schilf oder auf Laub oder auf ein ausgehandeltes Laub-Schilf-Lager und kam tagsdrauf zurück: ohne mittlere Brust.

Oder kam es ganz anders? Wir Edeks wollten uns, weil ja sonst nichts passierte, einen Spaß machen und die Weiber ein bißchen erschrecken, wie ich dich neulich ziemlich schokkiert habe. »Da glibbert was! Ihhh!« hast du geschrien und die Decke weggestrampelt: Zwischen uns lag er in seiner gewundenen Schönheit armlang auf dem Laken. Das war natürlich unverantwortlich von mir. Jetzt, wo du schwanger bist, hätte der Aal im Bett sonstwas anrichten können.

Damals, zur Zeit der hundertundelften Auanachfolge, töpferte ich heimlich einen Mann lebensgroß, dem auf jeder

Arschbacke zusätzlich eine Stinkmorchel gewachsen war, so daß er drei Auas auf einmal hätte beglücken können. Diesen Mordskerl stellten wir in mondloser Nacht vor die Großhütte der Weiber, worauf am nächsten Morgen (mit noch verschlafenem Blick begriffen) mein Überedek wie echt gewirkt hat. Jedenfalls schrien die Weiber, von denen einige schwanger waren; doch nicht nur Fehlgeburten waren die Folge. Oder hat ein anderer Schock, vergleichbar diesem, die mittlere Brust wie eine Warze weggeputzt? Sie fiel einfach ab. Schon lange überfällig.

Oder es war noch anders. Viel später kam es zum Eingriff. Sogar Wigga hat noch, für uns pomorsche Männer notwendig, die dritte Brust gehabt. Wir änderten unsere Bedürfnisse kaum. Warum auch! (Es ging uns ja verdammt gut.) Doch als Wigga in mehreren Großaktionen die sogenannte Traumrunkel, eine Vielzweckwurzel besonderer Art, wie einen Volksschädling ausrotten ließ und uns jenes Wunschkraut nahm, das während Jahrtausenden, als Priem gekaut, unsere Träume schöngefärbt, unsere Ängste beschwichtigt und unsere Sehnsüchte eingelöst hatte, sahen wir nicht mehr wirklich, was uns Wunsch war.

So riß der Film lebhafter Vorstellung. So verloren wir unsere Unschuld. Weg war die dritte Brust. Weil nicht mehr erträumt, auch nie wieder greifbar. Ungestillt griffen wir fortan ins Leere. Platte Realität hatte uns arm gemacht. Das war schmerzlich, Ilsebill, glaub mir, auch wenn wir nun wunschlos (weil traumlos) nicht mehr begreifen konnten, was uns abhanden gekommen war.

Danach besetzte uns Unruhe, Ungenügen kam auf. Ersatzweise kauten wir später (noch bis zu Sophies Zeit) getrockneten Fliegenpilz – ganz zu schweigen von dem, was heute gekifft, gehascht, mit Tee aufgekocht, in die Vene geschossen wird. Doch nichts reichte und reicht an unsere (ausgerottete) Wunschrunkel.

Und vor dem feministischen Tribunal sagte der Butt, der keine Ahnung von unserer Urdroge hatte: »Nun ja, meine Damen, so flog – und zwar zu Wiggas Eisenzeit – der Schwindel mit den drei Brüsten auf. Endlich sahen die Herren klar. Plötzlich zerstob die Fiktion von der dreieinigen Urmutter. Auf einmal – wir wissen nicht, durch wessen aufklärenden Blitz entmystifiziert – stand die gute alte Wigga mit nur zwei ordinären Titten da. Die darauf folgende Ernüchterung mag den Entschluß einiger pomorscher Männer gefördert haben, sich versuchsweise an der Völkerwanderung zu beteiligen. Nichts Außergewöhnliches. Auch anderswo und viel früher sind Urmütterträume zerstoben. Die kretische Göttin Hera, die als ein Ausbund minoischer Erdmütterlichkeit bekannt war, mußte ihre Vorherrschaft wenn nicht aufgeben, so doch teilen und sich zur Ehe – jawohl Ehe! – mit dem Gott Zeus bequemen. Und auch ich habe zeitweilig, um die trotz Brustverlust weiterhin fürsorgende Urmütterei ein wenig zu relativieren, als Gott Funktion übernehmen müssen. Man bedrängte mich. Mein Jahrtausende langes Bemühen um die Sache der Männer war, trotz aller Fehlschläge, nicht in Vergessenheit geraten. Arbeitsteilig wurde mir das Meeres-, Fluß- und also Fischereiwcsen unterstellt. In einer Poseidon vergleichbaren Rolle habe ich mich – wie der Griechengott im Verhältnis zur pelasgischen Athene – neben dem nachwirkenden Auakult behaupten müssen. Das ging in Athen und anderswo natürlich nicht ohne Streit ab. Sie können sich denken, meine gestrengen Damen, daß die Ablösung des Mutterrechts durch das vernünftige, wenn auch ein wenig fiktive Vaterrecht mehrere Konterrevolutionen zur Folge hatte. Ich muß Sie nicht an die Bakchen, Amazonen, Erinnyen, Mänaden, Sirenen und Medusen erinnern. Schlimm, wirklich schlimm die Geschlechterkämpfe im alten Griechenland. Da ging es an der Weichsel ereignisloser zu. Außer dem plötzlichen Wegfall der dritten Brust gibt es nichts Außergewöhnliches zu berichten. Kein Stoff für Tragödien fiel ab, obgleich damals die unruhigen Goten im Weichselmündungsgebiet Rast einlegten und in ihrem Tatendrang nicht wußten, ob sie nach Norden zurück oder sich gen Süden aufmachen sollten. Bei den Pomorschen hielt die gewohnte Weiberherrschaft an, wenn auch durch mich, den fischigen Nebengott, ein wenig gemildert. Sogar die Dreibrüstigkeit lebte fort: in keramischer Kleinkunst. Doch nichts von Zeitenwende, allenfalls soviel: Seit Wigga wurde die Rübenzucht als Ackerbau betrieben. Sie war eine wahre Runkelmuhme und sah auch so aus.«

Mit ihr wurde der Ackerbau zur Fron. Solange Aua in ihrer Nachfolge fürsorgte, blieben Gerste-, Emmer- und Haferanbau in Grenzen, hielten wir uns als Fischer und Jäger beruflich autonom, waren wir im Schilf und Unterholz, im Moor und auf entlegenen Stränden außer Rufweite, ließ sich auch unterdrückt lustig leben. Erst Wigga spannte uns vor den Holzpflug und schickte uns in die Rüben. Wir mußten Wildwurzeln absämen, denn auf ihrem gartengroßen Versuchsfeld säte Wigga in Reihen Hederich und Runkeln, züchtete sie Vorformen des Rettichs, der Schwarzwurzel und jener Roten Beete, die (aus der Stammwurzel Beta vulgaris gezogen) viel später die Gesindeköchin Amanda Woyke mit Dill zur Rotbeetsuppe verkochte: An heißen Augusttagen wurde sie dem Gesinde der preußisch-königlichen Staatsdomäne Zuckau kalt auf die Felder gebracht.

Jedenfalls nannten die Goten uns abschätzig Wurzelfresser, wie wir sie Eisenfresser nannten, denn die Goitschen waren, was schon Tacitus bei anderen Germanenstämmen beobachtet hatte, zu faul, sich zu bücken. Lieber träumte man fernsüchtig.

Wir haben immer schon gerne Rüben geknabbert. Erinnerlich sind mir saftige, tränentreibende, zwar harte, doch ausgekaut süße Wildwurzeln, die zu Auas Zeiten (wie Vorrecht) ausschließlich von den Weibern gezogen wurden. Und nach Wiggas ersten Zuchtversuchen, die erst zu Mestwinas Zeit zu Ergebnissen (dem Feldrettich) führten, pflegten Dorothea von Montau ihr Fastengärtchen, die Nonne Margarete Rusch den Klostergarten der Birgittinen, Agnes Kurbiella ihre Schonkostbeete: Sie zogen Rüben, die unseren Karotten, der Sellerie, den Teltower Rübchen verwandt waren. Noch später kam aus Bayern, dem Raps abgezüchtet, per Post die Kohlrübe zu uns; sie wurde von Amanda Woyke treffend Wruke genannt und von Lena Stubbe in frühkapitalistischen Hungerzeiten (als Antwort auf die soziale Frage) zentnerweise in Volksküchen verkocht. Aus dem Kriegs- und Grippejahr 1917 überlieferte sich das Merkwort: Kohlrübenwinter.

Nichts gegen Wruken, doch ich meine die lange, straffe, hier gerunzelte, dort fratzenziehende, rundum knollende Urrübe. Spitz lief sie zu in den geringelten Wurzelfäden oder ließ aus rundem Kopf mehrere Fäden laufen. Wo die Urwurzeln zu dicht im Moränengeröll standen, hatten sie einander vielfingrig im Griff. Wir fraßen sie, wie sie kamen: krumm oder grad. Solange kein Schnee alles gleichmachte, wurden in der Jungsteinzeit tagtäglich, ich behaupte: armlange Wurzeln gezogen, die am besten roh schmeckten. Die Weiber durften als erste zubeißen, von der Spitze weg; wir Edeks knabberten den Rest und hielten nur das fragwürdige Recht, bei zweifelhaften Waldpilzen als erste probieren zu dürfen.

Und wie aus allem, das in seiner Form Vergleiche zuließ, machte Aua auch aus dem Wurzelbeißen einen Kult. Anzüglich hielten die Weiber, wenn Opfermond war, die Urrüben vor sich. Bevor sie krachend zubissen, stießen sie kurze wütige Schreie aus, uns Edeks zur Warnung. Als Opfergaben füllten gebündelte Urwurzeln die bleichenden Schädel der Elchbullen. Mit Wurzeln wurde geheilt. Unsere Wunschrüben schossen ins Kraut. Runkelmärchen erzählten sich weiter...

Und einmal haben Aua und ihresgleichen eine mannslange Rübe nach drei Stunden Mühe, in denen elf Weiber ihre Kraft zur Schau stellten, aus einem bis an den Strand laufenden Moränenfeld gezogen. (Wie sich die Weiber in das Rübenkraut gewickelt und ineinander verklammert hatten, wurden sie mir, als endlich die Wurzel kam, zum Bild, das ich in Birkenrinde geritzt und mit Pflanzensaft eingefärbt habe.) So beispielhaft lag die mannslange und ekstatisch gekrümmte Urrübe inmitten der staunenden Horde, daß sie uns beinahe – schon waren einige Weiber stammelnd bereit – einen Rübengott (Ram) eingetragen hätte; aber Aua setzte sich rittlings auf das mutmaßliche Göttergestöß und ließ sich triumphierend von ihren Edeks rundum tragen. Sie duldete nichts außer sich. Der alte Wolfsgott, dem sie das Feuer gestohlen hatte, beanspruchte schon Nebenkult genug. (Und im Untergrund – so munkelte man – versuchten die Edeks, sich einen Fischgott auszudenken.)

Übrigens schmeckte das Monstrum holzig und faulte später. Nicht mal die Wasserbüffel wollten den Rest. Doch das Rübenbeißen blieb weiterhin Spaß und treibt uns Männern bis heutzutag Urängste ein. Noch Dorothea von Montau hat Rüben stellvertretend gegessen, als würde sich ihr der süße Jesus in solcher Gestalt beweisen. Und auch der Äbtissin Margarete Rusch und ihren Nonnen waren Möhren nicht nur Gemüse. Erst Agnes Kurbiella hat Mohrrüben ohne Nebensinn weichgekocht und geschmälzt. Doch gegenwärtig nimmt, mit dem biodynamischen Anbau chemiefreier Gartengemüse, der Wurzelkult wieder zu. Überall wird öffentlich Rohkost verkürzt. Junge Mädchen genieren sich nicht, laut und die Männer erschreckend abzubeißen.

Schon macht die Werbung farbig auf Großflächen mit: Neben und zwischen Käsesorten, Würsten, Schinken und Pumpernickel liegen Rettiche und Radieschen. Natürlich bedeutet das was und gewiß kein zärtliches Knabbern mehr. Noch wird ersatzweise abgebissen. Doch schon verbreitet sich Angst...

Und in einer Prozeßpause – der Butt hatte, während der Fall der eisenzeitlichen Wigga verhandelt wurde, wieder mal seinen Schwächeanfall – sah ich die Anklägerin Sieglinde Huntscha mit großen, leicht gelblichen Schneidezähnen einen Rettich kürzen. Als ich sie im Vorbeigehen grüßte – wir kennen einander von früher her –, biß sie noch einmal zu oder ab, und dann erst, immer noch kauend, erwiderte sie meinen Gruß: »Na, alter Junge. Hat man dich endlich als Publikum zugelassen? Darfst Dankeschön sagen. Und? Wie gefällt dir der Butt? Kommt ganz schön ins Schwitzen. Aber raffiniert, der Bursche. Redet sich raus oder bekommt, wenn ich ihn in der Ecke habe, seinen typischen Schwächeanfall. Wie vorhin, als er uns weismachen wollte, wie natürlich veranlagt die Frauen für Feldarbeit sind. Das ist sein Fortschrittsbegriff: Von der Runkelrübe zu Roten Beeten. Große ernährungsgeschichtliche Leistung und so. Beiträge der Frauen von historischer Bedeutung. Da hab ich mir gleich vom Wochenmarkt paar Rettiche kommen lassen. Willste auch mal?«

Und Sieglinde Huntscha gab mir den Rest. Ich knabberte wie ein Kaninchen, das anders nicht kann. Dann wurde wieder der Fall Wigga verhandelt. Der Butt hatte sich offenbar erholt. Und auch ich durfte mich endlich, dank Siggis Befürwortung, zum Publikum zählen.

Das ist doch ungerecht, Ilsebill. Sie wollten mich anfangs nicht zulassen. Mein mit schriftlichen Angaben gestützter

Einspruch, ich sei es gewesen, der vom Neolithikum bis in die Gegenwart jeweils im Verhältnis zu Aua, Wigga, Mestwina, zur hochgotischen Dorothea, zur dicken Gret, zur sanften Agnes, zur preußischen Amanda und so weiter gelebt habe, wurde vom Butt nicht bestätigt – die Männer seien zu jeder Zeitweil beliebig gewesen – und von den Beisitzerinnen des Tribunals verlacht: Da könne ja jeder kommen. Der Herr Schriftsteller suche wohl Stoff, wolle sich anbiedern, mal wieder schmarotzen, seine Komplexe in Literatur ummünzen, uns womöglich die Hausfrauenrente aufschwatzen und ähnliche Beschwichtigungen. Doch diesmal gehe es nicht um Reförmchen, nein, um den Butt als Prinzip. Die Einzelschicksale angeblich betroffener Männer könnten nicht interessieren. Das kenne man bis zum Überdruß.

Mein Zeugnisrecht wurde bestritten. Mir wurden runde viertausend Jahre Vergangenheit abgesprochen. (Als sei ich nicht immer noch jungsteinzeitlich geschädigt.) Nicht mal als Publikum sollte ich geduldet werden. Denn die angeblich frei zugelassene Öffentlichkeit wird streng gesiebt: auf zehn Frauen ein Mann. Und selbst die wenigen zugelassenen Männer müssen sich mit Testaten ausweisen, auf denen ihnen Häuslichkeit (Kochen Putzen Babypflege) von ihren berufstätigen Frauen bestätigt wird. (»Er macht regelmäßig den Abwasch.«)

Endlich, als ich meinem dritten Antrag auf Publikumswürdigkeit zwei fotokopierte Briefe von dir beilegte, in denen du, neben häuslichen Tugenden, meine gebrochene Männlichkeit als Grundlage unseres Verhältnisses gewertet hast, versprach man mir wohlwollende Prüfung der Unterlagen. (Danke, Ilsebill.)

Vielleicht sollte ich gestehen, daß ich dennoch von Prozeßbeginn an Zuschauer gewesen bin. Ein Elektriker, der vom Vorführraum des ehemaligen Kinos aus die Saalbeleuchtung, den Tiefstrahler über dem Butt, die Sprechanlage und den Bildwerfer für Prozeßmaterial (Dokumente, Statistiken) bedient, ließ mich, solange der Fall Aua verhandelt wurde, durch ein quadratisches Kleinfenster in den Saal gucken und über Kopfhörer auch akustisch dabeisein. Kumpelhafte Solidarität unter Männern? Mag sein. Jedenfalls war er so freundlich, auch wenn ihm zum feministischen Tribunal nur immer ein einziger Kommentar einfiel: »Butt müßte man sein. Die ziehen vielleicht ne Schau ab, die Weiber.«

Dann, endlich, wurde ich zugelassenes Publikum. Als Wigga, die Urwurzel, der erste Rübenanbau, mein eintöniges Köhlerdasein, unser Gastvolk, die schmarotzenden Goitschen, und meine kurzfristige Teilnahme an der Völkerwanderung verhandelt wurden, saß ich in der Reihe elf auf einem weinrot gepolsterten Kinositz. Links neben mir eine Oma mit bitterer Lache. Rechts von mir eine junge Manzi, die giftgrün einen überlangen Schal strickte. Ich grüßte links rechts, ohne als irgendwas – wenn schon als Mann nicht – bestätigt zu werden.

Vor seinem Schwächeanfall – er trieb in seiner Wanne mit weißer Unterseite bauchoben – hatte der Butt, um von seiner Beratertätigkeit abzulenken, wortreich und mit kühnen Redefiguren die eisenzeitliche Wigga als Wurzelgöttin und Heldin des Rübenanbaus, als verdiente Großfrau und Runkelmuhme gefeiert; dann kam ihn, weil von der Anklage mitten im Redefluß unterbrochen, Schwäche an: Es mußte pausiert werden. Sieglinde Huntscha ließ sich Rettiche kommen, biß einem Rettich die Spitze ab, gab mir den Rest und plauderte drauflos, bis uns ein Klingelzeichen wieder in den Saal rief.

Dort ging es bald, weil die Rüben nichts mehr hergaben, um den Freiheitsbegriff der Germanen, insbesondere der gotischen Männer. Der Butt, angeklagt, die Völkerwanderung angeregt und die Pomorschen zur Teilnahme überredet zu haben, verteidigte sich nicht nur mit schlankweg gesprochenen Stabreimen aus nordischen Heldenepen, sondern griff seinerseits an: »Was, meine gestrengen Damen, berechtigt Sie, mich als verruchten Verführer einzustufen? War es nicht eher so, daß das allzu doktrinäre und nach Aua immer bedrückender werdende Weiberregiment selbst den von Natur gutmütigen pomorschen Mann anfällig machen mußte für das freie, geradezu volksdemokratische Gehabe der Gotenmänner? Denn Knechtsnaturen waren sie keine. Stundenlange Thingsitzungen hielten sie ab. Jeder widersprach jedem. Sogar ältere Gotenfrauen durften vom Rande her Rat erteilen und aus geworfenen Runen Raunsprüche ableiten. Also die Weiber immerhin zugelassen. Schließlich gab es die germanische Einehe. Väter und Mütter hatten sich was zu sagen. Bei den Pomorschen hingegen herrschte noch immer vaterrechtslose Vielmännerei. Von früh an benutzt, ja, abgenutzt, ging den Männern das letzte bißchen Lust flöten. Was hätte Spaß machen können – Denkspiele Zweikampf Ehrgewinn Organisation –, stand unter Tabu. Kurzum: Wen wundert es, wenn die zwar barbarische, aber doch frei waltende Kraft des Germanentums, vor dessen Urgewalt Tacitus seine Römer gewarnt hatte, den kurzgehaltenen Männern des Küstenvölkchens attraktiv wurde, zumal es ja, aus welchem Grund auch immer, keine dritte Brust mehr gab, die den Freiheitsdurst des Mannes stillen, seinen Hunger nach Ferne sättigen, seinen Drang, um der Tat willen tätig zu sein, einlullen konnte. Da half nur noch Aufbruch. Raus aus der Enge. Geschichtlich werden. Daß sie dann schlappmachten, die pomorschen Männer, steht auf anderem Blatt.«

Während der Butt so sprach und während später seine Rede von der Anklägerin zerfasert, als männliches Potenzgeschwätz durchschaut und – soweit sie den Freiheitsbegriff der Germanen gefeiert hatte – einmal post-, zweimal präfaschistisch genannt wurde, hatte ich, als endlich zugelassenes Publikum, von den acht Beisitzerinnen des Tribunals, die zu viert und zu viert links rechts von der Vorsitzenden, Frau Dr. Schönherr, den erhöhten Langtisch in Symmetrie hielten, die zweite Beisitzerin links im Auge.

Da saß sie. Ganz meine Wigga. Ungeschlacht riesig wechselte sie nie die Sitzhaltung. Die Unterarme wie Schranken vor die Brust gelegt. Ihre rettichfarbenen Haare, als wollte sie um jeden Preis überragen, hochgetürmt und von einer Nadel gehalten, die aber auch einer von jenen rostigen Nägeln hätte sein können, die die Goten, als sie sich endlich nach Süden aufmachten, uns als Schrott hinterließen. Wigga! Sie soll ja, wurde bei uns gemunkelt, einen gotischen Vater gehabt haben. Daher ihr der Germanengöttin Frigga abgewandelter Name. Daher das Ungeschlachte, ihr mürrischer Gleichmut, ihre gelassene Strenge. Meine Wigga, eine pomorsche Walküre, uns damals als Runkelmuhme, heute mir als Beisitzerin des feministischen Tribunals vorgesetzt.

Unbewegt hörte sie den Butt, die Anklägerin. Sie hätte auch so, mit nichts im Blick, über die Baltische See gucken können. Nur einmal, als der Butt Wiggas Rübenzuchtversuche zwar verdienstvoll, in seiner nörgligen Art aber wenig erfolgreich nannte, gab sie das Schrankensystem ihrer Unterarme auf, überschaute sie nicht mehr die glatte Ostsee, sondern zog rechtshändig unendlich langsam die Nadel oder den Gotennagel aus ihrem Haarturm und kratzte sich aus dem Handgelenk heraus den Rücken. Glaub mir, Ilsebill: wie Wigga damals, als ich ihr meine Teilnahme an der Völkerwanderung bekanntmachte. (Übrigens soll ihr Vater der gotische Gaukönig Ludolf gewesen sein, von dem sich mein immer grimmiger Gotenfreund Ludger herleitete.)

Erst als die Beisitzerinnen ihre Schlußvoten sprachen, bekam ich meine zeitgenössische Wigga zu hören. Frau Helga Paasch, Alleinbesitzerin einer Großgärtnerei in Berlin-Britz, sagte in ihrem großkarierten Jackenkleid sitzend: »Na gut. Soll er von mir aus schuldig sein, der Herr Butt. Weil er die Kerle aufgehetzt hat. Der mit seinem Geschichtsfimmel. Hat ihnen weißwas, Palmen, Zypressen, Oliven, Zitronen versprochen. Fortschritt als großräumige Bewegung, Freiheit nannte er das. Aber er hat umsonst agitiert. Zurückgekommen sind sie, die Herren Pomorschen. Und zwar ziemlich bald und ziemlich kaputt. Ackern mußten sie wieder und Rüben ziehen. Ich sage: weil er keinen Erfolg gehabt hat, mildernde Umstände, diesmal, für den Herrn Butt.«

Da lachte links von mir die Oma bitter, während zu meiner Rechten die junge Manzi von Wut besetzt wurde: Sie ließ paar Maschen fallen und biß in ihren giftgrünen Würgeschal. Ich verhielt mich unauffällig, atmete kaum. Der Butt jedoch sagte in seinem Schlußwort, nachdem er das milde Urteil angenommen und als »erstaunlich fair« ironisiert hatte: »Nach dieser verpatzten Geschichte geschah bei den Pomorschen sieben Jahrhunderte lang nichts von Interesse; nur der Rübenanbau entwickelte sich.«

Von der Traumwurzel, unserer Wunschrunkel, kein Wort. Dabei war sie wichtig und erklärt mehr, als der Butt verschwieg. (Oder weiß er wirklich nichts?) Jedenfalls bekam das Tribunal kein Wörtchen über unsere Urdroge zu hören. Auch der Wegfall der dritten Brust blieb vor Gericht ohne Erklärung. Plötzlich soll sie gefehlt haben. Dabei ist sie nur durch die Wunschrunkel tatsächlich gewesen.

Züchtungen, die man heute versucht – der Bohnenbaum, die Tomatenkartoffel, das Übersollkorn des Roggenweizens –, kämen nicht auf gegen unsere Traumwurzel. Ihre bläuliche Spitzrübe (mit mildem Mandelgeschmack) trieb einen kräftigen Busch, in dem zur Reifezeit fleischige, eßbare Schoten voller proteinreicher Bohnen hingen und deren Blätter, zu Priemen gerollt, von uns Edeks gekaut wurden. Schoten und Bohnen nährten uns, die Wurzel war Süßspeise, das Kraut jedoch machte uns still, ließ die dritte Brust greifbar sein, hielt den Kopf leer, erfüllte uns jeden Wunsch, gab uns Träume ein: uferlose, heldisch verstiegene, unsterbliche, spannende Tagträume.

Nicht angeborene Trägheit, es ist wohl die Wunschrunkel gewesen, die uns gehindert hat, Geschichte zu machen. Und es stimmt schon, Ilsebill: Es ist Wiggas Verdienst gewesen, daß wir endlich ein wenig wach wurden. In mehreren Großaktionen hat sie die Traumwurzeln, die nur in unseren Moorböden aus spitzer Runkel Kraut und Bohnen trieben, radikal ausrotten lassen. Zwar protestierten wir matt, doch ihr gelassener Widerspruch, das Giftzeug hindere uns, fleißige Ackerbauern zu werden und Normalrüben zu ziehen, war letztes Wort. Seitdem kein Traum mehr, kein Wunsch mehr erfüllt. Naßkalte Wirklichkeit auf den Äckern. Hungerperioden. Langsam kamen wir zu uns.

Und auch die Goten, die sich mit uns an das Kraut (den Reiseersatz) gewöhnt hatten, wurden wach, fanden unsere Gegend stinklangweilig und machten sich endlich auf ihre erträumte Reise, Völkerwanderung genannt.

Wigga hat ihnen zugeredet, als sie die gotischen Herren auf ein Hungermahl (das Goitschengeköch) zu Gast hatte.

Das war nach einem zu langen Winter und einem verregneten Sommer, als die Gerste auf dem Halm faulte und nur noch muffige Rüben zu haben waren. Auch die Heringe und Flundern waren weggeblieben, und in den Flüssen zeigte sich, wie durch Fluch befördert, ein Fischesterben an: Zander, Barsche, Plötze und Hechte trieben bauchoben. Wir wären trotzdem über den Winter gekommen, aber unser gotisches Gastvolk, gewohnt zu schmarotzen, stand mit nichts da, als sein Vieh von einer Seuche gerafft war und auch unsere letzten Renkühe und Wasserbüffel geschlachtet werden mußten. Zwar hatten die Goitschen noch (wenn auch klapprige) Pferde, doch die waren ihnen heilig und kamen selbst in Hungerzeiten nicht unters Messer.

Da bat Wigga die Anführer der Goten auf ein besonderes Mittagsmahl. Alles wollte sie ihren Gästen vorsetzen, was wir Pomorschen an Vorrat noch hatten und, wenn auch knapp, über den langen Winter haben würden. Es kamen Ludolf, Luderich, Ludnot und mein Freund Ludger, allemann ungeschlachte und immerfort angestrengt grimmig blickende Herren. Ausnahmsweise kamen die vier ohne Waffen. Womöglich waren sie derart geschwächt, daß ihnen ihr Eisen schier unerträglich geworden war. Wie es den Sommer über geregnet hatte, regnete es in den Herbst. Deshalb hatte Wigga die Herren in ihre Hütte gebeten, in der es rauchig, aber gemütlich war. Alle hockten auf Schafsfellen und hatten vom Hunger vergrößerte, triefende Blauaugen. Luderich kaute an seinem fuchsigen Bart. Ludnot knabberte Fingernägel. Doch bevor Wigga die dampfende Schüssel brachte, hielt sie einen kleinen, lehrreichen Vortrag über ihr einzig vorgesehenes Gericht, das wir später, nachdem es seine Wirkung getan hatte, Wiggas Goitschengeköch nannten. Sie sprach über Schwadengräser und Schwadengrütze.

Nun ist das Schwadengras (Glyceria fluitans L.) als Wildgras in meiner Region, sei es in Notzeiten, sei es seiner Schmackhaftigkeit wegen, bis ins zwanzigste Jahrhundert, etwa im Ersten Weltkrieg, etwa im Fluchtjahr 45, abgesämt und geschrotet worden. Es wurde schlicht Schwade, aber auch Wilde Hirse, Himmelsbrot, Mannagras oder Preußisch Manna genannt.

Das Abstreifen der Schwadengräser war nicht einfach, weil die reifen Körner nur lose an den Halmen hingen. Deshalb sämten wir im Frühtau ab, und zwar mit Hilfe flachgespannter Beutel, die an einem Stock durch das Gras geführt wurden. Später benutzten wir Schwadenkämme. Und als im neunzehnten Jahrhundert die Nutzflächen zunahmen und das Wildgras immer seltener oder nur noch auf sumpfigen Böden wuchs, wurde das Schwadensieb an oft vier Meter langen Stangen geführt. (Übrigens sämten vor allem Männer das Schwadengras ab, während das Sammeln von Pilzen, Beeren, Sauerampfer und Wurzeln seit Vorzeiten Frauenarbeit blieb; weshalb der Butt vor dem feministischen Tribunal die Notnahrung Schwadengrütze als männliches Verdienst anerkannt sehen wollte.)

Gestoßene Schwadengrütze war so beliebt, daß sie im achtzehnten Jahrhundert (vor Einführung der Kartoffel) zum exportierten Handelsgut gehörte. Sogar die leibeigenen Bauern mußten, neben anderen Naturalien, ihrer Gutsherrschaft Schwadengrütze liefern. Und bevor im neunzehnten Jahrhundert der amerikanische Carolina-Reis billig auf den Markt kam, wurde auf Bauernhochzeiten anstelle der Hochzeitshirse süßer, in Milch gekochter Schwadenbrei mit Zimmet getischt. (Und als Altenkost war Schwadengrütze wegen ihrer Bekömmlichkeit geschätzt, weshalb sich die westpreußischen Altenteiler in ihren Ausgedingeverträgen bestimmte Mengen Schwaden sicherten.)

Natürlich sammelten wir in Hungerzeiten auch andere Wildgräser, etwa die Waldhirse (Milium effusum) oder den Roten Wachtelweizen (Melampyrnum arvense), aus dem sich ein zwar etwas bitteres, aber bekömmliches Brot backen ließ. Und Strandhafer half uns bei magerer Ernte, das angebaute Getreide zu verlängern. Mit Vorzug aber war es Schwadengrütze, die uns als Preußisch Manna beim Überwintern half. Weshalb Wigga, als sie die Goten loswerden wollte, Schwaden als Goitschengeköch tischte: reichlich ohne besondere Zutat. Nur paar Sonnenblumenkerne wurden dem Korn beigemengt und im Mörser gestoßen.

Unser Manna schmeckte den Goten nicht. Ludolf, Luderich, Ludnot und mein Freund Ludger waren Fleischfresser, die allenfalls gebratenen Fisch, doch Brei nur zum Nachstopfen hingenommen hätten. Zwar mampften sie in sich rein, was Wigga in tiefer Schüssel zwischen sie gesetzt hatte, aber die Aussicht, einen Winter lang und noch länger nur von Grütze (und holzigen Runkeln) leben zu müssen, verschlug ihnen den Appetit. Mein Freund Ludger tat so, als hätte er Kröten schlucken müssen. Hinzu kam, daß Wigga in ihrem lehrreichen Vortrag über das schwierige Absämen von Wildgräsern (als ausgesprochener Männerarbeit) zwar unsere pomorschen Vorräte als knappe Rationen erwähnt, aber deren Lagerort als geheim und unzugänglich bezeichnet hatte.

Es war mein Freund Ludger, der bescheiden (und gar nicht mehr herrisch) um Rat bat. Auch Luderich und Ludnot wollten wissen, was zu tun sei. Zum Schluß, als Wigga vielsagend immer noch schwieg, wollte der Fürst Ludolf, ein schöner, wie zum Denkmal geschaffener Mann, der nicht nur Ludgers, Luderichs und Ludnots Vater war, sondern auch als Wiggas Erzeuger galt, punktum wissen, was den Goten, außer zu knapper Schwadengrütze, hier in dem nebligen Sumpfland zwischen den Flüssen noch geboten werden könnte.

Wigga sagte: »Nichts.« Ziemlich barsch sagte sie: »Ihr müßt abhauen. Entweder nach Norden, wo ihr herkommt. Oder nach Süden, wo alles besser sein soll.« Und sie begann, ihren Gästen den Süden auszumalen: Ochsen und Hammel am Spieß gebe es täglich dort. Honigbier warte auf sie in nie leeren Krügen. Kein Nebel falle dort. Kein Eis schließe die Flüsse. Nie schneie man dort im Winter für Wochen ein. Und obendrein verheiße der Süden dem mutigen Mann Sieg, Ehre und der Toten Tatenruhm. Wer Geschichte machen wolle, dürfe nicht seßhaft bleiben und einzig die

Rübenzucht für Fortschritt halten, sondern müsse unermüdlich die Horizonte bezwingen. »Packt euer Zeug und haut endlich ab!« rief Wigga und wies mit langem Arm in die entsprechende Richtung.

Darauf futterten Ludolf, Luderich, Ludnot und mein Freund Ludger die restliche Schwadengrütze, um tagsdrauf bei Kräften zu sein. Wie ihnen Wigga geraten hatte, zogen sie ab gen Süden und machten sich auf die Völkerwanderung mit dem bekannten Ergebnis: Es stimmt schon, sie haben es weit gebracht.

Bei uns jedoch war während der folgenden Jahrhunderte nur das Wetter veränderlich, bis der Bischof Adalbert mit dem Kreuz kam.

Demeter

Mit offenem Auge
erkennt die Göttin,
wie blind der Himmel ist.

Rings werfen Wimpern versteinert Schatten.
Kein Lid will fallen und Schlaf machen.

Immer Entsetzen,
seitdem sie den Gott
hier auf dem Brachfeld sah,
wo die Pflugschar gezeugt wurde.

Rundum ist das Maultier willig über der Gerste.
Das ändert sich nicht.

Wir, aus dem Kreis gefallen,
machen ein Foto
überbelichtet.

Adalbert kam aus Böhmen. Alle Bücher (und auch der Bischofsstab) waren in Prag geblieben. Weil er mit seiner Scholastik am Ende war, wollte er weg von der Theorie, sich der Praxis zuwenden, also bei uns, im Weichselmündungsgebiet, Heiden bekehren und die einzige Wahrheit verbreiten. (Heute nennt man das: an der Basis arbeiten.)

Der Polenherzog Boleslav hatte ihn als Agitator unter Vertrag genommen. Mit böhmischem Gefolge kam er unter polnischem Schutz. Eigentlich wollte er die Pruzzen indoktrinieren, denn der Polenherzog hätte seinen Machtbereich gerne aufs östliche Weichselufer ausgedehnt. Doch weil die Pruzzen als bösartig galten, riet ihm sein böhmisches Gefolge, erst mal bei uns, den eher törichten, aber gutmütigen Pomorschen, zu üben. (Erfahrung sammeln, Vertrauen erwecken, wohltätig sein, die fremde Ökonomie begreifen, sagte der Prälat Ludewig.)

Nahe unserer Siedlung lagerten sie. Vorräte hatten sie in Ochsenwagen herbeigekarrt. Doch gleich zu Anfang ihrer Missionstätigkeit starb ihnen der polnische Koch weg. Nach ersten Gesprächen – man tauschte, was man hatte – bot sich unsere Köchin (und deshalb Priesterin) Mestwina an, für den Bischof und sein Gefolge zu kochen. Unser Angebot bestand aus Runkeln, Glumse, Hammelfleisch, Grütze, Pilzen, Honig und Fisch.

Nicht erst die dicke Gret und Amanda Woyke verschränkten die Arme nackt und hellbeflaumt unter der Brust, um streng bis gütig jeweils den Tisch zu überblicken: In dieser Haltung schaute auch meine Mestwina dem Bischof Adalbert zu, nachdem sie ihm aufgelegt hatte. Dabei hielt sie den Kopf leicht schräg und zeigte einen lauernden Ausdruck. Doch Adalbert lobte nicht, was ihm schmeckte, sondern aß wie von Abscheu gezeichnet. Lustlos stocherte er, kaute mit langen Zähnen, als sei jeder Bissen Versuchung und höllische Vorstrafe zugleich. Nicht daß er an diesem und jenem mäkelte oder – vor pomorsche Kochkunst gesetzt – seine böhmische Küche vermißte; sein Ekel war allgemein. (Du kannst dir nicht vorstellen, Ilsebill, was für ein widerlicher Säuerling ich gegen Ende des zehnten nachchristlichen Jahrhunderts gewesen bin; denn im Prinzip war ich jener Adalbert von Prag, der wie gaumenlos seinen Brei mampfte.)

Und doch hatte Mestwina an dem hageren Missionar den Narren gefressen. Auch sie wollte bekehren. Wenn sie ihn über verschränkten Armen kauen sah, stieg ihr Hitze ins Gesicht, rötend bis in den Mittelscheitel. Hoffte sie doch, er könne aus ihrem heidnischen Geköch, wenn schon keinen Katholizismus, so doch ihre Liebe vorschmecken, denn geliebt hat sie ihn: heiß und kalt.

Für Adalbert hat sie Fladenspeckbrot gebacken. Für Adalbert rührte sie Honig unter den Hirsebrei. Für ihn gab es Schafskäse zu geräucherter Dorschleber. Für und gegen Adalbert hat sie einen entbeinten Eberkopf, dem zuvor die Borsten gesengt wurden, ganz mit Wurzeln und Spitzmorcheln gargekocht. Danach hat Mestwina den Kopf in eine Schüssel gelegt, die sie mit Sud auffüllte, bis er eingeschlossen war. Im Januarfrost erstarrte der Sud rasch zur Sülze. (Des Bischofs Söldner hatten den Wildeber in den landeinwärts endlosen Hügelwäldern gespießt.)

Und um Mittag hat Mestwina für und gegen den Bischof, als er mit Abgesandten des polnischen Herzogs – Boleslav drängte auf Pruzzenbekehrung – ein schlichtes Mahl halten wollte, den Eberkopf so aus der Schüssel auf den Tisch gestürzt, daß er in seinem Gelee wieder anschaulich lag. Und die Abgesandten erlösten ihn voller Heißhunger aus der bibbernden Sülze. Doch weil Mestwina den Männern in ihrer Lauerhaltung (über verschränkten Armen) zusah, mußte Adalbert der allgemeinen Gier einen frommen Sinn geben: »Wie, wenn nun Satan leibhaftig in die Sülze gefahren ist?«

Also besiegten sie Satan zu fünft, wobei der Bischof, was stehend Mestwina sah, Mühe hatte, seine übliche Abscheu zur Schau zu tragen, weshalb der Prälat Ludewig Witzchen machte über Satans Wohlgeschmack; doch Adalbert lachte nicht.

Damals war der eifrige Mann schon seit Wochen bei uns. Doch wir Pomorschen blieben heidnisch, auch wenn ich, in meiner Zeitweil als Schäfer, aus Lindenholz griffige Marienfigürchen schnitzte, die unterm Faltenwurf allerdings dreibrüstig waren. (Du kannst mir glauben, Ilsebill, auch als Missionar einerseits bin ich als Schäfer andererseits Künstler geblieben.)

Und einmal, als Mestwina, die mit uns auf der Fischerinsel inmitten der Mottlawe im Hakelwerk wohnte, für den Bischof eine Fischsuppe aus fünf glubschäugigen Dorschköpfen kochte, riß ihr, nachdem sie die Pomuchelsköpfe kurz vorm Zerfall aus dem Sud genommen hatte, die Halskette, aus rohen Bernsteinstücken gereiht. Im Augenblick, als sie sich über den dampfenden Kessel beugte, verlor die gepechte Schnur ihren Halt. Über rundem Nacken gab sie auf: ohne Zutun, aus sich. Auch wenn Mestwina versuchte, mit raschem Zugriff die offene Kette zu halten, glitten doch neun oder sieben mit heißem Draht (von mir) gelochte Bernsteine von der Schnur in den Kessel, wo sie sich in dem wallenden Sud aufgelöst und die christliche Fastenfischsuppe mit jener heidnischen Kraft abgeschmeckt haben mögen, die seit Urzeiten im Bernstein wohnt und deren Nachwirkung den keuschen Adalbert – kaum hatte er die Suppe gelöffelt – so ganz verwandelte, ja, umkehrte, daß er (es dunkelte schon) die Nacht über, den folgenden Tag und eine weitere Nacht lang wie toll nach meiner Mestwina griff. Immer wieder und noch einmal drang der Asket mit seinem gar nicht mehr bußfertigen Werkzeug in ihr Fleisch. Ganz nach Art der Pomorschen, doch mit mehr Glaubenseifer und dialektischem Widerspruch, erschöpfte er sich in ihr. Dabei murmelte er sein Kirchenlatein, als wollte er den Heiligen Geist nach neuer Methode ergießen; wir vom Hakelwerk waren ja immer noch nicht getauft.

Das brachte Abhängigkeit. Nach Mestwinas mit Bernstein abgeschmeckter Fischsuppe verlangte der Bischof nun wöchentlich. Kein Wunsch wäre ihm leichter zu erfüllen gewesen. Nie, auch im Winter nicht, fehlte es uns an Fisch. Fisch war, neben Haferbrei, Gersten- und Schwadengrütze, Wurzelzeug und Schafsfleisch, die Hauptnahrung der Pomorschen. Deshalb verehrten wir, neben der althergebrachten Erdgöttin Aua, seit jüngster Zeit einen besonderen Fisch. Und Mestwina – als Köchin auch Priesterin – opferte dem Gott Ryb, der flachleibig, plattköpfig, schiefmäulig und deshalb dem sprechenden Butt ähnlich gewesen ist.

Zwar hat es Streit unter dem pomorschen Küstenvolk gegeben, als die Fischer gegen den Willen der Frauen die Verehrung des buttköpfigen Gottes durchsetzten, aber Mestwina versuppte den neuen Kult mit den überlieferten Riten. Sie wußte Legenden, nach denen der buttige Gott und die dreibrüstige Aua immer im Frühjahr ein gemeinsames halb Laub-, halb Schilflager teilten. Zwar gäbe es oft zwischen den beiden Streit, sagte Mestwina, aber Aua werde nicht böse sein, wenn man ihrem fischigen Bettgenossen auch ein wenig Verehrung zukommen lasse. Schließlich sorge er, auf seine Art nützlich, für volle Netze und ruhige See. Er sei es, der bei Hochwasser die Wistulle beschwichtige. Er habe dem Bernstein gewisse Kräfte eingegeben.

Deshalb trugen die Hakelwerkkinder in jedem Frühjahr auf langen Ästen, die sie aus den Uferweiden der Radune geschnitten hatten, Stör- und Dorschköpfe, den Kopf des silbrigen Weichsellachs und des Grundwels Greisenhaupt, doch allen Fischen voran quermäulige schiefäugige Buttköpfe entlang den Ufern der ungedämmten Flußmündungen bis an die See. Es sollten die Fische – der Hecht und der Zander, der Barsch, der Pomuchel (wie wir den Dorsch nannten) – noch einmal die Flußläufe, das Baltische Meer sehen. Es sollte der junge Gott Ryb in seiner Buttgestalt geehrt und versöhnt werden. (Schon damals lief die Legende, daß der Butt, man müsse ihn nur rufen, Wünsche erfülle, Rat erteile, besonders dem Fischersmann zugetan und obergescheit sei.)

»Buttke Buttguttke!« riefen die Hakelwerkkinder. Sie waren mit altem Netzwerk und mit morschen Korbreusen behängt. Auch als man uns, nach Mestwinas Tod, christlich gemacht hatte, haben wir nicht aufgehört, gutheidnisch zu sein. Auf Ostern – warum nicht auf Ostern? – zeigten wir, nachdem wir uns am Radauneufer mit Weidenzweigen gepeitscht hatten, in frommer Prozession den Fischen die Flüsse, die See. Ein Priester mit dem Kreuz und sechs Buben mit Glöckchen gingen voraus. Geriebener Bernstein, in Schalen geschwungen, gab Räucherzeug her. Pomorsche Gebete, um guten Fang bittend, wurden gesungen. Doch sah man auch stramme Schweinsblasen, die sich die Mädchen vorgebunden hatten; die mochten in ihrer Dreizahl an Aua erinnern. Nur die Litanei war katholisch. Denn ungetauft glänzten die toten Augen der Fische. Starre Blicke in den Himmel gehoben. Das offene Fangmaul. Kiemenflossen gespreizt.

Später zum Abend wurde das Weidengeäst mit den Köpfen drauf in den Knüppeldamm, der zur Fischerinsel führte, wie ein Zaun gepflanzt. Schreiend liefen die Hakelwerkkinder davon. Schon kamen die Möwen in steilem Anflug. Bis zum Damm waren sie schrill der Prozession gefolgt, doch in Abstand geblieben. Jetzt stießen sie zu und nahmen zuerst die Augen. Bis das Weidengeäst leer war, hatten sie ihren Streit.

Und einmal – ich erinnere mich – wurde im Frühjahr ein Tümmler, den man zu den Kleinwalen rechnet, auf den Strand geworfen. Auch seinen Kopf trugen zwei Burschen abwechselnd in einem Lederhalter an langem Pfahl inmitten der Prozession, gleich hinterm Bildnis der Heiligen Barbara.

Und später, viel später, als die Altstadt nach kulmischem und die Rechtstadt nach lübischem Recht gegründet waren und ich als Schwertfeger endlich zünftig war, haben die Kinder vom Hakelwerk – darunter auch meine Töchter mit Dorothea – Fischköpfe aus bemaltem Papier mit Leim beklebt und Lichter in die Köpfe auf Stangen gestellt. Das sah hübsch aus am Abend, auch wenn es mich immer ein wenig traurig machte: ja, Ilsebill, weil es keine Mestwina mehr gab.

Und dieser Fischköpfe wegen, die von lärmigen Kindern aus dem Hakelwerk über den Knüppeldamm und um das Lager der christlich-böhmischen Herren getragen wurden, ist Bischof Adalbert, der später zu den Märtyrern gezählt werden sollte, zornig und in lateinischer Sprache unflätig geworden. Mit Weihwasser hat er sich gegen den Teufelsspuk gewehrt. Die harmlosen Pomuchelsköppe schnitten ihm höllische Fratzen. Besonders der schrägäugige Butt hatte, aus des Bischofs Sicht, Satans ironischen, alles zersetzenden Blick. Das Kreuz hob er gegen ihn. Seinen Söldnern gab er mit Fingerzeig Befehl, die Fischköpfe abermals zu köpfen. Das geschah ruckzuck und hat Mestwina in Zorn gebracht, denn als Priesterin wurde ihr mehr vom Weidengeäst gehauen als dem Asketen einfallen mochte. Was wußte der schon von Aua und dem noch jungen, männlichen Götterprinzip namens Ryb?

Mestwina wußte. Betroffen stand sie und wuchs ein wenig, so klein und rundlich sie von Statur war. Doch sagte sie nichts. Sie speicherte nach Pomorschenart. Später trank sie in winzigen Schlucken vergorene Stutenmilch. Erst gegen Abend war sie in Stimmung. Und als der Asket wie gewohnt Mestwina auf ihrem Laublager besuchen wollte, hatte ihr Zorn schon an zielgerechter Dinglichkeit gewonnen.

Die Wände von außen mit Lehm beworfen, stand ihre Hütte weidengeflochten. Ein wohnlicher Raum. Adalbert kam nicht nur mit frommem Gruß, sondern brachte auch seinen dialektischen Widerspruch mit. Doch so aststark das fleischliche Gelüst dem Bischof die Kutte zum Zelt richtete, diesmal stillte ihn Mestwina nicht kurzweilig, sondern für alle Zeit. Nicht mal entladen konnte er sich. Handfest schlug sie ihm mehrmals mit einem gußeisernen Kochlöffel auf den böhmischen Kopf und rächte in ihrem Zorn den Dorsch und den Stör, den Zander, den Hecht, den silbrigen Lachs, den rötlichen Barsch und immer wieder den buttigen Gott der pomorschen Küstenfischerei.

Adalbert hat nur kurz geseufzt. Sein Widersacher jedoch blieb ungebeugt, stand tapfer um seiner selbst willen und hat den Kopf nicht senken wollen, auch als der Bischof schon tot und ein Märtyrer war.

Nachdem Mestwina den später heilig genannten Adalbert von Prag erschlagen hatte, verbuddelte ich den gußeisernen Löffel, weil wir befürchten mußten, er könnte gefunden und zur christlichen Reliquie erhöht werden. Die Leiche warfen wir in den Fluß. Wir alle im Hakelwerk (und mit uns Mestwina) wurden wenig später von den polnischen Söldnern an seichter Stelle in die Radune getrieben, wo uns Adalberts Nachfolger, der Prälat Ludewig, zwangsgetauft hat. Dieser Ludewig war übrigens kunstsinnig und mir gewogen. Ihm gefielen meine geschnitzten Madönnchen. Sogar die dritte Brust (unterm Faltenwurf) hat er der Jungfrau Maria nachgesehen. Auch daß ich der Gottesmutter mit honiggelben Bernsteinaugen, die ich ins Lindenholz einließ, einen zwingenden Blick gab, verstand er ganz im Sinne des siegreichen Katholizismus. Womöglich bin ich, als Mestwina verurteilt wurde, meiner nützlichen Begabung wegen straffrei geblieben: Als Künstler ist man jeglicher Religion genehm. Du weißt ja, Ilsebill, daß mir andererseits das Zeug zum Märtyrer fehlt.

Das war im April des Jahres 997, als Adalbert von Mestwina im Suff erschlagen, wir Pomorschen getauft und der Löffel vergraben wurde. Nahe der späteren Siedlung Sankt Albrecht verbuddelte ich ihn. Und genau dort wurde er im Herbst des Jahres 1889 von Dr. Ernst Paulig, dem pensionierten Rektor des Gymnasiums Sankt Johann, als Einzelfund ausgegraben und der historischen Sammlung der Stadt Danzig zum Geschenk gemacht. »Pommerellisches Hausgerät« stand auf einem Pappschildchen geschrieben. Dabei war der Löffel böhmischen Ursprungs. Eigentlich hatte ihn Adalbert zum Heidenbekehren mitgebracht. Mestwina benutzte ihn nur, um für ihren Bedarf vergorene Stutenmilch zu schöpfen; beim Kochen griff sie zu hölzernen Löffeln.

Was weiter geschah, als Mestwina kurz nach der Zwangstaufe verurteilt und von einem polnischen Henker enthauptet wurde, wird noch erzählt werden: wer sie verraten hat, welche Zeichen und Wunder geschahen, als sie vom Schwert getroffen wurde, und welchen Unsinn die Schulbuchgeschichte uns überliefert hat.

»Erst mit Mestwina«, sagte der angeklagte Butt vor dem feministischen Tribunal, »endete Auas Herrschaft. Danach galt nur noch die Männersache.« Aber die Damen hörten nicht zu. Die hatten mit sich zu tun. Der Fall Mestwina wurde wie nebenbei abgehandelt. Streit stand auf der Tagesordnung. Die feministische Sache drohte, in Resolutionen unterzugehen.

Doch eines Tages, nach langem Hin und Her, wobei sich die zerstrittenen oder taktisch verbündeten Gruppen in dringlichen Anträgen aussprachen, fand das Tribunal endlich seine Sitzordnung, denn nicht immer war es der angeklagte Butt gewesen, der Unterbrechungen des Prozesses erzwungen oder die Vertagung des Tribunals durchgesetzt hatte. Neben der Vorsitzenden und ihren acht Beisitzerinnen, außer der Anklägerin und der Pflichtverteidigerin, die alle ihre symmetrische Sitzordnung hatten und bewahren wollten – erhöht die Vorsitzende mit den Beisitzerinnen, vertieft davor, in der Wanne verwahrt, der Butt, links rechts von ihm Anklage und Verteidigung –, gab es nämlich eine weitere dem Tribunal zugeordnete Gruppe: den Beirat, der eigentlich – dreiunddreißig Frauen stark – in den ersten beiden Reihen des ehemaligen Kinos Platz nehmen sollte, aber in sich so widersprüchlich war, daß er nur zwei Entschlüsse zuwege brachte: entweder die Unterbrechung der laufenden Verhandlung oder die Vertagung des Tribunals. Der Butt hatte deshalb oft Anlaß, ironisch zu sein: »Wenn der gestrenge und, wie ich höre, sich neuerdings revolutionär nennende Beirat des Hohen Gerichts nichts dagegen einzuwenden hat, wäre ich als Angeklagter für die Fortsetzung der Verhandlung, denn es liegt mir daran, die vorchristlichen Fälle Aua Wigga Mestwina im Zusammenhang darzustellen: das Matriarchat im Niedergang. Auch das ist Entwicklung. Oder – wenn Sie das lieber hören – Revolution!«

Der Beirat nannte sich erst seit Verhandlung des Falles Mestwina »revolutionär«, weil der Totschlag, vollstreckt an dem Bischof Adalbert von Prag, Vergleiche bis in die Gegenwart zuließ. Da die dreiunddreißig Beirätinnen nur schwer abzugrenzende Gruppierungen vertraten, kam es oft zu zufälligen Koalitionen. Die linke, in vier Fraktionen aufgespaltene Minderheit hatte sich, trotz ihrer ideologischen Gegensätze, plötzlich (und nur weil der Butt dreimal das Wort »Evolution« gebraucht hatte) mit dem radikal-demokratischen Frauenbund verbündet und nicht nur die Neubenennung »Revolutionärer Beirat des feministischen Tribunals« mit knapper Mehrheit beschlossen, sondern auch eine neue Sitzordnung beantragt. Man wollte nicht mehr unten, ganz vorne, im Graben, auf den sogenannten Rasiersitzen beirätig sein, sondern erhöht auf der Kinobühne. Links rechts von der Vorsitzenden und ihren acht Beisitzerinnen wollte man Platz nehmen, und zwar entsprechend dem jeweils letzten Abstimmungsergebnis; worauf der Butt kommentierte: »Neue Abstimmung, neue Sitzordnung. Großartig! So werden die Damen in Bewegung bleiben.«

Das geschah. Je nachdem wie der revolutionäre Beirat votierte, nahmen die Stühle links oder rechts ab oder zu. Und weil der immer neu nachwachsende politische Streit auch während der ordentlichen Tribunalsverhandlungen nicht aufhörte, interessierte sich das Publikum oft mehr für die Fraktionskämpfe der feministischen Bewegung als für die Fälle Aua Wigga Mestwina, die ja auch meine Fälle sind; schließlich bin ich es gewesen, der den gußeisernen Kochlöffel gut einen Meter tief verbuddelt hat.

Der Butt mochte sich ärgern, wenn über ihn hinweg so leidenschaftlich Geschäftsordnungsdebatten geführt wurden. Als die beiden ersten Kinoreihen, weil vom revolutionären Beirat geräumt, für das Publikum freigegeben werden sollten, protestierte er und drohte mit Verweigerung jeglicher

Aussage: Das könne er nicht dulden. So nah gerückt vertrage er kein Publikum. Schließlich sei es schon mehrmals zu für ihn bedrohlichen Zwischenfällen gekommen. Auch er habe Anspruch auf Sicherheit. Man möge die beiden Sitzreihen für Gutachter und Gutachterinnen reservieren. Er erwarte die Ankunft mehrerer Herren und einer Dame, die sich durch Publikationen als Wissenschaftler bewiesen hätten, sei es auf dem Gebiet der Archäologie oder als Spezialisten für mittelalterliches Kirchenrecht. Für diese Kapazitäten müsse Platz geschaffen werden. Außerdem beantrage er für sich Objektschutz, auch wenn er von dem Tribunal, insbesondere von der Anklägerin, wie ein Subjekt behandelt werde.

Dem wurde stattgegeben. In erster und zweiter Kinositzreihe saßen fortan wechselnde Gutachter, zwei Objektschützerinnen und die Zeuginnen der Anklage: verarmte, geschiedene, berufstätige, benachteiligte, alleinstehende, kinderreiche, mißhandelte oder sonstwie im Eheleben verbrauchte Frauen. Mal gestammelt, mal in flüsternder Rede, stimmlos, schrill, oft tränennah, aber auch zwischen schlimmem Gelächter sprach sich das Elend der unterdrückten Frau aus: Aber nach dem fünften Kind ... Und weil ich mit dem Kopf gegen die Heizung ... Doch er wollte nicht aufhören ... Sogar meiner Mutter hat er gedroht ... Und keine Sozialhilfe mehr ... Da nahm ich Tabletten ... Aber das half alles nichts ...

Was immer die Zeuginnen der Anklage sagten, immer waren die Männer schuld. Und jedesmal fühlte ich mich betroffen. Er jedoch blieb erhaben und stützte sich einzig auf Fakten. Der Butt wußte alles und auch das Gegenteil. Sogar das kanonische Recht war ihm geläufig. Deshalb verzichtete er auf Zeugen, wie er ja auch auf mich, den immerhin hauptbeteiligten Mann, als Entlastungszeugen verzichtet hatte. Überhaupt war von mir nur beiläufig die Rede.

Anonym verhandelt, war ich bloß Publikum. Stumm, oft gelangweilt, weil die Fraktionskämpfe wieder einmal die Fälle Aua oder Wigga oder Mestwina überdeckten, stellte ich von meinem Platz aus, Stuhlreihe elf, Vergleiche an.

Zwar fand ich unter den Beisitzerinnen keine Aua – es sei denn in der allzeit gelassenen Frau Dr. Schönherr –, doch meine mürrische Wigga hatte ich schon in Gestalt der Großgärtnereibesitzerin Frau Helga Paasch entdeckt. Und auch Mestwina saß mir als Beisitzerin gegenüber: wie schön alles rund an ihr war. Der kleine, vom straffgeordneten Haar gefaßte Kugelkopf. Der runde Säulenhals, um den – wirklich, Ilsebill! – eine Bernsteinkette hing. Die sanft abfallenden Schultern. Auch hatte die jetztzeitige Mestwina – was nicht verschwiegen werden muß – jenen leeren glasigen Blick, der meine damalige Mestwina verriet, wenn sie zuviel vergorene Stutenmilch gesüffelt hatte.

Fräulein Ruth Simoneit ist offenbar Trinkerin. Mehrmals kam es vor, daß sie die Verhandlung des Falles Mestwina durch Lallen und monotones Kopfschütteln, durch gelegentliche Schlucke aus einer mitgebrachten Flasche und, zum Schluß, als Mestwinas Enthauptung zur Sprache kam, durch hemmungsloses Weinen und hysterisches Haareraufen störte, so daß Frau Dr. Schönherr die so süchtige wie sensible Beisitzerin Simoneit mit mütterlichem Nachdruck aus dem Kinosaal führen mußte. (Und auch ich habe mich später um das arme alleinstehende Mädchen ein wenig gekümmert.) Remy Martin trank sie am Vormittag schon. Und aß nie richtig. Und immerzu lief in ihrer Zweieinhalbzimmer-Eigentumswohnung der Plattenspieler: tragische Heuler, professionelle Schreier. Dabei will sie Lehrerin werden.

Übrigens ist Ruth die einzige von allen acht Beisitzerinnen gewesen, die, wenn auch betrunken, nach mir gefragt hat: »Und was ist aus dem Scheißkerl geworden, der den gußeisernen Kochlöffel verbuddelt hat?«

Denn eigentlich, Ilsebill, ging es immer um mich. Ich habe versagt und mich rausgelogen. Ich habe verdrängt und vergessen. Wie gerne hätte ich mich vor dem Tribunal, vor Frau Dr. Schönherr, vor Helga Paasch, vor Ruth Simoneit, vor allen schuldig bekannt: Das tat ich. Und das. Mestwina geht auf mein Konto. Dafür bin ich, nur ich verantwortlich. Dazu bekenne ich mich, immer noch. Hier stehe ich, jawohl, als Mann, wenn auch beschädigt und mittlerweile kleinlaut geworden vor der Geschichte...

Wie ich mich sehe

Spiegelverkehrt und deutlicher schief.
Schon überlappen die oberen Lider.
Das eine Auge hängt müde, verschlagen das andere wach.
Soviel Einsicht und Innerei,
nachdem ich laut wiederholt
die Macht und ihren Besitz verbellt habe.
(Wir werden! Es wird! Das muß!)

Seht die porigen Backen.
Noch oder wieder: Federn blase ich leicht
und behaupte, was schwebt.
Wissen möchte das Kinn, wann es zittern darf endlich.
Dicht hält die Stirn; dem Ganzen fehlt ein Gedanke.
Wo, wenn das Ohr verdeckt ist
oder an andere Bilder verliehen,
nistet in Krümeln Gelächter?

Alles verschattet und mit Erfahrung verhängt.
Die Brille habe ich seitlich gelegt.
Nur aus Gewohnheit wittert die Nase.
Den Lippen,

die immer noch Federn blasen,
lese ich Durst ab.

Unterm Euter der schwarzweißen Kuh:
ich sehe mich trinken
oder dir angelegt, Köchin,
nachdem deine Brust
tropfend über dem garenden Fisch hing;
du findest mich schön.

Ach Ilsebill

Jetzt, wo du aufgehst. Wenn auch noch nichts zu sehen ist. Aber Ahnung füllt mir den Mund schon. Ich habe Vorgeschmack. Wir könnten, ich meine: du ich – denn mit dir gehe ich auf: zwei Kürbisse – Pläne machen. Zukunft für drei und mehr. Wünsche, wer hat sie nicht? Dir fehlt eine geräuscharme Geschirrspülmaschine. Gut. Wird gekauft. Und Reisen natürlich. Jadoch. Auf die Antillen wie im Prospekt. Und gleich nach der Geburt – Ende Juni sagst du – flattrige Kleidchen, Knautschware, schockige Hosen, knappe Pullis. Kriegst du alles. Nie wieder Abwaschprobleme. Und ich lasse im Garten (dem Friedhof daneben) für uns eine Kürbishütte ranken, so eine, wie sie, mitten im Dreißigjährigen Krieg, dem Kneiphof gegenüber, auf Königsbergs Pregelinsel drei Sommer lang blühte. In der saß mein Freund Simon Dach, wenn er mir (dem Opitz von Boberfeld) zierlich in Reimen schrieb: »Hie wünsch ich stets zu wohnen, bei Kürbsen und Melohnen. Hie schöpff ich Lufft vnd Ruh vnd sehe durch daß Laub den schnellen Wolcken zu ...«

Denn solch eine Kürbishütte wäre für uns und unser Söhnchen, wenn es da ist, der Ort zum Sichausdenken und

Nichtreisenmüssen, weil du ich in der Kürbishütte genug hätten. Das rankt ja schnell. Und mit dem Küchenmesser könnte ich, wie Simon Dach sagte – »Dem Kürbsen pflagte ich mein Liebchen einzuschneiden« –, deinen Märchennamen in den noch winzigen, doch bald rasch aufgehenden, mit dir, Ilsebill, aufgehenden Kürbis ritzen. Wir könnten dort in der rankenden Laube aus Zeitungen lesen, wie sich die Welt übel zurichtet: auf den Golanhöhen, im Mekongdelta, nun auch in Chile, wo bißchen Hoffnung war. So kürbisblättrig getarnt und biblisch abgesichert, könnte ich meinen Jammer über den wieder steigenden Kupferpreis und den Krieg Yom Kippur auf Papier schreiben; wie mein Freund Simon Dach aus seiner Kürbishütte heraus laut weinte, als dem katholischen Greuel durch Tilly ein Denkmal gesetzt war: »O könt ich deiner doch, O Magdeburg, hie schweigen, Waß kanst du ietzt vnß noch von deiner Schönheit zeigen ...«

Denn im Grunde hat, aus einer Kürbishütte gesehen, der Dreißigjährige Krieg nie aufgehört, weil solch eine Kürbishütte, die ja ein Nichts ist – wie der Prophet Jonas erfahren mußte –, dennoch der geeignete Ort bleibt, die Welt ganz und ihre wechselnden Schrecken alle zu sehen. Das liebliche Jammertal.

Nein, Ilsebill, wir müssen nicht reisen, können von hier aus, sobald ich bei Kröger nebenan Kürbissamen gekauft und nach Vorschrift Mitte April gesät habe, alles zu uns in die Laube holen und gründlich bedenken. Die weichen Tatsachen und die in Stein gehauenen Träume.

Sogar das Vergangene wird mit der schnell wachsenden Pflanze Schatten werfen, so daß ich dir, während du mit den Kürbissen aufgehst, von Aua Wigga Mestwina erzählen kann, mit denen ich, auch wenn es bei uns noch keine Kürbisse gab, oft in ähnlich verrankten Lauben gesessen habe: Mit Aua unter zum Schattendach gebundenen Riesenfarnen (wie ich ihre hundertelf Grübchen nachzählte), mit Wigga unter weidengeflochtenem Dach (wie ich ihr immer wieder von meiner kurzfristigen Teilnahme an der Völkerwanderung Bericht geben mußte), und wenn ich meine Mestwina in ihrem Küchengärtchen besuchte, saßen wir zwischen Saubohnen, deren Triebe sich über uns geil versippt hatten. Wir tranken vergorene Stutenmilch zu Glumse, Fladenbrot und geräuchertem Dorschrogen. So hat auch Simon Dach mit seinen Freunden Albert, Fauljoch, Blum und Roberthin (wie wir zwischen Saubohnen) in der Kürbishütte auf der Pregelinsel gaumig gelebt: »Mein Gott, wie offt sind wir biß in die Nacht gesessen Vnd haben vnsre Zeit mit guttem Tranck vnd Essen Vnd singen zugebracht...« Machen wir, Ilsebill: aus der Wilstermarsch Käse vom Messer, roten Pfälzer Wein zu Kümmelbrot trokken, während es einnachtet und ich rechts einen aus sich wuchernden Kürbis und links deinen Leib fasse. Unserem Bengelchen, wenn es ein Junge wird, könnte ich später »Bet, Kindchen, bet, morgen kommt der Schwed« singen. Und nie wieder würde ich dir nach dummer Männerart davonlaufen, werde ich mich verkrümeln wollen, weil ja kein Zank mehr und Abwaschproblem, sondern am Lattengeviert rankende Freundlichkeit. Frieden ist das. Glück, so gefährdet wie des Propheten Kürbis, den Gott – es hätte auch gut der Butt sein können – durch einen Wurm stechen ließ. Uns, Ilsebill, wird das dauern den Sommer über. Und im Sommer drauf abermals. Und so jeden Sommer: wir mit dem Jungchen – das läuft bald – friedlich, glücklich, beschattet vom Vergangenen, der Welt entrückt, also sie gänzlich mit ihrem Greuel und Gegengreuel – wie Freund Dach Magdeburg sah – sehend: das entlaubte Mekongdelta, die leeren Schuhe in der Sinaiwüste, den täglichen Terror in Chile; doch dankbar, weil uns der Kürbishütte Gebrechlichkeit schützt und du ruhig austragen kannst, was deinen Leib wölbt.

Aber du willst nicht mit mir einranken, zuwachsen. »Deine Scheißidylle!« sagst du. »Deine barocken Ausflüchte. Das könnte dir so passen. Mich wie ein Landei nach Bedarf aus dem Nest holen. Und deine ewige Nabelschau spannend finden. Dafür habe ich nicht wie verrückt studiert«, sagst du, »um hier auffem Land mit Kindern und Küche in einer Kürbishütte, auch wenn das Spaß macht manchmal, dir das Kopfkissen zu schütteln. Nein!« sagst du. Reisen willst du. Kleine Antillen und andere Prospekte. In London Paris interessante Leute treffen, die in Milano und San Francisco interessante Leute getroffen haben. Die Emanzipation durchdiskutieren. »Und außerdem«, sagst du, »fehlt uns eine geräuscharm laufende Geschirrspülmaschine und eine städtische Zweitwohnung. Kürbishütte? Dann kannst du auch Pißpott sagen, wie es im Märchen steht. Eher treib ich das ab, und zwar in London, eh ich mich hier von dir einranken lasse. Ist doch der alte Männertrick. Goldener Käfig und so. Bist wohl müde?«

Ja, Ilsebill. Ein bißchen schon. Gegenwartsmüde. Aber wenn du meinst, will ich gerne einen Charterflug buchen: Kleine Antillen womöglich. Und die Geschirrspülmaschine halte ich einfach für selbstverständlich. Auch die interessanten Leute in London Paris. Über die Zweitwohnung will ich nachdenken. Du hast recht, wieder mal recht: In einer Kürbishütte fehlt natürlich jede Voraussetzung für durchdiskutierte Emanzipation. War nur ein Gedanke, weil mein Freund Simon Dach damals ... Und auch du, Ilsebill, dir sowas immer gewünscht hast: ein wenig mehr Sicherheit.

Am Ende

Männer, die mit bekanntem Ausdruck
zu Ende denken,
schon immer zu Ende gedacht haben;
Männer, denen nicht Ziele – womöglich mögliche –
sondern das Endziel – die entsorgte Gesellschaft –
hinter Massengräbern den Pflock gesteckt hat;
Männer, die aus der Summe datierter Niederlagen
nur einen Schluß ziehen: den rauchverhangenen Endsieg
auf gründlich verbrannter Erde;
Männer, wie sie auf einer der täglichen Konferenzen,
nachdem sich das Gröbste als technisch machbar erwies,
die Endlösung beschließen,
sachlich männlich beschlossen haben;
Männer mit Überblick,
denen Bedeutung nachläuft,
große verstiegene Männer,
die niemand, kein warmer Pantoffel
hat halten können,
Männer mit steiler Idee, der Taten platt folgten,
sind endlich – fragen wir uns – am Ende?

Woran ich mich nicht erinnern will

An das Wort zuviel, an ranziges Fett, an den Rumpf ohne Kopf: Mestwina. An den Weg nach Einsiedeln und zurück: den Stein in der Faust, in der Tasche. An jenen Freitag, den 4. März, als mein Griff in die Streikkasse freitags. An Eisblumen (deine) und meinen Atem. An mich, wie ich lief: den Töpfen davon, immer Geschichte bergab. An Vatertag neulich, auf Himmelfahrt, natürlich war ich dabei. An Abwasch in Scherben, Fleisch unterschoben, die Schweden auf Hela, den Mond über Zuckau, den Kerl hinterm Ginster, an das Schweigen, Jasagen taub. An das Fett und den Stein, an das Fleisch und den Griff, an dumme Geschichten wie diese...

Als mir der Butt eines vorzeitigen Tages, nach dem üblichen mythologischen Klatsch und um mich endlich aufzuklären, von der Frau des Königs Minos erzählte, wie sie geil nach dem weißen Stier ihres Mannes wurde und ihr deshalb ein gewisser Dädalus, dessen Handfertigkeit bekannt war, Kuhhäute zur Verkleidung nähte, worauf sie mächtig besprungen wurde – was, wie man weiß, den Minotaurus und andere Mythen zur Folge hatte –, sagte der Butt abschließend: Das dürfe man nicht als bloß kretisches Lokalereignis werten. Daraus könne man anderswo Lehre und Nutzen ableiten. Das gehe den Kontinent an. Schließlich sei der so beleidigte König von Zeus persönlich (und zwar in Stiergestalt) dem Mädchen Europa beigebracht worden. Deshalb habe der Fehltritt der Königin Pasiphae zum Machtverlust der kretischen Frauen beigetragen. Das Zeusprinzip, der männliche Samen, die reine Idee setze sich durch. Denn das stierköpfige Monstrum beweise geradezu bilderbuchhaft die Zuchtlosigkeit des Mutterrechts. Das könne man auch auf ostischem Moorboden demonstrieren. Es müsse ja nicht immer ein Stier, es könne ein weißer Elchbulle sein. Wie es der Zufall wolle: Abend für Abend röhre ein strammer Bursche im Radunebruch, als habe er Moosbeeren und Weidentriebe satt, als wolle er nie mehr eine Normalkuh bespringen, sondern endlich den ostischen Mythos zeugen. Man möge, um die dreibrüstige Aua zu stimulieren, armstarkes Elchgestöß aus Lehm formen, wie Töpfe brennen, anschaulich im Kreis aufstellen und wirken lassen.

Das tat ich mit Töpferfleiß. Aua und ihresgleichen hatten Spaß an den keramischen, steil himmelwärts zeugenden Pimmeln. Schien die Sonne, warfen sie wandernde Schatten.

Schon übte sich neuer Kult spielerisch ein: Die Weiber zielten mit Ringen, geflochten aus Weidenzweigen. Bald schmückten Sumpfblumenkränze das Gestöß. Gespreizt drüberspringen wurde zum Weibersport. (Wie vulgär sie kreischten. Wie ordinär ihre Witze schon damals. Wieviel Spaß ihnen mein bißchen Kunstfertigkeit machte.)

Deshalb nannte mich der Butt einen baltischen Dädalus. Ich nähte, wie von ihm angeraten, aus Elchkuhhäuten eine täuschende Verkleidung nach Auas Maßen. Ich dünstete für Aua Elchkälberbries. Und wie vom Butt unter Vertrag genommen, röhrte der weißfellige Bulle Abend für Abend nahbei im Radunebruch.

Aber Aua wollte nicht. Sie hatte keine Lust, Mythen zu bilden. Dreibrüstig nährend war sie sich (und auch uns) genug. In neolithischen Zorn geriet sie, als ich (vom Butt gedrängt) mit Juck- und Reizworten versuchte, ihr den Bullen aufzuschwatzen. Nein, schrie sie, nein und erfand ein Wort, das Zukunft hatte. Alle getöpferten Elchpimmel mußten zerschlagen werden. (Weshalb unsere Region keine Phallusidole überliefert hat.) Und zur Strafe wurde ich einer gezähmten Elchkuh – wir hielten schon Haustiere – hintendrauf gebunden.

Einen jungsteinzeitlichen Tag lang versuchte ich mich zu beweisen. Doch gelungen ist mir wohl nichts. Ich erinnere mich nicht, Monströses gezeugt zu haben. Und die Schande danach will ich mir nicht zurückrufen; aber ich muß, weil ich schreibe und schreiben muß: Aua und ihre Weiber machten aus meinem schmachvollen Ritt auf der Kuh jährlich ein Fest unterm Frühlingsmond. Sie und ihresgleichen kleideten sich (nach meiner Schneiderkunst) in Elchkuhfelle. Wir Edeks mußten uns mit dem Schaufelgeweih der Elchbullen behelmen. Wie echt röhrendes Brunstgeschrei wurde uns abverlangt. Unter hochgebundenem Kuhschwanz hielten die Weiber hin. Tierischer ging es nicht.

»Diese widerlichen Fruchtbarkeitsriten!« schimpfte der Butt. »Schämt ihr euch nicht? Dieses vaterrechtslose Gezeuge. So wird euch niemals eine zeushafte Kopfgeburt, der männliche Mythos gelingen.«

Dann schwärmte er von den verfeinerten Künsten der minoischen Kultur. Er erzählte von vielräumigen Palästen, Freitreppen, für königliche Würde bemessen, von Wasserleitungen, Dampfbädern und gab zwischendurch die Geburt des Junghelden Herakles bekannt. Wie beiläufig bedauerte er, daß jüngst ein Seebeben (oder der Zorn Poseidons) die Königsstadt Knossos zerstört habe – »Aber König Minos überlebte wunderbar!« –, und schwärmte dann von handgroßen Bronzestatuen, die bis nach Ägypten und Kleinasien hin im Handel seien und einen Mann mit Stierkopf zeigten.

»Das nenne ich Nachwirkung, mein Sohn! Denn schon zu Beginn der ersten Palastperiode wurde in Knossos das Früchtchen der Königin Pasiphae durch einen gewissen Theseus erledigt. Nicht ohne Hilfe des Künstlers Dädalus. Ich erzählte dir kürzlich die Geschichte vom Wollknäuel und wie es tragisch weiterging. Wie hieß nur das arme Mädchen? Blieb sitzen auf einer Insel? Vergessen. Aber die minoischen Bronzen und reizenden Terrakotten mit gleichem Motiv: stilbildend sind sie, beispielhaft.«

Und er schenkte mir ein kleinfingerlanges Tonfigürchen, das er in seiner Kiementasche wie seine anderen Mitbringsel wohlbehalten durch alle Meere verschleppt hatte. Das Männchen mit dem Bullenkopf: ein Stück mehr in meiner wachsenden Kunstsammlung, die ich in einem verlassenen Dachsbau versteckt hielt (bis sie von meinem Freund Lud gestohlen und weiß nicht wohin verschleppt wurde). Dann überredete mich der Butt, Figürchen von vergleichbar mythischer Bedeutung zu schaffen, einen frommen Schwindel zu riskieren und meine Schande vor der Geschichte zu vertuschen.

Das tat ich. Sieben oder neun handlange Männchen unter Elchköpfen mit Schaufelgeweih knetete und brannte ich heimlich und vergrub sie dort, wo nah dem Vorort Schidlitz im zwanzigsten Jahrhundert eher zufällige Ausgrabungen zu jungsteinzeitlichen Funden führen sollten. Leider waren die Archäologen (zwei dilettierende Studienräte) nicht sorgfältig genug. Alle zuvor abgefallenen Schaufelgeweihe wurden untergraben, kamen kunsthistorisch nie in Betracht. Dafür Fehldeutungen. Man sprach von neolithischen Schweinskerlen. In den Heftchen zur »Westpreußischen Heimatkunde« wurde erstaunlich frühe Hausschweinhaltung im Sumpfland der Weichselmündung vermutet. Experten stritten über die im baltischen Raum beispiellose Beschaffenheit der Scherben, denn auf Anraten des Butt hatte ich die Figürchen, nach minoischem Vorbild, hohl um den linken Mittelfinger geformt.

Einen Mythos haben meine Terrakotten jedoch nicht überliefert. Nur umstrittene Fußnoten waren die Folge und eine Doktorarbeit, die im Jahre 1936 die völkische These vertrat, meine »Schweinskerle« seien frühslawische Zeugnisse minderwertiger Rasse, abartig, unwert.

Dabei hat sich Aua später (was der Butt nicht weiß) von einem Elchbullen bespringen lassen. Bei Mondlicht. Ohne von mir genähte Verkleidung. Alle drei Brüste offen. Kniend hielt sie hin. Glänzend ließ sie ihren Fettsteiß kreisen. Schon kam er spielerisch. Es war ein junger Bulle unter weißem Fell. Er ging sie nicht gewaltsam an, eher schüchtern versuchsweise. Sein lichtfangendes Schaufelgeweih. Seine Vorderhufe auf ihren Schultern. Anfangs nur zärtlich: Er knabberte ihren Nacken. Dann paßte alles, war nichts unmöglich, ging es natürlich zu und dauerte nicht lange. Ich sah das, zwischen Weiden versteckt. Hörte Aua Laut geben, wie ich sie nie gehört hatte. Wollte mir auch ein Bild machen, wie ihre drei Brüste in die Moosbeeren hingen. Vergaß aber, kehrte Gedächtnisschutt (andere Geschichten) darüber und wollte mich nicht erinnern, denn als nach üblicher Zeit kein Gott mit Schaufelgeweih, sondern ein Mädchen geboren wurde, war es zwar Aua gleich, trug aber Anzeichen von vier Brüsten, dem Gesäuge der Elchkuh, worauf es sogleich mit dem Steinkeil getötet wurde.

»Nein!« sagte Aua und schlug zu. »Das geht zu weit. Wir wollen nichts übertreiben. Drei sind genug. Womöglich macht mir das Luder später Geschichten. Keine Unnatur, bitte. Wir wollen nicht ins Gerede kommen.«

Und auch den Elchbullen unter weißem Fell hat sie jagen und spießen lassen. Wir aßen sein Jungfleisch rösch gebraten zu gestampften Moosbeeren, als sei nichts geschehen. Doch endlich: Jetzt war ich aufgeklärt und begann ein Wort für Vater zu suchen.

Das war, wenn ich der Zeitrechnung des Butt folge, kurz nach Beginn der Argonautenfahrt und zwei Jahre, bevor die Sieben gegen Theben zogen. Doch bei uns blieben weiter die Weiber stark. Ob Aua oder Wigga oder noch später Mestwina: sie verhinderten sagenhafte Züge und Fahrten. Sie überlebten ohne besondere Zeichen, sie legten, wenn wir Geschichte, Geschichten zu machen versuchten, ihre Natur quer. Zorn schuf Stille danach. Nur Leisetreten war noch erlaubt. Strahlend trat Unrecht in Kraft. Herrschende Laune siegte. Geknechtet von ihrem milden Verzeihen blieben wir häuslich. (Auf der Flucht, per Telefon, suche ich Frieden. »Jaja«, sagt Ilsebill. »Ist ja schon gut. Willst ja wiederkommen. Darfst ja, wenn du brav bleibst, Vater sein. Vergessen wir das. Schlaf dich mal richtig aus. Dann sehen wir weiter.«)

Wofür ich nichts kann: Dürre, Frostschäden, Regenperioden, Viehseuchen, Hungerzeiten, in denen nur Schwadengrütze vorrätig war: immer zu knapp. Womit ich ablenken möchte: wie ich die Köhlerei entwickelt, den baltischen Backstein erfunden habe. Was mir lange unsäglich war; doch der Butt sagte: Du mußt. Woran ich mich nicht erinnern will: wie ich mit den Goten nach Süden stromaufwärts zog und Wigga, die unsere Sippe kurzhielt, bei ihren Töpfen zurückließ.

Mein erster Ausbruch. (Noch heute geläufiges Fluchtverhalten der Männer: mal rasch um die Ecke paar Zigaretten ziehen und nie mehr wiederkommen, auf ewig verschütt sein.) Aufbruch im Mai. Woanders schrieb man das Jahr 211. Alles geriet ins Rutschen. Germanische Unrast. Die ersten Wanderschuhe. Markomannen, Heruler und unsere von Natur aus fernsüchtigen Goten zogen ab, drängten in neue Räume, machten Geschichte. Und auch ich hatte es satt, immer nur Wiggas Köhler zu sein, neuerdings auch zur Landarbeit, zum Rübenziehen verurteilt. Wie die rothaarigen Eisenfresser, deren Gott Wotan heimlich zu ehren mich der Butt gelehrt hatte, wollte ich männlich ratschlagend im Kreis hocken, zustimmend auf den Schild schlagen, verweigernd den Speer senken, wollte ich willentlich Mann sein: gefragt, mit Stimme, im Recht, gefolgt von Söhnen, frei vom täglichen Nutzen, hungrig nach Ferne. Ich wollte weg, raus aus dem Kleinkram. Nur noch riskant wollte ich leben, mich in Gefahr begeben, mich entdecken, beweisen, verwirklichen. Endlich abgenabelt, wollte ich wissen, was Ehre Sieg Untergang ist.

»Hau man ab«, sagte Wigga. Sie saß – eine Sitzriesin – unter der weidengeflochtenen Vorlaube und formte aus Heringsrogen und Heringsmilch, gemengt mit Hafermehl, handliche Klöße, die sie im Fischsud wallen ließ. »Hau man ab!« Ich war ihr als Köhler und auch sonst zu ersetzen. Auf ihren kantigen, bretteharten Schenkeln rollte sie die Klöße: zwei zur gleichen Zeit gegenläufig. Wie auch Ilsebill »Mach doch, was du willst!« sagen kann, sagte Wigga nicht einmal wegwerfend: »Hau man ab.«

Aber ich kam nicht weit: drei Tagesreisen flußaufwärts. Schon dort, wo später, viel später das Städtchen Dirschau mit seiner Eisenbahnbrücke über die Weichsel strategisch wichtig sein sollte, hatte ich Fußblasen, ängstigten mich die ungemütlichen Goten, schielte ich heimwärts und verfluchte den Butt, der mir geraten hatte, mich auf die Socken zu machen. (Auch behandelte mich mein Freund Ludger wie einen Pferdeknecht: von oben herab, gemein.)

Oft weinte ich beim Füßekühlen am Fluß. Unbehaust tat ich mir leid. Ich galt ja nichts bei den Eisenfressern. Zu ihren Thingversammlungen wurden wir Pomorschen nicht zugelassen. Ihre Pferde mußte ich striegeln, ihre Kurzschwerter mit Asche putzen, ihren Weibern den Filz aus den Haaren kämmen, ihre herrischen Metlaunen dulden. Und hatten sie zu viel getrockneten, in Stutenmilch vorgeweichten Fliegenpilz gekaut, wurden sie mörderisch aggressiv und prügelten uns stellvertretend für noch ausstehende Feinde. Einmal hörte ich, wie sie unter einer einzeln stehenden Eiche berieten, wann und wie sie mich und paar andere mitgelaufene Pomorsche ihrem Hammergott Thor opfern würden: auf Lanzen gesetzt.

Und als ich dort, wo später am Ostufer Graudenz (die Festung) liegen sollte, von einem Pferd getreten, von einem Kurzschwert in den Daumen geschnitten, von Goitschenweibern als »pomorsche Sumpfquappe« beschimpft und von einem immer besoffenen oder vom Fliegenpilz benommenen Gotenkerl, der so zahnlos war, daß ich ihm Dörrfleisch vorkauen mußte, am hellichten Tag hinter einem blühenden Ginsterbusch in den Arsch gefickt wurde (wobei der Kerl nicht seinen Eberzahnhelm abnehmen wollte), lief ich davon, zurück, humpelte weinend und hörte mich und den Fluß und die Käuze immer nur »Wigga« rufen, immer dringlicher: »Wigga!«

So wurde ich durch die Geschichte gleich überfordert. Mochten sie ohne mich Rom in Scherben gehen lassen; Wiggas Klöße aus Heringsrogen und -milch waren gewichtiger. Gerne und nur noch wollte ich wieder ihr Köhler sein und ihre Krabbelkinder hüten, von denen einige deutlich von mir waren. Mochte der Butt mich einen Schlappschwanz nennen, ich kam mit Abbitte auf den Lippen zurück: Will nie wieder, soll mir Lehre sein, bereue gründlich, erwarte gerechte Strafe, damit ich gebessert und nur noch häuslich...

Doch Wigga schimpfte nicht. Hätte sie nur geschimpft, mich bestraft, mich mit der Hacke in die Rüben geschickt. Ihre Rache war langlebig und kein kurzer Ausbruch, auch wenn sie nach meinen öffentlichen Selbstanklagen jedesmal – wie Ilsebill neulich am Telefon – sagte: »Schwamm drüber. Vergessen wir das.«

Denn vor versammelter Sippe – wir waren noch immer kein Stamm – mußte ich mich bezichtigen: Es habe mich die pomorsche Köhlerei fluchwürdig gelangweilt. Es sei mir ein verräterisches Vergnügen gewesen, die pomorsche Seßhaftigkeit vor den Goten lächerlich zu machen. Viel zu billig im Tauschhandel hätte ich pomorscheneigene Holzkohle an die gotischen Waffenschmieden geliefert. Als Ersatz für das verbotene und ausgerottete Traumkraut sei mir, verführt durch meinen Freund, der Fliegenpilz zum Laster geworden. Und diesem Ludger hätte ich pomorsche Geheimnisse (die Glumsebereitung) verraten.

Dann mußte ich öffentlich dem leichtfertigen Gefühl der Fernsucht entsagen. Dann mußte ich dem weiblichen Sippenrat schwören, nie wieder siegen oder untergehen, Geschichte machen zu wollen. Dann mußte ich Verzicht leisten auf etwas, das ich hochtrabend Vaterrecht genannt hatte. Dann mußte ich berichten, wie viele Fußblasen ich mir zu Beginn der Völkerwanderung gelaufen hatte, warum die

Haare der Goitschenweiber filzig sind, wem zu Ehren ich und die anderen Pomorschen auf Lanzenspitzen gesetzt werden sollten, wie mir das linke Knie vom Hengst des jungen Ludger für alle Zeit steif getreten wurde; und auch die rechte Daumennarbe mußte ich zeigen rundum. (Indem ich dem Pilzgift Muscarin entsagen mußte, machte ich den Fliegenpilz auch bei uns gebräuchlich.)

Nur was der mümmelnde Goitschenkerl, der nie seinen Eberzahnhelm abnahm, mit mir hinterrücks und verdeckt vom blühenden Ginster gemacht hatte, habe ich verschwiegen verdrängt vergessen. Die Schande. Das Loch im Geschehen. Die leere Sprechblase. Woran ich mich nicht erinnern will: wie er mich fummelte, kaute, mich leckte, mir ranziges Fett anstrich, um dann mit seinem Altmännerast, daß es mich sprengte, so tief...

Dabei wußte Wigga. Sie hatte, als ich ihr weglief, zwei schnelle Mädchen uns nachgeschickt, die ihr, als ich gehumpelt kam, schon alles getratscht hatten, klitzeklein. Wohl deshalb sagte Wigga später oft, wenn ich ihr beilag, in ihr, umarmt umbeint: »Nu? Is nich besser so? Is so nich viel besser?«

Jetzt ist Ilsebill bald im zweiten Monat. Nur ihre Zeit, die sie streng macht, zählt. Ich stehe (ihr Köhler) daneben oder flüchte treppab durch die Jahrhunderte, bis mich der Butt, als spräche er noch zu mir, auffängt: »Da kannst du nichts machen, mein Sohn. Das ist ihre Natur, die ist stärker und immer im Recht. Mit der Vaterschaft bist du am Pflock. Das immerhin haben die Frauen für sich. Deine Ilsebill weiß das.«

Dann rät er mir, noch mehr Papier zu kaufen. Geschrieben lese sich alles normal. Nur Schriftliches sei gleichstarke Gegennatur. Zumeist siege das geschriebene Recht. Und was man – der Schande wegen – nicht, niemals, nie wieder erinnern wolle, werde erst, wenn es in Schrift stehe, so gut wie vergessen sein. »Männer überleben nur schriftlich!« sagt er und will zitiert werden.

Gut. Ich gebe zu, Mestwina, meine Mestwina verraten zu haben. Doch das geschah doppelsinniger, als so ein Sätzchen bekanntmacht. War ich doch ihr (und des Stammes) Hauptschäfer und wechselseitig jener Bischof Adalbert, der gekommen war, uns Heiden zu bekehren. So habe ich ihre Küche beliefert und als Asket ihr Geköch geschmäht. Ich bin es gewesen, der aus der Vorratshütte des böhmischen Trosses den gußeisernen Löffel gestohlen hat; und mich, den später heiliggesprochenen Bischof, hat Mestwina mit dem Gußeisen erschlagen. Genau erinnert, bin ich zu feige gewesen, den lästigen Missionar mit meinem Schermesser aufzuschlitzen, obgleich mich Mestwina immer wieder um diesen Liebesdienst gebeten hat. Doch auch als Bischof habe ich mich, heillos süchtig nach Schlägen, ohne Abwehr ermorden lassen, denn schon als Chorknabe war es mein oft gebeichteter Wunsch gewesen, später den Märtyrertod zu sterben und kanonisiert zu werden.

Der Schäfer – der Bischof: Zum ersten Mal zeitweilte ich doppelt, war ich gespalten und dennoch ganz heidnischer Schafshirt, ganz christlicher Eiferer. Nicht mehr ging es so eindeutig zu wie unter Auas Fürsorge und in Wiggas Schatten. Nur noch im Verhältnis zu Dorothea und zur Gesindeköchin Amanda Woyke, die beide keine Zweideutigkeiten zuließen, habe ich mich so eins mit mir verbrauchen können: ungespalten und lebenslänglich. Denn die Zeit mit Billy zählt nicht. Und für Maria bin ich ein Nichts.

Vielleicht könnte meine gegenwärtige Ilsebill mich wieder nageln, auf den Punkt bringen, eindeutig machen. Sie sagt: »Es wird bei der Stange geblieben. Das Kind soll wissen, wer sein Vater ist. Was heißt hier Fiktion. Mach keine Ausflüchte, bitte!«

Jedenfalls war ich als Bischof schon tot, als ich in meinem Schafsgeruch in das böhmische Hauptzelt trat und Mestwina an die Herren verraten habe.

Warum eigentlich? Es war doch alles so gut kaschiert. Nach dem Totschlag, der in Mestwinas Hütte, auf ihrem Laublager lautlos, bis auf ein Seufzerchen, geklappt hatte, haben sie und ich den stocksteifen, später heiliggesprochenen Mann namens Adalbert (also mich!) in die schnellfließende Radune geworfen. Weitab, auf einer Sandbank der verzweigt mündenden Wistulle, wo die feindlich benachbarten Pruzzen oft räuberisch streiften, wurde der gedunsene Kadaver des frommen Mannes angeschwemmt und von polnischen Söldnern gefunden, die schon fünf Tage lang den Bischof suchten. Den gußeisernen Kochlöffel habe ich schlau vergraben. Glaubwürdig war die Annahme, es hätten den Adalbert die heidnischen Pruzzen erschlagen. Schon lief eine Stafette, um dem Polenkönig Bericht zu geben. Als Datum wurde der 12. April 997 gesetzt. Geschichtlich war alles geritzt: ein Heiliger mehr.

Da mußte ich Narr unbedingt Wahrheit bezeugen! Der Butt riet mir, den Schwindel auffliegen zu lassen. »Du darfst nicht schweigen, mein Sohn. So sehr du an deiner Mestwina hängst, du wirst sie opfern müssen. Zum ersten Mal habt ihr faul unbewußten und durch keine einzige Tat existierenden Pomorschen wirklich etwas vollbracht, seid ihr durch politischen Mord eingetreten in die Geschichte, habt ihr auf klassische Weise ein Datum gesetzt – wie vielsagend doppelsinnig: er wurde am Karfreitag erschlagen –, und schon schwindelt ihr euch wieder in den Zustand steinzeitlicher Unschuld zurück. Ihr laßt es zu, daß den Pruzzen, diesem barbarischen Räubervolk, Ruhm nachgesagt wird. Feige enthaltet ihr euch des mannhaften Geständnisses. Geh hin und sage laut: Ja! Ihr christlichen Herren. Eine von uns ist es gewesen. Mestwina, unsere Königin. Er hat sie begehrt und war geil nach ihr. Sie hat ihn erschlagen, damit sich unser Volk seiner geschichtlichen Rolle bewußt wird. Den Adalbert mag man heiligsprechen, doch wir, von Mestwinas Stamm, stehen mannhaft ungebeugt. Wir wollen das Kreuz nicht. Unsere Göttin heißt Aua. Die ist mit Demeter, Frigga, Kybele, Semele verwandt. Das sind Großfiguren. Alle vor eurer niedlichen Gottesmutter. Kurzum: Wir haben schon Religion!«

Ähnlich standhaft, wie mir der Butt vorgesagt hatte, doch ohne Reizworte, sprach ich zu dem böhmischen Prälaten und zu den polnischen Rittern. Ich kann mich nicht erinnern, Mestwina um ihre Einwilligung für das geschichtsträchtige Geständnis gebeten zu haben. Womöglich hätte sie mir hochherzig zugestimmt. Doch wahrscheinlicher ist, daß sie mich als Dummkopf verlacht, bei Widerworten verprügelt und, um mich unschädlich zu machen, unter Bewachung an entlegene Strände auf Bernsteinsuche verbannt hätte.

Heimlich ging ich zu den böhmischen Herren. Die hörten mir unbewegt zu, nahmen aber nur Mestwinas Lästerungen des gekreuzigten Gottes zu Protokoll, desgleichen den Teil meines Geständnisses, der sie als immer noch opfernde Auapriesterin verriet. Dazu gehörte ihre Trunksucht. Dazu gehörte ihr Laster, Fliegenpilze roh und getrocknet zu kauen. Schließlich hat sie den Adalbert besoffen oder im Muscarinrausch erschlagen.

Tagsdrauf verurteilten die böhmischen Herren, unter Vorsitz des Prälaten Ludewig, Mestwina zum Tod durch das Schwert. Sie ordneten für uns die sofortige Zwangstaufe an, behaupteten aber weiterhin (und ungerührt durch mein Geständnis): Adalbert sei von den heidnischen Pruzzen erschlagen worden. Die Ermordung des Bischofs durch eine Frau hätte dessen Heiligsprechung erschweren, womöglich vereiteln können. Das hätte der päpstlichen Kanonisationsbulle widersprochen, nach der durch weibliches Zutun niemand zum Märtyrer gemacht werden kann. Schließlich wußte das böhmische Gefolge des Bischofs, daß Adalbert seine Fleischeslust mehrmals wöchentlich in Mestwina abzutöten versucht hatte. Die polnischen Ritter rissen hinter vorgehaltener Hand Witze über die eindringliche Bekehrungspraxis des frommen Böhmen. Wären auch nur Andeutungen über die Laublagerfreuden in die Kanonisationsakten gekommen, hätte es prompt einen Heiligen weniger gegeben.

Vor dem feministischen Tribunal entschuldigte der Butt seine Fehlberatung mit neoscholastischem Zungenschlag. »Das geschah ganz im Sinne Hegelscher Dialektik, meine gestrengen Damen. Auch ich bedaure tief, daß man dazumal einer Frau das Recht verweigerte, Märtyrer zu produzieren. Man sagte sich: Subjektiv gewertet mag eine gewisse Mestwina dem Bischof Adalbert den Schädel gußeisern eingeschlagen haben, doch objektiv, vor der Geschichte gewertet, müssen es Männer, die heidnischen Pruzzen gewesen sein. Und so wird folgerichtig und nur scheinbar den Tatsachen widersprechend in allen historischen Quellen den Pruzzen das Verdienst zugesprochen, Kirchengeschichte gemacht zu haben.«

Bei Tolkmit soll das geschehen sein. Mit einem hölzernen Ruder, das später Reliquie wurde. Daß ich nicht lache.

Was nun, Butt? Steht alles nun auf Papier: das brünstige Röhren falscher und tatsächlicher Elchbullen, was der Kerl unterm Eberzahnhelm mit mir hinterm Ginster tat, wie ich vor den pfäffischen Herren gesungen habe. Bin ich entlastet nun? An Schuld leichter? Und die restliche Schande? Kreuzweis verschnürte Pakete, die aufgedröselt sein wollen. Denn als wir zwangsgetauft christlich wurden, vermehrte sich nur die Sünde. Und zu Ilsebill sagte ich: »Mit jener Dorothea, die hochgotisch wie du gegenwärtig unter Migräne litt, kniete ich oft büßend auf Erbsen.«

Da kommt sie und hat Blut im Kleid. Woran ich mich nicht erinnern will. Aber ich muß.

IM ZWEITEN MONAT

Um die Zeit, als Mestwina im Suff und doch zielgerecht den Bischof Adalbert erschlug, siedelten im Gebiet der mündenden Weichsel außer uns altansässigen Pomorschen am linken Ufer und den östlich des Flusses seßhaften Pruzzen nur Restbestände durchreisender Völker: ziemlich mit uns zur Suppe verrührte gepidische Goten und eingewanderte Sachsen, die vor dem Bekehrungseifer der Franken geflohen waren. Vom Süden her sickerten slawische Polacken ein. Und skandinavische Waräger schröpften uns nach Laune. Sie bauten überall Fluchtburgen gegen pruzzische Einfälle und konnten doch nicht verhindern, daß sich die Pruzzen westlich der Flußniederung festsetzten. Ihr Häuptling hieß Jagel. Eine Vorform des litauischen Jagello. Deshalb hieß der Hügel später, als die Stadt gegründet war, Hagelsberg.

Schon zu Mestwinas Zeit hatten sich einige Waräger als pomorsche Fischer verkleidet und den Jagel in seiner Raubburg erschlagen. Doch erst als der Polackenherzog Boleslav Chrobry die Pruzzen aufs rechte Weichselufer zurückwarf, wurde die Warägerherrschaft durch die polackische ersetzt. Denn kaum hatte Mestwina jenen Adalbert erschlagen, den der Polenherzog als Agitator angeworben hatte, wurden wir Untertanen und blieben es.

Boleslav ließ den wundertätigen Leichnam nach Gnesen überführen, wo er bis heute verehrt wird. Unser Land wurde zur Provinz erhoben und nach uns, weil wir am Meer wohnten, altslawisch Pomarzanie – Pommerellen genannt. Uns, die Pomorschen, nannte der fromme Boleslav freundlich herablassend Kaschuben. Wir durften eigenständige Statthalter einsetzen, die sich rasch männliche Herrschaftsformen abguckten, obgleich sie alle auf Mestwinas Schoß zurückzuführen sind; deren Töchter und Tochtertöchter gaben das Mutterrecht nur noch unter der Decke weiter.

Namentlich bekannt wurde als erster unser Stammesfürst Sambor, der das Kloster Oliva gestiftet und mit Vorrechten – Zollfreiheit, Erhebung des Zehnten – ausgestattet hat. Sein Sohn Subislav war ein mickriges Kerlchen, das bald starb. Darauf wurde dessen Onkel, der erste Mestwin, pommerellischer Kaschubenfürst. Gerade konnte er noch seine Tochter Damroka zur Äbtissin machen und unter ihrer Aufsicht jenes Kloster Zuckau stiften, in dem knappe sechshundert Jahre später Amanda Woyke die Gesindeküche der preußischen Staatsküche führte, als die Dänen Pommerellen überfielen und für zehn Jahre in Besitz nahmen, bis Mestwins Sohn Svantopolk sie nach Hause schickte und sich Herzog von Pommerellen nannte, was dem Polackenherzog Lesko mißfiel. Beide Herzöge lieferten sich nach Männerart eine Schlagetotschlacht in der Nähe von Gnesen, die Svantopolk gewann und Lesko das Leben kostete. Als aber der nun unabhängige Kaschubenherzog die immer noch heidnischen und die Weichsel als Grenze mißachtenden Pruzzen erfolglos bekämpfte, machte er den gleichen Fehler wie die Polen: Auch er rief die nach Ende der Kreuzzüge arbeitslos gewordenen Deutschritter aus Palästina ins Kaschubenland. Sie kamen und räumten mit allem, was pruzzisch war, heillos auf. Schließlich schlugen sie auch Svantopolk mehrmals. Dessen erstgeborenen Sohn, den zweiten Mestwin, setzten sie gefangen. Wieder freigelassen, verbündete er sich mit den brandenburgischen Herzögen gegen seinen mitregierenden Bruder. Darauf setzten sich die Brandenburger fest und mußten mit polackischer Hilfe aus jener Stadt Danzig vertrieben werden, die vom großen Svantopolk im Jahre 1236 als Civitas Danzcik neben der pommerellischen Burg gegründet und mit lübischem Recht ausgestattet wurde.

Mein Giotheschants, Gidanie, Gdancyk, Danczik, Dantzig, Danzig, Gdańsk: von Anfang an umstritten. Wir pomorschen Fischer und Korbflechter blieben im Schutze der Burg auf dem alten Hakelwerk und aßen wie immer schon Grütze zu Fisch und Fisch zu Grützbrei, während die zumeist niedersächsischen Neusiedler, die Jordan Hovele, Johann Rapesilver, Hinrich Pape, Ludwig Skröver, Kunrad Slichting und ähnlich hießen, als Handwerker und Händler hinter den Stadtmauern wohnten und Schweinswürste zu dicken Bohnen aßen.

Die letzten pommerellischen Herzöge – Mestwin blieb kinderlos – und der polackische Herzog Przemyslav stritten sich mit brandenburgischen Markgrafen und deutschherrischen Ordensrittern, wie es nun mal die Geschichte befahl. Obendrein hatte der polackische Statthalter Bogussa mit den kaschubischen Swenzas so lange Streit, bis der gefräßige Deutschritterorden am 14. November des Jahres 1308 die Stadt einsackte, die Burg in Besitz nahm und von ihr aus die Stadt beherrschte. Zwar hat der polnische Kasimir um seinen pommerellischen Besitz gezetert und weitab Kaiser und Papst bemüht, aber im Frieden zu Kalisch (1343) mußte er auf Pommerellen verzichten.

Damals war meine spätere Dorothea drei Jahre alt und ich, ihr späterer Albrecht, war zwar im mannbaren Alter, hing aber immer noch an der Schürze meiner pomorschen Mutter Damroka, die in die Stadt geheiratet hatte: Mein Vater, der Schwertfeger Kunrad Slichting, ließ auch mich Schwertfeger werden: ein Beruf mit Zukunft: Schnell wuchs die Stadt und wollte mit griffigen Zweihändern verteidigt werden.

Es mußten ein deutscher Durchhaltebefehl, britische Bombenteppiche und die zweite sowjetische Armee unter Marschall Rokossowskij einträchtig wirken, um den seit Jahrhunderten vererbten, zählebigen, hier hinter Prachtfassaden gestapelten, dort armseligen Bürgerfleiß gegen einen noch wochenlang schwelenden Flächenbrand aufzurechnen und ganz Danzig, dessen verwinkelte Alt-, Recht-, Nieder-, Jung- und Vorstadt bis auf das wiederum gebrannte Backsteingemäuer aller Haupt- und Nebenkirchen wie für alle Zeit einzuebnen. Auf Archivfotos sieht das total aus. Luftaufnahmen lassen die Bauabschnitte frühmittelalterlicher Stadtplanung erkennen. Nur am Leegen Tor, um Sankt Johannis, zwischen Fischmarkt und Brausendem Wasser, neben Sankt Katharinen und sonst noch wo blieb aus Zufall brüchig was stehen. Doch schon auf den nächsten Fotos der Gedenkausstellung im rechtstädtischen Rathaus werden Ziegel geklopft, werden die Beischläge der Frauengasse freigeschaufelt, werden Restfassaden in der Brotbänkengasse gestützt, wird der Turmstumpf des Rathauses eingerüstet.

Und dreißig Jahre nach dem Flächenbrand sprach ein junger Mann ins Knopfmikrofon des Fernsehens, Norddeutscher Rundfunk, Drittes Programm, von der achtzigprozentigen Zerstörung der Innenstadt; als Konservator ist Herr Chomicz verantwortlich für den Wiederaufbau des historischen Danzig als polnisches Gdańsk.

Ich war am Vormittag von Berlin-Schönefeld aus mit einer Interflug-Propellermaschine eingeflogen und auf dem neuen Flugplatz dort gelandet, wo vor drei Jahren noch die kaschubischen Kartoffeläcker meiner Großtante mäßig einträglich gewesen waren. Was ich im Gepäck hatte: Manuskriptlücken, noch ungedeckte Behauptungen über mein Vorleben zur Zeit der hochgotischen Fastenköchin Dorothea von Montau, Suchanzeigen, in denen die Küchenmagd Agnes Kurbiella kraushaarig in barocken Allegorien vorkommt. Einsprüche des Butt. Die Wünsche meiner Ilsebill. Und außerdem hatte ich einen Fragenkatalog bei mir, denn ich wollte mich, abseits der Fernsehfilmerei, mit Maria treffen, die immer noch Kantinenköchin der Leninwerft ist: »Hör mal, Maria. Wie war das im Dezember siebzig? War dein Jan dabei, als dreißigtausend Arbeiter vor dem Parteigebäude aus Protest gegen die Partei die Internationale gesungen haben? Und wo genau stand dein Jan, als die Miliz auf Arbeiter schoß? Und wo traf es ihn?«

Mit Drehbeginn wurde alles flach gegenwärtig. Historische Zitate – 1813, der Brand der Speicherinsel – blieben Zettelchen zum Verwerfen. Wir hatten unsere drei Lampen, die Tontechnik und die Kamera im wiederhergerichteten Tresorsaal des rechtstädtischen Rathauses aufgebaut. Bei aller Faktensicherheit stand der Stadtkonservator ein wenig verlegen zwischen den getäfelten Wänden und in Öl gemalten holländischen Sündenpfuhlgemälden. Hinter ihm hing das über gradlinigem Bildgrund halbrund gerahmte Bild des Stadtmalers Anton Möller »Der Zinsgroschen«: Jesus und sein neutestamentarisches Personal stehen manieristisch bewegt dort, wo eigentlich der breite Renaissancebau des Grünen Tors (gotisch: Koggentor) den Langen Markt vor dem Mottlauufer abschließen sollte. Zum Rathaus hin verjüngt sich der Markt in die leicht gekrümmte Langgasse hinein bis zum Hohen Tor. Möller malte diese Allegorie vor städtischer Kulisse sogleich nach seinem Jüngsten Gericht im Jahr 1602, das wie das Vorjahr ein Pestjahr gewesen ist. (Aber keine Sterbelaken hängen aus Fenstern. Keine überladenen Karren beleben den Hintergrund. Kein Arzt geht vermummt mit der Klapper um. Nirgendwo wird Stroh verbrannt. Kein warnendes Gelb herrscht vor.)

Direkt in die Kamera schaute der Konservator, offenbar geübt. Nie rettete er die eine, die andere Hand in die Tasche. Sparsam mit Gesten nannte er Möllers Gemälde ein Dokument, wichtig für den Wiederaufbau des Zentrums der zerstörten Stadt, vergleichbar Canalettos Gemälden, die beim Wiederaufbau der Warschauer Altstadt hilfreich gewesen seien. Erstaunlich nannte er den im Bild überlieferten Beweis, daß noch zu Beginn des siebzehnten Jahrhunderts fast alle Patrizierhäuser am Langen Markt gotisch gemauert und gegiebelt waren, außer dem Artushof und dem breiten Bürgerhaus im Renaissancestil, dem Rathaus gegenüber.

Der Konservator erklärte lächelnd, warum man nicht die gotische, weniger kostenintensive Frühform, sondern, keinen Aufwand scheuend, barocke Fassadenkunst nachgebaut habe – da gaben, mitten im Satz, unsere drei Lampen auf. Die elektrische Anlage des (nach Möllers Ansicht) wiederhergestellten rechtstädtischen Rathauses war überlastet. Der Hauselektriker wurde gerufen, kam aber nicht. Dafür schaute, unangemeldet und seinem Gefolge voraus, der Königingemahl Prinz Philip von England in den historischen Saal. Es hieß, eine Segelregatta oder ein Pferderennen seien Grund für seinen halboffiziellen Aufenthalt im Zoppoter Grandhotel. Offenbar übermüdet von seinem touristischen Programm, erschrak Prinz Philip, als er die Kamera sah. Unser Tontechniker, Klaus gerufen – »Mach mal, Klaus! Hol mal, Klaus!« –, wollte ihn, obgleich der Prinz unverkennbar war, als lange erwarteten Elektriker bemühen. Bevor dieser Irrtum als Anekdote hätte Geschichte machen können, war der Prinz mit Gefolge davon.

Ich notierte später im »Monopol«: Wenn nun Kopernikus treppauf oder der alte Schopenhauer schlohweiß gekommen und verkannt worden wären? Die Beliebigkeit historischer Auftritte. Schließlich sind Peter der Große, Napoleon und Hitler hier gewesen. Gegen Ende des vierzehnten Jahrhunderts reiste der englische Prinz Heinrich Derby, lange bevor er für Shakespeare Figur wurde, mit Gefolge an, um sich aus christlichem Wintervergnügen an den Treibjagden auf heidnische Litauer zu beteiligen. Bei Dorotheas Ehemann, dem Schwertfeger Albrecht Slichting, bestellte er eine mit Goldblech beschlagene Armbrust, die nie bezahlt wurde. Folgenreiche Geschichte. Überall unbeglichene Rechnungen.

In Erwartung des richtigen Elektrikers – und weil das Filmen fürs Fernsehen so viele zeitlose Pausen abwirft – verkrümelte ich mich (dabei mit unserem polnischen Interpress-Anhang über Koexistenz schwatzend) geschichtlich treppab, bis ich im fortgeschrittenen siebzehnten Jahrhundert die Küchenmagd des alternden Stadtmalers Möller schwanger über den Langen Markt kommen sah.

Agnes Kurbiella hat ein Suppenhuhn ungerupft gekauft. Eigensinnigerweise ist es Winter, obgleich wir die Fernsehdokumentation Ende August bei Schönwetter inmitten Touristenauftriebs drehten. Im Januar des Jahres 1636 ist Agnes hochschwanger; König Wladislav IV. hat im Grünen Tor Wohnung genommen und so die Stadtgeschichte datiert. Dort plaudert er mit dem schlesischen Diplomaten und Dichter Martin Opitz von Boberfeld. Der König will ihn als Sekretär und Hofhistoriograph in Dienst nehmen. Auch der Admiral der polnischen Flotte, ein Schotte namens Seton, ist anwesend, desgleichen hiesige Patrizier, die feist aus steifen Halskrausen schauen. Nachdem der Waffenstillstand mit Schweden verlängert worden ist, soll Opitz im Auftrag des Königs über die Neufestsetzung der Seezölle verhandeln. Der König gibt zu erkennen, daß ihn die soeben vorgelegte jambische Huldigung als Friedensfürst gnädig stimmt. Das Patriziat sichert dem aus Schlesien vertriebenen Dichter ruhigen Wohnort zu. Admiral Seton, ein literaturkundiger Katholik, erzählt in einer Verhandlungspause dem reformierten Opitz halb amüsiert, halb besorgt, daß der Hauslehrer seiner Söhne, ein junger Mann lutherischen Glaubens, der wie Opitz schlesischer Flüchtling sei, krank liege, weil die Festlichkeiten der sauflustigen Stadtbürger – schließlich habe man das verlängerte Waffenstillstandsabkommen mit Oxenstiernas Kommissären begießen müssen – den kaum erwachsenen Jüngling überfordert hätten, so daß er nun gallige Sonette schreibe, in denen er alles nichtig und eitel nenne. Diese Gelegenheitspoesie könne womöglich dem Herrn Opitz interessant sein, zumal der junge Gryphius nicht lateinisiere, sondern grob teutsch dichte.

Doch der vom andauernden Krieg zermürbte Opitz ist zu zerstreut, um sogleich nach Abschriften der Sonette zu fragen. Durch die hohen Saalfenster im Grünen Tor sieht er (in Perspektive des Stadtmalers Möller, als der sein Zinsgroschenbild malte) auf den winterlichen Langen Markt, über den noch immer die Küchenmagd Agnes Kurbiella mit dem ungerupften Suppenhuhn im Korb hochschwanger durch Schneematsch stapft: jetzt am Rathaus vorbei, in dem wir dreieinhalb Jahrhunderte später auf den Hauselektriker warten. Jetzt biegt sie in die Beutlergasse ein. Weichgekochte Hühnerbrust in Kerbelsoße zu Haferbrei heißt ihr Vorhaben. Bald wird Agnes auch für Opitz Schonkost bereiten: Im Sommer, kurz bevor der wiedergenesene Andreas Gryphius abreist, nimmt der Diplomat im Haus des Predigers Canassius Wohnung, mittlerweile in polnischen Diensten wie auch Schweden verpflichtet: ein Doppelagent.

Als der Elektriker endlich kam und unsere drei Lampen, über eine Nebenleitung gespeist, wieder den Stadtkonservator und Anton Möllers Zinsgroschenszene auf dem Langen Markt ausleuchteten, hatte ich gerade das siebzehnte Jahrhundert und dessen religiöse Vielfalt verlassen, um zu Beginn des vierzehnten Jahrhunderts – genau: am 17. Mai 1308 – der Hinrichtung der sechzehn pommerellischen Ritter aus dem weitverzweigten Geschlecht der Swenzas zuzugucken, alleine schon, weil immer noch ungeklärt ist, ob die Deutschherren nur sechzehn Swenzas als ersten Beitrag zur Geschichte Danzigs enthauptet haben oder ob sie über zehntausend städtische Pomorsche abschlachten ließen. Die wohnten alle zwischen der Katharinenkirche und der alten pommerellischen Burg, die bald darauf deutschherrische Ordensburg wurde. Hakelwerk hieß noch immer der pommerellische Teil der altstädtischen Siedlung. Denn als die sechzehn Adligen oder zehntausend Pomorschen hingerichtet oder abgeschlachtet wurden, gab es noch keine Rechtstadt, wenngleich der Plan der Deutschherren, südlich der pommerellischen Gründung nach kulmischem Recht eine neue Stadt anzulegen, schon beschlossen war.

Jedenfalls wurden mehr als sechzehn pommerellisch-kaschubische Grafen und weniger als zehntausend kaschubisch-pomorsche Hakelwerkbewohner hingerichtet und abgeschlachtet. Die Geschichte datiert zwar genau, daß am 6. Februar 1296 der Polenkönig Przemyslav in Rogasen ermordet wurde, aber die größeren Verluste bleiben grobe Schätzung; wie es mir auch gegenwärtig nicht gelingen wollte, durch Fragen nebenbei (und solange wir den Fernsehfilm drehten) von ortsansässigen Polen zu erfahren, wie viele Arbeiter der Leninwerft in Gdańsk und wie viele Werft- und Hafenarbeiter im benachbarten Gdynia erschossen wurden, als Mitte Dezember 1970 die Miliz und Armee der Volksrepublik Polen Befehl erhielt, auf streikende Arbeiter zu schießen. Denn geschossen und getroffen wurde. Maria verlor ihren Jan, der, als es ihn traf, durchs Megaphon aus dem Kommunistischen Manifest zitierte. Welche ideologischen Widersprüche bereiten wem (im Sinne Marxengels) dialektischen Spaß, wenn in einem kommunistischen Land die Staatsmacht auf Arbeiter schießen läßt, die soeben noch, dreißigtausend, vor dem Parteigebäude die Internationale gesungen haben: aus proletarischem Protest?

In Gdańsk soll es vor dem Werfttor am Jakobswall, wo auch früher die Werft ihren Einlaß hatte, fünf oder sieben Tote gegeben haben; in Gdynia wird die genaue Zahl – zwischen dreißig und vierzig Toten – verschwiegen. Man sprach nicht über Einzelheiten. Man nannte das allgemein bedauernd: die Dezemberereignisse. Und auch der deutsche Ritterorden ging bald zur Tagesordnung über. Realpolitisch sprachen die Tatsachen für ihn: Das pommerellische Danzig war mit den Swenzas und den Brandenburgern gegen den Polenkönig Lokietek verbündet. Dessen Burghauptmann Bogussa hatte auf Anraten der königstreuen Dominikaner den deutschherrischen Landmeister Plotzke um Hilfe gebeten. Der Orden schickte eine Heeresabteilung, die sich in die belagerte Burg durchschlug. Die Deutschherren zwangen die Brandenburger zum Abzug, warfen die Polen samt Bogussa aus der Burg, forderten die Auslieferung der pommerellischen Swenzas und befahlen, als diese enthauptet waren und ein Gemetzel ohne Zahl stattgefunden hatte, das Abtragen der Wälle, Mauern und sonstigen Befestigungen der Stadt, endlich auch den Abriß der schutzlosen Lehmhütten und wenigen Fachwerkhäuser; worauf sich die restliche Bevölkerung zerstreute und wenige Jahre später durch eine gesamteuropäische Hungersnot abermals verringert wurde. Denn als ab 1320 die ersten, im rechten Winkel auf die Mottlau zulaufenden Hauptgassen der neuen, der rechten Stadt gezogen wurden – die Brauergasse, später Hundegasse genannt, die Langgasse, Brotbänkengasse, Heiligegeistgasse –, siedelten sich nur restliche Altstädter, doch viele vom Hunger getriebene niedersächsische Neusiedler an; und auch das Hakelwerk außerhalb der jungen Rechtstadt entstand neu auf den Trümmern der alten pomorschen Ansiedlung.

Von den sechzehn Swenzas und den zehntausend Hingemetzelten sprach niemand mehr laut, zumal eine päpstliche Untersuchungskommission den Bericht des Ordensprokurators wie letzte Wahrheit einsegnete. Katholisch waren schließlich alle Beteiligten gewesen. Und auch der Streik und Aufstand der Hafen- und Werftarbeiter in Gdańsk, Gdynia, Elblag und Szczecin, der Schießbefehl für die Miliz und Volksarmeeverbände blieben unter der kommunistischen Glaubensdecke. Jedenfalls schwieg sich der Stadtkonservator zu den Ereignissen vom Dezember 1970 aus, zumal der Wiederaufbau der Rechtstadt (nach dem Bebauungsplan des Deutschritterordens) durch die streikenden Werftarbeiter nicht gestört wurde.

Als unsere Lampen wieder Dienst taten, sagte der Konservator ins Knopfmikrofon: Man habe in der Altstadt nur die Kirchen wiederaufgebaut wie kürzlich noch Sankt Birgitten. Doch sei die Rechtstadt von Gdańsk in ihren Hauptgassenzügen als geschlossener Kern innerhalb der seit 1343 erbauten Stadtmauer neu erstanden: zwischen dem nördlichen Altstädtischen Graben und dem südlichen Vorstädtischen Graben, östlich zwischen Kuhtor und Häkertor an die Mottlau grenzend, während die rekonstruierte Stadtmauer links und rechts vom Langgasser Tor die Rechtstadt nach Westen abgrenze.

Der Regisseur des Norddeutschen Rundfunks hakte im Fernsehjargon Arbeit ab: »Statement vor Möllerbild gestorben. Morgen Schlag neun Katharinenkirche, Turmhelme, Statement. Danach Sankt Johannis, Häkergasse, Künstler aus Wilna und pipapo ...«

Ich ging noch Drehorte besichtigen und war nicht mehr sicher, ob das backsteingemauerte Haus des Schwertfegers Albrecht Slichting in der altstädtischen Schmiedegasse oder in der rechtstädtischen Ankerschmiedegasse im Jahre 1353 gebaut wurde. Dorothea von Montau, die Tochter des niederländischen Neubauern Wilhelm Swarze, war bei Baubeginn des spätgotischen Hauses – es stand wohl doch auf altstädtischem Grund – gerade sechs Jahre alt. (Genauer, Ilsebill, erinnere ich mich an Treppenstiegen, Küchendunst, ausgehängte Sterbelaken und persönliche Niederlagen als an Örtlichkeiten.) Jedenfalls baute ich als Schwertfeger, nachdem die Beulenpest zum erstenmal alle Gassen abgeklappert hatte; worauf, bei allgemeiner Teuerung, die Grundstückspreise fielen. Wir blieben altstädtisch, und der freundliche Konservator, der nur die Rechtstadt strenggläubig aufbaut, konnte mir bei der Suche nach meinem altstädtischen Bauplatz nicht helfen.

Ich kam ja oft nach Montau: unterwegs zur Marienburg durch das (nach den Hungerjahren) neu eingedeichte Land zwischen Nogat und Weichsel. Mein Vater, der Schwertfeger Kunrad Slichting, der nicht sterben wollte und mich, seinen Ältesten, kurzhielt, belieferte nicht nur den Danziger Ordenssitz in der mittlerweile renovierten pommerellischen Burg; auch die sich mehr und mehr backsteinrot auswachsende Hochmeisterei überm östlichen Nogatufer vergab ihre Aufträge mit Vorzug an altstädtische Schmiede und Schwertfeger, denn die allwinterlichen Züge ins Samland und über die gefrorenen Sümpfe Litauens endeten allemal verlustreich.

Mit reichverzierten Schwertgriffen für die berüchtigten Zweihänder, mit ziselierten Scheiden und versilbertem Gehänge reiste ich über Montau, das junge Werderdorf. Dort sah ich, wie die kleine Dorothea, das siebte von neun Kindern des Bauern Swarze, auf Mariä Lichtmeß dreiundfünfzig mit kochend heißem Wasser übergossen wurde und doch (wie durch ein Wunder!) ihre feine Haut und blaudurchäderte Durchsichtigkeit behielt, während sich die unachtsame Magd ganz normal beide Füße verbrühte.

Seitdem war ich in das Kind Dorothea vergafft. Schon dreißig Jahre alt und immer noch Jungmeister, hätte ich längst einen eigenen Hausstand, und zwar in der rechten Stadt, gründen müssen; aber wir blieben nicht nur unter der Aufsicht der Deutschherren, sondern auch unter der Fuchtel meiner Großmutter, die ihre Tochter Damroka anhielt, in der Nähe des Hakelwerkes, der immer wieder neu entstehenden Ursiedlung, zu bleiben: Mein Vater hatte in pomorsches Gesippe hineingeheiratet. Mich haben immer die Weiber an kurzer Leine gehalten. Immer hing ich irgendeiner Ilsebill an. Und als ich mich in die mit Siedewasser begossene und doch unbeschädigte Dorothea vernarrte, wurde der Strick nicht länger.

Was sah ich nicht alles in das schmale und wie aus Silberblech gehämmerte Kind hinein. Dabei hätten mich ihre zierlichen Fragesätzlein – Ob mich der Herr Jesus geschickt habe? Ob ich ihr Botschaft vom süßen Jesus bringe? – mißtrauisch machen müssen. Auch daß mir das Kind (mittlerweile zehnjährig) eine siebenkettige Geißel mit Silbergriff, in den Perlmutt und zu Tränen geschliffener Bernstein eingelegt waren, wie ein Spielzeug abschwatzte (der Abt zu Marienwerder hatte das Werkzeug in Auftrag gegeben), rührte mich eher; denn wie hätte ich ahnen können, daß sich Dorothea nächtens durchs Büßerhemd bis aufs Blut geißelte. Auch ihre ersten Verse – »Jesuliep min geißlin für, das min leip sich smerz erkür« – hielt ich für modisches Geplapper. Erst als die Sechzehnjährige mir angeheiratet und doch nicht meine Frau wurde, ertastete ich, nun zeitweilig im Besitz ihres gleichgültig bleibenden Fleisches, den zernarbten Rücken, die immer offenen, schwärenden Wunden.

Damals war das Geißeln so etwas wie Kiffen. Besonders die hochgotische Jugend, zu der ich mich nicht mehr zählen konnte, suchte den wärmenden Gestank der Flagellantenhorden, ihren der Litanei hörigen Schlagrhythmus, ihre in alle Höllen verstiegenen Angsträusche, ihre Gruppenekstasen und gemeinschaftlichen Erleuchtungen.

Als Dorothea im Jahre dreiundsechzig meine Frau und städtisch wurde, war die Großbaustelle Rechtstadt oft von Geißelbrüdern verstopft. Zuckende Büßerinnen, die von Gnesen gekommen waren, lagen erschöpft um die wachsenden Ziegelbauten Sankt Marien, Sankt Johannis, auch vor den Spitälern Heiliger Geist und Heiliger Leichnam. Als die Deutschherren an den jüngst ausgehobenen, die Rechtstadt umgehenden Radaunekanal ihre Großmühle bauten, kam es in den Jahren darauf oft zu Schlägereien zwischen den Mahlknechten und dem zudringlichen Geißlervolk, das zwischen Sankt Katharinen und der Großen Mühle lagerte und immer neuen Zulauf hatte. Meine Dorothea war, wenn ich sie suchte, entweder im Leichnamsspital bei den Aussätzigen oder bei der Geißlerzunft vor Katharinen zu finden. Diese Nichtstuer! Schmarotzer! Die, nur die haben uns immer wieder die Pest gebracht.

Die Mühle steht wieder: inwendig von Büros parzelliert, in den Dachluken von Tauben besetzt. Der Radaunekanal ist nur noch ein stinkendes Rinnsal; zu viele der kaschubischen Wasserlöcher sind zu Stauseen ausgebaut worden.

Max hatte die Kamera gegenüber der Großen Mühle hinterm Bretterzaun der Baustelle Sankt Katharinen aufgestellt. Dort standen montagefertig vier Nebentürmchen und der gezwiebelte Haupthelm. Alles teuer kupfergedeckt und, weil gegen Luftverschmutzung präpariert, jetzt schon durch Grünspanbelag ansehnlich, denn die Schwefellöschplätze im Hafen schaden nicht nur den rekonstruierten Sandsteinfassaden, sondern schwärzen auch die Kupferabdeckungen der neubehelmten Kirchentürme.

Der NDR-Regisseur setzte mich (zwanglos) vor einen Stapel Gerüstbretter. Auf sein Zeichen hin wurde zwanzig Schritt entfernt die Betonmischmaschine in Betrieb gesetzt. Schwenk der Kamera vom helmlosen Turmstumpf der altstädtischen Kirche auf die aufgebockten Nebentürmchen und den spangrünen Haupthelm. Dann war ich im Bild und sagte Schlußworte für den Dokumentarfilm: Sobald der Großkran komme, werde die Montage stattfinden. Mit der

Großen Ordensmühle, mit Sankt Katharinen und der dahinter liegenden Birgittenkirche sei nun auch in der Altstadt, neben dem geschlossenen Komplex der Rechtstadt, eine bauliche Einheit aus dem vierzehnten Jahrhundert wiederhergestellt worden. Diese Leistung verdiene Anerkennung. Polen entsage nicht seiner Geschichte. Nun müsse man an den hansischen Geist Lübecks appellieren, denn das berühmte Glockenspiel von Sankt Katharinen hänge in Lübecks Marienkirche, gehöre aber hierher. Man möge im Sinne deutsch-polnischer Aussöhnung Großzügigkeit beweisen. Und so weiter und so weiter.

Was ich nicht fürs Fernsehen sagte: daß übern Bauzaun und ins sechzehnte Jahrhundert geguckt, drüben, wo nur noch Reste des Klosterhofes neben Sankt Birgitten stehen, die Äbtissin Margarete Rusch mit ihren freischweifenden Birgittinen die Wortspalterei der Reformationszeit bei zunehmendem Pfefferverbrauch überlebte; daß gleich nebenan, wenn auch ein Jahrhundert später, in den sogenannten Predigerhäusern, der Dichter und Hofhistoriograph Martin Opitz von Boberfeld wohnte, bis ihn die Pest raffte; daß sich hier, außerhalb der rechtstädtischen Stadtmauer, die Mahlknechte der Großen Mühle mit den aufständischen Brauern, Böttchern und anderen Zunftgenossen gegen die patrizische Ordnung solidarisierten, obgleich der Import von Bier aus Wismar nur die Brauer in der Jopen- und Hundegasse schädigte und deshalb aufsässig machte.

Jedenfalls wurden im Mai 1378 sieben Rädelsführer des Handwerkeraufstandes hingerichtet, darunter ein altstädtischer Mahlknecht; während der Streik und Aufstand der Werftarbeiter im Dezember 1970 nicht die Verhaftung des Streikkomitees der Leninwerft, sondern die Absetzung Gomulkas und etlicher Chargen zur Folge hatte. Auch kam es nicht zu den geplanten Preiserhöhungen für Grundnahrungsmittel. Die Drohung der Werftarbeiter, die Rohbauten etlicher Großschiffe vom Stapel zu lassen, womöglich die Werft in die Luft zu sprengen, war bis Warschau zu hören gewesen: Die Staatsmacht erkannte die Arbeitermacht. Man gab nach, wechselte Personen aus, verkündete wieder einmal den »Neuen Kurs«. Doch wenn man die erschossenen Arbeiter von Gdańsk und Gdynia mit den hingerichteten Rädelsführern des mittelalterlichen Handwerkeraufstandes verrechnet, besserte sich gegenwärtig wie dazumal politisch nur wenig: Das Danziger Patriziat unterließ zwar den Bierimport aus Wismar, räumte aber den Zünften kein Mitspracherecht in der Ratsversammlung und beim Schöffengericht ein; und auch die Selbstverwaltung der Arbeiterräte von der Leninwerft blieb als Forderung uneingelöst. Seit 1378 hat sich in Danzig oder Gdańsk soviel verändert: Die Patrizier heißen jetzt anders.

Wir machten noch ein paar Schwenks in Richtung Jungstadt und Werft: Hochhäuser, sozialer Wohnungsbau, Luftverschmutzung wie überall, wo Fortschritte gemacht werden. Während Max und Klaus ihre Blechkoffer und den sperrigen Rest verpackten, suchte ich vor einem Nebenportal der Katharinenkirche Spuren meiner hochgotischen Ehefrau Dorothea. Nur Brennesseln und Löwenzahn erinnerten an ihre Fastenküche. Als sie den geplanten Aufstand der Zünfte den Dominikanern verriet, habe ich ihr mit der Schwertfegerhand ins schmale Gesicht geschlagen, obgleich auch ich voller Bedenken gewesen bin und deshalb beim Aufstand nicht mitmachte.

Übrigens blieb Dorotheas Verrat ohne Wirkung, weil die Dominikaner gegen das Patriziat stritten, denn die Ratsherren hatten mit Hilfe der kulmischen Handfeste allen Grundbesitz der raffgierigen Mönche enteignet und die Dominikaner zu Bettelmönchen gemacht.

Als wir aufständisch wurden, hielten sogar die Deutschherren still. Denen war die patrizisch-kaufmännische Macht und die Bindung der Rechtstadt an den hansischen Bund mittlerweile gefährlich geworden, weshalb der Ritterorden, auf Anraten des alten Hochmeisters Kniprode, nördlich der Recht- und Altstadt die Jungstadt »juvenile oppidum« mit eigener Handfeste und – zum Ärger der Rechtstadt – mit einem zweiten Hafen und Stapelrecht gründete.

Doch davon verstand Dorothea nichts. Sie frömmelte ohne politischen Sinn. Zwar hätte ich mich gerne nach dem Tod meiner Mutter Damroka rechtstädtisch zünftig gemacht, weil mich aber die Deutschherren günstig auszahlten, bauten wir anstelle des alten Fachwerkhauses neu in dem verwinkelten Dreieck Brabank, Eimermacherhof, Kalkort, wo die Radaune kanalisiert dem Karpfenseigen folgt, etwa zwischen dem Hakelwerk und der Ordensburg, doch nahe genug dem jungstädtischen Stapel: und zwar aufwendig in Backstein, was sich selbst in der Rechtstadt nur die patrizischen Kaufherren und wenige Böttchermeister und Tuchmacher leisten konnten. Bis die städtische Willkür von 1451 Holzbauten verbot, waren die miteinander konkurrierenden Danziger Städte selbst in den Hauptgassen strohgedeckte Bretterbudensiedlungen; Feuersbrünste erlaubten immer wieder rasche Neubebauung. Auch blieben alle Stadtteile zur Mottlau hin lange sumpfig und unwegsam, so daß sich die Hauptpfeiler der auf Moddergrund gebauten Johanniskirche (nahe dem zum Bollwerk führenden Häkertor) bis heutzutage senken.

Als wir unsere Kamera in der Ruine aufstellten, nannte uns der Stadtkonservator die Kosten für die nachträgliche Betonierung der trotz Brandschäden noch immer das Gewölbe tragenden Pfeiler: achthunderttausend Zloty pro Stück. Nachfolgekosten. Geschichte muß abgezahlt werden. Ich stand neben einer so kostspielig verrutschten Stütze, zwischen unsortierte Fassaden- und Beischlagfragmente gestellt. »Kamera läuft. Zwölfsieben. Statement: Trümmer in der Johanniskirche.«

Eilig sammelten auf Anweisung des Stadtkonservators zwei Bauarbeiter überall im Schutt liegende Menschenknochen ein. Das sei zu makaber fürs Fernsehen. Solche Zwischenschnitte könnten zu falschen Schlüssen führen. Es handele sich nicht um reichsdeutsches Gebein aus dem letzten Krieg, sondern um mittelalterliche Knochen, die unter den geborstenen Bodenplatten keine letzte Ruhe gefunden hätten. Das Kircheninnere biete mit Schräglicht, in dem Staub tanze, mit verschrecktem Taubenflug und der Fratzenhaftigkeit gespaltener Fassadenskulpturen Atmosphäre genug. Deshalb habe der Regisseur Andrzej Wajda seinerzeit in der Johanniskirche Szenen für seinen Film »Asche und Diamant« gedreht. Doch bei Dokumentarfilmen möge man, bitteschön, auf die Knochen verzichten.

Dabei war nicht auszuschließen, daß auch das Gebein meines Schwertfegervaters Kunrad Slichting zuhauf mit den Knochen anderer einst vermögender Bürger lag. Denn eigensinnigerweise hatte sich der Alte eine rechtstädtische Begräbnisstätte gekauft. Wer wo liegt: Der pesttote Opitz kam in Sankt Marien namentlich untern Sandstein. In Sankt Trinitatis stehen Gläubige und Touristen auf der Abdeckung über Anton Möllers Stadtmalergebein. So viele Tote. Uns damals, als wir aufständisch wurden, verhaßte Ratsherrennamen: Paul Tiergart, Peter Czan, Gottschalk Nase, Pape, Godesknecht, Maczkow, Hildebrand Munzer... Nicht besser für unsere Ohren hießen die Deutschherren meiner hochgotischen Zeitweil: Hinrich Dusemer, Ludwig von Wolkenburg, Walrabe von Scharfenberg... Und als im Dezember siebzig Miliz- und Truppenverbände auf Arbeiter in Gdynia und Gdańsk schossen, hieß der verantwortliche General Korczynski. Den Schießbefehl soll ein Parteisekretär namens Kliszko gegeben haben. Das Mitglied des Politbüros Stanislaw Kociolek kam aus Warschau gereist und trat für hartes Durchgreifen ein. Deshalb mußte er ausgetauscht werden. Obgleich die Kommunistische Partei Belgiens beim belgischen König protestierte, wurde der nach Brüssel abgeschobene Kociolek als Botschafter beglaubigt. Aus General Korczynski versuchte man, einen Militärattaché in Algerien zu machen. Wenig später schoß er sich in den Kopf. Nur Kliszko kam nicht zu neuen Ämtern. Die Leninwerft heißt immer noch Leninwerft. Maria, die ihren Jan verlor, ließ ihre Töchter Damroka und Mestwina taufen. Und der Pfarrer zu Sankt Marien, der gegen Ende des vierzehnten Jahrhunderts meiner buß- und geißelwütigen Ehefrau Dorothea einen Hexenprozeß anhängen wollte, hieß Christian Roze. Aber Dorothea war nicht fürs Feuer.

Dann drehten wir nahbei rechtstädtisches Künstlermilieu. Der Grafiker Richard Strya zeigte in seinem Mansardenatelier unserer Kamera vielschichtige Radierungen und sprach dabei viel zu leise über Wilna, das er verloren hatte, um in Gdańsk heimisch zu werden. Seine Ätz-, Kaltnadel- und Aquatintadrucke mischen Giebel- und Turmmotive mit mittelalterlichen Geißlern und Büßern. In fleischlicher Versuchung ringende Gruppen. Ekstase zwischen apokalyptischem Getier. Aussätzige, denen sich mit der Haut das zweite Gesicht pellt. In schwarzem Eisen herrschende Ritter. Wunderbares in Diagonale. Erscheinungen im Zwielicht. Die Hochzeit unter der Pestglocke. Und zwischen allem Gassengedränge und frührevolutionären Auflauf immer wieder meine Dorothea, in Lumpen, von Schlangen umzüngelt, fiebertoll, nackt ein Schwert reitend, dem Vogel Greif ins Gefieder geätzt, durch Gitter geflochten, offen, gläsern, an sirrenden Fäden hängend, wie sie den Butt küßt, endlich vermauert, vom Fleisch gefallen, schon heilig, in Anbetung, schrecklich.

Strya sprach eher verschweigend als erklärend. Während die Filmtechnik ihre Zeit mit Umbauten, Zwischenschnitten und dem Ausleuchten der Szene verbrauchte, tranken wir uns mit Hilfe kleiner Schlucke aus Wassergläsern zurück. Strya und ich können das. Wir sind immer nur zeitweilig gegenwärtig. Uns nagelt kein Datum. Wir sind nicht von heute. Auf unserem Papier findet das meiste gleichzeitig statt.

Während ich in der Frauengasse vor dem Haus des polnischen Schriftstellerverbandes auf dem Beischlag saß, meinen grützigen Kaffee trank und beschattet von Sankt Marien auf Dorothea wartete, kam mit ihrer Einkaufstasche Maria vorbei. Ich zahlte, ging mit ihr. Ja, sagte sie, sie sei immer noch Kantinenköchin auf der Leninwerft. Wir mischten uns zwischen die Touristen. Ich erzählte ein bißchen von unserem Fernsehfilm. Maria schwieg. Das Glockenspiel vom Rathausturm: ein heroisches Motiv. In den Beischlagläden wird Bernsteinschmuck verkauft. Maria wollte keine Kette, keinen geschliffenen Anhänger. Wir gingen durchs Frauentor und standen unschlüssig auf der Langen Brücke. Zwischen dem Heiligengeisttor und dem Krantor hatte ein Prahm festgemacht, auf dem gebratene Fische verkauft wurden. An schmalen Tischen konnte man sie über Papptellern von der Gräte wegessen. Wer wollte, bekam gegen Aufpreis bulgarischen Tomatenketchup auf den Teller geklatscht. Hinter der Verkaufstheke wälzten mehlgepuderte Frauen Portionen Dorsch, Makrelen, kleine Ostseeheringe bratfertig. Der Geruch der Mottlau war stärker als der Bratküchengeruch. Möwen darüber. Den zur Gaststätte umgebauten Fährprahm überdachte ein löchriges Fischernetz. Müde vom Gassenlaufen und Motivsuchen aßen die Touristen schweigend. Maria wollte Dorsch. Wir aßen jeder eine Portion. Das verbrauchte Bratfett schmeckte vor. Sie hatte sich ihre Korkenzieherlocken scheren lassen. Nun sag mal, Maria. Aber sie wollte nichts (auch nicht leise) über den Aufstand der Werftarbeiter sagen. Das sei vorbei. Vom Reden werde Jan nicht lebendig. Jadoch, der Polithengst aus Warschau habe Kociolek geheißen. Nach Preisstopp und Lohnerhöhung seien die Männer wieder friedlich gewesen. Nur wenn Bier sich verknappe, wie neulich, werde gemeckert. Den Mädchen gehe es gut. Ein toter Vater störe nicht. Die Werftkantine habe man renoviert. Nein, schmecken könne das niemandem, aber satt mache es. Na ja, wem vergehe da nicht das Lachen.

Und weil Maria dann nur noch stumm blieb, erzählte ich ihr von Dorothea. Womöglich hörte sie zu.

Nach gotischem Geschmack war sie schön. Ihr starker Wille hob die Gesetze der Natur auf. Was sie sich wünschte, wurde, traf ein, ereignete sich. Barfuß konnte sie die gefrorene Weichsel begehen; in stubenwarmer Bettkiste, wenn ich ihr hitzig kam, blieb sie ein Stück Gefrierfleisch. Für unsere neun Kinderchen, die alle bis auf eines wegstarben, hat sie kaum einen Blick gehabt; den Aussätzigen im Leichnamsspital konnte sie mit Inbrunst den Schorf kratzen. Mich mochten Sorgen drücken, das beschwerte sie nicht; jedem hergelaufenen Gauner, der ihren Trost (und mein Geld) suchte, hat sie die Seele gelüftet: So einfühlsam, warmherzig, klug konnte sie fremde Sorge glätten.

Anfangs gingen wir noch gemeinsam auf Zunftessen und Hochzeiten der Jungmeister. Aufgeputzt standen wir dazwischen, wenn der Dominiksmarkt eingesegnet wurde. Doch sie blieb immer fremd in ihrer Schönheit zwischen meinen Zunftgenossen: beleidigt durch lustigen Bürgersinn, verschnupft, weil ihr süßer Jesus nicht allzeit, etwa beim Zuschneiden der Milchlämmer, den Vorsitz hatte. Später weigerte sie sich, an meiner Kurzweil teilzunehmen: Das

Großreden der Herren, der Aufputz der Weiber widerten sie an; hockte sie aber in Lumpen zwischen den Geißelbrüdern und Bußschwestern vor Sankt Katharinen, war ihre Mädchenlache über den Lärm der benachbarten Großmühle hinweg zu hören. Albern und kicherig konnte sie zwischen dem hergelaufenen Pack sein, heiter, entspannt, frei; doch befreit wovon? Frei von mir, vom Bettzwang und der wegsterbenden, nachgeborenen Kinderzucht. Sie taugte nicht für die Ehe. Was blieb ihr übrig, als Ausflucht zu suchen und wenn nicht hexisch, dann heilig zu werden.

Mich hat man auf den Zunftbänken ausgelacht. Die Schwertfegerin war Gassengespött. Als wir mit den rechtstädtischen Goldschmieden eine Bruderschaft gründeten und in Sankt Johannis, gleich neben dem Altar der Maurer, unser Kapellchen einrichteten, mußte ich mehr als die anderen Zunftgenossen silbernes Seelgerät stiften, um zugelassen zu werden. Wäre es doch zum Prozeß gegen Dorothea gekommen! Ich hätte ausgesagt gegen die Hex: »Ja, lieber Diakon Roze und Doktor des kanonischen Rechts. Sie hat unsere Kinder alle, bis auf Gertrud, die blieb, elend verkommen lassen ...«

Kathrinchen spielte gerne in der Küche mit Tiegeln und Löffeln, mit Mörser und Stößel. In alle Töpfe guckte das Kind, so daß die Mägde immer ein Auge drauf haben mußten. Nicht so ihre Mutter, die in der Zeit nach Aschermittwoch und an allen Freitagen ihre aus Dorschköpfen und Wurzelzeug, mit Graupen gebundenen Buß-, Reu- und Fastensuppen kochte. Solange die Fischköpfe und Runkeln im großen Kessel wallten, kniete sie, der niedrigen Feuerstelle abgewandt, mit ihren weißen Knien auf grauen Erbsen, Peluschken genannt. Den Blick geweitet ans Kruzifix genagelt, die Finger bis zur Blutleere verknotet, bemerkte oder witterte sie mütterlich nicht, wie ihre zweite Tochter, die dreieinhalb

Jahre alt sein mochte und in Sankt Katharinen getauft worden war, auf einem Schemel neben dem Kessel gleichfalls kniete, doch nicht in Inbrunst versteinert war, sondern mit großem hölzernem Löffel nach den weißen Kugelaugen der verkochten Dorschköpfe fischte, wobei Kathrinchen – um es kurz zu machen – in den großen, den Hausstand nährenden Kessel fiel. Dem Kind gelang nur ein spitzer Schrei, der nicht tief genug wirkte, um die ganz an ihren Jesus verlorene Mutter von den Bußerbsen zu reißen. Hätte die Magd das Kind nicht vermißt, wäre Kathrinchen, ohne die Inbrunst der Mutter auch nur ein Gegrüßetseistdumaria lang zu beirren, womöglich ganz und gar verkocht.

So verlor der Schwertfeger Albrecht Slichting nach der drittjüngsten seine zweitälteste Tochter. Als die Mutter, offenbar ungerührt, vor dem dampfenden Bündel stand, schlug ich meine Frau Dorothea mit der Schwertfegerhand mehrmals.

Nein, Ilsebill oder Maria oder wer mir noch zuhört: Dorothea schlug nicht zurück. Still und zerbrechlich erduldete sie meine Schläge, denn ihre Bußfertigkeit war ohne Maß.

Tagsdrauf drehten wir Sankt Marien allseits gesehen: hochragend von der Langgasse aus durch den Schlauch der Beutlergasse. Wo die Heiligegeistgasse an das Mottlauufer der Langen Brücke stößt, ließ sich die gotische Backsteinglucke ganz ins Bild bringen. Zwei weitere Fernschüsse vom Altstädtischen Graben aus über den Damm, so daß die Königlich-Polnische Kapelle, an Sankt Marien gelehnt, deren Maß steigerte. Und vom Vorstädtischen Graben, Ecke Poggenpfuhl, wo hinter der gegiebelten Hundegasse der kolossale Hauptkirchenturm und der schlanke Rathausturm wie auf ewig ehelich sind. Natürlich schossen wir auch die bekannten Postkartenansichten je nach Sonnenstand: aus der Jopengasse, aus der schattigen Frauengasse. Und tagsdrauf, als wir hinter dem Werdertor, wo die Marschböden der Niederung flach zur Weichsel laufen, die staatlichen Werkstätten besuchten, gelang es dem Fernsehteam des Norddeutschen Rundfunks, vom Dach der Kunstschmiede aus die Silhouette der ferngerückten Stadt abzutasten. »Das lohnt schon«, sagte ich zum Konservator, »ich meine den Kostenaufwand.«

Am Abend traf ich mich wieder mit Maria. Ich holte sie am Werfttor ab. Die neue Kantine liegt gleich hinterm Eingang rechts, wo schon zu Lena Stubbes frühsozialistischer Zeit das Arbeiter-Speisehaus gut für Zusammengekochtes gewesen ist. Maria kam in Jeans und Pullover etwa dort auf mich zu, wo vor paar Jahren ihr redefreudiger Jan mitten im Satz erschossen wurde. Sie wollte nicht stehen bleiben und ein bißchen seiner gedenken. »Aber Maria«, sagte ich, »er war ein so herrlicher Spinner. Seine These, es habe der Fortinbras aus Shakespeares Hamlet die dänischen Truppen, gleich nach Schluß der Tragödie, ins Kaschubenland geführt, wo Swantopolk den Fortinbras geschlagen habe, diese wichtige Erkenntnis ist doch bis heute nicht widerlegt worden!«

Aber Maria sagte nur: »Heut gab es Schweinekohl.« Sie trug einen Henkelmann neben der Wachstuchtasche. Wir fuhren vom Hauptbahnhof aus mit der Straßenbahn nach Heubude. Am Strand war nur wenig Betrieb. In östliche Richtung machten wir barfuß Spuren. Schlappe Wellen wie jederzeit. Ich fand paar Bröckchen Bernstein im Tang. Dann setzten wir uns in die Dünen und löffelten den lauwarmen Schweinekohl. Das, wie üblich mit Kümmel gekocht, habe Jan wie alle Werftarbeiter im Bauch gehabt, als ihn am 18. Dezember 1970 die Miliz voll in den Bauch traf.

»Diese Idioten«, sagte Maria, »wollten vor Weihnachten die Preise für Lebensmittel erhöhen!« Sie zeigte mir ein Foto ihrer Mädchen Damroka und Mestwina: hübsch. Dann schwiegen wir jeder was anderes, bis Maria plötzlich stand, über den Strand an die Baltische See lief und laut kaschubisch dreimal dasselbe Wort rief, worauf ihr der Butt aus dem Flachwasser auf beide Handteller sprang...

Streit

Weil der Hund, nein, die Katze
oder die Kinder (deine und meine)
nicht stubenrein sind und herhalten müssen,
weil Besuch zu früh ging
oder Frieden zu lange schon
und alle Rosinen gewöhnlich.

Wörter, die in Schubladen klemmen
und für Ilsebill Haken und Öse sind.
Sie wünscht sich was, wünscht sich was.

Jetzt geh ich.
Ich geh jetzt nochmal ums Haus.
Rindfleisch fasert zwischen den Zähnen.
Himmel Nacht Luft.
Jemand entfernt, der auch ums Haus geht, nochmal.

Nur der Rentner und seine Frau,
die nebenan im Pißpott wohnen,
sind ohne ein Wort zuviel
schon schlafen gegangen.

Ach, Butt! Dein Märchen geht böse aus.

Vor Ilsebill fürchten sich meine Gläser. Als sie wegen nichts oder weil das Wetter umschlug oder weil ich ihr Essiggurkenwasser, das sie wie süchtig soff, ins Klo geschüttet hatte, als meine Ilsebill plötzlich, weil ihr der Faden riß, in kalte gelierte Wut geriet – wie sie zitterte, nachbebte später – und meine gesammelten Gläser oder weil ich gesagt hatte: »Aus der Reise nach den Antillen wird nix!« mit wütender Schleuderhand, nein, mit dem trocknen Wischlappen von den Regalen fegte, weil Schwangere nun mal ein Recht auf Essiggurkenwasser haben und mit dem skandinavischen Hoch eine Migräne ihre Ursache fand, sah ich, der Sammler, ruhig zu, wie immer mehr und was in Scherben ging, denn Ilsebill fegte nun nicht mehr mit dem Lappen alle schöngehauchten Gläser auf einmal aus den Regalen, sondern zerschmiß, während die schrägeinfallende Nachmittagssonne ihren Spaß an den Scherben hatte, wählerisch jedes Glas, weil ich ihr, um meine empfindlichen Gläser zu schonen, eine Bosch- oder Miele-Geschirrspülmaschine mit sechs Spülprogrammen bei garantierter Geräuschschwäche verweigert, mit klarem Ausspruch »Kommt nicht ins Haus!« verweigert hatte.

Ein Beispiel mehr, wie sich Standfestigkeit (bis sie heroisch aufgegeben wird) selbst bestätigt. Zunehmend heiter schaute ich Ilsebill zu. Weil endlich von meinem Sammlerfleiß befreit, geriet ich in spekulierende Laune und fragte mich, ob es außer offenkundigen Anlässen – das Essiggurkenwasser, die Antillenreise, das skandinavische Hoch, die Geschirrspülmaschine – noch andere verkapselte Gründe für dieses Reinemachen, den großen Hausputz geben könnte, denn es kann sein, daß Ilsebills Wut hochgotisch herrührt und ablagerte, als ich ihr silbriges Geißelchen – ein hübsches Stück zünftiger Schwertfegerarbeit – gegen einen venezianischen Pokal (Muranoglas) eintauschte: Dieses kostbar gehauchte Einzelstück, das heute einen Sündpreis hätte, hat Ilsebill zuletzt zerschmissen.

»Aus mir hier eine Hexe machen wollen oder Heilige, wie es dir grad in den Kram paßt. Wir leben doch nicht im Mittelalter!« schrie sie schmeißend und glich dabei jener Dorothea erschreckend, die seit dem vierzehnten Jahrhundert meine Galle preßt und raus soll endlich, das Miststück!

Ein Scherbengericht. Frei von den Gläsern, erwog ich den Kauf einer Geschirrspülmaschine mit Super 55-Programm. Nach zwanzig Spülgängen müssen die Salz- und Klarspülvorräte ergänzt werden. Das skandinavische Hoch wurde durch atlantische Tiefausläufer um seine Migränewirkung gebracht. Nur einräumen ausräumen muß man. Ob aber mit dem Kauf einer Geschirrspülmaschine unser Abwaschproblem aus der Welt ist, kann auch die Firma Bosch nicht garantieren. Denn wer räumt ein, räumt aus? Ich etwa? Etwa ich?

Einige Glasarten (mundgeblasene Gläser) können schon nach drei Spülgängen trüb werden. Ich werde auch nie wieder, solange meine Ilsebill schwanger ist, Essiggurkenwasser ins Klo schütten. Die Scherben alle, böhmische, venezianische, viel englisches Biedermeier, habe ich in die Regale geräumt. Und für die Reise, Charterflug nach den Kleinen Antillen, kamen Prospekte ins Haus: weiße, teerfreie Strände. Kokospalmen. Fruchtsäfte eisgekühlt. Schwarze, unbeschwert lachende Menschen. Glück im Preis inbegriffen. Und Ilsebill mit einer Chartermaschine eingeflogen: Blond bewegt sie sich im Motivsucher einer Werbefilmkamera für prinzipielles Blond.

Übrigens sind meine Gläser als Scherben schön geblieben. Die sind kaputt heiler als wir. Und zu Ilsebill sagte ich: »Diese Dorothea besaß – wenn du dich erinnern magst – eine aus Silberdraht geflochtene Geißel, die ihr, als sie noch kindlich war, der Schwertfeger Albrecht Slichting geschenkt hat; wahrscheinlich auf Anraten des Butt. Denn vor dem feministischen Tribunal wird dieser hochgotische Gebrauchsgegenstand, mit dem sich Dorothea bei Migräneanfällen ihrem Herrn Jesus genähert hat, immer wieder als von Männern erfundenes, deshalb typisches Unterdrükkungswerkzeug zitiert. Hättest auch du – sag mal ehrlich, Ilsebill – manchmal Lust, dir mit einem silbrigen Geißelchen, sagen wir, mittleren Schmerz beizubringen? Oder reicht dir das Gläserzerschmeißen? Du warst ja richtig erlöst hinterher. Frei und zärtlich zugleich. Wir können gern neue kaufen. In Hamburg habe ich zwei sündhaft teure – aber das macht nichts – Barockgläser – angeblich dänische – gesehen, die zueinander wie du und ich stehen: verschieden unregelmäßig und doch harmonisch. Willst du?«

Nein, sagt Ilsebill, was Ja heißt. Noch sind beide Gläser einträchtig heil. Das nächste skandinavische Hoch läßt auf sich warten. Essiggurken sind nicht mehr gefragt. Zur Zeit nur Sauerkraut roh und in Mengen. Auf den Kleinen Antillen soll die hohe Luftfeuchtigkeit vor Migräne schützen. Doch daß die Geschirrspülmaschine – da steht sie endlich voll in Betrieb – geräuscharm läuft, ist Schwindel, Ilsebill, ausgemacht Schwindel! Und unser Abwaschproblem bleibt, als Summe aller Probleme seit Dorothea, weiterhin ungelöst. Dein Abwasch und mein Abwasch sollen und wollen nicht unser Abwasch werden.

»Nein, Butt«, sagte ich später, »sie war ein übellauniges Miststück, diese Dorothea, die ich mir anno dreizehnsechsundfünfzig angelacht habe und deren Art, mich fixfertig zu machen, heute noch anschlägt; denn meine im zweiten Monat schwangere Ilsebill ist ähnlich infizierender Laune fähig. Stinkt am offenen Topf vorbei: schon ist die Milch sauer. Wirft ihren Schatten: und handfeste Gläser springen. Stellt sich wortlos in den Rücken der Gäste, deren Gelächter ein lustig reihum springender Ball ist: und schon verkrümelt der Spott, hat der Ball eine Delle, werden die Kinderchen zusammengepfiffen, wird in halblauter Aufbruchstimmung der Zündschlüssel gesucht, sagt man sich beklommen: ›Also bis bald mal wieder.‹

Die Gäste verlassen uns. Nichts, nur der sauertöpfische Ausdruck bleibt. Die Scheiben beschlagen. Die letzte Fliege, das bißchen verschlepptes Sommerglück, fällt von der Wand. Eine mitteleuropäische Migräne wird zum gesellschaftlichen Ereignis. Und so war es auch – glaub mir, Butt –, als ich auf deinen Rat hin – ›Ehe mehrt den Besitz!‹ – die hochgotische Dorothea von Montau geheiratet hatte.«

Drei Tage lang sollte nach guter Sitte die Hochzeit gefeiert werden. Nicht nur die zünftigen Schwertfeger und Goldschmiede hatten sich geputzt, auch die damals noch reichen Werderbauern waren von Montau und Käsemark her mehrspännig gekommen, obgleich sie wußten, daß Dorotheas Küchenzettel selbst bei so freudigem Anlaß wie für Aschermittwoch sein würde; schon dem Kind waren Fleischgerichte zum Speien.

Obendrein hatte Dorothea mehrere Patrizier, ein paar Deutschherren und ihren dominikanischen Beichtvater an gesonderte Tische geladen. Das konnte nicht gutgehen. Das beleidigte die Zunft – nicht nur, weil Dorothea zu mager auftragen ließ: Fisch, Lauchsuppen, ein wenig Dörrfleisch, viel Schwadengrütze – und keine Mastochsen, Spanferkel, gestopften Gänse zu milchigem Hirsebrei. Dennoch sah die Tafel, weil mit Sauerampfer und rohen Rübchen garniert, appetitlich aus. In Schüsseln Heringsrogen mit Quark und Dill gemengt. Glumse konnte in Leinöl getunkt werden. Wer wollte, durfte sich die Schwadengrütze mit Pflaumenkreide versüßen.

Und doch herrschte von Anfang an Schlagetotstimmung. Die ritterlichen Deutschherren prahlten, wie viele heidnische Litauer sie im letzten und vorletzten Winter in die Sümpfe gejagt hätten. Der Dominikanermönch beklagte, daß es den Bauern im Montauer Weichselbogen noch immer erlaubt sei, so gotteslästerlich frei und ohne Abgabe auf ihrem Besitz zu hocken. Die Patrizier sagten den Schwertfegern ins Gesicht, daß man es in anderen Städten verstehe, die Zünfte kurzzuhalten und ihnen, wenn sie nur muckten, aufs Maul zu schlagen. Da wurden meine Zunftgenossen erst stumm, dann vor Zorn glubschäugig. Reizwörter flogen von Tisch zu Tisch. Und gleich nach der Prügelei, die von einem Deutschritter ausgelöst wurde, der dem geputzten Töchterchen des Patriziers Schönbart einen Gartenrettich roh in den Schoß geworfen hatte, lief die Hochzeitsgesellschaft auseinander. Nur die Bauern blieben und begriffen nicht viel. Ich räumte verlegen den Abwasch weg. Und Dorothea lachte.

»Ich sag dir, Butt: kein belustigtes Prusten, ein schepperndes Meckern, als sei sie dem Ziegenstall Satans entlaufen, bot meine Dorothea den verstörten Resten der Hochzeitsgesellschaft als ihre Art Süßspeise. Und dieses abgekühlte Miststück wollte man später heiligsprechen: daß ich nicht lache.«

Darauf tröstete mich der Butt: Solch hoher, doch immerhin erschwinglicher Preis müsse gezahlt werden. Schließlich sei die Ablösung der absoluten Frauenherrschaft nur mit Hilfe der christlichen Religion zu erzwingen gewesen. Die gründe nun mal auf Fastenzeit und Fresserei im Wechselspiel. Deshalb müsse der Rest, die Haus- und Küchengewalt dieser und jener Dorothea, erduldet werden.

»Gewiß gewiß!« sagte der Butt. »Ihre ewigen Fastensuppen laden nicht gerade ein, doch als Mann von Zunft kannst du dich außer Haus bei Morgensprachen und anderen festlichen Anlässen schadlos halten, kannst prassen und saufen, daß dir die Leber schwillt. Außerdem ist deine Dorothea schön, nicht nur zum Anbeten schön. Und gesund obendrein, so zart, ja, zerbrechlich sie ihre inneren Gesichte und himmlischen Begattungen erlebt.«

»Aber das ist es ja, Butt. Ihre Gesundheit erdrückt mich. Wenn ich – das Wetter muß nur rasch umschlagen – einen Platzkopf kriege und mich in Weinkrämpfen wälze, bleibt sie, selbst bei Gewitterschwüle, bösartig munter und hält sich den Kopf für ihre asketischen Spekulationen frei. Sie mag sich dürr fasten, ihre Ruhe will dennoch nicht abmagern. Sie lähmt meinen Witz. Sie kürzt meine Gedanken. Sie macht mich krank. Lichtscheu bin ich geworden. Keinen Lärm, kein Krötenunken kann ich ertragen. Seitdem ich Dorothea zur Frau habe, bin ich leidend. Mein Kopf, den kein höllischer Schmiedelärm kränken konnte, will zerspringen, sobald ich ihren leichten Schritt, dieses hexische Schlurfen höre oder nur ahne. Und wenn sie mich anspricht mit ihrer unbewegten Dulderstimme und mich mit Fastenregeln in ein freudloses System zwingt, wage ich nicht zu widersprechen. Ich fürchte ihren Reimzwang, der alles auf ihren Liepjesu bezieht.« (Und ich zitierte aus den Versen meiner Dorothea: »Wenn fidelt er min saitenspil, Liepjesu pringt mir frewden vil...«)

Da hat mich der Butt, mein Berater und Ziehvater von altersher, mit mittelalterlicher Scholastik genudelt. Lektionen hat er mir erteilt und mich gelehrt, das Krumme als grad, den Scherbenhaufen als heiles Glas, die Finsternis als Lichtgebäude und den Zwang als des Christen Freiheit zu begreifen. So geschult und nie mehr um Antwort verlegen, sollte ich fortan meine Dorothea, sobald sie auf ihre gesunde Art unausstehlich wurde, in mein dialektisches Streckbett zwingen.

»Du mußt ihr eigene Logik absprechen«, sagte der Butt. »Was sie nicht begreift, wird ihr immer unbegreiflich sein.

Denn strenggenommen hat sie als Frau keine Logik zu haben. Erfinde – ich weiß, du kannst das – ein vielräumiges und doch eng bemessenes Gebäude, in dem sich das eine aus dem anderen und aus dem einen und dem anderen das weitere ergibt. Wenn sie widerspricht oder gar behauptet, ihr Gefühl sage ihr, daß dem entworfenen Gebäude Ein- und Ausgang fehle, dann antworte: Dieses Gebäude ist in sich logisch, weil richtig erdacht – und richtig erdacht, weil in sich logisch. Und wenn deine Dorothea dann immer noch widerspricht oder gar Liepjesu-Verse gegen dein System setzt, dann sage freundlich zu ihr: Du mußt dich schonen, Frau. Das geht über deine Kräfte. Es reicht ja, wenn ich Überblick habe. Du siehst blaß aus, angegriffen. Deine Augenlider flattern. Auf deiner Madonnenstirn, die nicht vom Denken schön ist, perlt Schweiß. Ich werde dir feuchte Tücher auflegen. Die Fenster sollen verhängt werden. Alle werden auf Strümpfen huschen. Jede Fliege wird weggefangen. Denn du mußt absolut Ruhe halten. Denn du bist überfordert. Denn du bist krank, Liebste. Ich sorge mich.«

So vom Butt in mehreren Lehrgängen zum Scholastiker und Meister der Haarspalterei gemacht, ging ich zu meiner Frau Dorothea und redete ihr, als sie meiner Logik nicht folgen konnte, die sogenannte Migräne ein. Natürlich war ich seitdem weniger wetterfühlig und hatte kaum noch unter Platzkopf und Weinkrämpfen zu leiden. Ob aber der Verlust der Migräne – bis dahin das letzte noch vorgeschichtliche Gewohnheitsrecht der Männer – mir irgendwelche Erleichterung gebracht hat, wage ich zu bezweifeln. Und vor das feministische Tribunal gestellt, hat auch der Butt nach üblichen Ausreden (indem er lateinisch die Kirchenväter zitierte) gestanden, daß sein Rat von dazumal, den hochgotischen Frauen die Migräne als weibliches Vorrecht einzureden, zwar deren Schönheit gesteigert, doch der Männersache wohl kaum gedient habe.

Mich jedenfalls hat Dorothea, vor oder nach ihren Migräneanfällen, streng ins Verhör genommen. Zwar sprach sie in Reimen und Bildern, doch in Prosa übertragen hätte sie (mit den Worten meiner Ilsebill) sagen können: »Wo hast du das wieder her? Das ist doch nicht deinem Glumskopp entsprungen? Mich hier dumm quatschen mit deiner Scheißlogik. Wer hat dir das eingeredet und wo?«

So von ihr zwischengenommen, habe ich schließlich gestanden und den Butt an Dorothea verraten. Zwar konnte ich ihn noch rechtzeitig warnen – »Paß auf, Butt! Sie kommt und will was« –, aber er blieb gekränkt und hat mir meinen Verrat – er sagte: »Vertrauensbruch!« – bis heutzutage nicht verziehen.

»Was hab ich nicht alles für dich getan, mein Sohn! Dich deiner Aua entwöhnt. Dir das Metallgießen, Münzprägen, dir das Ertüfteln in sich geschlossener Systeme, das logische Denken beigebracht. Ich habe dein vernünftiges Vaterrecht vor das nur dumpfe Mutterrecht gesetzt. Euch Männern zum Nutzen habe ich das Prinzip der Arbeitsteilung erfunden. Dir habe ich zur Ehe geraten, was deinen Besitz vermehrt hat. Zum Schluß habe ich deinem chronischen Platzkopf die Migräne genommen, worauf du leider zum Dummkopf geworden bist: geschwätzig und unzuverlässig. Preisgegeben hast du mich, mein Vertrauen gebrochen, unser Geheimnis in einen Schwatzkübel geschüttet. Fortan wird dir die Ehe ein Joch sein. Zusätzlich wird der herrschende Mann seinem Hausdrachen Tribut zahlen müssen: und sei es in der Küche beim Abwasch. Ich jedenfalls werde dich nur noch außerehelich beraten. Laß sie nur kommen, deine Dorothea mit ihrem madonnischen Ebenmaß. Nichts werde ich sagen, und wenn sie mich küßt.«

Das muß knapp zwei Jahre nach unserer Verehelichung gewesen sein. Ich bin nicht dabeigewesen. Erst der Prozeß gegen den Butt hat Einzelheiten gebracht, denn das feministische Tribunal war durch ihn, den Beteiligten, unterrichtet. Auch hat die Anklägerin des Hohen Gerichtes erschrekkende Ähnlichkeit nicht nur mit meiner Ilsebill. Beide sind Schwestern der Dorothea von Montau: von bezwingendem Ausdruck, mit starkem Willen geimpft, der alles engführt und auf plattem Land Berge versetzen kann. Entsetzlich blond sind sie (alle drei), strenger Moral verpflichtet und von jenem Mut besessen, der immer nur geradeaus geht, komme, was wolle.

Und so ging auch Dorothea zum Butt. All ihre Schönheit und ungekränkte Jugend hatte sie mitgenommen: an einem Freitag, nachdem sie schonische Heringe in Zwiebelsud hatte ziehen lassen. In ihrem langen (bußfertigen) Nesselkleid ging sie, das Haar gelöst.

Ich hatte ihr vorsorglich gesagt: »Bis zu den Knien mußt du rein in die See und ihn dann rufen, mehrmals, und von mir grüßen. Dann kommt er und wird dir, wenn du ihn küßt, vielleicht was sagen. Wünsch dir was, wünsch dir was!«

Also ging Dorothea geradeaus über den Strand und machte bis dorthin, wo die halbherzigen Ostseewellen schlappmachten, Spuren mit ihren Barfüßen. Dann raffte sie das Nesselkleid. Bis zu den Knien stand sie im trägen Wellenschlag und rief, wobei ihr Ruf nach Hering roch: »Buttke, kumm utke, ich kus dir din Snutke!«

Dann hat sie sich ihm vorgestellt: Sie sei Dorothea von Montau, die keinem Mann, auch ihrem Albrecht, dem Schwertfeger nicht, gehöre, nur dem Herrn Jesus hänge sie an. Er sei ihr himmlischer Bräutigam. Und wenn sie ihn küsse, den Butt, werde sie nicht ihn, sondern in seiner Gestalt ihren Liepjesu küssen.

Und wie er mir, wann immer ich zeitweilte, in den Griff gesprungen ist, sprang der Butt sogleich meiner Dorothea in die Arme, daß sie erschrak und einen Furz fahren ließ, der, neben anderen Einzelheiten, vor dem feministischen Tribunal erwähnt und ins Protokoll aufgenommen wurde.

Der Butt sagte nichts, bot aber Dorothea sein schiefes Maul. Sie hatte vom Küstenwind gesprungene Lippen. Mit ihren langen asketischen Fingern hielt sie seine weiße Blindseite und seine gesteinte Draufsicht. Beide küßten sich lange. Ein Saugkuß. Sie küßten sich, ohne die Augen zu schließen. (»Min mündlin hat der Butt gekust, drump ist min sel gantz unbehust«, hieß später ein Dorotheischer Reim.)

Nach dem Kuß war sie verändert. Ihr Mund hatte sich, wenn auch kaum merklich, verzogen. Nicht von ihrem süßen Jesus war sie geküßt worden. Mit leicht schiefem Mund wollte sie sogleich vom Butt wissen, wie viele andere Frauen er vor ihr geküßt habe. Und ob den anderen Frauen sein Kuß von gleichem Geschmack gewesen sei. Und was ihm ein queres Maul mache. Und wie sie das alles ihrem Liepjesu erklären solle.

Aber der Butt schwieg und wurde ihr fremd und schrecklich. Da warf sie ihn in die See und rief ihm nach: »Vun Kusen hat min sel genug, wo fischlin sitzet dir der pflug ...«

Als Dorothea zurückkam, sah ich, daß sich ihr Mund verzogen hatte und schräg zu ihrer Augenachse stand. Seitdem trug sie einen höhnischen Ausdruck vor sich her, der ihre Schönheit steigerte, auch wenn die Gassenkinder ihr nachriefen: »Dem Buttke sin Snutke! Dem Buttke sin Snutke!«

Als ich mir tagsdrauf Zwischenbericht holte – denn Dorothea gab kein Wort, sondern kniete büßend auf ungeschälten Erbsen –, sagte der Butt: »So üble Folgen dein Vertrauensbruch haben wird, dein Frauchen hat mir gefallen, auch wenn sie nach Hering roch. Ich mag das, diese hysterisch flatternde Zunge. Dieses mehr, immer mehr. Nur ihre Fragen sind lästig.«

Zwar warnte ich den Butt vor Dorotheas Wiederkehr, doch er blieb gelassen: Das könne ihn nicht erschrecken. Natürlich plane sie etwas. Es sei nun mal zwanghafte Art der Frauen, sich für Niederlagen rächen zu müssen; doch ihn werde kein Weiberrock an den Haken zwingen.

Und vor dem feministischen Tribunal sagte er zu Sieglinde Huntscha, der Anklägerin: »Aber meine Verehrteste! Und ob ich um das Risiko wußte. Bin ich nicht mit Ihnen, als ich mich freiwillig an Ihre drollige Angel hängte, ein noch größeres Risiko eingegangen? Entsetzliches Blondhaar wie das Ihre oder das der Dorothea hat mich immer schon angezogen. Ein fatales Müssen. Willensstarke Frauen wie Dorothea, aber auch Sie – darf ich Sieglinde sagen? – haben mich jederzeit – wie sagt man: liebestoll gemacht. Wenn auch in gebotenen Grenzen. Sie verstehen: meine fischige Natur!«

Als Dorothea wieder zum Butt ging, nahm sie ein Küchenmesser mit. »Buttke, kum utke!« rief sie. Der Butt sprang. Sie küßten sich. Doch als er auf ihre Fragen wieder nicht Antwort gab, schnitt sie ihm nach Hausfrauenart den Kopf mit einem Schnitt gleich hinter der Kiemenflosse ab. Den flatternden Plattleib ließ sie in den Sand klatschen. Den Kopf spießte sie aufs senkrecht gestellte Messer und schrie mit ihrem vom Buttküssen schiefen Maul ganz ungereimt: »Wirst du nun sagen, Butt! Antworte, Butt! Ich frage dich: Liebst du mich, Butt?«

Nun sollte, bevor der Buttkopf vom senkrecht gestellten Messer spricht, daran erinnert werden, wie er, der Berater, der Neunmalkluge, der Allwissende, mich überredet hat, das nur brünstige Verhältnis zwischen Mann und Frau durch ein übergeordnetes Gefühl, die Liebe, zu erhöhen, weil so, der ehelichen Zeitweil ans Bein gebunden, eine

Abhängigkeit entstehe, welche besonders den Frauen zieme: »Immer müssen sie hören, ob und wie sehr sie geliebt werden, ob Liebe anhalte oder sich steigere, ob fremdlaufende Liebe drohe, ob Liebe auf Dauer sicher sei.« Darum war Dorotheas Frage, die sie bis dahin nur ihrem süßen Jesus, nie mir gestellt hatte, eine abhängige Frage; weshalb das feministische Tribunal nicht zu Unrecht die »Institution Liebe« als männliches Unterdrückungswerkzeug denunziert hat; obgleich im Wortbild »Sich einen Mann angeln« der Köder in andere Richtung geworfen wird.

Jedenfalls sprach der abgeschnittene Buttkopf grausig vom senkrecht gestellten Messer: »Aha! Ruckzuck! So macht man das. Gelernt ist gelernt. Aber mich trennt kein Schnitt. Ich finde mich wieder. Ich bleibe eins. Solche Ruckzuckliebe mag ich nicht. Und dir sei gesagt: Weil du alles willst oder nichts, weil dir mein Kuß, der dich schön macht, nicht genug, nie genug ist, weil du Liebe forderst, ohne sie fraglos geben zu wollen, auch weil du das hohe Prinzip Jesu zum Lustprinzip umgedeutet hast und weil du deinen Mann, den gutmütigen Schwertfeger Albrecht, der dich liebt liebt liebt, nur mit kaltem Fleisch bedienst, sollst du mich ganz haben, Dorothea, jetzt gleich. Einen Tag, eine Nacht lang.«

Als der Buttkopf das gesagt hatte, sprang er vom Messer, fügte sich wieder mit Plattleib und Schwanz, wuchs vor Dorotheas entsetzten Augen zum Riesenbutt, peitschte sie mit den Flossen, dem Schwanz über den Strand in die See, immer tiefer hinein, und nahm sie mit sich, wie versprochen.

Einfach so. Und auch vor dem Tribunal hat der Butt ohne Umschweife gesagt: »Kurzum, ich nahm sie mit.« Die anklagenden Frauen nannten das »typisch männlich«, während der Butt zuvor Dorotheas Frage, ob er sie liebe, als »typisch weiblich« zu Protokoll gegeben hatte. Außerdem gestand er, er habe mit seiner Strafaktion sein später als weiberfeindlich mißverstandenes Märchen »Von dem Fischer un syner Fru« vorformulieren wollen. Doch was unter Wasser geschah, wolle er nicht preisgeben. Er sei nun mal altmodisch. Für ihn bleibe Diskretion Ehrensache.

Als die glatte See am nächsten Tag Dorothea wieder freigab, wartete ich bekümmert am Strand, schon bereit, zu vergeben, zu vergessen. Langsam stieg sie aus der See und machte Spuren an mir vorbei. Entsetzt hielten die Möwen Abstand. Mir war es nicht merkwürdig, daß ihr Nesselkleid und ihr Weizenhaar trocken geblieben waren. Dennoch kam sie abermals verändert zurück: Jetzt standen ihr auch die Augen leicht quer und verkantet zum schiefen Mund. Fischäugig kam sie zurück, wie ich sie zeichnen werde, wenn mir Ilsebill stillsitzt.

Im Vorbeigehen sagte Dorothea: Jetzt wisse sie alles. Aber sagen werde sie nichts. Und weil auch der Butt vor dem Tribunal dichthielt, kam nicht zur Sprache, was im Frühsommer des Jahres 1358 meine Dorothea auf dem Grund der Ostsee allwissend gemacht hat. Dennoch zeigt mir die strenge Anklägerin Sieglinde Huntscha grad jenes wissende, vorahnende Lächeln, mit dem Dorothea fortan treppab stieg, auf Peluschken kniete, durch die Gassen ging: wieder ganz an ihren Jesus verloren, schon beinahe heilig.

Das Haus verlotterte fortan. Zum erstenmal lief uns die Magd davon. Der Abwasch blieb liegen, zog Fliegen an, rief Ratten ins Haus, stank. Seit Dorothea gibt es das Abwaschproblem.

Nein, Ilsebill, früher noch, mit dem Lehmkneten, Tonformen, mit dem Brennen der ersten Schalen, Krüge, Töpfe und Schüsseln, zu Auas Zeit, als wir die Keramik zu entwikkeln begannen, begann uns der Abwasch zum Problem zu werden; obgleich die zeitlose Frage »Wer wäscht ab?« eindeutig beantwortet wurde: Die Männer machten den Abwasch. Das klappte natürlich nicht auf Dauer. Irgendwann (kurz nach Mestwina) haben wir den schmierigen Krempel einfach hingeworfen: Eine Zumutung sei das, unvereinbar mit der fortschreitenden Männersache.

Sicher ist die von früh bis spät abwaschende Frau keine Lösung gewesen. Da ist deine Geschirrspülmaschine, die wir Männer erfunden haben, die du dir gewünscht hast, die du haben wolltest (unbedingt), schon eher als Fortschritt auf Abzahlung, mit Garantiezeit zu begreifen; sie könnte uns emanzipieren. Wovon? Vom Mostrichklacks am Tellerrand? Vom brüchigen Hammeltalg? Vom angetrockneten Rest? Vom Ekel allgemein?

So schieben wir unseren Abwasch ab. Keine Agnes wird uns je wieder mit zerlaugten Fingern das alltägliche Kümmernis wegstreicheln. Nie wieder wird Sophie über Teller und Tassen hinweg ihre aufsässigen Revolutionslieder als Küchenlieder singen. Nur noch geräuscharm deine Geschirrspülmaschine. Hätte es die doch gegeben, als mich Dorothea, nachdem sie der Butt entlassen hatte, im getürmten Abwasch verkommen ließ.

Helene Migräne

Sitzt im gespaltenen Baum,
ist wetterfühlig über gezupften,
mit der Pinzette gezupften Brauen.
Schlägt es um, kommt ein Hoch, wird es schön,
reißt ihr die Seide den Faden lang.
Alle fürchten den Umschlag,
huschen auf Strümpfen, verhängen das Licht.
Es soll ein verklemmter Nerv sein: hier oder hier oder hier.
Man sagt, es lege sich innen, noch tiefer innen was quer.

Ein Leiden, das mit der letzten Eiszeit begann,
als sich Natur noch einmal verschob.
(Auch soll die Jungfrau, als ihr der Engel
klirrend zu nah kam, danach ihre Schläfen
mit Fingerspitzen punktiert haben.)

Seitdem verdienen die Ärzte.
Seitdem übt Glaube sich autogen ein.
Der Schrei, den alle gehört haben wollen;
selbst Greise erinnern Entsetzen:
als Mutter im Dunkeln stumm lag.
Schmerz, den nur kennt, wer ihn hat.

Schon wieder droht,
stößt Tasse auf Teller zu laut,
stirbt eine Fliege,
stehen frierend die Gläser zu eng,
schrillt der paradiesische Vogel.
»Helene Migräne« singen vorm Fenster die Kinder.
Wir – ohne Begriff – härmen uns aus Distanz.
Sie aber, hinter Rolläden, hat ihre Peinkammer bezogen,
hängt am sirrenden Zwirn und wird immer schöner.

Manzi Manzi

Zwischen getrennten Betten
ist auf Rufweite
von den Geschlechtern die Rede.

Ausreden! Laß mich ausreden.
Du hast nichts mehr zu sagen.
Du hast Jahrhunderte lang.
Dir schalten wir einfach den Ton ab.

Ohne Text bist du
nicht mal mehr komisch bist du.

Manzi Manzi! rufen die Kinder
der Ilsebill aus dem Märchen nach.
Sie hat zerschlagen, was lieb und teuer ist.
Sie hat mit stumpfem Beil
das bißchen Einundalles gekappt.
Sie will aus sich, nur noch aus sich
und kein gemeinsames Konto mehr.

Aber uns gab es doch: ich und du – wir.
Ein doppeltes Ja im Blick.
Ein Schatten, in dem wir erschöpft,
vielgliedrig dennoch ein Schlaf
und Foto waren, auf dem wir uns treu.

Haß bildet Sätze.
Wie sie abrechnet, mich fertigmacht,
aus ihrer Rolle wächst, überragt
und zuende redet: Ausreden! Laß mich ausreden!
Und gewöhn dir endlich das Uns und das Wir ab.

Manzi Manzi! stand in Tontäfelchen geritzt,
die als minoische Funde (Knossos, erste Palastperiode)
lange Zeit nicht entziffert wurden.
Man hielt das für Haushaltsrechnungen,
Fruchtbarkeitsformeln,
mutterrechtlichen Kleinkram.

Aber schon anfangs (lange vor Ilsebill)
agitierte die Göttin.

Ob ich mich an Ilsebill reibe, bis sie schwanger ist, mich mit Sieglinde Huntscha nach anstrengendem Prozeßtag – der Butt schwamm wieder mal protestierend bauchoben – auf ein Bier und so weiter treffe oder ob ich mich endlich mit Hilfe meiner Reiseschreibmaschine von Dorothea befreie, immer ist es derselbe Typ, der mich schwach, flatterig macht, auf den ich reinfalle, der mich konzentriert auf den Punkt bringt.

Kürzlich, während das feministische Tribunal mein fragwürdiges Verhalten beim Aufstand der Zünfte gegen das Patriziat verhandelte, habe ich von meinem Kinositz aus die Anklägerin zuerst im Profil, dann, als sie den Butt beschuldigte, einzig die Herrschaft der Patrizier geschützt zu haben, im Halbprofil und dann von vorne mit weichem Blei in mein Sudelbuch gezeichnet, um mir ein Bild von Dorothea zu machen. Doch alle Skizzen bestanden darauf, Ilsebill zu gleichen: Drei erschreckende Schmalgesichter, vorherrschend, nicht zu löschen, als seien ihre Väter nicht Werderbauer, Ingenieur oder (wie der in Nordafrika gefallene Gerhard Huntscha) Berufsoffizier gewesen, sondern höllische Ziegenböcke aus Aschmateis Stall.

Und wenn ich unter den Beisitzerinnen des Tribunals in Frau Helga Paasch meine mürrische Wigga, in der immer angetrunkenen Ruth Simoneit meine Stutenmilch saufende Mestwina wiedererkannt habe, dann darf ich auch sicher sein, daß die Anklage nicht nur durch Sieglinde Huntscha (und durch dich, Ilsebill) vertreten wird, sondern auch indirekt meiner Dorothea zu Vorteilen verhilft, die allerdings fairerweise von Frau Dr. Schönherr, der Vorsitzenden des Tribunals, korrigiert werden. Ihrer Mütterlichkeit haftet kein Stallgeruch an. In ihr, die mit wenigen Gesten den oft kopfstehenden Kinosaal in einen kreuzbraven Kindergarten verwandelt, bestätigt sich immer wieder meine Urmutter Aua. Jedenfalls wies sie aus ihrer richterlichen Position die Anklage zurecht, als Sieglinde Huntscha den Butt »einen Knecht der jeweils herrschenden Klasse« schimpfte.

Die Anklägerin war der Meinung, der Butt habe mich, den unschlüssigen Schwertfegermeister Slichting, benutzt, Zwietracht in die zum Kampf gegen das Patriziat entschlossenen Zünfte zu tragen. Auf Anraten des Butt sei ich es gewesen, der den Ärger über die Importbiere aus Wismar ein Problem genannt habe, das eigentlich nur die städtischen Brauer und allenfalls noch die Böttcherzunft jucken könne.

Sieglinde Huntscha referierte, als sei sie dabeigewesen. Vom Butt verunsichert, habe der Schwertfeger Slichting gesagt, er könne zwar nicht für die Ankerschmiede, Eimermacher, Kannengießer und Grobschmiede sprechen, aber er habe auf den Zunftbänken der genannten Gewerke und auch bei den Schonenfahrern keinerlei Lust verspürt, für die reichen Brauer, deren Jopenbier sich trotz der Konkurrenz aus Wismar gut verkaufe, mit Brechstangen und Vorschlaghämmern vors Rathaus zu ziehen. Und was die politische Forderung nach gleichgewichtiger Mitbestimmung im sitzenden und im allgemeinen Rat sowie im neunköpfigen Schöffengericht betreffe, könne er als weitgereister Handwerker nur lachen: Das gebe es nirgendwo. Wer von den Hosenschneidern traue sich denn zu, die Belange der Stadt etwa auf den hansischen Tagen in Lübeck mit diplomatischem Geschick zu vertreten? Wer werde vor den Ordensherren, etwa dem alten Fuchs Kniprode, selbstbewußter auftreten: der seit Jahren von Brügge bis Nowgorod rastlos für die Stadt tätige Patrizier Gottschalk Nase oder der Fleischhauer Tile Schulte, der nicht mal seinen Namen schreiben, geschweige denn mit Brief und Siegel die Danziger Vitte auf Falsterbo und die Rechte der zünftigen Schonenfahrer verteidigen könne? Das Ganze sei nur ein Trick, mit dem sich die reichen Böttchermeister in den Rat hineinschwindeln wollten. Mit Hilfe der Zünfte, gewiß! Doch einmal gewählt, werde man sie hochmütiger als die Patrizier durchs Koggentor stelzen sehen. Er, Slichting, könne nur abraten. Die Ordnung der nach kulmischem Recht verliehenen Handfeste habe sich bewährt. Aufruhr werde nur härtere Willkür bringen.

Daß es dann trotzdem zum Aufstand kam, nannte die Anklägerin »einen Triumph des mittelalterlichen Proletariats«, obgleich ein verkommener Patrizier, der Holzschnitzer Ludwig Skriever, die aufrührerischen Gewerke angeführt hat.

»Armes, verführtes Proletariat!« spottete der Butt. »Nein, meine gestrengen Damen, mein Schützling, der nicht nur biedere, sondern auch erfahrene Schwertfeger Slichting, hat sich zu Recht aus den Gewalttätigkeiten herausgehalten. Nicht nur ich bestätigte sein Mißtrauen, auch seine politisch zwar unwissende, aber doch mit Instinkt gerüstete Ehefrau Dorothea hat ihm geraten, kein kopfloser Mitläufer zu sein. Denn so sah jener Aufstand aus: Das Wismarer Bier wurde aus Fässern in die Gassen geschüttet. Ludwig Skriever, den private Rachsucht bewegte – der Patrizier Gottschalk Nase hatte Skrievers Tochter wegen zu geringer Mitgift eine ›schlechte Partie‹ für seinen Sohn genannt –, hetzte die aufständischen Gewerke zum Mord an den Räten und Schöffen auf. Kurzum: das Patriziat schlug zu. Es hatte Schiffsknechte und Schonenfahrer auf seiner Seite. Noch bevor Tile Schulte und sechs andere Aufrührer, unter ihnen ein altstädtischer Mahlknecht, hingerichtet waren, suchte der Holzschnitzer Skriever das Weite. Langjährige Kerkerstrafen wurden ausgesprochen. Doch einsichtig verzichtete der Rat auf Bierimporte aus Wismar. Worauf die Brauergesellen der Marienkirche einen Seitenaltar und silbernes Seelgerät stifteten. Alles war wieder in Butter. Es tut mir für die

Anklägerin leid. Denn in der Tat wäre es vernünftig gewesen, die durch Erbnachfolge korrumpierte patrizische Ordnung durch einige Vertreter der Zünfte aufzulockern, etwa im Schöffengericht.«

Da saß Sieglinde Huntscha wie versiegelt. Angewidert von soviel Beinahewahrheit. Nur noch gesammelter Ausdruck konnte sich der sogenannten Realität und ihrer stinkenden Fakten erwehren. So war es gewesen, wenn sich vor Dorotheas Blick ein Grauschleier schob; so ist es, wenn Ilsebill, die sonst grünlich guckt, plötzlich, sobald die Wirklichkeit Kleinbeträge einklagt, ihre Optik gegen Glasaugen vertauscht. Sie sagt dann: »Das sehe ich grundsätzlich anders. Da muß ich leider passen«, und Dorothea wurde, sobald ich ihr den verluderten Haushalt nachrechnete, zwischen-, über- oder hintersichtig und reimte nur noch »jesuherz« auf »wunnesmerz«. Und Sieglinde Huntscha sagte so leise tonlos ihre Gegenrede her, als wollte sie beweisen, daß die Kunst, mit versiegeltem Mund zu sprechen, noch immer bestaunenswert ist.

»Ja, Angeklagter. Sie haben gewonnen. Alle Fakten auf Ihrer Seite. Außer dem durch Sie geschulten Abwiegler Slichting gab es den Provokateur Skriever, der übrigens mit Slichting befreundet gewesen sein soll. Das frühmittelalterliche Proletariat ließ sich dummquatschen. Die Zeit war nicht reif. Und Ihre zu erahnende Gegenthese – ›Auch heute, nie ist die Zeit reif!‹ – läßt sich nicht widerlegen. Wenn wir den Aufstand der polnischen Werftarbeiter vom Dezember siebzig gegen den bürokratischen Kommunismus mit mittelalterlichen Handwerkeraufständen gegen die patrizische Ordnung vergleichen, fällt auf, daß damals wie heute die Zeit nicht reif gewesen sein soll. Und doch sind Sie, angeklagter Butt, im Unrecht. Nicht daß die lächerlichen Erfolge von damals und heute – die Importsperre für Bier aus Wismar, der Preisstopp für Grundnahrungsmittel – Ihren reaktionären Pessimismus widerlegen könnten, nein, die Hoffnung, als proletarisches Prinzip, entwertet Ihren Faktenkram. Hoffnung schaufelt Geschichte frei. Hoffnung löst die Linie, welche Fortschritt heißt, aus zeitgebundenen Verstrickungen. Sie überlebt. Denn einzig wirklich ist nur die Hoffnung.«

Diese grünstichigen Wörter waren dem Publikum nicht rot genug. Kichern wurde kaum unterdrückt. Jemand rief »Amen!« Und hätte der Butt Schultern gehabt, er hätte mit den Schultern gezuckt. So sagte er nur: »Ein respektabler, ethisch wertvoller Standpunkt. Bei Augustinus und Bloch, die ich beide hochschätze, steht Ähnliches. Sie erinnern mich, verehrte Anklägerin, auf liebenswerte Weise an die hochgotische Dorothea von Montau. Auch sie hörte nicht auf, sich Freiheit zu erhoffen, bis sie endlich, eingemauert in ihrer Klause, also der Welt und ihren Widersprüchen entrückt, Freiheit nach ihrem Begriff fand.«

Im Kinosaal kam Unruhe auf. Pfiffe bezogen sich mehr auf Sieglinde Huntscha als auf den zynischen Plattfisch. Frau Dr. Schönherr blickte urmütterlich beschwichtigend. Sie sagte: »Ein interessanter Disput. Bemerkenswert. Es stimmt schon: Was täten wir Frauen, trüge uns nicht die Hoffnung! Doch vielleicht sollten wir noch den Butt bitten, uns zu erläutern, warum Dorothea Slichting, geborene Swarze, einzig in der weltabgeschiedenen Klause Freiheit fand. War etwa die Ehe als vaterrechtliche Erfindung nicht geeignet, den Frauen Freiheit zu sichern? Und hat nicht der Butt, indem er zur Ehe riet, diesen einseitigen Verlust von Freiheit gewollt? Ist nicht er es gewesen, der die arme Dorothea in den einzigen damals offenen Freiheitsraum, in den religiösen Wahnsinn getrieben hat? Daß dann die Männer aus ihr eine Heilige zu machen versuchten, hatte rein praktische Gründe; zufällig war der Scheiterhaufen nicht opportun – um die andere, den Frauen damals gemäße Freiheit zu nennen. Nicht beim läppischen Aufstand der Bierbrauer und Böttcher hat sich der Butt besonders schuldig gemacht, Ihre Schuld, Angeklagter, hat sich vor allem an unserer Mitschwester Dorothea bewiesen. Seit Dorothea haben die Männer den Freiheitswillen der Frauen entweder zu kanonisieren oder als typische Verrücktheit der Weiber abzutun versucht. Wünschen Sie, Angeklagter, bevor das Urteil verkündet wird, noch Gegenrede zu führen?«

Der Butt verzichtete. Die Stimmung im Kinosaal war wieder bombig. Nur Sieglinde Huntscha schien bedrückt zu sein. Wie lustlos erledigte sie die Einwände der Pflichtverteidigerin, Frau von Carnow.

Schon während die Vorsitzende und die Beisitzerinnen das Urteil berieten, begann der Butt zu torkeln, kippte endlich und schwamm wie ersterbend bauchoben. Und als er schuldig gesprochen wurde, die Ehe als eine die Frauen knechtende Institution gefördert, das Leben der Dorothea von Montau verpfuscht und ihre Einmauerung und Heiligsprechung einzig betrieben zu haben, um dem Deutschritterorden im Krieg gegen Polen ein propagandistisch wirksames Pin-up zu liefern, gab der Butt aus seiner Protestlage kein Zeichen von Betroffenheit.

Ich wartete vor dem ehemaligen Kino auf Sieglinde. Sie tat mir leid. Besser: ich wollte was von ihr. Mein Mitleid war zwar echt, aber nützlich sollte es auch sein. »Kommste mit auf ein Bier?« Sieglinde kam mit.

Nein Ilsebill, nicht »Wieder mal typisch männlich«. Sie hätte ja nein sagen können. Aber sie brauchte mein Mitgefühl und wußte auch, daß ich irgendwas von ihr wollte.

Wir tranken im »Bundeseck« paar Bier, paar Korn. Über Dorothea kein Wort. Zuerst redeten wir beliebig über Aktuelles. Dann erzählten wir uns von früher. Wir kennen uns ziemlich lange. Damals war ich mit Sibylle Miehlau verlobt.

Und Siggi – so ließ sich Sieglinde Anfang der sechziger Jahre rufen – war scharf nach Billy, wie Sibylle von Siggi, Fränki und Mäxchen genannt wurde. Die hatten alle den lesbischen Tick und haben mich abgehängt, bis es tragisch wurde und Billy draufging: Vatertag zweiundsechzig.

Darüber sprachen wir bei Bier und Korn, distanziert mittlerweile. Sieglinde sagte: »Wir hatten ja damals politisch nichts drauf. Nur ne Ahnung, daß es auch anders gehen kann. Das probierten wir ziemlich verzweifelt. Heut weiß ich mehr. Mit Fränki und Mäxchen bin ich noch in Kontakt. Aber nicht mehr wie früher. Wir haben uns auseinanderentwickelt. Fränki kloppt ihre stalinistischen Sprüche. Das Mäxchen war anfangs ne Sponti und ist jetzt auffem anarchistischen Trip. Und ich? Na mich kotzt der Kinderkram an. Als wir zu dritt im letzten Sommer wie zufällig den Butt fingen, ging das noch mit uns. Erst danach wurde es schwierig. Das Tribunal hat uns auseinandergebracht. Fränki konnte nicht verstehen, daß ich mich mit der Schönherr abfand. Die war ihr zu liberal. Dabei macht sie das ganz gut bis jetzt. Hält jedenfalls den Laden zusammen. Und wie sie mir vorhin, als mich der Butt eingeseift hatte, aus der Patsche geholfen hat, das war schon Klasse. Na, wie sie den beschissenen Handwerkeraufstand einfach beiseite gewischt und die Dorothea wieder aus der Kiste geholt hat. Ja, die ist verheiratet. Hat drei Kinder. Angeblich sollen die sogar glücklich sein. Und du? Was machst du? Hab gehört davon. So 'ne große Blonde? Guckt immer ein bißchen verstört? Glaub, die kenn ich. Na, hoffentlich kriegt die dich hin, deine Ilsebill.«

Wir tranken dann noch paar Bier und paar Korn. Auf Sieglindes Frage »Und was haste momentan in der Mache?« gab ich vorsichtig Auskunft: Das Tribunal an sich, das ganze Thema überhaupt interessiere mich. Ich sei nicht nur als Autor, sondern auch als Mann betroffen. Und zwar irgendwie schuldhaft. Das alles komme mir sehr entgegen. Anfangs hätte ich nur über neun oder elf Köchinnen eine Art Ernährungsgeschichte schreiben wollen: vom Schwadengras über die Hirse zur Kartoffel. Aber der Butt sei gegengewichtig geworden. Und der Prozeß gegen ihn. Leider habe man mich als Zeugen nicht zulassen wollen. Meine Erfahrungen mit Aua, Wigga, Mestwina und Dorothea seien den Damen wenn nicht lächerlich, so doch bloße Fiktion gewesen. »Richtig abgeschmettert habt ihr meine Anträge. Was bleibt da übrig, als das Gewohnte zu tun: schreiben schreiben.«

Sie hörte wohl nicht mehr zu. Sieglinde saß mit rundem Rücken, rauchte wie notwendig und rutschte mehr und mehr in jene Vereinsamung hinein, die sich Dorothea von Kind an, als sie noch hohle Weiden bewohnte, als Klause gewünscht hat und die auch meiner Ilsebill hilft, plötzlich steile Entschlüsse zu fassen, auszusprechen und durchzusetzen. Jedenfalls sagte Sieglinde nach einem letzten Schluck Bier aus ihrer Einsamkeit unvermittelt: »Komm. Gehn wir ins Bett.«

Sie wohnt in der Mommsenstraße. Von dort nahmen wir zwei Stunden später ein Taxi nach Steglitz. Was ich von Sieglinde gewollt hatte – »Du hast doch den Schlüssel zum Kino. Ich will mit dem Butt sprechen, nur kurz« –, hatte ich erst danach in zwei Sätzen gebracht. Das hat sie nicht überraschen können. »Ahnte ich doch, daß noch irgendwas, so 'n Extrafurz kommt.« Sie hatte keine Einwände und rief das Taxi. Nein, Ilsebill, sie war nicht sauer oder enttäuscht.

Ich hatte mir das alles viel schwieriger vorgestellt: Alarmanlage, panzerschrankähnlicher Raum. Aber Sieglinde schloß das Kino mit zwei ordinären Schlüsseln auf und hinter uns ab, setzte sich dann in den ehemaligen Kassenraum und sagte: »Ich wart hier, bis ihr euch ausgequatscht habt. Haste zwei einzelne Markstücke? Mir gehen die Floppen aus.«

Ich zog ihr ein Päckchen Lord Extra, sagte »Bis gleich« und betrat den dunklen Kinosaal, in dem es nicht nach Männern roch. Nur zwei rote Notlichter links und rechts von der Wanne zeigten an, wo der Butt nächtigte. Ich näherte mich mit vortappendem Schritt, wie man es sonst im Kino tut, wenn die Vorstellung schon begonnen hat.

»Butt«, sagte ich, »Sie erinnern sich vielleicht. Ich bin es. Wieder mal ich. Es war ein jungsteinzeitlicher Tag – heiter bis wolkig –, als ich Sie fing. Komischerweise in einer Aalreuse. Wir machten unseren Vertrag: Ich setzte Sie frei. Sie versprachen, mich zu beraten, den Männern aus ihrer Abhängigkeit zu helfen, einzig der Männersache zu dienen. Es tut mir leid, daß man Sie deshalb vor dieses lächerliche Tribunal gezerrt hat. Mich haben die Weiber leider als Zeugen nicht zugelassen. Ich hätte für Sie gesprochen. Ich würde für die historische Notwendigkeit Ihrer widersprüchlichen Existenz jederzeit eintreten. Wenn es einen Weltgeist gibt, dann spricht er aus Ihnen. Doll, wie Sie es heute wieder den Weibern gegeben haben. War einfach sprachlos, die Anklägerin. Und Sieglinde Huntscha das Maul stopfen ist, weiß Gott, ein Kunststück. Aber genau auf diesen Typ falle ich immer wieder rein. Damals das Miststück Dorothea. Zur Zeit macht mich eine gewisse Ilsebill fertig: das dumme Luder. Nie zufrieden. Immer fehlt was. Neulich der Streit um die Geschirrspülmaschine. Jetzt eine Zweitwohnung in der Stadt. Und was sie hat, das will sie nicht. Und was sie kriegt, das paßt ihr nicht. Dabei haben wir das alle beide gewollt: Schwangerschaft, ein gemeinsames Kind, eine schnell rankende Kürbislaube. Aber ich will mich nicht ausweinen hier. Schließlich hab ich mich damals, trotz Ihrer Warnungen, Butt, in die Hex aus Montau vergafft. Weil sie mich anzieht mit ihrer trägen, wie ungenutzten Kraft. Ich meine jetzt Ilsebill. Sie wissen ja, Butt, wie zappelig ich bin. Und daß ich einen Pol brauche. Jawohl, einen ruhenden. Aber sie will auch zappeln. Das geht doch nicht! Schon Dorothea ließ uns nie zur Ruhe kommen. Immerzu Pilgerreisen. Was hatte ich in Aachen oder in dem Schweizer Kaff Einsiedeln zu suchen! Und meine Ilsebill will auch mal hier mal da hin. Auf die Kleinen Antillen! Sei doch hier fromm, hab ich zu Dorothea gesagt. Aber nein. Frei, unabhängig wollen sie alle sein. Oder wie Dorothea nur noch ihrem süßen Jesus gehören. Als wenn es das gäbe: Unabhängigkeit. Ich jedenfalls habe immer für andere schuften müssen. Und für die lieben Kinderchen. Das verbraucht den Mann. Das nutzt ihn ab, Butt! Ich bin fertig. Wir müssen irgendwann irgendwas falsch gemacht haben. Sie sind so aggressiv geworden, die Weiber. Schon Dorothea. Und wenn Ilsebill ihre Stimme ins Heldische steigert, macht mich das krank. Magenblubbern krieg ich davon. Sag doch was, Butt! Ich schreib doch ein Buch über dich, für dich. Oder darf ich nicht mehr du und Vater sagen wie früher?«

Natürlich hatte ich mit dem legendären Plattfisch viel sachlicher, ausgewogener sprechen wollen. Aber es riß mich hin, weil der Druck in jüngster Zeit, nein, seit Jahrhunderten, seitdem ich meine erste Ehe mit jener Dorothea Swarze eingegangen war, zugenommen, selbst wenn ich die Ehe umging, von Fall zu Fall zugenommen hatte. Das mußte mal raus.

Die beiden Rotlichter links und rechts der Zinkwanne reichten aus, um soviel festzustellen: Der Butt hatte sich ganz in Seesand gebettet. Nur sein Schiefmaul und die querstehenden Augen lagen frei. Wie war er mir früher, ich mußte nur rufen, in den Arm, auf die flachen Hände gesprungen! Und wie er gesprochen, geraten, befohlen, doziert, mich belehrt, mir Standpauken und Kanzelreden gehalten, direkte Anweisungen gegeben hatte: Mach dies, laß das nicht zu, hör auf mich, halt da den Daumen drauf, leg dich nicht fest, das soll man dir schriftlich geben. Dein Nutzen, dein Vorrecht, deine männliche Pflicht, das alles hat Männersache zu bleiben ...

Langsam wuchs sich der herausfordernd riechende Kinosaal zu einer riesigen leeren Sprechblase aus. Schon wollte ich gehen, nein fliehen. Da sprach der Butt.

Ohne seine Ruhestellung im Sandbett aufzugeben, bewegte er sein Schiefmaul. »Ich werde dir nicht helfen können, mein Sohn. Nicht einmal mäßiges Bedauern könnte ich dir entgegenbringen. Alle Macht, die ich dir verliehen habe, hast du mißbraucht. Anstatt dein dir gegebenes Recht fürsorglich geltend zu machen, ist dir Herrschaft zur Unterdrückung, ist dir Macht zum Selbstzweck mißraten. Während Jahrhunderten blieb ich bemüht, deine Niederlagen zu vertuschen, dein jämmerliches Versagen als Fortschritt zu deuten, deinen nun offenbaren Ruin mit Großbauten zu verstellen, mit Symphonien zu übertönen, in Tafelbildern auf Goldgrund zu schönen und in Büchern mal humorig, mal elegisch, notfalls nur gescheit wegzuschwätzen. Um deinen Überbau zu stützen, habe ich sogar Götter hilfreich erfunden: von Zeus bis Marx. Selbst zur Jetztzeit – die für mich nur eine Weltsekunde ist – muß ich, solange dieses an sich amüsante Tribunal andauern mag, deinen herrischen Dummheiten Witz unternähen und deiner Pleite Sinngebung abzapfen. Das ist mühsam, mein Sohn. Das bereitet selbst dem vielberufenen Weltgeist nur mäßig Vergnügen. Dagegen gefallen mir die mich richtenden Damen mehr und mehr. Meiner verehrten Anklägerin, Frau Huntscha, höre ich nie gelangweilt zu. Rückblickend erkenne ich – hier meinen Irrtum gestehend – Dorotheas einsame Größe. Ach, wie sie mich rief: ›Buttke, kumm utke, ich kus dir din Snutke!‹ Was blieb ihr übrig als dich, den alten Sack, einfach abzuhängen? Was sonst als religiöse Verstiegenheit hätte sie aus dem ehelichen Einerlei heben können? Immer noch ein Kind, immer noch ein Kind! Und was du mir von deiner Ilsebill erzählst, wie sie dich zwischennimmt und beutelt, das gefällt mir, jawohl, das gefällt mir. Außerordentlich, diese Person. Stimmt mich nachdenklich, soviel unverbrauchter Wille zur Macht. Grüß sie von mir. Nein, mein mißratener Sohn, von mir darfst du keinen Zuspruch erwarten. Dein Konto ist überzogen. Langsam, womöglich ein wenig spät, entdecke ich meine Töchter.«

Ich saß noch ein wenig. Wahrscheinlich sagte ich was: Eingeständnisse, Versprechungen, mich zu bessern, das übliche männliche Selbstmitleid. Aber es kam nichts mehr. Offenbar – wenn ihm das möglich ist – schlief der Butt. Tappend wie jemand, der mitten im Film aufbricht, verließ ich den ehemaligen Kinosaal und seinen Geruch.

Sieglinde sagte: »Na endlich. Habt ihr euch ausgequatscht? Ganz schön gerissen, der Junge. Aber den krieg ich noch klein.«

Ich verriet nichts, wies aber meine Freundin Siggi (mit der mich, ehrlich, Ilsebill, nichts Ernstzunehmendes verbindet) auf die mangelhaften Sicherheitsvorkehrungen hin: »Soll ja noch weitergehen, euer Tribunal. Mit dem Fall Dorothea von Montau ist ja noch lange nicht Schluß. Was wollt ihr machen, wenn man euch den Butt einfach klaut?«

Als sie das ehemalige Kino von außen zweimal abschloß, versprach Sieglinde Huntscha, Vorkehrungen zu treffen. Sie sagte: »Ihr Männer denkt doch an alles.«

Wie im Kino

Eine Frau, die ihr Haar streichelt
oder in ihren Lieben rasch blättert,
sich nicht erinnern kann.
Zwischendurch möchte sie rothaarig sein
oder ein bißchen tot oder Nebenrolle
in einem anderen Film.

Jetzt zerfällt sie in Ausschnitte und Textilien.
Ein Frauenbein für sich genommen.
Sie will nicht glücklich sein, sondern gemacht werden.
Wissen will sie, was er jetzt denkt.
Und die andere, falls es sie gibt,
will sie rausschneiden aus dem Film: schnippschnapp.

Handlung läuft: Blechschaden, Regen
und der Verdacht im Kofferraum.
Am Wochenende zeichnen Männerslips ab.
Behaart – enthaart: beliebige Glieder.
Eine Ohrfeige verspricht, was später wie echt klingt.

Jetzt will sie sich wieder anziehen,
doch vorher schaumgeboren sein
und nicht mehr fremd riechen.
Zu mager vom vielen Joghurtessen
weint Ilsebill unter der Dusche.

Schonischer Hering

Die Herren hatten sich selber eingeladen. Nachdem der Schwertfegermeister Albrecht Slichting mit seiner Ehefrau Dorothea und der zuletzt verbliebenen Tochter Gertrud von über dreijähriger Pilgerreise zurückgekehrt war, worauf deren Ehe als bürgerliche Hölle wieder alltäglich wurde, häuften sich Klagen innerhalb der Kirchengemeinde: Zu oft und störend falle die auch sonst auffallende Dorothea während der Messe lärmig in Ekstase. Sie verhöhne durch Kichern und prustendes Lachen die heilige Wandlung. Dabei sei ihr Gebrauch des Wortes Jesus mehr als zweideutig. An Lichtmeß kränze sie sich mit Bilsenkraut. Außerdem sammle sie in Fläschchen den Schorf und Eiter der Bresthaften. Sie schaue querläufig und werde wohl, was sich durch fiebriges Gliederzucken, aber auch durch stundenlange Leibesstarre verrate, besessen oder unter belialischem Vertrag sein.

Das alles wurde zuerst hinter der Hand, dann offen ausgesprochen. Man beteuerte Mitleid mit dem altersschwachen Ehemann. Weil seine Ehefrau alles, was Handwerkerfleiß mühsam einbringe, mit Leichtigkeit an zugelaufenes Lumpenpack verteile, sei der einst wohlhabende Schwertfeger verarmt. Keinen Gesellen halte es in seinem Haus. Weil sie verhext keinen Schlaf finden könne, laufe sie auch nachts durch die Gassen. Man höre sie schreien und eher lüstern als fromm nach dem Herrn Jesus rufen. Wenn auch ihr dominikanischer Beichtvater Nikolaus beschwichtigend von schweren Prüfungen durch göttliche Gnadenbeweise spreche, solle doch der Pfarrherr Christian Roze, weil Doktor des kanonischen Rechts, den Prozeß endlich einleiten. Frech trete die Sünde verkleidet als Büßerin auf. Wen wundere es noch, wenn die Pest nicht die Stadt verlassen wolle. Auch steige schon wieder der Preis für Roggen, Gerste und Hafer, obgleich die letzte Ernte günstig ausfiel.

Nicht nur altstädtisch, auch rechtstädtisch von seiner Mariengemeinde bedrängt, sprach Roze zuerst mit den Dominikanern, dann holte er Rat beim Abt Johannes Marienwerder und hörte auch die Meinung des deutschherrischen Hauskomturs Walrabe von Scharfenberg. Die vier

Herren beschlossen einen Hausbesuch bei dem altstädtischen Schwertfegermeister, der beim patrizischen Rat angesehen war: Er habe sich an den aufrührerischen Tollheiten der Zünfte nicht beteiligt, habe eher mäßigend auf den Zunftbänken gesprochen.

Weil politische Veränderungen (die Hochzeit der polnischen Hedwig mit dem litauischen Jagiello) die zeitweilige Abwesenheit des Hauskomturs erzwangen, konnte der schon im März angekündigte Besuch erst Ende April stattfinden. Obgleich die vier Herren nach der Fastenzeit und an einem Donnerstag kamen, tischte ihnen Dorothea, nachdem sie verhört und ihr Mann Albrecht angehört worden war, schonische Heringe, die auf dem Fischmarkt billig zu haben waren, weil die Stadt Danzig auf Falsterbo im schwedischen Schonen einen Vitte genannten Stapelplatz besaß.

Der Dominikaner Nikolaus trug Kutte und Strick. Abt Johannes Marienwerder kam in Reisekleidung. Der massive Hauskomtur Walrabe legte den weißen Ordensmantel mit schwarzem Balkenkreuz erst beim Essen ab. Im vielfältigen Talar, unter der Sammetkappe betonte Christian Roze mehr den Gelehrten als den Pfarrherrn.

Vor dem Essen bestätigte der Schwertfeger Albrecht Slichting den Herren, daß er nach der Geburt des neunten Kindes und, nachdem die Pest drei Kinder gerafft hatte, fünf sonstwie verstorben waren, auf Verlangen seiner Frau und im Beisein des dominikanischen Priors schriftlich verzichtet habe, je wieder seiner Dorothea beizuliegen, worauf ihr das Sonderrecht zugesprochen wurde, wöchentlich einmal den Leib des Herrn zu genießen.

Nach umständlichem Bericht über den Verlauf der vorjährigen Pilgerreise nach Aachen und ins helvetische Einsiedeln – er zeigte rechts unterm Wollhemd seine Schulternarbe als Zeugnis räuberischer Gewalttat – gab Slichting, was Christian Roze notierte, Dorotheas Wunsch nach Ehescheidung zu Protokoll: Sie habe in Einsiedeln bleiben und den Mann sowie die achtjährige Tochter Gertrud durch Vertrag abschreiben wollen. Es sei ihr Wunsch gewesen, frei zu sein: nur noch für den Herrn Jesus verfügbar. Trotz der allgemeinen Unruhen vor und nach der Sempacher Schlacht habe sie die Einsiedelei einen Vorort zum Paradies genannt. Ihm hingegen habe die röchelnde Mundart und das rechthaberische Gezänk der Schweizer nagendes Heimweh bereitet. Nie hätte er zwischen Bergen sterben und begraben sein wollen. Deshalb und weil sie ihm täglich ihre Freiheit abverlangt habe, sei er nachgiebig geworden. Vor dem Ortspfarrer hätten sich beide, nach schriftlichem Beweis ihres sündlosen Zusammenlebens, zur Trennung bereit erklärt. Sein Alter – er zähle sechsundsechzig Jahre – werde ihn überdies glaubwürdig gemacht haben. Doch vor dem Altar der örtlichen Kapelle, als vor Gott dem Herren noch einmal der Wille zur Scheidung und der mütterliche Verzicht auf die kleine Gertrud bekräftigt werden sollten, habe er, Albrecht Slichting, laut mehrmals nein gesagt. Man könne ihn deswegen gerne einen schelligen Narren nennen. Dann seien sie zu dritt aufgebrochen, obgleich es winterlich war und kaum ein Paß begehbar.

Danach fragten Doktor Roze und Dorotheas Beichtvater Nikolaus überkreuz nach Einzelheiten der Rückreise: Ob es stimme, daß er und die Tochter Gertrud den beschwerlichen Heimweg lang auf dem Pferd gesessen hätten, während die Frau in schlechtem Schuhzeug über vereiste Wege habe laufen müssen? Wieso er beim Überqueren der Elbe, als das Eis zu brechen begann, zwar die Tochter mit raschem Griff gerettet, aber die Frau auf einer Scholle habe abtreiben lassen – und zwar höhnisch lachend, so daß nur noch Gottes Hilfe wirken konnte? Ob er bezeugen könne, daß Dorothea während der Schiffsreise von Lübeck zum heimatlichen

Hafen mehrmals heillose Unzucht mit einer holzgeschnitzten Jesusfigur getrieben habe? Ob ihm an seinem Weib unterwegs oder nun wieder daheim hexisches Treiben aufgefallen sei? Und weitere Fragen in diese Richtung.

Slichting entschuldigte seinen Pferderitt und Dorotheas vierwöchigen Fußmarsch mit seinem Alter und Dorotheas zäher Gesundheit. Er gab das Gelächter zu, sagte aber, er habe vor Schrecken und aus Angst um seine auf der Eisscholle abtreibende Frau gelacht. Die Unzucht mit dem hölzernen Gottessohn bestritt er, räumte aber diesbezügliches Gerede und Witzereißen der Schiffsknechte ein. Hexisches an seiner Frau könne er nicht bestätigen, denn daß sie Asche von verbranntem Sargmoderholz an ihre Fastensuppen rühre, geschehe wohl eher, um an die Hinfälligkeit der Menschen vor Gott dem Herrn zu erinnern. Und wenn sie gelegentlich ihre eitergefüllten Fläschchen anbete, dann schließe sie sicher Fürbitte ein zugunsten der Aussätzigen im Heiligengeist- und Leichnamsspital.

Der Hauskomtur Walrabe schwieg. Eher beiläufig erkundigte sich der Abt Johannes Marienwerder nach den Geschäften des Handwerkers. Als der Schwertfegermeister klagte, versprach ihm der Abt, mit Blick auf den Hauskomtur, mögliche Aufträge. Seitdem der Litauer Jagiello Polenkönig sei, müsse man zum Krieg rüsten. Dann fragte er wie scherzhaft, ob Slichting, stünde er abermals vor der Möglichkeit, von Dorothea geschieden zu werden, wiederum mehrmals als schelliger Narr laut nein rufen würde? Und der Schwertfeger nannte geraderaus seine Ehe ein Kreuz, seine Frau ein frömmelndes Miststück und die Aussicht, sie loszuwerden, die letzte Hoffnung seiner alten Tage.

Die Herren, auch der Hauskomtur lächelten. Dazu aufgefordert, zeigte der verarmte Slichting letzte ihm verbliebene Werkstücke: einen ziselierten Dolch in silberner Scheide, zwei verschieden lange Schwerter mit steinbesetzten Griffen und vogelköpfigen Knäufen und eine mit Goldblech beschlagene Armbrust, die der englische Prinz Heinrich Derby während seiner Durchreise bestellt, aber nicht abgeholt und bezahlt hatte.

Man tröstete den Schwertfeger – der verrückte Derby komme bestimmt wieder – und erzählte sich Anekdoten vom Prinzen, der das allwinterliche Bekriegen der Litauer wie die in England heimische Fuchsjagd betrieb. Dann war noch die Rede von der seit Jahren erwogenen Gründung eines Birgittinenklosters nach schwedischem Vorbild. Die Leiche der Heiligen Birgitta war, bevor sie nach Schweden ins Kloster Vadstena überführt wurde, in einem Kapellchen neben der hiesigen Katharinenkirche aufgebahrt worden. Der Abt Johannes Marienwerder meinte jedoch: Mehr als ein weiteres Nonnenkloster fehle dem Ordensland eine hier zwischen den Flüssen, bäuerlich im flachen Werder geborene, durch frommes Tun bewiesene Heilige. Es gehe auf Dauer nicht an, daß sich Wundertätiges nur im Polenreich nachweisen lasse.

Dann durfte Albrecht Slichting gehen. Seine Frau wurde in das lange schmale Zimmer gerufen, das mit zwei hohen Fensterluken über den Eimermacherhof auf die Fachwerkhäuschen und strohgedeckten Lehmhütten am Karpfenseigen jenseits der Radaune sah.

Die im groben Büßerhemd eintretende Dorothea von Montau war damals einundvierzig Jahre alt und doch noch immer auf jene Art schön, die nicht aus Verlegenheit unbeschreiblich genannt wird. Jedenfalls veränderte sich der Raum durch ihren Eintritt. Und auch die vier Herren rückten sich wie ertappt zurecht. Ihre Hände mit den abgekauten Fingernägeln – auch Abt Johannes knabberte – schoben sie in die Ärmel und saßen steif mit ihren Rücken zu den zwei Fensterluken. Vor ihnen stand leer, bis auf das Schreibzeug des Doktor Roze, ein schwerer Tisch.

Dorothea wollte sich den Herren gegenüber nicht setzen. Leicht vornübergebeugt stand sie hochgewachsen und sah mit dem einen, dem anderen Auge durch das eine, das andere Fenster, als sei ihr der seit Tagen verhängte Aprilhimmel offen. Dann blickte sie zwingend den Hauskomtur an und sagte rasch, unbetont, in sonderbarer Wortfolge Unheil voraus. Auf den Tag genau wußte sie die Schlacht und Niederlage des Deutschritterordens bei Tannenberg. Womöglich weil das Datum der Schlacht im nächsten Jahrhundert lag, retteten sich die vier Herren in mannhaftes Lachen. Danach hörte man deutlicher den Lärm der Eimermacher.

Mit barschem Einstieg gab sich Christian Roze Mühe, die schlimme Prophezeiung als närrisches Geschwätz abzutun. Er rügte Dorotheas auffälliges Verhalten: Was ihr einfalle, während der Heiligen Messe zu kichern und wie eine lüsterne Hur offenen Mundes mit der Zunge zu wedeln? Wenn schon morsches Sargholz, ob sie dann auch die Hörner des Ziegenbocks zu Asche brenne? Welcher Galan auf sie warte, wenn sie nachts mit schriller Lache durch die altstädtischen Gassen ins Hakelwerk laufe? Ob es stimme, daß sie sich zwei Handbreit überm Boden schwebend halten, also auch über Wasser laufen könne? Ob sie sich so gerettet habe, als sie auf einer Eisscholle im Fluß Elbe abtrieb? Und wen sie für die Gunst solcher Künste mit ihrer Seele bezahlt habe?

Auf alle Fragen antwortete Dorothea, deren Mund sich beim Sprechen leicht schief verzog und fischig aufwarf, mit Wortketten, die nicht immer einen Satz ergaben, doch der Endreime wegen poetische Methode vermuten ließen.

»Munzloch mir herzjesu kust,
wenn min zünglin nit behust ...«
»Min haupt is beklait von jesu sin lait,
vun asch us der glüt gewunnen us nüt ...«
»Wenn dusterkait bricht, min herz jammer vicht,

min senlaiches ziel, liepjesu gespiel,
sin laip gait freuden vil ...«
»Bin immer erhebet op grausen grund,
wenn jesu mich zuget mit sin minniklich munt ...«
»Min seel gab ich her vor jesu sin sper.
Trum herren an tischen,
nu sott ich vier fischen,
wollt hering vun schonen
liepjesu verlohnen.«

Das ging dem Abt und dem Hauskomtur, dem dominikanischen Beichtvater und auch dem kanonischen Doktor zu Herzen. So zierlich könne gewiß nicht Satan aus dem armen Menschenkind sprechen. Dieses Zünglein, das manchmal – gewiß! – aufreizend zu flattern beginne, werde wohl Gott der Herr gelöst haben. Zwar sei in den Wortgebilden der alles reimenden Dorothea die Grenze zwischen Fleischeslust und Seelenfeier nicht immer deutlich, aber die Liebe zum Herrn spreche sich dennoch zweifelsfrei aus; wie der Abt alemannischer Herkunft bemerkte, mit deutlich helvetischer Einfärbung, was dem platten Niederdeutsch Reiz gebe. Der belesene Johannes Marienwerder zitierte Beispiele christlicher Mystik. Was er aus Dorotheas Mund gehört habe, lasse sich durchaus mit den Legenden der Nonne Hrosvita und den Dichtungen der Mechthild von Magdeburg vergleichen. Und weil sich das mystische Glaubenserlebnis, solange keine Häresie ruchbar werde, durchaus dem kanonischen Recht füge, werde wohl auch der gelehrte Doktor Roze keine Einwände haben. Dem stimmte der Pfarrer von Sankt Marien zu, um dann doch noch, der Sicherheit wegen, nach diesem und jenem, auch nach dem auf Fläschchen gezogenen Eiter der Aussätzigen zu fragen.

Worauf Dorothea abermals ihr Mündchen schief stellte und ihrer »prüstlin laidvertraip« auf des »liepjesu smerzenslaip« bezog. Den gesammelten Eiter der Bresthaften aus dem Leichnamsspital nannte sie »herzjesu honigsaim«, wozu ihr des Himmels »immelain« einfielen. Von Satan distanzierte sie sich, indem sie ihn »valschen zungenlatz« schimpfte und auf den schiefmäuligen Ausdruck eines schmackhaften Plattfisches, »dem buttke sin fratz«, reimte.

Endlich gab sich der Doktor des kanonischen Rechts zufrieden. Der gerne schweigende Hauskomtur Walrabe von Scharfenberg schickte Dorothea in die Küche, auf daß sie nun endlich die versprochenen und so köstlich gereimten schonischen Heringe brate.

Als Dorothea von Montau ihre Augen vom einen, vom anderen Fenster abzog, sich wendete und die Kammer lang auf die Tür zuging, wollte es den vier Herren hinterm Tisch vorkommen, als schwebe sie zwei Handbreit über den Dielen.

Wieder unter sich, setzten sie sich bequemer. Geradezu begeistert sprach Roze als erster das Wort aus: Sie ist eine Heilige. Dem stimmten die Herren zu. Doch waren es eher nüchterne Erwägungen, die plötzlich den deutschherrischen Walrabe beredt machten: Die gewiß zu düstere Weissagung der politisch unkundigen Dorothea werde sich, wenn auch nicht zuungunsten des Ordens, bewahrheiten. Krieg mit dem vereinigten Litauer- und Polenreich stehe bevor. Weil es der polnischen Hedwig gelungen sei, den heidnischen Jagiello zu bekehren und zum christlichen Wladislav zu machen, spreche das Volk, bis ins Ordensland hinein, dem machtgierigen Weibstück Heiligkeit zu. Dem müsse gegengesteuert werden. Das polackische Wesen produziere auf gefährliche Weise bildhafte Wunder, während der teutsche Biedersinn nur stumpfsinnig frömmle und der hansische Krämergeist jedem Mirakel, bevor er es kaufe, erst einmal die Kosten nachrechne. Er, Walrabe von Scharfenberg, verbürge sich für den im Dienste der Gottesmutter herrschenden Deutschorden: Er wolle gern Zeugnis für die Heiligkeit der Schwertfegerin zu Protokoll geben. Man möge rasch handeln. Der Krieg stehe in Härte bevor. Neben aller notwendigen Rüstung brauche das gefährdete Ordensland eine schutzverheißende Heilige. Hinzu komme, daß weizenhaarige Schönheit wie die Dorotheische – es sei gesagt – des Mannes Schwert richte: So kämpfe sich besser.

Da seufzte Johannes Marienwerder und verwarf seine Hände. Zwar stimmte der Abt, wenn auch weniger kriegerisch motiviert, dem Hauskomtur zu, doch wußten die geistlichen Herren kein Mittel, den Prozeß der Heiligsprechung einzuleiten. Etwas Banales stand dem im Wege: Dorothea lebte. Und trotz der vielen Strapazen ihrer Pilgerreisen, trotz auszehrender Bußübungen, Schüttelekstasen, sonstiger Absenzen und Migränen bei anhaltender Schlaflosigkeit schien sie bei Gesundheit zu sein: Ihr häufiges Nasenbluten schwäche nicht, reinige offenbar ihre Körpersäfte.

Als Walrabe kaum verschlüsselt anbot, das notwendige, weil dem Ordensland nützliche Ableben der Dorothea, womöglich mit dominikanischer Hilfe, zu fördern, gelang es dem Mönch Nikolaus, entrüstet zu sein: So nicht! Daran auch nur zu denken verbiete sich. Allenfalls könne man erwägen, Dorothea auf Pilgerreise nach Rom zu schicken. Dort sei, wenn man sich erinnern wolle, die schwedische Birgitta zu Tode gekommen und prompt heiliggesprochen worden. Der mit Märtyrerblut gesättigte Boden der Ewigen Stadt und auch das Klima dort seien geeignet. Außerdem stimme es die päpstliche kanonische Kommission in der Regel günstig, wenn zukünftige Heilige den Ort ihrer letzten Zeitweil so demütig wählten. Man müsse allerdings ein Jubeljahr abwarten. Nach dominikanischer Information könne das noch Weile haben.

Damit wollte sich der Hauskomtur nicht zufriedengeben. Dem Mönch sei wohl polackische Herrschaft genehm. Der

Krieg jedenfalls lasse nicht auf sich warten. Und was geschehen solle, wenn die zählebige Dorothea auch Rom und das fiebrige Klima dort überstehe? Jadoch ja, er zweifle nicht an der Ordenstreue der Dominikaner. Jedenfalls nicht momentan.

Nach einer Pause, lang genug, um günstigere Wirklichkeit herbeizuspekulieren – man hörte wieder die blechdengelnden Eimermacher –, versprach der Abt Johannes, nach seinen Möglichkeiten fürsorglich zu sein. Da Dorothea die Einsiedelei, wie man wisse, anstrebe und den Abschied von der Welt Freiheit nenne, könne man ihr solche Gunst in der Domkirche von Marienwerder erweisen. Das Einmauern von frommen Einsiedlern und demütigen Büßerinnen sei zwar nicht landesüblich und auch anderenorts mehr und mehr außer Gebrauch, doch könne mit bischöflichem Beistand gewiß eine Ausnahme erwirkt werden. Einmal eingemauert, werde sich ihre körperliche Hülle rasch vergeistigen.

Kaum hatten die vier Herren alle Möglichkeiten und womöglichen Pannen besprochen – Wenn sie nun doch bei hexischem Tun erwischt werde? –, da kam Dorothea, diesmal ordentlich Fuß vor Fuß auf den Dielen. Vor sich trug sie in flacher Schüssel die schonischen Heringe.

Man kann sie frisch verwenden, einsalzen, räuchern oder marinieren. Man kann sie kochen, braten, backen, dünsten, filetieren, entgrätet füllen, um Gürkchen rollen, in Öl, Essig, Weißwein, sauren Schmand legen. In Salzwasser mit Zwiebeln gekocht, schmeckten sie zu Amanda Woykes Pellkartoffeln. Auf Speckscheiben gelegt und mit Reibbrot überstreut, hat Sophie Rotzoll sie in die Backröhre geschoben. Die kochende Nonne Margarete Rusch liebte es, in mit Wacholderbeeren schmorendem Sauerkraut zum Schluß kleine entgrätete Ostseeheringe, auch Strömlinge genannt, mitziehen zu lassen. Zarte Filets, in Weißwein gedünstet, tischte Agnes Kurbiella als Schonkost. Übliche, in Mehl gewälzte Bratheringe setzte Lena Stubbe ihrem ersten und zweiten Ehemann vor. Schonische Heringe jedoch, wie sie von der Danziger Vitte auf Falsterbo gesalzen in Kisten geliefert wurden – weshalb die Kistenmacher und Schonenfahrer zwar zünftig getrennt waren, aber der Johanniskirche gemeinsam den Marienaltar und das Seelgerät stifteten –, wurden von Dorothea, als sie vier Herren zu Tisch hatte, nach den Regeln ihrer Fastenküche zubereitet. Sorgfältig gewässert legte sie zwölf schonische Heringe über Glut in heiße Asche, so daß sie ohne Öl, Gewürz und sonstige Zutat, nur aus sich in ihrem Aschenbett zu garem Geschmack und weißen Augen kamen. Bevor sie die Heringe einzeln in die flache Schüssel legte – und zwar Seite an Seite wechselnd Kopf neben Schwanz –, blies sie jedem die gröbste Asche ab, aber es blieb doch ein silbrig grauer Rest auf dem Fischgericht, so daß sich die vier Herren, kaum war Dorothea wieder gegangen, fragen mußten, welche Art Holz die Fastenköchin zu Asche gebrannt haben mochte.

Nach kurzem Gebet, das auf Bitten des Abtes Johannes der dominikanische Beichtvater der Schwertfegerin sprach, griffen die vier Herren nach nur kurzem Zögern zu und nannten den schonischen Hering, auf diese Art zubereitet, besonders schmackhaft. Niemand wollte mehr nach dem hölzernen Ursprung der Asche fragen. Alle vier, auch der manierliche Roze, stützten die Arme auf, hielten die Heringe bei Kopf und Schwanz und aßen sie – der Mönch Nikolaus mit stockigen Zähnen – beiderseits von der Hauptgräte ab, um sie entfleischt in die vorgefundene Ordnung, Kopf neben Schwanz zurückzulegen, worauf jeder seinen zweiten, dann dritten Hering aus der flachen Schüssel nahm. Nur der Hauskomtur Walrabe biß seinen Heringen die knusprigen

Schwanzspitzen ab. Der Abt Johannes überließ seinen dritten Hering dem dominikanischen Mönch. Solange gegessen wurde, schwieg man. Einzig der Hauptpfarrer zu Sankt Marien sagte zwischen dem ersten und zweiten, dem zweiten und dritten Hering Lateinisches her.

Als endlich die zwölf Gräten ordentlich nebeneinander lagen, kamen der Abt, der Komtur, der Doktor des kanonischen Rechts und der Dominikaner wieder zur Sache. Man beschloß, bei Gelegenheit des nächsten christlichen Jubeljahres – der Anlaß bot sich erst 1390, als Papst Bonifaz ein Jubeljahr ausrief – Dorothea mit kirchlichem Pilgerpfennig und in Begleitung der dominikanischen Agentin Frau Marthe Quademosse nach Rom zu schicken. Man wollte abwarten, ob die Pilgerin die Reisestrapazen und das ungewohnte Klima überleben würde. Die Quademosse werde Bericht geben.

Zwar erkrankte Dorothea in Rom schwer, als sie in der Peterskirche die dort aufbewahrte Reliquie, das Schweißtuch der Veronika, sehen durfte, aber sie genas, obgleich gepflegt von Frau Quademosse, wieder wunderbar und traf rotwangig am Sonntag nach Christi Himmelfahrt mit anderen Rompilgern durch das Jakobstor in Danzig ein.

Die vier Herren sahen für den Fall quicklebendiger Heimkehr vor, mit seiner Einwilligung den alten Mann für tot zu erklären und das Töchterchen Gertrud vorgeblich bei den Benediktinerinnen in Kulm unterzubringen. Das Haus am Eimermacherhof gehörte seit der Pilgerreise nach Einsiedeln ohnehin den Dominikanern. Der verschuldete Schwertfeger mußte den Mönchen Mietzins zahlen.

Auch das geschah: Der für tot erklärte und im leeren Sarg auf dem Katharinenfriedhof beerdigte Slichting war froh, seine Schulden quitt zu werden, sein Ehekreuz endlich abwerfen zu dürfen. Drei Tage, bevor Dorothea inmitten der durch die Quademosse angekündigten Pilgerschar zuerst einmal die Hauptkirche Sankt Marien aufsuchte, siedelten Vater und Tochter heimlich, mit dominikanischem Beistand nach Konitz um, wo Slichting unter anderem Namen zünftig wurde und, weil Krieg herrschte, wieder zu einigem Reichtum kam, Gertrud an einen Schwertfeger verheiratete und uralt noch erlebte, daß sich Dorotheas Weissagung, die Niederlage des Ordens bei Tannenberg, bewahrheiten sollte.

Nach den bei Tisch beschlossenen Vorbereitungen erklärte sich der Abt Johannes bereit, Dorothea als Witwe endlich unter ihrem Mädchennamen Swarze im Dom zu Marienwerder einmauern zu lassen.

Das geschah, wenn auch verzögert durch die lange verweigerte, womöglich polackisch hintertriebene Einwilligung des zuständigen Bischofs. Feierlich wurde die fromme Büßerin am 2. Mai 1393 in Gegenwart der vier vorplanenden Herren unter der südlichen Treppe zum Oberchor der Außenwelt entrückt. Jeder Ziegel geweiht. Des göttlichen Lammes Wolle in den Mörtel gemengt. So kam Dorothea zu ihrer Freiheit. Nur ein Fensterchen blieb, durch das sie atmen, ein wenig Fastenspeise annehmen, ihren dürftigen Kot abführen, der Messe im Dom folgen, die Kommunion täglich empfangen und Johannes Marienwerder ihr heiliges Leben beichten durfte; weshalb auch der Abt in Kirchenlatein ihren Lebensbericht niedergeschrieben hat, der allerdings erst von Danzigs erstem Buchdrucker Jakob Karweyße im Jahre 1492 gedruckt werden konnte.

Auch schworen sich die vier Herren über der flachen Schüssel, in der zwischen Kopf und Schwanz die Hauptgräten der zwölf schonischen Heringe in ihrer Ordnung lagen, falls es zur Einmauerung der Dorothea Swarze, genannt von Montau, kommen sollte, sogleich nach ihrem Ableben – man gab ihr ein halbes Jährchen – den Heiligsprechungsprozeß zu beantragen.

Auch das geschah. Doch hielt sich die Eingemauerte länger als vorbedacht: Sie starb am 25. Juni 1394. Worauf die

Klause, nachdem viel wundergläubiges Volk einen Blick durchs Guckfenster auf die flach liegende Leiche geworfen hatte, luftdicht vermauert wurde. Zwar hat man den Heiligsprechungsprozeß ohne Verzug eingeleitet, zwar gab der deutschherrische Ordenshochmeister von Jungingen sein besonderes Interesse an einer preußischen Heiligen zu Protokoll, aber die Wirren der Kirchenspaltung zwangen den Postulator der Kanonisierungskommission, die Prozeßakten nach Bologna auszulagern, wo sie verlorengingen. So wurde nichts draus. Das Ordensland bekam keine Heilige. Und sollte der im Jahr 1955 mit spärlichem Restmaterial wieder aufgenommene Prozeß im vatikanischen Sinn erfolgreich zu Ende geführt werden, wird dieser späte Triumph katholischer Unbeirrbarkeit nur noch meinen alten Lateinlehrer, Monsignore Stachnik, erfreuen; ihm ist Dorothea immer ein frommes Anliegen gewesen.

Die vier Herren gingen dann bald. Vom Eimermacherhof kam kein Arbeitsgeräusch mehr. Jetzt hörte man die schnellfließende Radaune. Es dämmerte baltisch. Man war guten Mutes, weil gewiß, mit männlich praktischem Verstand Vorsorge getroffen zu haben. Roze meinte, die Heiligsprechung der Dorothea werde die Kollektenfreudigkeit für den Ausbau von Sankt Marien fördern. Nur der Hauskomtur Walrabe von Scharfenberg sorgte sich, es könne das womöglich doch hexische Weib, mit Satans Hilfe, eingemauert länger leben als sorgsam vorbedacht.

Als sie im Gehen noch einmal in die rauchige Küche schauten, sahen sie das Kind Gertrud mit morschem Friedhofsholz spielen. Der alte Slichting saß wie vergessen neben dem Feuer. Dorothea kniete wie üblich auf Peluschken, die sie tagsdrauf, so vorgeweicht, kochen wollte. Die vier Herren hörten sie beten:

»Din sper jesuherz
macht wunniklich smerz ...«

Ilsebill zugeschrieben

Das Essen wird kalt.
Ich komme jetzt nicht mehr pünktlich.
Kein »Hallo hier bin ich!« stößt die gewohnte Tür.
Auf Umwegen, um mich dir anzunähern,
habe ich mich verstiegen: in Bäume, Pilzhänge,
entlegene Wortfelder, abseits in Müll.
Nicht warten. Du mußt schon suchen.

Ich könnte mich in Fäulnis warm halten.
Meine Verstecke haben drei Ausgänge.
Wirklicher bin ich in meinen Geschichten
und im Oktober, wenn wir Geburtstag haben
und die Sonnenblumen geköpft stehen.

Weil wir nicht heute den Tag
und das bißchen Nacht leben können,
schlage ich dir Jahrhunderte vor,
etwa das vierzehnte.
Nach Aachen unterwegs sind wir Pilger,
die vom Pfennig zehren
und die Pest zu Hause gelassen haben.

Das hat mir der Butt geraten.
Schon wieder Flucht.
Doch einmal – ich erinnere mich –
hast du mich mitten in einer Geschichte,
die ganz woanders hin, übers Eis nach Litauen wollte,
bei dir gefunden: auch du bist Versteck.

Wer sich an Dorothea erinnert und vorhat, ihre Fastensuppen nachzuschreiben, oder gar plant, zur (immer noch nicht kanonisierten) Heiligen ein hexisches bis hochgotisches Gegenbild ihrer Verstiegenheit zu entwerfen, der wird sich an Ihrer mehr frommen als gesicherten Kenntnis stoßen, der kann Ihrer Kritik gewiß sein und muß mit Ihrer katholischen Entrüstung rechnen; denn ganz, wie mit Haut und Haar, haben Sie Dorothea in Besitz genommen.

Als Sie noch (mit wenig Erfolg) mein Lateinlehrer waren und ich ein dummer Hitlerjunge, waren Sie schon auf Dorothea von Montau und das vierzehnte Jahrhundert spezialisiert, obgleich unsere Zeitweil (es war Krieg) wenig Ausflucht erlaubte: Schließlich waren Sie, bis zum Verbot im Jahre 1937, der Vorsitzende der Zentrumspartei und deren Abgeordneter im Danziger Volkstag gewesen. Als mittlerweile schweigender Gegner des Nationalsozialismus mußten Sie vorsichtig sein. Und doch hat man Sie bis in den Schulmief hinein verfolgt; was unseren blöden Pennälerwitz kaum gejuckt hat.

Uns Schülern blieben Sie in Ihrer lateinischen Strenge fremd: jemand, der – es mochte Stalingrad fallen und Tobruk verlorengehen – einzig der Grammatik mit Leidenschaft anhing. Und nur wenn Sie sich erlaubten, auf alltägliche Weise ein wenig katholisch zu sein, indem Sie (erkennbar liebevoll) von der seligen Dorothea und ihrer bevorstehenden Heiligsprechung erzählten, gelang es Ihnen, mich zu gewinnen und hintersinnig zu machen; jedenfalls war ich als Dreizehnjähriger einem Mädchen hinterdrein, das Dorothea entsprochen haben mag: Ich erinnere blaues Geäder in weißen Schläfen. Natürlich blieb ich ohne Erfolg im greifbaren Sinn. Das Mädchen war schwarzhaarig. Doch Sie und ich sind sicher, daß Dorothea von

Montau weizenhaarig gewesen ist. Vielleicht stimmen wir noch darin überein, daß ihre Schönheit keinen Gebrauchswert hatte. Und wie Sie bin ich der Meinung, daß sie für die Ehe nicht taugte, wenngleich Sie in Ihren Schriften immer wieder beteuern, Dorothea habe sich als Hausfrau und Gattin des Schwertfegers Albrecht Mühe gegeben. (Weil sie oft schlaflos lag, habe sie nachts das Geschirr abgewaschen.)

Sie schreiben in Ihrem letzten Brief: »Wenn ich mich für unsere heimatliche Heilige, die Schutzpatronin Preußens, intensiv eingesetzt habe und auch heute noch für sie arbeite, dann erkennen Sie bitte, daß es sich bei Dorothea um ein außergewöhnliches Geschöpf handelt. Ich halte sie für die geistig und religiös-sittlich bedeutendste Frau des Deutschordenslandes Preußen.« Hierzu will ich gerne (und muß ich) anderer Meinung sein und Dorothea zwar für außergewöhnlich ansehen, doch ohne einen Schimmer von Heiligkeit.

In Ihrem Brief berufen Sie sich auf Zeugenaussagen für die damalige kanonische Kommission. Sie nennen Schlägertypen des Deutschritterordens: Jungingen und Konsorten. Sie bauen auf Dorotheas Biographen, Johannes Marienwerder, und empfehlen mir zum Studium seine große Trilogie »Vita venerabilis dominae Dorotheae«. Doch nicht nur meine dürftigen Lateinkenntnisse hindern mich, auf den Prager Theologieprofessor und späteren Domdekan in Marienwerder zu bauen. Johannes war zu sehr Partei und wollte (auf Teufel komm raus) eine Heilige für den Deutschritterorden produzieren. Eher verlasse ich mich – der ich wie Sie, verehrter Herr Stachnik, stark im Imaginären bin – auf meine persönlichen Erinnerungen und leidvollen Erfahrungen mit Dorothea: Denn ich bin vor, während und nach der Schwarzen Pest jener Schwertfeger Albrecht gewesen, dem acht von neun Kindern wegstarben, dem, bei allem Handwerkerfleiß, durch Dorotheas Lust, freigebig vor allen Kirchenportalen zu sein, das bißchen Wohlstand zunichte wurde, der auf den Zunftbänken ein Gespött der Gold- und Kupferschmiede war, den sie (das fromme Miststück) zum Trottel gemacht hat. Ach, hätte ich doch im helvetischen Einsiedeln, als sie mich und das letzte Kind wie Ballast loswerden wollte, mein Ja zur Auflösung des Ehevertrages gegeben!

Sie mögen einwenden: Was zähle mein bürgerlicher Kummer und langjähriger Lustverlust (denn sie ließ mich nicht mehr, ließ mich nicht ran!) gemessen an Dorotheas Ekstasen und Erleuchtungen; wie gering wiege mein verjuxtes Geld, wenn man es wägen wollte mit Dorotheas täglichem Gewinn, den ihr das gottgefällige Geißeln (bis aufs Blut) einbrachte; was bedeute der Verlust von acht Kindern (bei allgemein großer Kindersterblichkeit), wenn es ihr doch gelang, durch den Herrn Jesus (mit dem sie täglich verkehrte) zur wahren Gotteskindschaft zu gelangen; was überhaupt solle das Einklagen irdischer Kümmernis, wenn der himmlische Lohn nun endlich doch, nach bald fünfhundert Jahren Geduld, ausgezahlt werde: demnächst!

So gewertet, haben Sie recht: Meine hochgotische Handwerker- und Hausvatermisere schrumpft zur Lappalie im Licht Ihrer frohen Erwartung. Frohlockend schreiben Sie: »Wie mir der Generalrelator der Hist. Sektion der Kongregation für Heiligsprechungen vor kurzem mitteilte, wird wahrscheinlich noch in diesem Jahr die ›Confirmatio cultus Dorotheae Montoviesis, Beatae vel Sanctae nuncupatae‹ durch ein apostolisches Schreiben erfolgen und damit der Kanonisationsprozeß Dorotheas zum Abschluß kommen.«

Das glaube ich gerne, denn noch immer bin ich katholisch genug, um vor der zeitaufhebenden Kraft der alleinseligmachenden Kirche zu erschaudern. Ich weiß, daß der Glaube, so finster er irrt, die Funzel Vernunft überstrahlt. Und doch erlaube ich mir, der bevorstehenden Heiligsprechung nicht nur Ihrer, auch meiner Dorothea einen anderen, mehr irdischen Sinn zu unternähen: Dorothea war (in unserer Region) die erste Frau, die gegen den vaterrechtlichen Zwang der mittelalterlichen Ehe revoltiert hat. Bald nach dem Tod ihres Vaters wurde sie durch ihren ältesten Bruder ungefragt (sechzehnjährig) einem schon ältlichen Mann (mir) zur Frau gegeben. Nichts Besseres fiel mir ein, als dem zarten Kind einen Balg nach dem anderen zu machen, meine kostspielig aufgeputzte Dorothea auf öde Zunftessen zu schleppen, ihr durch halbherzige Beteiligung an einem lächerlichen Handwerkeraufstand meine Feigheit zu beweisen (was kümmerten mich die Belange der Brauer und Böttcher) und sie mit harter Schwertfegerhand zu schlagen oder – wie auf dem Rückweg von Einsiedeln – mit Steinen zu bewerfen, weil ich sie und ihren hexischen Freiheitsbegriff gehaßt habe.

Denn nur das wollte sie: frei sein. Frei von der Eheklammer. Frei vom Bettzwang. Frei vom bürgerlichen Kleingeld. Frei wofür?

Sie, verehrter Herr Stachnik, werden sagen: Frei für Gott! Frei für die Liebe Gottes! Doch als vor dem feministischen Tribunal in Berlin – Sie haben gewiß in Zeitungen darüber gelesen – der Fall Dorothea von Montau verhandelt wurde, sagte die Vorsitzende: »Dorothea Swarze wollte Freiheit für sich. Die Religion und Jesus sind ihr nur das Vehikel und die einzig erlaubte Bezugsperson gewesen, ihren Emanzipationsanspruch durchzusetzen und der penetranten Macht der Männer zu entkommen. Da sie nur die Wahl hatte, als Hexe verbrannt oder als Heilige eingemauert zu werden, hat sie sich entschlossen, dem Domdekan zu Marienwerder eine halbwegs glaubwürdige Legende aufzutischen: um ihrer Freiheit willen. Ein für das Mittelalter typischer Fall, nicht ohne Hinweise in die Gegenwart. Wir Frauen von heute sollten in Dorothea Swarze die Vorkämpferin erkennen. Ihr zwangsläufig tragisch endender Selbstbefreiungsversuch verpflichtet uns, ihre Not schwesterlich zu bedenken, ihr – jawohl! – gottverlassenes Scheitern als Auftrag zu werten und ihren Namen in Ehren zu halten.«

So viel feministischer Überschwang wird Ihnen, verehrter Monsignore Stachnik, allenfalls das stoische Lächeln des Lateiners abnötigen. Und doch bitte ich Sie, meinen ausgleichenden, zwischen der katholischen und der feministischen Position vermittelnden Vorschlag zu prüfen.

Ich sage nie wieder – obgleich ich Beweise hätte –, Dorothea ist eine Hexe gewesen; Sie bestehen nicht mehr – obgleich sie das Zeug zur Heiligen hatte – auf der bevorstehenden Kanonisierung. Beide sind wir uns einig, daß Dorothea Swarze eine arme, an den Zwängen ihrer Zeit leidende Frau gewesen ist: eher töricht als klug, von Schlaflosigkeit geplagt und an Migräne leidend, schlampig im Haushalt, doch planerisch begabt, wenn es galt, die Umzüge der Flagellanten zu organisieren, von magerer Schönheit und rücksichtslos starkem Willen, trotz mehrstündiger Schüttelekstasen schwach im Erfinden bildhafter Wunder, ein wenig schreibkundig, weil lyrisch angehaucht, faul im Bett und fleißig einzig beim Geißeln, gut zu Fuß und deshalb gern unterwegs, lustig nur im Umgang mit streunenden Büßern und anderen Ausgeflippten, reich an verstiegenen Wünschen, doch praktisch und wegweisend als Köchin ihrer ichbezogenen Fastenküche: Die war wirklich gut. Ach, ihre Schwadengrütze zu Sauerampfer! Ach, ihr schonischer Hering! Ach, ihre grauen Erbsen, Peluschken genannt! Ach, ihr Dorschrogen auf Buchweizenfladen! Ach, ihre Kräuterglumse!

Sie werden es bemerkt haben, verehrter Herr Stachnik: wie Sie (wenn auch ohne himmlischen Lohn) habe ich Dorothea geliebt. Doch sie hat den Butt geküßt, worüber ihr Biograph Johannes Marienwerder kein Sterbenswörtchen verliert. Zwar ist ihr nach dem Kuß (und der Unzucht mit dem Fisch) das Mündchen verrutscht, doch selbst schiefmäulig und mit querem Blick blieb sie schön. Die Last ihrer Haare. Ihr wundgegeißeltes Fleisch. Sogar ihre Reime auf »herz« und »smerz« habe ich gemocht. Und daß sie Asche an alle Suppen rührte. Auch konnte sie wirklich zwei Fuß hoch über dem Boden schweben: Hab ich gesehen, mehrmals (nicht nur im Freien bei Nebel).

Meine Ilsebill, die mich bittet, Ihnen Grüße zu sagen, glaubt das alles nicht. »Du mit deinen historischen Ausflüchten und Lügengeschichten!« schimpft sie täglich. (Ilsebill glaubt nur, was in der Zeitung steht.) Aber Sie und ich wissen, daß die Geschichten nicht aufhören können, immer wieder anders und anders wirklich zu verlaufen. Als mein Lateinlehrer sind Sie erfolglos geblieben, aber nachhaltend geimpft haben Sie mich mit dem Dorotheischen Gift. So viel in Verehrung und argem Zweifel. Wir wissen ja beide nicht, was Dorothea gewollt hat...

Mehrwert

Oder gefrorener Jubel,
den ich gesammelt, zur Ansicht gesammelt habe.

Die Gläser auf meinem Brett
mögen seitliches Licht; nicht jedes Glas böhmisch.

Täglich sind zwei besonders.
Soviel Liebe zu Scherben bereit.

Weithergeholt Atem, der nicht zerbrach.
So überlebt ohne Namen

Luft und ihr Mehrwert:
die Glasbläser, liest man, wurden nicht alt.

IM DRITTEN MONAT

Wie der Butt vor Übergriffen geschützt wurde

Als das feministische Tribunal zum erstenmal tagte, wurde der Butt in einer flachen, etwa eineinhalb mal zwei Meter messenden Wanne von vier Helferinnen in den Saal gerollt und dem Gericht gegenübergestellt. Ein Oberlicht strahlte ihn an. Es hätten auch Karpfen zwischen Weihnacht und Silvester, so lebend gehalten, die Wanne füllen können.

Solange die Anklageschrift verlesen wurde, lag der Butt reglos auf dem Wannenboden aus Zinkblech, als betreffe ihn nicht der Vorwurf, seit Ende der Jungsteinzeit in beratender Funktion ausschließlich, und bewußt zum Schaden der Frauen, die Männersache betrieben zu haben. Es sprachen die Frauen über ihn weg. Erst als er von der Vorsitzenden des Tribunals, Frau Dr. Ursula Schönherr, aufgefordert wurde, zur Anklage Stellung zu nehmen, lief über Lautsprecher seine Gegenrede. Der Butt verweigerte jede Aussage, solange er in übel abgestandenem, zudem quecksilberhaltigem Ostseewasser liegen müsse. Ohne die Pflichtverteidigerin zu bemühen, sagte er: »Das grenzt an die sattsam bekannten Foltermethoden der modernen Klassenjustiz, gegen die anzukämpfen jedermann aufgerufen ist; auch die feministische Bewegung.« Außerdem solle, »und zwar sofort«, das diskriminierende Oberlicht ausgeschaltet werden.

Das Gericht mußte sich vertagen. Fortan wurde täglich durch British Airways in Kanistern frisches Nordseewasser eingeflogen. Eine der Beisitzerinnen, Beate Hagedorn, die im Aquarium des Berliner Zoos als Biochemikerin praktizierte, überwachte den Wasserwechsel.

Nicht mehr von oben angestrahlt, stellte der Butt sich der Anklage. Doch während noch die neolithische Phase des legendären Fisches und die drei Brüste der herrschenden Göttin Aua verhandelt wurden, meldete der Angeklagte in seiner Zinkwanne abermals Protest an: Der Blechboden störe ihn. Sein Befinden werde, weil er nun einmal flach zu liegen gewohnt sei, durch das Zinkblech beeinträchtigt. Seine weiche und gefühlige Unterseite reagiere auf fremdes Material allergisch. Er könne sich nicht genügend auf den Prozeßverlauf konzentrieren. Nicht nur Wasser sei sein Element. In nichts könne er sich betten. Ihm fehle Sand. Und zwar Ostseesand. Den, nur den wolle er. Solange er sich nicht seinen Bedürfnissen entsprechend verhalten könne, sei mit seiner Mitarbeit bei diesem ansonsten epochalen Prozeß nicht zu rechnen. Er empfinde seine Aufbewahrung als Zumutung. Schließlich stehe er nicht vor einem faschistischen Militärtribunal.

Abermals mußte der Prozeß unterbrochen werden. Ostseesand wurde eingeflogen. Doch schon während der Verhandlung der Bronze- und Eisenzeit bis zur Christianisierung – die Fälle Wigga und Mestwina – reklamierte der Angeklagte wiederum: Er wolle nicht wie ein Aquariumfisch mit getrockneten Fliegen und präpariertem Tütenfutter gefüttert und womöglich auf geradezu kriminelle Weise gedopt werden. Er verlange Frischfutter. Die ihm zugeordnete Aquariumspraktikantin sei offenbar überfordert. Sie möge sich an fisch- oder fischereikundige Institute in Cuxhaven oder Kiel wenden. Was er verlange, sei eigentlich selbstverständlich.

Nachdem die vorgeschlagenen Kontakte hergestellt worden waren, wurde der Butt mit Algen, Kerbtierchen und ähnlichem Frischfutter versorgt, und der Prozeß lief reibungslos, bis sich der Fall der Fastenköchin Dorothea von Montau der zusammenfassenden Berichterstattung näherte.

Wahrscheinlich kam es zu Unruhen im Publikum, weil es dem Angeklagten gelungen war, mehrere Details vorzutragen, die mit anderen Fakten und gutachtlich erhärteten Beweisen einen ihn entlastenden historischen Zusammenhang ergaben. (Dorotheas Spitzeldienste für die Dominikaner.) Jedenfalls wurde aus dem Publikum heraus ein faustgroßer Stein geworfen, der zwar die Zinkwanne verfehlte, aber immerhin hätte treffen können. Das Publikum wurde ausgeschlossen. Die Verhandlung wurde unterbrochen. Als der Butt sich einverstanden erklärte, überzogen Handwerker (männliche) die Zinkwanne mit engmaschigem Draht. Nun sah man so gut wie nichts mehr. Das Ganze wirkte optisch unvorteilhaft. In Pressekommentaren wiederholte sich das Wort Käfig.

Als das Publikum wieder zugelassen wurde, kam es zu weiteren Anschlägen auf den Butt. Es saßen ja zumeist jüngere Frauen auf den Kinoklappstühlen für die Öffentlichkeit. Und eine der jungen Frauen warf, als der Butt zum Fall der Dorothea von Montau auf recht zynische Weise seine Migränetheorie verbreitete, ein Fläschchen auf den Schutzdraht. Die junge Frau gab als Beruf Laborantin an. Gott sei Dank zerbrach das Fläschchen nicht. Der Butt verlangte Inhaltsangabe, enthielt sich aber, als das Wort Zyankali bekanntgemacht wurde, aller die Frauenbewegung diffamierenden Kommentare.

Wieder mußte unterbrochen, vertagt, das Publikum ausgeschlossen werden. Eine ganze Woche lang brauchten Spezialisten (männliche), um die Zinkwanne erstens mit einer Panzerglasscheibe abzuschließen, zweitens mit einer fachgerechten Sauerstoffanlage zu versehen, um drittens dem Behältnis eine Sprech- und Gegensprechanlage einzubauen. Der Butt hörte sich, als der Prozeß wieder begann, richtig unheimlich und wie in jenem Märchen an, das ihn zur Legende und volkstümlich gemacht hatte: »Wat wüll se allwedder!« Offenbar war sich der Butt seiner akustischen Wirkung bewußt, denn gelegentlich streute er in seine sonst betont umständlichen und altväterlich gebauten Sätze plattdeutsche Floskeln, Ausrufe von vulgärem Reiz und Wortspiele mit dem Mädchennamen Ilsebill. Die Sprechanlage schien ihm Spaß zu bereiten.

Doch gleich zu Beginn der Verhandlung des Falles Margarete Rusch, kaum hatte der Butt vor dem Tribunal gestanden, daß er es gewesen sei, der geraten habe, die kleine Margret ins Kloster zu stecken, vielmehr gleich nachdem der angeklagte Fisch das nönnische Leben mit einigen Anekdötchen illustriert und auch stimmlich gekonnt Nonnenfürze der dicken Gret imitiert hatte, wurde aus dem Publikum heraus auf den Butt geschossen. Der gezielte Schuß – später stellte sich heraus, daß eine alte Dame, von Beruf Bibliothekarin, ihn abgegeben hatte – traf die hintere Schmalseite der Zinkblechwanne. Stehend schoß sie aus der elften Sitzreihe. Ein glatter Durchschuß. Das Projektil blieb im Ostseesand stecken. Doch war der Einschuß groß genug, um dem Nordseewasser mit kleinfingerdickem Strahl Ausfluß zu verschaffen. Die Anklägerin persönlich, Frau Sieglinde Huntscha, versuchte mit einem Tempotaschentuch das Loch zu stopfen. Die Aquariumspraktikantin verzweifelte. Ein Klempner wurde gerufen. Man hörte den Butt über die Lautsprecheranlage ordinär lachen: »Ech kennt mir forz bejuche. Das mecht wohl ain Cowboy ond kaine Ilsebill jewesen sain. Knallt middem Colt auffen Buttke. Warum nech glaich mit Kanone?«

Während nur viertägiger Unterbrechung wurde ein mannshohes Gehäuse aus Panzerglas aufgestellt, das in Länge und Breite die Maße der ausgedienten Zinkwanne hatte, doch bis zur halben Höhe mit Ostseesand aufgefüllt war. Natürlich fehlte dem Glashaus nicht die notwendige Technik. Jetzt sah man den Butt viel besser: das Uralte, seine gesteinte Oberhaut, wenn er sich nicht, platt wie er war, ganz in den Sand wühlte und nur noch das Schiefmaul und die querstehenden Augen zeigte. Doch niemand konnte ihm mehr mit gezielten Würfen und Schüssen oder durch Giftzusatz Gewalt antun. Seiner Sicherheit war Genüge getan.

Auch gegen Entführung war er (durch eine Alarmanlage) gesichert. (Noch kürzlich waren anonyme, mutmaßlich männliche Drohungen bekanntgemacht worden: »Man will ihn uns klauen. Die Herren schrecken vor nichts zurück.«) Dem Butt gefiel der kugelsichere Glaskasten. Auf Anfrage ließ er großzügig Fotografen zu. Sogar das Fernsehen durfte während einer Prozeßpause seine beschützte Schönheit auf Millionen Mattscheiben übertragen. Der Fall der kochenden Nonne wurde weiterverhandelt: nahezu störungsfrei.

Wie ich ihr Küchenjunge gewesen bin

Die Pfanne aus Kupfer blank.
Ihre Frühmorgenstimme. Hier! rief ich: Hier!
und lief auf sie zu, sooft ich versuchte,
ihren Töpfen davonzulaufen.

Auf Ostern habe ich Lämmerzungen – die evangelischen,
die katholischen – wie meine Sünderseele gehäutet.
Und wenn sie im November Gänse gerupft hat,
habe ich Federn, den Flaum geblasen,
damit der Tag in Schwebe blieb.

Sie hatte die Ausmaße der Hauptkirche Sankt Marien,
doch ging nie mystische Zugluft,
war es nie kühl in ihr.
Ach, ihre Schlafkiste,
in der es nach Ziegenmilch roch,
in die Fliegen gefallen waren.
In ihrem Stallgeruch gefangen.
Ihr Schoß war Wiege.
Wann war das?

Unter dem Nonnenrock – Äbtissin war sie –
stand die Zeit nicht still,

fand Geschichte statt,
wurde der Streit um Fleisch und Blut
und Brot und Wein wortlos entschieden.
Solange ich ihr Küchenjunge gewesen bin,
habe ich nie frieren oder mich schämen müssen.

Die dicke Gret: ein halber Kürbis
lacht und spuckt Kerne.
Nur selten sah ich sie
Bier in Brotsuppe rühren;
worauf sie stark pfefferte: ihre Trauer
schmeckte nicht nach.

Vasco kehrt wieder

Wer noch, Butt! Wer noch! Der Grobschmied Rusch, der Franziskanermönch Stanislaus, der Prediger Hegge, der reiche Ferber und der Abt Jeschke: wenn ich zur Zeit der Äbtissin Margarete der eine, der andere und nacheinander dieser und jener gewesen sein soll – ihr Vater, ihr Küchenjunge, ihre Gegenspieler und Opfer –, warum soll es dann nicht vorstellbar sein, daß ich weitentfernt ihr zum Nutzen, damit ihr der Pfeffer billiger wurde, den Seeweg nach Indien für portugiesische Karavellen eröffnet habe? Und zwar warf die »Sao Raphael« am 28. März 1498 vor Kalikut Anker; um diese Zeit ging die Hakelwerkerin Kristine Rusch schon mit der dicken Gret schwanger.

Neben üblichen Sorgen (Ilsebill) bewegte mich diese Frage zuerst nur spielerisch, dann schon tickhaft, als ich die Reise antrat. Vielleicht war es auch Angst vor fremder Wirklichkeit, die mich eine Rolle suchen ließ. (Wie sollte ich sonst in Kalkutta bestehen?) Oder flüchtig angelesener Hinduismus verführte mich, meine osteuropäischen Wiedergeburten auf den indischen Subkontinent auszudehnen: Doch Lord Curzon oder Kipling wollte ich nicht gewesen sein. Schließlich sagte ich mir: Die Äbtissin Margarete Rusch wird ihre älteste Tochter Hedwig nicht ohne Grund an einen portugiesischen Kaufmann verheiratet haben, dessen Absicht, an der südindischen Malabarküste ein Handelskontor zu eröffnen, im Ehevertrag besonders erwähnt wurde. Man werde, so hieß es, mit Erlaubnis des Vizekönigs in Cochin Wohnung nehmen und von dort aus, wie im Ehevertrag garantiert, jährlich auf Martin und Johannis die gehörige Menge Pfeffer liefern. Die noch zu Vasco und Alfonso de Albuquerques Zeiten verhängten Einreiseverbote für christliche Frauen seien gemildert worden. Man habe dort Fuß gefaßt.

Sie ließen sich in Cochin nieder, wo der Kaufmann Rodrigues d'Evora und seine Frau Hedwig durch Gewürzhandel – Pfeffer, Nelken, Ingwer, Kardamom – rasch zu Reichtum kamen, doch dem Klima nicht widerstehen konnten: Mit vieren ihrer fünf Kinder starben sie vor der Nonne Margret, die, dank der garantierten Gewürzsendungen, indische Spezereien in Danzig und Umgebung gebräuchlich gemacht hat: Ingwer an Kuttelfleck, scharfe Curryhirse, Hasenpfeffer, Pfefferkuchen. Pfeffer an alles. Und weil der Besuch der Hafenstadt Cochin im indischen Bundesstaat Kerala auf meinem Reiseplan vorgemerkt war, beschloß ich, inoffiziell auch als Vasco da Gama zu reisen. Noch auf dem Rhein-Main-Flughafen, doch schon angeschnallt, schrieb ich in mein Sudelbuch: Vasco kehrt wieder.

In einem Jumbojet reist er an. Eigentlich will er nur die schwarze Kali besuchen und sehen, wie sie die Zunge rot rausstreckt.

Vasco hat alle Statistiken gelesen. Vasco weiß, was der Präsident der Weltbank über Kalkutta denkt. Vasco soll einen

Vortrag halten: Schon in lange und kurze Sätze gebracht, hat er ihn vorsorglich niedergeschrieben. »Nach grober Schätzung« heißt seine Rede. Wohlgenährt leidet Vasco am Welthungerproblem. Wieder- und wiedergeboren ist Vasco jetzt Schriftsteller. Er schreibt ein Buch, in dem es ihn zu jeder Zeit gegeben hat: steinzeitlich, frühchristlich, hochgotisch, reformiert, barock, aufgeklärt und so weiter.

Gleich nach dem Start zitiert er sich: Man müßte einen Hungerreport schreiben. Man müßte historischen, gegenwärtigen, zukünftigen Hunger ins Verhältnis setzen. Die Hungersnot um 1317, als nur noch Schwadengrütze half. Die Fleischverknappung um 1520, worauf Mehlklöße, Klietern, Klunkern und Keilchen erfunden wurden. Der Hunger in Preußen vor der Einführung der Kartoffel und der andauernde Hunger in Bangladesch. Man müßte Hungergestik, Hungersprache aufzeichnen. Verhalten bei Hungererwartung. Beschwörung zurückliegender Hungerszeiten: der Steckrübenwinter siebzehn. Das klitschige Maisbrot fünfundvierzig. Was heißt das, am Hungertuch nagen? Wir brauchen einen Katalog Hungerzitate, sagt Vasco zu sich und stochert lustlos in der geschmacklosen, weil unterkühlten Air-India-Pastete.

Die Göttin Kali gilt als weiblicher Aspekt des Gottes Shiva. Ihre Kraft zerstört. Nach Laune reißt sie ein, was notdürftig steht. Wir leben in ihrem Zeitalter. (Vasco denkt beiläufig an seine Frau Ilsebill, die gerne Gläser zerschmeißt und stark ist im Wünschen.)

Schon vor der Zwischenlandung in Kuwait zerbricht seine Brille. Übrig bleibt andere Vorsorge: Vasco hat sich in Hamburg, in einem Geschäft für Tropenkleidung, Hosen, Hemden, Socken aus Baumwolle gekauft wegen der Luftfeuchtigkeit in Kalkutta. Vasco hat Mexaform plus bei sich. Vasco ist gegen Cholera und Pocken geimpft. Vasco hat dreimal auf nüchternen Magen farbige Kapseln gegen Typhus geschluckt. Vasco führt zwei Kilo statistisches Material mit sich. Vasco ist Gast der indischen Regierung. Im Jumbojet weiß man das. Vasco heißt anders und ist unter anderem Namen bekannt.

Er hätte in Delhi vor seinem entrückten Publikum von der schwarzen Kali, wie sie die Zunge rot rausstreckt, erzählen und nicht Zahlen grobgeschätzt nennen sollen, die mit vielen Nullen für Proteinmangel, Bevölkerungsüberschuß, Mortalitätsmuster stehen: abstrakte Größen, denen nur Fußnoten huldigen; während die unfaßliche Kali überall, doch besonders in Kalkutta am Fluß Hooghly ganz praktisch begriffen wird. Sie, behangen mit Ketten aus Schädeln und Händen abgehackt. Sie, die verspielte, herrschende, schreckliche, drawidische Kali. (Sie kann auch Durga, Parvati, Uma, Sati oder Tadma heißen.)

Noch im Jumbojet (ohne Schlaf) versucht Vasco zwischen der neolithischen, mit ihren drei Brüsten besonderen Göttin Aua und der vierarmig würgenden Kali Verwandtschaft zu konstruieren. Er denkt sich einen Aufstand aus: Die durch Weiberherrschaft unterdrückten Männer im Sumpfland der Weichselmündung solidarisieren sich. Zeugungswütig wollen sie (von einem Butt beraten) das Vaterrecht einführen. Doch Aua siegt und läßt hundertelf Männer mit Steinäxten entmannen. Fortan trägt sie die dürren Penisse als Kette gereiht um ihr mächtiges Becken gehängt; wie sich die indische Kali mit abgehackten Händen und Schädeln schmückt.

Kaum angekommen, schreibt Vasco Postkarten: »Liebe Ilsebill, alles ist fremd hier...« Dann läßt er seine Brille, damit ihm die Fremde anschaulich wird, wieder gesund machen.

1498: Vasco weiß, daß er sich damals belogen hat, wie er sich heute beschwindelt. Immer wieder werden die Ziele auf

Hochglanz geputzt: Zur Ehre Gottes ... Um der bedrohten Menschheit zu helfen ... Dabei ist es nautischer Ehrgeiz gewesen, der ihn trieb, das Gewürzland Indien auf dem Seeweg zu erreichen. Das große Geschäft haben die anderen gemacht: die Pfeffersäcke!

Abends auf einem Empfang (ihm zu Ehren) wird er von Damen, die in England studiert haben, nach den Zielen und Beweggründen der europäischen Women's-Liberation-Bewegung befragt. Vasco erzählt von einem feministischen Tribunal, das in Berlin stattfinde, doch auch überregional Schlagzeilen mache. Es werde dort symbolträchtig gegen einen gefangenen Steinbutt verhandelt. Der Butt verkörpere das männliche Herrschaftsprinzip. In einem kugelsicheren Bassin stelle er sich der Anklage. Dann schlägt er den Damen vor, die Emanzipation der indischen Frauen unter die Schirmherrschaft der Göttin Kali zu stellen. (Ob nicht die Nehrutochter Indira schrecklich Kali verkörpern könne?) Während Pinienkerne geknabbert werden, erregt sein Vorschlag Interesse, wenngleich die Damen aus gutsituierten Brahmanenfamilien dem sanften Aspekt Durga den Vorzug geben; Kali ist mehr bei den unteren Kasten beliebt.

Tags drauf will Vasco nicht ins Museum, sondern einen Slum besichtigen. Dort wird er bestaunt. Die Lustigkeit der Elenden und ihre nicht zu verletzende Anmut schüchtern ihn ein. Dieses Kichern zerlumpter Mädchen, die, weil sie Hüften haben, auch Hüften zeigen. Sicher: Hände und Augen betteln, doch keine Anklage. (Sie hungern ja nicht, sie sind nur regelmäßig unterernährt.) Alles sieht aus wie natürlich. Als müsse es so sein: auf immer. Als sei das Auswuchern immer größerer Slums ein organischer Vorgang, den man nicht stören, allenfalls ein wenig sanieren dürfe.

Vasco (der Entdecker) stellt Fragen nach Arbeit, Tageslohn, Kinderzahl, Schulfrequenz, Familienplanung, Darmflora, Latrinen. Die Antworten bestätigen die Statistik, sonst nichts. Dann muß er noch eine Festung (aus seiner Mogulzeit) besichtigen, in deren weitläufigen Anlagen Einheiten der indischen Armee kaserniert sind. Von den Zinnen herab will sich Vasco ein Bild merken: wie auf dem platten Feld vor der Festung, dessen Grasdecke die Kühe getilgt haben, mittags unter winterlicher Sonne fünfhundert Körper unter Lumpen wie erschlagen liegen, als habe man sie aus den Schießscharten der Festung mit englischen Maschinengewehren gemäht. Jedes Bündel liegt für sich. Staubige Einheiten. Kadaver, die auf Verfall bestehen. Die Sonne muß ihren Todschlaf wärmen: Statisten aus einem Kolonialfilm, die für die nächste Großaufnahme liegen bleiben. Schade, daß Vasco seine Kleinbildkamera im Hotel gelassen hat. Er merkt sich das Wort: Todschläfer. Er sagt: Und das soll ich entdeckt haben? Vergeblich verbietet sich Vasco, die vom Zufall oder einem anderen Gesetz geordneten Schlafleichen schön zu finden. Wollte er sich müde dazwischen legen, fiele er ungeschickt raus.

Der Vorsitzende der Plankommission füllt einen Nehruanzug und spricht, während er an Vasco vorbeispricht, in die Ferne und in die Tiefe: Wir haben, wie Sie vielleicht wissen, dreitausend Jahre Geschichte hinter uns. Uns gibt es nicht erst, seitdem dieser Portugiese uns auf dem Seeweg entdeckt hat.

Vasco hört wie aufmerksam zu, während er vergeblich versucht, noch einmal das Anlegemanöver in Kalikut vom Jahre 1498 zu erinnern. (Wir schickten versuchsweise einen Sträfling an Land.) Der Vorsitzende der Plankommission erklärt, wie unfaßbar vielgestalt Indien dennoch eine Einheit sei. Uns lernt man nicht kennen. Kalkutta, sagt er, ist gewiß ein Problem, aber es wohnen auch viele Künstler in dieser faszinierenden Stadt. Und die bengalische Lyrik...

Der nächste Slum wächst (organisch) neben dem Kraftwerk Delhis, das unentwegt Rauchmassen ausstößt. Dem

Slum gegenüber steht das moderne Gebäude der Weltgesundheitsbehörde, Abteilung Südasien. In den Fenstern der vielgeschossigen Weltgesundheitsbehörde spiegeln sich die Rauchmassen und nicht der Slum. Daneben, damit nichts fehlt, der Pavillonbau des Indian Council for Cultural Relations, der Vasco eingeladen hat, zu sehen und zu begreifen: Wir sind eine moderne Demokratie.

Im Slum spricht Vasco mit Frauen aus Uttar Pradesh, die sechs oder acht Kinder haben, aber nicht wissen, wie viele Rupies ihre Männer verdienen, die im Kraftwerk nebenan mit Strohbesen als Raumpfleger arbeiten. Dieser Slum gilt als sauber. Vasco findet einen Arzt, der aber noch nie schräg gegenüber bei der Weltgesundheitsbehörde gewesen ist, wie auch die Weltgesundheitsbehörde noch nie den Arzt besucht hat. Natürlich kommen hier Pocken vor, sagt er. Ich melde das dann. Aber die impfen immer zu spät. Ich bin ja nur freiberuflich. In anderen Slums gibt es mich nicht. Weil ich das mache, halten mich hier die Leute für blöd. Der Arzt spricht nicht Englisch. Übersetzt klingt alles plausibel. Vielleicht ist er nur Sanitäter. Vasco legt auf den Tisch der Lehmhüttenpraxis einen Rupienschein für Medizin. Vascos Kinder haben bei der Abreise gesagt: Daß du uns keine Geschenke mitbringst. Verrückte Sachen und so. Gib das Geld da wem anders. Und auch Ilsebill hatte diesmal keine besonderen Wünsche.

Um Sehenswürdigkeiten aus seiner Mogulzeit zu besichtigen, fährt Vasco nach Fatehpur-Sikri. Heute lächelt er über seinen damaligen Versuch, in einer großräumigen Wohn- und Festungsanlage tolerant zu sein, indem er außer einer Mohammedanerin auch eine Hindufrau und eine christliche Dame aus dem portugiesischen Goa in sein Eheverständnis einschloß. Nur die Hindufrau schenkte ihm einen (ungeratenen) Sohn. Geblieben sind Steinmetzarbeiten in rotem Sandstein. Alle Säulen verschieden behauen. Doch die Wüste ließ das nicht zu. Als das Wasser ausblieb, mußte die Stadt geräumt werden. So viel vergebliche Toleranz. (Als Vasco 1524 in Cochin starb, wurde die Küchennonne Margarete Rusch Äbtissin der Birgittinen, worauf sie sich nach Laune reformierte, katholische und seereisende Männer zulegte, auch entlaufene Mönchlein: so tolerant war sie, so geräumig.)

In einem Dorf, noch im Staat Uttar Pradesh gelegen, besichtigt Vasco die Schule, einen Lehmbau wie die anderen Hütten und Gemäuer. Alles ist lehmbraun: die hartgetretene Dorfstraße, die Kühe, die Fahrräder, die Kinder, der Himmel. Nur die Saris der Frauen sind buntverwaschen. Schon wieder leistet die Armut sich Schönheit. Der Lehrer hat hellbraune Augen. Er zeigt Vasco Schulbücher. In einem Büchlein, das die Geschichte Indiens in Hindischrift erzählt, sieht sich Vasco mit simplen Strichen abgebildet: bärtig unterm Sammetbarett. In irgendeincr Falte seiner reisenden Existenz ist er stolz oder gerührt und möchte sich dennoch ärgern, weil er Geschichte in Schulbüchern gemacht hat und Lehrstoff geworden ist. (Was wissen die schon von mir? Von meiner Unruhe. Immer habe ich Ziele hinter den Horizonten gesucht. Gott wollte ich durch nautische Kunst erreichen. Und meine Angst lebenslang vor dominikanischem Gift. Alles starb weg. Nur inwendig blieb ich voller Figuren . . .)

Weil das erwartet wird, stellt Vasco Fragen. Der Lehrer klagt über Leute, die angereist kommen und staatliche Familienplanung mit Schautafeln ohne Schrift wie für Dumme betreiben. Dabei gehen fünfundvierzig Prozent der Kinder zeitweilig zur Schule. Zum Beweis lesen die Dorfschüler laut aus dem Büchlein, in dem Vasco Lehrstoff geworden ist.

Im Tempel tanzt die Göttin, diesmal als sanfter Durgaaspekt, in der linken Nische. In der rechten ein Affengott.

Die lärmenden Krähen, das Gelächter der Kinder. Übersetzt werden für Vasco die Klagen der Bauern über den plötzlich verdoppelten Weizenpreis. Die meisten haben zu billig verkauft. Ein Drittel der Bauern besitzt kein Land. Viele wandern ab in die Stadt. Ein reicher Bauer vermietet seinen Traktor. Aus Angst vor Frauenraub, wie er während der Mogulzeit üblich gewesen ist, verdecken die Frauen ihr Gesicht, wenn Vasco vorbeigeht. Mitten im Staub bekommt er von einem alten Mann, der Betel kaut, eine Möhre geschenkt. Am nächsten Tag hat Vasco Durchfall und muß Mexaform plus schlucken: drei Tabletten pro Tag. Das hilft später. Doch noch scheißt er senfblond flüssig. Die Suppe schlägt Blasen. Er will Würmer entdecken und ist enttäuscht, weil ihm nicht, wie dem Dichter Opitz, den die Pest raffte, schwarzer Dünnpfiff gelingt. Das war, als die Erde ein Jammertal war. Opitz' Köchin hieß Agnes. In seinem Buch schreibt ihr Vasco Gefühle zu, die sie dem Dichter als Schonkost tischte. Die Pest, hieß es, sei aus Indien auf dem Seeweg eingeschleppt worden.

Als er in Sikri die Überreste seiner Mogulzeit besichtigt und auch sein Grabmal besucht, knüpft er, wie andere Touristen auch, am durchbrochenen Filigran seiner Grabmalskapelle (gegen eine Rupie) ein baumwollenes Wunschschnürchen. Aber er weiß nicht, was wünschen: Mein Gott! Dieser lebenslustige Irrsinn. Diese prächtige Pracht. Deine Fehlplanung, Gott! Warum hast du mich hierher gelotst? (Es war ein arabischer Steuermann, der den Weg und die Monsunwinde kannte. Ahmed ibn Majid hatte die Angewohnheit, seine nautischen Kunststücke in Versen zu singen.)

Auf dem Flughafen wird Vasco mit einer Blumenkette behängt. Überall Fahnen (nicht seinetwegen). In Kalkutta findet die Tischtennisweltmeisterschaft als politisches Ereignis statt. Der internationale Tischtennisverband hat Israel und Südafrika von der Teilnahme ausgeschlossen, dafür dürfen die Palästinenser einreisen und Pingpong spielen. Nur Holland protestiert. Weil den brasilianischen Teilnehmern einige Schutzimpfungen fehlen, müssen sie in Quarantäne. In vier Monaten wurde die moderne Tischtennishalle gebaut. Der Magistrat und die Stadt Kalkutta mit ihren dreitausend Slums, die hier Bustees heißen, sind stolz auf diese Leistung. Wegen der Tischtennisweltmeisterschaft sind alle Hotels besetzt. Deshalb wird Vasco im Gästetrakt des ehemaligen Vizekönigspalastes untergebracht, in dem seit Indiens Unabhängigkeit der Gouverneur der Zentralregierung residiert. In Vascos sieben Meter hohem Saal steht das Bett zentral unterm Moskitonetz. Zwei Ventilatoren mit drei Flügelpropellern rühren die Luft. Auf dem Schreibtisch zwei Tintenfäßchen aus der Zeit der Königin Victoria: Vasco schreibt Stichworte zur Gesindeköchin Amanda Woyke. Ihr Briefwechsel mit dem Grafen Rumford. Beide wollten in Großküchen weltweit den Hunger bekriegen: sie mit ihrer westpreußischen Kartoffelsuppe, er mit der Rumfordschen Armensuppe. Vasco schreibt: Aber die Kaschuben wollten sich nicht an Kartoffeln gewöhnen; wie den reisessenden Bengalen Weizengrieß, selbst wenn sie hungern, zuwider ist. Deshalb aßen die Kaschuben noch lange zu wenig Hirse, bis sie sich endlich mit Pellkartoffeln sättigten.

Raj Bhavan heißt der Palast des Gouverneurs. Überall leise Diener in roten verschlissenen Röcken unterm weißen Turban, die ihre Hände falten, wenn sie Vasco begrüßen. Die Soldaten in den Korridoren salutieren. Der Koch ist seit sechsunddreißig Jahren im Haus. Er hat für die Briten und ihre Gäste gekocht. Beim Essen sind vier Diener um Vasco bemüht. Der alte Koch tischt, was er europäische Küche nennt. Zum Frühstück (ham and eggs) wird Vasco die Zeitung mit den neuesten Tischtennisergebnissen serviert. Über einen Adjutanten bittet der Gouverneur um die Ehre, mit Vasco speisen zu dürfen. Vasco fürchtet sich vor dem Essen mit dem Gouverneur. (Neinnein! Was soll ich hier?) Er will nach Hause zu seiner Ilsebill.

Aber Kalkutta, diese bröckelnde, schorfige, wimmelnde, ihren eigenen Kot fressende Stadt, hat sich zur Heiterkeit entschlossen. Sie will, daß ihr Elend – und überall ließe sich Elend fotografieren – schrecklich schön ist: der mit Werbeflächen verhängte Zerfall, das berstende Pflaster, Schweißperlen, die die Zahl neun Millionen bilden. Menschen quellen aus Bahnhöfen, die, wie Vasco gestern noch, täglichen Durchfall haben: weißbehemdete Maden in einem viktorianisch verkleckerten Scheißhaufen, dem immer neue Schnörkel einfallen. Auf alles roter Betelsaft gespuckt.

Hin und zurück zu Fuß über die Hooghlybrücke. Links bietet sich Kramzeug an: zerlatschte Schuhe, Kokosfasern, Schiefertafeln, verblichene Hemden, primitives Werkzeug, Kitsch aus Hongkong, einheimischer Kitsch. Den rechten Fußgängerstreifen säumen Bauern aus Kalkuttas umliegenden Dörfern. Sie bieten in Häufchen an: violette Zwiebeln, gelbe, sandgraue, zinnoberrote Linsen, Ingwerwurzeln, Zuckerrohr, Zuckermelasse zu Fladen gepreßt, spelzigen Reis, grobgeschrotetes Korn, Fladenbrot. Ohne Mittelpfeiler vibriert die Brücke unter den gegenläufigen Barfüßen, den Lastwagen, Rikschas, Ochsenkarren. Auf einmal überschwemmt ein heiteres Gefühl Vasco inmitten der Menge. Auch er will Betel kauen. Erst unter den Brückenköpfen, wo nur noch Elend ist, entsetzt er sich beim Anblick ausgebeutelter Frauen und schrumpfköpfiger Greise, die sich der Tod schon vorgemerkt hat.

Es gibt nicht einzelne Slums oder Bustees in Kalkutta. Die ganze Stadt ist Bustee und Slum. Weder der Mittelstand noch die Oberschicht können sich entziehen. Das Straßenbild zeigt höhere Töchter mit Schulbüchern, die hinter und vor gleichaltrigen Lumpenbündeln im Straßengefälle drängen, im Verkehr Inseln bilden, eins sind mit allem. Wo der Verkehr Flecken ausspart, hat auch das Pflaster seine Bewohner. Neben Parkanlagen und zwischen verrotteten Herrschaftshäusern gruppieren sich dorfähnlich Hütten aus Blech und Pappe. Wer vom letzten Hunger (das ist knapp ein Jahr her) in die Stadt gespült wurde, wen die Bustees ausschieden oder nicht fassen wollten, der bleibt. Aus Bihar kommen sie, sind fremd zwischen Bengalen. Nachts hocken sie um Feuerstellen vor jeder Papphütte und kochen, was sich im Abfall fand. Zum Schluß bleibt der Sammeltrieb. Kohlenstaub mit Stroh zu kleinen Küchlein geformt oder getrocknete Kuhfladen unterhalten die Feuerstellen. Die Steinzeit will zukünftig werden. Schon beginnt sie, die Stadt zu erobern. Schon sehen die Autobusse aus, als seien sie archäologische Funde. Vasco flieht in den Gouverneurspalast. Schon kennt ihn die Palastwache.

Auf dem Programm steht: Teebesuch bei einem Filmemacher, der morgen nach Chicago fliegt, um seinen Kalkuttafilm amerikanischen Studenten zu zeigen. Man unterhält sich lächelnd: zwei kühle Produzenten. Vasco will wissen, ob ein anderer Film denkbar ist, in dem Vasco da Gama, wiedergeboren, das Indien von heute bereist, die Göttin Kali fürchtet, Kalkutta besucht, Durchfall hat und im Gouverneurspalast wohnt. Dann erzählt er von seinen zeitweiligen Köchinnen: von der neolithischen Aua, der hochgotischen Dorothea, von der revolutionären Sophie und von der kochenden Äbtissin Margarete Rusch, für deren Küche der fallende Pfefferpreis wichtig war. Er erwähnt den Butt und dessen Tätigkeiten seit der Jungsteinzeit. Und der Filmemacher nickt: Einen artverwandten Fisch kenne man in ähnlicher Funktion in Indien seit der drawidischen Zeit; der sei aus Prinzip gegen Kali, wenn auch vergeblich.

Dann spricht der Filmemacher vom nächsten Filmfestival und erzählt beiläufig von den Toten in Kalkuttas Straßen, die gegen Morgen eingesammelt werden. Die gebe es immer. Schon 1943, als er ein Kind war, seien zwei Millionen Bengalen verhungert, weil die britische Armee alle Reisvorräte im Krieg gegen die Japaner verbraucht habe. Ob es einen Film darüber gebe. Nein, leider nicht. Hunger könne man nicht filmen.

Überall in Kalkutta, ob beim Filmemacher, ob bei den Nonnen der Mutter Theresa oder beim Lunch, den der Gouverneur ihm zu Ehren gibt, wollen alle von Vasco wissen, als gehe das Indien an, wovon sein nächstes Buch handelt.

Auch beim Besuch eines Bustees fragt der ihn begleitende Planer vom Planungsministerium nach literarischen Einzelheiten. Und Vasco erklärt sich umständlich. Es gehe um die Geschichte der Ernährung. Das spiele alles im Weichselmündungsgebiet. Aber eigentlich könnte es auch im Mündungsgebiet des Ganges, etwa hier am Fluß Hooghly spielen. Die Göttin in seinem Buch heiße Aua. Leider wisse er viel zu wenig über die drawidische Kali.

Dann rettet sich Vasco in statistische Fragen und bekommt Antworten, die er in Statistiken nachlesen könnte. Es gibt in Kalkutta dreitausend Bustees. Man scheut sich, sie Slums zu nennen. Zwischen fünfhundert bis fünfundsiebzigtausend Menschen wohnen in jedem Bustee. Das macht drei Millionen Busteebewohner. Durchschnittlich leben acht bis zehn Personen in einem Raum. Zehn bis zwölf Hütten bilden um einen Hof ein offenes Karree. Kot und Küchenabfälle fließen durch offene Rinnen inmitten der Hauptwege. Der Schulraum für etwa fünfundvierzig Kinder wird in diesem Bustee von einem Sozialarbeiter betreut: wieder diese Heiterkeit, der Stolz, eine Schule zu haben. Vasco versucht, den Gestank zu notieren. Elendsmerkmale und das übliche Unrecht. Es müssen Wuchermieten an Hüttenbesitzer gezahlt werden, die auch in den Bustees wohnen. Jeder scheißt hin, wo er grad muß oder kann. Jadoch ja, schreibt er, doch im Gegensatz zu Frankfurt am Main wird hier gelebt. Später will er diesen Satz streichen.

Die Busteebewohner kommen vom Land. Man müsse, sagt der Planer, zuerst die Dörfer sanieren, wenn man Kalkutta sanieren wolle. Deshalb geht Vasco in die Dörfer: Lehmhütten unter Kokospalmen. Er sieht die runden, gegen Rattenfraß aufgebockten, doch leeren Vorratshäuser. Vasco gilt als Besuch. Eine lächelnde Bauersfrau, an der sieben Kinder hängen, schickt ihren ältesten Sohn auf eine Kokospalme. Vasco trinkt Kokosmilch und erinnert sich. Der junge Reis in den Feldern hat zu wenig Wasser. Der Kanal an der Straße ist trockengelegt worden: Er soll ausgebaggert werden, niemand weiß, wann. Die Bauern sind verschuldet, zumeist durch die Hochzeiten ihrer Töchter. Bei Kreditaufnahme zahlen sie vierzig Prozent Zinsen. Unreine dürfen nicht bei der Ernte helfen. Frauen und Männer baden in verschiedenen Tümpeln, in denen sich Regenwasser vom letzten Monsun gesammelt hat und verdunstet. Alle baden in Kleidern. (Nach dem mohammedanischen Puritanismus kam der viktorianische.) Alle Kinder haben Würmer. Vasco bestätigt: ein schönes Dorf. Ihm gefallen die Kokospalmen, Bananenstauden, Lehmhütten, Wurmkinder und lächelnden Frauen. Aber das Dorf ist krank und schon unterwegs nach Kalkutta.

Im Verlauf der Tischtennisweltmeisterschaft sind China und die Tschechoslowakei Gruppenerste. Die Eintrittskarten sind selbst für den Mittelstand zu teuer. Deshalb ist das neu erbaute Tischtennisstadion nahezu leer.

Nachdem ihm seine vier Diener die Morgenzeitung gebracht, das Frühstück (poached eggs) serviert haben, besucht Vasco den ehemaligen Premierminister der westbengalischen Volksfrontregierung. Ein älterer Herr sitzt ihm in weißer, von Zugluft bewegter Baumwolle straff gegenüber. Nein, er gehöre zur marxistischen kommunistischen Partei und nicht zur moskauhörigen. Ohne Bitterkeit nennt er Niederlagen. Vasco erfährt, wie sich die Naxaliten abgespalten und als revolutionäre Bewegung gesammelt haben. Viel intelligente Jugend, sagt der Marxist mit Bedauern und fügt ironisch hinzu: aus guten Familien. Als sie erfolglos blieben – denn alle Nachrichten über »befreite Gebiete« waren chinesische Propaganda –, begannen die Naxaliten, ihre ehemaligen Genossen, an die vierhundert Marxisten, zu killen. Nein, sagt er, der Maoismus lasse sich nicht auf Indien übertragen. Im Grunde sei der naxalitische Radikalismus nur eine dieser bürgerlichen Ohnmachtsgesten gewesen.

Ich wäre hier auch radikal, hört sich Vasco sagen. Er beschließt (inwendig reich an Figuren) seinem Buch ein Gespräch zu erfinden, in dem Lena Stubbe, die Köchin der Volksküche Danzig-Ohra, mit dem durchreisenden Genossen August Bebel (um 1895) die Frage diskutiert, ob sich die Arbeiterfrauen an der bürgerlichen Küche orientieren sollen oder ob ein proletarisches Kochbuch notwendig ist.

Der melancholische Marxist (Brahmane) sitzt in einem kahlen Zimmer und wippt mit den Knien. Zwischendurch wortkarge Telefonate. Neben drei Wildenten aus Holz, die Wandschmuck bedeuten, ein kleines Leninbild. Noch letzte Woche habe es zwei Anschläge auf Genossen gegeben. Vorm Haus, um das schwarze Auto, steht seine Leibwache.

Danach ist Vasco auf Besuch bei Poeten. Sie lesen sich auf Englisch Gedichte über Blumen, Monsunwolken und den elefantenköpfigen Gott Ganesh vor. Eine englische Lady (im Sari) lispelt indische Reiseimpressionen. Etwa vierzig vergeistigte Menschen hocken, in schöne weiträumige Stoffe gehüllt, auf Bastteppichen unter dem Ventilatorpropeller; vor den Fenstern grenzen die Bustees an.

Vasco bewundert die gepflegten Buchausgaben, das literarische Partygeplauder, die importierten Popplakate. Wie alle knabbert er Pinienkerne und weiß nicht, welche der Lyrikerinnen er bei Gelegenheit vögeln möchte.

Warum nicht ein Gedicht über den Haufen Scheiße, wie Gott ihn fallen ließ und Kalkutta nannte. Wie es wimmelt, stinkt, lebt und immer mehr wird. Hätte Gott einen Haufen Beton geschissen, wäre Frankfurt rausgekommen. Kalkuttas Flughafen heißt Dum Dum. Dort produziert noch immer die ehemals britische Munitionsfabrik. Christliche Heuchler sagten den an der Spitze abgekniffenen Dumdumgeschossen nach, sie rissen so große Löcher, daß es nicht zu den üblichen Qualen, etwa bei Bauchschüssen, kommen könne. Im Gefängnis Dum Dum sitzen die restlichen Naxaliten. In einem Gedicht über Kalkutta sollte Hoffnung nicht vorkommen. Mit Eiter schreiben. Schorf kratzen...

Eine Nonne aus Wattenscheid, die zum Orden der Mutter Theresa gehört, führt Vasco in ein Bustee der Leprakranken. Da liegt ein halbtotes Kind. Sie scheucht mit weißer Hand die Fliegen vom halbtoten Kind. Gegenüber stinkt der Schlachthof, dessen Ziegeldächer von Geiern besetzt sind. Da kann man nur durchgehen, drüberwegsteigen, beiseitegucken.

Vasco weiß nicht mehr, wo er ist oder war. Jetzt im Kinderheim: die Anhänglichkeit der Zweijährigen. Jetzt in der Schule: wo die Schüler mit geschlossenen Augen katholisch singen. Jetzt im Säuglingsheim: ein kinderloses Brahmanenehepaar adoptiert den neugeborenen Sohn einer unberührbaren Mutter. Vasco wünscht Glück. Jetzt bei der Milchausgabe neben der Ambulanz: das reicht alles nicht. Eine resolute Nonne ordnet den Andrang. Schwester Anand erklärt, was Mutter Theresa zu allen Problemen sagt, die

Kalkutta betreffen: Selbst wenn wir nur ein Tropfen im Ozean sind, ohne uns wäre der Ozean nicht voll.

Schau doch nicht hin. Steig drüber weg. Hab Blei in den Ohren. Übe den gleichgültigen Blick. Laß dein Mitleid im Koffer zwischen Hemden und Socken oder klemme den Geldschein in deinen Reiseführer, wo unter »K« Kalkutta steht, siehe Calcutta. Oder guck hin. Bleib stehen. Hör zu. Schäm dich betroffen. Zeig rot die Zunge, weil dein Mitleid nur kleine Münze und rasch verteilt ist.

Jetzt in Kalighat, wo die zerlumpten Bündel, die nachts von den Straßen aufgelesen werden, in Mutter Theresas Sterbeheim noch einmal genug Reis bekommen. Daneben (endlich) der Tempel der Göttin Kali. Vasco zahlt dem erklärenden Priester fünf Rupies. An der Opferstätte erinnert noch Blut mit Fliegen drauf an Ziegen, die vormittags geopfert wurden. Junge Frauen kratzen kleine Glückszeichen in den blutgesättigten Lehm. Daneben ein Baum für Mütter, die sich Kinder, viele Kinder, noch ein Kind, mehr Kinder, immer mehr Kinder, Jahr für Jahr Kinder wünschen. Die Mütter hängen Wunschsteine in den Baum. Der Baum hängt voller Wunschsteine, die alle Kinder, mehr Kinder bedeuten. Überall blumiger Wahnsinn und hinduistischer Kitsch von katholischer Qualität. Die schwarze Kali bleibt hinterm Andrang der Gläubigen verborgen.

Vasco steht abseits. Er will wissen, warum sie die Zunge rot rausstreckt. Der Priester erzählt, daß Kali, nachdem sie alle Dämonen (und sonstige Konterrevolutionäre) gekillt hatte, nicht aufhören konnte mit dem Killen und erst zur Besinnung kam, als sie den Fuß schon auf die Brust ihres flachliegenden männlichen Aspektes, auf Shiva, gesetzt hatte. Da schämte sich Kali und streckte aus Scham die Zunge raus.

Seitdem gilt in Indien das Zungerausstrecken als Zeichen von Scham. Nirgendwo sah Vasco einen Minister, Gouverneur, Brahmanen, einen lispelnden Dichter die Zunge rot rausstrecken. Er sah die blassen Zungen der Kühe, die sanft im Müll weiden. Er sah, wie Unterernährung die Kinder blond werden läßt. Er sah, wie die Mütter die Nuckel ihrer quengelnden Kinder in brackiges Zuckerwasser tauchen. Er sah Fliegen auf allem, was ist. Er sah das Leben vor dem Tod.

Vasco rettet sich in die Zeitung. Neben der Nachricht über den Streik der Lebensmitteltransportarbeiter in Nordkalkutta liest er, wie die Tischtennisweltmeisterschaft ihren Verlauf nimmt: Durchfall haben die schwedischen Teilnehmer. Nach kurzem Stadtbummel flohen sie entsetzt ins Hotel. Jetzt wollen sie vorzeitig abreisen. Und auch Vasco schreibt seiner im dritten Monat schwangeren Ilsebill verstörte Halbsätze auf eine Postkarte, deren blanke Ansicht die schwarze Kali zeigt: »Das begreift man nicht hier. Da kommst Du nicht durch mit Vernunft. Die Leprösen sind schlimmer, als ich gedacht habe. Ich habe eine Nonne kennengelernt, die glaubt ganz stark und ist immer fröhlich. Man kommt hier ganz schön ins Schwitzen. Morgen fliege ich weg. Ich besuche die Malabarküste, wo Vasco da Gama gelandet ist ...«

Auf einer Postkarte ein Lebenszeichen aus Kalkutta schikken. Kalkutta sehen und weiterleben. In Kalkutta sein Damaskus erleben. Lebendig wie Kalkutta. Sich in Kalkutta (im Kalitempel, dort, wo die Zicklein geopfert werden und der Baum voller Wunschsteine hängt, die nach Kindern, immer mehr Kindern schreien) den Schwanz abhacken. In Kalkutta, eingesargt unterm Moskitonetz, von Kalkutta träumen. In Kalkutta verlorengehen. Auf einer unbewohnten Insel ein Buch über Kalkutta schreiben. In Gesellschaft Kalkutta ein Beispiel nennen. Den Raum Frankfurt/Mannheim als Kalkutta erfinden. Unartige Kinder, Frauen, die wie Ilsebill nie zufrieden sind, und nur noch termingerechte

Männer nach Kalkutta verwünschen. Einem jungen Paar als Ziel der Hochzeitsreise Kalkutta empfehlen. Ein Gedicht schreiben, das Kalkutta heißt und dem Fliegen Punkt Komma Strich setzen. Alle Vorschläge zur Sanierung Kalkuttas von einem Komponisten vertonen und in Kalkutta als Oratorium (gesungen von einem Bachverein) uraufführen lassen. Aus Kalkuttas Widersprüchen eine neue Dialektik entwickeln. Die UNO nach Kalkutta verlegen.

Als Vasco da Gama wiedergeboren nach Kalkutta kam und sich kaum noch an seine erste Anlandung erinnern konnte, wollte er die Stadt mit zehntausend Bulldozern planieren und nach Maßgabe eines Computers neu bauen. Da spuckte der Computer dreitausend sechzehnstöckige Bustees, den Großslum, nur tiefgekühlt viel einsamer, ohne Hoffnung auf Zufälle und ganz in sich gekehrt, nachdem aller Lärm verschluckt war. Da starb Kalkutta, obgleich es knapp überm Existenzminimum saniert war. Es fehlte ja nicht mehr viel, nur noch das Nötigste. Sich aus Beweisnot vermehrende Menschen. Immerhin, sagte sich Vasco, sterben jetzt weniger Säuglinge. Oder man sollte mit dem Gegenwert des statistischen Altpapiers ein neues Gutachten finanzieren. Kein Wort mehr über Kalkutta verlieren. Kalkutta aus allen Reiseführern streichen. In Kalkutta nahm Vasco zwei Kilo zu.

Drei Fragen

Wie kann ich,
wo uns Entsetzen in Blei gießen sollte,
lachen,
beim Frühstück schon lachen?
Wie sollte ich,

wo Müll, nur noch der Müll wächst,
von Ilsebill, weil sie schön ist,
und über die Schönheit reden?
Wie will ich,
wo die Hand auf dem Foto
bis zum Schluß ohne Reis bleibt,
über die Köchin schreiben:
wie sie Mastgänse füllt?

Die Satten treten in Hungerstreik.
Der schöne Müll.
Das ist zum Kaputtlachen ist das.

Ich suche ein Wort für Scham.

Zuviel

Zwischen den Feiertagen,
sobald es spät still genug ist,
lese ich Orwells utopischen Roman »1984«,
den ich 1949 zum erstenmal
ganz anders gelesen habe.

Beiseite, neben dem Nußknacker und dem Päckchen
Tabak,
liegt ein statistisches Buch,
dessen Zahlen die Weltbevölkerung,
wie sie ernährt – nicht ernährt wird,
bis zum Jahre 2000 steigern – verknappen.
In Pausen,
wenn ich nach meinem Tabak greife
oder eine Haselnuß knacke,
holen mich Schwierigkeiten ein,

die im Vergleich mit Big Brother
und dem globalen Eiweißmangel
klein sind,
aber nicht aufhören wollen, privat zu kichern.

Jetzt lese ich über Verhörmethoden in naher Zukunft.
Jetzt will ich mir Zahlen merken:
gegenwärtige Mortalitätsmuster
der Kindersterblichkeit in Südasien.
Jetzt zerfaser ich von den Rändern her,
weil vor den Feiertagen das nachgelassene Gezänk
in Päckchen verschnürt wurde: Ilsebills Wünsche ...

Zur Hälfte füllen Nußschalen den Aschenbecher.
Das ist zuviel alles.
Etwas muß gestrichen werden: Indien
oder der Oligarchische Kollektivismus
oder die familiäre Weihnacht.

Esau sagt

Zu Linsen begnadigt.
In einem Meer Linsen ertrinken.
Auf meinem linsengefüllten Kissen.
Hoffnung findet sich linsengroß.
Und alle Propheten wollen nur immer
die wunderbare Linsenvermehrung.

Und als er auferstanden am dritten Tag,
war sein Verlangen nach Linsen groß.

Zum Frühstück schon.
Eingedickt, bis der Löffel steht.

Zu Hammelnacken mit Majoran frisch.
Oder erinnerte Linsen: Einmal, als König Bathory
von der Jagd ins Lager zurückkam,
hat ihm die Nonne Rusch einen Fasan (vorjährig zäh)
mit Linsen polnisch zu Suppe verkocht.

Mit einem Beutel voll ging ich und ohne Furcht.
Seit mir sind Erstgeburten zu haben.
Ausgezahlt lebe ich linsengerecht.
Mein Brüderchen plagt sich.

Das Henkersmahl

Der Stockturm, ein 1346 begonnenes, bei wachsendem Bedarf um Kerker, Peinkammer und Wirtschaftsräume vergrößertes Gemäuer, das dem Hohen Tor als Bastion vorgebaut wurde und dessen Verliese als trocken galten, stand, seit dem Umbau im Jahr 1509, als die Stadtbaumeister Hetzel und Enkinger den Turm um zwei Stockwerke erhöhten und mit einem Helm abdeckten, leer und unbenutzt, bis der Polenkönig Sigismund Mitte April 1526, vom Bürgermeister Eberhard Ferber angerufen, die Stadt besetzte, in den sieben Hauptkirchen gegenreformatorische Statuten anschlagen ließ und alle Anführer des Aufstandes gegen den patrizischen Rat, bis auf den Prediger Hegge, der flüchtig war, vor ein Schöffengericht stellte, das die sechs Rädelsführer enthauptet sehen wollte, unter ihnen den Grobschmied Peter Rusch, dessen Tochter seit kurzem als Äbtissin dem Kloster der Heiligen Birgitta vorstand: eine gewichtige Frau von umstrittenem Ruf, die mit ihrer Klosterküche dem Geschmack aller Parteien schmeichelte, jederzeit ihren Abstrich tat und selbst bei allgemeinem Verlust (Kriegswirren, Pest, Teuerung) noch Gewinn machte.

Und weil die Nonne Rusch nicht ohne Einfluß war, konnte sie zwar nicht die Begnadigung ihres Vaters, doch ein letztes Bekochen des Verurteilten erwirken. Sogar hohe Personen schlugen ihre Einladung nicht aus. Der von den aufständischen Zünften abgesetzte, nach Dirschau auf seine Starostei vertriebene, nun wieder amtierende Bürgermeister Ferber und der Abt des Klosters Oliva, Jeschke, kamen pelzverbrämt und in Brabanter Tuch in den Stock und wollten mit dem Grobschmied Rusch dessen Leibgericht löffeln. Auch der Scharfrichter Ladewig war geladen und kam. Am Vorabend schon hatte die kochende Nonne den vollen Topf in der Küche des Henkers (und Abdeckers) aufgesetzt, so daß es bis in alle Verliese des nun vollbesetzten Stockturms roch.

Wer ißt mit mir Fleck Kutteln Kaldaunen? Die machen friedlich, ebnen den Zorn des empörten Mannes, lullen die Todesfurcht ein und erinnern an Kutteln, Fleck und Kaldaunen aus früherer Zeit, als immer der Topf halbvoll auf dem Herd stand. Ein Stück vom Fettdarm und die lappigen, wie gestrickten Wände des Pansens: vier Pfund für dreifünfzig. Es ist der Ekel vor Innereien, der das Rinderherz und die Schweinenieren, die Kälberlunge und Kuttelfleck billig macht.

Sie nahm sich Zeit. Sie klopfte und bürstete die Lappen in- und auswendig, als seien ihr die verschwitzten Klamotten eines Sackträgers aufs Waschbrett geraten. Zwar zog sie die runzelnde Haut ab, schonte aber das Fett um den Darmansatz, weil Kaldaunenfett besonders ist: Es löst sich seifig und talgt nicht.

Als für den Grobschmied Rusch und dessen Gäste das Henkersmahl gekocht wurde, wurden sieben Liter Wasser mit Kümmel, Gewürznelken, einer Ingwerwurzel, Lorbeer und grobgestoßenem Pfefferkorn aufs offene Herdfeuer gesetzt, wurden die lappigen Stücke in Streifen geschnitten und kleinfingerlang, bis der Topf voll war, zugelegt, wurde beim Aufkochen der Schaum abgeschöpft. Dann ließ die Tochter des Vaters Leibgericht vier Stunden lang bedeckt kochen. Zum Schluß ließ sie Knoblauch mitziehen, rieb Muskat drein, pfefferte nach.

Zeit, die es braucht. Das sind die besseren Stunden. Wenn das Zähe mürb werden soll, doch nicht zu beeilen ist. Wie oft haben die Nonne Rusch und ich, während die wallenden Kuttelfleck die Küche stallwarm werden ließen, am Tisch gesessen, Mühlsteine geschoben, den Seeweg nach Indien entdeckt oder Fliegen vom blanken Holz gefangen und uns von früheren Kuttelfleck erzählt: als wir pomorsch und noch heidnisch waren. Und von vorfrüher noch, als es nur Elchkühe gab.

Später, nachdem die Tochter ihrem Vater die letzten Fleck gekocht hatte, hat sie für reiche Böttcher auf Zunftessen, für hansische Kaufleute, denen einzig die Sundzölle wichtig waren, für feiste Äbte und für den König Bathory gekocht, der die Kaldaunen sauer und polnisch wollte. Und noch später hat Amanda Woyke in ihrer Gesindeküche Kutteln mit Wruken und Kartoffeln zu Suppe verkocht und mit Liebstock gewürzt. Und noch später hat Lena Stubbe in der Volksküche Danzig-Ohra die proletarischen Kohlsuppen mit Kuttelfleck (von der Freibank) beliebt gemacht. Und heute noch kocht die Kantinenköchin der Leninwerft in Gdańsk, Maria Kuczorra, einmal die Woche Kaldauny (mit Mehl eingedickt) als Vorsuppe ab.

Wenn es dich inwendig friert: Kutteln vom vierten Magen der Kuh. Wenn du traurig, bodenlos aller Natur entfallen, todtraurig bist: Kuttelfleck, die uns lustig machen und dem Leben Sinn geben. Oder mit Freunden, die Witz haben und gottlos genug sind, um auf der Spötterbank zu sitzen: aus tiefen Tellern Kutteln löffeln, die mit Kümmel abgeschmeckt worden sind. Oder auch mit Tomaten verkocht, andalusisch mit Kichererbsen, lusitanisch mit roten Bohnen und Speck. Oder vorgekochte Kaldaunen in Weißwein mit gewürfeltem Sellerie dünsten, wenn die Liebe ein Voressen braucht. Bei trockner Kälte und Ostwind, der gegen die Scheiben steht und deine Ilsebill ins Jammerloch treibt: mit saurer Sahne gebundene Fleck zu Pellkartoffeln, das hilft. Oder wenn wir uns trennen müssen, auf ein Weilchen nur oder ewiglich, wie damals, als ich im Stockturm saß und meine Tochter mir zum letztenmal und gepfeffert Kuttelfleck tischte.

Weil am Morgen drauf die Hinrichtung auf dem Langen Markte im Beisein des Polenkönigs, des sitzenden und stehenden Rates, der Schöffen und etlicher Prälaten und Äbte stattfinden sollte, hatte die Äbtissin der Birgittinen die Gäste für den frühen Abend in den Kerker ihres Vaters bestellt. Fackeln an den Wänden gaben dem Gemäuer Licht. Ein Becken mit Glut unterm vergitterten Fensterloch hielt den Topf Kutteln heiß. Margarete Rusch aß nach dem Abschmecken keinen Happen mehr. Sie sagte das Tischgebet auf, schloß Fürbitte für den verurteilten Grobschmied ein und bediente dann den Vater und dessen Gäste. Doch während die Männer aus irdenen Schüsseln löffelten und sie Jopenbier in die Krüge goß, sprach sie über des Patriziers herrischen Kopf, über den damals schon feisten Rundschädel des Abtes, über den Glatzkopf des Henkers und über das in die Schüssel geneigte Haupt ihres Vaters hinweg: ohne Absatz oder Gedankenstrich.

Dafür war Margarete Rusch bekannt. Wenn die Suppe zu heiß war, während die Herren am Gänsebein nagten, bevor sie Fisch, Makrelen auf Lauch, weil Freitag war, tischte, auch über die leergegessene Tafel hinweg sprach die Äbtissin zu allen, die sie bekocht hat, mit breitem, jede Gegenrede plättendem Zungenschlag. Sie konnte mehrere Handlungen (aber auch lehrreiche Abhandlungen) gleichzeitig abspulen, ohne einen Faden fallen zu lassen. Von der Schafszucht in Werder kam sie über die durch Abwässer verschlickte Mottlau auf die Töchter des Ratsherrn Angermünde, vergaß dabei nicht, die dänischen Preisaufschläge für schonischen Hering nachzurechnen, den neuesten Witz über den Prediger Hegge loszuwerden, das gleichbleibende Interesse der Birgittinen an einigen altstädtischen Grundstücken zu erwähnen, und fand doch noch Atem – verstrickt mit frommen Anrufungen aller Erzengel von Ariel bis Zedekiel –, ihr Lieblingsthema, die Gründung eines Pfefferkontors in Lissabon (samt Stapel an der indischen Malabarküste) bis ins handelsrechtliche Detail auszuspinnen.

Für wen sie auch abkochte, ihr Reden bei Tisch war inbegriffen: ein unterschwelliges Gebrabbel, dessen Nebenhandlungen verworren waren wie die Politik ihrer Zeit. Sie sprach wie für sich, doch laut genug, daß der Bischof von Leslau, der sein Sauerbrot in Margaretes Hasenpfeffer tunkte, daß die Ratsherren Angermünde und Feldstedt, denen sie Rinderhesse zu Hirse abgekocht hatte, die Absicht aus ihrem Getratsch heraushören konnten, obgleich nie sicher war, ob die Nonne Rusch für den patrizischen Rat oder für die niederen Gewerke Partei ergriff, ob sie gegen die polnische Krone und für die Hanse agitierte, ob sie katholisch nach außen und inwendig gänzlich verluthert war. Und doch fand das Aftersinnige ihrer Tischreden jedermanns Ohr. Es setzte den einen ins Recht, impfte dem anderen Zweifel, gab allemal taktischen Rat ab und brachte auf lange Sicht einzig dem Kloster der Heiligen Birgitta Nutzen: Dem fielen einträgliche Fischereirechte zu (Ottominer See), dem wurden Zinspachtverträge verbrieft (die Scharpau, die Schäfereien Schidlitz und Praust), dem wurden Grundstücke in der Altstadt überschrieben (am Rähm, in der

Pfefferstadt), dem wurde Schutz vor dominikanischer Schnüffelei (durch einen bischöflichen Pfortenschutzbrief) versichert.

Und also lief, als die Äbtissin Margarete Rusch für ihren Vater und dessen Gäste die letzten Kuttelfleck tischte, wie bei sonstiger Gelegenheit ihre Rede. Anders konnte sie nicht. Immer teilte sie mit dem Kellenschlag auch ihr feinabgeschmecktes Interesse aus.

Die Männer am Tisch aßen anfangs schweigend. Nur das Eisen des Peter Rusch klirrte, denn der Grobschmied aß in Ketten. Und vorm vergitterten Fensterloch lärmten die Turmtauben. Schlürfen und Schlucken. Des Henkers Adamsapfel machte ruckzuck.

Dabei war die Härte des Urteils nicht unbedingt Absicht des Polenkönigs gewesen. Jeschke und Ferber hatten dem Scharfrichter zugearbeitet und den Schöffen als Spruch das Schwert in den Mund gelegt. Ferber, der als erster sprach, gab das zu: Die Ordnung müsse sich sichtbar beweisen. Allerdings hätte man, räumte der Klosterabt ein, den Grobschmied schonen (nur blenden) können, wäre der Lutherknecht Hegge nicht flüchtig geworden. Er könne sich denken, sagte der reiche, in pelzverbrämtem Tuch sitzende Ferber über die Kutteln weg, wer dem Hegge bei der Flucht aus der abgeriegelten Stadt behilflich gewesen sei. Das wisse doch jeder, auch wenn es am Beweis fehle, sagte der Abt Jeschke, ohne vom Löffel zu lassen. Der Henker Ladewig beteuerte, ihm würde am morgigen Tag der dürre Hals des entlaufenen Dominikaners mehr zusagen als des Grobschmieds Nacken. Als Peter Rusch sein Gesicht über die Schüssel hob und eher einverstanden als betroffen sagte: Auch ihm sei nicht unbekannt, wer dem geistigen Haupt der bürgerlichen Empörung, dem Gottesmann Hegge, zur Flucht vor den Bütteln der patrizischen Ordnung verholfen habe, sagte Ferber hart, indem er seinen Napf der Nonne Rusch zum Nachfüllen nachschob: Dann wisse der Grobschmied sicher auch, wem er sein Scharfgericht verdanken könne. Jaja, sagte Jeschke, nicht mal das eigene Kind wolle den Vater schonen. Das komme davon, wenn man die Kanzel dem Sündenwort freigebe. Übrigens sei der Hegge nach Greifswald entkommen und predige dort unverdrossen.

Da lachte unter dem Kerkergewölbe die Nonne Rusch so schallend aus all ihrem Fleisch, daß es die Mauern weitete, und sagte dann beiläufig, während sie Jopenbier nachgoß: Mit all den Anspielungen solle wohl sie gemeint sein. Womöglich stimme das sogar. Denn im April, als es der polnischen Majestät gefiel, die Stadt zu besetzen, habe sie nächtens, nahe dem Jakobstor, wo die Stadtmauer niedrig sei, einen Kerl in Weiberröcken am Gemäuer hängen sehen. Der habe rübergewollt. Dem habe es aber an Kraft gefehlt. Dessen Armseligkeit habe nach Hilfe verlangt. Dem sei zu helfen gewesen. Unter den Röcken habe sie das Kerlchen gepackt und ihm, als alles Drücken und Pusten nicht habe nützen wollen, das linke oder rechte Hodenei abgebissen. Darauf habe es ihn wie geschmiert über die Mauer gehoben. Schon möglich, daß das der Jakob Hegge gewesen sei. Doch prüfen könne das niemand mehr. Denn sie, die Nonne Rusch, habe die linke oder rechte Klöte vor Schreck verschluckt. Weshalb sie sich seitdem – nun schon im dritten Monat – wie schwanger fühle. Von wem wohl, von wem? Der Ferber könne ja höchstselbst und begleitet vom Abt Jeschke nach Greifswald reisen und dem dort immer noch wortstarken Hegge zwischen die Beinchen fassen. Dann wisse man mehr.

Darauf lachten der Grobschmied Rusch und der Glatzkopf Ladewig. Dann hörte man nur noch, außer den Ketten, den Löffel im Napf, Schlucken und Kauen, im Fenster die Tauben. Und als sie die Männer so hingegeben dem Kuttelfleck zugetan sah, begann die Nonne Rusch wieder mit ihrem achtersinnigen Gebrabbel; denn offen und frei raus sprach die Äbtissin nur im Refektorium des Klosters vom Orden der Heiligen Birgitta, wo zur Vesper und am Abend die Nonnen und Novizinnen versammelt am langen Eichentisch saßen.

In unruhiger Zeit – überall entsprangen Mönche und Nonnen ihren Klöstern, um sich weltlich das Fell gerben zu lassen – fiel es oft schwer, die frommen Mädchen ans Gelübde zu binden. Sie zappelten, wollten raus, einen Mann in Hosen mitkriegen, ehelich sein, Kinder das Dutzend voll werfen und in Sammet und Seide den bürgerlichen Moden nachturnen.

Also erzählte die Äbtissin ihren nach Leben juckärschigen Nonnen, während der süße Hirsebrei auf dem langen Tisch weniger wurde, was Leben ist und wie rasch es zerbröselt. Alle nönnischen Freiheiten, dagegen die mühsamen Ehepflichten zählte sie auf. Mit Speck und Spinat gefüllte Piroggen (aus Buchweizenmehl) schmeckten schon dem Tisch beiderseits lang, als die Äbtissin ihrem mannstollen Weibervolk die männliche Beschaffenheit mit Hilfe weichgekochter Mohrrüben erläuterte, die es als Beilage in heißer Butter und Petersilie gab. Die machten vielgestalt sinnfällig, was der Mann alles kann. Wie eindringlich tief er ist und wie knollig beschaffen. Wie bald er schlappmacht und kümmerlich wegsackt. Wie grob er wird, wenn er lustlos bleibt. Wie wenig das schnelle Gebumse den Frauen nützlich ist. Wie er nur Kinder will und Söhne zuallererst. Wie rasch er das Wechselspiel in fremder Bettkiste sucht. Wie aber sein Eheweib nie ausfliegen darf, auf andere Rüben scharf. Wie hart seine Hand schlägt. Wie schroff er die Gunst entzieht und wie ihm die Rübe außer Haus weichgekocht wird.

Weil aber die Nonnen und besonders die Novizinnen immer noch auf ihren Schemeln rutschten und in den gebutterten Mohrrüben härtere und dauerhafte Verheißung sehen wollten, gab ihnen die Äbtissin Erlaubnis, fortan durch die klösterliche Hinterpforte Besuch zu empfangen und auch außerhalb des Klosters frei zu schweifen, damit sie die Fleischeslust üben und allem bürgerlichen Versprechen um so besser widerstehen lernen konnten.

Bevor die Tafel aufgehoben und mit üblichem Gebet bedacht wurde, gab die Äbtissin noch diesen und jenen Rat: Es möge nie Gezänk um eines Mannes Latz den Klosterfrieden stören. Sie sollten allezeit schwesterlich bleiben. Es dürfe nicht ihr Teil sein, nur stillzuhalten. Es komme darauf an, mit- und gegenzureiten. Immer solle des Mannes Dank auch in Silber zu wägen sein. Und nie, wirklich nie dürfe die Liebe, dieses Wimmergefühl, von ihnen Besitz ergreifen.

Damals war die Nonne Rusch, obgleich noch nicht dreißig, schon ein gutes Jahr lang dem Kloster vorgesetzt, weil sie sich als Küchennonne vielseitig verdient gemacht hatte. Und es gelang der gewichtigen Äbtissin, ihre Nonnen beisammenzuhalten, während den Dominikanern und Beguinen, den Franziskanern und Benediktinerinnen die Mönche und Nonnen davonliefen und dem Luther nachsprangen. Das brachte Unruhe, Aufruhr der Zünfte, Bildersturm und Feldgeschrei, dem wenig Veränderung und allenfalls königlich-polnische Strafexpeditionen folgten. Dem Prediger Hegge gelang es zwar, aus der Stadt zu fliehen, aber über den Grobschmied Rusch und fünf andere Handwerker, alles arme Schlucker der niederen Gewerke, wurde das Schwert verhängt. Deshalb tischte die Tochter dem Vater zum letztenmal Kuttelfleck, die sie, seitdem sie sich schwanger fühlte – es wird wohl Hegge kurz vor der Flucht gewesen sein –, im Übermaß pfefferte.

Und vom Pfeffer war auch beiläufig immer wieder die Rede, als sie für den Grobschmied und dessen Gäste zum drittenmal die Schüsseln füllte.

Das war ihr Tick. Die dicke Gret war auf Pfeffer versessen. Der machte sie witzig, dem sagte sie Wunder nach. Es wurmte sie, daß neben dem teuren Landpfeffer, der seit eh und je über Venedig gehandelt wurde, der neue billige Seepfeffer nur über Lissabon zu haben war. Zwar hielten die Augsburger dort ein Kontor, um Vorräte zu horten und den Pfefferpreis hochzuhalten, aber den hansischen Städten entging das Geschäft. Deshalb trieb schon seit Jahren nicht nur normales Kücheninteresse, sondern auch politischer Ehrgeiz die Nonne Rusch in weltpolitische Richtung. So sehr sie den Patrizier Ferber haßte, wollte sie dennoch den erfahrenen Kaufmann und immer noch segeltüchtigen Admiral vor ihre Pläne spannen.

Als sie dem Vater und seinen Gästen zum drittenmal Kuttelfleck nachgefüllt hatte, ließ sie ihre Tischrede überseeisch ausschweifen. Es gehe nicht an, daß man die Neue Welt den Lusitaniern und Hispaniern überlasse. Schon habe man sich in Holland und England zur mächtigen Teilhabe entschlossen. Einzig die Fuggerei betreibe, neben dem Finanzieren, das Pfeffergeschäft. Doch die Hanse halte sich engsichtig nur an die kleinen Meere, streite sich, wie im Letztjahr noch, ohne Erfolg mit den Dänen um Sundzölle und Heringssilber, gifte, wie Lübeck und Danzig, gegeneinander, hänge an Holz, Tuch, Korn, Tonnenfisch und Salz, wolle den Pfeffermarkt nicht an sich ziehen, rüste nicht Schiffe für den längeren Weg, wage es nicht, wie die Portugiesen in Goa und Cochin, einen hansischen Stapel an der indischen Pfefferküste zu gründen, gefalle sich vielmehr in spaltsüchtigem Glaubensstreit und schlage den besten Männern, wie ihrem Vater, die Köpfe ab.

Sie ging dann noch kenntnisreich auf etliche Pfeffersorten, deren Pflück- und Trockengewicht, Lagerung und Vermarktung ein, bot sich an, für die überseeische Expedition arabische Steuerleute von portugiesischen Karavellen abzuwerben, sagte Gewürzkriege zwischen dem hispanischen Reich und dem englischen voraus, wollte sogar – und das im Verein mit dem Klosterabt Jeschke – den Seeweg nach Indien in vollem Gewicht als Person antreten und dort die katholische Lehre verbreiten, wenn nur Ferber bereit sei, seine Müdigkeit und das polnische Hofgeschranz abzuhängen und endlich Seekarten in Auftrag zu geben.

Aber Ferber blieb gleichmütig über den Kutteln. Jeschke seufzte nur: Er fürchte das Klima dort, so gottgefällig solche Mission wäre. Der Grobschmied Rusch schwieg. Der Henker Ladewig hatte andere Träume. Und als sich der Patrizier, nachdem auch die dritte Schüssel Kuttelfleck leergelöffelt war, zurücklehnte, war seine Gegenrede schroff.

Er kenne die Welt. Er sei Humanist und spreche fünf Sprachen. Wie im baltischen Raum sei es anderswo auch. Weitabgelegene Stapel und Kontore könne man nur über kurze Zeit und bei großem Verlust halten. Nowgorod bringe schon Ärger genug. Falsterbo koste mehr, als es bringe. Goa! Das werde die Portugiesen noch teuer zu stehen kommen. Und die Englischen ahnten wohl nicht, was ihnen da als Last zuwachsen könne. Indische Außenkontore. Einfach lächerlich. Ob man den Dänen, nach dem unnützen letztjährigen Krieg, neben dem Heringssilber nun auch noch Pfefferzoll einräumen wolle. Solch Geschäft tauge allenfalls für die Hamburger Lage. Wer Kolonien halten wolle, müsse offene Küsten haben. Noch immer heiße der Wahlspruch der Stadt: Weder waghaft noch zaghaft. Er sei nun mal gegen Abenteuer. Und was seine Müdigkeit angehe: Die habe er sich verdient, so undankbar ihn der hiesige Pöbel auszahle. Er werde gleich nach dem morgigen Scharfgericht als Bürgermeister die Kette ablegen und sich auf seiner Starostei einen milden Abend bereiten. Jadoch! Er wolle gemalte Kunst aus Antwerpen sammeln. Italienisch werde man für ihn zur Laute singen. Wenn die Äbtissin wolle, könne sie ihm nach Dirschau und – bei Gott! – nicht nach Indien folgen. Warum solle er nicht bei sich zu Haus eine Außenstelle der frommen Birgittinen finanzieren. An reichlich Pfeffer für ihre Küche werde es dort nicht fehlen.

Darauf füllte die Nonne Rusch des Vaters Napf zuerst, danach die Näpfe der Gäste zum viertenmal mit Kuttelfleck. Dabei beschimpfte sie die männliche Stubenhockerei. Dann schwieg sie. Jetzt sprach sich der Henker aus. Ladewig klagte über die Armseligkeit seines Amtes: Nur die Abdekkerei bringe ihm Nebenverdienst. Nicht mal die überzähligen Hunde dürfe er gegen Gebühr abschlagen. Dabei verkomme die Stadt in Kot und Seich.

Ladewig, dessen Dienst in der Peinkammer den langwierigen Vollzug zur Regel machte und keine vorschnellen Geständnisse zuließ, entwarf ein Hygienesystem für die ummauerte Stadt von vorbildlicher Art; doch nur der Grobschmied hörte ihm zu. Ferber war abermals nicht weitblikkend genug, dem Henker die Sauberhaltung der Stadt, das Wegfangen herrenloser Hunde, die Seuchenaufsicht und die gebührenpflichtige Reinigung der Schlammkästen aller Mottlauanlieger aufzutragen (wie es erst gute zwei Jahrhunderte später, in der »Neurevidirten Willkühr« von 1761, Buchstabe und Gesetz wurde).

So vernünftig Ladewig sprach und um die Gunst des Patriziers besorgt war, Ferber saß, während er die Kaldaunen löffelte, schon seinem Altenteil Dirschau ein. Abt Jeschke blieb ganz an die Kutteln verloren und träumte sich seine Pfründe in eine heile, durch keine Häresie getrübte Welt. Die Nonne Rusch jedoch wollte, so entschlossen sie zur Stadtreinigung schwieg, nicht vom indischen Pfeffer lassen. Und weil sie schwanger war, wuchs ihr auch größere Hoffnung zu.

Es wird ein Mädchen werden! Und es wurde ein Mädchen, das Hedwig genannt und siebzehn Jahre später, nachdem es von den Tanten der dicken Gret im Hakelwerk großgezogen worden war, an den Kaufmann Rodrigues d'Evora verheiratet wurde, der zur Sippe des portugiesischen Großgewürzhändlers Ximines gehörte und in Cochin an der indischen Malabarküste ein Handelskontor eröffnete. Jährlich zweimal, auf Johannis und Martin, schickte der Schwiegersohn laut Ehevertrag (denn Hedwig war in ihrer Leiblichkeit auf baltische Art schön) ein Fäßchen Ingwer, zwei Ballen Caneel, ein Schiffspfund Safran, zwei Kisten Pomeranzenschalen, einen Sack Mandeln, einen Sack geriebene Kokosnuß, außerdem Kardamom, Gewürznelken, Muskatnüsse und in fünf Fässern das Gewicht der Nonne Rusch (zur Zeit des Ehevertrages) in Schwarz- und Weißpfeffer und nur einem Faß in feuchtem Grünpfeffer aufgewogen: gut zwei Quintal, was einem Doppelzentner entsprach.

Als der Kaufmann d'Evora und seine Ehefrau sowie vier seiner Töchter am Fieber in Cochin starben, soll die einzige überlebende Tochter, die später den spanischen Großherrn des Pfeffermarktes, Pedro de Malvenda, geheiratet hat, die Gewürzsendungen an die Nonne Rusch bis zu deren Tod fortgesetzt haben. Isabel de Malvenda wohnte in Burgos, später in Antwerpen, von wo aus sie nach dem Tod ihres Mannes mit Fuggers Pfefferagenten Martin Enzesperger korrespondierte und ihre Kontraktoren sogar in Venedig ansässig machte.

Damals waren schon London und Antwerpen im Handel. In Hamburg, das fremdenfeindlich wie alle hansischen Städte war, hielt sich nur wenige Jahre lang ein Pfefferkontor. Und mehrere Gewürzkriege setzten Daten, wobei Spanien seine Armada verlor.

Und als die Näpfe zum viertenmal leer waren, hatten der Grobschmied und seine Gäste noch immer nicht genug gekümmelte und gepfefferte Kuttelfleck in sich hineingelöffelt. Also füllte die Nonne Rusch aus tiefem Topf zum fünftenmal nach und goß Jopenbier in die Krüge. Auch brabbelte sie wieder ihre Rede bei Tisch: Andeutungen, die im städtischen Kleinkram ersoffen, Drohungen, dem üblichen Nonnengeschwätz unterrührt. Doch wenn der Patrizier Ferber und der Abt Jeschke, so überfressen sie waren, noch ein Ohr frei gehabt hätten, wäre ihnen anders geworden: Bis in die jeweilige Einzelheit machte die Nonne Rusch ihre Gegenrechnung bekannt. Wie es geschah: den reichen Eberhard Ferber hat sie drei Jahre danach mit ihrem Doppelzentnergewicht im Bett erstickt; den Klosterabt Jeschke hat sie fünfzig Jahre später – so lange lebte die dicke Gret ihrer Rache – zu Tode gemästet: Er starb über Kuttelfleck.

Mag sein, daß der Grobschmied Rusch aus den Tischreden seiner Tochter herausgehört hatte, in welche Richtung ihre Pläne liefen und wie sie seinen Tod wettmachen wollte, denn der arme Kerl grinste breit über der leeren Schüssel. Nicht nur das warme Gefühl letzter Sättigung mag ihn zufrieden gemacht haben. Er lobte seine Tochter und sprach ein wenig wirr dabei. Von einem Fisch war die Rede, den er »Buttke inne See« nannte. Gepriesen wurde der Butt, weil er dem Grobschmied, als der noch braungelockt gewesen war, geraten haben soll, seine jüngste Tochter, der die Mutter wegfieberte, ins Kloster zu stecken, auf daß sie klug und listig werde, ihr Weiberfleisch frei verwalten könne und dem Vater im Alter täglich das Suppchen warm halten möge.

Dann schwieg auch er, satt von den Kutteln. Nur ab und an kam mit dem Rülpsen ein Wort oder halber Satz auf. Ferber sehnte sich sein Landleben herbei: Unverzankt wollte er nur noch inmitten seiner gesammelten Kunst und belehrt von Büchern leben. Dem Abt Jeschke fielen zu den Kutteln nur Kuttelfleck ein, die er in Zukunft, nach Art der Äbtissin gepfeffert, zu löffeln sich wünschte. Doch müsse alle Welt – und sei es mit Härte – bis dahin entluthert sein. Der Henker Ladewig nahm einige Artikel der »Neurevidirten Willkühr« vorweg und wollte Fässer, nach Maß der hiesigen Jopenbiertonnen, zum Zwecke der Stadtreinigung den örtlichen Böttchern in Auftrag geben. Für jede entleerte Tonne werde er nur zehn Groschen einsacken. Der Grobschmied Rusch jedoch sagte dem patrizischen Rat für alle Zeit Unruhe und aufständisches Fordern der Zünfte und niederen Gewerke voraus, was sich bis in den Dezember des Jahres 1970 im Sinn des Peter Rusch bewahrheitet hat. Immer wurde gegen patrizischen Dünkel gestritten und für ein wenig mehr Bürgerrecht der Kopf hingehalten.

Die Gäste gingen dann satt. Ferber ohne Wort. Jeschke ließ sich segnend lateinisch aus. Ladewig nahm mit sich das fünfmal geleerte Geschirr. Im Fensterloch gaben die Tauben Ruh. Die Fackeln waren in ihren Halterungen bald runtergebrannt. In seinen Ketten saß Peter Rusch und weinte ein wenig dem Henkersmahl nach. Seine Tochter begann, im Gehen schon und linksrechts mit dem Topf und dem leeren Bierfäßchen beladen, wieder zu brabbeln: »Nu haste ausjebarmt bald. Nu wird diä baldich viel besser sain. Nu wirste auf de himmlische Zunftbank dain Platzchen kriegen. Nu mecht diä Kuttelfleck immä jenug sain. Nu laß ma ab vonne Ängstlichkait. Din Gret mecht ihnen de Rechnung machen. Die Herrens koch ech miä ab midde Zait.«

Dann hat die Nonne Rusch ihren Vater ermahnt, am morgigen Tag auf dem Richtplatz den grauen Lockenkopf stier zu halten und keine Flüche gegen wen immer auch herzusagen. Er solle ungebeugt unterm Schwert knien. Er könne sich auf ihre Rache verlassen. Die schmecke ihr wie der indische Pfeffer nach. Sie vergesse nicht. Nein, sie vergesse nicht.

Peter Rusch hat auf seine Tochter gehört. Er mochte noch einen Gutteil Kutteln halbverdaut in seinen Kaldaunen haben, als er sich tagsdrauf (als vierter der sechs Kandidaten) auf dem Langen Markte, vor dem Artushof, wo um den Polenkönig Sigismund die Patrizier und Prälaten wie gemalt standen, den Kopf stumm vom Rumpf trennen ließ. Kein Fehlschlag. Auf den Henker Ladewig war Verlaß. Die Äbtissin sah zu. Ein plötzlicher Regenschauer machte ihr Gesicht glänzen. Und vor dem feministischen Tribunal sagte der Butt: »Kurzum, meine Damen. Wie rigoros Margarete Rusch ihre Ziele angestrebt, wie unverrückt sie ihren Gewinn eingestrichen hat, wie zeitverzögert ihre Abrechnung aufging – am 26. Juni 1526, als neben anderen Aufrührern der Grobschmied Peter Rusch scharfgerichtet wurde, hat die Tochter dem Vater nachgeweint.«

Geteert und gefedert

Sie mochte mich nur gerupft.
Federn – ich schreibe
über Möwenkonflikte
und gegen die Zeit.

Oder ein Junge mit seinem Atem,
wie er den Flaum über die Zäune
nach nirgendwo trägt.

Flaum, das ist Schlaf und Gänse nach Kilo und Preis.
Jedem Bett seine Last.
Während sie rupfte zwischen den dummen Knien
und die Federn, wie es geschrieben steht, flogen,
schlief daunenweich die verordnete Macht.

Geflügel für wen?
Aber ich blies, hielt in Schwebe.
Das ist Glaube, wie er sich überträgt;
Zweifel geteert und gefedert.

Neulich habe ich Federn,
wie sie sich finden,
mir zugeschnitten.
Erst Mönche, Stadtschreiber später,
Schriftführer heute halten die Lüge in Fluß.

Der Arsch der dicken Gret

war so groß wie zwei volkseigene Kollektive. Und wenn ich ihr, wie sie es mittwochs gern hatte, von hinten kam, doch vorher, damit alles weich und tränennaß wurde, das Arschloch und was sonst anrainte, wie eine Ziege (hungrig nach Salz) leckte, was bequem möglich war, wenn die dicke Gret ihren Doppelschatz zur Anbetung bot, dann hättet ihr fliegenbeinzählenden Sexualsoziologen und Bischöfe, feist im Kummerspeck, als Zeugen gebeten, die Urform der Nächstenliebe, unsere partnerbezogene Inbrunst erleben können; doch meine Ilsebill – die am Donnerstag manchmal kühn ist – hat mir noch nie, so fromm ich vor ihr auf die Knie geh, den Arsch geleckt, weil sie befürchtet, es könnte ihr mit dem Wegfall der letzten Scheu die Zunge abfallen.

Sie ist viel zu gut erzogen worden. Immer ist sie besorgt, sie könnte sich was vergeben. Sie ziert sich, geil zu sein, wie sie ist. Und weil sie mit krausem Mündchen immerfort das Wort Würde bildet, hat sie die puritanische Maulsperre.

Dabei liest Ilsebill dicke und dünne Bücher, in denen Enthemmung erste Voraussetzung ist für eine repressionsfreie Gesellschaft. Und ich werde ihr auch diese spätbürgerlichen

Verweigerungsmechanismen – »Irgendwie«, sagt sie, »trau ich mich nicht, trau ich mich immer noch nicht« – austreiben oder abgewöhnen, und zwar, wie es in ihren Manzibüchern steht: durch partnerzentrierte Konfliktrollenspiele, bis sie an irgendeinem katholischen Freitag – Glaub mir, Heiliger Vater! – kommt, mit ihrem Zünglein auf den Geschmack kommt. Denn der ist nicht zu bezahlen. Der ist uns allen gleich teuer. Der ist nicht klassenbedingt. Von dem wußte Olle Marx nichts. Der ist der Schönheit Vorgeschmack. Jeder Hund weiß das. Sich beschnuppern, lecken, schmecken, sich riechen können.

Doch wenn ich zu meiner Ilsebill sage: »Morgen ist Sonnabend. Ich bade gründlich und rieche dann überall nach Lavendel«, sagt sie: »Na und?« Weil wir entwöhnt sind. Weil wir darüber immer nur lesen. Weil wir das allenfalls sinnbildlich meinen. Weil wir das diskutiert, zu oft durchdiskutiert haben. Weil wir nicht ahnen, daß solch ein Arschlöchlein immerzu, also die ganze Woche lang, erwartungsvoll einen drolligen Kußmund macht.

Denn unsere Spielwiesen – deine, Ilsebill, meine – sind gerecht bemessen: Kein Spekulant und betonwütiger Baulöwe kann dein Grundstück parzellieren, kein sattroter Bonze kann dir meinen Arsch (oder auch deinen mir) einfach enteignen. Da traut sich die Ideologie nicht hin. Den kriegt sie nicht in den Griff. Dem kann sie keine Idee ablesen. Schlechtgemacht wird er deshalb. Zum Gebrauch freigegeben einzig den Schwulen. Arschvollhauen ist noch erlaubt. Und als Schimpfwort wird geschmacklos das Arschloch mißbraucht. Von Arschleckern spricht man abschätzig, obgleich sich der kapitalistische Baulöwe und der sattrote Bonze gegenseitig, doch ohne Lustgewinn, weil in Hosen, dienstlich und außerdienstlich den Arsch lecken: Flanell, halb Kammgarn und halb synthetische Faser heißt ihr Geschmack.

Nein, Ilsebill! Blank muß er sein. Mein Grund und Boden, dein Hügelland. Unsere Äcker. Ihn, Gottes runden Gedanken, bete ich an. Jadoch, mir war schon immer, seit der heiter bis wolkigen Jungsteinzeit, als Auas Grübchen noch zahllos waren, der Himmel mit Ärschen verhängt. Und als dem entsprungenen Franziskanermönch – mir, also mir – die kochende Nonne Rusch ihre Sonne zum erstenmal aufgehen ließ, begriff ich den Hymnus des Heiligen Franz unverschleiert: Hingebung Jubel Fleiß. Kein Grübchen vergessen. An Feldwegen Rast. Sanft abgeweidet wollen die Hügel sein. In Zwiesprache vertieft. Ein- und Ausgang grüßen sich. Speise wohin? Wer küßt hier wen? Einsicht gewonnen. Bald kenn ich dich ganz. Ach, Ilsebill, jetzt, wo du schwanger bist und überall aufgehst, solltest du, solltest du ... Komm endlich, komm! Weil Sonntag ist und wir beide die ganze schöne Woche lang nur immer drumrumgeredet und viel zu ernsthaft die anale Phase der Kleinkinder diskutiert haben.

Als die dicke Gret einen Furz fahren ließ, weil ich sie zu spitzfindig geleckt hatte, nahmen wir beide das bißchen Gegenwind hin. Schließlich hatten wir, wie regelmäßig am Mittwoch, zu Rübchen und gepfefferten Schweinerippen dicke Bohnen gegessen; und wer den Furz seiner Liebsten nicht riechen kann, der soll nicht von Liebe reden ...

Nu lach mal. Guck nicht so stier. Sei ein Mensch. Hab ein Herz. Sind doch komisch die Rübchen. Ich will dir von weißen Bohnen und Nonnenfürzen erzählen. Wie sie um Brot und Wein und Wein und Brot, um die rechte Folge beim Abendmahl gestritten haben: ein zänkisches Jahrhundert lang, an dem sich Margret, die dicke Gret, gesundgelacht hat.

Um meine im dritten Monat schwangere Ilsebill ein wenig aufzuheitern – aber sie blieb vernagelt und nannte mich »vulgär« –, hatte ich zu Schweinebraten mit Pfeffersoße weiße Bohnen dick eingekocht. Dazu gab es Teltower

Rübchen, was alles dem Speisezettel der Nonne Margarete Rusch entsprach, die im Frühjahr 1569 dem Abt Jeschke, dem Danziger Kastellan Johannes Kostka und dem Bischof von Leslau, Stanislaw Karnkowski, im Kloster Oliva so gepfeffert zu Mittag tischte. Die drei Herren waren zusammengekommen, um einem Bündel gegenreformatorischer Dekrete einige widersinnige Haken beizubiegen. Denn die »Statuta Karnkowiana« wurden zwar von Polens König Sigismund August als Instrument der Gegenreformation benutzt, doch lag ihr eigentlicher Zweck darin, die wirtschaftliche Macht der Stadt Danzig zu beschneiden und gleichzeitig die politisch rechtlosen Zünfte gegen den patrizischen Rat zu hetzen. Und weil dieser Gedanke inmitten finsterer Ketzererlasse nicht etwa den Köpfen Jeschke, Kostka, Karnkowski entsprungen, sondern der kochenden Nonne Margret eingefallen war, erzählte ich meiner Ilsebill die Geschichte der Margarete Rusch; denn endlich will ich die dicke Gret, wie sie in mir hockt, freisetzen.

Im Jahre 1498 nach der Fleischwerdung des Herrn, als der portugiesische Admiral Vasco da Gama, dank der Wind- und Strömungskenntnisse eines arabischen Steuermanns, endlich Land sah, in Kalikut anlegte und so den Seeweg nach Indien mit allen bis heute verstrickten Folgen entdeckte, wurde in der vormals pomorschen Siedlung Hakelwerk, die zur Danziger Altstadt zählte, dem Grobschmied Peter Rusch von seiner Ehefrau Kristin, die im Kindbett starb, als siebtes Kind ein Mädchen, Margarete, geboren, und zwar am Tag des Heiligen Martin; weshalb der dicken Gret später ausgewachsene Gänsevölker unter den rupfenden Fingern erkalteten.

Vom zwölften Lebensjahr an stand das Kind Margret in der Küche der altstädtischen Birgittinen und putzte Rüben, schuppte Karpfen, schrotete Korn, schnitt Kaldaunen zu

Streifen fingerlang: Es hatte nämlich der Butt dem Grobschmied Rusch (oder in meiner Zeitweil mir) geraten, das überzählige Mädchen gleich nach der Geburt ins Kloster zu stecken; weshalb dem herrischen Plattfisch vor dem feministischen Tribunal Fragen gestellt wurden, die er an anderer Stelle beantworten wird. Jedenfalls war Margarete mit sechzehn Novizin und legte ihre ewigen Gelübde in jenem Jahr ab, in dem der Mönch Luther seine Thesen mit dickem Hammer nagelte.

Als Nonne, die bald der Klosterküche vorstand, hat Margret (schon früh dicke Gret gerufen) auch außer Haus gekocht, sobald die weitverzweigten Geschäfte der Birgittinen ihrer Küchendiplomatie bedurften. Als der Prediger Hegge auf dem Hagelsberg lutherisch eiferte, kochte sie am Fuß der Anhöhe für das zugelaufene Volk gegenreformatorische Kuttel- und Fischsuppen. Und als ich, der entsprungene Franziskanermönch, ihr Küchenjunge und nach Laune Bettgenoß wurde, führten wir die Küche des bei den Zünften verhaßten Bürgermeisters Eberhard Ferber, sei es in seinem patrizischen Haus in der Langgasse, sei es auf seinen Fronhöfen im Werder oder dort, wo er Zuflucht suchte: in seiner Starostei Dirschau; denn Ferber mußte oft aus der Stadt flüchten, so sehr war der verbitterte Mann den Böttchern, Tuchmachern, Schiffsknechten und Fleischhauern zuwider.

Grad als im südindischen Cochin Portugals Vizekönig Vasco da Gama an schwarzen Pocken, Gelbfieber oder dominikanischem Gift starb, wurde Ferber als Bürgermeister abgesetzt. Aufständisch hatte Hegges wachsender Zulauf, angeführt vom Grobschmied Rusch, die Stadtherrschaft angetreten, wenn auch für kurze Zeit nur. Denn im Jahr drauf stand König Sigismund von Polen mit achttausend Mann vor der Stadt und besetzte sie kampflos. Die »Statuta Sigismundi« wurden angeschlagen. Ferber kam wieder zu Macht. Ein Strafgericht fand statt.

Was er gern aß, kochte die Nonne Margret ihrem Vater, bevor er scharfgerichtet wurde; dann zog sie mit dem bitteren Eberhard Ferber, der, kaum als Bürgermeister neu eingesetzt, sogleich zurücktrat und in seiner Starostei Dirschau vorletzte Wohnung nahm. Schon drei Jahre später starb er, bekocht von der dicken Gret. Ihrem Kloster vermachte er mehrere Grundstücke in der Altstadt, die Schäferei Praust und Ländereien im Werder; überhaupt hat die Küchennonne Margret durch freischweifendes Kochen außer Haus den Reichtum des Ordens der Heiligen Birgitta dergestalt vermehrt, daß sie sich mächtig und bald gefürchtet zur Äbtissin auswuchs, obgleich sie überall in Verruf stand, sich bettgerechte Küchenjungen zu halten und ein ausgemachtes Luder zu sein.

Denn ich war immer dabei. Mich oder ein immer neu Sankt Trinitatis entsprungenes Franziskanermönchlein hat sie zwischengenommen, in ihrem Fleisch begraben und auferstehen lassen, auf Stallwärme umerzogen, mit ihrem Fett wie eingekocht Schwarzsauer gedeckt, wie Nuckelkinder zufrieden gemacht und in rasch wechselnden Zeiten verbraucht. Ob draußen reformiert wurde oder die dominikanische Gegenreformation jedem Armsünderwörtchen das Futter kehrte: in Margrets Schlafkiste hielt sich unbewegt jener Dunst, den der Butt vor dem feministischen Tribunal »streng heidnisch« nannte.

Er sagte: »Wenn es erlaubt ist, eine Revolution gemütlich zu nennen, dann geschahen die revolutionären Vorgänge im Bett der Äbtissin Margarete Rusch in gemütlich erwärmten Freiheitsräumen.« Und auch ich bewies meiner Ilsebill, daß dazumal allenfalls Nonnen emanzipierte Frauen waren: frei von der Unlust ehelicher Pflichten, durch kein Vaterrecht kindisch gehalten, nie von der Mode genarrt, immer durch schwesterliche Solidarität geschützt, weil dem himmlischen Bräutigam verlobt, von keiner irdischen Liebe gefoppt, durch wirtschaftliche Macht gesichert, gefürchtet selbst von den Dominikanern, immer heiter und gut informiert. Die Nonne Rusch war eine aufgeklärte Frau und obendrein so dick, daß ihre Schwangerschaften kaum ins Gewicht fielen.

Sie hat zwei Töchter geboren. Auf Reisen unterwegs. Für Niederkünfte fand sich immer ein Stall. Doch niemals durfte ich ihr von Vaterschaft Vaterpflicht Vaterrecht sprechen. »Es jibt nur ain Vadder«, sagte sie vor jeweils großem Gelächter, »ond das is Liebgottchen, wo mecht im Himmel wohnen.«

Es war ihr auch gleichgültig, wenn protestantische oder katholische Moraldrechsler den zwei Mädchen, die beide im Hakelwerk von Tanten der dicken Gret aufgezogen wurden, Ähnlichkeit mal mit dem Prediger Hegge, mal mit dem patrizischen Ferber oder gar mit hergelaufenen Franziskanermönchen nachsagten. Väter waren ihr allemal lachhaft. Deshalb nannte sie die Eheweibchen in ihren bürgerlichen Stallungen »frisierte Karnickel«, die dem Rammelbock stillhalten müßten, während sie ihr Täschchen nach freiem Willen bedienen könne. Auch hielt die dicke Gret nicht ergeben still, sondern war ihren rasch erschöpften Bettgenossen dergestalt gewichtig oben drauf, daß es mir oft die Luft nahm. Regelrecht unterdrückt hat sie mich. Käsig lag ich danach und wie abgenippelt. Mit Essigwasser hat sie mich reiben, beleben müssen.

Es mag schon sein, daß sie dem herrischen Eberhard Ferber so überlegen den Atem verkürzt, den alten Bock unter ihrer Bettlast erstickt hat. Denn nur bekochen wollte sie ihre wechselnden Männchen nicht. Spaß mußte auch dabei sein, Kurzweil und Spiel; was alles einem puritanischen Gemüt obszön vorkommen mag.

So hat die Äbtissin Margarete Rusch die todernste Streitfrage ihres Jahrhunderts, wie nun Brot und Wein, das

Abendmahl zu reichen sei, auf ihre Weise, also bettgerecht beantwortet, indem sie ihr Fötzchen turnerisch senkrecht stellte und als Kelch bot, dem eingeschenkt wurde. Roter Wein schwappte darin. Brot wollte getunkt werden. Oder geweihte Oblaten. Da erhob sich nicht die Frage: Dieses ist tatsächlich oder bedeutet nur Fleisch und Blut. Nichtsnutz wurde der papierene Theologenstreit. Keine Zweideutigkeiten mehr. Nie habe ich andächtiger kommuniziert. So einfältig bot mir Margret Opfer und Wandlung. So kindlich gläubig habe ich mich in das große Mysterium versenkt. Zum Glück hat nie ein dominikanisches Auge unsere Bettmessen bespitzelt.

Ach wäre doch dieser Hausbrauch für Papisten und Lutheraner, für Mennoniten und Calvinisten praktische Religion geworden. Aber sie metzelten einander unfriedlich nieder. Aber sie ließen sich den Streit um die wahre Tischsitte langwierige Kriegszüge, Brandschatzungen und die Verwüstung lieblicher Landschaften kosten. Aber sie streiten und stechen sich bis heutzutag, leben lustlos gegeneinander und haben nach verkniffener Moral den Kelch der dikken Gret wie Sünde ausgeschlagen. Dabei war Margret fromm. Noch den flüchtigsten Lustgewinn hat sie dem lieben Gott mit einem Dankgebet verrechnet.

Als sich zwei Jahre nach dem Augsburger Religionsfrieden auch die polnische Majestät Sigismund August bereit fand, das Abendmahl in immerhin zweierlei Gestalt zuzulassen, entschlossen sich die Danziger Bürger in Mehrheit für Luthers Tischbräuche und stritten sich fortan nur noch mit den Calvinisten und Mennoniten. Da zeigte sich die Äbtissin Rusch nach siebenundzwanzig Jahren Regentschaft amtsmüde. Sie bat ihre Schwestern vom Orden der Heiligen Birgitta um Rücktritt und Erlaubnis, wieder als dienende Küchennonne außer Haus nützlich sein zu dürfen.

Soviel Demut wurde als Bußfertigkeit ausgelegt. Dabei wollte sich die alte, doch in ihrem Fett straffe Frau politisch wieder beweglicher machen. Fortan war sie den Wechselfällen der Geschichte immer ein wenig voraus, wobei sie unterm katholischen Schleier die Sache der Evangelischen besorgte. Es ging ihr nicht mehr ums Abendmahl, sondern wieder und noch um die verweigerten Rechte der Zünfte. Schließlich kam Margret vom Hakelwerk. Was ihren aufständischen Vater, den Grobschmied Rusch, den Kopf gekostet hatte, das demokratische Murren und aufrührerische Reden auf allen Zunftbänken, wurde nun von der Tochter betrieben: jedoch leise, zwischen gedünsteter Dorschleber, Hasenpfeffer und Krammetsvögeln, die sie mit Speckscheiben bardierte und Wacholderbeeren füllte.

Als Stanislaw Karnkowski im Jahre 1567 Bischof von Leslau wurde, worauf unter seinem Vorsitz eine zweite Gegenreformation ihre Tischordnung suchte, kochte die alte Nonne fortan für den Abt Jeschke, dessen Kloster Oliva schon immer ein Ort beschaulicher Reaktion gewesen war. Dort hat die dicke Gret nach milchiger Fischsuppe entweder Hasenpfeffer oder mit Backpflaumen gefüllte Rinderherzen oder jenen gepfefferten Schweinebraten zu weißen Bohnen und Rübchen aufgetragen, der damals den konspirierenden Pfaffen zu hochpolitischen Fürzen verhalf.

Die kochende Nonne glaubte an die befreiende Kraft des Furzes. Das Wort Nonnenfurz leitet sich von ihrem unbekümmerten Mut her, die Darmwinde streichen zu lassen. Ob sie für Freund oder Feind kochte: inmitten Tischgebrabbels, zumeist einen Punkt setzend oder einer Frage als Antwort nachgestellt, aber auch als Einlage in lustiger Folge ließ sie ihre Fürze fahren. Nachgrollende Gewitter. Feierlich abgemessene Böllerschüsse. Trockene Salven. Oder in ihr Gelächter gemischt, weil die Natur ihrem heiteren Gemüt zwiefachen, doppelmündigen Ausdruck gegeben hatte: wie dazumal, als sie König Bathory den Stadtschlüssel der belagerten Stadt als Füllung im Schafskopf, der einen Schweinekopf füllte, übergab, worauf sie des Königs verdutzte Würde dergestalt lachen und furzen machte, daß die polnische Majestät samt Gefolge mitgerissen, wie im Gelächter verrührt und von ihren Afterwinden besänftigt wurde. Da blieb dem König nichts übrig, als der Stadt milde Bedingungen zu diktieren und auch den Frevel der kochenden Nonne nachzusehen. Denn Margret ist es gewesen, die am 15. Februar des Jahres 1577 die niederen Gewerke zum Aufstand gestachelt und (ganz Tochter ihres Vaters) zur Brandstiftung im Kloster Oliva angeführt hat.

Als der geflüchtete Abt Jeschke gleich nach dem feierlichen Friedensschluß ins niedergebrannte Kloster zurückkehrte, um den Frondienst der Bauern beim Wiederaufbau zu beaufsichtigen, bestand er darauf, daß ihm die Nonne Margret – so verhaßt er ihr sein mochte – die Küche führte. Nie hatte sie unter Zwang kochen müssen. Immer ist ihr das Kochen auch Liebesdienst gewesen. Sechs Jahre lang hat sie ihre Rache in gesottene Ochsenbrust, in gestopfte Gänse, in saure Sülzen oder Spanferkel gekleidet, die sie mit geschnittenem Weißkohl, Äpfeln und Rosinen füllte, wobei sie nie am Pfeffer sparte.

Was der Mann alles in sich hineinfraß. Wie sein Kauwerk in Betrieb gehalten wurde. Warum er nichts übriglassen konnte. Wer alles hungern mußte, damit es ihm satt aufstieß. Endlich, im Sommer 1584, hatte sie den Abt Kaspar Jeschke zu Tode gemästet. Er starb bei Tisch. Das heißt: sein feister Mönchskopf, auf dessen Bäckchen die katholische Macht jahrzehntelang ihre Glanzlichter gesetzt hatte, fiel in grad jenes Gericht, das die dicke Gret ein Menschenleben zuvor ihrem Vater, dem Grobschmied Rusch, gekocht hatte: gepfefferte Kuttelfleck. Nichts hatte die kochende Nonne vergessen. Und auch der Butt meint: Das Zutodemästen eines Abtes sei zwar rigorose Küchenpraxis gewesen, habe aber durchaus der Lebensart des Verstorbenen entsprochen.

Im Jahre 1585 starb Margarete Rusch an einer verschluckten Hechtgräte in Gegenwart des Königs Stefan Bathory, der dem Rat der Stadt Danzig im sogenannten Pfahlgeldvertrag alle Zoll- und Handelsrechte sowie die patrizische Vorherrschaft bestätigt hatte. Wieder einmal gingen die Zünfte, niederen Gewerke und Schiffsknechte leer aus. Patrizier und Hofschranzen tafelten festlich tagelang. Der alten Nonne hat wohl mehr als die Hechtgräte quer gelegen.

Plötzlich, nachdem vom Schweinebraten zu Bohnen und Rübchen nur noch Reste geblieben waren, wollte meine Ilsebill mit der beharrlichen Strenge schwangerer Frauen wissen, was die dicke Gret, abgesehen vom Jahr ihrer Geburt und der gleichfalls auf das Jahr 1498 datierten Anlandung in Kalikut, mit Vasco da Gama zu tun habe. Als ich mit nönnischen Geschichten zu antworten versuchte – wie sich die Äbtissin Margarete Rusch bei einem portugiesischen Gewürzhändler im Tausch gegen ihre älteste Tochter jährliche Pfeffersendungen von der indischen Malabarküste gesichert hat –, hob Ilsebill die Tafel auf und sagte: »Das hast du dir fein ausgedacht. Oder der Butt. Einfach die Tochter für Pfeffer verschachern. Das ist wieder mal typisch!«

Aufschub

Die Messerspitze Erlösersalz.
Aufschub noch einmal, als meine Frage: welches
Jahrhundert spielen wir jetzt? küchengerecht
beantwortet wurde: Als der Pfefferpreis fiel ...

Neunmal nieste sie über die Schüssel,
in der das Hasenklein in seinem Sud lag.
Sie wollte sich nicht erinnern,

daß ich ihr Küchenjunge gewesen bin.
Finster blickte sie auf die Fliege im Bier
und wollte mich (kein Aufschub mehr)
bei Pest und Gelegenheit loswerden...

Suppen, in denen die Graupe siegt.
Als sie den Hunger wie eine Mahlzeit lobte,
als sie ursächlich und nicht über Rübchen lachte,
als sie den Tod auf der Küchenbank
mit grauen Erbsen (Peluschken genannt)
für Aufschub gewann...

So hockt sie in mir und schreibt sich fort...

Was alles dem Butt zum nönnischen Leben einfiel

Vielleicht, weil ich nicht so recht weiß, unter wessen Namen ich im Verhältnis zur Nonne Margarete Rusch zeitweilte und weil ich mich vergleichsweise an meine Zeitweil im Neolithikum genauer erinnere als an die wirren Verhältnisse zur Zeit der Reformation, sind die Aussagen des Butt vor dem feministischen Tribunal widersprüchlich genannt worden: Er will mich zuerst als Vater der kleinen Margret, dann als Patrizier Ferber und später als feisten Abt Jeschke beraten haben. (Auch deutete er Verpflichtungen anderenorts an, weltpolitische. Er habe den Pfefferpreis senken wollen und deshalb einen gewissen Vasco da Gama auf den Seeweg nach Indien geschickt.) Doch eindeutig hat sich der Butt zu Margarete bekannt. Drei Tage nach der Geburt des kleinen Mädchens habe der Grobschmied Rusch ihn aus der novemberlich rauhen See gerufen: Wo er hin solle mit dem Balg? Die Mutter sei ihm fiebrig weggestorben. Mit Ziegenmilch müsse es gepäppelt werden. Und zwar warm von der Zitze. Eine dicke Marjell werde das. Der Butt möge raten, was zu tun sei, o Gott!

Die verzweifelte Frage des Peter Rusch wird verständlicher, wenn man weiß, daß der Grobschmied zu den niederen Gewerken und nicht zur Zunft gehörte. So jedenfalls, als mittelalterlichen Sozialfall, der am eigensüchtigen Verhalten der Zünfte scheiterte, hat mich der Butt dem Gericht vorgestellt: »Dieser Peter Rusch, meine gestrengen Damen, gehörte zum Lumpenproletariat seiner Zeit: auf keiner Zunftbank zugelassen, von den zünftigen Gesellen verachtet, obgleich sie wie er politisch rechtlos und patrizischer Willkür ausgeliefert waren, zudem mit sieben Kindern geschlagen. Da starb ihm, gleich nach der Geburt der Tochter Margarete, seine Frau Kristin weg. Und verschuldet war er obendrein. Kurzum: der geborene Aufrührer. Rasch mit dem Knief zur Hand. Dumm beschaffen, aber unbeirrbar auf Gerechtigkeit aus. Ein armer Kerl, der meinen Rat suchte.«

Das also soll ich gewesen sein. Und nicht das immer entsprungene Mönchlein, der Küchenjunge und Bettgenoß? Der Butt muß es wissen. Und hätte Margret die Väter und alle Vaterschaft nicht so verletzend und bei jeder Gelegenheit mit spöttischen Fürzen bedacht, wäre ich gerne ihr Vater gewesen, könnte ich stolz sein auf meine enorme Tochter, obgleich sie mich nur mit Mitleid und Kuttelsuppe traktiert hat. Jedenfalls hat mir der Butt geraten, das Mädchen, kaum war es der Ziege entwöhnt, bei den frommen Frauen im Kloster der Heiligen Birgitta unterzubringen. Mit diesem Rat wollte er mir behilflich sein. Doch vor Gericht streng befragt, hat er andere Gründe genannt.

»Aber ich bitte Sie, meine verehrte Anklägerin, meine mich richtenden Damen! Niemals hätte ich aus bloß sozialem Gefühl – weil dem armen Tölpel geholfen werden sollte –

einen so folgenreichen Rat gegeben. Um die Wahrheit zu sagen: Ich wollte der kleinen, doch später so saftig rundum im Fleisch stehenden Margarete immerhin mögliche Freiheit eröffnen, indem ich sie ins Kloster rettete. Denn was wäre wohl sonst aus ihr geworden? Irgendeinen unzünftigen Kesselschmied hätte sie ehelichen müssen. Mit Kinderaufzucht und häuslicher Enge geschlagen, wäre sie im Hakelwerk weggekümmert. Keinen sinnlichen Spaß, sondern ödes Ruckzuckgerammel hätte ihr die eheliche Bettkiste gebracht. Ein damals übliches Schicksal. Denn arm dran waren die Frauen im sogenannten Zeitalter der Reformation, ob sie nun ihren Männern auf katholische oder evangelische Weise ihr Täschchen hinhalten mußten. Einzig frei waren die Nonnen und vielleicht noch die Hürlein in der Pfefferstadt, weil die sich ähnlich straff organisiert hatten und ihre Äbtissin – die man später geringschätzig Puffmutter nannte – zu wählen wußten. Nicht etwa die zänkischen, immer in Eifersucht gehaltenen Ehefrauen, nein, die Nonnen und Hürlein übten jene weibliche Solidarität, die heutzutage auf Kongressen und in Kampfschriften zu Recht gefordert wird. Ohne mich in die Belange der feministischen Bewegung einmischen zu wollen, bitte ich doch dieses Hohe Gericht, von dem angeklagt zu werden ich die Ehre habe, wenn schon nicht im mittelalterlichen Bordellwesen, so doch im nönnischen Klosterleben jener Zeit ein erstaunliches Maß weiblicher Emanzipation zu erkennen. Mein Rat, erteilt einem tumben Grobschmied, hat, was der Lebensweg der Nonne Margarete Rusch beweist, dem weiblichen Geschlecht Freiheitsräume eröffnet, die zur Jetztzeit – meine Damen, seien wir ehrlich – noch immer, schon wieder verschlossen sind.

Doch vielleicht darf ich mich mit einigen Tatsachen beweisen.

Die Nonne Margarete Rusch hat keinem einzigen Mann gehört; wohl aber waren ihr nach Lust und Belieben ein gutes Dutzend Männer hörig. Die angeblich so strengen Ordensregeln – Klausur, Exerzitien, Schweigegebot – erlaubten ihr Muße, Konzentration und Distanz zum lärmigen Alltag. Obgleich sie zwei Mädchen unter damals noch üblichen Schmerzen geboren hat, wurde die dicke Gret nicht durch Kinderaufzucht ans Haus gefesselt. Kein Vaterrecht war ihr vorgeschrieben. Von keinem patriarchalischen Daumen ist sie geduckt worden. Kein zänkischer Hausdrachen mit klirrendem Schlüsselbund ist sie gewesen. Frei hat sie ihre leiblichen und geistigen Kräfte erproben können, indem sie kochte und der Fleischeslust dienliche Speisezettel diktierte, indem sie der männlichen Politik, die einzig und immer auf herrischen Machtgebrauch zielte, einige, immerhin einige demokratische Lichtlein gesteckt hat. Ich darf an die ›Statuta Karnkowiana‹ erinnern, die ohne Einflußnahme der dicken Gret wohl kaum den Zünften Rechte eingeräumt hätten.

Kurzum: Das alles hat mein Rat befördert. Denn hätte ich nicht das Mädchen ins Kloster gerettet, nie wäre uns eine dicke Gret erwachsen. Und was den himmlischen Bräutigam und die nönnische Verlobung mit ihm betrifft, bitte ich mir zu glauben, daß die Nonnenklöster im sechzehnten Jahrhundert frei von hochgotischer Mystik gewesen sind. Keine Verzückungen mehr. Nichts oder nur wenig floß dem Gottessohn zu. Geißelungen des Fleisches, barfüßige Askese und hysterischer Veitstanz waren ganz aus der Mode. Keine Dorothea von Montau wollte eingemauert vom Fleisch fallen. Irdisch bestimmt, haben die Nonnen im Haus der Heiligen Birgitta ihren Reichtum zu mehren, ihre Macht zu nutzen verstanden. Gewiß gab es auch Nonnengezänk und nönnische Handgreiflichkeit. Doch seitdem und solange die Äbtissin Margarete Rusch ihm vorstand, faßte das Kloster einen Frauenbund, in dem schwesterliche Solidarität als höchste Tugend geübt wurde. Einig waren sie stark. Nicht gemuckt haben die Dominikaner, auch wenn ihr Geschwätz über das sündhafte Treiben der dicken Gret in allen Gassen gestunken hat.«

Auf diese Rede antwortete sogleich die Anklägerin Sieglinde Huntscha mit Schärfe und in eindrucksvollen Redefiguren. Er, der Butt, versuche sich anzubiedern. Die – zugegeben – noch unentwickelte Solidarität der Frauen wolle er fördern. Ein Vorbild, prächtig aufgeputzt, biete er an. Dabei habe die Nonne Margarete Rusch sich politisch durchweg opportunistisch verhalten. Er, der Butt, sei durch seinen Rat, das Mädchen ins Kloster zu stecken, verantwortlich dafür, daß die kochende Nonne ihre Freiheit falsch gebraucht habe. Genau besehen habe auch sie sich immer nur prostituiert. Der Fall Ferber zeige das eindeutig. Schlüpfrige Nonnenskandälchen seien noch lange kein Beweis für emanzipiertes Verhalten. Vielmehr sei die angebliche Freiheit der Nonne Rusch dem kleinbürgerlichen Liberalismus einer mittelständischen Hausfrau zu vergleichen, die sich, um ihr Taschengeld zu verlängern, einem Callgirl-Ring angeschlossen habe. Allenfalls könne man das sexuelle Verhalten der Nonne als frührevolutionär werten, wenngleich es nur egoistisch körperbezogen gewesen sei und nicht übertragbar auf andere Frauen in ihrer Enge und Abhängigkeit. Er, der Butt, spiele sich gratis als Frauenberater auf, nachdem er dreieinhalb Jahrtausende lang nichts als die Männersache betrieben habe. Aber die Nonne Rusch eigne sich nicht als Vorbild. Nonnenfürze trügen nicht zur weiblichen Bewußtseinsbildung bei. Und der Mißbrauch der Vagina als Weinkelch zum Zwecke des christlichen Abendmahls könne nur als Beispiel männlicher Perversion gewertet werden. Eine Geschmacklosigkeit! Das sage sie als Atheistin und nicht etwa, weil sie sich scheue, irgendwelche religiösen Gefühle zu verletzen.

Zum Schluß schlug die Anklägerin vor, die Redezeit des angeklagten Plattfisches zu beschränken: »Wir können es uns nicht leisten, daß unser Tribunal, dem Millionen unterdrückte Frauen mit Hoffnung und Erwartung folgen, für patriarchalische Propaganda mißbraucht wird!«

Dem widersprach die Pflichtverteidigerin aus formaljuristischen Gründen. Auch die Mehrheit der Beisitzerinnen wollte dem Urteil nicht vorgreifen. Besonders die Beisitzerin Ulla Witzlaff, sonst eher langsam und oft verspätet in ihren Reaktionen, wurde regelrecht grob: Dem Butt sei eine faire Chance einzuräumen. Schließlich liege es nicht im Interesse der Frauen, die berüchtigten Praktiken männlicher Klassenjustiz zu übernehmen.

Also wurden – gegen den Einspruch der Anklägerin – alle vier Gutachten verlesen, die der Butt über die Pflichtverteidigung anerkannten Historikern in Auftrag gegeben hatte.

Das erste Gutachten definierte das mittelalterliche Hexenwesen als einen besonders verzweifelten Versuch weiblicher Emanzipation. Statistisch ausgewertetes Prozeßmaterial ließ erkennen, daß der nönnische Anteil an der Zahl verbrannter Hexen im fünfzehnten Jahrhundert mit zweiunddreißig Komma sieben Prozent extrem hoch lag, während im sechzehnten Jahrhundert nur noch knapp acht Prozent Nonnen auf den Scheiterhaufen mußten. Dem vierzehnten Jahrhundert waren keine statistisch brauchbaren Angaben zu entnehmen gewesen.

Im zweiten Gutachten wurde bewiesen, warum das klösterliche Hexenwesen im Jahrhundert der Reformation abnahm, die Zahl der bürgerlichen Hexen jedoch den Notstand besonders der Handwerkerfrauen signalisierte. In Klöstern, die der katholischen Kirche nach außen wie unbeschadet erhalten blieben, soll die Reformation emanzipatorisch gewirkt haben, indem sie die Nonnen für irdisches

Tun bewußt machte und den Typ der tüchtigen, handfesten, zupackenden, so schlauen wie klugen Nonne förderte. Hingegen blieb den bürgerlichen Frauen oft nur die Flucht in den religiösen Wahn oder ins exzentrische Hexenwesen. Es folgten Quellenangaben.

Das dritte Gutachten befaßte sich mit dem politischen Einfluß der Frauenklöster im Mittelalter: die Klosterküche als Machtzentrum, die Klöster und ihre Küchen als Ort für Friedensschlüsse, konspirative Begegnungen und ausschweifende Geselligkeit. Gutachtlich hieß es: Das Frauenkloster habe sich als eine Anstalt bewiesen, in der das weibliche Defizit zumindest zeitweilig ausgeglichen werden konnte.

Das vierte Gutachten behandelte die Erweiterung des nönnischen Horizonts seit der Entdeckung der Neuen Welt durch Columbus, Vasco da Gama und andere. Insbesondere bestätigte es die Behauptung des Butt, die Äbtissin Margarete Rusch habe ihre älteste Tochter Hedwig nur aus ernährungspolitischen Gründen an einen portugiesischen Kaufmann verheiratet, der später an der indischen Malabarküste eine Handelsniederlassung gegründet habe. Mit Gewürzsendungen – Curry, Nelken, Pfeffer, Ingwer – sei der Kaufmann seiner Schwiegermutter jährlich zweimal verpflichtet gewesen. Immerhin konnte das Gutachten belegen, daß ab Mitte des sechzehnten Jahrhunderts portugiesische Kauffahrteischiffe den Danziger Hafen angelaufen haben. Kein Zweifel: die dicke Gret korrespondierte mit der Neuen Welt.

Danach sprach wieder der Butt. Bescheiden und kaum den Erfolg der Gutachten nutzend, erzählte er von seinem geringen Anteil am emanzipatorischen Bewußtwerdungsprozeß der jungen Novizin, dann Küchennonne, später Äbtissin Margarete Rusch. Er entwarf ein Bild von der dicken Gret, indem er die Komik ihrer Auftritte überzeichnete. Frivole

Anekdoten wechselten mit grotesken Szenen: wie sie den Prediger Hegge, als er zum Bildersturm aufrief, gezwungen hat, einen lebensgroßen heiligen Nikolaus, den sie aus Schmalzgebäck anschaulich geformt und mit Würsten gefüllt hatte, ratzekahl aufzufressen; wie die dicke Gret den kopfhängerischen Pimmel des Patriziers Ferber zu straffer Haltung gebracht hat, indem sie Silbergulden und Brabanter Taler zu beispielhaft steilen Türmchen schichtete; wie sie, als sie das Kloster Oliva niedergebrannt hatte, auf der klösterlichen Glut Flinsen für das niedere Volk backen ließ; wie die dicke Gret, ins Lager des Königs Bathory auf einer Sau reitend, Gänse gerupft hat. Und andere Geschichten mehr, über die das Publikum zu lachen begann; denn das feministische Tribunal hatte nach kurzer Unterbrechung – der Beirat wollte sich auflösen – wieder Öffentlichkeit zugelassen.

So ermuntert sagte der Butt: »Sehen Sie, meine gestrengen Damen, denen nun doch ein Lächeln gelingt: solch eine herzhaft lustige, weil durch niemand zu bedrückende Frau war die kochende Nonne Margret. Nicht nur weil gleich alt mit ihm, vielmehr der aufgeklärten Lebensart wegen möchte man sie eine Schwester des Pfarrers zu Meudon, Franz Rabelais, nennen. Ach hätte er sie gekannt! Ich bin gewiß, daß ihm zum Gargantua ein genauso gewichtiges Gegenstück in Gestalt unserer dicken Gret eingefallen und zum platzvollen Buch geraten wäre. Denn uns fehlen weibliche Literaturpersonen in komischer Hauptrolle. Ob Don Quichotte oder Tristram Shandy, Falstaff oder Oskar Matzerath: immer sind es Herren, die aus ihrer Verzweiflung komisches Kapital schlagen, während die Damen in ungebrochener Tragik verkommen. Maria Stuart oder Elektra, Agnes Bernauer oder Nora, alle, alle sind sie in ihre Tragödie vernarrt. Oder sie verseufzen sich sentimental. Oder der Wahnsinn treibt sie ins Moor. Oder die Sünde knabbert an ihnen.

Oder sie scheitern im männlichen Machtrausch; man denke nur an Lady Macbeth. Durchweg humorlos sind sie dem Leid verpflichtet: Heilige, Hure, Hexe oder alles zugleich. Oder sie versteinern in ihrer Not: sind herb, bitter, wortlose Klage. Manchmal dürfen sie wie Ophelia wirrköpfig werden und krause Lyrik schwatzen. Einzig die ›komische Alte‹ fern aller Fleischeslust und das alberne Kammerkätzchen ließen sich anführen als Beispiele für weiblichen Humor, der gerne ›unverwüstlich‹ genannt wird. Doch ob komisch alt oder albern jung, immer sind es nur Nebenrollen, denen weiblicher Witz erlaubt wird. Dabei brauchen wir sie dringend, die närrische weibliche Hauptperson! Gleiches gilt für den Film. Nicht länger darf es männliches Vorrecht sein, das komische Fach der Trauer mit Charlie Chaplin oder Dick und Doof zu besetzen! Ich fordere Sie auf, meine Damen, endlich die große weibliche Komödie zu inszenieren. Das komische Frauenzimmer muß triumphieren. Einen Weiberrock für den Ritter von der traurigen Gestalt, damit er gegen die Windmühlenflügel männlicher Vorurteile anreite. Ich biete Ihnen die kochende Nonne, Margarete Rusch, die dicke Gret. Ihr Gelächter hat den Frauen Spielraum und jene Freiheit geschaffen, in der Humor, nun endlich auch weiblicher Humor seine Knallfrösche springen und die ganz große Sau loslassen darf!«

Vielleicht hatte der Butt freundlichen Beifall oder zumindest halbbelustigte Zustimmung erwartet. Aber seiner Rede folgte Schweigen, dann Räuspern. Schließlich sagte die Anklägerin eher beiseite, als wolle sie einem peinlichen Vorgang nicht allzu großes Gewicht geben: »Finden Sie es nicht geschmacklos, angeklagter Butt, wenn Sie hier auf Kosten weltweit unterdrückter Frauen literarischen Spaß treiben? Nun ja, wir sind es gewohnt, daß die sogenannten Herren der Schöpfung unseren Kampf um Gleichberechtigung allenfalls witzig finden. Doch uns ist es ernst. Nicht blutig, sondern sachlich ernst. Wir werden nicht zulassen, daß man Elektra und Nora zu leider nur tragischen Figuren herabwürdigt. Es fehlt uns nicht an weiblichen Don Quichotterien. Bitte keine Rollenangebote. Womöglich will man uns noch einen weiblichen Doktor Faustus und eine Mephista im glitzernden Abendkleid aufschwatzen. Zur Sache! Ihre kochende Nonne ist uns in ihrer gesellschaftlichen Zeitbezogenheit zu wichtig, als daß wir sie ins Lächerliche abschieben ließen. Schließlich hat Margarete Rusch zwei Männer bewußt und nach langem Plan getötet. Beide Männer waren hauptbeteiligt, als ihr Vater, der Grobschmied Peter Rusch, am 29. April 1526 zum Tode verurteilt und durch das Schwert gerichtet wurde. Drei Jahre später hat sie den ehemaligen Bürgermeister der Stadt Danzig, Eberhard Ferber, der sich nach dem Mordurteil zurückgezogen hatte, beim Koitus im Alkoven erstickt. Damals war Margarete Rusch dreißig Jahre alt: gleichalt wie jener Prälat Kaspar Jeschke, den sie fünfundfünfzig Jahre später als Abt des Klosters Oliva zu Tode gemästet hat. Das, Herr Butt, ist Ihre ach so komische dicke Gret, die witzige Nonne Rusch, der lachlustige Fettkloß. Nein, eine Frau mit ernster, nie verjährender Absicht ist sie gewesen. Eine Frau, die ihre Feinde zu hassen verstand. Und wo bleibt Ihr Anteil an dieser politisch notwendigen Doppeltat? Hat etwa Ihr wortreicher Rat das heroische Gedächtnis der Margarete Rusch gestützt? Die Wahrheit wollen wir wissen. Nichts als die Wahrheit. Und keine Ausflüchte, bitte, ins komische Fach.«

Da gab der Butt zu, den Patrizier Ferber und auch den Abt Jeschke beraten zu haben. Allerdings – so versicherte der Butt – habe der alte Ferber nicht auf seinen Rat hören wollen. In seiner Altersgeilheit sei er der dicken Gret verfallen gewesen. Und auch um den Abt Jeschke habe er sich umsonst bemüht. Doch sei es nicht Fleischeslust gewesen, die den Greis an die greise Margret gefesselt habe, sondern die derzeit weitverbreitete Völlerei und Pfeffersucht.

»Immerhin«, sagte der Butt, »habe ich den alten Narren noch anno 77 zur Flucht überreden können, als ich ihm den Brandanschlag auf das Kloster signalisierte. Aber seiner Fettlebe – und er wußte, daß ihn die Nonne zu Tode mästen wollte – war kein noch so wohlmeinender Rat gewachsen. Ja, ich gebe zu. Ich habe versucht, den einen, den anderen Mord zu verhindern, weil ich die großen Verdienste der Nonne Rusch um den demokratischen Fortschritt ungern durch verschleppte Rache getrübt sehen wollte. Sie hat sich – wenn auch vergeblich – um die rechtlosen Zünfte verdient gemacht. Sie hat dem König Stefan Bathory, listig und ihrer Kochkunst gewiß, einen milden Frieden abgehandelt. Und nicht zuletzt: Sie hat dem nönnischen Klosterleben im sechzehnten Jahrhundert Freiheiten eröffnet, die selbst heute noch beispielhaft wirken könnten. Nichts hingegen hat die Beförderung zweier Greise zum Tode bewirkt. Einzig die emanzipatorische Tat zählt! Und wenn das Hohe Gericht mit diesem Prozeß den unterdrückten Frauen behilflich, wie ich hoffe, ein wenig behilflich sein will, dann möge es meinen erfahrenen Rat – auch wenn er nicht gehört werden sollte – ins Protokoll aufnehmen. Schließlich sind wir doch alle daran interessiert, daß das weibliche Defizit endlich, ich sage endlich, ausgeglichen wird.«

Diesem Wunsch des Butt wurde stattgegeben. Und so steht denn im Protokoll der Abschlußverhandlung über den Fall Margarete Rusch, der angeklagte Butt habe der internationalen Frauenbewegung geraten, überall in der Welt feministische Klöster mit durchaus irdischer Zielsetzung zu gründen und so wirtschaftlich machtvolle Gegengewichte zu den allerorts herrschenden Männerbünden zu schaffen. So, nur so, im Zustand ökonomischer und sexueller Unabhängigkeit, könne die verlernte weibliche Solidarität wieder geübt und endlich im Sinne der Gleichberechtigung beider Geschlechter praktiziert werden. Das werde die ambivalenten Strukturen im weiblichen Bewußtsein verändern. So könne man geschlechtsspezifische Defizite abbauen. Und komische Folgen werde das auch haben.

Nicht im Protokoll steht, daß sich sogleich nach Schluß der Verhandlung mehrere Damen aus dem Publikum als Äbtissinnen beworben haben sollen. Das Tribunal vertagte sich.

Doch, Ilsebill, angenommen, es käme dazu: Zuerst an zehn, dann an hundert, bald an zehntausend Orten, von Schwaben bis Holstein, entstünden Klöster feministischer Art, in denen rund fünfhunderttausend organisierte Frauen sich der Ehe und damit dem männlich organisierten Geschlechtsverkehr entzögen; und angenommen, es könnte euch Frauen dort gelingen, frei im gewünschten Sinn zu sein und nicht mehr abhängig wie seit Jahrtausenden vom männlichen Besitzanspruch und Vaterrecht, von den Pimmellaunen der Männer, vom Wirtschaftsgeld, Modetrend und dem allgemeinen maskulinen Überdruck; und angenommen, es gelänge euch, wie im Handstreich wirtschaftliche Machtzentren zu bilden, sei es durch den Aufbau einer feministischen Gebrauchsgüterindustrie, sei es durch die Eroberung des entsprechenden Marktes, der ohnehin (wenn auch unbewußt) von den Frauen beherrscht wird, wäre dann nicht der Rat des Butt, nach dem Vorbild der Birgittinenäbtissin Margarete Rusch, weltliche Frauenklöster als Gegenpole zur vorherrschenden männlichen Kumpanei zu gründen, in seiner ersten Phase umgesetzt und geglückt?

Denn angenommen, Ilsebill, es würde sich in immer neuen feministischen Klöstern und klostereigenen Produktionsstätten weibliche Solidarität einüben, so daß es nicht mehr gelingen könnte, Weibchen gegen Weibchen nach den Riten sexueller Konkurrenz auszuspielen oder nach Laune an einem zumeist puppigen Schönheitsideal zu messen, das von Männern immer wieder neuerdacht wurde, um die gleichbleibende Abhängigkeit der Frauen immer neu zu verkleiden; und angenommen, Ilsebill, es gäbe weltweit feministische Klöster und klostereigene Wirtschaftsmacht, es hielte sich nur noch in schwindender Minderheit die überlieferte patriarchalische Ehe, es wüchsen in solchen Klöstern zwar nach freier Wahl, doch bindungslos und ohne Vaterschaftsanspruch gezeugte Kinder heran, es würde sich, womöglich gefördert durch männliche, der eigenen Ohnmacht bewußte Einsicht, die weibliche Vernunft, das neue, weil nönnische Mutterrecht durchsetzen, es fände folgerichtig auch keine männlich datierte Geschichte mehr statt, es spielten sich also keine Kriege mehr ab, es triebe kein männlicher Ehrgeiz und Fortschrittswahn Raketen und Überraketen in den sinnlosen Weltraum, es übte Konsum keinen Terror mehr aus, es löste sich endlich die Angst, einander unterlegen zu sein, es wünschte sich niemand mehr, den anderen zu besitzen, es hätte das Drama vom Kampf der Geschlechter keine Zuschauer mehr, es nähme nur noch Zärtlichkeit zu, es gäbe im Bett keinen Sieger, es wüßte niemand, was Sieg ist, es zählte niemand mehr Zeit; und angenommen, Ilsebill, das alles wäre möglich, zu errechnen, beweisbar und von (später überflüssigen) Computern als Neue Ordnung auszuspucken: das feministische Tribunal gäbe dem gestern noch angeklagten Butt dreimal recht und befolgte seinen fischmäuligen Rat, es blühten, wie prophezeit, überall feministische Klöster auf, in denen das Andenken der dicken Äbtissin Margarete Rusch bewahrt bliebe, und du zögest morgen schon (obgleich schwanger von mir im dritten Monat) in solch ein Kloster, um frei, befreit, nicht mehr unterdrückt, von mir und niemand besessen zu sein, dürfte ich dann – angenommen, es trüge sich alles so zu – dich einfach als Mann auf ein Stündchen besuchen?

Hasenpfeffer

Ich lief und lief.
Gegen die Wegweiser, mit meinem Heißhunger
lief ich Geschichte bergab, war Rutsch und Geröll,
strampelte flächig, was ohnehin flach lag,
ein gegenläufiger Bote.

Wiedergekäute Kriege,
die Sieben die Dreißig,
die nordischen Hundert lief ich mir ab.
Nachzügler, die aus Gewohnheit hinter sich blickten,
sahen mich schwinden und Haken schlagen.
Und die mich warnten: Magdeburg brennt! ahnten nicht,
daß ich die gerade noch heile Stadt
lachend durchlaufen würde.

Keinem Faden nach, nur dem Gefälle.
Zerstückelte fügten sich,
von den Pestkarren sprangen, vom Rad geflochten,
aus Feuern, die in sich sanken,
hüpften Hexen mit mir ein Stück Wegs.

Ach, die Durststrecken jahrelanger Konzile,
der Hunger nach Daten,
bis ich ihr zulief: atemlos und verzehrt.

Sie hob den Deckel vom Topf und rührte im Sud.
»Was gibt's denn, was gibt's?«
»Hasenpfeffer, was sonst. Ahnte ich doch, daß du kommst.«

Gefülltes zum Beispiel. Wir leben in Erwartung. Es will nicht Winter werden. Nebel rückt alles zu nah, und schon droht die familiäre Weihnacht.

»Unser Streit«, sagt Ilsebill, »liegt mürbe in seinem Saft auf den Tellern. Es schmeckt uns – doch wir wissen nicht, was und warum.«

Mein letzter Versuch, Sinn zu geben: ein Rinderherz mit Backpflaumen gefüllt in Biersoße, das die Nonne Rusch mir, dem entlaufenen Mönch, kochte, ohne nach meinen Gründen zu fragen. Doch unsere Gäste – zwei Architekten, ein Pfarrer – suchen bei allem, was anfällt, den immer tieferen Sinn.

Die Herzkammern eignen sich und verlangen danach, gefüllt zu werden. Das Rinderherz ganz kaufen und nur einseitig geschlitzt. Das geronnene Blut entfernen, das Sehnengeschlinge rausschneiden, Platz schaffen, den Fettmantel lösen. Höflich lassen unsere Gäste einander ausreden.

»Die im warmen Wasser erweichten Backpflaumen«, sagt Ilsebill und redet der Nonne Rusch nach, »sollte man nicht entsteinen.« – Und welchen Sinn, angenommen, es gäbe ihn, hätte ein Sinn?

Zum Anschmoren benutzen wir das gewürfelte Herzfett. »Aber es muß ihn doch geben«, sagt aufgeschlossen der Pfarrer, »und sei er auch negativ, denn wie sollten wir ohne Sinn nur von der Hand in den Mund leben?«

Auf starker Flamme wird das gefüllte und mit hellem Faden geschnürte Rinderherz allseits angebraten, dann mit braunem Bier gelöscht. (»Das sollte – Herr Pfarrer – auch theologisch sinnfällig sein.«)

Doch immer wieder die Architekten mit ihrer reinen Bauhauslehre. Gut eine Stunde ziehen lassen, Muskat und Pfeffer zum Schluß, doch weniger als die Nonne Rusch zu ihrer und meiner Zeitweil für sinnvoll hielt. Deshalb bedeutet uns Weihnachten zwei bezahlte Feiertage mehr. Ohne Sinngebung verzweifelt munter der Pfarrer. Und saure Sahne, die nicht verrührt wird, sondern nachdenklich Inselchen bildet: Damals, Ilsebill, als Vasco da Gama auf der Suche nach Gott...

Vielleicht kommt nun doch mit dem skandinavischen Hoch verspätet der Winter und macht einen Sinn. Zu Salzkartoffeln, sagt Ilsebill, und die Teller vorwärmen, weil Rinderfett wie Hammelfett gerne talgt.

Es waren einmal siebenundvierzig Lämmer, die zwischen achthundertdreiundsechzig Schafen mit ungezählten anderen Lämmchen auf der Scharpau weideten, einer fetten Marsch, die der spätere Bürgermeister Eberhard Ferber zinsherrlich verwaltete. Die Lämmer kannten nur ihre Weide bis zum flachen Horizont, durch die Beine der Mutterschafe gesehen. Wer sie besaß, war den Wiesen nicht abzuschmekken.

Bis zum Jahr 1498, als Indien auf dem Seeweg entdeckt und die spätere Nonne Rusch geboren wurde, hat der Ratsherr Angermünde die Scharpau verwaltet und deren Fischer, Bauern und Schafshirten gepreßt; als aber nach einer langatmigen Intrige die Verlobung des Moritz Ferber mit der Tochter des Patriziers Angermünde, trotz schon verbrieftem Güterverbund, auseinanderfiel, wurden die Brüder Ferber Bischof von Ermland und Bürgermeister der Stadt Danzig: beide vom Klerus geschoben, dem Adel verpflichtet.

Die Schafe auf der Scharpau und auch die Fronbauern merkten nicht viel davon, als es den Brüdern Ferber gelang, die Angermündes aus der Verwaltung der Scharpau und aus der Dirschauer Starostei zu drängen. Geschoren und geschlachtet, Pachtpfennige geschunden und zur Fron gepreßt wurde gleich viel. Im Jahr 1521 muckten aber nicht die Schafe und Bauern auf: Die Gewerke der Alt- und Rechtstadt und auch die unzünftigen Handwerker auf dem Hakelwerk erhoben sich gegen Ferber und seinen Kirchenklüngel. Kerzen wurden in den Kirchen gelöscht. Steine trafen Priester und Dominikaner. Flugblätter rochen nach Druckerschwärze. Spottlieder, in denen die Tucher und Schneider mit Ferbers Schafen verglichen wurden, hüpften auf hölzernem Reimbein durch alle Gassen und fanden auf den Zunftbänken ihren gestampften Rhythmus. Außerdem predigte schon der Eiferer Hegge gegen alles Pfäffische an.

Doch auf der Scharpau, in Tiegenort, Kalte Herberge, Fischer Babke oder wo sonst noch die Bauern schlechter als das Vieh gehalten wurden, wuchsen die Lämmchen friedlich, weil ahnungslos Ostern entgegen. Siebenundvierzig von ihnen sollten geschlachtet und zu Ehren des Bischofs von Ermland auf dem Landsitz der Patrizierfamilie Ferber über Becken voll glühender Holzkohle geröstet werden. Die Küchennonne vom Orden der Heiligen Birgitta hatte sich beim ermländischen Bischof Erlaubnis geholt, die siebenundvierzig Lungen und Herzen der Osterlämmer süßsauer auf Karfreitag zu kochen.

Der dicken Gret war es nicht schwergefallen, den bischöflichen Gaumen davon zu überzeugen, daß man die Innereien des unschuldigen Getiers kaum als Fleisch werten könne, daß Lämmchenlunge den Thymianduft der Scharpauweiden unverfälscht halte, daß es dem Herrn Jesus Christ wohlgefallen werde, wenn man Herz und Lunge der Osterlämmchen zur Karfreitagskost erhöbe. Die Küchennonne hatte nun mal den Ehrgeiz, die Fastenregeln freizügig auszulegen. Sie sagte: »Son Lämmchen ist noch in kaine Sind jefallen. Dem is noch kaine Lust nich anjesprungen. Das mecht man nech Flaisch nennen. Jewiß nech, was an ihm innerlich is.«

Nachdem die dicke Gret die heilen Lungenflügel und halbierten Herzen der siebenundvierzig Lämmer im großen Kessel mit Anis und Pfeffer gargekocht, dann abgekühlt zu Haschee verschnitten hatte, ließ sie im übrigen Sud einen Sack Linsen garen, ohne sie ganz zu Brei zu verkochen. An das essigsaure, mit Buchweizenmehl gebundene Lungenhaschee rührte sie zum Schluß Rosinen und Backpflaumen – wie ihr an allem, was ihre Küche hergab, gehörig viel Pfefferkörner, Rosinen oder Backpflaumen notwendig waren.

Bei jenem Karfreitagsessen übrigens beschloß der Bürgermeister Ferber, mit sechs Orlogschiffen gegen Dänemark zu segeln. Nach siegreicher Rückkehr wollte er mit Hilfe der ausgezahlten Schiffsknechte die Zünfte und alle vom Luthertum infizierten Ratsherren hart anfassen. Daraus wurde nichts. Ohne Beute kehrten im Herbst die Schiffe heim. Kriegskosten sollten durch neue Steuern eingetrieben werden. Das brachte Unruhe. Sogar die Schiffsknechte liefen Ferber davon.

Die Küchennonne und spätere Äbtissin Margarete Rusch jedoch blieb bei der einmal gefundenen Karfreitagskost und tischte ihren Nonnen und Novizinnen Jahr für Jahr süßsaure Lunge vom Lämmchen zu Linsen als Voressen, zumal die Schäfer, Bauern und Fischer der Scharpau ab 1529 dem Kloster der Heiligen Birgitta Zins zahlen, österliche Lämmer in die Küche treiben und in Körben lebende Aale liefern mußten.

Chemie in den Flüssen hat sie vertrieben. Seifige Abwässer haben die hellen Bäuche, die Rücken- und Schwanzflossen rötlich gefleckt, ihren Schleim, der sie schützt, verletzt. Reusen, die bei Ebbe an beiden Ufern der Elbe sichtbar werden, erinnern nur noch. Wir kaufen teuer aus fremdem Wasser: Tiefgefroren tauen die Aale aus Schottland hier wieder auf und beleben sich wunderbar.

Ich weiß Geschichten, Ilsebill: mit Ästen gegabelt, peitschten sie meinen Rücken. Sie hingen in jedes Bild. Sie glitten, wie ich, den Kühen unter das Euter. Sie sind so alt wie der Butt.

»Warum«, sagt Ilsebill, »sollen die Kinder nicht sehen und lernen, wie du Aale schlachtest und in Stücke schneidest, wenn nur ich nicht zugucken muß.«

Die Aale lebend kaufen. »Nein, Kinder, sie sind eigentlich tot. Das sind die Nerven in jedem Stück. Deshalb toben sie. Und auch das Kopfstück will noch und saugt sich fest.«

Die Kinder wissen nun, was sie essen. In Essig blau gemacht, in Mehl gewälzt, umlege ich die Abschnitte mit Blättern Salbei. Ein Nachbar hat gestern die Messer geschärft.

Der Strauch Salbei wurzelte früher in einem mittlerweile von Baggern getilgten Garten nahe der Störmündung, wo jetzt das Sperrwerk mit Schleusenkammern und großer Klappbrücke gebaut wird, den Fluß verändern und bei Springflut gegen die Elbe dichtmachen soll.

In heißes Öl legen wir Stück neben Stück und salzen leicht. Immer noch Nachleben. Deshalb krümmen sie sich in der Pfanne. Jetzt wurzelt der Strauch Salbei in unserem Garten. Unser Nachbar, der beim Umbetten half, war Hausschlachter und schlachtet heute noch montags, für den Metzger im Dorf: Er düngte den Strauch mit Schweineblut und murmelte kreuzweis sein Küstenplatt.

Auf kleiner Flamme werden die Stücke in ihrem Salbei schön knusprig gebraten: ein Voressen, dem ein leichtes Gericht folgen mag. Hoffentlich überwintert der Strauch Salbei.

Wer Ratschläge will: nicht dicke Speckaale, schlanke kaufen. Ein Kreuzschnitt gleich hinterm Kopf soll die Nerven blockieren. Wir ziehen die Haut nicht ab. Übrigens rate ich, beim Ausnehmen der Aale auf die Galle zu achten: Verletzt läuft sie über, macht sie bitter, trübt sie uns ein, so daß wir nur noch wie der Prediger Hegge überall Sünde und Fäulnis vor- oder nachschmecken.

Hegge! Seine Kanzelreden haben mich stumm gemacht. Nichts konnte seinen Mund hemmen. Nichts fiel ihm leichter als Wörter zu machen. Nur die dicke Gret schleuderte ähnliches Silbengeköch. Wenn er »Höllensulz! Sündensud!« kanzelte, giftete sie zurück: »Tintenspritz! Wortteiliger Spaltschwanz!«

Die dicke Gret und der dürre Hegge: Sie hat ihren Stockenten, Wachteln, Bekassinen, Schnepfen und Waldtauben, sobald sie die Vögelchen stopfte und am Bratspieß reihte, Engelsnamen gegeben: Uriel, Ophaniel, Gabriel, Borbiel, Ariel; er hat für jede Sinneslust einen Teufelsnamen gewußt: schmeichliger Stauffax, stößiger Bles, modriger Haamiach, tittensüchtiger Asmodäus, silbriger Mammon, die Stinkmorchel Beelzebub. Und wie die Köchin eine mit Backpflaumen und Schweinemett gefüllte Wildgans zum Engel Zedekiel erhob, so war dem spitzbärtigen Hegge alle Gaumenlust nur des Belials Zungenschleck.

Dieser Hegge, den die Äbtissin Rusch zumeist den Winkelbock nannte, führte in Danzig, gleich zu Beginn der Reformation, das protestantische Maulwerk der zünftigen Silbenstecherei ein. Sein Vater war als Schneider vom Schwäbischen Meer zugewandert. Doch seine Mutter soll hiesig gewesen sein: eine vom Hakelwerk, brackig, fischig, schiefmäulig, mit Schuppen im Haar. In Jakob Hegge mischten sich der schwatzhafte Wellenschlag der Ostsee mit dem Quasselwasser der Bodenseeschwaben. Selbst dem Daumenlutschen und noch kleinerer Lust redete er die Sünde ein. Da schickten ihn die Bürger auf ein halbes Jahr nach Wittenberg. Sie wollten zwar gut evangelisch sein, aber das calvinistische Eifern und Geifern des Hegge trübte ihnen allzu aschgrau die Lebensart. Die Zünfte zahlten die Reise.

In Wittenberg soll ihm der Doktor Luther geraten haben, sich einzig an das Verlangen der geschundenen Menschenkinder nach bibelfestem Trost zu halten und die Gemeinde geistliche Lieder singen zu lassen: »Verley vns friden gnediglich ...«

Aber der Hegge wollte vom Eifern und Geifern nicht lassen. Seltsam stritten sich in ihm der entlaufene Dominikanermönch und sein väterliches Erbe: der schwäbische Saubermannsdrang. So dringlich er in Wittenberg ermahnt worden war, den braven Bürgern einige bunte Bildchen und das gewohnte Schnitzwerk zu lassen, überall wollte er kahle Wände schaffen. Womöglich war er mit einigen praktischen Sinnsprüchen des Doktor Luther zurückgekommen, doch sobald er wieder auf dem Gertrudenfriedhof seinem wachsenden Zulauf predigte, liefen ihm die Schimpfwörter davon und wimmelten wie ärschlings geworfene Madensaat, auch wenn Jakob Hegge meinte, das reine Wort Gottes zu lehren. Allenfalls gaben die Friedhofslinden einen mäßigenden Schatten.

So sagte er kurz nach der Reise von der Kanzel der Danziger Hauptkirche Sankt Marien, die ein mordlustiges Volk fassen konnte: »Die grauen Mönch tragen Strick um den Leib. Besser wär es, sie trügen Strick um den Hals!«

Ein Wort, das sich umsetzen ließ: Tagdrauf hingen paar Dominikaner an ihren Stricken. Und weitere Wörter, die dem eifernden Hegge wegen der bildlichen Schlüssigkeit entschlüpften, obgleich er sonst radikal gegen Bilder und Bildnisse wetterte: Alle Kirchen wollte er geräumt und weißgetüncht sehen. Und abermals nahm ihn das Volk beim Wort, räumte in Sankt Marien, Sankt Katharinen, Sankt Johannis radikal auf, schlug Bilder, Bildnisse, Schnitzwerk entzwei, erklärte Altäre zu Sperrmüll und wollte auch in der altstädtischen Kirche der Heiligen Birgitta Hausputz betreiben.

Schon hatten paar Seifensieder, um das Lieblingswort Hegges »An den Pranger mit ihm!« wortgläubig umzusetzen, den holzgeschnitzten Nikolaus aus der Birgittenkirche geschleift und wollten den buntbemalten Heiligen an den städtischen Pranger stellen, da griff die Äbtissin Margarete mit ihren siebenundzwanzig Nonnen und Novizinnen ein: Handfest packten die Schwestern zu. Nikolaus wurde gerettet. Hegge wurde gegriffen und unterm Gelächter seines wankelmütigen Zulaufs ins benachbarte Kloster der Heiligen Birgitta entführt.

Was nachts mit ihm dort geschah, weiß ich nicht. Bestimmt das Übliche. Tagsüber jedoch wurde er nach den Küchengesetzen der dicken Gret bestraft. Aus dreihundertelf Teigküchlein, die sie eigenhändig in Schmalz gebacken hatte, wurde mit gefärbtem Zuckerguß ein dem hölzernen Heiligen ähnlicher Sankt Nikolaus gepappt, den der Prediger vom oblatendünnen Heiligenschein bis zum Sockel aus Sauerbrotteig fressen, kauen, wiederkäuen und schlucken mußte. Obendrein hatten die Nonnen den Nikolaus mit gepfefferten Blut- und Kuttelfleckwürsten gefüllt, von denen keine übrigbleiben durfte.

Drei Tage lang hat Hegge gemampft. Dem Pfeffer half er mit Wasser nach. Mit Blutwürsten, denen Rosinen Beigeschmack gaben, hat er die Küchlein gestopft, und der majorangewürzten Kuttelwurst hat er Küchlein nachgeschoben. Anfangs soll er noch alle Teufel von Aschomath bis Zaroe aufgezählt haben, dann verstummte der Wortfechter. Später soll er, weil inwendig durchgängig geschmälzt und gepfeffert, in die Hosen geschissen haben. Es hieß, die Blut- und Kuttelwürste seien ihm achtern unzerkaut rausgekommen. Danach soll er nur noch mäßig die Hölle beschworen haben.

Als im Jahr darauf König Sigismund von Polen mit achttausend Mann die aufrührerische Stadt besetzte und ein

Strafgericht befahl, floh Jakob Hegge, in Weiberröcken verkleidet. Die Äbtissin Margarete Rusch soll ihm bei der Flucht behilflich gewesen sein. Es hieß, Hegge habe in Greifswald Zuflucht gefunden und dort nur noch beschaulich gelebt.

Das Volk jedoch – ob katholisch, ob evangelisch – hat auf den 6. Dezember jeweils den Nikolaus – wenn auch kleiner, viel kleiner und ohne Wurstfüllung – in Schmalz schwimmend nachgebacken, wie überhaupt die Küche der Nonne Rusch, ob städtisch oder ländlich-kaschubisch, allgemein wurde.

Wer ihr heute nachkochen will, etwa Krammetsvögel, die Drossel mit dem aschgrauen Kopf, der sollte die Vögelchen mit dünngeschnittenem Fettspeck bardieren, ihr Innenleben mit der winzigen Leber und reichlich Wacholderbeeren füllen, das halbe Dutzend auf dem Rost über glühender Holzkohle garen, doch keine tierliebenden Gäste laden. Auch mich, den entsprungenen Franziskanermönch, haben die schmackhaften Vögel gedauert, wenn die dicke Gret sie als Voressen für König Bathorys Tischrunde stopfte, wobei sie Vogelstimmen nachahmte: etwa das Meckern der Bekassinen, weshalb diese Sumpfvögel auch Himmelsziegen genannt werden.

Wer aber Gäste kennt mit Sinn für Lügengeschichten, der brate Hasenklein – die Läufe, die Köpfe halbiert, die Rippchen, Lappen, die Leber – mit durchwachsenem Speck an, wie es die dicke Gret getan hat, lasse ein Händchenvoll vorher erweichte Rosinen kurz mitschmurgeln, heize das Ganze mit gestoßenem Schwarzpfeffer, lösche jetzt erst den Bratensatz mit Rotwein und lasse, nach kurzem Aufkochen, den Hasenpfeffer eine Stunde lang auf mittlerer Flamme garziehen oder noch länger, falls die Gäste zu spät kommen: wie damals, als sich der Bischof von Leslau, unterwegs nach

Oliva, in weglosen Buchenwäldern verritt, bis ihn ein Spuk schreckte, von dem er später eher behaglich erzählte. Er sei vor sich hin summend, doch innerlich reich an Figuren durch den Wald geritten, da habe ihm aus gespaltenem Baum heraus ein Hase fehlerlos auf lateinisch, wenn auch mit kaschubischem Akzent prophezeit, daß ihm noch heute ein zweiter Hase, und zwar weinselig begegnen werde. »Grüß ihn von mir! Grüß ihn bitte von mir!« habe der sprachkundige Hase gerufen; ein Wunsch, dem der Bischof von Leslau nachkam, bevor sich die Herren beim dampfenden Pfeffer über die ernste politische Lage berieten.

Wer aber seine Gäste überraschen will wie die dicke Gret den Polenkönig Stefan Bathory am 12. Dezember 1577, als sie ihm einen Schafskopf im Schweinekopf tischte, dem aufgeschnitten der krausbärtige Schlüssel der belagerten und nun endlich kapitulierenden Stadt entfiel, der entbeine mit kurzem Messer einen Schweinekopf, dann einen Schafskopf, ohne die Fetthaut zu verletzen, fülle den mit frischem Majoran vorgestopften Schweinekopf mit dem Schafskopf, der nun, gut vernäht, den Gast verblüffen sollte: Wenn der Schafskopf im Schweinekopf nach eineinhalb Stunden gebraten aus der Backröhre kommt und aufgeschnitten wird, müssen die Gäste »Ah!« rufen dürfen, weil da was liegt, schimmert, rausfällt, fremd, schön, hart, wunderbar ist und doppelsinnig Glück oder sonstwas bedeutet: zum Beispiel ein güldenes Schächtelchen, in dem kleingefaltet ein Bausparvertrag liegt oder was sonst meiner Ilsebill Herzenswunsch ist.

Und wer noch immer der dicken Gret nachkochen will und ähnlichen Grund hat, wie sie ihn hatte, als ich, ihr zeitweiliger Bettgenoß, keine Lust mehr spürte und nicht mehr ihr Fleisch teilen wollte, nur noch schlappschwänzig nach dem Sinn von alledem fragte und immer nur rumhing, faul rumhing, der halte sich an dieses Rezept.

Man nehme zwölf bis siebzehn Hahnenkämme, lege sie in warmer Milch ein, bis sich die Hahnenkammhaut leicht abstreifen läßt, wässere die Kämme kalt, damit ihr Rot erblaßt und erstaunlich weiß wird, beträufle sie dann mit Zitrone, wie es Margret mit Gurkensaft tat, wälze die Kämme in geschlagenem Ei, brate sie beiderseits kurz und serviere sie auf in Butter gedünsteten Selleriescheiben jedem Männchen, dem es, wie damals mir, schwerfällt, stramm seinen Mann zu stehen, gockelhaft mannhaft auch dann zu sein, wenn es Grund genug gibt, das Köpfchen hängen zu lassen. Denn leicht war es nicht, in ihrem Schatten zu leben: Nichts hielt die Köchin vom schlappen Hans. Immer wieder hat mir die dicke Gret den Stößel gerichtet. Es lohnt sich, ihr nachzukochen.

Wohl deshalb sah ich das Publikum, solange der Fall Margarete Rusch vor dem feministischen Tribunal verhandelt wurde, fleißig Rezepte mitschreiben. Nur die Beisitzerin Ulla Witzlaff hat, als es um Kuttelfleck und Lungenhaschee ging, lachend, überall lachend, wie nur die dicke Gret lachen konnte, vor allzu überschüssigem Pfeffergebrauch gewarnt: Der verspreche mehr Hitze, als man geben könne, der hätte bleiben sollen, wo er wachse, der unterstreiche nicht, sondern überschreie jeden Geschmack, der mache hektisch und bringe besonders die Frauen in Übereile...

Ulla Witzlaff ist von Beruf Organistin und hat wie die Nonne Rusch die Ruhe weg. Sie stammt von der Insel Rügen und weiß viele Inselgeschichten. Eine ihrer Urahninnen, die als Fischersfrau von einer kleinen Insel namens Oehe nach Schaprode gerudert kam, soll dazumal dem Maler Runge das Märchen vom sprechenden Butt auf Plattdeutsch erzählt haben. Auch Ulla spricht Küstenplatt. So schlank ich sie sehe, könnte sie doch die dicke Gret ausfüllen. »My waart de tyd al lang!« sagt sie; denn nach zwölf Jahren evangelischem Kirchendienst stinkt ihr die allsonntägliche Heuchelei bis hoch zu den Orgelpfeifen. Sie hat die Schwarzröcke ihrer Pfarrei satt, von denen einer spitzbärtig wie Hegge eifert.

Neulich, als ich müde von Ilsebill und ihren wie Schnittlauch nachwachsenden Wünschen – es geht ja auf Weihnacht zu – wieder einmal die Flucht ergriff und Ulla Witzlaff zu ihrem Sonntagsdienst in einer neugotischen Kirche begleitete, saßen wir, nachdem Ulla präludiert, der Liturgie das Kyrie gesungen und die Kümmergemeinde mit dem Lied »Herr, öffne mir die Herzenstür...« eingestimmt hatte, oben auf dem Chor neben der Orgel auf einem Bänkchen. Wir erzählten uns halblaut vom Butt und seinen Aktivitäten zur Zeit der Äbtissin Margarete Rusch, denn unten hatte der Hegge von heute mit seiner Predigt begonnen. Ulla strickte schlichtkraus was Längliches, während der eifernde Spitzbart vor siebzehn alten Weiblein und zwei halbwüchsigen Jungfern mit pietistischer Seele sein jüngstes Erweckungserlebnis ausgoß: »Da fuhr ich neulich, liebe Gemeinde, in der überfüllten U-Bahn. Die Menschen stießen und schubsten sich. Ach Gott! rief es in meinem Innersten, wo ist deine Liebe hin. Da sprach plötzlich der Herr Jesus zu mir...«

Worauf Ulla unvermittelt sagte: »Diese Nonne Rusch muß in ihrem Kloster aus einem Gesangbuch gesungen haben, dem Luther das Vorwort geschrieben hat.«

Ich bestätigte: »Jakob Hegge brachte 1523 aus Wittenberg einen Band der ersten Auflage des Klugschen Gesangbuches mit und schenkte ihn der dicken Gret. Womöglich auf Anraten des Butt, dem jederzeit alle Druckerzeugnisse bekannt waren. Worauf die Rusch allabendlich mit ihren Nonnen gesungen hat: ›Nu frewt euch, lieben Christen gmein vnd last vns frölich springen...‹«

Und Ulla sagte: »Womöglich hatte die Nonne Rusch, sei es in Sankt Birgitten, sei es in der Klosterkapelle, eine wenn auch einmanualige Orgel.« Worauf sie ihr Strickzeug fallen ließ, sich aufs Bänkchen schob, hier Knöpfe drückte, dort Hebel bewegte, alle Register zog und die Orgel durch Hand- und Fußspiel ordentlich brausen ließ. Ohne Rücksicht auf den unten bemühten Prediger und seinen nicht enden wollenden Erguß, demonstrierte sie mir das Klugsche Gesangbuch in seiner Bedeutung für das sechzehnte Jahrhundert, wobei sie mit ihrer Schmetter- und Jubelstimme – wie dazumal die Rusch unterm katholischen Schleier – das von Luther verdeutschte Latein und Luthers Eigendichtung hören ließ. Zuerst: »Mit frid vnd frewd ich far dahin...« Dann: »Mitten wir jm leben sind...« Danach: »Es ist das heil vns kommen her...« Und endlich alle Strophen nach der alten Melodie: »Ein feste burg ist vnser Gott...« bis: »Das wort sie sollen lassen stahn...«

Worauf Ulla die Kirche leergejubelt hatte, denn solchem Ansturm waren der gegenwärtige Hegge und seine Betschwestern nicht gewachsen. Nach erschrockenem Amen und flüchtigem Segen hasteten der Pastor und seine Weiblein mit ihren Topfhüten ins Freie, wo es dezemberlich kalt war.

O Wohltat leerer Kirchen! Ein knappes Stündchen lang orgelte und sang die Witzlaff einzig für mich. In musikalischen Beispielen machte sie deutlich, wie die Nonne Rusch und ihre Birgittinen klösterlich einerseits und gutevangelisch andererseits gewesen sind. Zwischendurch gab sie mir ein wenig Elementarunterricht in den Fächern Liturgik und Hymnologie.

Als sich die Orgel nach abschließendem »Komm heiliger Geist...« ausgehaucht hatte, nahm mich die Organistin in ihre Arme. Doch wie ich ihr an Ort und Stelle auf schmaler Chorbank antworten wollte, sagte Ulla, womöglich in Erinnerung an die stallwarme Bettkiste der Nonne Rusch: »Nu wart mal ab bis später. Bequem muß es schon sein.«

Wie geschrieben steht: Wir waren ein Fleisch und lachten immer wieder über den Hegge von damals und heutzutag. Und hinterher gab es bei Ulla noch Linsen von gestern und Inselgeschichten, durch die der Butt aus dem Märchen schwamm.

Die Köchin küßt

Wenn sie den Mund,
der lieber summt als trällert,
öffnet und stülpt: seimigen Brei, Gaumenklöße
oder ein Stück mit praktischen Zähnen
aus mürbem Schafsnacken, der linken Gänsebrust beißt
und mir – in ihrem Speichel gewendet –
mit Zungenschub überträgt.

Vorgekaut Faserfleisch.
Durch den Wolf gedreht, was zu zäh.
Ihr Kuß füttert.
So wandern Forellenbäckchen, Oliven,
auch Nüsse, der Kern des Pflaumensteins,
den sie mit Backenzähnen geknackt hat,
Schwarzbrot im Bierschluck gespült,
ein Pfefferkorn heil
und Brockenkäse, den sie im Kuß noch teilt.

Hinfällig schon und in Kissen gedrückt,
von Fieber, Ekel, Gedanken kopfüber verzehrt,
lebte ich auf (immer wieder) von ihren Küssen,
die nie leer kamen oder nur sich meinten.

Und ich gab zurück:
Muschelfleisch Kälberhirn Hühnerherz Speck.

Einmal aßen wir einen Hecht von der Gräte;
ich ihren, sie meinen.
Einmal tauschten wir Täubchen aus;
und selbst die Knöchlein noch.
Einmal (und immer wieder) küßten wir uns an Bohnen satt.
Einmal, nach immer dem gleichen Streit
(weil ich die Miete versoffen hatte)
versöhnte ein Rettich uns über Rübendistanz.
Und einmal machte im Sauerkraut Kümmel uns lustig,
den wir tauschten und tauschten: hungrig nach mehr.

Als Agnes, die Köchin,
den sterbenden Dichter Opitz küßte,
nahm er ein Spargelköpfchen mit auf die Reise.

IM VIERTEN MONAT

Im vierten Monat schwanger (und deshalb plötzlich nach Haselnüssen verrückt) verlor Ilsebill, die nicht meine Küchenmagd gewesen sein will, sondern streng geradeaus denkt und zu den Anklägerinnen des Butt gehören könnte, rechts oben einen mit einer Goldkrone wertvoll gemachten Backenzahn, den sie, als hätte sich ihr eine männliche Kröte genähert, schreckhaft verschluckte; nur die Schalen der überdies tauben Nuß spuckte sie aus.

Ich sagte: »Und? Hast du nachgeguckt? Ist doch immerhin Gold.«

Aber sie weigerte sich, ihren Morgenkot tagsdrauf zu beschauen oder gar mit einer abwaschbaren Gabel zu sondieren. Und mir wurde verboten, in ihren, wie sie wegwerfend sagte, »Exkrementen« zu wühlen.

»Das ist deine zu gute falsche Erziehung«, sagte ich; denn unser Kot sollte uns wichtig sein und nicht widerlich. Ist doch nichts Fremdes. Hat unsere Wärme. Wird neuerdings wieder in Büchern beschrieben, in Filmen dargestellt und in Bildern als Stilleben gemalt. Man hatte ihn nur vergessen. Denn soweit ich zurückdenke und hinter mich schaue: alle Köchinnen (in mir) haben ihren Kot und – wann immer ich zeitweilte – auch meinen beschaut. Immer stand ich unter Kontrolle.

Zum Beispiel hat sich die dicke Gret als Äbtissin nicht nur die Nachttöpfe aller Novizinnen zeigen lassen; jeder Küchenjunge, der ihr zulief, mußte sich erst einmal durch gesunden Stuhlgang beweisen.

Und als ich als Schwertfeger Albrecht mit täglicher Fastenküche geplagt wurde, wurde mir auch hinten raus keine Zensur erspart. Meine fleischlos kochende Ehefrau Dorothea war dergestalt unnachsichtig auf asketische Lebensweise versessen, daß sie mir nicht nur schmalzlos tischte, sondern auch prüfte, ob ich an fremden Tischen zu fetter Kost gekommen war: Sie hat meinen Kot auf unverdaute Sehnenreste, Spuren von Speckschwarten und Kuttelfasern durchstochert und mit ihrem eigenen hochgotisch-bußfertigen Stuhlgang verglichen, der immer trocken und von übersinnlicher Blässe war, während ich mich schuldig gemacht habe: bei Zunftessen, wenn den Schmieden und Schwertfegern mit Milchhirse gefüllte Spanferkel zugeschnitten wurden, oder wenn ich mit meinem Freund, dem Holzschnitzer Lud, heimlich im Grünen oder in der vorstädtischen Bauhütte von Sankt Petri abkochte: Schafsnieren und fette Hammelschwänze über offenem Feuer geröstet. Dorothea blieb nichts verborgen. Verschluckte Knorpel und Knöchlein, die unversehrt hinten rausfanden, haben mich oft verraten.

Und als ich General Rapp und Napoleons Gouverneur der Republik Danzig gewesen bin, war es die Köchin Sophie Rotzoll, die mir, weil ich ihre Pilzgerichte als unverdaulich beschimpft hatte, meinen Scheißdreck anschaulich auf silbernem Tablett servierte. Mit Soldatenhumor nahm ich ihre couragierte Unbotmäßigkeit hin. Und es stimmte: keine lappige Pilzhaut, kein Pilzgewürm war geblieben. Bald habe ich Morcheln, Reizker, Mooshäuptchen und Pfifferlinge mit immer wacherem Gaumen delikat genannt. Sogar auf die schmackhaften, wenn auch sandigen polnischen Grünlinge wollte ich, so belehrt, nicht verzichten, obgleich sich der Sand in meiner gouvernalen Kacke hätte nachweisen lassen.

Wie anschaulich freilich mein letzter napoleonischer Schiß gewesen wäre, wenn ich von jener Pilzzutat in Sophies gefülltem Kalbskopf gespeist hätte, die für sechs meiner Gäste – darunter drei polnische und ein rheinbündischer Offizier – zum Abschiedsessen wurde, wage ich mir nicht vorzustellen, obgleich die durchschlagende Wirkung des giftigen Seidenriß bekannt ist.

Alle Köchinnen, sage ich, haben den Kot betrachtet, aus dem Kot das Kommende gelesen und in Vorzeiten sogar mit dem Kot heidnische Zwiesprache gehalten. Wigga, zum Beispiel, hat im noch dampfenden Scheißhaufen eines gotischen Heerführers, der ungezogenerweise in der Nähe unserer Hakelwerksiedlung abgeprotzt hatte, die fatale Zukunft der bald darauf völkerwandernden Goten gesehen. In unserer frühpomorschen Sprache (Urform des heutigen Kaschubisch) hat sie deren Teilung in Ost- und West-, in glänzende und erhabene Goten orakelt: Ermanarich und die Hunnen, Alarich in Rom. Wie Belisar den König Witigis gefangennimmt. Die Schlacht auf den Katalaunischen Feldern. Und so weiter und so weiter...

Im Neolithikum hingegen, als meine Urköchin Aua herrschte, war die Kotbeschau ein kultischer Vorgang. Wir jungsteinzeitlichen Menschen hatten ganz andere Gewohnheiten, nicht nur beim Essen. Das taten wir vereinzelt, der Horde abgewandt, wenn auch nicht schamhaft, so doch verinnerlicht stumm, ganz ins Kauen verloren und wie ohne Blick. Doch geschissen haben wir gemeinsam, im Kreis hokkend, einander mit Zurufen ermunternd.

Nach dem Hordenschiß plauderten und tratschten wir fröhlich und kollektiv erleichtert, wobei wir uns unsere Endprodukte zeigten, anschaulich rückbezügliche Vergleiche anstellten oder jene Hartleibigen neckten, die noch immer vergeblich hockten.

Überflüssig zu sagen, daß auch das beiläufige Furzen ein gesellschaftlicher Vorgang war. Was man heute Gestank nennt und kommißhaft mit Latrine und Donnerbalken verquickt – »Es riecht nach kriechendem Heerwurm!« –, war uns natürlich, weil wir mit unserem Kot identisch waren: Indem wir ihn rochen, rochen wir uns. Wir schieden ja keine Fremdkörper aus. Wenn uns Essen notwendig war und Geschmack brachte, konnte uns das Ausscheiden der verwerteten Nahrung nur Lust bringen. Dankbar, doch nicht ohne Wehmut sahen wir, was uns verließ. Deshalb folgte auch dem gemeinsamen Hordenschiß, zu dem wir uns übrigens täglich zweimal sammelten, nein versammeln mußten, ein kultischer Abgesang, die Danksagung, das Hosianna, der hymnische Nachruf.

Unsere Priesterin Aua beschaute (weil Köchin der Horde) unseren mittlerweile erkalteten Kot, indem sie, ohne eine Rangfolge einzuführen, den Kreis abschritt und für jeden, auch für den kleinsten Scheißer, ein deutendes Wort fand; weshalb man in dieser menschlichen Verrichtung das Urdemokratische erkennen sollte. Keiner hockte erhöht. Wir waren ja alle ihre Kinder. Wer hartleibig erfolglos geblieben war, wurde ermahnt. Wer dennoch über Tage verstopft blieb, über den wurde Einzelschiß, wie er heute Sitte ist, als Strafe verhängt. Wem dennoch kein knotig verhärtetes Würstchen gelang, dem wurde Krötenlaich eingetrichtert: Aua führte als steinzeitlichen Löffel den kellenartigen Schulterblattknochen einer Elchkuh. Das half!

Was sich unsere humanistische Neuzeit (neben anderen Bestialitäten) als Strafe oder Folter für politische Täter ausgedacht hat – ertappte Volksfeinde müssen ihre eigene faschistische oder kommunistische, anarchistische oder gar liberale Scheiße fressen –, das wäre für uns nichts Erniedrigendes gewesen, weil unser Verhältnis zum Kot nicht nur kultisch, sondern auch sachlich war: In Hungerzeiten haben wir ihn gegessen, ohne Genuß, aber auch ohne Ekel. Einzig Kleinkinder haben noch dieses natürliche Verhältnis zu den Ergebnissen ihrer Verdauung und zum lustvollen Vorgang des Stoffwechsels, den die Erwachsenen wortreich umschrieben haben: Aamachen, Würstchenmachen, groß- oder kleinmachen. Oder man geht sein Geschäft verrichten. Oder geht dorthin, wo auch der Kaiser zu Fuß hin muß. Man muß mal kurz verschwinden, ein stilles Örtchen aufsuchen.

»Ihr Barbaren!« rief der Butt, als ich ihm, eher beiläufig, von unserer fürsorglich begutachteten Notdurft erzählte. »Ferkelskram!« schimpfte er. »Bei König Minos gibt es schon Wasserspülung.« Scham wollte er mir einreden. Und bald, nur zwei Jahrtausende später, schämte ich mich und schiß vereinzelt, wie jedermann nur noch für sich schiß. Vorträge hat mir der Butt gehalten über Kultur und Zivilisation. Ich folgte ihm, auch wenn ich nie recht begreifen konnte, ob die Individualisierung des Stuhlgangs Ergebnis eines kulturellen oder des zivilisatorischen Prozesses gewesen ist. Im Neolithikum jedenfalls, als wir nur den Hordenschiß kannten und unsere Aua zweimal täglich ihren vokalreichen Abgesang anstimmte, war uns Hygiene nicht fremd: Huflattichblätter, nie übertroffen.

(Ach, hätten wir doch das Doppelklo, wenn nicht das großfamiliäre.) Sei ehrlich, Ilsebill, auch wenn du deinen Goldzahn nicht aus den Exkrementen klauben wolltest und das Wort Scheiße (wie allgemein üblich) nur und sinnwidrig als Schimpfwort benutzt. Gib es zu, Ilsebill, und schütze nicht Schwangerschaft vor: Auch du blickst hinter dich, wenn auch scheu und zu gut erzogen. Wie ich riechst du dich gerne. Und gerne würde ich dich riechen, wie ich von dir gern gerochen wäre. Liebe? Das ist sie.

So hat die Küchenmagd Agnes Kurbiella, die den Maler Möller und den Dichter Opitz mit Schonkost bekochte, die Kacke ihrer geliebten Herren täglich mit Sinnsprüchen bedacht. Immer fielen ihr heilsame Verse ein. Und als die schwarze Pest Opitz schlug, hat Agnes aus seinen verschissenen Hosen des Dichters Hinfälligkeit zum Tode erkannt und leise geklagt:

»Ach, Liebgottchen mecht verkinden:
swarte Schiet, drin Wirm sich winden,
bringt uns Dod nach all die Sinden.«

Leer und alleine

Hosen runter, Hände wie zum Gebet,
trifft mein Blick voll:
die dritte Kachel von oben, die sechste von rechts.
Durchfall.
Ich höre mich.
Zweitausendfünfhundert Jahre Geschichte,
frühe Erkenntnis und letzte Gedanken
lecken einander, heben sich auf.

Es ist die übliche Infektion.
Rotwein fördert
oder Zank auf der Treppe mit Ilsebill.
Angst, weil die Zeit – die Uhr meine ich –
chronischen Dünnpfiff hat.

Was nachkleckert: Frühstücksprobleme.
Da will kein Kot sich bilden kompakt,
und auch die Liebe fällt bodenlos durch.

So viel Leere
ist schon Vergnügen: allein auf dem Klo
mit dem mir eigenen Arsch.
Gott Staat Gesellschaft Familie Partei ...
Raus, alles raus.
Was riecht, bin ich.
Jetzt weinen können.

Von der Last böser Zeit

Im sechzehnten Kriegsjahr, als die Sachsen mit den Kaiserlichen verhandelten und wiederum der Fall Schlesiens bevorstand, zog der achtzehnjährige Andreas Gryphius, dessen Vaterstadt Glogau abgebrannt war, nach Danzig, um dort sein Studium der Geschichte, Theologie, Astronomie und Medizin durch die Unterrichtung von Bürgerkindern zu verdienen, die hinter Häuserfassaden wohnten, deren Neuputz dem Leben schwellenden Ausdruck und in Kanülen, Hohlkehlen und Inschriften vergoldeten Tiefsinn gab.

Bis dahin hatte der junge Mann nur lateinische Heldenepen gedichtet, jetzt, weil bekannt gemacht mit einem Büchlein über die Regeln der Poeterey, schrieb er deutsche Verse, die im ersten Anlauf so schroff die Tür stießen, daß sie dem Autor des poetischen Regelbuches, der als königlich-polnischer Hofhistoriograph in Danzig Wohnung genommen hatte, wegen ihrer lustvollen Leidversessenheit, ihrer alles eitel nennenden Wut, ihrer üppigen Trauer auffielen; las Martin Opitz von Boberfeld doch in Abschriften, die ihm ein Freund vorlegte:

»Was sind wir Menschen doch? ein Wohnhaus grimmer Schmertzen,
Ein Ball des falschen Glücks, ein Irrlicht diser Zeit,
Ein Schauplatz herber Angst besetzt mit scharffem Leid,
Ein bald verschmeltzter Schnee und abgebrante Kerzen!«

so daß er den jungen Poeten, durch Vermittlung des befreundeten Mathematikers Peter Crüger, zu treffen wünschte.

Mit seinen achtunddreißig Jahren war Opitz ein kränklicher, des andauernden Krieges und der erfolglosen Diplomatie überdrüssiger Mann. Noch im Jahr zuvor, als sein Vater, der unverwüstliche Fleischhauer aus Bunzlau, zum vierten Mal heiratete, hatte er sich selbst wägend geschrieben:

»Mein Geist wil nimmer brennen,
Noch steigen wie vorhin:
Diß thut für allen Sachen

Der Haß der Dienstbarkeit,
Was Freund und Feinde machen,
Die Last der bösen Zeit.«

Im Haus des reformierten Predigers Nigrinius, wo Opitz ganz für sich wohnte – wenn man von einer sonderbaren Magd absehen will, Agnes gerufen, die halbtags für ihn, halbtags für den Stadtmaler Möller kochte –, fand die Begegnung am 2. September 1636 statt, wie in einem Brief an Opitz' Verleger, Hünefeld, nachgewiesen ist: »Anietzo begegnete mir ein newer Scribent, des glückselige Sprache hochvermögend, obzwar nicht aller regel kundig ist. Er heißet Andreas Gryph vndt ist von Glogau kommen. Seyn gantzes wesen hat mich verletzet.«

Bis zum Eindunkeln sprachen Opitz und Gryphius. Der baltische Altweibersommer blieb vor den Fenstern. Zwischendurch Vespergeläut. Die Küchenmagd kam und ging barfuß auf grün- und gelbglasierten Fliesen. Beide sprachen schlesisch eingefärbt: das läßt sich nicht nachschreiben, und manchmal wie gedruckt: das läßt sich zitieren.

Gryphius hatte ein platzrundes Bubengesicht, das sich plötzlich verfinstern und wie ausgezehrt einfallen konnte, so daß ein zürnender Erzengel aus ihm sprach. Sein Verkündermund. Die vor Entsetzen staunenden Augen. Bei allem rosigen Anschein war der junge Poet von schwarzgalliger Substanz, während dem älteren, der nach flämisch-spanischer Mode steif saß, die oberen Augenlider den Blick verhängten, so daß er wie ein geschlagener Hund in alle Zimmerecken, jedenfalls ableitend guckte, sobald er mehr für sich als zu seinem Gast sprach. Offenbar litt Opitz unter Geräuschen. Draußen wurden Fässer mit Eisenringen beschlagen.

Anfangs schien Gryphius verlegen zu sein und sprach witzig nach Studentenart zur Küchenmagd Agnes, die aber keine Antwort gab, so oft sie dem jungen Poeten gewürzten

Wein und dem älteren Saft aus gepreßten Holunderbeeren nachgoß. Man sprach über den hafenstädtischen Lärm und das schon wieder verlorene Schlesien. Gryphius berichtete, daß ihm die Pest beide Söhne seines Traunstädter Gönners Caspar Otto, also die Lateinschüler genommen habe. Dann wurde das Protzwesen der hiesigen Kaufleute durchgehechelt. Man nannte gemeinsame Bekannte aus Glogau und Bunzlau. Spott blieb übrig für die »Fruchtbringende Gesellschaft«, den heimischen Literaturzirkel.

Vielleicht zu beiläufig, nachdem er den Tod des letzten Schutzherrn der schlesischen Flüchtlinge im polnischen Lissa und Fraunstadt, Fürst Raffael Leszczyński, erwähnt hatte, lobte Opitz das kühne, manchmal freilich zu ungebundene Versmaß einiger Sonette des Gryphius. Dann beklagte er, daß deren ungehemmte Schmerzbekundungen, das Jammertalige ihres Tonfalls und die Verdammung auch der kleinsten irdischen Lust als eitle Nichtigkeit außer Maß seien. Er sagte, zwar stelle auch ihn, den unruhig Suchenden und im Scheitern Kundigen, der schöne Vers »Solt denn die Wasserblas, der leichte Mensch bestehn?« schmerzlich infrage, zumal er früher ähnlich Nichtendes geschrieben habe, doch könne er nicht alles menschliche Tun als »hew, staub, asch unnd wind« verwerfen und verweht sein lassen. Schließlich gebe es Nützliches. Oft liege unter Trümmern, was seinen Bestand wahre. Die Spur zeuge fort. Selbst im Vergeblichen bleibe der Mut des redlichen Mannes kenntlich. Nichts falle aus sich. Es habe ihn der Schwedenkanzler Oxenstierna von der Notwendigkeit politischer Tat überzeugt. Das Gute finde sich nicht, müsse vielmehr gesiebt werden. Überhaupt sei der Gryphius zu jung, um alle Welt als Jammertal zu lokalisieren und sich pausbäckig, wie er nun mal gesund glänze, Tod und Moderloch zu wünschen. Das alles, Lust und Weh, müsse erst noch gelebt werden.

Darauf trank der junge Gryphius seinen Becher Würzwein leer, starrte auf Nelke und Muskatblüte, die im Bodensatz blieben, verfinsterte sich alttestamentarisch, wollte auch nicht mehr in Gegenwart der nachgießenden Küchenmagd witzig sein, sondern sprach unbeirrt, als habe er seine Rede vorbedacht, wobei sein rechter Zeigefinger der Tischkante Rhythmen schlug.

Zuerst beteuerte er, wie dankbar seine Poetengeneration von des Opitz theoretischem Werk Gebrauch gemacht habe, wie entschlossen er und die anderen Jungen auf das teutsche Versmaß fixiert und vom lateinisierenden Schöntun angewidert seien; dann zeigte er dem gelobten Meister den soeben noch trommelnden Finger nackt. Er, der hervorragende Opitz, habe seine Kraft politisierend vergeudet, er, der vom Kaiser bekränzte, geadelte Opitz, habe der Diplomatie gegeben, was er der Poeterey schuldig geblieben sei, er, der regelkundige Opitz, habe der Hebungen und Senkungen wegen des Menschen ganze Erbärmlichkeit mit Wortplunder verhängt, er, der immer geschäftige Opitz, habe, solange der Krieg sich ziehe, die schmutzigen Geschäfte wechselnder Fürsten besorgt und könne auch jetzt, obgleich im sicheren Hafen, nicht davon lassen, hier dem Polenkönig Wladislav beratende, den kleinen Vorteil wägende Briefe zu schreiben, dort den Schwedenkanzler Oxenstierna mit Agentenberichten über das Anwerben preußischer Söldner für die kaiserlichen Armeen zu beschicken. All das tue Opitz gewiß in Sorge um das arme, schon wieder katholisch gepreßte Schlesien, aber auch um harte Taler, die ihm polnisch-schwedisch ausgezahlt worden seien für zwielichtigen Doppeldienst, für Spitzeltum und wieselige Zwischenträgerei. Deshalb sei es Zweideutigkeit, die ihm, Opitz, die Sprache verschlage, während der Würgekrieg und die Seelennot der ohnmächtigen Menschenkinder den Poeten ohne Umschweife beredt machen sollten. Er aber, der wendige Opitz, habe, wie es grad kam, den Evangelischen gedient und den Jesuiten das antiketzerische Manuale verteutscht. In katholischen Messen sei er heuchelnd aufs Knie gefallen. Als Magdeburg fiel und elend wurde, habe er sogar Schmähgedichte auf die gottesfürchtige Stadt geschrieben – »Die stets alleine schlieff, die alte keusche Magd ...« –, so daß man ihn habe verfluchen müssen im protestantischen Haus. Und Breslauer Töchtern, man wisse von zwein, habe er durchreisend Kinder gemacht, aber die Alimente nicht zahlen wollen. Und all die antikisch geputzten Lob- und Dankeshymnen, die er, der buckelnde Opitz, gewiß immer sauber der Regel nach, für den blutsaugenden Grafen Dohna in Verse gesetzt habe – »Du hebst mich über mich, du wilt mich gantz befreyen. Von deiner Waffen last, wilt mich den Musen leyhen ...« –, seien zwar meisterlich, wie es sein Büchlein über die teutsche Poeterey so dankenswert lehre, aber ohne notwendiges Empfinden und brennend Wort, sondern von lauem Geschmack. Dabei könne er, Gryphius, Poeme des Opitz hersagen, etwa die frühen, die Siebenbürgschen, aber auch das über die Pest in Bunzlau, in denen die Kunst nicht stelze, das Wort nichts verdecke, sondern ins Jammertal ohne Ausweg weise:

»... Was muste der nun leiden
Der an der Kranckheit lag/ eh' als der kundte scheiden/
Vnd ward des Cörpers loß? das angesteckte Blut/
Trat in den gantzen Kopff als eine heisse Glut/
Vnd nahm die Augen ein/ die voller Fewers stunden.
Der sprachen weg der Schlund ward jämmerlich gebunden/
Die Lunge werthe sich/ der gantze Leib lag kranck/
Vnd ließ die Kräfften fort. Ein scheutzlicher Gestanck/
Wie sonst ein faulles Aaß auch von sich pflegt zu geben/
Roch auß dem Hals' heraus; das arme schwache Leben
Stund auff der Schwelle schon/ vnd sahe hin vnd her/
Ob in der grossen Qual nicht etwan Labsal wer'?«

Da sagte nach einer Weile, in der die Küchenmagd Agnes durchs Zimmer ging, den Tisch mit Zinntellern deckte und draußen die Hafenstadt ihren Alltag hatte – es wurden Fässer gerollt –, der ältere Opitz zu dem jungen Gryphius: Jaja, das stimme alles beinahe. Er habe sich in kriegswirren Geschäften verzettelt, sei immer mit Botschaften, vermittelnden Gesuchen, verbrieftem Hilfsgeschrei unterwegs und in Pflicht gewesen, habe sich mit Breslaus Töchtern mehr erschöpft als vergnügt, habe sich vor den Jesuiten fürchten, sich der Fürstengunst versichern müssen, wolle sich aber dennoch, wie der hochgelehrte Grotius, dem er in Paris grad so gegenüber gesessen, als ein Ireniker oder Friedensmann verstehen, denn ihn trüge keine Partei, sondern der Wunsch nach Duldung jeglichen Glaubens, weshalb er auch jetzt noch, obgleich schon müd gerungen, den Kanzler Oxenstierna in Briefen bewegen wolle, nun, nach des Kaisers Schwäche, die Armee des Marschalls Baner stark zu machen, damit der Schwede samt Torstensons Reitern und den schottischen Regimentern Lesley und King die Vereinigung der kaiserlichen Truppen mit den verräterischen Sachsen behindere, ja, eigentlich strebe er an, weil doch das königliche Kind von der Mutter in Stockholms Schloß schier verrückt gehalten werde, daß sich die Schwedenmacht womöglich mit dem polnischen Wladislav gegen Habsburg verbünde, zumal der Polenkönig noch immer auf Schwedens Krone spekuliere, weshalb er, Opitz, auch im Vorjahr ein Lobgedicht auf die polnische Majestät gedichtet habe, in dem er zwar des Königs Friedensliebe und klug gewahrte Waffenruhe preise – »... Daß er, O Vladislaw, für Krieg die Ruh erkiest ...« –, doch müsse er immerfort, und sei es zum Schaden der Poeterey, um das schlesische Elend besorgt bleiben, auch wenn er an heilem Ort Wohnung genommen habe, damit ihm noch etwas in Versen gelinge. Denn nur darauf komme es an, sagte Opitz wie abschließend, indem er den jungen Gryphius nun mit vollem Blick unterwies: »Nachmals ist ein jeder verß entweder ein iambicus oder trochaicus; nicht zwar das wir auff art der griechen vnnd lateiner eine gewisse grösse der sylben können inn acht nemen; sondern das wir aus den accenten vnnd dem thone erkennen, welche sylbe hoch vnnd welche niedrig gesetzt soll werden.«

Da brachte schon, bevor sich Gryphius heftig entladen konnte, die immerfort nur um den Mund lächelnde Küchenmagd auf silberner Platte einen gekochten Dorsch, den sie Pomuchel nannte. Nun sprach Agnes über den Tisch. Sie bat den jungen Herrn, nicht mehr, um Gottes willen, zu streiten, damit ihr lieber Herr, dessen Magen leicht zu verstimmen sei, den in Milch gegarten und mit Dill abgeschmeckten Fisch in Ruhe speisen könne. Mit einem Verslein, das sie ländlich breit und widersinnig betont vortrug und das sagen wollte: »Pomuchel verzanken heißt Liebgottchen nicht danken«, schaffte sie Stille; denn auch der Fisch fiel sanft von der Gräte und schaute mit weißem Auge niemanden an.

Nicht nur deshalb aßen sie stumm. War ja nichts mehr zu kränken. Hingen nur noch Halbwörter nach. Hatten alles gesagt. Der junge Gryphius stopfte sich heißhungrig über die linke Hand, während Opitz eher lustlos mit einer Gabel stocherte, die er vor Jahren als neumodisches Tischwerkzeug aus Paris mitgebracht hatte. Gryphius saugte die Hauptgräte ab und schlürfte auch noch das Gallert aus den Augenhöhlen des Dorschkopfes. Beiseite lagen die beiden Blindkugeln. Vom honigsüßen Hirsebrei, in den kandierte Holunderblüten gerührt waren und den Agnes tischte, als vom Pomuchel nur noch die saubere Gräte, abgelutscht Schwanz- und Rückenflosse und das gefledderte Kopfgebein geblieben waren, aß Opitz nichts; doch fraß sich der junge Gryphius, als müsse er wie im Märchen vom Schlaraffenland die Hauptaufgabe lösen, durch den dampfenden Hirseberg: So früh vaterlos, so jung verzweifelt, so schlesisch ausgehungert war er.

Zuerst hörte man nur das Schmatzen des Poeten, der bald wegen seiner wortgewaltigen Todessehnsucht und Absprache aller irdischen Lust berühmt sein sollte, dann hörte man des Opitz nervösen Magen, dessen Nerven durch die Anwesenheit des Gastes gereizt sein mochten: Blubbern, Gurgeln, sauer stieß es ihm auf. Hinter hängenden Augenlidern trug Opitz sein Leid, nur daß er manchmal den Spitzbart zupfte, der sein schmächtiges Kinn nach schwedischer Manier betonen mußte.

Als auch der Hirseberg abgetragen war, fragte der junge Gryphius in das Schweigen hinein, was denn der Meister mache, plane, an großem Werk sich ausgedacht habe und wie er es mit der teutschen Tragödie halte, nachdem er den Sophokles so ordentlich übersetzt habe. Da lächelte Opitz, das heißt, er lockerte den grämlichen Faltenwurf seiner Häßlichkeit zur Grimasse auf und versicherte, daß er, weil schon lange ohne inwendig Feuer, keinen dicken Rauch mehr machen wolle. Im kalten Ofen solle man nicht nach Glut stochern. Deshalb werde wohl auch die gänzlich verkrautete Jugendidee nicht zum wohlgeordneten Skript über das antike Dazien reifen. Und ein teutsches Trauerspiel müsse wohl jemand schreiben, der wie Gryph noch ganz in Szene sei. Aber ins Teutsche übersetzen wolle er behutsam die Psalmen Davids, wobei es darauf ankommen werde, bei gelehrter Anleitung die hebräischen Schriften zu studieren. Dann wolle er noch griechische und lateinische Epigramme »in vnsere Sprache tragen vnd all hier vnter die preße geben«. Auch trage er sich mit der Absicht, Breslauer Schätze zu heben und das seit Vorzeiten vergessene Annolied neu bekannt zu machen, damit es bestehen bleibe. Mehr nicht.

Als wollte er sich entschuldigen, wies Opitz auf den abgegessenen Tisch und sagte: »Derentwegen wolle vns ja niemandt verargen, das wir die zeit, welche viel durch Fressereyen, vnnütze geschwätze vnd gezänke hinbringen, mit anmutigkeit vnsers studierens, vnd denen sachen verschliessen, welche die armen offte haben, vnd die reichen nicht erkauffen können.«

Das mochte eine Aufforderung an den jungen Gryphius enthalten haben, keine Worte mehr zu machen, nun zu gehen und in stiller Kammer fleißig zu studieren. Der junge Mann stand auf und zeigte ein entsetztes Gesicht. Das sagte, wie erbärmlich ausgebrannt ihm der immerhin verehrte Meister begegnet war. Und als Opitz – kaum hatte die wunderliche, jetzt in gleichbleibender Tonlage summende Küchenmagd die leeren Platten abgeräumt – auch noch mit schlimmem Grienen eingestand, daß ihn das warme Fleisch Agnes', obgleich er es mit dem hiesigen Stadtmaler teilen müsse, neuerdings wieder zärtlich mache, belebe, in Lust bringe, wenn auch zu spät und mit nur halbem Erfolg, knöpfte sich Gryphius angewidert den Wams: Er wolle nun gehen. Er wolle nicht stören. Belehrt sei er genug. Er habe über die Zeit gesessen.

Schon in der Tür, hatte der junge Poet doch noch ein Anliegen. Nicht unter Drucksen, frei heraus bat er Opitz um Vermittlung eines gunstreichen Verlegers. Obgleich er, Gryphius, wisse, daß alles Buchpressen und Trachten auf Nachruhm eitel sei, wolle er doch seine Sonette, die er hier, in der falsch glänzenden und von trügerischem Glück besonnten Stadt geschrieben habe, weil doch gegen solche Eitelkeit gerichtet, auch gedruckt sehen. Opitz hörte das, dachte ein wenig in sich hinein und versprach dann, um die Gunst eines Verlegers bemüht zu sein.

Plötzlich in Gelehrtenlatein und mit Zitaten Abstand schaffend (wonach auch Gryphius ins Lateinische überging), sagte Opitz nach längerem Senecazitat, er kenne einen kaiserlichen Rat, der kränklich zurückgezogen ein beschauliches Leben führe und viel für die Künste übrig habe. Er hoffe, daß den Gryphius nicht der Titel störe. Es seien ja nicht alle Kaiserlichen von schlimmer Art. Er werde vermittelnd schreiben.

(Das geschah bald. Gryphius zog auf das Gut eines gewissen Herrn Schönborner, gewann dessen Gunst, unterrichtete dessen Söhne und ließ schon im folgenden Jahr, finanziert vom kaiserlichen Rat, seine Sonette in Lissa drucken, auf daß sie ihn überlebten.)

Die Küchenmagd Agnes jedoch zündete, als der junge Gryphius satt an Fisch und Hirse, doch auch mit Traurigkeit überfüllt, endlich gegangen war, zwei Kerzen an, legte Papier zurecht, daneben einen frisch zugeschnittenen Gänsekiel. Dann stellte sie seitlich ein Näpfchen Kümmel ab, von dem Opitz gerne beim Briefeschreiben nahm. Mit feuchter Fingerspitze bediente er sich. Sein kleines Laster: die Kümmellust.

Er schrieb an den Schwedenkanzler, der solle nun endlich Torstensons Truppen und die schottischen Regimenter in Marsch setzen. Nach seinen, des Opitz Erkundigungen, die er in der Hafenstadt eingezogen habe – »denn Dantzik ist ein treff all möglicher Agenten vnd höfischer Kuriere« –, sei es an der Zeit, die Sachsen im Brandenburgischen zu schlagen, bevor sie sich der kaiserlichen Macht verbünden könnten. Die schlesische Not und die militärische Lage seien gleichermaßen für Entscheidungen reif.

(Worauf einen Monat später, am 4. Oktober 1636, die kaiserlichen Truppen von den sächsischen getrennt und bei Wittstock an der Dosse, einem Nebenfluß der Havel, zwischen Wald und sumpfigem Gelände von den Schweden unter Marschall Baner geschlagen wurden, wobei die schottischen Regimenter Lesley und King zu Fuß den Ausschlag gaben: Nach ungezähltem Verlust beiderseits wurden Standarten, Kanonen und Fourage erbeutet gezählt. Mehr nicht.)

Opitz saß, nachdem er den Brief an Oxenstierna versiegelt hatte, noch einige Zeit still bei den Kerzen, kaute den restlichen Kümmel, war jedem Geräusch fern und wartete auf die Küchenmagd Agnes, die auch bald kam und alles, beinahe alles wiedergutmachte.

Runkeln und Gänseklein

Im November,
wenn das Spülwasser ausgegossen,
die letzten Farben verbraucht
und die Gänse gerupft sind,
auf Sankt Martin pünktlich
kochte Agnes, die immer wußte,
was wann gekocht wird,
den Hals in lappiger Haut, Magen und Herz,
die Flügel beide: das Gänseklein
mit Runkeln und gewürfeltem Kürbis
lange auf kleinem Feuer und in Gedanken
an einen schwedischen Fähnrich, der Axel geheißen
und wiederzukommen versprochen hatte:
Bald im November.

Mitgekocht wurden:
ein Händchenvoll Graupen, Kümmel, Majoran
und wenig vom Bilsenkraut gegen die Pest.
Das alles: den Magen kaute, vom Flügelbein nagte,

am Halswirbel saugte der Maler Möller,
dem Agnes tischte, während der Dichter Opitz
die sanfte Brühe, die weiche Runkel
löffelte löffelte und keine Worte fand –
wenn auch überall im November
und trüben Sud ein Gänseherz schwamm,
das seinen Vergleich suchte.

Warum der Butt zwei kalte Öfen wieder befeuern wollte

Als das feministische Tribunal den Fall Agnes Kurbiella verhandelte, galten die Sicherheitsvorkehrungen für den angeklagten Butt als abgeschlossen, wenngleich noch immer mit Anschlägen (Entführung, Giftzusatz) gerechnet werden mußte: In seinem Panzerglaskasten atmete der Plattfisch zumeist in Ostseesand gebettet und konnte nur erahnt werden: Seine Augenwülste und das sprechende Schiefmaul lagen frei. Erst als die Vertreterin der Anklage dafür plädierte, die unübersichtliche Prozeßmasse zu verknappen, und den Fall auf das, wie sie sagte: »Relevantere Verhältnis« der Agnes Kurbiella zu dem Hofhistoriographen Martin Opitz von Boberfeld reduzieren wollte, protestierte der Butt und bewegte sein Sandbett mit den Flossen.

»Hohes weibliches Gericht! Diese angebliche Zeitersparnis würde jede Erkenntnis halbieren, also zunichte machen, denn die junge Agnes lebte nicht nur im Doppelverhältnis, sie war auch tatsächlich gespalten, ohne dabei Schaden zu nehmen. Ein geräumiges Naturell erlaubte es ihr, zuerst dem Maler Möller, dann dem Dichter Opitz und schließlich dem einen wie dem anderen, ohne sprunghaft zu sein, als Köchin und Geliebte den Haushalt zu führen, das Bett vorzuwärmen und – wie soll ich es schicklich sagen – den Ofen wieder zu heizen; wobei ich gleich anfangs zugeben will,

Möller wie Opitz beraten zu haben: Beide riefen mich an bekannter Stelle aus der Baltischen See, ich hörte und half. Es war ein Tag mit anlandigem Wind aus Nordost. Doch wenn die gestrenge Anklage unbedingt, das heißt mit fragwürdigem Gewinn, Zeit sparen will, dann möge sie mit Agnes auch mich halbieren. Die Zeitmode verlangt offenbar radikale Beschlüsse. Alles muß immer ruckzuck gehen.«

Die Pflichtverteidigerin, Frau von Carnow, eine hilflos wirkende, weil vom Butt ignorierte Dame, schloß sich dem Gegenantrag des Fisches an. Mit piepsiger Stimme sagte sie: »Wenn man, aus Gründen der Zeitersparnis, das tut, könnte der Eindruck entstehen, man wollte ein Vorurteil fällen, einen Schauprozeß durchpeitschen. Das darf niemals Methode der Frauen werden. Das ist schlimme Männerpraxis!«

Die Unruhe im Publikum ließ keine klare Meinung erkennen. Das Gericht entschied nach kurzer Beratung, den Fall Agnes Kurbiella als Doppelfall zu verhandeln. Doch wurde der Butt ermahnt, sich kurz zu fassen und auf auswuchernde Schilderungen Möllerscher Kunstreisen sowie auf das Breittreten der Opitzschen Diplomatie zu verzichten. Das interessiere hier kaum. Schließlich sei der Stadtmaler Anton Möller ein achtundsechzigjähriger Greis gewesen, als er die gerade vierzehnjährige Agnes in Abhängigkeit brachte, und Opitz habe man auch schon zu den Enddreißigern zählen müssen, als ihm die mittlerweile achtzehnjährige Agnes hörig wurde.

»Sie ersparen mir Erklärungen«, sagte der Butt. »Weil beide Herren, obgleich der eine Sohn des anderen hätte sein können, schon so betagt, gerupft, verbraucht und ausgebrannt waren, habe ich die armseligen Tröpfe beraten. Sie dauerten mich, als sie bei Weichselmünde im Flachwasser standen und der eine, Jahre später der andere riefen: ›Butt, sag was! Mein Bett ist immer halb leer. Ich friere in- und auswendig. Ich bin mit Schlacke verstopft und rieche nach kaltem Rauch.‹ – Deshalb hieß mein Rat: ›Nehmt euch was Junges. Erfrischt, verjüngt euch. Erwärmt euch am Weiblichen. Lebt wieder auf.‹ Denn Möller wie Opitz bedurften der Inspiration, der sinnlichen Ermunterung, ich sage: des Feuers im erkalteten Ofen, wenn ihren mittelgroßen Talenten noch eine Altersleistung, ein später Jugendblitz abverlangt werden sollte. Es fehlte den beiden Abgestorbenen die ideelle Mundzumundbeatmung. Es mangelte der sprichwörtliche Musenkuß. Auch wenn ich Gefahr laufe, hier, unter dem prüfenden Blick betont unterkühlter Damen, als altmodisch verlacht zu werden, sage ich: Ich empfahl dem Maler, dem Dichter die sanfte Agnes als Muse.«

Nicht nur die zugelassene Öffentlichkeit verlachte den Butt. Als Vorsitzende des Tribunals sagte Frau Dr. Schönherr: »Das hört sich ja recht gnädig an, wie Sie, wenn nicht den Frauen allgemein, so doch immerhin der besonderen Agnes neben dem Köchinnenberuf und der Aufgabe, als Wärmflasche das Bett zu heizen, eine weitere Funktion zugestehen: Sie darf Muse sein, Küßchen geben, feuchtwarmen Mutterboden düngen und ausgebrannten Künstlern kraft vermittelter Großinspiration zu mittelmäßigen Leistungen verhelfen. Käme das wieder in Übung, wäre unseren alternden Genies endlich geholfen. Obendrein könnten sie ihre Musen von der Steuer absetzen. Das gestern noch revolutionäre ›Kursbuch‹ fände morgen als ›Neuer Musenalmanach‹ geneigte Leser. Doch Scherz beiseite: was kam denn raus bei dieser arbeitsteiligen Produktion?«

»Wenig, leider zu wenig!« sagte der Butt. »Ein paar skurrile, doch halbwegs ansehnliche Aktzeichnungen nach der schwangeren Agnes fielen ab; denn immerhin war es dem alten Möller gelungen, seiner Alterspotenz ein hausbackenes Zeugnis abzuzwingen. Dem Opitz wollte kein Sonett, keine

Ode auf Agnes einfallen. Nicht mal ihrem Dillgärtchen war er jambisch gewachsen. Eher mürrisch hat er die Neuausgabe seiner alten Gedichte besorgt. An jeder Auflage seiner Übersetzung eines englischen Schmökers mit dem Titel ›Arcadia‹ hat er Korrekturen gebosselt. Mehr kreuzbrav als inspiriert sind ihm die Psalmen Davids als Übersetzung gelungen. Auftragsarbeiten: die üblichen Lobgedichte auf Fürsten, nun ja. Und selbst das Schwängern schaffte er, wie zu vermuten ist, nicht, denn als Agnes drei Jahre nach dem Tod ihrer erstgeborenen Tochter zum zweitenmal aufging, war Opitz schon wieder unruhig auf Reisen: nach Thorn, Königsberg, Warschau. Womöglich hat abermals der Maler Möller ein wenig Glut unter der Asche entfachen können.

Nein, Hohes Gericht. Künstlerisch Bleibendes, ein Geschenk an die Welt, den großen Wurf, etwa ein spätreifes Tafelbild – die lang geplante Kreuzigung auf dem Hagelsberg mit dem sündigen Danzig im Hintergrund – oder eine erschütternde Kriegs-, Pest- und Jammertalallegorie, vergleichbar dem frühen Gedicht über die Pest in Bunzlau, haben sich Möller und Opitz nicht abringen können, wenngleich die junge Agnes in ihrem ergreifenden, immer ein wenig töricht anmutenden Liebreiz jene summende Stille zu schaffen verstand, in der Kunst zu keimen beginnt. Sicher, oft glotzte Opitz hintersichtig, wenn ihm Agnes abseits ein Ei in die Hühnerbrühe rührte und dabei wie ein Astralleib durchlässig zu sein schien, aber es blieb bei poetischen Erstzeilen und vielversprechendem Stammeln, das nie seine jambische Ordnung fand. Sicher, es fielen flüchtige Skizzen ab, die große Entwürfe vermuten ließen, aber nichts kam zur Ausführung. Alles blieb nur Versprechen. Kurzum: nachdem mein wohlmeinender Rat den Maler, den Dichter wie Zunder befeuert hatte, erkalteten beide Öfen abermals.«

Nach einer Pause, in der der Butt der Wirkung seines halben Geständnisses nachlauschen mochte, denn die Geräusche der öffentlichen Saalhälfte wurden in sein Panzerglasgehäuse übertragen, stellte er mit neuerdings fistelnder Stimme fest: »Ich höre spöttisches Gelächter. Das offenbar nicht zu ermüdende Publikum versucht, auf meine Kosten witzig zu sein. Dabei gebe ich unumwunden zu, die musische Qualität der jungen Agnes Kurbiella vergeudet zu haben. Die Hoffnung trog. Hatte ich doch gemeint, daß dem genialischen Möller, dem theoretischen Opitz noch ein Werk von Dauer abzuhandeln gewesen wäre. Denn immerhin war Möller kein beliebiger Stadtmaler. Und ohne Opitz wäre die deutsche Poesie kaum zu korrekten Reimen und regelmäßigen Hebungen und Senkungen gekommen. Deshalb ersuche ich das Hohe Gericht, den von mir angeforderten literaturhistorischen Würdigungen des Opitzschen Werkes Gehör zu schenken und einen Lichtbildervortrag zuzulassen, damit das nichtsahnende Publikum sieht, wie vielversprechend der Maler Möller begonnen hat, wie rasch er allegorisch wurde und wie erbärmlich sein immerhin witziges Talent verlumpte. Erst dann möge man urteilen, ob ich, der von den Frauen so streng angeklagte Butt, verbrecherisch, irrtümlich oder womöglich zu Recht gehandelt habe, als ich den beiden wie erloschenen Künstlern zu einer Muse verhalf.«

Obgleich es zu Protesten aus dem Publikum kam – »Der will uns hier Musenküsse aufschwatzen!« – »Damit ihr wißt, was der Butt ist: ein Scheißgermanist!« –, entschloß sich das Tribunal im Sinne des Angeklagten, zumal die Pflichtverteidigerin, Frau von Carnow, mit fahrigen Gesten und überschnappender Stimme drohte, ihr Mandat niederzulegen. (Sie weinte ein bißchen und mit Erfolg.)

Zuerst wurden Lichtbilder, die insbesondere Möllers Hauptwerke »Das Jüngste Gericht« und »Der Zinsgroschen« als Ganzes und in Ausschnitten zeigten, auf die Leinwand des zum Gerichtssaal umgedeuteten Kinos projiziert. Dann wurden Beispiele seines volkstümlichen Talentes gezeigt: Danziger Bürgerfrauen vor hanseatischen Prunk- und Protzfassaden, Fischweiber auf der Langen Brücke, die eine oder andere dralle Marjell, Jungfern beim Kirchgang, alle in zeitgenössischem Putz. Erläuternd sprach ein Kunsthistoriker aus Holland über den unbekannten Provinzmaler: Wie sich der Sohn eines Königsberger Hofbarbiers auf Reisen mehr in den Niederlanden als in Italien gebildet habe; wie bedauerlich es sei, daß seine Kopien nach Dürer verschollen sind; weshalb man ihn, trotz der vielen Einflüsse, keinen Epigonen schimpfen dürfe; wie schwer es die jungen Talente zwischen der ausgehenden Renaissance und dem Frühbarock gehabt hätten; weshalb man das Jüngste Gericht Möllers, trotz der allegorischen Verspieltheiten, zu den beachtlichen Zeugnissen seiner Zeit rechnen könne; wie bemerkenswert Möller vor seiner etwa um 1610 erlahmenden Schaffenskraft gewesen sei und welch größere Hoffnung sein malerisches Talent durchaus habe erwecken können.

Danach wurden die Gutachten namhafter Literaturhistoriker verlesen. Man erfuhr, daß es Opitz, im Vergleich mit Gryphius und Hoffmanswaldau, an metaphorischer Sprachgewalt und formaler Verfeinerung gefehlt habe. Mit Zitaten wurde bewiesen, wie vollendet Opitz mit Fremdzitaten seinen eigenen Produktionen behilflich gewesen sei. Anhand seiner Biographie wurde ein abwechslungsreiches, abenteuerliches, zunehmend auch zwielichtiges, durch doppelte Agententätigkeit eingetrübtes Leben datiert. Danach wurde bedauernd festgestellt: »Davon ist wenig anschaulich geworden. Alles verschlüsselt, ins Geistige transponiert, mythologisiert oder auf belehrende Pointen gebracht, sogar die Liebesgedichte. Schade, daß nicht sein Opernlibretto, aber die gewiß größere Musik des Heinrich Schütz verlorengegangen ist.« Dann wurden einige Verse zitiert – »... die

Freyheit wil gedruckt, gepreßt, bestritten werden ...« –, um darzutun, daß allenfalls Zeilen zu überdauern vermochten. »Ein Mann des Ausgleichs ist er gewesen, der diplomatisierend, mal in katholischen, mal in protestantischen Diensten versucht hat, zwischen den verzankten Religionen zu vermitteln: ›Gewalt macht keinen fromm, macht keinen Christen nicht!‹«

Ein weiteres Gutachten ortete den bei allem scheinbar opportunistischen Wechsel unverrückten politischen Standort des Dichters: Mitten im Dreißigjährigen Krieg sei er ein Ireniker gewesen. Eiréne, das griechische Wort für Frieden, habe ihn bestimmt. Toleranz könne man sein Motto nennen. Deshalb weise auch keine parteiische Leidenschaft, sondern ausgewogener Kunstverstand seine Dichtung, oft zu ihrem Nachteil, aus. Zu klug und zu sehr der ordnenden Vernunft verpflichtet sei er gewesen, um sich kühne, verstiegene und in ihrer Schönheit dumme Metaphern zu leisten. Deshalb auch, gleich zu Beginn seines Aufenthaltes in Danzig, die für Opitz schmerzhafte Begegnung mit dem jungen, sprachentfesselnden Gryphius, der dem verehrten Meister kräfteraubendes Politisieren, bezahltes Agentenwesen, Angst vor offener Schmerzbekundung und nackter Ichbezüglichkeit vorgeworfen habe. Doch immerhin sei Opitz literarisch von Einfluß gewesen. Neuerlich habe Germanistenfleiß nachweisen können, daß die Beschreibung der Schlacht bei Wittstock an der Dosse im »Simplicissimus« zumindest angeregt worden sei durch Schlachtszenenbeschreibungen in der Opitzschen »Arcadia«-Übersetzung. Womöglich habe der junge Grimmelshausen als Augenzeuge von einem Baum herab die Schlachtszenen mit den gedruckten Metaphern verglichen und als tatsächlich erkannt, weil sich die Wirklichkeit, wie ihr von der Literatur vorgeschrieben war, in schrecklicher Anschaulichkeit verhielt; was wieder einmal beweise, daß alles Geschehen schon vorgedruckt sei.

Doch Opitz' eigentliche Leistung – das bestätigten alle Gutachten – finde man in seinem theoretischen Büchlein »Von der Deutschen Poeterey«. Er habe den seit Luther volkstümlichen, doch allenfalls zu Knittelversen fähigen Zungenschlag zur Kunstsprache geläutert. In einem Gutachten hieß es sogar: »Durch Opitz wurde die gehobene Dichtung aus jahrhundertelanger lateinischer Gefangenschaft befreit; seine Leistung war eine emanzipatorische.«

Das Tribunal nahm das alles zur Kenntnis und hätte wohl auch zu einem milden Urteil gefunden, wenn nicht die Anklägerin, Sieglinde Huntscha, spitze, den Butt provozierende Fragen gestellt hätte. Die selbst sitzend heldisch wirkende Frau sprang auf, verfärbte sich rot bis zum Haaransatz, reicherte, bevor sie sprach, ihre Stimme mit Verachtung an, wies mit magerem Zeigefinger auf das Panzerglasgehäuse, in dem der Butt, womöglich animiert durch die Gutachten der Literaturhistoriker, einige Handbreit über seinem Sandbett alle Flossen spielen ließ, sprach dann, nein, schoß (plötzlich sächsisch eingefärbt) Frage auf Frage in Richtung des angeklagten Plattfisches und hatte sogleich einen Anfangserfolg: Wie getroffen ließ sich der Butt fallen. Er wühlte sich in den Ostseesand, warf mit der Schwanzflosse Sand auf seine uralte Steinhaut und trübte das Wasser seines wohl vor Geschossen, doch nicht vor gezielten Fragen sicheren Glashauses: Er war wie weg, verschollen, schien entkommen zu sein, blieb unfaßbar.

Dabei waren die Fragen der Anklägerin nicht einmal zu intellektuellen Widerhaken gebogen. Der Butt wurde nicht prinzipiell in Frage gestellt. Ungekünstelt direkt wollte Sieglinde Huntscha wissen: »Kann es, wenn eine Frau von Beruf Muse sein soll, auch Männer geben, die diesen Beruf ausüben? Wenn ja: welche Männer haben als Musen, das heißt, die Kunst indirekt fördernd, bekannten Künstlerinnen zu

Inspirationen verholfen? Oder meint der Angeklagte etwa, es könne das Verhältnis der Frauen zur Kunst nur ein vermittelndes, düngendes, passives, dienendes sein? Sind wir nur dafür da, eure ausgebrannten Öfen zu befeuern? Gibt es einen Stundenlohn für weibliche Musentätigkeit? Will uns etwa der Butt demnächst und gönnerhaft als tariffähige Heimarbeiterinnen einstufen und uns die Gründung einer Musengewerkschaft empfehlen? Dürfen sich, frage ich, Frauen auch männliche Musen gutbezahlt halten? Oder will der Angeklagte mit all dem bestellten Gutachtergeschwätz nur seine wahre Rede kaschieren? Denn in Wirklichkeit meint er: Die guten Mädchen können zwar manchmal ganz hübsch Klavier spielen und sind als Töpferinnen wie auch im Kunstgewerbe recht fleißig, als einfallsreichen Dekorateusen ist ihnen die Innenarchitektur gemäß, auch fällt es ihnen nicht schwer, sobald sie leiden, lieben oder Ophelias schizophrene Schwestern sind, mit Herzblut, Mösensaft oder schwarzgalliger Tinte erschütternde, saugfähige, schwermütige Verse zu schreiben; Händels ›Messias‹ aber, der Kategorische Imperativ, das Straßburger Münster, Goethes Faust, Rodins Denker und Picassos Guernica, all das, die Gipfel der Kunst sind ihnen verhangen. Ist es so, Butt?«

Inzwischen hatte sich der aufgewühlte Ostseesand wieder gelegt. Ohne Flossenschlag lag der Plattfisch. Nur steigende Bläschen zeigten an, wo er durch Kiemen atmete. Und sein Schiefmaul lebte: »Jaja«, sagte er, »so ist es, leider.«

Nicht einmal zu Empörung raffte sich die zugelassene Öffentlichkeit auf. Einzig ein tiefes Durchatmen einte das Publikum. Nur die Pflichtverteidigerin, Frau von Carnow, hauchte: »Wie entsetzlich.«

Dann lud Stille den Butt zu weiterer Rede ein: »Nicht um mein Ja abzuschwächen, will ich das Musische als weibliches Vorrecht loben, indem ich von Agnes erzähle. Sie war mehr als Möller und Opitz zusammen. Selbst ein Rubens, ein Hölderlin hätten ihr Angebot nicht erschöpfen können. Es war mein Fehler, zwei verbrauchte Talente mit ihrer Fülle gänzlich zu verschütten. Nein, Agnes machte nicht Kunst. Aber Ursprung aller Künste ist sie gewesen: ihre fließende Form, ihr episches Schweigen, ihr Denken, aus dem das Nichts dachte, ihre Vieldeutigkeit, ihre feuchte Wärme. Nur wenn sie des kranken Opitz' Magen mit einem gedünsteten Kalbshirn zu Spargelköpfchen schonte, geriet ihr das Kochen zur Schöpfung, zumal sie über den Töpfen sang, und zwar auf einem einzigen Ton beharrend, der auch genug war, weil reicher als alles melodische Getön. Zumeist sang sie Liedchen, in denen die Schweden jeden Kriegsschrecken in Reime gezwungen hatten. Man muß wissen, daß die dreizehnjährige Agnes im Frühling des Jahres 1632 auf der Halbinsel Hela von schwedischen Reitern, die zu Oxenstiernas Besatzungsregiment gehörten, zur Vollwaise gemacht und wie ein Astloch benutzt wurde, was ihren Verstand verkehrt hat. Manchmal sprach sie von einem gewissen Axel. Der muß wohl einer der Reiter gewesen sein. Einzig der ist ihr eindringlich geblieben.

So viel, gestrenges Gericht, zu Agnes Kurbiella. Ja, sage ich, und noch einmal ja. Agnes mußte nicht schaffen, erschaffen. Sie mußte nicht schöpferisch sein. Denn sie war Geschöpf: vollendet.«

Auch wenn sich der nun wieder tieforgelnde Vortrag des Butt dem Publikum wie dem feministischen Tribunal übertragen haben mochte, fiel doch das Urteil gegen ihn aus. Er wurde schuldig befunden, ein durch männlichen Kriegsgreuel ohnehin verwirrtes Kind zwei verbrauchten Männern zum stimulierenden Mißbrauch freigegeben zu haben. Man sprach von männlicher Kuppelei. Lächelnd, als habe sie Geschmack an bitteren Mandeln gefunden, räumte die

Vorsitzende bei der Verlesung der Urteilsbegründung immerhin ein, daß man dem beschränkten Männerverstand des Angeklagten einiges nachsehen müsse: »Sie können nun mal nicht anders, die Herren der Schöpfung. Das Privileg des Schöpferischen ist ihnen unverzichtbar. Wir Frauen haben Geschöpfe, und zwar vollendete Geschöpfe zu sein. Dank sei den schwedischen Reitern, besonders dem ominösen Axel gesagt, weil sie das Gemüt der kindlichen Agnes so kunstgerecht verrückt haben. Leicht irre Frauen qualifizieren sich vorzüglich als Musen. Wir dürfen gespannt sein, wie fischig sich der Angeklagte beim nächsten Termin über die Liebe äußern wird.«

Als sich die Pflichtverteidigerin des Butt zur Gegenrede erhob, verließ ein Gutteil des Publikums lärmend den ehemaligen Kinosaal. Auch der revolutionäre Beirat des feministischen Tribunals wollte Frau von Carnow nicht zuhören. Und selbst ich hatte Mühe, ihre immer wehklagende, quengelnde, piepsig auf Eintönigkeit bestehende Stimme zu ertragen, auch wenn Bettina – äußerlich eine adrette Person, ihrem Wesen nach ein gerupfter Engel – meiner Agnes gleichen mochte: das rostige Kraushaar, die immerzu blinzelnden Augen, ihr durch nichts zu verwischendes Lächeln, die hohe, kindlich gewölbte Stirn.

Nur wenige hörten Frau von Carnows unzeitgemäße Klage: »Aber ist es nicht schön und verdienstvoll, als Frau Muse des Künstlers, sein gesprungenes Glas, sein Moosboden, seine Urform sein zu dürfen? Ist nicht alles Große so und nur so, durch stilles Zutun inspirierender Frauen entstanden? Wollen wir Frauen diesen hohen Dienst etwa aufkünden und den Künsten die Quellen verschütten? Ist Hingabe nicht stärkster Beweis weiblicher Kraft? Wollen wir uns etwa bis zur Undurchlässigkeit verhärten? Und wo, frage ich, wo bliebe das Ewigweibliche?«

»Schon gut!« unterbrach sie der Butt. »Ihre Fragesätzlein rühren selbst mich. Doch sind Sie, Verehrteste, außer Mode geraten. Schlimmeres kann einer Frau nicht passieren. Ich fürchte, Sie sind sogar fähig, wie jene Agnes, deren Fall hier verhandelt wird, bedingungslos Liebe zu schenken. Mein Gott! Das hält doch heutzutag niemand mehr aus.«

(Da ging auch ich, so anziehend mich Bettina von Carnow erinnerte.) Ach Agnes! Dein Kochfisch. Dein Lächeln ohne Sinn. Deine Barfüße. Deine verschlafenen Hände. Deine Stimme zum Müdmachen. Deine nicht aufzufüllende Leere. Immer war frischer Dill im Haus: deine nachwachsende, immer nachwachsende Liebe...

Spät

Ich kenne nur,
soweit sie sich zeigt,
die Natur.

Mit tastendem Griff
sehe ich sie in Stücken,
nie
oder nur, wenn das Glück mich schlägt,
ganz.

Was soviel Schönheit,
die sich am Morgen schon
in meinem Kot beweist,
soll oder zweckt,
weiß ich nicht.

Deshalb gehe ich zögernd schlafen,
denn der Traum macht den Gegenstand fließend
und redet ihm Sinn ein.

Ich will wach bleiben.
Vielleicht rührt sich der Stein
oder Agnes kommt
und bringt, was mich müde macht:
Kümmel oder Dill.

Fischig über die Liebe und Poesie

Er hat sie uns Männern aufgeschwatzt (und allen Ilsebills wie einen Herzschrittmacher verschrieben). Denn anfangs, als Aua herrschte und alle Frauen Aua, die Männer Edek hießen, kannten wir keine Liebe. Es wäre uns nicht in den Sinn gekommen, eine einzelne Aua als besondere zu erkennen. Wir hatten keine Erwählte, obgleich es jene Überaua gab, die später als Muttergöttin verehrt wurde und mich, weil ich Figuren nach ihren Maßen in den Sand ritzen oder aus Lehm kneten konnte, immer ein wenig bevorzugt hat. Aber verliebt, vernarrt, vergafft ineinander waren wir nicht.

Deshalb auch kein Haß. Im gemeinen Hordenumgang wurde niemand verdrängt, wenn man von jenen armen Tröpfen absieht, die ein Tabu verletzt hatten und deshalb als einzelne ausgeschlossen, in die Sümpfe getrieben wurden. Tabu war zum Beispiel: geschwätziges Essen in Gesellschaft oder der stumme, ungesellige Einzelschiß. Und sicher hätte unsere Überaua die Liebe zwischen zwei Personen – wenn sie uns jemals verblendet hätte – streng tabuiert und mit paarweiser Austreibung bestraft. So was soll vorgekommen sein: anderswo.

Bei uns nicht. Wir hielten nichts vom Besonderen. Uns war jede Aua gleich fett. Und auch wir Edeks wurden genommen, wo wir grad paßten. Natürlich gab es Unterschiede. Natürlich gab es kleine Vorlieben, um das Wort zu gebrauchen. Man möge sich uns nicht als ungestalte neolithische Masse vorstellen. Nicht nur Altersgruppen, auch arbeitsteilige Zugehörigkeit bestimmten unser Hordenbild. Einige Weiber sammelten Pilze und trafen in den Buchenwäldern auf jene Männerrotte, die sich auf Bärenjagd spezialisiert hatte, doch meistens Dachse spießte. Da ich zu den Fischern zählte – auch wenn ich gerne, was nicht tabu war, auf Einzelfang ging –, wurde ich mehr von Aalreusen flechtenden Weibern benutzt als von Pilzsammlerinnen. Aber mit Liebe, selbst Gruppenliebe hatte das nichts zu tun. Und dennoch trug uns ein großes Gefühl, das hätte Fürsorge heißen können.

Als mich der Butt, kaum hatte ich ihn gefangen und wieder freigesetzt, nach meinem Hordenleben ausfragte, wollte er wissen, welchem dreibrüstigen Steinzeitweib ich denn besonders gefalle, welcher Muschi ich es mit Übersollfleiß besorge, welche Korbflechterin oder sonstwie beschäftigte Ilsebill ich liebestoll machen wolle: »Nun sag schon, mein Sohn. Welchem Weibsstück hast du den Kopf verdreht?«

Nur um zu antworten, erklärte ich unser System der Hordenfürsorge. »Wir sorgen zuerst für unsere Mütter und Muttermütter. Dann sorgen wir für deren Töchter und Tochtertöchter. Dann sorgen wir, falls Männer durch Arbeitsunfälle ausgefallen sind, für die Schwestern unserer Mütter und deren Töchter und Tochtertöchter. Unsere Fürsorge – Jagdbeute, Fischfänge, Elchkuhmilch, Bienenwaben und anderer Sammlerfleiß – wird von den Müttern der Mütter im Sinne der Überaua verteilt. So fällt unsere Fürsorge an uns zurück, wobei die alten Männer zuerst bekommen.«

Nach diesem Prinzip wurden keine Aua, kein Edek bevorzugt, auch wenn mich unsere Überaua beim Nachstillen immer ein wenig gepäppelt hat. Wenn überhaupt, dann haben wir sie geliebt. Denn die Frage des Butt »Ja, gibt es denn niemand, den du so gerne, so lieb hast, daß du ihn, wenn auch nur sinnbildlich, am liebsten, weil aus Liebe auffressen möchtest?« ist von unserer Horde eindeutig beantwortet worden: Als die Überaua eines Tages starb, haben wir sie, jeder für sich, gegessen. Doch nicht aus Liebe, sondern weil Aua uns sterbend befohlen hatte, sie nicht wie üblich in Hockstellung im Sumpf zu versenken, sondern sie ganz und gar zu verspeisen. Sogar die Kochanweisungen hat sie uns fürsorglich hinterlassen: Sie wollte (von mir übrigens) ausgenommen, danach um Herz und Leber mit Waldpilzen und Wacholderbeeren gefüllt werden. Mit feuchtem Lehm sollten wir sie daumendick ummanteln und dann auf Glut unter Asche legen und mit Asche und Glut decken. So haben wir Aua gedünstet: Gegen Abend war sie gar. Der gebrannte Lehm konnte ihr abgeschlagen werden. So, fürsorglich verteilt, haben wir sie gegessen. Ich bekam ein Nakkenstück, den Zeigefinger ihrer linken Hand, etwas Leber und eine Kostprobe ihrer mittleren Brust. Sie schmeckte nicht besonders: wie eine überjährige Elchkuh.

Nein, Butt, nicht aus Liebe haben wir sie gefressen. Ein streng andauernder Winter hatte die Flüsse, die See vereist, die Runkeln mit Schnee begraben und die Dachse, Wühlsäue und Elche vertrieben. Kein Vorrat Schwadengrütze mehr. Hungersnot herrschte. Wir kauten Birkenrinde. Schon starben uns die stillenden Weiber weg. Nur die Alten hielten sich zäh. Da bot sich Aua an. Erst später, viel später wurde es Sitte, die jeweils scheidende Überaua nach überliefertem Rezept garzudünsten und zu verzehren, auch wenn keine Hungersnot herrschte. Du magst das Kannibalismus nennen. Mag sein, Butt, doch aus Liebe, Gegenliebe, Liebesdrang, Liebeshunger haben wir einander niemals gefressen.

Auch zu Wiggas und viel später zu Mestwinas Zeit sahen wir uns nicht verklärt, errötend, erbleichend. Sicher, ich war Wiggas Köhler und blieb es, und Mestwina tauschte mich nur selten gegen Fischer und Korbflechter aus. Aber große, das Herz klemmende oder weitende, die Brust sprengende Gefühle, der schnelle Puls, die Lust, den nächststehenden Baum, die Welt zu umarmen, sich hinzugeben ganz, zu zerfließen, aufzugehen im anderen, einander wie Besitz zu gehören, zu zweit am selbigen Knöchlein zu nagen, das närrische Gelüst, mit der Geliebten, dem Liebsten den gemeinsamen Liebestod zu suchen oder im Liebeswahn zu verkommen, das alles, dieser bodenlose Überschwang, das tirilierende Balzen taumeliger Seelen war uns fremd und wohl auch kein verstecktes Bedürfnis.

Nicht, daß wir lau waren. So herb und verspätet steinzeitlich Wigga uns Männer beherrschte, auf den Schafsfellen konnte sie zärtlich und, wenn sie Hechtklößchen gekocht hatte, sogar verspielt sein. Und als wir gichtknotig alt waren und kein Fleisch uns mehr juckte, saßen wir oft stumm vor unserer Hütte und sahen zu, wie die Sonne hinter die Wälder fiel. Fast hätte man meinen können, wir seien immerhin fähig gewesen, die Altersliebe, dieses zittrige Handinhand und Weißtdunochgebrabbel zu leben.

Ähnlich hätte ich mit Mestwina alt werden mögen. Obgleich wir einander nicht besaßen und, wenn es Frühling wurde, mal hier mal dort lagen, war es uns zur Gewohnheit geworden, gemeinsam zu überwintern. Weil uns die Liebe nie geschlagen hatte, schlug uns keine Eifersucht. Wir gönnten uns meine Bocksprünge und ihr Stutengewieher im März.

Das alles änderte sich, als der Bischof Adalbert mit dem Kreuz kam. Jedenfalls behauptet der Butt, Mestwina habe, als sie dem frommen Mann die Küche besorgte und bald sein asketisches Laublager teilte, einen schwimmenden Blick bekommen und oft ein wehmütig verzogenes Lächeln gezeigt.

»Glaub mir, mein Sohn«, sagte er nach dem Tod des Heiligen, »sie hat ihn geliebt, auch wenn sie ihn erschlagen hat.

Oder sie hat ihn gußeisern erschlagen, weil sie ihn liebte, er aber von seiner Liebe zu Gott dem Herrn nicht lassen wollte. Und wegen unerwiderter Liebe hat sie zu saufen begonnen: Met und vergorene Stutenmilch. Auf jeden Fall scheint die Liebe etwas zu sein, das die Frauen von ihrer natürlichen Vorherrschaft ablenkt: Sie unterwerfen sich, wollen unterworfen sein, nähern sich unterwürfig und verfallen erst dann der Schlagetotliebe, wenn ihr Angebot bedingungsloser Hörigkeit abgelehnt oder, wie im Fall des Heiligen Adalbert von Prag, als satanische Versuchung mißdeutet wird. Kurzum, die Liebe ist ein Instrument, das gehandhabt sein will. Wir werden das üben, mein Sohn.«

Und dann entwickelte der Butt seine Theorie von der Liebe als Mittel, die Frauenherrschaft abzulösen: Sie werde Gefühle von der Kette lassen. Sie werde ein Maß setzen, dem niemand gewachsen sei. Sie werde ein dauerndes Ungenügen säugen und doch nicht sättigen können. Sie werde sich eine Seufzersprache erfinden: die erleuchtend verdunkelnde Poesie. Sie werde Blätterfall, Nebelschwaden, den Wurm im Gebälk, die Schneeschmelze und den geilen Knospensprung auf sich beziehen. Sie werde Träume von übernatürlicher Farbkraft produzieren. Schönfärben werde sie. Sie werde, als Ersatz für verlorene Macht, den Frauen zum gefräßigen Daueranspruch mißraten. Jeder Ilsebill längliche Klage werde sie sein.

Dann ordnete der Butt an: Man solle die Liebe als Überbau errichten, damit sich unter ihrem Glaubensdach die praktische Ehe, den Besitz sichernd, entwickeln könne. Denn mit Liebe habe die Ehe nichts gemein. Die Ehe schaffe Sicherheit; der Liebe könne nur Leid folgen. Das werde sich nicht nur in ergreifenden Poemen beweisen, sondern leider auch kriminelle Handlungen zur Folge haben: die vergiftete, erdrosselte, mit Stricknadeln durchbohrte

Nebenbuhlerin. Doch lasse sich andererseits die Liebe dergestalt verfeinern und über dritte und vierte Personen ausspinnen, daß sie mehrere Akte lang spannend auf dem Theater stattfinden könne, sich vertonen, verfilmen lasse und nebenbei den Frauen zu seelischen, also komplizierten Krankheiten verhelfen werde. (Der Butt zählte von der Appetitlosigkeit über die Migräne bis zum rasenden Wahnsinn alles auf, was unter der Rubrik Gemütskrankheiten mittlerweile auch von Krankenkassen anerkannt wird.)

Am Schluß seiner Theorie, die mit Lyrikzitaten von den Minnesängern bis zu den Beatles gefüttert war, ferner Schlagerreime und moderne Werbesprache vorahnte, stand der zielsetzende Satz: »Nur wenn es gelingt, den Frauen die Liebe als erlösende Macht und die Gewißheit, geliebt zu werden, als höchstes Glück zu suggerieren, und dann die Männer sich standhaft weigern, selbst wenn sie geliebt, bis zur Vergötterung geliebt werden, gleichfalls zu lieben oder flüchtiger Liebelei Dauer zu sichern, wenn also die Abhängigkeit der Frau von der nie gesicherten Gewißheit, ob er sie liebe, noch immer liebe, ausschließlich, schwächer, wiederum, nun nicht mehr liebe, zu einer lebenslänglichen Angst, Wertminderung, Qual und bedrückenden Hörigkeit geworden ist, dann endlich wird die Mutterherrschaft gebrochen sein, wird das Phallussymbol siegen und alle Vulvaidole entwerten, wird der Mann des Schoßes dunkle Vorgeschichte aufgeklärt haben und sich als Vater selbstherrlich fort- und fortsetzen.«

Ja, Ilsebill. Wie du waren viele Frauen empört, als der Butt kürzlich vor Gericht zu plaudern begann. Die Anklägerin hatte bei Prozeßbeginn erwogen, die Liebestheorie des Butt schon bei der Verhandlung des Falles Dorothea von Montau zum Thema zu machen; weil aber nicht der Schwertfeger Albrecht Slichting von Dorothea geliebt und vergöttert wurde, sondern ich Narr, aller fischigen Liebestheorie widersprechend, in die Hex vergafft gewesen bin, geizte die Anklage mit dem zwittrigen Thema, bis der Fall Agnes Kurbiella verhandelt wurde.

Mir jedenfalls hat die Liebe keine Freiheit, nur langhaariges Unglück gebracht. Zwar hatte mir der Butt noch den Rat erteilt, nie jene Frau zu ehelichen, die man zu lieben fähig sei, aber ich heiratete den bleichen Fratz und hätte die Betschwester noch obendrein, wäre ich nur ein adliges Herrchen gewesen, die Zeitmode äffend, minniglich besungen: »Ach holde Frawen lind ...« Denn das Geschmachte der Minnesänger verschleppte sich bis in meine hochgotische Zeitweil. Ein widerliches Getue, das unsere sonst unterkühlten Deutschritter zu Seufzerichen und Lispelbübchen machte. Selbst in der drallsten Marjell wurde ein Madönnchen vermutet. Unsere uralten Brunstspiele verkamen zu sündigem Buhlen. Nur noch Verbotenes machte geil. Schnulzenliebe gelobte Keuschheit ewiglich, um sie zwei Strophen später – »vun der minne gantz benumpen« – und nachdem der Schlüssel zum Keuschheitsgürtel gefunden war, im üblichen Fleischsalat unterzubuttern. Dabei blieben unsere Damen – allen voran meine Dorothea – frömmelnd entrückt und schlugen, sobald nur ein Hosenlatz ruchbar wurde, die Augen nieder. Nur wir Männer zappelten an jenen Schnürchen, mit denen wir, auf Anraten eines gesprächigen Fisches, die Frauen ans Ehebett hatten binden wollen.

Dorothea! Was habe ich nicht alles getan, um dem abgekühlten Miststück ein bißchen Liebe abzujagen. Doch selbst wenn sie hinhielt, verweigerte sie. Ich konnte maunzen, lallen und vor ihr wie ein höfischer Minnezwerg turnen, sie blieb gelangweilt bei ihren komplizierten Bußübungen und war nur auf himmlische Liebe scharf. Hörig ihrem süßen Jesus, hat sie mich unterdrückt und zum Jammerfetzen gemacht. Das, Ilsebill, hat die Liebe mit mir angestellt. Das, Butt, war dein Beitrag zur Emanzipation der Männer. Wäre es doch bei Aua Wigga Mestwina und ihrer fürsorglichen Herrschaft geblieben: so viel gleichbleibende Wärme und Bettung, so viel feuchter Grund. Aua und ihre Priesterinnen haben uns nie mit Liebe geschlagen.

Erst als uns die dicke Gret bekochte, ließ der Druck nach. Es hatte sich mittlerweile die besitzsichernde Ehe dergestalt eingeübt, daß die Frauen, womöglich überdrüssig der himmlischen Liebesergüsse und verhärmten Keuschheitsspiele, geradezu begierig waren, unter die Haube zu kommen; mit der Haus-Schlüssel-Küchengewalt blieb ihnen Herrschaft genug. Ihren Männern waren sie treu und stubenwarm ergeben. Und weil hausfrauliche Untreue mit Peitsche, Pranger oder Verstoß streng bestraft wurde, konnten die Männer ihrer ehelichen Kinderaufzucht auch als Väter gewiß sein.

Endlich war der fischigen Liebestheorie des Butt eine hausbackene Praxis nachgewachsen: wie sie geizig den Pfennig putzten, wie sie nachbarlich gluckten, tratschten, kuppelten und zankten, wobei sie zu Vetteln oder Matronen wurden. Nur die Hürlein und Nonnen machten nicht mit – allen voran die dicke Gret, die nicht nur Äbtissin, auch Puffmutter hätte sein können.

Während sich Dorothea gegen die Ehe auflehnte, indem sie ihrem himmlischen Bräutigam täglich durch das Hintertürchen der Fastenküche Einlaß gewährte, ließ sich Margarete Rusch auf verquälte Verhältnisse gar nicht erst ein. Als Nonne war sie ohnehin himmlisch verlobt. Der handfeste Rest jedoch wollte irdisch gelebt werden. So hat sie auch als Äbtissin ihre jungen Nonnen gelehrt, sich von den Männern – ob Mönch oder läufiger Hausvater – nicht das Herz beschwatzen zu lassen. Wie der Butt uns Männern geraten hatte, die Frauen nach der Liebe zapplig zu machen, doch sich nie – oder mit Vorsicht nur außer Haus – taumelige Liebesgefühle zu leisten, so hat die dicke Gret ihren schweifenden Birgittinen den Rat gegeben, keines Mannes Geflüster zu glauben: »Macht miä kain Ärjer nech. Ihä said schon under de Haube jebracht.« Dennoch sind zwei drei Nonnen (weil Reformationszeit war) dem Kloster der Heiligen Birgitta entlaufen und zu trostlosen Eheweibern verkümmert.

Mag sein, daß Mestwina den Heiligen Adalbert angehimmelt hat; und womöglich meint Ilsebill mich, wenn sie ihren Zündschlüssel sucht. Die dicke Gret – ich bin sicher – hat keinen Mann geliebt, so fürsorglich sie ihr Dutzend bekochte. Allenfalls mir, dem entsprungenen Franziskanermönch, hat sie so etwas wie Mutterliebe geboten. Stramme dreißig war Margret damals und ich ein siebzehnjähriger Noviz. Vor mir mußte sie keine Gefühle hüten. Ich zählte ja kaum. Ihr immer neu wechselnder Küchenjunge. Es liefen so viele entwurzelte Mönche rum und suchten Obdach und Wärme, ihr mütterlich deckendes Fett. Davon hatte Margarete Rusch viel. Und sie gab jedem, der ihr paßte. Das mögen einige Herren (wie ich) für Liebe gehalten haben.

Erst Agnes, die sanfte, barfüßige Köchin der Schonkost, ist jene große Gefühlige gewesen, die sich der Butt mit fischigem Kalkül ausgedacht haben mag, denn Agnes Kurbiella liebte bedingungslos mich, den Stadtmaler Möller, mich, den Poeten Opitz im Dienste des polnischen Königs, so ganz und gar nach den Regeln der buttigen Theorie, daß man ihrer Liebe all die Wörtchen vorspannen konnte, die später Sprachgebrauch wurden: hingebungsvoll, sich aufopfernd, in stiller Demut, aus überreichem Herzen, über den Tod hinaus, selbstlos fraglos klaglos. Dabei wurde sie nicht geliebt, nur benutzt. Opitz war zu magenkrank ichbezogen und in zu viele politische Geschäfte verstrickt, um das große Gefühl zu konzentrieren; der Maler Möller liebte nur Fettlebe und Saufgelage. Doch Agnes liebte uns, ohne nach

Gegenliebe zu fragen. Sie war unsere dienende Magd. Sie war der Kübel, in den wir unser Elend erbrachen. Sie war das Tüchlein, unseren Angstschweiß zu tupfen. Sie war das Loch, in das wir uns verkrochen. Unser Moospolster, unsere Bettflasche, der Schlaftrunk, unser Nachtgebet.

Vielleicht hat sie den Opitz ein wenig mehr geliebt als den Möller, obgleich sie dem Maler sechs Jahre lang ohne Naserümpfen die Hose gewechselt hat, wenn er sich wieder mal vollgeschissen hatte. Doch dem Poeten, so sehr er mit Geld und Gefühlen geizte, hing sie noch mehr an. Als ihn die Pest raffte, wollte sie nicht sein Sterbestroh und das schweißnasse Laken hergeben. Die Stadtknechte mußten ihr das Zeug aus dem Griff prügeln. Sie liebte total. Als Hoffmannswaldau, ein anderer Poet aus Schlesien, nach Danzig gereist kam, um den literarischen Nachlaß des verstorbenen Opitz zu holen (und Streit mit Herrn Roberthin bekam, den Simon Dach aus Königsberg geschickt hatte), soll Agnes Kurbiella die letzte Fassung der Psalmenübersetzung, einen Stoß rohgefaßter Gedichte, das unvollendete Manuskript der »Dacia antiqua«, an der er seit seinen Junglehrerjahren im rumänischen Siebenbürgen gebosselt hatte, und seinen langjährigen Briefwechsel mit dem Schwedenkanzler Oxenstierna im Küchenherd verbrannt haben. Sogar des Opitz Gänsekiele hat sie dem Hoffmannswaldau verweigert. (Könntest du, Ilsebill, eines Tages meine alte Reiseschreibmaschine ölen, staubfrei und annähernd heilig halten?)

Der Butt meinte, so viel unbeirrbare Liebe sei schon wieder beherrschende Macht und entspreche nicht seinem Konzept. Agnes Kurbiella habe unter ihrer nicht erwiderten Liebe kein Stündchen lang gelitten, nie ein Tränentüchlein zerbissen, vielmehr ungetrübten Glanz ausgestrahlt, so daß man sagen könne, die Liebe habe sie nicht abhängig und hörig gemacht, sondern gestärkt und ins Überlebensgroße gesteigert. Auch wenn dieser Triumph nicht seinen anfänglichen Plänen entspreche, müsse er doch Respekt vor der Küchenmagd bezeugen: so viel Nachsicht, Hingabe, Hinnahme.

Und vor dem feministischen Tribunal, als endlich die Liebestheorie Punkt der Anklage war, sagte der Butt zu seiner Verteidigung: »Sachte sachte, meine gestrengen Damen. Ich habe schon zugegeben, daß ich anfangs, als noch die Männer unmündig gehalten wurden und man begründet von der Unterdrückung des Mannes sprechen konnte, die Liebe gegenwirksam konzipiert hatte: Sie sollte ausgleichend männliches Vorrecht und weibliche Abhängigkeit schaffen. Doch nach dem Beispiel der Agnes Kurbiella ist es dann vielen Frauen gelungen, mein – wie die Anklage sagt – so tückisch ersonnenes Unterdrückungswerkzeug zum Symbol ewig weiblicher Größe umzumodeln: so viel Selbstüberwindung, so viel selbstloses Tun, so viel Herzensstärke, so viel alle Deiche brechendes Gefühl, so viel Treue. All die großen liebenden Frauengestalten! Was wäre die Literatur ohne sie? Romeo, ein nichtsnutzer Bengel, hätte es keine Julia gegeben. In wen, wenn nicht in seine Diotima, hätte sich Hölderlin hymnisch ergießen können? Ach, die uns heute noch anrührende Liebe des Käthchens von Heilbronn: ›Mein hoher Herr!‹ Oder der Tod der Ottilie in Goethes Wahlverwandtschaften.

Von dieser stillen, manchmal wehmütigen, immer gegenwärtigen, doch nie auftrumpfenden Stärke war die Liebe unserer Agnes. Auch wenn ich einsehen muß, daß die gestrengen Damen des mich anklagenden Tribunals willentlich anders sind und zeitgemäß sein müssen, daß Frau Huntscha, zum Beispiel, ihre zweifelsfrei vorhandenen Gefühle zuerst rationalisiert, bevor sie sie verbalisiert, bitte ich doch um ein wenig schwesterliches Verständnis für das arme, zwei ausgelaugten Kerlen gelieferte, zugegeben, von mir gelieferte Kind. Ich sprach von Agnes' Musenfähigkeit, ohne das Hohe Gericht von dieser ausschließlich weiblichen Qualität überzeugen zu können. Doch vielleicht ist es der wortkargen Agnes gelungen, für mich zu sprechen. Indem sie meinen üblen Trick, die hörigmachende Liebe, in reines Gefühl verwandelte, siegte am Ende der Frauen Liebeskraft und machte die Männer klein, so klein.«

Zum Schluß seiner Rede forderte der Butt die Vorsitzende, die Beisitzerinnen, die Anklägerin und den gesamten revolutionären Beirat des feministischen Tribunals auf, sich nicht mehr zu verhärten, sondern nach dem Beispiel der Agnes Kurbiella wieder ganz in Liebe zu vergehen: »Das, nur das ist Ihre wahre Stärke. Das schaffen die Männer nie. Nicht eure Klugheit – so scharfsinnig sie mich durchschaut, entblößt, überführt, widerlegt hat –, nein, die Kraft eurer Liebe wird eines Tages die Welt verändern. Schon sehe ich die neue Zärtlichkeit aufkommen. Jeder und jede berührt sich und andere. Liebesglanz wird alles schönen. Millionen wunschlose Ilsebills. Beschämt von so viel Sanftmut werden die Männer ihrer Macht und Herrlichkeit entsagen. Nur noch Liebe wird sein und überall werden ...«

Da wurde der Butt unterbrochen. Man stellte ihm in seinem Panzerglashaus die Gegensprechanlage ab. Auch als die Pflichtverteidigerin des Butt, Frau von Carnow, protestierend in Tränen ausbrach und sich der revolutionäre Beirat (wieder einmal) entzweite – zum erstenmal bildete sich jene Fraktion, die später »Buttpartei« genannt wurde –, weigerte sich dennoch das feministische Tribunal, die Liebe der Küchenmagd Agnes als Beitrag zur weiblichen Emanzipation zu werten. Man vertagte sich. Gutachten – Gegengutachten. Fraktionskämpfe.

Doch ist das Thema Liebe noch oft, und sei es als Randthema, verhandelt worden: als im Verlauf des Prozesses der Fall Amanda Woyke strittig war und ihre Briefe an den Grafen Rumford als Liebesbriefe qualifiziert wurden, obgleich in den Episteln hin und her nur über Kartoffelanbau, Sparherde, Volksküchen und die Rumfordsche Armensuppe zu lesen stand. Der Fall der Köchin Sophie Rotzoll, deren Leben vom Tribunal als revolutionärer Versuch gewertet wurde, war nach Ansicht des Butt viel mehr von tragischer Liebe gezeichnet: Schließlich habe sie als Vierzehnjährige ihren heißgeliebten Fritz, der wegen Geheimbündelei zu lebenslänglicher Haft verurteilt wurde, an die Festung Graudenz abgeben müssen. Vierzig Jahre lang habe Sophie allen männlichen Versuchungen widerstanden, dann endlich sei er wiedergekommen: ziemlich kaputt. Das müsse man doch als Liebe erkennen, Liebe von agnesischem Format.

Und auch die Fälle der Armenköchin Lena Stubbe, der so unglücklich anders sein wollenden Sibylle Miehlau, kurz Billy genannt, und den noch immer nicht ausgestandenen Fall der Werftkantinenköchin Maria wollte der Butt nicht fern aller Liebe versachlicht sehen. Überall brach sie durch. Sie zog Fäden. Sie überdauerte Hunger Pest Kriege. Sie widerlegte die ökonomische Kostennutzenrechnung. Sie zehrte und war, was Lena Stubbe betraf, eine stumme Qual. Von ihr in Haft genommen, blieb Sophie bis ins Alter ein zartgefälteltes Fräulein, das nicht aufhörte zu hoffen. Billy suchte sie anderswo. Amanda hat sie in Briefen chiffriert. Und Maria wird wohl, weil Liebe auch hart machen kann, langsam versteinern.

»Nein!« sagte der Butt vor dem feministischen Tribunal und lag ganz in Sand gebettet. »Ich bereue nichts. Ohne Liebe gäbe es nur noch Zahnschmerzen. Ohne sie ginge es nicht einmal tierisch zu, was ich ausdrücklich als Fisch sage. Ohne sie käme keine Ilsebill aus. Und wenn ich noch einmal auf die Köchin Agnes zurückkommen darf: Sie hat, indem sie die geschwollene Leber des Malers Möller und die nervöse Gastritis des Poeten Opitz mit Hingabe bekochte, dem eigentlich dummen Sprichwort ›Liebe geht durch den Magen‹ einen fürsorglichen Sinn gegeben. Ach, ihr Haferschleim! Ach, ihre Suppenhühnchen!

Ich bitte Sie, meine hartgesottenen Damen, nur noch um ein wenig Gehör. Denn in einem der verschollenen Opitz-Gedichte heißt es, wenn ich abschließend zitieren darf:

›Ist Liebe lauter nichts, wie daß sie mich entzündet?
Ach Liebste laß uns eilen, es könnte sunst dein Fisch,
den du in Milch verkläret, verkühlen auf dem Tisch,
und wolltest doch in Lieb, daß mich der Fisch
gesündet.‹«

Bei Kochfisch Agnes erinnert

Auf den Kabeljau heute,
den ich in Weißwein und Gedanken an Dorsch,
als er noch billig – Pomuchel! Pomuchel! –
auf schwacher Hitze gekocht habe,
legte ich, als sein Auge schon milchig
und Fischaugen weiß dem fiebrigen Opitz
übers leere Papier rollten,
grüne Gurken in Streifen geschnitten,
dann, von der Hitze genommen, Dill in den Sud.

Über den Kochfisch streute ich Krabbenschwänze,
die unsere Gäste – zwei Herren, die sich nicht kannten –,
während der Kabeljau garte, gesprächig
und um die Zukunft besorgt,
mit Fingern gepult hatten.

Ach Köchin, du schaust mir zu,
wenn ich mit flachem Löffel

dem zarten Fleisch helfe: willig gibt es die Gräte auf
und will erinnert, Agnes, erinnert werden.

Nun kannten die Gäste sich besser.
Ich sagte, Opitz, in unserem Alter, starb an der Pest.
Wir sprachen über Künste und Preise.
Politisch regte nichts auf.
Suppe von sauren Kirschen danach.
Mitgezählt wurden frühere Kerne:
als wir noch Edelmann Bettelmann Bauer Pastor...

Der soll Axel geheißen haben

Ganz anders, Ilsebill, ist das mit der Liebe. Nicht nur frei ausgedacht, weil der Butt aus dem Märchen eine Idee hatte. Vielmehr gibt es sie, wie es den Regen gibt. Sie läßt sich nicht abstellen, riecht nicht nach Fisch, läuft nicht im Kino, sie findet Anlässe, gedankenlose, zum Beispiel: jemand trinkt Buttermilch gerne, komisch, ich auch – und schon ist sie da.

Du bist jetzt schwanger im vierten Monat, weil wir einen Ausdruck für Liebe suchten: Da muß doch praktisch was rauskommen! Das darf doch nicht Selbstzweck bleiben! Doch die Liebe ist räumlicher, als ein Doppelbett mißt, und wächst sich aus ohne Rücksicht auf Zeit: Überall kümmert sie, gänzlich zerstreut, geteilt und doch ganz.

So fiel es Agnes Kurbiella nicht schwer, vom Kochfisch, den Möller übriggelassen hatte, mit frischem Dill ein Süppchen für Opitz zu kochen. Und auch du würdest dich, wenn ich Reste ließe, außer Haus schmackhaft verwerten: irgendwo an anderem Ort, wo kein Telefon trennt. Es muß doch möglich sein, daß wir uns rückläufig treffen: zum Beispiel am Grünen Tor, das zu Dorotheas Zeit Koggentor hieß.

Agnes kommt gerade vom Markt und hat ein Huhn ungerupft für den Maler Möller gekocht, während ich (in Verhandlung mit König Wladislav) inwendig reich an Figuren und voller Fremdzitate bin. Schwanger ist sie, und winterlich ist es auch. Sie stapft durch den Schneematsch. Ihr Watschelgang. Sie biegt in die Beutlergasse ein. Hoffentlich stürzt sie nicht...

»Alles nur Ausflüchte!« sagst du und blickst streng aus dem Fenster in den gegenwärtigen Januar. Aber wie sollen wir ohne Ausflucht leben. Auch du bist Ausflucht. Deshalb hat Agnes nie die Türen geschlossen. Immer nur angelehnt. Ihr Kommen und Gehen war ohne Übergang. Oft war sie da, doch ich merkte nur mich, während wer anders (Möller) sie merkte, obgleich Agnes bei mir war. Ihre Liebe war ohne Ort. Deshalb gelang es mir nie, ihre Anwesenheit zu begreifen: was ich vermißte, war da. Und auch der Butt, dem sich alles wie seine Hauptgräte logisch zur Schwanzflosse verjüngt, hat nicht begreifen können, daß es der Dill gewesen ist, der ihr nie ausging. Er meinte, es müsse die Liebe klappen wie eine Mausefalle: Auf Möller und mich soll sie reingefallen sein. Dabei ist es einer der vier oder fünf Schwedenkerle gewesen, die mit ihrem Regiment Putzig besetzt hielten und nur mal ausreiten, Kaninchen jagen, über die Dünen wollten, wo sie auf Agnes stießen, die kraushaarig im Strandhafer saß. Sie hütete ihre Gänse und hatte plötzlich alle vier über sich: nacheinander, schnell fertig. Doch nur der erste hat wirklich gezählt. Der ist ihr näher als später Möller und Opitz gewesen. Und der soll Axel geheißen haben. Und dessen flaumiger Knabenbart soll blond gewesen sein. Und dessen spröde Stimme behielt ihren Nachklang: befehlend. Der kam nie wieder und war ihr immernah, während ich sitzend, wenn Agnes durchs Zimmer ging, vor leerem Papier nach Zlatna reiste, wo ich in meiner siebenbürgischen Junglehrerzeit auf Erbsenstroh von einer

Magd verschreckt wurde, die nicht für mich gekocht hat; wie du horchst, während ich da bin, ob noch wer kommt. Dabei bin ich lange schon weg und rauche nur noch.

Meine Ausflüchte – deine. Wir treffen uns, schlage ich vor, wo der Strießbach in die Radaune fließt und die Radaune in die Mottlau fließt und die Mottlau in die Weichsel fließt und alle Wasser zusammen ins Baltische Meer münden. Dort erkläre ich dir, was mit Agnes war, die ich auch meine, wenn ich zu dir, Ilsebill, komme und dich zerstreut – was immer Streit bringt – Agnesel nenne.

Als Agnes Kurbiella von der Halbinsel Hela, wo die schwedische Besatzungsmacht hauste, in die Stadt kam, sah sie der alte und seit Jahren dem Suff ergebene Maler Möller vor der Tobiaskirche kindisch mit Muscheln spielen, dem einzigen, was sie von Helas Stränden mitgebracht hatte. Die Schweden hatten ihr den Vater, die Mutter und alle Gänse genommen. (Später wußte sie nie genau: wen oder was zuerst.) Möller sah ihre schräge, wie nachdenkliche Kopfhaltung und nahm sie in sein Haus auf dem Karpfenseigen, wo sie sich in der Küche anstellte.

Nachdem Agnes drei Jahre lang dem Stadtmaler als Marktmarjell, kaschubische Kiepenjungfer, als ernste Bortenwicklerin oder aufgeputzte Bürgerstochter Modell gestanden hatte und ihn obendrein mit leichter Kost (so gerne er fett aß) bekocht hatte, hob es ihr den Schürzensaum: Sie wurde ihm schwanger Modell.

Nach vielen eher braven Rötelzeichnungen malte Möller kurz vor ihrer Niederkunft, als wolle er seine bevorstehende Vaterschaft bestätigen, sein Selbstporträt mit farbiger Kreide auf den gewölbten Leib seiner Küchenmagd: ein bewegtes Bild, denn sobald das Ungeborene seine Lage veränderte oder die Glieder erprobte, beulte es das straffe Bildnis des mutmaßlichen Vaters. Er sah bäuerlich drein mit Lachaugen, vielen Plusterbäckchen und rötlichem Bart um den Mund.

Danach malte Möller die hochschwangere Agnes, wie sie seine gesunde Physiognomie vor sich hertrug, lebensecht mit Ölfarbe auf Leinwand, ließ aber auf der rechten Bildseite Platz. Gleich nach der Geburt – das Mädchen wurde kein Jahr alt – kreidete er sich zuerst auf den eingefallenen Leib der jungen Mutter, dann setzte er Agnes mit seinem leberkranken Ausdruck auf die noch leere Bildfläche neben den hoffenden Leib (drauf sein Spaßvogelgesicht) in Öl: der pausbäckige und der grämliche Vater.

Doppelt sah sich der Maler Möller. Ihm wurde alles zur Allegorie. Schade, daß das gelungene, bei aller Manieriertheit ansprechende Bild nicht überkommen ist; denn nach dem Tod der kleinen Jadwiga soll Möller die Leinwand zerkratzt, durchstoßen, geschlitzt und – sich betreffend – doppelt ermordet haben.

Aus Statistiken kann man neben anderen papiergewordenen Schrecknissen herauslesen, daß die europäischen Säuglinge mit ihrer Spezialkost neunmal soviel Eiweiß, Kohlehydrate und Kalorien verschlingen (oder angefressen verkommen lassen), wie den indischen Säuglingen bleibt. Agnes Kurbiella wußte von Protein und Vitaminen nichts. Zwar hatte schon Erasmus von Rotterdam (auf lateinisch) allen Müttern dringend empfohlen, ihre Kinder selbst zu stillen, aber weil ihr die Milch nach wenigen Tagen ausblieb und Möller keine Amme zahlen wollte, hat sie das von Geburt an schwache Kind zuerst mit verdünnter Kuhmilch, dann mit Hafermehlpamps, schließlich mit Vorgekautem gepäppelt: Hühnchen in Hirse, Kalbshirn mit Rübchen, Heringsrogen zu Spinat, Lämmerzunge in Linsenbrei. Das waren Reste, die der Maler Möller übrigließ.

Und mit nichts anderem habe ich später, als meine Ilsebill auf Reisen ging (Kleine Antillen), unser Kind gefüttert: aus beschrifteten Gläsern, Stückpreis 1,50 bis 1,80 DM, deren Vakuumverschlüsse beim Öffnen knacken müssen. Ich fütterte Rindfleisch mit Eiernudeln in Tomatensoße. Dieses Gericht enthielt 3,7 % Eiweiß, 3,0 % Fett, 7,5 % Kohlehydrate, 82 Kalorien in 100 g, wobei das Füllgewicht 220 g bei einem Fleischanteil von 28 g betrug.

Ausgleichend im Wochenprogramm – bei Rahmspinat mit Frischei und Kartoffeln, Truthahn in Reis, Schinken in Gemüseallerlei mit Eiernudeln – schwankten die Zahlen. Bei Dorsch in Kräutersoße mit Kartoffeln waren 5,4 % Eiweiß und 93 Kalorien angegeben. Der Fischanteil wog 49 g. Außerdem löste ich, solange meine Ilsebill auf Reisen war (und blond zwischen dunklen Menschen wie im Prospekt über weiße Strände lief), täglich einmal perlierten Kindergrieß aus einem Frischhaltebeutel in abgekochtem Wasser auf. Der Brei enthielt außer Milch, Pflanzenfett und Hartweizengrieß auch Honig und Zucker. Er war (das stand auf der Packung) mit Vitaminen angereichert. Früh um halb sieben und mittags gab ich unserem Kind ähnlich angerührte und angereicherte Trockenmilch aus der Flasche, wobei ich, nach Ilsebills Vorschrift, zuvor den Nuckel in kochendem Wasser steril gemacht hatte. (Ach, hätte ich meiner Agnes doch die Amme, Frau Zenlein von nebenan, bezahlt!)

Kinderhochpäppeln. Das alles ist heute kein Problem mehr für den alleingelassenen Mann, weil alles da und greifbar ist: saugfähige Fixfertigwindeln zum Wegschmeißen nach Gebrauch, Salben und Puder, notfalls Beruhigungszäpfchen und Telefonnummern, die einen Arzt, eine Ärztin versprechen. Außerdem gibt es Taschenbücher mit Anleitungen und erklärenden Zeichnungen für jeden praktischen Griff. Bald ist Verlaß auf den Mann. Bald kann er alleine auf sich bestehen. Bald hat er gelernt, hauszuhalten mit seiner Wärme. Schon ist er mütterlicher als vorbedacht ...

»Du mußt dir keine Sorgen machen. Das ist doch kinderleicht. Das mach ich alles im Handumdrehen. Warum soll ein Mann nicht allein. Natürlich ist das nicht ausschließlich Frauensache. Guten Flug, Ilsebill. Und erhole dich. Und emanzipier dich schön. Und vergiß uns nicht. Und hab mich ein bißchen lieb zwischendurch. Und paß auf dich auf. Es soll dort Haie geben. Schreib mal von deiner Insel. Wir schaffen das schon.«

Als Dorothea auf Pilgerreise nach Finsterwalde und Aachen ging und mich mit den restlichen vier Kindern, darunter die noch nicht einjährigen Zwillingsmädchen, zum Hausmann machte, war alles schwieriger. In Kalkutta habe ich Mütter gesehen, die wie ich, als mich Dorothea hochgotisch sitzen ließ, ihren Kindern vorgekaut haben, wie Agnes ihrer Tochter Jadwiga Rübchen und Hühnerbrust zu Brei kaute. (So hat sie Möller, der ihr geizig die Amme verweigert hatte, mit Rötel gezeichnet.) Aber das Kind wollte nicht, konnte nicht, nahm immer weniger an, hielt nichts bei sich, schiß mal hart, dann flüssig unverdaut, war ein wimmerndes Grams, vergreiste früh und kümmerte weg: zu Tode gefüttert.

Das war so üblich damals, wie die rückblickende Statistik nachgerechnet hat: überall, nicht nur bei den vorstädtischen Gerbern und leibeigenen Bauern. Das winzige Marthchen, das Annchen, das Händchenvoll Gundel. Stine, Trude, Lovise: mir sind so viele Kinder, die ich mit Dorothea, Agnes, Amanda hatte, weggestorben, mir saß so viel Leid im Rücken, daß ich, als ich unserm Kind die sterile Flasche gab oder den knackenden Vakuumverschluß der Gläser mit dem genau bemessenen Inhalt öffnete oder als ich perlierten Kindergrieß in abgekochtem Wasser löste und die gutverdauten Ergebnisse – wie satt das roch! – in den Wegschmeißwindeln sah, regelrecht fröhlich wurde und hymnisch die mitteleuropäische Kindernahrungsmittelindustrie lobte, obgleich ich wußte, daß unser Kind und Millionen anderer süßer Babys täglich den südasiatischen Säuglingen das Notwendigste wegfressen. Und schlimmer noch: es ist ja bekannt, daß unser mit Vitaminen angereichertes Milchpulver vielen außereuropäischen Säuglingen geradezu tödlich ist; weshalb man die Werbung eines Schweizer Großkonzerns, der in Afrika einen Markt für Trockenmilch sucht, verbrecherisch nennen muß. (Machen den afrikanischen Müttern die Muttermilch mies.) So daß der Butt, als vor dem feministischen Tribunal von Kindernahrung die Rede war, aus tiefer, wohltönender Besorgnis sagen konnte: »Sehen Sie, meine Damen, hier wäre weibliche Solidarität vonnöten. Wenn Sie schon Ihren Wegwerfluxus betreiben, dann sollten Sie zumindest Ihren Schwestern in Afrika hilfreich zur Seite stehen: zum Beispiel durch Boykott aller schönverpackten Produkte der Firma Nestlé. Schließlich kann man das Weltproblem der Überbevölkerung nicht durch Säuglingssterblichkeit lösen. Oder?«

Aber das weibliche Publikum protestierte laut und wollte nicht von der Trockenmilch lassen. Der revolutionäre Beirat bestand mehrheitlich auf Fertignahrung in Gläsern mit Vakuumverschluß: Der Butt habe wohl einen Vogel. Ausgerechnet den Müttern Konsumverzicht vorzuschlagen. Die berufstätige Frau brauche das. Entlastung im Haushalt setze emanzipierende Kräfte frei. Darauf könne man nicht verzichten. Bei aller Solidarität. Man wolle Grußtelegramme nach Afrika schicken. Natürlich sei das eine Sauerei, was Nestlé da unten mache. (Und es wurde eine Resolution aufgesetzt, mehrheitlich angenommen, mit Unterschriften des Publikums gewichtig gemacht und in die Welt telegrafiert...)

Nachdem Agnes das Kindchen weggestorben war, wollte sie bald ein neues haben, doch nicht vom Maler Möller, der ihr die Amme verweigert hatte.

Als Martin Opitz, der sich auch von Boberfeld nannte, in königlich-polnische Dienste trat und in Danzig Wohnung nahm, war er noch nicht vierzig Jahre alt, während der Maler Möller über sechzig zählte. Kurz nach seiner Ankunft vergaffte sich der Dichter in ein Mädchen aus patrizischem Haus, das lateinische Gedichte aufsagen konnte, aber mit Ring einem hiesigen Kaufmannssohn versprochen war. Agnes, die über Vermittlung des Pastors Niclassius auch Opitz bald die Küche führte, hat ihm das dumme Ding – Ursula hieß es – durch stumme und barfüßige Gegenwart nichtig gemacht. Dennoch jammerte er nach dem Urselchen und hat es wohl auch lateinisch bedichtet.

Immer Ausflüchte. Er hat das nie geschafft: auf Dauer. Agnes war die erste, die ihm regelmäßig beilag. Sein Vater, der Fleischer Opitz, hat nach dem frühen Tod seiner Frau eine zweite, dritte und vierte genommen und allen vier Frauen Kind nach Kind gemacht. Da blieb dem Sohn nicht viel zu tun. Immer nur kleine, zumeist höfische Geschichten. Ein zwei bürgerliche Affären mit pekuniären Folgen in Breslau, worauf er wieder die Flucht ergriff. Als er im Dienst des Fürsten Bethlen Gabor Junglehrer war, soll es ihm eine dacische Magd erst richtig gezeigt und ihn entsetzt haben. Auch der Krieg, der sein Leben lang dauerte, gab ihm nicht, was er jedem schwedischen Reiter (dem Fähnrich Axel) gönnte. Immer über Büchern und Pergament, auf Strohlagern und im Bett allein häßlich: sein fliehendes Kinn. Immer nur Verse und Dankepisteln an wechselnde Fürsten. So müde und ausgedroschen fiel Opitz, als das Urselchen nicht zu haben war, Agnes Kurbiella und ihrer Schürze zu.

Agnes, die ja genug hatte, wollte nicht haben, nur geben. Drei Jahre lang hat sie ihn häuslich in ihrer Wärme gehalten. Doch so fleißig und gegen Doppellohn er hier und dorthin seine Agentenbriefe geschrieben hat, beim Versesetzen kamen nur Schnörkel und blauflüssige Spekulationen zu

Papier; da halfen auch keine immer neuen Kielfedern, die Agnes ihm schenkte, wenn sie für Möller eine Gans gerupft hatte; während mir zu meiner Ilsebill immer wieder was einfällt: Sie muß nur, wie im Märchen, ihre Wünsche hersagen. Ilsebill will. Ilsebill will.

Zum Glück ist es mir gelungen, sie krank zu schreiben. (Ich kann das.) Die angelehnte Tür hält den Raum hinter meinem Rücken offen nach nebenan. Von dort kommt ihr Husten, will gehört und zu Punkt und Strich werden. Würgeknoten und weichbegrenzte Nester (um den gezeichneten Schuh) zersiedeln das Blatt. Sechzig mg Kampfer enthält die Salbe zum Einreiben. Gegen das Haus steht Wind aus westlicher Richtung. Und leichtes Heizöl wird immer teurer. (Die soll sich verdammt mal aushusten!) Denn auch bei Wetter wie diesem kommt Agnes und bringt sich mit.

Die Küchenmagd Agnes Kurbiella und wir, sagte der Butt, gaben ein klassisches Dreieck ab: jeder Winkel besetzt. Es kann also sein – oder ist so –, daß ich als Anton Möller die schwangere, von mir geschwängerte Agnes gemalt habe, obgleich ich (wenig später) jener Opitz gewesen bin, der vergeblich versucht hat, dieselbe Agnes – kurz vor meinem üblen Verrecken – in barocke Sprache zu setzen. Nachdem ihr das erste Kindchen weggekümmert war, mußte ich, wie der Butt es befahl, meinen Beweis bringen: Zwischen mißglückten Strophen hab ich sie dick gemacht und nicht gefragt, wen Agnes dabei im Sinn hatte: Der soll Axel geheißen haben.

Der Maler, der Dichter. Die beiden mochten sich nicht. Dem Opitz war der Möller zu derb; Möller sah Opitz als dünnbeinige Theorie. Agnes jedoch mußte einen Speisezettel für beide bedenken und den leicht zu verschreckenden Magen des Opitz und die geschwollene Leber des Säufers schonen. Ich wollte ja Maler und Dichter zugleich sein: leichthin mit Rötelkreide und tüftelnd Versfüße zählend.

Was wir an Agnes mochten, war ihre allegorische Leere. Man konnte in sie hineinlegen, was man wollte, immer ließ sie Bedeutung zu. (Sie sah nicht deutlich aus; sie konnte ungefähr aussehen wie.)

Und täglich gab es Milchhirse, mit Honig gesüßt und mit Haselnußkernen für beide gesund gemacht. Agnes wußte, was den Innereien des Malers, des Dichters gleich harmlos war: Brühe aus Rindsknochen, in der spinatgefüllte Maultaschen schwammen, Hühnerbrüstchen mit Zuckererbsen oder auch Biersuppen: Muskat und Zimmet dran.

Aber Möller verlangte, forderte, schrie nach Räucherspeck und fetten Hammelkrüstchen. Und Opitz naschte Kümmel. Er wurde süchtig danach, weil zu viel Kümmel einen Kümmelrausch macht: grünstichige Wachträume, in denen das Jammertal wieder bewohnbar wurde, besiedelt von Nymphen und Musen, die nie geschriebene Verse sangen, in denen Frieden, nur immer der Frieden siegte.

Agnes ließ beide in Fettlebe oder Kümmelsucht verkommen, bis sich dem einen der Magen verkehrte, dem anderen die Leber zur Faust auswuchs. Danach war wieder ihre Schonkost gefragt: Kochfisch, der von der Gräte fiel, Milchhirse und Flinsen aus Buchweizenmehl. Der versoffene Möller, der grämliche Opitz: so behutsam Agnes beide bekochte, sie suchten ganz anderen Geschmack und fanden ihn auch: todsicher.

Noch hält die Tür. Doch wenn sie bersten wird, wirst du mir Streit bringen oder mit deiner Frage »Hast du zwei Markstücke für den Automaten?« mich nach Markstücken suchen lassen. Aber dann ging die Tür sacht, und Agnes kam, beugte sich über mich, meinen Kritzelkram und sagte Spielworte.

Ich weiß nichts Besseres, als diese Angst oder Hoffnung auszuhalten und – während die Tür noch hält – meine Striche und Punkte zu setzen. Hier bin ich zu haben, wenn auch nie ganz. Und auch du kommst nur flüchtig und bist schon gegangen, bevor du da warst. Einmal und vorher, noch früher und vorfrüh bist du gekommen und ein kurzes Leben lang da geblieben; beide wissen wir nicht, warum.

Und einmal, da kamst du – es ist wohl Agnes gewesen – und wolltest mich nur ein Weilchen kritzeln hören. Erinnere dich. Martin hieß ich. Aus Bunzlau kam ich. Der mit den Regeln der Poeterey. Aber du wolltest nicht wissen, warum ich so lange in katholischen Diensten geblieben bin und nie wieder mit dem frommen Schütz weltliche Opern gemacht habe. Nur kritzeln hören wolltest du mich. Doch ich wollte sterben und raus aus dem Jammertal: nackend wie ich gekommen.

Wenn ich nur wüßte, ob du mir fiebrig nachgestorben bist bei der Geburt deiner Tochter – Ursel hieß die. Es war ja schon wieder ein Pestjahr, und mit dem Wegsterben wurde vieles beliebig.

Als ich verreckte, weil ich dem Bettler in meinem Geiz Kleingeld auf große Münze abgefordert hatte, ging keine Tür. Nur Niclassius, der Prediger von Sankt Petri, war da. Er hat mein Verrecken später in lateinischen Versen geläutert. Oder bist du tatsächlich gekommen, und ich hörte die Tür nicht gehen?

Als Martin Opitz von Boberfeld im Sommer des Jahres 1639 einem Bettler, der vor Sankt Katharinen die Hand aufhielt, einen Silbergulden gab und, weil von sparsamem Wesen, des Bettlers erbettelten Kupfer haben wollte, holte er sich mit dem Wechselgeld die Schwarze Pest. Bevor ihm nichts mehr gelang, schrieb er noch Briefe an Oxenstierna, den Schwedenkanzler, und Wladimir, den Polenkönig, und aß noch ein wenig vom Dorsch, den ihm seine Küchenmagd in Dillsoße kochte. (Agnes hat ihm das Kissen geschüttelt. Agnes hat ihm den Schweiß getupft. Agnes hat ihm das schwarzverschissene Laken gewechselt. Agnes hörte, wie ihm der Atem verging.)

Gleich nach seinem Tod, bevor das Sterbestroh verbrannt und das Haus ausgeräuchert werden konnte, wurde die Kammer des Dichters aufgebrochen und ausgeraubt. Einige seiner Manuskripte fehlen (bis heute) im Nachlaß, darunter das dacische Material und alle politische Korrespondenz. Es soll ein schwedischer Obrist mit zwei Söldnern gewesen sein, der die schriftlichen Zeugnisse der Generale Baner und Torstenson, Oxenstiernas Briefe und den polnischen Anteil der Dankschreiben für Opitz' Berichte in Sicherheit gebracht hat. Wir wissen nicht den Namen des Obristen, doch hielt sich lange der Verdacht, es sei die Küchenmagd Kurbiella eine Agentin der schwedischen Krone und in Kontakt mit dem Offizier gewesen. Sie habe schon vorher im Auftrag gehandelt und Dokumente beiseite gebracht. Doch nachweisen konnte man Agnes nichts. Und der Butt sagte vor dem feministischen Tribunal auch nur seine üblichen Dunkelheiten: »Wir wissen zu wenig, meine Damen, die Sie alles immer genau wissen wollen. Gewiß, die Vergewaltigung der dreizehnjährigen Agnes Kurbiella durch Reiter vom Regiment Oxenstierna mag das Mädchen dergestalt frühgeprägt haben, daß sie dem einen der vier Wüstlinge – der soll Axel geheißen haben – auf immer anhänglich geblieben ist, aber ungereimt bleibt der Tod des Dichters dennoch. Einzig sicher ist, daß dessen Küchenmagd wenig später mit einer Tochter niederkam. Beide lebten noch lange.«

Kot gereimt

Dampft, wird beschaut.
Riecht nicht fremd, will gesehen werden,
namentlich sein.
Exkremente. Der Stoffwechsel oder Stuhlgang.
Die Kacke: was sich ringförmig legt.

Mach Würstchen! Mach Würstchen! rufen die Mütter.
Frühe Knetmasse, Schamknoten
und Angstbleibsel: was in die Hose ging.

Erkennen wir wieder: unverdaut Erbsen, Kirschkerne
und den verschluckten Zahn.
Wir staunen uns an.
Wir haben uns was zu sagen.
Mein Abfall, mir näher als Gott oder du oder du.

Warum trennen wir uns hinter verriegelter Tür
und lassen Gäste nicht zu,
mit denen wir vortags an einem Tisch lärmend
Bohnen und Speck vorbestimmt haben?

Wir wollen jetzt (laut Beschluß) jeder vereinzelt essen
und in Gesellschaft scheißen;
steinzeitlich wird Erkenntnis möglicher sein.

Alle Gedichte, die wahrsagen und den Tod reimen,
sind Kot, der aus hartem Leib fiel,
in dem Blut rinnselt, Gewürm überlebt;
so sah Opitz, der Dichter,
den sich die Pest als Allegorie verschrieb,
seinen letzten Dünnpfiff.

Dabei fand, wenn überhaupt, in allen Küchen das Hexen statt. Alle wußten und überlieferten Rezepte, nach denen Breie, Suppen und Essenzen eingedickt wurden, die sämig, aschgrau oder trüb waren, das eine schwellen ließen, das andere abführten und ein drittes taub machten. Von Anfang an (Aua) half Bilsenkraut gegen irgendwas, wurde Mutterkorn untermischt, war der Fliegenpilz (getrocknet) zu Pulver gerieben, in Milch gelaugt oder mit Stutenurin genossen eine Reise wert in die sukkubische Transzendenz. Wie verhext hingen wir Männer von Wigga ab, die neben anderen Wurzeln Alraunen zog. Mestwina rieb uns Bernstein in Fischsuppen. (Und auch Ilsebill – ich bin sicher – mischt, rührt unter, legt bei.) Immer schon stand ich im Hexenkreis. Es war ja nicht so, daß es keine gab; nur brannten die falschen. All die geschorenen Kräuterweiblein, Jungfern und Matronen auf den rasch wegbrennenden Holzstößen sind keine richtigen Hexen gewesen, auch wenn sie unter der Folter abstruses Zeug, wie Besenritte und Unfug mit Kirchenkerzen, gestanden haben.

Das gab es natürlich nicht: Walpurgisnächte, bocksbeinige Galane, Teufelsmale, den bösen Blick, aber Hexenküchen und Hexengebräu gab es. Hab doch gesehen, wie Dorothea im Fett totgeborener Knäblein, die sie aus dem Leichnamsspital bezog, grützigen Krötenlaich angebraten und mit Weihwasser aus Sankt Katharinen gelöscht hat. War doch durchs Haus zu riechen, wenn die bleiche Hex schon wieder allein in der Küche die Hufe eines Zickleins zu Asche brannte. Wußten doch alle, daß sie Hornasche und nicht nur Asche aus morschem Sargholz an ihre Fastensuppen rührte. Es hieß, sie habe das Waschwasser aus den Pesthäusern, wo sie frömmelnd ein- und ausging, direkt in unsere Küche getragen. Es hieß, sie habe den Schorf der

Aussätzigen und den Todesschweiß der im Kindsbett fiebernden Weiber in Fläschchen gesammelt. Es hieß, sie habe die Kettenhemden der Ordensritter, bevor sie ins Litauische zogen, in Jungfernpisse gekocht. Aber es hieß bloß immer. Nicht sie wurde peinlich befragt. Gebrannt haben andere: normale dumme Nachbarsfrauen, die brav ihre Männer bekocht hatten, aber durch haarige Flecken am Steiß, an den Brüsten gezeichnet waren. (Ich bin sicher, daß Dorothea, deren Leib ohne Fehl war, ihrem dominikanischen Beichtvater Hinweise gegeben hat: Denn zu ihr kamen die armen Weiblein und patrizischen Damen heimlich verschämt und wollten Salben gegen Warzen und Flecken haben. Vielleicht noch einen Spruch obendrein.)

Und auch die dicke Gret wußte Rezepte hexischer Art und mußte dennoch nicht brennen. Wer erinnert sich nicht, wie sie Eberhard Ferber, dem mit der Bürgermeisterwürde alle Manneskraft vergangen war, mit Heringsmilch und dem Samen entlaufener Franziskanermönche wieder stößig gemacht, wie sie den greisen Klosterabt Jeschke – denn der wußte politisch zu viel – das Gedächtnis getrübt hat, indem sie eine Löffelprobe von seinem Kot nahm, den Abstrich mit Pfefferkörnern, Mohn, wildem Honig und Buchweizenmehl zu Teig rührte und auf Advent zu Gewürzküchlein buk; wie sie auch mich verhext hat. Weiß nicht womit. Sie mengte ja alles mit jedem. Nichts kochte sie um des reinen Geschmackes willen. Rosinen ins Gänseblut gerührt. Rinderherzen gefüllt mit Backpflaumen in Biersoße. Als ich ihr zulief, Dauergast ihrer Bettkiste wurde, hat sie mich oft mit Mohrrüben gefüttert, die sie in ihrer Möse gesalbt hatte. Und was noch ohne Scham! Es war ja bekannt, daß sie sich nicht nur indische Gewürze von weither schicken ließ. Man wußte ja, wenn auch nicht genau, daß sie mit ihren Nonnen hexisch getafelt und heidnische Opfer gebracht hat. Figürliches Backwerk (man ahnt schon Auas drei Brüste) soll sie mit den freischweifenden Birgittinen geknabbert und danach aus dem Wittenbergschen Büchlein »Wo Gott zum haus nicht gibt sein gunst...« gesungen haben!

Doch auch ihr wurde kein Holzstoß geschichtet. Nicht Dorothea und nicht Margarete Rusch, die sanfte Agnes mußte ins Feuer. Zwar will ich immer noch meinen, sie sei mir, als mich die Pest holte, blutjung im Kindbett nachgestorben, aber der Butt gab zu Protokoll, sie sei erst fünfzig Jahre später als alte Vettel dahingegangen, und zwar lichterloh.

Nein, ich will nicht beschreiben, wie der Wind plötzlich abflaute, eine Wolke durchlässig wurde, Regen fiel und beinahe ein Wunder geschah. Es ist ja bekannt, daß die Version des Butt vom feministischen Tribunal anerkannt wurde. Noch lange nach dem Pesttod des Dichters Opitz sei Agnes Kurbiella wirr redend mit ihrer gleichfalls wirren Tochter, dem Urselchen, durch die Gassen gelaufen und habe lateinisch und deutsch aus des verstorbenen Dichters Werken zitiert, bis ihr im Frühsommer des Jahres 1689 ein anderer Dichter, der sogenannte Kühlmonarch Quirinus Kuhlmann, begegnet sei.

Auch Kuhlmann wurde von Barockspezialisten in Gutachten dem feministischen Tribunal vorgestellt. Der Butt nannte ihn einen Vorläufer des Expressionismus. Doch die Anklage konnte der Exzentrik des Genies nichts abgewinnen. Rücksichtslos habe Kuhlmann die Wirrnis der Agnes Kurbiella mit seinen Spekulationen gefüttert. Täglich habe er die arme Person mit seiner Hybris indoktriniert. Ausgebeutet sei sie auch ihm Muse gewesen: Gefährliche Hirngespinste habe er produziert und die alte Frau mit sich in den Tod gezogen.

Es paßte den anklagenden Feministinnen nur zu gut, daß Agnes Kurbiella ein Opfer männlicher Verstiegenheit wurde, daß sie Kuhlmann von Danzig über Riga durchs weite

Rußland bis nach Moskau nachgelaufen ist, daß sie ihm hörig wurde und auf Veranstaltungen der böhmeistischen Gemeinde als Medium gedient hat, daß sie noch vor Gericht und während der Folter Opitzsche Reime und Kuhlmannsche Wortkaskaden gebrabbelt, daß sie als Hexe ins Feuer gemußt hat wie auch das wirre Urselchen, während Kuhlmann und zwei weitere männliche Schwarmgeister wegen Gotteslästerung und politischer Verschwörung gegen die Zarenkrone auf benachbarten Holzstößen verbrannt wurden. Auch Männer waren, wie die Statistik ausweist, fürs Feuer gut. Dennoch sind, nach Ansicht des feministischen Tribunals, die Inquisition und deren Hexenprozesse typisch männliche Herrschaftsinstrumente gewesen, um den immer noch keimenden Freiheitswillen der Frauen zu brechen. Die Anklägerin sagte wörtlich: »Als männliche Fiktion ist die sogenannte Hexe Wunschvorstellung und Angstmuster zugleich.«

Das mag stimmen. Doch Agnes wollte nicht Freiheit und mußte doch als Hexe in Flammen aufgehen, während Dorothea von Montau und Margarete Rusch, die beide Freiheit wollten und sich auch Freiheiten nahmen, durch keinen Holzstoß erhöht wurden. Es war die leichte und poetische Wirrnis in ihrem Kopf, die Agnes zur Musentätigkeit tauglich gemacht hat; nur die unmusische Welt nannte Agnes verrückt, besessen, verhext und vom Belial geritten. Sogar ihr Dillgärtchen wurde verdächtigt, und das schon zu Möllers, zu Opitz' Zeiten. Sie haben das arme Kind vor katholischem und lutherischem Zugriff schützen müssen, denn wenn es ums Hexenverbrennen ging, waren sich die Frömmsten beider Religionen schneller einig, als sich Reisig und Holzscheite schichten ließen.

Und selbst Amanda Woyke, die Rezepte wußte, und ganz gewiß Sophie Rotzoll, der alle Pilze bekannt waren, wären den christlichen Herren gut fürs Feuer gewesen. Doch zu

Amandas und Sophies Zeiten hatten sich die Saubermänner der Revolution andere Opfer ausgedacht: sogenannte Konterrevolutionäre. Die wurden im Namen der Vernunft scharfgerichtet.

Wie freischwebend über seinem Sandbett sagte der Butt zu seinen Richterinnen: »Als Fisch, dessen wohlschmeckende Artgenossen gedünstet und gebraten werden, weiß ich, wovon ich spreche, wenn von der reinigenden Kraft des Feuers die Rede ist. Seien Sie froh, meine Damen, daß wir heutzutage das Hexische eher subventionieren denn bestrafen würden. Man hungert ja gegenwärtig nach einer telekinesischen Dimension. Doch hätten Sie damals gezeitweilt? Meine Damen. Ich weiß nicht! Ich weiß nicht! Wenn ich prüfend Augenschein nehme und Sie mir ansehe, wie Sie erhöht sitzen und mich richten: so viel gesammelter Ernst, so viel kraftbildende Konzentration. Ich höre mediales Knistern. Mal zwingende, mal einschläfernde Blicke treffen meine gesteinte Haut. Und doch: Gesicht für Gesicht Schönheit besonderer Art. Das elfmal vertrotzte Ich. Verhuschtes, kniffliches Lächeln. Im Zwinkern schon Einverständnis womit? Elfmal das Haupthaar zu Stoppeln verschnitten oder afrikanisch gekräuselt, aber auch hexisch verweht, leicht zu entzünden. Kurzum: ich sehe Sie alle brennen. Die verehrte Vorsitzende, den Chor der Beisitzerinnen, auch Sie, beste Frau Paasch, sehe ich auf Schinderkarren gepfercht, in Nesselhemden gesteckt, während das mittelalterliche Volk glotzt, die Mönche ihr Latein brabbeln und die Kinderchen in der Nase bohren. Auf kunstvoll geschichteten Holzstößen sehe ich Sie, das schöne Fräulein Simoneit, daneben Frau Witzlaff in ihrer Leibespracht zuerst qualmumwickelt, dann in Flammen gekleidet. Welch ein flüsternd Geschrei! Wieviel gebündelte Ekstase! Die elfmal aufgehobene Lust und endliche Freiheit. Sogar Frau von Carnow, meine so bemühte wie hilflose Pflichtverteidigerin, will hochpoetisch in Flammen aufgehen, obgleich sie harmlos ist wie der Dill im Gärtchen der Küchenmagd Agnes Kurbiella. Alle, alle sehe ich brennen. Und auch die Mehrheit des revolutionären Beirates ist gut fürs Feuer. Nur Frau Huntscha nicht: Allzu schwesterlich gleicht meine Anklägerin der Fastenköchin Dorothea von Montau. Die war in ihrer überirdischen Schönheit und Blässe zu mystisch entrückt und vom Fleisch gefallen, um wie die arme Agnes eine so körperbezogene Reinigung durchleiden zu müssen...«

(Als sie nach kurzem Regenschauer endlich brannte, war ihrem Gebrabbel nur Schonkostlyrik, doch nichts Politisches abzuhören; worauf der schwedische Gesandte am Hofe des Zaren, Herr Axel Ludström, nach Stockholm Anweisung gab, die Akte Kurbiella zu schließen.)

Und du, Ilsebill? Würdest du Birkenholz den damals gebräuchlichen Buchenscheiten vorziehen? Ich würde dich freigeben fürs Feuer. Ich würde der sanfte dominikanische Pater Hyazinth sein, der aus Krakau angereist kommt mit seinen Spezialinstrumenten in silberbeschlagenen Werkzeugkisten. Nah, immer näher käme ich dir mit dem schmiegsamen Eisen. Behutsam, kein Glied vergessend, ließe ich deine Kugelgelenke aus ihren Pfannen, wo sie gefangen saßen, hüpfen und außer sich sein. So viel Haut, von den Schultern den hellen Rücken lang. Ach, die Gedanken! Endlich ausgesprochen. Hochnotpeinlich kämen meine in Güte gewandeten Fragen. Dein nacktes Geständnis. Denn deine Zunge zu lösen, komme ich von weither. Das wollen wir hören. Leise gehaucht. Von den schmerzlich gekräuselten Lippen gelesen: Ja, ich habe. Ja, ich bin mehrmals. Nein, nicht alleine. Mit einer anderen Ilsebill. Noch eine dritte kam bei Nebel später dazu. Wir haben und sind. Nachts aber auch alltäglich. Bei Neumond und auf Johannis.

Mit unserem Monatsblut. Kleine Zeichen auf Gegenstände und Namensschilder gesetzt. Auf Brückenpfeiler und Industrieanlagen, in den Acker, wo das Atomkraftwerk hin soll, auf frisch programmierte Computer und etliche Schreibmaschinen haben wir das Zeichen gesetzt. Ja, auch auf deine das Zeichen. Innen, unter die Taste I...

Als meine Ilsebill endlich brannte, doch bis zum Schluß nicht von ihrer Schönheit lassen wollte, weinte ich unter der Kapuze. Es tat mir leid, Butt, ihr diese Freiheit gegeben zu haben.

Unsterblich

Als ich die mir versprochenen Fenster
in jede Richtung aufstieß,
war ich sicher,
abgelebt nichts zu sehen.

Aber auf flache Landschaft,
die sauber besiedelt war,
und gegenüber in offene Fenster,
aus denen Männer und Frauen alt sahen,
gegen den heiter bis wolkigen Himmel,
Stare auch in den Birnen,
Schulkinder, die der Bus gebracht hatte,
den Sparkassenneubau,
die Kirche mit Uhr
sah ich: halb zwei.

Auf meine Beschwerde kam Antwort:
Das sei übliches Nachleben
und höre bald auf.

Schon grüßen die alten Nachbarn.
Sie wollen aus allen Fenstern
mich wirklich gesehen haben.
Und Ilsebill kommt überladen
vom Einkauf zurück.
Morgen ist Sonntag.

IM FÜNFTEN MONAT

Als das feministische Tribunal Anfang Februar den Fall der Gesindeköchin Amanda Woyke zu verhandeln begann und der Butt sogleich (wie immer auf Gutachten gestützt) einen Vortrag hielt über die Zusammenhänge von Hungersnöten, Heeresbewegungen und Epidemien, zitierte er einschlägige Literatur – die Pest in London, die Pest in Venedig – und verwies darauf, daß wir das Dekameron und seine Form, die weitläufige Rahmenerzählung, der Schwarzen Pest in Florenz verdanken. Zum erstenmal erlaubte er seiner Pflichtverteidigerin, Frau von Carnow, ihm behilflich zu sein. Sie zitierte: »... es entstanden bei ihrem Beginne, gleicherweise bei Mann und Weib, entweder an den Leisten oder unter den Achseln Geschwülste, die, bei dem einen in größerer, bei dem anderen in geringerer Anzahl, zum Teile die Größe eines gewöhnlichen Apfels, zum Teile die eines Eies erreichten und vom Volke Pestbeulen genannt wurden.« Danach ging der Butt belehrend zu Lepra, Gelbfieber, Typhus, Cholera und den Geschlechtskrankheiten über. Lichtbilder wurden gezeigt.

In meiner Umgebung hat die Pest, seitdem sie im Jahr 1332 von Indien aus über Venedig ins Abendland sickerte, immer Zutritt gehabt. Drei meiner Töchter mit Dorothea nahm sie wie im Vorbeigehen, und auch die Magd, die mit mir und der kleinen Gertrud ging, starb in Konitz an der fleckigen Lungenpest, die, weil die Haut sich bläulich verfärbt, auch der Schwarze Tod genannt wird; während mein Töchterchen hellhäutig blieb und noch lange zu leben hatte. Doch eine ihrer Töchter, Birgit, wurde von der Pestilenz gestillt, die mit den Hussiten landauf landab zog, wie jene eine Gottesgeißel.

Und als mich die Äbtissin Margarete Rusch im Jahre 1523 inmitten der Vesper aus der Trinitatiskirche (neben dem

Franziskanerkloster) holte, rettete sie mich rechtzeitig aus dem Häuflein dienender Brüder in ihre Bettkiste; im Jahr drauf wurden die verbliebenen Mönche alle und auch der Abt von der beuligen Pest geholt.

Und als im Jahr 1602 nach der Fleischwerdung des Herrn das Sterbestroh von 16 919 Menschenkindern in den Gassen der reichen Stadt Danzig verbrannt wurde, nahm mir die Pest viele meiner Modelle, die ich als Stadtmaler für ein Wandbild brauchte, das als Jüngstes Gericht den Artushof der knauserigen Patrizier und Kaufleute schmücken und als Mahn- und Opferstück vor der immer wiederkehrenden Pestilenz schützen sollte.

Obgleich das Bild geriet, verlor ich abermals Modelle, als die Pest zwanzig Jahre später zurückkehrte, einige Monate blieb, wieder ging, nochmal kam, als hätte sie was vergessen, und im einen Jahr neun-, im anderen Jahr siebentausend Menschen raffte. Trotz Verbot des Dominikanermarktes und der Fronleichnamsprozession, obgleich die Bier- und Branntweinkeller verriegelt wurden, mußten Leichen in allen Gassen aus den Häusern gekarrt und in großen Löchern hinterm Hagelsberg verscharrt werden.

Auch später kam die Pest mal zögernd, auf Durchreise nur, dann als Besatzung der Stadt und nahm mir meine Zechkumpane und drallen Marjellen. Einzig die junge Agnes blieb mir als Küchenmagd. Sie sah mich alternd an meiner Saufleber leiden, bis jener Opitz angereist kam, dem sie gleichfalls die Küche bestellte und auch sonst anhing.

Als sich im Jahre 1639 dem Poeten die Pest übertrug, bin ich mit ihm gestorben; Agnes ging, ohne hinter sich zu schauen, als sei ich, der allegorische Maler Möller, mit dem weitschweifigen Jammertal-Opitz in die Pestgrube gefahren. Dabei war es Altersschwäche. Abgestorben, wenn auch immer noch sauflustig, war ich längst schon. Mich mußte keine Pest raffen.

Sie alle waren immun. Nicht Dorothea, nicht die dicke Gret, nicht Agnes, keine der Köchinnen ist je von Gott oder seinem höllischen Kompagnon mit Beulen, schwärzenden Flecken oder neueren Seuchen geschlagen worden. Und als Amanda Woyke nach der Zweiten Polnischen Teilung der preußischen Kartoffel zu Ansehen verhalf, meinte sie sogar und schrieb es ihrem Brieffreund, dem weitgereisten Graf Rumford, mit dem Kartoffelmehl ein Mittel gegen die Cholera gefunden zu haben; denn als nach dem Siebenjährigen Krieg mehrere Mißernten den Hunger bei den niederen Ständen allgemein machten und Ratten, zu Notsuppen verkocht, ihren Marktpreis hatten, wurde (neben anderen Seuchen) die Cholera läufig.

Auf der königlich-preußischen Staatsdomäne Zuckau rieben sich alle Knechte, Mägde, Tagelöhner, Instleute, Altkätner und die Herren der Domänenverwaltung nach Amandas Vorschrift vorsorglich ganzleibig mit Kartoffelmehl ein. Solange die Epidemie anhielt, mußten die Leichenkarren in Danzig und Dirschau zweimal täglich die Runde machen. Auch in Karthaus gab es Fälle. Bei uns hatte das Sterbeglöckchen nur wie üblich zu tun. Wir rieben uns ein und glaubten daran. Da mochten die städtischen Herren lächeln. Auch Graf Rumford zweifelte in seinen vernünftelnden Briefen an der bindenden Kraft und abweisenden Stärke der aus Kartoffelsaft gewonnenen Rückstände.

Später hat Amanda Kartoffelmehl gegen alles mögliche eingerieben, als Brei aufgetragen, in Säckchen gefüllt und in Spinde gehängt und über Türschwellen gestreut. Mit Brandwunden kam man zu ihr. Wollten die Kühe nicht kalben, trieb eingetrichtert Kartoffelmehl aus. Und dem Zaun angestrichen, schreckte es Geister ab. Und als ich meiner Ilsebill, die ihre Schwangerenlaune nun in den fünften Monat verschleppt, nach Amandas Rezept ein Säckchen Kartoffelmehl unters Kopfkissen legte und auch ihrer Puderdose einen gestrichenen Teelöffel voll beimengte, kam sie mir eine Woche lang freundlich entgegen, war sie wie wunschlos, blieb sie wunderbar frei von Migräne und sang sogar beim Einräumen der Geschirrspülmaschine aberwitzige Liedchen: »Lott is dod, Lott is dod, Jule liegt im Sterben ...«

Beim Eichelstoßen Gänserupfen Kartoffelschälen erzählt

Über das Erzählen von Geschichten ist viel geschrieben worden. Die Leute wollen die Wahrheit hören. Kommt aber Wahrheit vor, sagen sie: »Ist ja doch nur alles erfunden.« Oder sie lachen: »Was dem alles einfällt.«

Und nach einer langen Geschichte über die Heilwirkung ländlicher Hausmittel bei Zahnweh, Liebeskummer, Verstopfung, Gicht und durchschlagender Cholera, die ich erzählt hatte, während der Topf Kartoffelsuppe bis zum Magnichtmehr ausgelöffelt wurde (und sogar Ilsebill bißchen Geschmack fand), sagte einer der Gäste: »Das kann man doch nicht erfinden. Auf sowas – ich meine Ihre Gesindeköchin – kommt man doch nicht von ungefähr. Hat die wirklich gelebt? Ich meine, tatsächlich? Oder hätte das alles nur sein können?« Und Ilsebill sagte: »Das erzähl sonstwem, nicht mir!«

Es sind aber Amandas Kartoffelschalen zurückerzählt die gewundene Strecke bis Weißtdunoch, späte Erinnerungen an meine Nabelschnur, die aufgewickelt zu ihr führt: wie sie auf der Küchenbank sitzt. Ihr Schälmesser wußte, wie die Geschichte weiterging. Ihren Schalen las, lese ich ab, was gelockt über den Daumen glitt und sich zum dünngeschälten Bericht legte: vom Hunger der Sandbauern zwischen Tuchel Stolp Dirschau, als der Regenwurm Speise wurde, worauf die Kinder Würmchen blieben und in die Erde zurückkrochen; von ihren sieben Mädchen, die ich ihr, solange der Krieg dauerte, zwischen den Feldzügen gemacht hatte, starben drei weg und wurden zu todtraurigen Geschichten, die Stine Trude Lovise hießen und alle bei Liebgottchen im Himmel endeten.

Am liebsten nahm sie zur Suppe keimende Winterkartoffeln. Nicht aufhören konnte die Schale, immer anders sinnfällig zu fallen. Denn als ich wieder mal weg, hier raus, ins Sächsische oder noch weiter wollte, kehrte Amanda, die mitgewollt hatte, mit ihrer Kiepe hinter den Krautfeuern um und sagte: »Ech mecht bai di Bulwen blaiben«, damit sie mir, wenn ich jedesmal schäbiger heimkehrte, überm Schälmesser erzählen konnte, was alles inzwischen hinfällig und zum Strickstrumpf geworden war.

Sie selber hat nur wenig (und alles ohne Reisen) erlebt. Amanda Woyke, 1734, als es noch polnisch war, in Zuckau, dem Kloster, leibeigen, geboren; 1806 in Preußisch-Zuckau, leibeigen der Staatsdomäne, gestorben. Aber die Erlebnisse liefen ihr zu: ich mit meinen sieben Kriegsjahren, neun Narben und dreiundzwanzig Schlachten. Der verrückte Graf Rumford, der es nirgendwo lange aushielt und immer was Nützliches erfinden mußte. Gichtkrumm kam der alte König gereist und hörte ihr (wie ich, sein Veteran und Inspektor) beim Kartoffelschälen zu. Denn Amanda wußte, daß die Geschichten nicht enden können, daß immer wieder ein Dieb mit dem gestohlenen Kirchensilber querfeld springt, daß noch vom vorigen Mäusejahr beim nächsten erzählt wird, daß die vor Jahren verstorbene letzte Prämonstratensernonne auf ewig bei Vollmond in der Mehlschütte ihre gezwirnte Lesebrille suchen wird, daß immer wieder die Schweden oder Kosaken mit ihren Spitz- und Schnurrbärten kommen werden, daß auf Johannis die Kälber sprechen, daß jede Geschichte erzählt werden will, solange Kartoffeln genug im Korb sind.

Mestwina kannte keine Kartoffeln. Sie erzählte, während sie in Kalkwasser gelaugte Eicheln mit einem Holzstößel im Steinmörser zu Mehl stieß. Wir mischten Eichel- und Erbsmehl unter, um unseren Brotteig zu strecken.

Die kochende Nonne Margarete Rusch erzählte beim Gänserupfen unter der Buche, der Linde, im Klosterhof oder im Stall. Neun oder elf Gänse hat sie für Zunftessen an einem Nachmittag gerupft.

Beim Stoßen, beim Rupfen. Mestwina wußte Auageschichten: Wie Aua das Feuer vom Himmel holte, wie Aua die Aalreuse erfunden hat, wie Aua von ihren hungernden Kindern aufgefressen und deshalb göttlich wurde. Die Nonne Rusch erzählte Geschichten zum Lachen: Wie einem Kaufmannssohn, der geil nach ihrem Fleisch war, eine am Vortag geschlachtete Sau unterschoben wurde. Oder: Womit sie den Schafskopf im Schweinekopf füllte. Oder: Wie sie dem Prediger Hegge, als er vor den Katholischen fliehen mußte, über die Stadtmauer geholfen hat. Und andere Geschichten, die nicht wie Mestwinas Geschichten vom mythischen Stoff zehrten, sondern irdisch gedüngt waren.

Mestwina stampfte den Winter über Eicheln zu Mehl, das sie mit Gerstenschrot mischte und zu Fladen buk. Die Nonne Rusch rupfte vom Martinstag bis auf Drei Könige Gänse. Im Frühling, im Sommer gab es nichts zu erzählen. Doch die Gesindeköchin Amanda Woyke schälte, als es ihr endlich gelungen war, den Kartoffelanbau zur preußischen Tugend zu machen, das ganze Jahr über Bulwen. Selbst wenn im Frühjahr und Herbst frische Pellkartoffeln zu Quark auf den Tisch kamen, schälte sie zusätzlich Altkartoffeln für ihre ganzjährige, nie zu erschöpfende, immerwarme Kartoffelsuppe; wie hätte sie sonst das Domänengesinde satt bekommen sollen?

Eigentlich wollte ich (meinen Gästen und Ilsebill) nicht Geschichten erzählen, sondern Zahlen nennen und endlich den kaschubischen Legendensumpf statistisch trockenlegen: wie viele Bauern nach Ende des Dreißigjährigen Krieges leibeigen gemacht wurden; was in Westpreußen vor und nach den polnischen Teilungen an Frondienst geleistet werden mußte; wie die Kinder der Leibeigenen von früh an zu fronen lernten; wie das heruntergewirtschaftete Klostergut Zuckau preußisch gewinnträchtig wurde; mit welchen Tricks die ostelbischen Gutsherren (und auch die Verwaltung der königlichen Domänen) alle Dekrete der Landreform zum Witz machten und das Bauernlegen als Spaß betrieben; wie der preußische Landadel seine Leibeigenen, die zum mobilen Besitz zählten, beim Kartenspiel gewonnen, verloren oder nach Laune getauscht hat; warum man in Holland und Flandern schon Klee und Raps auf Brachland im Fruchtwechsel anbaute, aber bei uns der Flurzwang der Dreifelderwirtschaft nichts Neues zuließ; warum in agronomischen Traktaten und poetischen Schäferidyllen das Landleben gepriesen wurde, doch der Bauer, wenn ihm die Hirse ausging, wie das Vieh im März hungern mußte; seit wann in den Städten Danzig, Thorn, Elbing und Dirschau englischer Tabak geraucht, überseeischer Kaffee getrunken und mit Messer und Gabel von Tellern gegessen wurde, während auf dem Land die Zeit auf einem Bein stillstand. Doch so viele Zahlen und Hektarerträge ich reihe, Salzsteuern und sonstige Steuern addiere, so erschreckend die Kindersterblichkeit war, die Landflucht zunahm, das Ödland wuchs, die Pest durch Typhus und Cholera abgelöst wurde, so fleißig ich also das achtzehnte Jahrhundert nach Daten und Fakten flöhe, es will mir kein rückwirkendes Bild geraten: Wie hörig muß ich neben Amandas Korb hocken und ihrem Schälmesser wie dazumal zuschauen. »Frihä«, sagte sie, »da jab es nur Gritze ond nuscht nech, wennes kaine Gritze nech jab. Da had ons Ollefritz mit saine Dragoners Kartuffeln jeschickt, damid wiä Bulwen mechten väpflanzen . . . «

Ilsebill sagt: »Das möchte ich alles genau wissen. Deputat wieviel? Spanndienst wie oft? Wie war die preußische Domänenkammer organisiert?«

Doch nicht das Gezählte, das Erzählte hängt an. Mundgerecht überkommt es. Noch Mestwinas Urenkelin Hedwig erzählte beim Korbflechten von der Zwangstaufe im Flüßchen Radaune, wie deren Urenkelin Martha beim Ziegelbacken für das Kloster Oliva vom Tod des Heiligen Adalbert erzählte, damit ihre Urenkelin Damroka, die schon städtisch den Schmied Kunrad Slichting geheiratet hatte, ihren Enkelkindern beim Spinnen erzählen konnte, wie Adalbert totgeschlagen, die Pomorschen getauft, die Hakelwerkfischer gezwungen wurden, Ziegel für die Zisterziensermönche zu backen, immerzu Krieg war und Pruzzeneinfall, Hunger nach Hagelschlag, aber auch Wunderbares geschah, wie die lichte Erscheinung mitten im Sumpfland, wo die Gottesmutter Geschichten erzählend Moosbeeren sammelte, weshalb dort, wie später die Fastenköchin Dorothea ihren Kindern beim Erbsenlesen erzählte, die Pfarrkirche Sankt Marien errichtet wurde.

Und auch die Geschichte vom Butt ist so überkommen. Jedesmal wurde sie anders wirklich erzählt. Mal wollte der Fischer ihn gargekocht von der Gräte essen, doch die Fischersfrau Ilsebill sagte: »Laß ihn man reden.« Mal wollte Ilsebill ihn im Topf haben, aber der Fischer wollte noch dies und das wissen. Mal wollte der Butt gedünstet, er sagte: endlich erlöst werden, aber der Fischer und seine Frau hatten immer wieder übrige Wünsche.

Und einmal, als Mestwina beim Eichelstoßen vom Butt erzählte, kam sie der Wahrheit nah. Auf pomorsch sagte sie:

»Das war, als Aua hier wohnte und nur ihr Wort galt. Das ärgerte den himmlischen Wolf, weil ihm Aua das Feuer gestohlen und sich mächtig gemacht hatte. Alle Männer hingen ihr an. Keiner wollte dem Wolf, alle wollten nur noch der Elchkuh opfern. Deshalb verwandelte sich der alte Himmelswolf in einen Fisch. Der konnte sprechen, obgleich er wie ein gewöhnlicher Steinbutt aussah. Als eines Tages ein junger Fischer die Angel auswarf, biß der Wolf im Butt an. Im Sand liegend gab er sich als der alte Wolfsgott zu erkennen. Der Fischer fürchtete sich und versprach, alles zu tun, was der Butt befahl. Da sagte der Wolf aus dem Butt heraus: ›Eure Aua hat mir das Feuer gestohlen. Seitdem müssen die Wölfe Fleisch roh essen. Weil Aua mit dem Feuer Macht über alle Männer gewonnen hat, müßt ihr dem Feuer, mit dem man kocht, sich wärmt und Töpfe aus Lehm brennt, einen männlichen Sinn geben. Das Harte muß geschmolzen und kalt wieder hart werden.‹ Das erzählte der Fischer den anderen Männern, worauf sie Steine zu brechen begannen, die besonders waren. Als sie die Erzbrocken im Feuer ausglühten, schmolz das Eisen in ihnen und machte die Männer zu mächtigen Schmieden. Mit ihren Speerspitzen haben sie, weil das der Wolf aus dem Butt befahl, ihre Aua durchbohrt. Und auch mich«, sagte Mestwina jedesmal, wenn sie Eicheln im Mörser zu Mehl stieß, »wird ein im Feuer geschmiedetes Schwert töten.«

Der Butt jedoch, von dem Mestwina erzählte, soll sich, als er von Auas Tod hörte, wieder zum reißenden Wolf gewandelt und mit dem geschmiedeten Eisen den Krieg ins Land gebracht haben. Weshalb auch Amanda Woyke, wenn sie von Schweden Panduren Kosaken Polacken erzählte, immer abschließend sagte: »Wie de Welf sind se jewesen. Ond haben nuscht meegen hail lassen. Ond haben och noch die Kinderchen in Stickflaisch jerissen.«

(Jenes Märchen aber, das der Butt über ein altes Weib dem Maler Runge und den Dichtern Arnim und Brentano, den

Brüdern Grimm lieferte, war als letzte Fassung druckfertig und eindeutig gemacht worden, während das ungedruckte Erzählen immer die nächste, die ganz anders verlaufende, die allerneueste Geschichte meint.)

Mestwina und Amanda erzählten, während sie Eicheln zu Mehl stießen oder Kartoffelschalen über den Daumen wachsen ließen, aus vergangener Zeit, doch immer so, als wären sie dabeigewesen: wie die Kerle mit Eisenspitzen die Urmutter Aua zu Tode stoßen, wie die Schweden von Putzig aus in die Kaschubei einfallen und auf der Suche nach Silbergulden sogar den Schwangeren die Bäuche aufschlitzen.

Nur Margarete Rusch erzählte nie aus entlegenen Zeiten, sondern immer von sich und ihrer nönnischen Zeitweil: Wie am 17. April des Jahres 1526 die polnische Majestät allem Ketzerwesen ein Ende bereitet, die Stadt besetzt, alle Tore schließen läßt, sämtliche Aufrührer (auch ihren Vater, den Grobschmied Rusch) in den Stockturm wirft, ein Strafgericht ankündigt und die Statuta Sigismundi an die Türen aller sieben Pfarrkirchen schlagen läßt. Wie drauf der Prediger Hegge erbärmlich bei den Birgittinen Unterschlupf sucht und sich die Nonnen erst reihum einen Spaß mit ihm machen, bis sich die dicke Gret erbarmt, ihn in Weiberröcke lächerlich steckt, ihn im Dustern bei einem Achtelchen Mond aus dem Kloster durch den Gassenseich, von Ratten umpfiffen, die Paradiesgasse lang zum Faulgraben zieht und hinterm Jakobsspital, wo Tag und Nacht das Leichenstroh qualmt, über die dort nur niedrige Stadtmauer heben will. Aber so sehr sie auch drückt und schiebt, der Hegge schafft den rettenden Griff nicht. Womöglich haben ihn die Schwestern der Heiligen Birgitta zu sehr erschöpft. Wie ein Sack hängt er am inneren Mauerwerk. Schon hört man von der Pfefferstadt her die polnische Königswache ihre Runde machen: Sie singen, weil besoffen, Marienlieder und lärmen mit ihren Eisen. Da packt die dicke Gret den vormals so eilfertigen Prediger und Winkelbock Jakob Hegge unter den Röcken bei den Schenkeln. Sie hebt ihn über sich, noch höher, bis seine Klöten ihr vor der Nase tanzen – denn unter den Weiberröcken schützt ihn nichts –, und ruft: »Nu treck di över, Winkelbock, treck!« Er bekommt zwar den Mauerrand zu fassen, er ruft zwar von Aschmatei bis Zadeck alle Teufel an, ihm entfahren zwar Fürze und Seufzer die Menge, aber über die Mauer treiben kann ihn selbst die nahbei gegrölte Litanei der Königswache nicht. Schon setzt das bißchen Mond Glanzlichter auf torkelnde Helme. Da nimmt die dicke Gret, nachdem sie ihn als Schietkerl und Labbermann beschimpft hat, ihre Wut und Fürsorge zusammen, schnappt sich die linke Klöte im Hodensack des Predigers und beißt sie ihm ab.

Stimmt, Ilsebill: Das ist die Angst der Männer, so gebissen zu werden. Es gibt Theorien, nach denen in allen Frauen der Wunsch zappelt, allen Männern die Klöten und auch den Pimmel abzubeißen. Schnappmöse und Penisneid heißen Kapitelüberschriften in heißhungrig zerlesenen Büchern. Die Vagina dentalis ist ein bekanntes Symbol. Es laufen mehr Männer mit nur einem Ei rum, als sich statistisch erfassen läßt: entmannte Helden, Piepseriche, übersensible Kastraten, Hornochsen und verfettete Kater. Vor allen Insekten könnte die Gottesanbeterin, die ihr Männchen gleich nach dem Zeugungsakt ganz langsam auffrißt, zum Wappentier aller Ilsebills werden. Schon lächeln sie bissig, zeigen die Zähne, kennen die Stelle und wollen nicht mehr nur Rüben knabbern. »Fürchtet euch, Männer!« rief der Butt vor dem feministischen Tribunal, »ihr seid alle geliefert. Aus Vorzeiten droht euch Rachegelüst. Wahrlich ich sage euch: Als ich die Schwarze Witwe, ein seltenes Exemplar unter den exotischen Spinnen, nach ihrem Mann befragte, sprach sie an langem Faden von seinen Unarten, was ihn verzehrt, gänzlich verzehrt haben soll...«

Die Nonne Margarete Rusch jedoch war frei von verschleppter Urrache und heimlicher Schnapplust, auch wenn sie spaßeshalber den armen Hegge und andere entsprungene Mönche mit Zurufen wie »Ech mecht diä abknabbern was!« ermuntern wollte und womöglich erschreckt hat. Nur aus Not und verzweifelter Fürsorge, weil die Gefahr immer näher kam, biß sie zu und ab, worauf der Prediger Hegge im Nu über die Mauer war und schreiend im jungstädtischen Holzraum das Weite suchte. (Er ist bis Greifswald gelaufen, wo er als Prediger neuen Zulauf hatte.)

Wenn Margret diese Geschichte beim Gänserupfen erzählte, konnte es vorkommen, daß sie, weil die Federn so lustig flogen, einen Nachtrag bot. Es habe gleich darauf die polnische Königswache ihre Marianische Litanei abgebrochen, sie barsch angesprochen und nach dem Grund für das Geschrei außer der Stadtmauer befragt. Da sei ihr nichts übriggeblieben, als das linke Hodenei des Predigers zu verschlucken, denn sprachlos wollte sie nicht zwischen den angesoffenen Kerlen verkommen.

Die vielen Gänse übrigens, die die dicke Gret auf Martin bis Drei Könige rupfen mußte, waren für Zunftessen der Böttcher und Ankerschmiede, für die Patrizier der Georgsbank oder für Festtafeln bestimmt, die der städtische Rat hansischen Delegationen oder den anreisenden Bischöfen von Gnesen, Frauenburg oder Leslau im Artushof gab. Und auch für Ferbers Sohn Konstantin und den Klosterabt Jeschke hat sie auf dem Gut »Drei Schweinsköpfe«, wie im Kloster Oliva, ihr Leben lang Gänse gerupft und dabei immer was zu erzählen gewußt: Wie sie einem brandenburgischen Büchsenmeister dreiundfünfzig Sack Schießpulver gegen gleichviel Säckchen Mohn – und das am Tag vorm

Sturm auf die Stadt – vertauscht hat. Wie sie sich, der besseren Würze wegen, von einem Musketier körnigen Schwarzpfeffer, den ihre Tochter aus Indien schickte, in pfeffergebeizte Rehschlegel schießen ließ. Wie sie in einer Tonne (lachend) vom Hagelsberg rollte und so ihre Wette gegen die Dominikaner gewann. Und immer wieder: Wie sie dem Prediger Hegge durch mutiges Zu- und Abbeißen über die Stadtmauer half.

Amanda Woyke jedoch, die nie von sich als überragender und deshalb allseits schattenwerfender Weibsperson erzählt hat, sondern immer von anderen und deren Mühsal Bericht gab, wußte Geschichten, die aus Vorzeiten Fäden zogen und sich doch in den Kartoffeläckern der preußisch-königlichen Staatsdomäne Zuckau walnußgroß fanden: Es kamen nämlich beim Pflügen der Felder (immer noch mit dem Holzpflug, dem, weil Ochsen fehlten, polnische Tagelöhner vorgespannt waren) Bernsteinbrocken ans Licht, die so ungetrübt einsichtig waren, daß man glauben mochte, es habe die Baltische See anfangs, lange vor Aua, die kaschubischen Wälder bis auf jene Harztränen gefressen, die mit der Zeit zu Bernstein wurden.

Dabei wären die erstaunlichen Funde viel später zu datieren gewesen. Und Amanda erzählte, während sich die Kartoffelschalen gleichmütig zuhauf legten, auf den Tag genau, wie sich der Bernstein plötzlich bis ans gehügelte Kaschubenland verstreut hat. Am 11. April des Jahres 997 nach der Fleischwerdung des Herrn hat nämlich ein böhmischer Scharfrichter, um den Totschlag an Adalbert, Bischof von Prag, zu vergelten, die pomorsche Fischersfrau Mestwina mit dem Schwert enthauptet, wobei sein Streich nicht nur den Kopf vom Rumpf trennte, vielmehr auch die feine Pechschnur um Mestwinas Hals schnitt, worauf sich alle gefädelten Bernsteinbrocken von der Schnur lösten und vom Ort der Hinrichtung, wo die Radaune in die Mottlau fließt, landeinwärts verflogen; denn Mestwinas Wunsch (weil sich der Tag schon neigte) gegen Westen knien zu dürfen, hatte beim Scharfrichter und den anderen bekehrenden Christen keinen Argwohn erregt.

Das alles erzählte Amanda nicht in mir unverständlicher kaschubischer Sprache, sondern in breitgewalktem Küstenplatt: Noch während des Fluges über die Hügel des baltischen Höhenrückens hätten sich die Löcher in den Bernsteinbrocken aus Trauer um Mestwina selbsttätig geschlossen.

Und immer wenn Amanda Woyke die Bernsteinfunde in Zuckaus Kartoffeläckern historisch belegte, mußte eine ihrer Töchter die buntbedruckte Pappschachtel holen, die ich ihr nach der Kapitulation zu Pirna, gefüllt mit sächsischem Konfekt, geschenkt hatte und in der nun die Fundstücke mit ihren Insekteneinschlüssen auf Watte lagen.

Viel später, als Amanda schon so ertaubt war, daß sie die Pellkartoffeln im großen Kochtopf nicht mehr bullern hörte, als die Kartoffelkäfer zum ersten Mal einfielen und Mißernten, neue Hungersnot brachten, war eines Tages im Frühjahr die Pappschachtel leer. Während Amanda von früheren Hungersnöten im Vergleich zur gegenwärtigen erzählte, ließ sie in Andeutungen erkennen, daß sie die Bernsteinbrocken auf die Felder zurückgetragen und in den Kartoffeläckern verbuddelt hätte. Es nahm dann auch die Käferplage zeitweilig ab.

Man hat viel über das Erzählen und den besonderen Erzählstil geschrieben. Es gibt Forscher, die Satzlängen ausmessen, Leitmotive wie Schmetterlinge spießen, Wortfelder beackern, Sprachstrukturen als Erdschichten abtragen, das Konjunktivische psychologisch ausloten, am Fiktiven grundsätzlich zweifeln und das Erzählen von Vergangenem als gegenwartsfeindliches Fluchtverhalten entlarvt haben; doch für die Beschwörungen meiner Mestwina, für den ungedämmten Redefluß der dicken Gret und für das Gebrabbel der Gesindeköchin Amanda Woyke waren (so heillos sie am Vergangenen hingen) immer nur gegenwärtige Arbeitsvorgänge stilbildend.

Zum Beispiel hat das Eichelstoßen im Steinmörser auf geradezu motorische Weise Mestwinas mythische Auabeschwörungen zu knappen Reportersätzen verkürzt. Atemlos berichtete sie vom Aufstand der Männer gegen die Frauenherrschaft: »Haben jetzt Speere mit Eisenblatt. Wollen Schärfe entscheiden lassen. Macht ihnen Spaß: Licht auf Metall. Lärmen mit ihrer Schmiedekunst. Tanzen zum Klirren der Waffen. Spießen Luft, Wolken, den erdachten Feind. Stehen auf Hügel gepflanzt. Suchen ein Ziel. Und Aua bietet sich an: treffen alle das Herz in Fleisch. Schneiden sie auf, nehmen sie aus, teilen sie zu, fressen sie roh, saufen ihr Blut, das sie in bechertiefen Wolfsschädeln auffangen. Mannestat! Muttermord!«

Ganz anders die Nonne Margarete Rusch, der das Gänserupfen einen luftigen, federleichten Stil eingab. »Na, dacht ich mir, will doch das Kerlchen, ohne zwölf Schonentaler, sein stinkiges Heringssilber, berappen zu wollen, mir mein Täschchen mit seinen Wechselfingern befummeln, als wär ich die Sau im Koben, die er dann auch, dacht ich mir, haben soll: gestern geschlachtet, heut mit heißen Ziegeln gefüllt und in mein Nachthemd gekleidet, ihm unterlegt, damit sie ihm bettwarm ist, wenn er sie stößig bespringt.«

Und auch das Erschrecken des jungen Kaufmanns Moritz Ferber, als er entdeckte, daß er anstelle des nönnischen Fleisches eine tote, wenn auch durchwärmte Sau besamt hatte, wurde der rupfenden Gret zum erzählenden Federblasen. »Hat er geschrien und ist picklig geworden zwischen den Beinchen. Raus aus der Bettkiste wie gestochen. Was alles

Folgen hatte. Wollte ihm nie mehr so recht die Lust den patrizischen Stößel richten. Ließ Köpfchen hängen, das Köpfchen hängen. Weshalb er auch später nach Rom gepilgert ist, um dem Fleisch ganz zu entsagen. Worauf der fromme Mann die fetten Pfründe des Bistums Ermland einsacken durfte: der Saugemahl!«

Und so ist auch das Kartoffelschälen, dieser nur vom Augenstechen unterbrochene Arbeitsvorgang, stilbildend für das gleichmäßige, von mitleidigen Ausrufen wie »Das mecht Liebgottchen erbarmen!« unterbrochene Erzählen ländlicher Geschichten gewesen, in denen nach Mäusejahren, Dürre und Hagelschlag bis zum Baumrindekauen gehungert wird, in deren Verlauf den brandschatzenden Schweden immer die Pest, den marodierenden Kosaken die Cholera folgen, an deren vorläufigem Ende – denn Amandas Geschichten setzten sich wie das Kartoffelschälen fort – immer der endliche Sieg über den lebenslänglichen Hunger der leibeigenen Fronbauern gefeiert wird: »Ond wie nu dem Keenig Ollefritz saine Dragoners ons paar Sackchen Kartuffeln jebracht hädden, wußt kainer nich, wie nu tun. Da häddich miä im Stillen jesecht: Rin midde Bulwen. Ond wie se nu trieben ond inne Bliehte standen, wo abä nuä bittäliche Äppelchen jebracht hädd, secht ech im stillen: Was mecht nu werden, Liebgottchen? Abä als nu duster wurd auf Oktobä ond ausse Wäldä nach Rankau riebä de Wildsäu kamen ond onders Kraut wielten, häw ich zu miä ond Erna ond Stine ond Annchen ond Lisbeth jesecht: Nu abä rin inne Bulwen. Ond da war raichlich. Ond da häddes bis iebern Wintä jeraicht. Und jeschmäckt hat ooch. Liebgottchen mecht Dank sain.«

Erst später, als Amanda Woyke schon ihren Briefwechsel mit dem Grafen Rumford, dem Erfinder des Sparherdes und der nach ihm benannten Armensuppe, begonnen hatte, wechselte zwar nicht ihre Stillage, denn sie erzählte noch immer nur beim Kartoffelschälen, wohl aber der zeitliche Ablauf ihrer Erzählung: Amanda nahm Zukunft vorweg. Sie gab Bericht von jedermann versorgenden Großküchen. Aus der Praxis der Gesindeküche schöpfte sie die Utopie einer weltweit verabreichten westpreußischen Kartoffelsuppe. Bei ihr gab es immer genug. In ihren Töpfen war noch für Nachschlag Raum. Sie schaffte den Hunger aus der Welt. Keinen Bedürftigen vergaß sie. Von satten »Mohren und Mamelucken« war fürsorglich die Rede. Sogar für Eskimos und wilde Feuerländer war ihre Gesindeküche wie geschaffen. Und mit technischem Ernst, wobei der Einfluß des erfinderischen Rumford mitgehört werden konnte, erzählte sie vom praktischen Nutzen zukünftiger Kartoffelschälmaschinen: »Das mecht nur so flutschen. Ond in nullkommanuscht is son Korbchen leer.«

Doch wo wird dabei das Weißtdunoch und Eswareinmal bleiben? Unsere Gäste, denen Amandas Kartoffelsuppe, bis der Topf leer war, geschmeckt hatte, waren mit mir der Meinung, daß sich beim genormten Arbeitsvorgang am Fließband keine Geschichten erzählen lassen. Selbst wenn Mestwina halbautomatisch Weizenmehl vertütet, selbst wenn die dicke Gret in einer Geflügelgroßschlachterei den am laufenden Hakenband abgebrühten Hormonvögeln die letzten Federn absaugt, selbst wenn Amanda Woyke heutig wäre und (bezahlt nach Leichtlohntarif) uniform geschälte Kartoffeln in Weißblechdosen ruckzuck verlocht: Es bliebe nicht Zeit, beim Vertüten, Absaugen, Verlochen die notwendigen Geschichten und seien es paar Klatschgeschichten (wem auch?) lang breit zu erzählen.

»Stimmt!« sagte Ilsebill. »Aber Eicheln im Mörser zu Mehl stoßen: das wollen wir Frauen nie wieder. Gänse kauf ich lieber gerupft. Die paar Kartoffeln für uns schäl ich wie nix und rauch noch dabei. Willst wohl, daß wir am Spinnrad hocken. Hast wohl Sehnsucht nach Singers Nähmaschine mit Fußantrieb. Bist wohl müde und willst auf der Ofenbank sitzen.«

Dann schwieg sie entschlossen. Und ich verlief mich in die nächste Geschichte.

Klage und Gebet der Gesindeköchin Amanda Woyke

Als ihr die Würmchen,
hießen Stine Trude Lovise,
weil der Halm faulgeregnet, vom Hagel erschlagen,
von Dürre und Mäusen gebissen war,
daß gedroschen kein Rest blieb,
Hirse nicht körnte, Grütze nicht pappte,
kein Haferschleim süß und Fladenbrot sauer wurde,
weghungerten alle drei,
bevor es dusterte zweimal im März – denn auch die Ziege
war einem Kosaken ins Messer gesprungen,
fortgetrieben die Kuh von fouragierenden Preußen,
kein Huhn mehr scharrte,
von den Gurretauben blieb Taubenmist nur,
und auch der Kerl mit dem Zwirbelbart,
der die Würmchen Stine Trude Lovise
mit seinem Prügel wie nichts gemacht hatte,
weil Amanda ihm jedesmal beinebreit,
war außer Haus schon wieder und gegen Handgeld
nach Sachsen, Böhmen, Hochkirch gelaufen,
denn der König, der König rief –
als nun drei Kodderpuppen,
die Stine Trude Lovise hießen,
schlaff baumelten,
wollte Amanda nicht glauben
und lassen los.

Und als die Mädchen
blaß, blau und hungerkrumm,
grämlich verfrühte Greisinnen,
grad geboren, kaum abgestillt – bald hätte
Lovise laufen wollen – in eine Kiste gelegt,
zugenagelt, verschaufelt waren,
klagte Amanda laut
und hielt den Ton vor der Wimmerschwelle:
ein zittriges Heulen,
in dem viel ai mai wai nai jainte,
das zwischen langgezwirntem Euhhh und Euühhh
dennoch Sätze (was der Mensch im Schmerz sagt) zuließ:
Das mecht nich jelaidet sain.
Das mecht selbig den Daibel äwaichen.
Das mecht ain Kujon fier Jerechtigkait haißen.
Das mecht Liebgottchen välaiden.
Dem mecht Jeschrai elendlich blaiben.
Nai ist kain Liebgottchen nich,
och wenn jeschrieben steht …

Sie schrie drei klirrklare Märztage lang,
bis ihre Klage feingesiebt nur noch Iiiih hieß.
(Und auch in den anderen Katen
in Zuckau, Ramkau, Kokoschken,
wo wem was weggedarbt war,
wurde geschrien: Ihhh …)

Das kümmerte niemand.
Als sei nichts, schlug der Holunder aus.
Buchweizen, Hafer blieben nicht taub.
Pflaumen zum Trocknen genug.
Es lohnte, in die Pilze zu gehen.
Und am Strick eine Kuh, kam gezwirbelt der Kerl zurück
aus Winterquartieren, auch diesmal wie jedesmal invalid.

Der hatte seit Zorndorf Finger zwei weniger,
der kam nach Torgau einäugig lachend,
der trug nach Hochkirch die Narbe über dem Deetz,
was ihn dußliger noch als damlich machte.
Der richtete aber den Prügel ihr,
weil sie stillhielt,
um Marjellen wie nichts zu machen,
die Lisbeth, Annchen, Martha und Ernestine hießen
und lebig blieben,
so daß auch Liebgottchen gut fürs Gebet wieder war:
Er werde schon wissen, warum so viel Leid.
Ihm sei das Kreuz ja ewiglich aufgeladen.
Er lohne die Mühe
und habe Liebe, himmlische Mehlschütten voll...

Da war viel Jiehte behiete drin,
Reimworte später auf die Kartoffelblüte –
und Hoffnung körnchengroß,
daß Stine Trude Lovise nun Engel seien
und satt.

Ollefritz

Patata, Potato, Tartuffel, Erdäpfel, Bulwen ... Raleigh oder Drake sollen sie nach Europa verschleppt haben. Doch da sie aus Peru kommen, sind es die Spanier zur Zeit der Äbtissin Margarete Rusch gewesen. Shakespeare muß sie als Gegenstand hymnischer Anrufung gekannt haben, wenn er Falstaff sagen läßt: »Nun mag der Himmel Kartoffeln regnen!« – wobei eingeschränkt werden muß: Shakespeare hat die süße Kartoffel gemeint, eine Delikatesse, die teuer schon im Handel war, als unsere gemeine Kartoffel wie alle fremdländischen Nachtschattengewächse (Tomaten, Auberginen) noch unter Verdacht stand, von der Inquisition hochnotpeinlich befragt und verurteilt, auf Scheiterhaufen verbrannt und sogar als Viehfutter verschmäht wurde.

Zuerst haben die hungernden Iren sie angebaut. Parmentier hat sie Frankreich geschenkt, worauf sich die Königin Marie Antoinette mit Kartoffelblüten geschmückt hat. Graf Rumford hat sie den Bayern beigebracht. Und wer half uns Preußen?

Heute essen wir: mehlige Salzkartoffeln, rohe Kartoffeln gerieben, in krauser Knochenbrühe gekochte, Petersilienkartoffeln oder nur Pellkartoffeln mit Quark. Wir kennen Kartoffeln mit Zwiebeln gedämpft oder in Senfsoße, Butterkartoffeln, mit Käse überkrustete, gestampfte, in Milch gekochte, in Folie gebackene, winterliche Lagerkartoffeln, Frühjahrskartoffeln. Oder solche in grüner Soße. Oder Kartoffelmus mit verlorenen Eiern. Oder thüringische, Vogtländer, hennebergische Kartoffelklöße in weißer Soße mit Semmelbröseln. Oder in Jenaer Glas mit Käse oder, wie es die Brüder Nostiz taten, mit Krebsbutter überbacken. Oder (in Kriegszeiten) Kartoffelmarzipan, Kartoffeltorte, Kartoffelpudding. Oder Kartoffelschnaps. Oder die Hammelkartoffeln meiner Amanda, wenn sie (auf Feiertage) zu Hammeldünnung, in Nierentalg angebraten, geviertteilte Bulwen tat, mit Wasser auffüllte und so lange kochte, bis der Sud eingekocht war. Jetzt erst löschte Amanda die Hammelkartoffeln mit Braunbier. Oder ihre Kartoffelsuppe, die das Gesinde der königlich-preußischen Staatsdomäne Zuckau alltäglich am Abend löffelte, wenn der Himmel seine Tinte ausgoß und der Wald näher und näher rückte.

Das war nach der zweiten Teilung Polens. Alles sollte anders, ordentlicher, einträglicher, preußisch werden. Das heruntergewirtschaftete Klostergut (gegründet 1217 von Mestwins Tochter Damroka) war säkularisiert und zur

Staatsdomäne erklärt worden. Das nannte man Fortschritt. Der Fortschritt mußte besichtigt, unter Kontrolle gehalten werden: von Ihm persönlich.

Als Er nach Zuckau kam, regnete es. Es regnete schon seit Tagen, so daß die Bulwen raus mußten. Das königliche Domänengesinde hackte vor, wühlte nach, sammelte in Körbe, buckelte die triefenden Körbe zum Ackerrand: traurige Riesenkrähen, zwischen denen gewöhnliche Krähen ihren Anteil suchten, während die lehmverdreckte Kutsche des Königs vierspännig, ungefedert, ausgedient, schon Legende, aber immer noch unterwegs war. Diesmal kam er von Karthaus her über die Landstraße mit ihren Schlaglöchern, bis die Kalesche rechts einbog, den Feldweg nach Zuckau langstolperte, wo das Gesinde in den verregneten Äckern den Buckel streckte, während das königliche Gefährt zwischen Birken aufkam, in einem Hohlweg verschwand, größer wieder da war, ein Ereignis, dann über Regenpfützen stillstand, worauf hinter den dampfenden Rappen der rechte Kutschenschlag von innen geöffnet wurde und mit dem Hut zuerst, den alle kannten, fürchteten und grüßten, der alte König, zweite Friedrich, Fridericus Rex, die Majestät, der Olle Fritz mit Stock im Rock, wie er später auf Bildern in Öl gemalt wurde, ausstieg und in den Kartoffelacker stiefelte; der Adjutant und ich, August Romeike, sein Veteran und deshalb Inspektor, stiefelten hinterdrein.

Wie überall hin, auch nach Zuckau kam er unangemeldet. Er wollte überraschen und Bittschriften, Girlanden, Ehrenjungfern und den Vertretern der Landstände aus dem Weg gehen. Er mochte das nicht: Fisimatenten. Seine Legende war ihm so vorgeschrieben. Also stiefelte er gichtkrumm unterm Hut mit dem Stock querfeld, hielt das Gesinde mit kurzen Bellauten an, nicht zu gaffen, sondern weiterzubukkeln, und blieb erst bei den Körben voller Bulwen stehen.

Erste Bemerkungen über die Beschaffenheit kaschubischer Sandböden im Vergleich zu den Böden Hinterpommerns. Lehrreiches Zeug, aus aufklärenden Traktaten gelesen, die man (für ihn) aus dem Englischen und Niederländischen ins Französische übersetzt hatte: den Fruchtwechsel und Kleeanbau betreffend. Der Adjutant notierte im Regen. Ich, sein Inspektor, mußte Hektarerträge aufsagen. Genaue Zahlen wollte er hören, die den wachsenden Handel mit Saatkartoffeln nachzuweisen hatten. Als ich nicht wußte, um wie viele Guldenpfennige teurer die holländischen Sorten (darunter Urahnen der heutigen »Bintje«) in Hannover auf den Markt kamen, schlug er mich mit dem Stock. Auch das ist später, wenn auch aus anderem Anlaß für königliche Prügel, Anekdote geworden.

Dann fragte er, blank vom kaschubischen Dauerregen, nach dem gewissen Frauenzimmer, das den Kartoffelanbau, beispielhaft für die neuen preußischen Provinzen, als erste gefördert und so, neben dem Sättigungsbeweis, die Schmackhaftigkeit der neuen Hackfrucht bewiesen habe.

Ich brachte ihn zu Amanda. Die saß wie immer in der Gesindeküche auf der Ofenbank und schälte Kartoffeln für die alltägliche Suppe. Gar nicht erstaunt sagte sie: »Nu is Ollefritz doch noch jekommen.«

Um diese Zeit hatte sie schon die Bratkartoffel erfunden. Kartoffelflinsen: Amandas Erfindung. Mit Gurken, Zwiebeln, feingehackt, Liebstock und Sonnenblumenöl soll sie den ersten Kartoffelsalat gemengt haben: eine Festspeise. Auch hat sie die alltägliche Kartoffel an Abwechslung gewöhnt, indem sie ihr mit Kümmel, Dill, Senfkorn, Majoran und Petersilie immer neuen Geschmack abgewann. Amandas Kartoffelsuppe jedoch blieb sich, mit Speckschwarten gekocht, im Grundgeschmack treu, weil ihr täglich zugeschält wurde: Nie war sie alle.

Sie solle striktemang weiterschälen, ordnete der König an und setzte sich auf einen Schemel neben den Bulwenkorb. Es bildete sich, weil er abtropfte, zu seinen Füßen eine Pfütze. Amandas Tochter Ernestine zündete Talgkerzen an, weil es in der Gesindeküche schon schummerte. Amanda benutzte beim Kartoffelschälen ihre Lesebrille. Anfangs prüfte Ollefritz die Schalendicke, fand wohl den Schälverlust unerheblich, hörte dann, während er abtropfte und die Töchter Lisbeth, Anna, Martha, Ernestine gafften, mit schräggestelltem Altmännerkopf zu, denn Amanda begann, während sie das Schälmesser ansetzte, von früher, als es nur Hirse und Buchweizen immer zu knapp gegeben hatte, zu erzählen, und zwar so weitschweifig, wie ihr die Schalen übers Messer wucherten.

Zuerst die alten Hungergeschichten. Den Hungertod ihrer Würmchen Stine Trude Lovise klagte sie ein. Dann zählte sie Mittel auf gegen den Kartoffelkäfer (Bernstein im Acker vergraben), dann behauptete sie, Kartoffelmehl, eingerieben, helfe gegen die Cholera, dann zum König direkt: Gut, daß er endlich komme, der Regen gehöre nun mal dazu, ob er trockne Socken haben wolle. Dann kam sie zur Sache. Es sei ja richtig gewesen, aus dem verluderten Kloster – sie habe noch als Marjell Meßgewänder mit Tulpenmuster besticken müssen –, in dem nur noch vier fünf übrige Nonnen saßen, die ja auch nichtsnutz bald weggestorben wären, ein ordentliches Staatsgut zu machen, doch könne sie, Amanda, nicht begreifen, wieso Ollefritz zugelassen habe, daß der Inspektor, der Dussel, den Bauern ihr letztes Stück Eigenland und auch die gepachteten Klosteräcker genommen habe. Die hätten als Ödland dann brachgelegen, mit Nesseln verkrautet. Weshalb auch die Bauern für nuscht nix tun wollten und nach Elbing und Danzig wegmachten, bis die Domänenverwaltung und der da, der Oberdussel, was sich Inspektor nenne, ein Einsehen gehabt hätten. Erst dann habe man nach ihrem Plan – denn sie, Amanda, wisse, woran es fehle – das Land um die Instkaten parzelliert und dem leibeigenen Gesinde für niedrige Pacht und gegen das eingeschriebene Versprechen gegeben, auf den Parzellen nur noch Kartoffeln anzubauen, wie ja auch auf dem staatlichen Großland, das vom Frongesinde für nichts bestellt werde, seit vier Ernten nur noch Bulwen im Kraut stünden und bißchen Hafer und Gerste für Grütze. Doch leider habe sich der da, was sich dreibastig Inspektor nenne – sie wies mit dem Schälmesser auf mich –, was Mistiges ausgedacht. Das müsse Ollefritz sich mal anhören. Das mache und plane man alles im Namen von Ollefritz. Der Inspektor und was sich sonst noch Domänenverwaltung nenne, nämlich der olle Oberst in seinem Lehnstuhl, dem es auch im August nicht warm werde, die wollten alle Parzellen wieder zusammenschmeißen, weil sich das strenger verwalten lasse. Deshalb habe man Eigenanbau verboten, und zwar striktemang. Deshalb gebe es auf Zuckau keine Selbstversorger mehr, nur noch Frongesinde. Es reiche wohl nicht, daß man leibeigen sei. Und zwar immer noch erblich. Das könne doch nicht im Sinne von Ollefritz sein. – Ja, sie koche für alle. Nicht nur für die polnischen Tagelöhner und Ziegelbrenner. Auch für die Kinderchens und Alterchens und den ollen Oberst im Lehnstuhl. Achtundsiebzig Mäuler. Was auch wieder seinen Vorteil habe, weil man mit so einer Großküche, was Ollefritz wissen müsse, am Brennmaterial spare: Sie könne ihm die Torfmeter und den Nutzen in Klafterholz vorrechnen, wenn er wolle.

Der König hörte das alles an und gab seinem Adjutanten durch das ihm eigene Blickwerfen Anweisungen, bestimmte Einzelheiten über die Sparvorteile der Gesindeküche und die Zukunft von Großküchen allgemein zu notieren. Desgleichen wurde Amandas Methode, Kartoffelmehl zu gewinnen, festgehalten. Auch notierte der Adjutant, als Amanda mich (und mehr noch den König) lächerlich machte, indem sie das »Leibjestell vom Herrn Inspektor« ein Bilderbuch nannte, auf dem alle Schlachten, die der König zu seinem Ruhme geschlagen habe, als Narben eingezeichnet seien. Es habe nämlich der Herr Inspektor, außer dem einen Auge bei Kolin, links rechts paar Finger in Hochkirch auf das Konto der preußischen Geschichte gezahlt, so daß er nicht mehr nachdenklich in der Nase bohren könne, folglich immer dümmer werde, deshalb die armen Leute kujoniere und dwatsche Reden halte. Kartoffelschnaps brennen für seine Kumpane, das könne er und sonst nichts.

Dann erzählte Amanda noch von Hagelschlag und Mäusejahren und noch einmal, daß ihr drei Kinderchen von sieben – und alle habe ihr, als sie noch eine dumme Marjell war, der Romeike ruckzuck zwischen den ruhmreichen Schlachten gemacht – weggehungert seien, ohne daß sich Liebgottchen erbarmt hätte. Damals habe es ja keine Bulwen gegeben, nur zu wenig Hirse und Buchweizen immer zu knapp.

Schließlich, als der Korb beinahe leer war und die Kartoffelschalen wirr wie mein Kleinhirn zuhauf lagen, als Amandas Tochter Lisbeth (die nach der Schlacht von Burkersdorf gezeugt wurde) die gewaschenen Kartoffeln in den großen, leise bullernden Topf überm Herdfeuer geschnitten hatte, als das Annchen (gezeugt nach der Schlacht bei Leuthen), nun von einem durchreisenden Schnapshändler schwanger mit der späteren Sophie Rotzoll, gehackte Zwiebeln in Rindertalg glasig zu dünsten begann und Marthchen (nach Hochkirch gezeugt) den Majoran von den Stielen in die Suppe rebelte, während Ernestine (zwischen Sachsens Kapitulation bei Pirna und der Schlacht bei Kolin gezeugt) den langen Gesindetisch scheuerte, als endlich und mittlerweile des Königs Zeug trocken war, denn er saß nahe dem Herdfeuer, rief Amanda Ollefritz auf, nur noch Kartoffelschlachten zu schlagen. Sie entwarf eine zukünftige Landschaft, die von der Mark Brandenburg über Pommern und die Kaschubei bis ins Masurische ganz mit Kartoffelkraut in Fläche und Reihe gebracht lag und also versprach, von Ernte zu Ernte Großküchen nach Amandas Vorstellung zu beliefern: »Da mecht kain Hunger nech sain meegen. Nur noch Sattigkait. Ond Ollefritz mecht och von Liebgottchen jeliebt sain.«

(Und wenn Amanda mehr gewußt hätte, als die Klugredner ihrer Zeit zu wissen glaubten, dann hätte sie dem König Kohlehydrate, Eiweiß, die Vitamine A B C, ferner die Mineralstoffe Natrium, Kalium, Calcium, Phosphor und Eisen aufgezählt: was alles in der Kartoffel steckt.)

Es stimmt nicht, was später in Anekdoten verbreitet wurde: Der alte König habe geweint, als die Gesindeköchin ihn aufrief, nach so vielen Schlagetotschlachten friedlich den Hunger zu besiegen; wohl aber ist wahr, daß sie ihn, nachdem auch die letzte Kartoffel geschält und kleingewürfelt in den großen Suppentopf gefallen war, wegen seiner lieblosen Kindheit bedauert hat: »Wo kain Aas dem arm Jungchen hädd västreicheln ond bemuddern meegen.« Mit alles begreifendem Blick hat sie den naßgeregneten und nun im Trocknen sitzenden König eingeschätzt. Richtig zärtlich hat sie ihn »Main Ollefritzchen« und »Main Klainchen« genannt, denn Amanda war einen Langkopf größer als die geschrumpfte Majestät.

Ein schnupfender, wie auf inneren Befehl immerfort schnupfender König. Der saß mit wäßrigen Triefaugen unter dem warmherzigen Gutzugerede. Wie mit einem Kind hörten wir sie flüstern: »Nu mecht ja bald bessä sain. Nu mußt diä nech mä väängstigen. Nu komma, Ollefritz. Kriegst och was Suppchen warm. Das mecht diä Schmäckerchen sain ond lustig machen.«

Eine gute kaschubische Stunde lang (die nach Normalzeit gemessen länger als eineinhalb Stunden dauert) hat sie ihn bemuttert, während es im Suppentopf bullerte. Sogar paar Schnupftabaksflecken hat sie ihm mit kaltem Malzkaffee vom Rock gerieben. Vielleicht schlief er ein bißchen, als sie zum Schluß Petersilie hackte. Die Altkätner an den Wänden und nebenan in der Futterküche flüsterten mit sich und waren sich der geschichtlichen Stunde bewußt. Jeder hatte seinen eigenen Löffel zur Hand. Und mit den Blechlöffeln klopften sie sacht ans Holz der Küchenbank. Auf dem langen Gesindetisch standen schon die Schüsseln bereit, aus denen sie löffeln würden: jeweils zu siebt aus einer Kumme.

Dann hat der König mit uns allen – denn mit dem Eindustern war das Gesinde von den Äckern gekommen – Amandas Kartoffelsuppe gelöffelt. Ihm war ein eigenes Schüsselchen vorgesetzt. Neben ihr saß er: ein frühgealterter Mann, der sich, weil zittrig, mit der Suppe bekleckerte. Ab und zu machte er aus seinen geröteten Triefaugen große (in späteren Bildern überlieferte) blaue Königsaugen. Weil alle schlürften, fiel sein Schlürfen nicht auf.

Da ich weitab saß, hörte ich nicht, was die beiden zwischen Löffel und Löffel brabbelten. Angeblich soll er sich bei Amanda über den preußischen Landadel beschwert haben: Man führe seine Edikte nicht aus. Das Leibeigenwesen dürfe zumindest nicht erblich sein. Das Bauernlegen solle abgestellt werden, endlich. Wie wolle man denn mit so viehisch gehaltenem Landvolk eine Armee tüchtig halten. Denn das müsse Preußen: auf der Hut vor seinen vielen Feinden und immer in Waffen sein.

In Wirklichkeit – das erzählte beim Kartoffelschälen später Amanda und schrieb es auch ihrem Brieffreund Rumford – hat Ollefritz nur das Rezept ihrer Kartoffelsuppe erfragt, die er bekömmlich und sein Gichtgebein wärmend nannte; doch hätte er gerne die Suppe nach seinem Geschmack gepfeffert gehabt. Den gab es aber nicht. In der

Gesindeküche der königlich-preußischen Staatsdomäne Zuckau war weder gestoßen noch in Körnern Schwarzpfeffer zu finden. Amanda würzte mit Senfkorn und Kümmel und mit Kräutern wie Majoran Petersilie. (Natürlich kann man auch Brühwurst mitkochen oder angebratene Speckspirkel unterrühren. Manchmal kochte Amanda paar Mohrrüben, zum Abschmecken Sellerie und Lauch mit. Im Winter hat sie getrocknete Pilze, paar Handvoll Grünlinge und Spitzmorcheln mitziehen lassen.)

Als der König in seiner ungefederten Kutsche abfuhr, regnete es immer noch. Mir, dem Inspektor Romeike, wurde keine Schnupftabaksdose geschenkt. Amanda fand keine Dukaten in ihrer Schürze. Den Töchtern Lisbeth, Anna, Martha und Ernestine wurde keine Hand aufgelegt. Kein Choral wurde vom immer noch regennassen Gesinde gesungen. Kein spontaner Erlaß hob die Leibeigenschaft auf. Kein aufklärendes Wunder geschah unter absolutistischer Herrschaft. Doch das Datum der historischen Begegnung wurde durch den Adjutanten überliefert: Gleich nach der Abreise aus dem verregneten Zuckau, am 16. Oktober anno 1778, ist Amanda Woykes Kartoffelsuppe, laut Dekret, zum königlichen Leibgericht erhoben worden; worauf sie nicht nur in Westpreußen allgemein wurde.

Und als das feministische Tribunal, weil die Verhandlung des Falles Amanda Woyke in die Karnevalszeit fiel, anstelle der ordinären Weiberfastnacht ein internes Frauenfest in Kostümen aus der Zeit Amandas veranstaltete, hat die Beisitzerin Therese Osslieb, die gut einer Gesindeküche hätte vorstehen können, in ihren sonst böhmisch abgeschmeckten Töpfen Amandas westpreußische Kartoffelsuppe nachgekocht. Alle und der gesamte revolutionäre Beirat waren in die Ossliebsche Gaststätte »Ilsebills Schuppen« eingeladen, sogar die Pflichtverteidigerin. Wir Männer natürlich nicht.

Helga Paasch soll sich als Ollefritz kostümiert haben. Ruth Simoneit kam als August Romeike. Die Witzlaff hat sich mit Majoran und Petersilie bekränzt. Natürlich war Therese Osslieb als Amanda kartoffelfarben verkleidet. Und nach der Suppe sollen die Weiber mit sich Polka getanzt haben.

Übers Wetter geredet

Plötzlich will keiner mehr Vorfahrt haben.
Wohin denn und warum schnell?
Nur hinten – doch wo ist hinten? –
drängeln sie noch.

Ob jene Zahlreichen,
die weit entfernt hungern,
doch sonst kaum auffallen,
daran gehindert werden dürfen,
ist eine Frage, die beiläufig
immer wieder gestellt wird.
Die Natur – so heißt es nun auch im Dritten Programm –
wird sich zu helfen wissen.
Sachlich sein.
Bei uns bleibt genug zu tun.
Die vielen kaputten Ehen.
Methoden, nach denen zwei mal zwei vier ist.
Notfalls Beamtenrecht.

Am Abend stellen wir zornig fest,
daß auch das Wetter vorausgesagt falsch war.

Ich fand sie in jener buntbedruckten Pappschachtel, die ich nach der Kapitulation zu Pirna, gefüllt mit sächsischem Konfekt, als Kriegsbeute neben anderen Mitbringseln heimgebracht hatte. Später füllten Bernsteinbrocken aus kaschubischen Sandäckern die Schachtel. Und noch später, als der Bernstein als Mittel gegen die Käferplage wieder in den Äckern verbuddelt wurde, legte Amanda Woyke die Briefe des Grafen Rumford in den Karton und ihre Lesebrille drauf. Dann starb sie, als ich auf Inspektion in Tuchel war.

Der erste Brief wurde in München am 4. Oktober 1784 geschrieben. Der letzte Brief steht unter dem Datum »Paris, am 12. September 1806.« Bis zum Sommer 1792 sind alle Briefe »Ihr aufrichtiger Freund Benjamin Thompson« unterschrieben; danach, zum Reichsgrafen erhoben, signierte aufrichtig »Graf Rumford«.

Insgesamt fand ich neunundzwanzig Briefe in Amandas Pappschachtel. Und da sich im Nachlaß der Rumfordtochter Sally gleichfalls neunundzwanzig von Amanda Woyke mit violetter Tinte unterschriebene Briefe fanden, darf man annehmen, daß kein Gedanke verlorengegangen ist, zumal sich die Briefe lückenlos aufeinander beziehen. Wenn Rumford (noch als Benjamin Thompson) im Revolutionsjahr 1789 aus München detailliert von der Gestaltung des Englischen Gartens berichtet und die unbeschwerte Bierseligkeit des Publikums am Eröffnungstage schildert, will Amanda im Antwortbrief wissen, wie groß, ob fett oder lehmig das Gelände sei, worauf ihr im folgenden Brief 612 Morgen Wildnis als Grundfläche angegeben werden. »Günstiges Weideland«, schrieb Thompson. »Wir werden hier, neben den öffentlichen Parkanlagen, zur Bessermachung der elenden bayrischen Viehbestände Rinder aus Holstein, Flandern, der Schweiz in einer Musterfarm züchten und ein veterinäres Beispiel seyn.«

Nach meinem derzeitigen Hingang ging der Briefwechsel verloren und blieb verschollen. In keiner Rumford-Biografie wird Amanda Woyke erwähnt. Und auch Sally Thompson hat den Gedankenaustausch ihres Vaters mit einer kaschubischen Gesindeköchin aus Eifersucht oder Dummheit unterschlagen. Allerdings zitiert Sally in ihren Memoiren einige Ideen des Vaters, die er Amanda schrieb, etwa »die polizeiliche Anmeldung auf Meldezetteln zur Erfassung aller Fremdpersonen«.

Das alles, Ilsebill, muß jetzt berichtigt werden. Denn der verschollene Briefwechsel wurde gefunden. Und zwar in Amsterdam, wo alles ans Licht kommt. Ein Antiquar wurde fündig. Der Butt hatte, gleich zu Prozeßbeginn, recherchieren lassen. (Seine Mittelsmänner sitzen ja überall.) Solange der Fall Amanda Woyke vor dem feministischen Tribunal verhandelt wurde, bestimmten deshalb Briefzitate den Prozeßverlauf. Von mir war nur am Rande die Rede, obgleich ich, auf Anraten des Butt, die Leibeigenschaft auf allen meiner Aufsicht unterstellten Staatsdomänen habe andauern lassen, indem ich die Edikte des Königs und das reformerische Landrecht fintenreich auslegte, die Vererbung der Leibeigenschaft nicht (oder nur in Ausnahmefällen) außer Kraft setzte und selbst die neue Gesindeordnung in alte Fasson brachte. Deshalb blieb ich ein in Preußen verhaßter Inspektor, der keine Nachsicht kannte: Sogar Amanda starb leibeigen.

Der Butt gab vor Gericht zu, daß er mich als Instrument der Reaktion benutzt hat. Das ostelbische Landvolk sei nicht reif für Reformen gewesen. Man habe sich als leibeigene Großfamilie relativ wohl gefühlt. Die Gesindeordnung habe Sicherheit und in kindlichem Sinn Geborgenheit garantiert. Den polnischen Tagelöhnern sei es, außer der Erntesaison, wenn sie in Zuckau und anderswo immerhin satt wurden, erheblich schlechter gegangen. Und schließlich könne das Gericht nicht bestreiten, daß die Gesindeköchin Amanda Woyke, trotz zeitgenössischer Unfreiheit, großräumiger Gedanken fähig gewesen sei, die allerdings an anderem Ort, in München London Paris ihren Niederschlag gefunden hätten; sie habe sich, aus naiver Zuneigung, eines gewissen Benjamin Thompson bedient. Als Butt wisse er mehr, als aktenkundig und passabel fürs Schulbuch wurde. Deshalb wolle er mit Hilfe der wiedergefundenen Briefe ein Denkmal errichten, auf dessen Sockel neben einem gewissen Thompson auch die Gesindeköchin ihren Platz habe, und zwar gleichberechtigt.

»Ein Frauenleben«, sagte der Butt, »das auch der feministischen Bewegung beispielhaft sein sollte: Amanda Woyke hat uns nicht nur die Kartoffel schmackhaft gemacht, sondern mit ihrer Großgesindeküche auch einen Hinweis gegeben auf die kommende, schon beginnende chinesische Weltverköstigung.« (»Und wenn es endlich soweit ist«, sagte ich hämisch zu Ilsebill, »möchte ich wissen, wo du mit deinen Wünschen bleibst.«)

Der gewisse Benjamin Thompson wurde im Jahre 1753 in der englischen Kolonialprovinz Massachusetts geboren. Sein Vater starb früh und wurde durch einen Stiefvater ersetzt – oder wie Thompson Amanda schrieb: »Durch den tyrannischen Ehemann meiner armen Mutter.« Während seiner kaufmännischen Lehrzeit interessierte sich Thompson für die zweckmäßige Lagerung und Verschiffung von eingesalzenen Fischen. (Der Butt bestritt vor Gericht nicht, daß er mit dem jungen Mann beratenden Kontakt hatte: »Direkt oder indirekt. Ich bin ja in allen Meeren zu Haus.«)

Inzwischen brodelte es in Boston antibritisch. Beim Basteln von Feuerwerkskörpern, die zur Feier eines Sieges der amerikanischen Siedler über die Kolonialverwaltung abgebrannt werden sollten – in London hatten die Liberalen das sogenannte Stempelgesetz parlamentarisch zu Fall gebracht –, verunglückte Thompson. Fortan ergriff er Partei für die Kolonialmacht, wurde deren Spitzel und erprobte dabei seine neueste Erfindung, eine unsichtbare, doch nach bemessener Zeit wieder deutliche Tinte.

Nachdem seine Brandwunden verheilt waren, studierte er nebenbei auf dem Harvard College und wurde Schulmeister im Städtchen Concord, das früher Rumford geheißen hatte. Der Umstand, daß sich eine reiche Witwe den Junglehrer zum Mann nahm, mag auf Thompson wie eine abermals zu frühe Explosion von Feuerwerkskörpern gewirkt haben, denn er ging zur Armee, wurde Major im zweiten Provinzregiment von New Hampshire, trug einen scharlachroten Rock, sah sich noch kurz als Vater seiner Tochter Sally, floh dann, verachtet von seinen Landsleuten, wurde von der Bürgerwehr, den sogenannten Minutenmännern, verhaftet, in Concord vor ein Tribunal gestellt und wieder freigelassen, obgleich der Verdacht blieb, er habe als Geheimagent in britischen Diensten gestanden und chiffrierte Briefe mit seiner Spezialtinte an den britischen Gouverneur geschickt.

Nach Ausbruch des Befreiungskrieges nahm Thompson bei letzter Gelegenheit aus dem belagerten Boston ein Schiff nach London. Diese Flucht entschuldigte der Butt vor dem feministischen Tribunal mit jugendlichem Ehrgeiz: Thompson habe sich Zukunft eröffnen wollen. Merkwürdigerweise im alten Europa. In London habe man ihn zum Sekretär der Kolonialprovinz Georgia ernannt. Bedauerlicherweise sei er es gewesen, der den Ankauf hessischer Söldner vorgeschlagen, betrieben und deren Überfahrt organisiert habe. Doch seine Wahl zum Mitglied der Royal Society bestätige, daß er immerhin auch wissenschaftlich tätig geblieben sei.

Darauf antwortete die Anklägerin des Tribunals unter allgemeinem Gelächter: »Wissenschaftliche Verdienste? Nennen wir sie beim Namen. Der Herr Thompson hat die bestmögliche Stellung des Zündlochs bei infanteristischen Schußwaffen ermittelt. Er hat es von Jugend an mit dem Schießpulver. Kriegspielen will der Herr. Ein neues Regiment in New York aufstellen, obgleich der Krieg schon verloren ist. Und so sieht seine einzige Heldentat aus: Auf dem Friedhof in Huntington läßt er ein Fort bauen. Grabsteine sind ihm Baumaterial. Sogar der Backofen für die Kommißbrote wird aus Grabsteinen gemauert, so daß die in Stein gehauenen Namen der Verstorbenen später in spiegelverkehrter Reliefschrift die frischgebackenen Brote Josiah Baxter, John Miller, Timothy Vanderbilt oder Abraham Wells nennen und also vom wissenschaftlichen Tatendrang des Oberst Thompson zeugen. In Anerkennung dieser Großtat wird er, kaum in England zurück, mit halbem Gehalt auf Lebenszeit pensioniert. Weil er nicht in Indien Krieg spielen darf, setzt er zum Kontinent über: in Hoffnung auf europäische Kriege. Seine Reitpferde hat er bei sich. Immer noch lächerlich in scharlachroter Uniform. Über Straßburg, München kommt er nach Wien. Überall macht er Figur. Aber aus dem Krieg gegen die Türken wird nichts. Er tritt in die Dienste des bayerischen Kurfürsten Theodor Karl (der Mannheimer), läßt sich aber zuvor noch englisch zum Ritter schlagen und nimmt als Sir Benjamin Wohnung in München.

So viel, angeklagter Butt, über das Vorleben Ihres großartigen Schützlings, des Herrn Thompson. Ein Erzreaktionär. Ein Spitzel. Ein abenteuernder Scharlatan. Ein eitler Fatzke. Ein mürrischer, weil ums Kriegsspiel gebrachter Menschenfreund, der, nicht unbegabt, schnell Sprachen lernt, denn schon im Herbst seines ersten bayrischen Jahres schreibt er an die Gesindeköchin Amanda Woyke einen gestelzten Brief, in dem er um Rat bittet, wie nach dem Muster des

Kartoffelanbaus in Pommerellen und Westpreußen nun auch dem bayrischen Volk diese Wohltat erwiesen werden könnte.« Die Anklägerin zitierte: »Ich, nein, die Welt weiß von Ihren agronomischen Verdiensten, an denen das kriegskranke Preußen so trefflich zu gesunden vermochte.«

Glaub mir, Ilsebill: nicht der Butt, ich habe Thompson Amandas Adresse gesteckt. Doch da vor dem feministischen Tribunal nur meine jeweilige Zeitweil und nicht mein zähes Überdauern anerkannt wurde, durfte ich nicht als Zeuge auftreten. Schade. Ich hätte den Weibern Bescheid gestoßen. Mich hätten die nicht zum Männchen verschnitten. Schließlich habe ich mit meinen Dragonern, auf königliche Order, Saatkartoffeln an die Domänen in Westpreußen geliefert. Worauf ich (als neunmal blessierter Veteran) Inspektor wurde. Ich habe Preußen mit Kartoffeln gestärkt. Ich habe den Transport, die Vermarktung der Überschüsse organisiert. Ich habe Ordnung in die polnische Wirtschaft gebracht. Meine Abrechnungen sind in der Domänenkammer lobend erwähnt worden. Ich bin weitgereist rumgekommen: bis ins Hannoversche. Und ich diskutierte mit Veteranen die Thompsonschen Experimente mit Schießpulver zur Ermittlung des Rückstoßes, der Kugelgeschwindigkeit und der zweckmäßigen Versetzung des Zündlochs beim gemeinen Gewehr.

Also schrieb ich an die Royal Society. (Oder ein Regimentskamerad schrieb, des Englischen mächtig.) Und Thompson respondierte aus München. Indem er uns genaue Zündlochbemessungen fürs preußische Gewehr versprach, bat er um Gegenauskunft über den Kartoffelanbau in der Kaschubei nach den polnischen Teilungen. Da lieferte ich ihm, außer meinen organisatorischen Erfahrungen, leichtfertig großzügig Amandas Adresse. Und er verbesserte postwendend unser Gewehr, was aber an höchster

Stelle keine Beachtung fand. Ein Versäumnis der Herren in Potsdam, das sich bei Jena und Auerstedt rächen mußte. Aber auf mich hat ja nie wer hören wollen. Alle liefen sie immer zu ihr. Sie wußte. Sie erinnerte sich. Sie sagte voraus. Sie sah, was kommt. Sie hatte Visionen.

Leider gingen mir Thompsons Briefe in Leipzig, wo ich die Messe besuchte, nach einer Saufnacht mit allem Gepäck verloren. Nur seine Post an Amanda und ihre Antworten wurden vor dem feministischen Tribunal zitiert. Und nach dem Ursprung des Briefwechsels befragt, sagte der Butt: Er habe über Mittelsmänner Sir Benjamin einen Bericht zugespielt, der den Besuch des Königs von Preußen im Oktober 1778 auf der Staatsdomäne Zuckau ausführlich überlieferte. Auf diese Weise habe der britische Amerikaner in bayrischen Diensten vom denkwürdigen Gespräch der kaschubischen Gesindeköchin mit dem zweiten preußischen Friedrich erfahren, weshalb Thompson in seinem ersten Brief an Amanda das historische Treffen erwähnte. »Uns ist, verehrte Freundin der nützlichen Kartoffel, bekannt geworden, wie anerkennend sich Seyne Majestät über Ihre Wohltaten geäußert hat. Sagt der Große Friedrich doch in dem mir vorliegenden Dokument: ›Es köcht da eyn kassubisch Frauenzimmer eyne Potage vun Kartuffeln, die unseren Völkern den Frieden deliciös machen könnte.‹ – Doch was mich wundert, verehrte Freundin, ist der erstaunliche Umstand Ihrer raschen Erfolge. Wie habt Ihr dem trägen Landvolk so rapide den Kartoffelanbau vermitteln können? Hier herrschen Aberglaube und katholische Furchtsamkeit. Man sagt unserer nützlichen Knollenfrucht nach, sie fördere Rachitis und Schwindsucht, sie verbreite Lepra und Cholera. Ob Ihr mir wohl raten könnt? Ich verfüge, durch Gunst des Kurfürsten, über ein Kavallerieregiment zum Militärdienst gepreßter Bauernburschen, das nutzlos in Garnison liegt, denn seit dem kuriosen Erbfolgekrieg, den man hier ›Kartoffelkrieg‹ nennt, hat sich nichts mehr gerührt; nur das Bettlerunwesen nimmt zu.«

Der Butt hat vor dem Tribunal nachweisen können, daß Amandas Ratschläge, umgesetzt vom Oberst Sir Benjamin Thompson, den Anstoß zur Einführung des Kartoffelanbaus in Bayern gaben. Die der Domänenverwaltung (und mir) abgerungene Landvergabe, das Verpachten von parzelliertem Brachland an das landlos leibeigene Gesinde der Domäne Zuckau zum ausschließlichen Zweck des Kartoffelverpflanzens – später hab ich das alles rückgängig gemacht – hat Thompson wortwörtlich auf sein Regiment übertragen, indem er parzellierte Militärgärten auf dem Ödland des späteren Englischen Gartens anlegen ließ: Jeder Soldat und Corporal verfügte während seiner Dienstzeit über 365 Quadratfuß Kartoffelacker, wobei die Ernte ihm gehörte; jeder entlassene Bauernsohn kehrte mit Säcken voller Saatkartoffeln in sein staunendes Dorf zurück. (Doch Amanda sagte, als ich dem leibeigenen Gesinde wieder die Kleinäcker nahm, damit wir großflächig anbauen konnten: »Das mecht Liebgottchen nech laiden.«) Übrigens hat sie auch ihr Allheilmittel gegen die Pest, Cholera und den schorfigen Aussatz – das ganzleibige Einreiben mit Kartoffelmehl – ihrem Brieffreund vermittelt; der mag gelächelt haben.

Im Spätsommer des Jahres 1788 wurde Thompson zum kurfürstlich-bayrischen Kriegs- und Polizeiminister ernannt, zum Staatsrat erhoben, zum Generalmajor befördert. Diese Titel verkündend, sagte der Butt vor dem feministischen Tribunal: »Das wird den Damen wenig bedeuten. Schon höre ich Ihren Kommentar: ›Eine typische Männerkarriere!‹ Mag sein. Thompsons Ehrgeiz nahm zeitweilig lächerliche Ausmaße an. Und doch muß ihn der Briefverkehr mit der

Gesindeköchin Amanda Woyke so wesentlich gewandelt haben, wie sonst nur Liebesbriefe Wandel bewirken. Ja, ich behaupte: Die rüstige Mittvierzigerin und unser mittlerweile fünfunddreißigjähriger Amerikaner haben sich aus Gründen leidenschaftlicher Vernunft ernährungspolitische Liebesbriefe geschrieben. Endlich mal kein Seelengeschmachte. Kein Herzensblut floß tintig. Hören Sie, was er nach Zuckau schreibt.

›Nur Ihnen, verehrte Freundin und Wohltäterin, verdanke ich die große und wichtige Wahrheit, daß keine politische Ordnung wirklich gut sein kann, wenn sie nicht dem Wohl der Allgemeinheit dient. Ich habe es unternommen, das Interesse des Soldaten mit dem der Zivilbevölkerung zu vereinen und die Militärmacht, auch in Zeiten des Friedens, dem Wohl des Volkes dienstbar zu machen, indem nun alle Garnisonen im bayrischen Erbland Militärgärten unterhalten, in denen außer der trefflichen Kartoffel auch Kohlrüben und im Fruchtwechsel die Futterpflanze Klee angebaut werden. Ich erlaube mir, Ihnen, meiner wohltätigen Freundin, mit selbiger Post einige Sämereien und Kohlrübenstecklinge zu schicken. Diese durchaus nahrhafte Hackfrucht wurde, nicht ohne mein Zutun, dem Raps abgezüchtet. Übrigens hindert mich nur mein diplomatischer Takt, den Bayern kundzumachen, was mir Gewißheit des Herzens ist, daß eine treffliche Preußin ihnen die Kartoffel und damit den Kartoffelkloß beschert hat. Zum Schluß: Wissen Sie, was man gegen das in München herrschende Bettlerunwesen auf vernünftige Weise ausrichten könnte? Eine bloße Polizeiaktion gäbe ja keinen Sinn.‹«

Ich muß hier einschieben, daß die Kohlrübe dank der Thompsonschen Eilpaketsendung in Westpreußen heimisch und bald unter dem Namen Wruke beliebt wurde: Wruken mit Gänseklein, Hammeldünnung mit Wruken,

Kuttelfleck mit Wruken verkocht. Aber auch Wruken mit nichts gekocht im Kohlrübenwinter 1917.

Darüber sagte der Butt vor dem Tribunal nichts. Aber Thompsons Großtat, die plötzliche Verhaftung, Registrierung und Verbringung aller Bettler Münchens in ein Arbeitshaus, wurde von ihm mit Briefzitaten gefeiert, wobei Amanda schon wieder die Ehre zukam, den Kriegs- und Polizeiminister inspiriert zu haben. Hatte sie doch Thompson geschrieben: »Meyn lieber Herr. Wenn hier auf Zuckau mechten Pracher und Bettlers vorbeykommen, denn missen sie erst Kienholz hacken und inne Plunderkammer Wolljestricktes aufribbeln, wenn se mechten meyne Kartuffelsupp kriegen.«

Dieser Hinweis reichte Thompson, um seiner Idee Richtung zu geben. Er antwortete: »Ach, liebste Freundin! Könnten Sie sehen, wie hier das Verbrechen der Bettelei allgemein ist. Da werden zarten Kindern die Augen ausgestochen oder die Glieder verstümmelt, so daß sie, dergestalt zur Schau gestellt, das Erbarmen des Publikums erregen. Man hält die Sache für keiner Abhilfe mehr fähig. Man gewöhnt sich nach und nach daran, das Betteln zu den inneren Einrichtungen der bürgerlichen Gesellschaft zu rechnen. Oder man hält es für ausgemacht, daß man lasterhafte Menschen erst tugendhaft machen müsse, um sie glücklich zu machen. Aber warum soll ich nicht, auf Ihren trefflichen Rat hin, den Versuch in umgekehrter Ordnung wagen? Durch Arbeit glücklich gemacht, werden sie tugendhaft seyn.«

Man weiß, was geschah. Thompson ließ ein verfallenes ehemaliges Paulanerkloster in der Vorstadt requirieren und als militärisches Arbeitshaus mit Werkstätten für Drechsler, Schmiede, Färber, Sattler und so weiter, außerdem mit Schlafräumen, einem Eßsaal und einer Großküche mit gemauertem Herd einrichten, den später Amanda in ihrer Gesindeküche (nach Thompsons Konstruktionszeichnung) nachbauen ließ: hufeisenförmig, mit zahlreichen Herdlöchern und Feuerstellen. Dann gründete er in Münchens sechzehn Bezirken Wohltätigkeitskomitees, befahl, überm Tor zum Hof des Arbeitshauses mit Goldbuchstaben den Spruch »Hier werden keine Almosen empfangen!« anzuschlagen, ließ endlich am 1. Januar 1790 in einer Großaktion 2 600 Bettler verhaften, auf vorher formulierten Fragebögen registrieren und für den folgenden Tag ins Arbeitshaus bestellen.

Brieflich gab Thompson der Gesindeköchin Bericht: »Wir fabrizieren hier Schemel, Pferdedecken und Uniformen für die gesamte bayrische Armee. Wir spulen Garn, spinnen Wolle. 1 400 ständige Insassen sind fleißig und glücklich. Sogar die Kindlein helfen. Möge mein glücklicher Erfolg Andre aufmuntern, meynem Beispiel zu folgen!«

Vor dem feministischen Tribunal jedoch wurde nicht die erfolgreiche Polizeiaktion des Ministers Thompson, sondern die These des angeklagten Butt verhandelt: Der Ratschlag einer kaschubischen und obendrein leibeigenen Gesindeköchin, man möge den Bettlern und sonstwie Verarmten Arbeit und damit Lohn und Speise geben, habe das Übergreifen der Französischen Revolution auf das Kurfürstentum Bayern verhindert.

Geschützt durch sein Panzerglashaus, sagte der Butt: »Wären solche Ratschläge einem französischen Praktikus zuteil geworden, das heißt, hätte man dem Pariser Pöbel gutbeheizte Arbeitshäuser mit entsprechenden Großküchen eingerichtet, also volle Suppentöpfe und schwimmende Fettaugen garantiert, wäre es wohl nicht zur Revolution gekommen, hätte die Guillotine nicht viele tausend Mal funktionieren müssen, wäre uns kein Robespierre, kein Napoleon bekannt gemacht worden, sondern aufgeklärte Fürsten hätten sich zur gemeinnützigen Wohltat entschließen müssen.

So aber konnte sich Amanda Woykes Rat nur dem bayrischen Volk als segensreich erweisen. Während anderswo die Furien rasten, wurden in München die Bettler zu nützlichen Bürgern herangebildet.«

Du hast wieder mal recht, Ilsebill: Zuckerbrot und Peitsche. Man kann sich auspinseln, wie die Anklägerin, Frau Huntscha, die Spekulationen des Butt unter dem Motto »Hätte der Hund nicht geschissen, hätt er den Hasen gefangen« streng materialistisch zerfetzt, aber sie sprach ganz anders und sagte: »Durchaus richtig gefolgert.« Dann distanzierte sie sich von »männlichen Revolutionsriten« und verabscheute Robespierre und Napoleon, indem sie den einen als »Heuchler«, den anderen als »Gernegroß« entlarvte. Darauf holte sie zum Rundumschlag aus.

»Doch wo, Angeklagter, blieben die Wohltaten der aufgeklärten Fürsten? Wenige Jahre später war aus dem Thompsonschen Arbeitshaus mit seinen Ansätzen von Selbstverwaltung ein ordinäres Zuchthaus geworden, in dem geprügelt, schikaniert wurde. Und auf der Domäne Zuckau hielt sich die Leibeigenschaft bis weit ins neunzehnte Jahrhundert. Mehr noch: Ihr Allerweltsgenie, der Volksfreund Thompson, wurde von den bayrischen Ständen ausgebootet. Und Amanda Woyke mußte mitansehen, wie ein geltungssüchtiger Inspektor das Domänengesinde von den Kartoffelparzellen vertrieb. Ja, mit der Peitsche. Da half kein Liebgottchenanrufen. Und auch der mittlerweile bayrisch geadelte Thompson konnte sich als Graf Rumford, ob später in London oder Paris, nur noch in immer neue Ideen retten, die, wie der Angeklagte nachzuweisen verstanden hat, in einer kaschubischen Gesindeküche gezündet wurden und in Rumfords Kopf explodierten.

Wir geben gerne zu: Arbeitsteilig hat das Briefpaar Woyke-Thompson Leistungen vollbracht – der Sparherd, der Dampftopf, die Volksküche –, aber wo bleibt der Anteil des Butt bei dieser oft wegweisenden Zusammenarbeit? Er will der Weltgeist gewesen sein. Er behauptet, den Ehrgeiz eines asozialen Emporkömmlings mit dem Gemeinsinn einer bodenständigen Gesindeköchin gepaart zu haben. Er hat, im Sinn der Köchin Woyke, den Lieben Gott spielen und, im Interesse des Grafen Rumford, den sozialen Fortschritt verkörpern wollen. Ein schlauer Kuppler, der Butt. Schon sieht es so aus, als habe er das Tribunal beschwatzen können, als leuchte uns Feministinnen seine trickreiche Gleichberechtigung ein, als könne uns sein zu spät errichtetes Denkmal für die Gesindeköchin zum staunenden Publikum machen, als trüge er, auf seine buttige Art, zu unserer Emanzipation bei. Aber es sieht nur so aus. Es blendet und leuchtet nicht ein. Es kann kaum Staunen machen und trägt auch nicht bei. Zu deutlich die Absicht. Denn die Moral des Butt heißt: Was dem braven Frauchen am heimeligen Küchenherd an naiver Erfindung gelingt – zum Beispiel: die westpreußische Kartoffelsuppe –, gerät dem Mann zur sozialpolitischen Großtat – zum Beispiel: die Rumfordsche Armensuppe, an der ein Jahrhundert lang in München, London, Genf und Paris gelöffelt wurde. Mit anderen Worten: hier sollen die Bescheidenheit des erfinderischen Muttchens, der Glanz innerer Freiheit bei andauernder Leibeigenschaft, die dienende Unterordnung als Gleichberechtigung belobigt gefeiert verewigt werden. Stinkige Buttmoral! Der fischige Trick! Ich beantrage: Schluß mit den Briefzitaten!«

Dem Antrag der Anklage wurde nicht stattgegeben. (Schon gelang es der Buttfraktion im revolutionären Beirat, als Minderheit Mehrheitsbeschlüsse zu erzwingen.) Danach vertagte sich das feministische Tribunal, weil der Butt einen Schwächeanfall vorschützte oder tatsächlich hatte; jedenfalls verließ er sein Sandbett, zeigte, wie ohnmächtig seine

Flossensteuerung versagte, taumelte, drohte zu kentern, bauchoben zu schwimmen, und flüsterte knapp unterm Wasserspiegel durch seine Gegensprechanlage: »Wie bedauerlich, wie schmerzhaft sind diese Anwürfe. So viel Unrecht könnte mich stumm machen. Dabei wollte ich eigentlich – ach! –, wäre es nicht zu diesen verletzenden Kränkungen gekommen, am Beispiel des Chinesischen Turms in Münchens Englischem Garten die Ideologie des Grafen Rumford erläutern. Aber – ach! – ich bin ja nur angeklagt und schon zu schwach, um auf mir zustehender Gegenrede und weiteren Briefzitaten zu bestehen. Ach! Ach! – Doch vielleicht ahnt dieses strenge, weil weibliche Gericht, daß auch ich, der Butt, das so verhaßte männliche Prinzip, sterblich sein könnte.«

Keine Angst, Ilsebill! Natürlich erholte sich der Plattfisch später. Und auch der Prozeß nahm seinen Verlauf. Briefzitate blieben zugelassen. Das Rezept der Rumfordschen Armensuppe wurde verlesen: »Erbsen, Graupen, Kartoffeln werden zweieinhalb Stunden lang zu Brei verkocht, dann wird sauer gewordenes Bier unterrührt, dann werden gewürfelte Brotreste in Rinderfett krustig gebacken und zugetan, dann wird das Ganze mit Salz abgeschmeckt.« Auch Amandas heftige Reaktion auf diese pampige Verfälschung ihrer Kartoffelsuppe wurde zitiert: »Dem Deiwel mecht son Kleister schmäkken.«

Nachdem Rumfords verbitterter Abschied von München, seine Tätigkeiten in London, der Umzug und seine Verheiratung in Paris relativ kurz verhandelt worden waren und auch der Konflikt des Vaters mit seiner überseeischen Tochter Sally in Briefzitaten hatte aufleben dürfen, wurde endlich Rumfords politisches Credo, sein Bekenntnis zur chinesischen Wohltat von oben, ergänzt durch Amandas kaschubische Gesindefürsorge, zum Dollpunkt der öffentlichen Gerichtsverhandlung.

Ein einziger Satz des Butt, vielmehr seine rhetorische Frage »Ja, haben nicht Graf Rumford und Amanda Woyke mit ihren utopischen Beschreibungen kultureller Massenbewegungen und allgemein sättigender Großküchen den Maoismus vorausgeahnt?« löste Tumulte aus und hätte das Tribunal gesprengt, wenn nicht die Vorsitzende, Frau Dr. Schönherr, beruhigende Worte gefunden hätte. »Angeklagter!« rief sie in den beginnenden Aufruhr hinein. »Ich nehme an, Sie haben mit Ihren Vermutungen nur sagen wollen, daß die Ideen des großen Mao Tse-tung schon lange in den Völkern schlummern, doch oft, wie im Fall Rumford, absurd mißverstanden worden sind und, wie im Fall Woyke, zu basisbezogen blieben, um die Massen revolutionär zu bewegen, also erst heute ihren relevanten Ausdruck gefunden haben.«

Der Butt beeilte sich, der Vorsitzenden des Tribunals zuzustimmen. Schnell zitierte er bezügliche Briefstellen. »Hören Sie bitte hierzu Amanda: ›Und eynes Tages wird nur noch Gesinde seyn und Gesindeküche.‹ Und hören Sie Rumford: ›Wie heute Bauernsöhne zum militärischen Nichtstun gepreßt werden, können schon morgen Bauernarmeen die Felder bestellen und gleichwohl schützen.‹ Es war viel Ahnung in beiden, auch wenn sie nicht ahnen konnten, daß erst dieses Hohe Gericht ihren Briefen jene Bedeutung beimessen würde, die auch ich, bei aller mir möglichen Skepsis, für geboten halte.«

Wer hätte das für möglich gehalten. Die Buttpartei im revolutionären Beirat bekam Zulauf. (Auch du, Ilsebill, schwankst.) Die gewitzten Mädchen ließen sich vom Butt den Rumford als »irrlichternden Suchgeist« und meine kreuzbrave Amanda als »sandfarbene Kartoffelheldin« aufbinden. Sogar die Anklägerin sprach ohne Widerhaken, als die Verhandlung des Falles Amanda Woyke ihren geradezu rührseligen Abschluß fand: Mitleid mit Rumford kam auf, weil ihn sein böses Eheweib, die Witwe des guillotinierten Physikers Lavoisier, mit ihrem lärmigen Gesellschaftsleben entnervt hat; dabei ist ihm die reiche Partie – achttausend Pfund jährlich – selbst durch Amandas violette Mahnbriefe – »Das mecht eyn Zankdeiwel, ne leybhaftige Ilsebill, eyn puderquastiges Luder seyn« – nicht auszureden gewesen. Sogar der Rumfordsche Opportunismus fand bei der Anklage Verständnis: Sein Wechsel aus dem bedrohten England ins Napoleonische Frankreich wurde ihm als wissenschaftliche Neutralität nachgesehen, obgleich in Amandas Briefen entschieden zu lesen stand: »Und was dem Napoljon ist, dem mecht ich kein Suppchen nich warmhalten.«

Das feministische Tribunal hatte sich entschlossen, nach der umstrittenen Verurteilung des Butt im Fall Agnes Kurbiella, Objektivität zu demonstrieren. Man gestand dem Angeklagten aufklärende Absichten zu. Man läuterte den Grafen und die Gesindeköchin zum Beispiel wegweisender Gleichberechtigung, man erwähnte sogar im Schlußwort die »frühmaoistische Komponente« des Paares und ließ unbestritten stehen, was der Butt fabelhaft zu Amandas Sterbekränzlein geflochten hatte: Es habe sich Graf Rumford, sogleich nach der unglückseligen Schlacht bei Jena und Auerstedt, von Paris über München ahnungsvoll auf den Weg nach Westpreußen gemacht. Es sei ihm vergönnt gewesen, noch vor dem Einfall der marodierenden Armee Napoleons (und der Belagerung Danzigs) den kaschubischen Flecken Zuckau zu erreichen. Es habe die sterbensmüde Amanda, bevor sie in seinem Arm entschlief, noch einmal ihren weltweit den Hunger besiegenden Großküchentraum erzählen dürfen. Sogar die Rumfordsche Armensuppe, den widerlichen Magenkleister, soll die sterbende Köchin dem Grafen verziehen haben. (Von mir, der ich, nach hastiger Rückkehr aus Tuchel, als einziges Leichengefolge Amanda auf dem ehemaligen Klosterfriedhof beerdigt habe, kein Wort.) Nur rührseliges Händchenhalten bis zum vernunftverklärten Schluß.

Tagsdrauf glossierte der »Tagesspiegel« die Stimmung im Gerichtssaal. Das feministische Tribunal habe Anzeichen von Erschütterung zu erkennen gegeben. Die sonst so kaltäugige Anklägerin habe einen schwimmenden Blick gehabt. Das mehrheitlich weibliche und sonst so barrikadenlustige Publikum habe sich Schluchzer gestattet. Ein Grüppchen, dem sich später die Mehrheit anschloß, habe nicht etwa triumphierend, sondern getragen das »Venceremos« angestimmt. Der Butt jedoch habe, tief in Sand gebettet, eine letzte Sprechblase steigen lassen: »Nach Amandas Tod verfinsterte sich Europa.«

Das geschah im November. Drei Monate später, am 24. Februar 1807, nachdem die Preußen bei Dirschau geschlagen waren und die geplünderte Stadt sichtbar bis in die Kaschubei brannte, besetzten französische Grenadiere, die zur Armee des Marschalls Lefèbvre gehörten, die Domäne Zuckau und fraßen unsere Saatkartoffeln.

Warum Kartoffelsuppe himmlisch schmeckt

Als Amanda Woyke gestorben war, nahm sie nur ihre Brille mit und suchte überall im Himmel Liebgottchen. Der hatte sich versteckt, weil er Angst vor Amanda hatte, die mit ihm abrechnen wollte wegen fehlender Gerechtigkeit, denn er war kein Liebgottchen, und womöglich gab es den gar nicht.

Unterwegs in den himmlischen Sälen traf Amanda viele alte Bekannte aus Zuckau, Viereck, Kokoschken und Ramkau, die alle nichts über Liebgottchens Verbleib wußten und ziemlich bleichsüchtig rumstanden, weil sie nur von der Erinnerung lebten. Erst in der großen himmlischen Mehlschütte, die aber leer war, fand Amanda ihre drei Mädchen Stine Trude Lovise, die ihr auf Erden weggehungert waren, weil der König Ollefritz seinen Krieg sieben Jahre lang geführt hatte, weshalb Panduren, Kosaken und preußische Liniengrenadiere abwechselnd das bißchen kaschubischen Buchweizen und Haferkorn vom Halm fraßen.

Stine Trude Lovise waren in der himmlischen Mehlschütte zu Mehlwürmchen geworden und riefen: »De Schütt is leer! De Schütt is leer! Och Mudder, schaff ons Habermehl her!« Da schlug Amanda die Mehlschütte zu und schob sie, auf der Suche nach Liebgottchen, durch alle Himmelssäle, daß es polterte.

Unterwegs traf sie den König Ollefritz. Der spielte mit buntbemalten Zinnsoldaten. Weil er von unten ein Säckchen Schwarzpfefferkörner mitgenommen hatte, ging ihm die Munition nicht aus. Mit den Fingern seiner linken Hand schnippte er die Körner vom rechten Handteller und traf Panduren, Kosaken und weißgelackte österreichische Infanterie, bis er die Schlacht bei Kolin endlich gewonnen hatte. Amanda ärgerte sich und schimpfte: »Mecht er nu endlich Frieden halten!« Sie warf alle Zinnsoldaten und den Schwarzpfeffer in die leere Mehlschütte, wo nun die drei Würmchen Stine Trude Lovise Gesellschaft hatten. Dann spannte sie den König vor die Schütte wie ein Zugpferd. So zogen sie, daß es polterte, durch die übervölkerten und doch wie leeren Himmelssäle und suchten Liebgottchen. Amanda schob.

Unterwegs trafen sie den Grafen Rumford, der inzwischen weitab in Paris an plötzlichem Fieber gestorben war. Er freute sich, als er Amanda sah, und zeigte ihr seine neueste Erfindung: eine winzige, leise schnurrende, blitzblanke Maschine. Indem er auf das rotglühende Höllentor wies, sagte er: »Stellen Sie sich vor, verehrte Freundin, es ist mir endlich gelungen, die Urwärme, das Höllenfeuer, diese schändliche Vergeudung von Brennmaterial mit meinem Maschinchen zu speichern und in Tablettenform gepreßt für nutzbringende Verwendung anzubieten. Schluß mit dem Aberglauben! Wir können endlich Ihr Lieblingsprojekt, die kaschubische Großgesindeküche, hier in den Himmelssälen etablieren und mit Hilfe des Höllenfeuers zur Praxis schreiten. Sie und ich, wir wissen, was der Welt mangelt: das Maximum im Minimum. Lassen Sie uns gemeinsam mit der Weltverköstigung beginnen. Leider fehlen uns noch die Zutaten für Ihre vortreffliche Suppe, vor allem unser Sattmacher: die Kartoffel.«

Amanda meinte, man müsse erst Liebgottchen um Erlaubnis fragen; womöglich verpachte er, gegen mäßigen Frondienst, ein paar himmlische Äcker. Bulwenlesen wolle sie gern. Sie packte die Höllenfeuerverwertungsmaschine und das erste Dutzend Wärmetabletten in die Mehlschütte zu den drei Würmchen Stine Trude Lovise, den buntbemalten Zinnsoldaten und Schwarzpfefferkörnern, spannte dann den Grafen Rumford neben Ollefritz vor die Schütte und zog mit ihrem Doppelgespann, auf der Suche nach Liebgottchen, durch die Himmelssäle, daß es polterte.

Unterwegs trafen sie mich, den Veteran und Domäneninspektor August Romeike, der Amanda zwischen den Schlachten des Siebenjährigen Krieges sieben Kinder gemacht hatte, von denen drei weggehungert waren und nun als Mehlwürmchen in der Schütte Gesellschaft hatten. Grad als Napoleons Große Armee aus Rußland verhauen in Resten zurückkam und auch die Kaschubei heimsuchte, hatte mich eine Horde plündernder Grenadiere, vor denen ich unsere Saatkartoffeln retten wollte, über den Haufen geschossen. Nur einen Sack Bulwen konnte ich ins Jenseits einbringen. Auf dem saß ich, als mich Amanda, mit Ollefritz und Rumford vorgespannt, aufklaubte und sogleich beschimpfte: »Du Schorfkret Dussel Kujohn!« Doch über die geretteten Saatkartoffeln und einige Tütchen Sämereien, darunter Kerbel, Senf, Kümmel, Petersilie und Majoran, die ich zufällig in der Tasche hatte, freute sie sich. Und auch Ollefritz und Rumford riefen: »Superb!« und »Trefflich!« Ich mußte den Sack in die Mehlschütte hieven und dabei aufpassen, daß ich nicht die Würmchen Stine Trude Lovise und die Zinnsoldaten verletzte oder gar die modellhafte Höllenfeuerverwertungsmaschine beschädigte. Dann wurde ich, zwischen König und Graf, der polternden Fuhre vorgespannt. Amanda mußte nicht mehr schieben.

So suchten wir in allen Himmelssälen Liebgottchen, bis wir an ein Wasser kamen, das kleine Wellen wie die Ostsee machte und auch so roch.

»Liebgottchen! Liebgottchen!« rief Amanda über die baltisch grüne See. »Wo häst diä västeckt? Kumm ut! Kumm ut!«

Aber kein Liebgottchen wollte sich zeigen, denn den gab es ja nicht. Nur ein platter Fisch sprang aus der See und guckte querläufig. Das war der Butt aus dem Märchen. Der sagte mit seinem Schiefmaul: »Da es den Lieben Gott nicht gibt, kann ich auch nicht euer Liebgottchen sein. Doch will ich gerne behilflich werden, wenn es irgendwo fehlt. Wo fehlt's denn?«

Da klagte, bevor die drei der Mehlschütte vorgespannten Männer sprechen konnten, Amanda dem Butt zuerst ihr irdisches, dann ihr himmlisches Leid: Wie sie alles ertragen und sich trotz Pest, Teuerung, Hunger und Krieg und bleibender Ungerechtigkeit immer an Liebgottchen gehalten habe, wie sie nach ihm im Himmel auf Suche sei, doch dabei nur den König Ollefritz, dessen dußligen Inspektor und ihren langjährigen Brieffreund, den wohlbekannten Erfinder des Sparherdes, gefunden und vor die leere Mehlschütte gespannt habe, in der ihre Würmchen Stine Trude Lovise, des Königs Zinnsoldaten und Pfefferkörner, des dußligen Inspektors Sack Bulwen, einige Tütchen mit Sämereien wie Majoran, Kerbel, Senf, Kümmel und Petersilie und des Brieffreundes Höllenfeuerverwertungsmaschine nebst Wärmetabletten versammelt seien: »Was soll nu werden, Buttke? Wenn du schon nich Liebgottchen mechts sain, denn sai onser Liebbuttke ond hälf.«

So geschmeichelt, sagte der Butt: »Was euch auf Erden nicht gelang, soll hier im Himmel gelingen. Euer Liebbuttchen wird sorgen, als sei er der Liebe Gott.«

Darauf verschwand er in der baltisch grünen See. Sogleich verwandelten sich die Himmelssäle in ordentliche kaschubische Sandböden: leicht gewellt, schon gedüngt und gepflügt, von Ginster und Brombeersträuchern umstanden. Aus der Mehlschütte sprangen des Königs Ollefritz Zinnsoldaten und begannen wie Landvolk zu ackern, indem sie aus des dußligen Inspektors Bulwensack die geretteten Saatkartoffeln verpflanzten und auch nebenbei ein Kräutergärtchen anlegten. Schon baute Graf Rumford ganz groß für Amanda die himmlische Weltsättigungsküche und heizte sie mit den gepreßten Wärmetabletten, von denen die Höllenfeuerverwertungsmaschine drei Stück pro Sekunde ausspuckte.

Die Mehlwürmchen Stine Trude Lovise wuchsen indessen zu putzsauberen und obendrein so klugen Mädchen heran, daß Ollefritz nicht mehr zu regieren brauchte, Graf Rumford nicht mehr erfinden mußte, der dußlige Inspektor niemanden mehr kujonieren durfte, denn in der himmlischen Kaschubei fürsorgten nur noch Amanda und ihre drei lachlustigen Töchter. Weil bald Kräuter und Rüben wuchsen, wunderbar Schweine grunzten und sogar Zwiebeln himmlisch anschlugen, gab es jeden Tag Kartoffelsuppe genug. Beim Kartoffelschälen wurden die alten Liebgottchengeschichten jetzt als Liebbuttchengeschichten erzählt. Und nicht nur die Kinder konnten auswendig Amandas Sprüche hersagen: »Majoran und Petersilie – Schmäckerchen fier Großfamilie« oder: »Wie die Bulwen sind wiä glaich – Freyheit is im Himmelraich.«

So löffelten sie alle Tag für Tag friedlich die gleiche Suppe, und nur des Königs Ollefritz Schwarzpfeffer lag noch nutzlos und gefährlich, weil groß wie Kanonenkugeln herum, bis ihn Amanda eines himmlischen Tages in die Hölle rollte, worauf sie noch besser heizte.

Der Butt jedoch, der dieses Märchen, angeklagt vor dem feministischen Tribunal, zu seiner Entlastung erzählte, sagte abschließend: »Kurzum, meine Damen: so erlaubte ich mir, zumindest im Himmel kaschubisch-maoistische Verhältnisse zu schaffen. Sie dürfen in mir, ohne daß ich ja oder nein sage, Amanda Woykes Liebgottchen vermuten.«

Am Hungertuch nagen

Immer schon sprach aus hohlem Bauch
die Mehlschütte Trost,
und Schnee fiel wie zum Beweis.

Nagte er nur die verhängte Karwoche lang,
wäre das Fasten ein Spaß,
Fladen mit nichts zu beißen,
aber es deckt den Winter über bis in den März
das Tuch totenstill meine Gegend,
während woanders die Speicher schlau
und die Märkte gesättigt sind.

Gegen den Hunger ist viel geschrieben worden.
Wie schön er macht.
Wie frei von Schlacke seine Idee ist.

Wie dumm die Made im Speck bleibt.
Und immer schon gab es Schweizer,
die sich vor Gott (oder sonstwem)
wohltätig zeigten: es fehlte ja nur
das Notwendigste.

Als aber endlich genug war
und Amanda Woyke mit Korb, Hacke und ihren Töchtern
in die Kartoffeln ging, saßen woanders Herren am Tisch
und sorgten sich um den fallenden Preis der Hirse.

Es ist die Nachfrage, sagte Professor Bürlimann,
die immer alles am Ende regelt –
und lächelte liberal.

Wie der große Sprung zur chinesischen Weltverköstigung führen soll

Nach Pellkartoffeln und Butter zu Quark und Kümmel, was schmeckt, auf einem der seltenen Verdauungsspaziergänge querfeld, zu denen sich meine Ilsebill, seitdem sie schwanger ist, aufraffte, im späten Februar – ich war von einem Kongreß zurück, in dessen Verlauf die Zukunft des Sozialismus Punkt für Punkt diskutiert wurde – an einem klaren sonnigen Tag, der den März vorahnte (kurz nach vierzehn Uhr), sprang meine Ilsebill, obgleich ich rief: »Bitte, spring nicht! Nein! Spring nicht!«, über einen der vielen Gräben, Wettern genannt, die das Weideland zwischen Elbe und Geest, die fette Wilstermarsch entwässern. Der Sprung über den etwa einsfünfzig breiten Graben gelang ihr, so leibig sie war, doch auf der Böschung stürzte sie vornüber, wenn auch auf weichen Grund.

Später stellte sich die Schuldfrage: Ich soll den Sprung ausgelöst haben durch mein tickhaftes Beharren auf langsamen, schrittweisen, bewußt verzögernden Veränderungen.

Vom Sozialistenkongreß und seinen Resolutionen war auf den Marschwiesen die Rede gewesen. (Was hätte sein können, wenn nicht das Gegenteil Tatsache geworden wäre.) Als ich sagte: »Der Prager Frühling kam wohl zu plötzlich und hatte, kurz vor der sowjetischen Okkupation, einige sprunghafte Züge, die die Gesamtentwicklung im Ostblock und die voreiligen Erwartungen im Westen außer acht ließen, so daß wieder einmal die zwar längst überfällige, doch noch immer verfrühte Reform des Staatskommunismus als großer Sprung mißglückte und das sattsam bekannte Nachhinken zur Folge hatte ...«, als ich so, mehr vor mich hin den Kongreß bedenkend als Ilsebill provozierend, gesprochen hatte, sagte sie: »Ach was! Du mit deiner Schneckenphilosophie. So kommt doch nie Fortschritt zustande, wenn man immer nur kriechen darf. Denk mal an Mao und China. Die haben den großen Sprung gewagt. Die sind uns voraus. Die sind über den Bach.«

Da hatte meine Ilsebill schon den Wassergraben im Sinn, nahm sie schon Anlauf, war ihr schon die Idee enteilt, sprang sie ihr nach. Obgleich ich »Nein!« rief, sprang sie schwanger gegen Ende des fünften Monats dennoch und wider alle Vernunft und stürzte auf regenweichen Grund, wobei sie im Sturz den Leib seitlich drehte. Ich sprang, was ein Kinderspiel war, hinterdrein und sagte: »Hast du dir was? Warum hörst du nicht. Das ist doch kindisch. In deinem Zustand.«

Zum erstenmal waren wir während anhaltend strittiger Schwangerschaft um das Kind besorgt. Abtasten. Horchen. Aber es war nichts. Nur den rechten Fuß hatte sich Ilsebill verknackst. Schon stritten wir wieder. (»Du, mit deinen Scheiß-Schnecken!« – »Du, mit deinen Scheiß-Sprüngen!«)

Ilsebill mußte sich, was sie ungern tut, auf mich stützen. Schritt für Schritt humpelte ich sie nach Hause.

Dort war ich noch immer besorgt, machte ihr Essigumschläge, horchte noch mal, tastete ab. Das Kind im Leib – »Mein Sohn!«, wie Ilsebill sagte – rührte sich pochend. »Das hätte schlimm ausgehen können. Hätte da ein Feldstein gelegen. Oder sonstwas Hartes Spitzes. Übrigens irrst du, wenn du die chinesischen Erfolge auf große Sprünge zurückführst. Die sind auch schon paarmal ganz schön auf die Schnauze gefallen mit ihrer ewigen Kulturrevolution. So was geht nicht ruckzuck. Denk mal an Amanda Woyke. Jahrzehnte hat es gebraucht, bis die Hirse durch die Kartoffel abgelöst war. Und mit der Abschaffung der Leibeigenschaft hat es noch länger gedauert. Immerzu Rückfälle. Nach Robespierre kam Napoleon und dann dieser Metternich...«

Danach gab ich meiner gestürzten Ilsebill – wie sie so dalag und mir nicht ausweichen konnte – Bericht vom Tribunal. Ich machte ihr, um sie aufzuheitern, vor, wie arrogant der Butt sein Maul verzogen hat, als es um Amandas Utopie, die weltweite Gesindeküche, ging. Ich verhöhnte seinen Trick, für alles Verständnis und Wohlwollen aufzubringen, selbst für den lieblichsten Unsinn. Dann parodierte ich seine Rede: »Aber meine mir in Strenge gewogenen Damen! Natürlich freue ich mich, wenn meine These von der Rumford-Woykeschen-Weltverköstigung, die zur egalitären Sättigung führt, in Ihren Kreisen Anhängerinnen findet, aber holterdipolter geht das nicht. Es gilt, zuerst einmal Arbeitsgruppen zu bilden, die sich mit den historischen und gegenwärtigen Grundnahrungsmitteln auseinandersetzen: gründlich und kenntnisreich. Zum Beispiel stellt sich die Frage: Welche Bedeutung hatte in Hungerzeiten die aus Wildgräsern gewonnene Schwadengrütze? Oder: Wie stellen wir uns dem Eiweißmangel und damit dem Sojabohnenproblem? Oder: Läßt sich das europäische Hirsedefizit vor der Einführung der Kartoffel mit dem Reismangel in China vor Beginn der Ära Mao Tse-tung vergleichen? Wenn Sie aber die chinesische Weltverköstigung schnurstracks auf mitteleuropäischer Grundlage angehen wollen, dann bitte ich Sie, ohne Umschweife von der Theorie zur Praxis zu kommen und auf Amanda Woykes westpreußische Kartoffelsuppe zurückzugreifen. Soviel ich weiß, unterhält die Beisitzerin Frau Therese Osslieb ein gutgehendes Speiserestaurant. Könnte man dort nicht eine Versuchsküche einrichten? Wäre das nicht der Ort, langsam, bewußt verzögert, phasenverschoben und sozusagen in Zeitlupe mit dem Großen Sprung zu beginnen?«

»Und?« sagte meine invalide Ilsebill. »Haben die Weiber sich breitquatschen lassen? Sind Küchenschürzen wieder gefragt? Will man sich nun – Ohgott! – mit Hilfe des Kochlöffels emanzipieren?«

Schon als die nönnischen Freiheiten der kochenden Äbtissin Margarete Rusch verhandelt wurden und der Butt (eher spielerisch) die Gründung feministischer Klöster vorgeschlagen hatte, begann sich aus allen Fraktionen des revolutionären Beirates, später auch mit Zulauf aus dem Beisitz des Tribunals, eine lockere, dann gefestigte Gruppe zu bilden, die, solange der Fall Agnes Kurbiella verhandelt wurde, eher stagnierte, als Kontur gewann, sich aber zur Fraktion auswuchs, sobald Amanda Woykes Gesindeküche beispielhaft wurde, worauf die als revisionistisch verschriene Fraktion zuerst in der Presse, dann allgemein »Buttpartei« genannt wurde. Die Gastwirtin und Beisitzerin im Tribunal Therese Osslieb galt als ihre Wortführerin. Ulla Witzlaff und Helga Paasch gehörten ihr an. Ruth Simoneit nur mit Vorbehalt. Die Vorsitzende des Tribunals, Frau Dr. Schönherr, soll sich privat sympathisierend ausgesprochen haben.

Und sogar die Pflichtverteidigerin des Butt, Bettina von Carnow, versuchte sich bei der Buttpartei anzubiedern.

Diese Entwicklung als Spaltung, ja, Halbierung der meisten, besonders der liberalen und spontan-radikalen Gruppen führte zu andauerndem Streit mit den ideologisch gefestigten Fraktionen im Beirat, zumal sich auch bei den Marxistinnen Häresie bemerkbar machte. Der Fraktionszwang nahm zu. Wer sich bei den Arbeitsgruppen der sogenannten Buttpartei einschreiben ließ, wurde abgewählt oder ausgeschlossen. Und doch gewannen jene Feministinnen mehr und mehr Einfluß, die zu Unrecht als »Gemäßigte« eingestuft wurden, denn mit dem angeklagten Butt ging die Buttpartei streng und Therese Osslieb sogar ruppig um: Wie Amanda Woyke den Domäneninspektor August Romeike als Dussel oder Kujon beschimpft hatte, so warf die Osslieb dem Butt Titel wie »Flachmann« und »Überhegel« an den Kopf.

Man sah den Butt kritisch, sprach sich jedoch gegen eine pauschale Verurteilung aus. Die Anklage müsse immerhin anerkennen, daß seine aufgeklärt-bürgerliche Position dazumal relativ fortschrittlich gewesen sei. Schließlich verdanke man ihm – und seinem Schützling Rumford – erhellendes Material über die wegweisenden Funktionen der Gesindeküche. Die gegenwärtige Welternährungslage – über die Hälfte der Menschheit sei unterernährt – verlange die radikale Abschaffung der Familienküche und Rückbesinnung auf historische Großküchenformen. Diese These des Butt sei kaum anzufechten und müßte, strenggenommen, spontanes Programm der feministischen Bewegung werden. Man könne – bei aller berechtigten Kritik und Zurückweisung seiner männlichen Arroganz – dem Butt dankbar sein für seine Denkanstöße. Als Beisitzerin wolle sie, Therese Osslieb, Ernst machen mit der egalitären oder, wie der Butt sage, chinesischen Weltverköstigung. Irgendwann müsse man anfangen. Und zwar bei sich selber. Vergnügen der Männer möge es bleiben, vom Großen Sprung nur zu quasseln; Sache der Frauen sei es, ihn endlich zu wagen.

Nun war die Kreuzberger Gaststätte der Therese Osslieb eher ein exquisites Lokal, in dem Exzentriker verkehrten und ausgesucht böhmisch gekocht wurde; Thereses Großmutter mütterlicherseits soll eine Wienerin tschechischer Herkunft gewesen sein. Dennoch gelang es der Wirtin innerhalb kurzer Zeit, die meisten der Genies zu vertreiben, Amanda Woykes Gesindeküche nachzuempfinden und neben der westpreußischen Kartoffelsuppe weitere einfache Gerichte beliebt zu machen: Schwadengrütze mit ausgelassenen Speckspirkeln; Spinat aus Sauerampfer; Milchhirse; Pellkartoffeln zu Quark und Kümmel; Grützwurst auf Stampfkartoffeln; natürlich auch Kartoffelknödel: bayrische, böhmische; und Bratkartoffeln zu dieser und jener Beilage: Heringe, Spiegeleier, Klopse, Sülze.

War die Gaststätte bis dahin unter einem esoterischen Namen bekannt gewesen, hieß sie bald, weil Treffpunkt der Feministinnen, »Ilsebills Schuppen«. Das österreichische Dekor (der k. u. k. Müll) verschwand. Rustikales putzte sparsam die frisch gekalkten Wände. Nur ein geringer Teil der Gäste von vormals blieb. Doch waren die Preise nach kurzer Zeit wieder leicht überhöht, weil sich Abend für Abend, gefördert durch Therese Ossliebs Mann, der sich anzupassen verstand, ein Programm zur Unterhaltung wie Aufklärung des Publikums ereignete. Vorträge wurden gehalten: »Sir Walter Raleigh und die Kartoffel.« – »Die Kartoffel bei Shakespeare.« – »Die Einführung der Kartoffel als Voraussetzung für die Industrialisierung und Proletarisierung Mitteleuropas.« Und von aufregender Aktualität: »Kartoffelpreise gestern und heute.«

Die Beisitzerin beim feministischen Tribunal Helga Paasch versprach, zum Frühjahr in ihrer Britzer Großgärtnerei eigens für »Ilsebills Schuppen« biologisch einwandfrei und für Schulungszwecke zugänglich einen halben Morgen Kartoffeln anzubauen. Bald schmückten, nach einem Malwettbewerb für die Kinder der engagierten Frauen, Kartoffelmotive das Lokal. Ferner wurden Chansons gedichtet, vertont und vorgetragen, in denen die Kartoffel gefeiert wurde. In einem Nebenraum konnten Kartoffeldrucke hergestellt werden. Im Kreis sitzend, als Schwatzrunde, durfte das speisende Publikum für sich und andere Gäste Kartoffeln schälen. Etliche Babys weiblichen Geschlechts, die zur Zeit der Verhandlung des Falles Amanda Woyke geboren wurden und deren Mütter (und Väter) zum Stammpublikum in »Ilsebills Schuppen« gehörten, bekamen auf Lebzeiten den Vornamen Amanda verliehen.

Und doch blieb bei aller Verspieltheit – einige junge Frauen trugen zur Kette gereihte (keimende) Winterkartoffeln als Halsschmuck – der Ernst anfänglicher Absicht erhalten: Man diskutierte in Arbeitsgruppen den Nährwert der Grundnahrungsmittel, die eiweißhaltige Sojabohne, die Hirse, den Reis, das Modellhafte der Gesindeküche, die Notwendigkeit, den Hunger global zu bekämpfen, das Endziel, die chinesische Weltverköstigung, und immer wieder den großen Sprung, von dem gesagt wurde: Man habe schon mit ihm begonnen. Man befinde sich mitten im Sprung. Dialektisch begriffen sei der Große Sprung keine rasche Aktion, sondern ein anhaltender, in mehreren Phasen abrollender Prozeß. Man springe in Permanenz.

Ich hätte, als Ilsebill den Wassergraben anlief, nicht rufen sollen: »Nein! Spring nicht! Bitte! Nein! Spring nicht!«, denn nun mußte sie springen und sich beweisen vor jenem mir unbekannten Gesetz, nach dem sie handelt, und sei es nur einen rasch vollzogenen Sprung lang, der mir freilich, wie ich sie mit hohem Leib plötzlich schwerelos sah, zerdehnt zu sein schien in mehrere Sprungphasen. Ich sah meine Ilsebill nach dem Absprung, während mein Schrei »Spring nicht!« noch nachzitterte, sah, wie sie sich wunderbar vom schweren Marschboden löste, sah sie knapp zwei Fuß Höhe gewinnen, dann, durch ihr Eigengewicht befördert, einen Meter Weite ohne Höhenverlust überwinden und schon, nach deutlichem Knick, abfallen: Gerade noch über den Graben schaffte sie es.

Doch bevor ich mich mit Ilsebills Sturz befasse, möchte ich sie einen gedehnten Augenblick lang auf dem Höhepunkt ihres Sprungs feiern. Schön sah sie aus, obgleich das Schwerfällige, ja Plumpe ihres Zustandes durch den Sprung anschaulicher wurde. Ihr vertrotztes, wie von aller Welt beleidigtes Ziegengesicht. Ich hätte sie als eine springende Melencolia (frei nach Dürer) in Kupfer stechen mögen. In Knossos übersprangen die minoischen Mädchen (Hera zu Ehren und um Zeus zu ärgern) einen anrennenden Stier. Und unsere Nährmutter Aua sprang, als sie ihren Schatten entdeckte und loswerden wollte, über das Flüßchen Radune – wie Dorothea, als wir heimpilgerten, den Fluß Elbe von Eisscholle zu Eisscholle übersprang. Denn wie ich Ilsebill so springen sah und ihren Sturz vorausahnte, nahm ich mich zurück, sah ich Aua, sah ich Dorothea im Sprung, flüchtete ich schließlich ins späte achtzehnte Jahrhundert, wo Amanda Woyke, dem Staat Preußen leibeigen, samt ihrem seßhaften Wesen auf der Bank neben dem Herd der Gesindeküche saß und gleichmütig Kartoffeln schälte, war ich hundert Jahre später auf Besuch in Lena Stubbes Arbeiterkate (Auf dem Brabank 5) und fand dort die alteingesessene Misere als soziale Frage bestätigt. Jetzt erst wurde ich zum Teilnehmer des Kongresses, der sich in Bièvres, nahe bei Paris, mit der Zukunft des demokratischen Sozialismus befassen wollte.

Tschechoslowakische Emigranten hatten mich eingeladen. Ein französischer Kommunist, der seinen Parteiausschluß riskierte, holte mich vom Flughafen Orly ab. Kaum im Hotel einquartiert, kaufte ich eine Postkarte, die ich meiner Ilsebill schicken wollte, vollgeschrieben mit Sätzen wie: »Paß auf Dich auf! Schon Dich bitte. Dein Zustand erlaubt keine Sprünge. Die Tagung hier verspricht, interessant zu werden. An die hundert Revisionisten ...«

Sie sitzen am langen Tisch und haben den emigrierten Blick. Schüttere Bärte, in denen noch Reste der letzten und davor letzten Revolution verfilzt sind: mittlerweile Natur geworden. Zwischen den Veteranen sitzen junge, noch unbeschriebene Bärte, in denen Zukunft nistet und Hoffnung auf Hoffnung macht.

Die Tagung in Bièvres (hier soll es früher Biber gegeben haben) ist mit Referaten, die sich hinziehen und keinen historischen Aspekt unberücksichtigt lassen, gut vorbereitet worden. Hektographiert liegen die Reden, während sie gehalten werden, französisch übersetzt vor. Jeder spricht wie vor größerer Versammlung, früher auf Plätzen, in Fabrikhallen, vor den Delegierten des berühmt gewordenen Parteitages, zu den werktätigen Massen. Einverstanden lauschen die Wörter sich nach. Der in Abwesenheit verurteilte Stalinismus. Der Wille, trotz allem, Sozialist bleiben zu wollen. Die Anrufungen der Vernunft. Das Lamento der Aufgeklärten.

Wer nicht spricht, kritzelt Kästchensysteme oder haarige Mösen. In den Übersetzerkabinen tragen emanzipierte Frauen die Rede irrender Männer sicher in englische, deutsche, tschechische und italienische Sprache. Vor Fenstern, die nicht zu öffnen sind, behauptet der Februar, es sei März. Von überall her sind sie angereist. (Nur die Genossen aus Chile sind nicht gekommen.) Ein alter Trotzkist, den vier Spaltungen zeichnen, schreibt (auf spanisch) Protokolle: sein Nachlaß.

Schütze die Augen, die Stirn mit dem Handballen und den geschlossenen Fingern, bis Leere entsteht: ein neues Versprechen. Es muß doch, seitdem die Vernunft und die Kartoffel über den Aberglauben siegten... Es muß doch, nachdem wir nun alles wissen, zumindest der gröbste Hunger... Es muß doch endlich, wenn wir nicht draufgehen, alle draufgehen wollen, endlich der Große Sprung...

Plötzlich will ich in meinem Mantel draußen auf einer Bank für Rentner und Sperlinge sitzen und Käse vom Messer essen und roten Wein aus einer Literflasche trinken, bis ich gegen den Anspruch der Zeit verkommen und absolut ohne Hoffnung bin oder anderen Veteranen begegne, mit denen ich in Amanda Woykes Gesindeküche gesessen und alle Schlachten von Kolin bis Burkersdorf bei Pellkartoffeln zu Kümmel und Glumse hin- und zurückbesprochen habe.

Das Wort hat der nächste. Abseits wird eine Resolution geboren. Auf Antrag der Italiener. Es geht um den Prager Frühling: Er will nicht aufhören.

(Neinnein! Ich bleibe dabei. Das war leichtsinnig. Auch wenn wir Glück hatten.) Indem sie im Sturz den Leib seitlich wegdrehte und mit dem Ellenbogen zuerst aufkam, ging die Sache noch einmal glimpflich aus. Pflichtschuldig sprang ich ihr hinterdrein. Aber noch lange, während ich meine Sätzlein sprach – »Ist ja verdammt noch mal gutgegangen. Aber fahrlässig war das schon« –, zog sich das Veteranenessen in Amandas Gesindeküche hin (und verlief der Kongreß europäischer Revisionisten Punkt für Punkt nach der Tagesordnung). Denn gleich nach dem Hubertusburger Frieden wurde ich aufgrund meiner Verdienste Domäneninspektor. Meine Regimentskameraden kamen recht und schlecht irgendwie, meist im Schuldienst unter. Und Amanda hatte nichts dagegen, wenn wir uns einmal im Jahr, nach der Abfütterung des Gesindes, um den viel zu langen Tisch hockten und Kartoffelschnaps zu Pellkartoffeln tranken, bis wir in Schlachtenseligkeit vergingen: »Ach Kumpel, wenn ich an Torgau denke ... Weißt du noch, wie wir in der sächsischen Fourage außer Tobak den Karton Konfekt fanden ...« (Und in Bièvres wurden während der Konferenzpausen einige für mich neue politische Witze erzählt: Breschnew und Nixon treffen sich mit Hitler in der Hölle ...) Und zu meiner Ilsebill sagte ich nach dem Sturz: »Das hätte schlimmer kommen können, Liebste. Als Amanda mit ihrer jüngsten Tochter, dem Annchen, schwanger ging, das ihr Romeike kurz vor Kriegsschluß, nach der Schlacht bei Burkersdorf, gemacht hatte, stürzte sie beim Pilzesuchen, als sie über einen Waldbach sprang, auf Glimmersteine, was zur Frühgeburt führte.«

Trotzdem ist das Annchen geworden. Und deren Tochter Sophie ist später sogar Köchin bei Napoleons Gouverneur Rapp gewesen. Und die kleine Sophie hat, wenn wir ehemaligen Korporäle unser Treffen feierten, jene Pellkartoffeln zu Glumse und Kümmel (mit Leinsamöl) aufgetragen, die heute wieder in Mode kommen.

Kürzlich, als es mich wieder nach Berlin zog – Ilsebills verknackster Fuß hatte sich gebessert –, nahm mich Ruth Simoneit mit. Es gelang uns, Sieglinde Huntscha zu überreden, die den Schuppen grundsätzlich »beschissen« nennt. Wir saßen mit Ulla Witzlaff an einem Tisch. Und auch die Osslieb setzte sich nach Wirtinnenart mehrmals für einen kurzen Schwatz zu uns. Als einzigem Mann ging es mir gar nicht so schlecht. Ulla Witzlaff strickte glattkraus an einem Herrenpullover (Die Mädchen sind ja gutmütiger, als sie tun). Und als ich von meinem hoffnungslosen Sozialistenkongreß erzählte, hörten sie sogar zu. Nur Ruth Simoneit, die, kaum angekommen, sofort einen doppelstöckigen Kartoffelschnaps bestellt hatte, schoß quer: »Wunden lecken!

Was? Wunden lecken? Das könnt ihr. Ihr Männer seid immer nur brutal oder wehleidig.«

Doch dann wurde es lustiger. Mit großem Hallo kam Helga Paasch zu uns an den Tisch. Die Osslieb brachte Kartoffelsuppe. Ulla Witzlaff füllte gerecht die tiefen Teller. Bis spät in die Nacht wurde Zukunft herbeigeredet: die große Krise und der Zusammenbruch der (männlichen) Systeme. Alle freuten sich schon auf die bevorstehende chinesische Weltverköstigung. Ich gab paar Runden Kartoffelschnaps aus: »Prost auf den kommenden Einheitsfraß!« Dann die Paasch. Ruth Simoneit war natürlich sternhagelvoll. Die Witzlaff sang: »Unser Butt ist Maoist! Unser Butt ist Maoist!« Und Sieglinde Huntscha versuchte, die Osslieb anzumachen. Die schmusten ganz schön.

Schade, daß meine Ilsebill nicht dabei war. Aber sie mußte ja unbedingt über den Graben springen. Da konnte ich rufen und bitten: »Spring nicht! Nein! Bitte, spring nicht!« – sie sprang und wollte den Sturz. Da lag sie im Modder. Ich war ihr nachgesprungen. Sie lag auf dem Arsch. Ich schrie sie an. Sie schrie zurück: »Ich spring mit meinem Bauch, wann und wohin ich will!«

»Das ist nicht nur dein Kind, das wird unser Kind!«

»Ich laß mir von dir nicht vorschreiben, wann ich zu springen habe, wann nicht.«

»Das hättest du dir früher überlegen müssen, wenn du das Kind nicht willst.«

»Scheißgraben! Mach ich nie wieder.«

»Schwör mir, Ilsebill, daß du nie wieder.«

Aber schwören, dem Großen Sprung abschwören, nie wieder springen wollte meine Ilsebill nicht.

Die Köchin in mir und ich, wir schenken einander nichts. Zum Beispiel hat Ilsebill einen Koch in sich – der werde wohl ich sein –, den sie bekämpft. Unser Streit von Anbeginn, wer als Komplex drall oder mager in wem hockt, fördert neue Gerichte oder alte, die wieder beliebt sind, seitdem wir historisch bewußt kochen.

Jetzt liest sie, während zwei Kilo Rinderhesse auf schwacher Flamme ziehen und ich hilfswillig Gemüse über dem Daumen putze, in einem Buch mit vielen Fußnoten, in dem auch einiges über Hirse als Armenkost, Festspeise, Märchenmotiv und Hühnerfutter steht.

Ich verhalte mich still und denke mir immer anders verlaufende Geschichten aus, die dem Gesinde der Staatsdomäne Zuckau zur Zeit der Leibeigenschaft den Brei gesüßt haben mögen: als nichts mehr in der Mehlschütte war und es Hirse erbsgroß hagelte, worauf wunderbar alle satt wurden ...

Über mein Märchen hinweg sagt Ilsebill: »Uns hat der Autor einfach vergessen. Immer nur Männer haben. Dabei war es Verdienst der Frauen, wenn ab 1800 die Anbaufläche für Hirse von 53 000 Hektar auf 14 877 zurückging, weil der Kartoffelanbau, besonders in Preußen, rapide zunahm. Heute ist Hirse allenfalls Spezialität. Gibt's in Reformläden zwischen Pinienkernen, Couscous und Sojabohnen. Weiß keiner mehr, was das hieß: ein schlechtes Hirsejahr.«

Ich sage: »Und noch früher, bevor die Kartoffel in Preußen und anderswo die Hirse besiegte, mußte die Braut am Tag nach der Hochzeitsnacht, damit es anschlug bei ihr, einen Topf voll quellender Hirse in Milch kochen. Die wurde den Kindern der armen Korbmacher mit der Holzkelle heiß in die Hand geklatscht, daß sie juchzten und den Fladen von Hand zu Hand in der Luft hielten, bis er abgekühlt schmeckte.«

»Deine ewigen Geschichten«, sagt Ilsebill. »Das lenkt doch nur ab vom eigentlichen Prozeß. Mich hier blödquatschen wollen.« Sie schlägt das Buch mit den historischen Fußnoten zu. »Früher hat Hirse uns Frauen dumm gemacht. Und heute? Und heute!«

Ich schweige ängstlich. Sie hat ja recht, verdammt noch mal recht. (Und doch hat die Gesindeköchin Amanda Woyke dem Domäneninspektor Romeike das Schreiben so perfekt abgeguckt, daß sie bald klüger als er mit dem berühmten Graf Rumford korrespondieren und aus der neuesten Zeitung dem Gesinde laut vorlesen konnte, was Mirabeau zum Brotpreis und den Prinzipien der Revolution gesagt hatte.)

Der Koch, den sich Ilsebill, und sei es zum Streit, als Insassen hält, folgt ihr aufs Wort. Sie schreibt vor, daß heute keine immer teurer werdenden Kartoffeln geschält werden, daß vielmehr historische Hirse mit gut einem Liter Bouillon überbrüht und in bedeckter Schüssel auf den Topf mit dem ziehenden Rindfleisch gesetzt wird: Nun quillt die Hirse nach altem Brauch, während ich noch immer Gemüse putze.

»Nicht die Möhren zerschnibbeln! Und auch die Schwarzwurzeln bleiben ganz. Typisch Mann: will alles mit allem verkochen, bis nichts mehr seinen Geschmack hat.«

Während ich Geschichte treppab zu flüchten versuche, schreit sie: »Haferschleim! Gerstengrütze! Hirsebrei! Damit habt ihr uns klein gehalten, Jahrhunderte lang. Doch das zieht nicht mehr, hörst du! Jetzt seid ihr dran. Nun mach schon und träum nicht.«

Den Weißkohl, die Sellerie teile ich folgsam in Hälften. Die Möhren, Zwiebeln, Schwarzwurzeln, den Kohlrabi und die drei Knoblauchzehen lasse ich heil. (Ach, daß ich sehen muß, was ein Kohlkopf im Querschnitt an Schönheit hergibt: diese Strukturen, so viel System, das Labyrinthische, der endlose Strich ...)

»Und was ist mit Wruken?« sagt sie aus sich, nicht er aus ihr. Alles, was ich geputzt habe, und ein faustgroßes Stück Wruke dazu, läßt Ilsebill mit dem bald garen Fleisch unter der quellenden Hirse wallen und ziehen und nicht, wie es typisch der Mann will, kochen verkochen.

Dann kamen die Gäste. Sie lobten unser historisch bewußtes Gericht und ließen sich auflegen: immer wieder.

Nachdem die Gäste gegangen waren und ich die Geschirrspülmaschine ein- und ausgeräumt hatte, später, viel später, nach Mitternacht, träumte ich neben Ilsebill: Ich muß mich durch den Berg fressen. Doch wie ich die Hirse endlich hinter mir habe, liegt vor mir ein Berg Kartoffeln, abgekocht und noch dampfend. Schon beginne ich, mich durchzumampfen, entschlossen wie ich bin, bis mich nach halber Strecke Angst besetzt, es könne hinter der süßen Hirse und den dampfenden Pellkartoffeln ein Berg rohe Kohlrüben, auch Wruken genannt, hochaufgeschüttet vor der Verheißung liegen.

Alle beide

Er sagt nicht meine, die Frau sagt er.
Die Frau will das nicht.
Das muß ich erst mit der Frau besprechen.

Angst zum Krawattenknoten gezurrt.
Angst, nachhause zu kommen.
Angst, zuzugeben.
Verängstigt sind beide einander Besitz.

Die Liebe klagt ihre Ansprüche ein.
Und das gewohnte Küßchen danach.

Nur noch Gedächtnis zählt.
Beide leben vom Streitwert.
(Die Kinder merken vorm Schlüsselloch was
und beschließen für später das Gegenteil.)

Aber, sagt er, ohne die Frau hätte ich nicht soviel.
Aber, sagt sie, er tut, was er kann und noch mehr.
Ein Segen, der Fluch, und als Fluch Gesetz wurde.
Ein Gesetz, das immer sozialer wird.
Zwischen den Einbauschränken, die abgezahlt sind,
bildet der Haß
Knötchen im Teppich: nicht pflegeleicht.

Beide entdecken einander,
wenn sie sich fremd genug sind,
nur noch im Kino.

IM SECHSTEN MONAT

Im sechsten Monat schwanger, wollte sie nicht mehr ihren Leib wegdrücken, einschnüren, in ideale Fasson zwingen, hörte sie auf, die Spiegel zu verfinstern, ihre Natur mit Tabletten zu kränken und auf der Suche nach dem Zündschlüssel beliebige Anlässe für Streit zu finden. Ilsebill begann, weil auch das Kind, nun unterm Nabel, seinen Protest pochte, ruhiger auszutragen und ihren Bauch, wohin sie ihn trug, als bestaunenswert anzubieten. Keine leichtfertigen Sprünge mehr. Nur selten noch Löcher und urschaumiger Männerhaß. Es gab Momente sanfter Kuhäugigkeit. Schon trug sie erste Kindersächelchen zusammen. Und nach dem Sprung über den Wassergraben, als alles hätte schiefgehen können, schneiderte sie sich als sogenanntes Umstandskleid einen kackbraunen Hänger, den ich unmöglich nannte.

Also gingen wir in einen der indischen Kramläden, die in Hamburg und anderswo billig und vollgestopft sind bis unter die Decke: durch Kleidergassen in Blusenschneisen. Soviel Auswahl. Man mußte nur zugreifen.

Fünf oder sieben der um den Leib weiten, unter der Brust geschnürten, annähernd biedermeierlich geschnittenen Kleider nahm sie, nein, raffte Ilsebill von der Stange und rettete ihre Beute in eine der durch Vorhänge geteilten Umkleidekabinen. Dann trat sie in kurzen Abständen fünf- oder siebenmal indisch in Baumwolle oder Seide auf: bestickt, besetzt mit Spiegelchen um die aufgegangene Brust oder maisgelb und mystischgrün, ganz in Fahnentuchrot.

Eine Vorstellung einzig für mich. Ich nickte, gab zu bedenken, lobte, was ich nicht mochte, krittelte an dem, was ich an ihr sehen wollte, verhielt mich meiner Rolle gerecht und siegte halbwegs, als sie sich, wenn schon nicht für das weitärmlige Maisgelbe und immerhin nur ein Minütchen lang für die mystischgrüne Seide, endlich für das schlichte und starke, nur über der Brust rotbestickte, ganz und gar Fahnentuchrote entschied. Ein fußlanges Kleid mit geräumigen Ärmeln. Der reiche Faltenwurf für den wachsenden Leib bemessen: feierlich und salopp. Ein preiswertes Stück für fünfundachtzig Mark neunzig, das bis in den achten Monat keine Probleme aufkommen lassen würde und auch nach der Geburt nicht abgetan sein müßte. Schon sah ich sie schlank in Gesellschaft, auf Festen, in Diskussionsrunden, auf Reisen.

»Das ist schon gut hier im Westen«, sagte Ilsebill. »Ich meine, wühlen, probieren, einfach nicht wollen, frei entscheiden, auswählen dürfen.« Und nur beiseite sprach sich schlechtes Gewissen aus: »Natürlich kosten die Dinger so wenig, weil das schon wieder Ausbeutung ist. Die billigen Arbeitskräfte in Pakistan, Indien, Hongkong und sonstwo.«

Das sagte sie in Fahnentuchrot und anklagend mir ins Gesicht. Als ihr Mann habe ich geradezustehen für jede in historischer Zeit und gegenwärtig begangene männliche Untat. »Oder kannst du mir vielleicht sagen, was die dicken Bosse da unten den Näherinnen pro Stück zahlen? Da. Guck dir das an. Alles Handarbeit!«

Während ihrer fünf oder sieben indischen Auftritte stand ich zwischen wühlenden, mal kurz probierenden, verwerfenden, auswählenden Frauen, von denen einige gleichfalls schwanger waren oder sein mochten. In Gläsern, auf Basttellern, in buntbeklebten Pappschachteln: asiatischer Kitsch. Ich hing, weil für Sekunden ungefragt, meiner tickhaften Vorstellung an, Vasco da Gama gewesen zu sein, den Seeweg nach Indien entdeckt zu haben: wie plötzlich die Malabarküste – Palmen, überall Palmen – greifbar nah vor uns liegt. Versuchsweise schicken wir einen Sträfling an Land, der unbeschädigt zurückkommt und Wunderdinge erzählt. Und auch Napoleon, zu dessen Zeit die zierlichste aller

Köchinnen, Sophie Rotzoll, lebte, soll Indien militärisch im Sinn gehabt haben. Doch als ich noch Vasco da Gama gewesen bin, voller Unruhe und inwendig reich an Figuren …

Das machte der Moschusgeruch. Aus mehreren Schälchen stieg Rauch bittersüß. Musik kam von irgendwo, wattig verpackt, machte alles noch billiger. Die Verkäuferinnen bewegten sich, obgleich sie alle von Hamburger Bauart waren, wie Tempeltänzerinnen im ersten Ausbildungsjahr. Es wurde nur leise und einfühlsam gesprochen: »Gerne wird auch das Waschblaue mit dem weißen Börtchen getragen.« Es blieb bei Fahnentuchrot.

Ilsebill sagte: »Ich fühle mich jetzt ganz anders. Nein, natürlich nicht indisch. Nur irgendwie anders.«

Ich sagte: »Das verdanken wir alles Vasco da Gama und seinen Nachfolgern. Nicht nur den Pfeffer hat er billiger gemacht.«

Den Verkäuferinnen versprachen wir, im achten Monat wiederzukommen. »Ja«, sagte die blauschattige Dulderin an der Kasse, »dann ist auch unsere Sommerkollektion da. Wirklich ganz süße Sachen.«

Beim Zahlen warf ich eine Mark zehn in das Sparschwein der Aktion »Brot für die Welt«. Draußen war es, trotz zager Märzsonne, zu kühl für das Fahnentuchrote, dessen satte Tönung sich im Tageslicht änderte: in ihrer fliegenpilzroten Neuanschaffung fröstelte Ilsebill. Ich half ihr in den Mantel.

Sophie

Wir suchen
und meinen zu finden;
aber anders heißt er
und ist auch anders verwandt.

Einmal fanden wir einen,
den gab es nicht.
Meine Brille beschlug,
ein Häher schrie,
wir liefen davon.

In den Wäldern um Saskoschin
sollen sie sich verglichen haben.
Weil immer noch kenntlich,
wurden die Pfifferlinge verlacht.

Pilze bedeuten.
Nicht nur die eßbaren
stehen auf einem Bein
für Gleichnisse stramm.

Sophie, die später Köchin wurde
und auch politisch,
kannte alle beim Namen.

Die andere Wahrheit

Als die Gesindeköchin Amanda Woyke gestorben war, worauf überall die Franzosen Quartier machten und Sophie, Amandas Enkelkind, mit immer noch revolutionärem Sinn dem Gouverneur Napoleons die Küche zu führen begonnen hatte, trafen sich im Herbst des Jahres 1807, als in allen Wäldern die Pilze zuhauf standen, die Brüder Jakob und Wilhelm Grimm mit den Dichtern Clemens Brentano und Achim von Arnim in der Försterei des Olivaer Waldes, wo sie verlegerisch tätig sein und ihre Gedanken tauschen wollten.

Im Vorjahr hatten von Arnim und Brentano einen Sammelband voller kostbarer Stücke, »Des Knaben Wunderhorn«, herausgegeben; und weil das allgemeine Kriegselend die Bedürfnisse nach schönen Worten steigerte und Angst die Zuflucht im Märchen suchte, wollte man in Ruhe, entrückt dem städtischen Getriebe und frei vom politischen Alltagsgezänk, aus der noch ungeordneten Fülle seltsamer Schätze einen zweiten und dritten Band zusammenstellen, damit dem Volk, nach so viel kühler Aufklärung und klassischer Strenge, endlich Trost zuteil werde: und sei es durch die Gnade des Vergessens.

Mit zwei Tagen Verspätung kamen der Maler Philipp Otto Runge über Stettin und Bettina, die Schwester des Clemens Brentano, aus Berlin angereist. Die Försterei war den Freunden von Pastor Blech, dem Diakonus an der Danziger Hauptkirche, über Savigny, der mit Blech in Briefwechsel stand, empfohlen worden; außerdem liebten die jungen Leute geheime Treffpunkte inmitten Natur. Nur der alte Förster und ein kaschubischer Waldarbeiter mit seiner Frau und vier Kindern wohnten in dem Holzhaus neben Teich und Rehwiese wie außer der Zeit.

Es fiel den Freunden nicht leicht, die Stille zu ertragen. Brentano, dem die Frau gestorben war und dessen vor wenigen Monaten geschlossene Zweitehe sich unglücklich anließ, befand sich entweder in gedrückter Stimmung, oder er verletzte die anderen, mit Vorzug den zarten Wilhelm Grimm, durch seinen angestrengten Witz. Seine Schwester war noch voller Reiseerlebnisse: Sie hatte im Frühjahr leibhaftig Goethe gesehen, mit dessen Mutter sie korrespondierte und in einem Gespräch vereint war, das ganz natürlich zu Aufzeichnungen über des großen Mannes Kindheit führte.

Jakob Grimm und von Arnim, der gleich nach dem Unglück von Jena und Auerstedt seinen Wohnsitz nach Königsberg verlegt hatte, sprachen bitter über den kürzlich geschlossenen Frieden zu Tilsit, den sie ein schmähliches

Diktat nannten. Nur noch seine Güter bestellen wollte von Arnim. Unsicher war Jakob Grimm, ob er das Angebot annehmen sollte, Privatbibliothekar des verhaßten Emporkömmlings König Jérôme auf Schloß Wilhelmshöhe bei Kassel zu werden. (Er wurde es.) Wilhelm, dessen Jurastudium gerade abgeschlossen war, entschied für sich, in solch böser Zeit lieber Privatgelehrter sein zu wollen. Alle sprachen sich über Pläne und Hoffnungen aus. Einzig der Maler Runge blieb stumm (wenn auch voll innerer Rede) und dem Zeitgeschehen entrückt. Er war von Hamburg angereist gekommen und hatte unterwegs seine Vaterstadt Wolgast und nahbei die Insel Rügen besucht, auf der er vor einigen Jahren einer alten Frau, die inzwischen gestorben war, etliche auf Küstenplatt vorgetragene Märchen abgehört und das eine und andere aufgezeichnet hatte. Ein Mann mit Backenbart, vortretenden Augen und immer besorgter Stirn, der lungenkrank drei Jahre später tot sein sollte; frühvollendet, wie man auch sagt.

Das Forsthaus lag eine gute Wegstunde von Oliva entfernt, und wenn seine Dachkammern, in denen die Freunde ihr Glück verträumten und ihren Kummer verschliefen, eng und niedrig waren, bot doch die Küche mit langem Tisch auf gestampftem Lehmboden Platz genug für erregte Gänge, begeisterte Rede, rundumspringendes Gelächter und für die viel zu große Zahl reinlich beschriebener Manuskriptblätter und etlicher Korrespondenz mit Verlegern. Der gemauerte Herd, an dem die Frau des Waldarbeiters, die Lovise gerufen sein wollte, ständig hantierte, wärmte gut durch. Immer war Malzkaffee heiß und lag im Korb ein Laib Roggenbrot, von dem die Freunde sich abbrachen, weil er, so frischgebacken, Heißhunger machte. Nur selten greinte eins der vier Kinder, die alle nach dem halbjährigen Säugling und bis zur sechsjährigen Amanda an Lovises

Brust mitgestillt wurden. Das sahen die Freunde staunend und ein wenig beklommen. Nur Bettina war begeistert. »Das ist Leben, einfach und echt!« rief sie.

Dann ermahnten sie sich zur Arbeit. Des Knaben Wunderhorn Fortsetzung sollte noch prächtiger ausfallen. Strittig war anfangs nur das Prinzip. Wenn Arnim Dichtung und Volksmund, auf daß man am Ende eine deutsche Volkspoesie erhalte, unverfälscht nebeneinanderstellen wollte – »Denn wenn sich die Schätze so lange gehalten haben, sollte niemand die Feile nehmen, um sie zu verbrillantieren ...« –, wollte Brentano mit dem Schatz der Lieder, Märchen und Fabeln wuchern, also den Volksmund kunstreicher sprechen lehren: »Erst des Künstlers Hand adelt den groben Stein, wenngleich er auch unbehauen uns prächtig dünkt.« Jakob Grimm war dem Ganzen mehr sachlich zugetan und wollte methodisch Ordnung in die Überfülle bringen: »Das alles ist Sprachfluß, hat also seine Quelle, der wir nachgehen wollen, um sie nach Ursprüngen zu befragen.« Einzig der zarte Wilhelm war dafür, in Bescheidenheit, doch mit genauem Ohr, was auf der Ofenbank oder am Spinnrad erzählt werde, anzuhören und ohne Beigabe niederzuschreiben, damit es erhalten bleibe. »Mir wäre das schon genug«, sagte er. (Und später hat er auch geduldig Märchen gesammelt und getreu zum Hausschatz zusammengetragen.)

Merkwürdig, daß es dem Fräulein Bettina gelang, allen Männern, so heftig sie ihre Wechselreden führten, kindlich und altklug zugleich zuzustimmen. Sie war für Dichtung und Volksmund nebeneinander, für das Kunstmärchen, für den erforschten Sprachfluß und für die schlichte Niederschrift der Ofenbankfunde. Und als der Maler Runge stokkend und dunkel von Urkräften und der Materie, vom Odem des Zufalls, dann wieder von Staubfäden, dem Flüchtigen, was alles dem Lebendigen anhafte, und in weiteren Bildern sprach, stimmte Bettina auch ihm zu: Sie alle, die

Freunde, seien herrlich. Ein jeder habe recht. Jede Idee finde Platz. So sei ja die Natur in ihrer schönen Unordnung: geräumig. Man möge das alles in seinem Wildwuchs und nur mäßig geordnet dem Leser übereignen. Der werde schon seinen Gebrauch machen. »Forschen könnt ihr dann immer noch!« rief sie.

Darauf sagte der Maler Runge: »Nun hat man die eine von mir gebrachte mundartliche Mär ›Von dem Machandelboom‹ glücklich in die ›Zeitung für Einsiedler‹ aufgenommen, doch die andere, die ich gleichfalls vor Jahren auf der Insel Rügen einem alten Weib nachgeschrieben und überdies als Variation notiert habe, weil die Alte, wunderlich hartnäckig, mal so, mal so erzählt hat, nämlich die Mär ›Von dem Fischer un syner Fru‹, liegt immer noch ungedruckt, wenngleich der Buchhändler Zimmer schon vor zwei Jahren den Herren Arnim und Brentano die Aufnahme des Märchens vom Butt in das Wunderhorn empfohlen hat. Hier ist nun Gelegenheit, erneut über die Sache, wie ich sie endlich doppelt vorlege, zu sprechen. Deswegen bin ich, auf Wunsch der Herren Grimm, von weither angereist. Denn eigentlich sollte ich vor meinem Bild sitzen. Das heißt ›Der Morgen‹ und will und will nicht fertig werden.«

Darauf legte der Maler Runge sein Dialektmärchen in zwei Fassungen auf den langen Tisch voller Papier. Die eine Fassung ist das uns überlieferte Märchen; von der anderen muß noch erzählt werden.

Es hatte nämlich jene alte Frau, die auf einer kleinen Insel namens Oehe zwischen der langgestreckten Insel Hiddensee und der großen Insel Rügen wohnte, doch bei günstigem Wind zur Hauptinsel gerudert kam, um an Markttagen in Schaprode ihren Schafskäse zu verkaufen, dem Maler Philipp Otto Runge zweierlei Wahrheit in sein Sudelbuch gesprochen. Die eine machte die zänkische Frau Ilsebill glaubwürdig: wie sie mehr, immer mehr haben will, König Kaiser Papst sein möchte, schließlich jedoch, weil sie vom alles vermögenden Butt wünscht, wie Gott zu sein – »Ik will warden as de lewe gott ...« –, wieder in ihre strohgedeckte Hütte, »Pißputt« genannt, versetzt wird; die andere von dem alten Weib dem Maler Runge diktierte Wahrheit zeigte eine bescheidene Ilsebill und den Fischer maßlos in seinen Wünschen: im Krieg unbesiegbar will er sein. Brücken über den breitesten Fluß, Häuser und Türme, die bis in die Wolken reichen, schnelle Wagen, weder von Ochs noch Pferd gezogen, Schiffe, die unter Wasser schwimmen, will er bauen, begehen, bewohnen, ans Ziel fahren. Die Welt beherrschen will er, die Natur bezwingen und von der Erde weg sich über sie erheben. »Nu will ik awerst ook fleigen könn ...«, hieß es im zweiten Märchen. Und wie zum Schluß der Mann, obgleich ihm seine Frau Ilsebill immer wieder Zufriedenheit anrät – »Nu will wy ook niks meer wünschen, sunners tofreden syn ...« –, hoch zu den Sternen reisen möchte – »Ik will un will in himmel fleigen ...« –, fällt all die Pracht, Türme, Brücken und Flugapparate, in sich zusammen, brechen die Deiche, folgt Dürre, verwüsten Sandstürme, speien die Berge Feuer, schüttelt die alte Erde, indem sie bebt, des Mannes Herrschaft ab, worauf mit großer Kälte die neue, alles bedeckende Eiszeit kommt. »Door sitten se noch unners Is bet up hüüt un düssen dag«, endete das Märchen vom Butt, der dem mehr, immer mehr wollenden Mann jeden Wunsch erfüllte, nur den allerletzten nicht, bis hinter die Sterne in den Himmel zu fliegen.

Als der Maler Runge die alte Frau fragte, welches Märchen von beiden denn richtig sei, sagte sie: »Dat een un dat anner tosamen.« Dann ging sie wieder auf den Markt, ihren Schafskäse verkaufen, denn vor Einbruch der Dunkelheit wollte sie »mid wat söte Kram un een Boddel« auf ihrer Insel sein.

Der Maler Runge jedoch fuhr nach Wolgast zurück, wo er in seines Vaters Haus wohnte. Dort schrieb er beide Märchen, die eine, die andere Wahrheit in schöner Schrift aus seinem Sudelbuch ab, ohne ein Wort zu verändern.

Als die Brüder Grimm, die Dichter Arnim und Brentano und Brentanos Schwester Bettina die eine, die andere Niederschrift gelesen und, weil sie nicht genug Plattdeutsch verstanden, nach der Bedeutung von »snack« und »lüttje« gefragt hatten, lobten sie die innere Moral und Ursprünglichkeit der Märchen auf verschiedene Weise: Arnim wollte beide sogleich ins »Wunderhorn« aufnehmen; Brentano hingegen wollte sie vom Dialekt entschlacken, in Verse setzen und zum großen Epos umdichten; Jakob Grimm hatte Freude an ihrer umstandlosen Grammatik; Wilhelm Grimm wollte diese und mehr Märchen zukünftig zusammentragen. Nur Bettina mochte sich nicht mit dem einen der beiden Märchen befreunden: Die Ilsebill sei allzu bös geraten. Wenn man das Märchen so rausgebe, hätten die Männer leicht sagen: So sind die Weiber, zänkisch und raffgierig, die eine wie die andere. »Dabei sind die Frauen arm dran!« rief sie.

Darauf sagte ihr Bruder Clemens: »Mir hingegen will nicht gefallen, daß in dem anderen Märchen des Mannes Tun und Streben, sein Traum von Größe so grausam zunichte wird. Alles, was uns heilig ist, die weitverzweigte Historie, das glänzende Stauferreich, die ragenden gotischen Dome gäbe es nicht, wenn nur dumpfe Bescheidung dem Manne ziemen sollte. Wollte man das Märchen so dem Publikum anvertrauen und also anzeigen, daß alles männliche Streben ins Chaos führe, wäre des Mannes Autorität bald lächerlich. Im übrigen sind wohl die Frauenzimmer beim Wünschen maßloser. Das ist allgemein bekannt.«

Darauf stritten sich Bruder und Schwester um den langen Tisch herum. Und auch die übrigen Freunde waren bald strittig. Sogar der sachliche Jakob Grimm wollte eher die böse Ilsebill als den vermessenen Fischersmann gelten lassen. Er kannte (aus dem Hessischen, aus dem Schlesischen) andere Märchen, in denen immer die Frau mehr und mehr haben wollte. Dem widersprach der zarte Wilhelm: Bekannt sei doch, daß des Mannes Herrschsucht die Welt unterdrücke. Sei nicht – wie Cäsar – Napoleon ein schlimmes Beispiel? Habe der Korse nicht, unaufhörlich emporklimmend, als General Konsul im Direktorium, als einer von dreien Erster Konsul, als Erster Konsul Kaiser werden wollen und dann als Kaiser ganz Europa unterjocht? Und plane er nicht, nach Indien zu ziehen, wolle er nicht das weltbeherrschende Britannien brechen und womöglich, wie es der schwedische Karl versucht habe, ins tiefe Rußland dringen?

Dem stimmten die Freunde, am Unglück des Vaterlandes leidend, zu. Nur Bettina wollte die Größe des kleinwüchsigen Mannes nicht angetastet sehen. Habe ihr doch leibhaftig Goethe, selber ein Großer, die Bedeutung Napoleons mit klaren Worten faßlich gemacht. Worauf Arnim ausfällig gegen Goethe und lautstark patriotisch wurde. (Später ist er im Freiheitskrieg Hauptmann bei einem Landsturmbataillon und tapfer gewesen.)

Zu alledem schwieg Runge, obgleich er bitter gegen den Großen in Weimar war, weil jener bei einer Malerkonkurrenz sein Bild »Der Kampf Achills mit den Flußgöttern« für nicht klassisch genug befunden hatte. Nur einmal warf er, ohne gehört zu werden, ein: Das alte Weib habe beide Märchen wahrhaftig genannt.

Als nun aber Brentano die zänkische, raffgierige Ilsebill aus dem einen Märchen zum Weib an sich erklärte, wozu er unflätige Beispiele aus seiner jüngst geschlossenen und doch schon mißglückten Ehe mit einer gewissen Auguste Busmann anführte, zürnte Bettina (die nach der Dreißigerrevolution streitbar für die Rechte der Frauen eintreten sollte) ihrem maßlosen Bruder: »Sind wir Weiber nicht schon genug gedemütigt!« Mit Blick auf die stumme Kaschubenfrau am Herd (und deren verängstigte Kinder) beendete sie den schlimmen Streit: »Laßt uns, Freunde, das alles noch einmal überdenken. Die gute Lovise sagte mir vorhin, in den Wäldern stünden die Pilze zuhauf. Wir sollten uns der Natur anvertrauen und in Körbe einsammeln, was sie uns bietet. Es ist ja noch früher Nachmittag. Die Herbstsonne macht uns golden Licht. Wo, wenn nicht im Waldesdom, wird uns der Streit vergehen. Übrigens hat die gute Lovise für den Abend den Besuch ihrer Cousine angekündigt. Die ist Köchin beim hiesigen Gouverneur und außerdem pilzkundig.«

Also gingen sie in den Wald und sahen ihn auf verschiedene Weise. Jeder ging mit einem Korb. Auf Rufweite wollten sie beieinander bleiben, um sich nicht zu verlaufen. Der Olivaer Wald war ein Buchenwald, der in den Wald um Goldkrug und die landeinwärts gehügelten Wälder der Kaschubei überging. Brentano wurde schon bald (als wollte er seine spätere Konversion zum Katholizismus üben) von einem Gefühl tiefer und hoher, umfassender und enggeführter Frömmigkeit überwältigt: Mit nichts im Korb, an einem glatten Buchenstamm lehnend und vor Weltschmerz weinend, wurde er vom zarten Wilhelm gefunden und dergestalt vergeblich getröstet, daß auch Wilhelm in Tränen ausbrach; worauf sich beide in den Armen hielten, bis sie still wurden und endlich doch noch, wie blindlings, einige Pilze sammelten: zumeist ungenießbare Täublinge und mehr Schwefelkopf als Hallimasch.

Indessen hatten sich Arnim und Bettina (die einige Jahre später ein Ehepaar werden und sieben Kinder haben sollten) am Rand einer Lichtung, die sich um ein dunkles Wasserloch ergab, wie zufällig gefunden. Sie zeigten sich, was sie in ihre Körbe gesammelt hatten: Arnim war stolz auf etliche Butterpilze und viele Maronen; die verspielte Bettina berief sich auf drei vier eßbare Mooshäuptchen und bat um Nachsicht für die gesammelten Fliegenpilze: Die seien wie Märchen schön. Von denen gehe Zauber aus. Sie wisse, daß der Fliegenpilz, selbst wenn man nur wenig von ihm speise, Träume mache, die Zeit aufhebe, das Ich erlöse und alles, so grob es gegeneinander stehe, miteinander versöhne. Darauf zog sie die Haut von der Hutkappe, brach sie ein wenig vom Fliegenpilz ab, nahm sich davon und gab Arnim. Dann standen beide reglos und warteten auf die Wirkung. Die war bald spürbar. Ihre Finger wollten miteinander spielen. Beim Indieaugensehen sahen sie einander bis auf den Seelengrund. Und Worte machten sie, die in Purpur gingen und in jedem Wasser ihr Spiegelbild fanden: Bettina verglich den Waldteich nahbei mit eines verwunschenen Prinzen Trauerauge.

Als die Wirkung des Fliegenpilzes ein wenig nachließ – schon dämmerte es –, fand Arnim in seinem Hosensack ein Bauernmesser, das er bei seiner Rheinreise mit Freund Brentano billig erstanden hatte. Und mit dem Messer schnitt er in einen Buchenstamm, der glatt war wie jener, an dem Clemens und Wilhelm geweint hatten, das Wort »ewig« und darunter die Buchstaben A und B. (So machten sie die Lichtung um das dunkle Wasserloch bedeutend. Viel später stand dort ein Stein, der mit gehauener Inschrift ihrer gedachte.)

Jakob Grimm und Philipp Otto Runge hatten indessen ernsthafte Gespräche zu führen gewußt, und dennoch waren ihnen dabei viele Kremplinge und einige Steinpilze begegnet. Als Maler war Runge auch Theoretiker, der über Farben zu schreiben verstand, weshalb man in seinem Nachlaß die Schrift »Farbenkugel« fand; während Jakob Grimm sprachgeschichtlich die Gesetzmäßigkeit des Lautwechsels, den mythologischen Hintergrund alles Tatsächlichen und unabsehbare Wortfelder zu erforschen suchte; weshalb wir bis heute das nach ihm benannte Wörterbuch im Munde führen.

Schließlich kamen die beiden doch noch auf das Märchen vom Butt in der einen und anderen Fassung zu sprechen. Er wolle sich gerne für die erste Version, nach der die habgierige Ilsebill wieder in ihren Pißpott zurück müsse, bei nächster Gelegenheit verwenden, sagte Jakob Grimm. (Deshalb wurde auch, ein Jahr nach Runges Tod, das Märchen »Von dem Fischer un syner Fru« in die Grimmsche Kinder- und Hausmärchensammlung aufgenommen.) Die andere Version jedoch – das fand auch Runge schließlich – müsse man wohl zurückhalten, ihrer Weltuntergangsstimmung wegen. »Es ist wohl so«, sagte der Maler ein wenig bitter, »daß wir Menschen nur immer die eine Wahrheit und nicht die andere auch dulden wollen.«

Darauf gab der ältere Grimm zu bedenken, ob man die andere Mär nicht ins Moralische auf Napoleon umdichten könne, damit sie als politische Schrift Wirkung zeige und dem unglücklichen Vaterland diene. (Und 1814 erschien in hochdeutsch eine so geartete Schrift gegen den Tyrannen; der war freilich schon besiegt.)

Und wie es nun im Olivaer Wald dämmerte, riefen die Freunde einander, bis sie sich fanden, doch wußten sie nicht den Weg zurück. Schon wollten sie sich ein wenig fürchten – selbst Runge und der ältere der Brüder Grimm waren besorgt –, da kam der alte Förster aus der Tiefe des Waldes. Der mochte ihr Rufen gehört haben. Ohne Wort, als gäbe es nichts zu sagen, nahm er sie alle mit.

Im Forsthaus, neben dem Teich und der schon dunklen Rehwiese, war inzwischen die Cousine der kaschubischen Frau des Waldarbeiters mit frischgebackenem Brot aus des

Gouverneurs Küche angekommen. Lovise nannte ihre Cousine Sophie. Und als die zierliche, aber sonst lautstarke Mamsell anfing, die gesammelten Pilze zu sortieren, wobei sie erklärend sprach – »Das ist der Seidenriß, der ist giftig!« –, erinnerte sich Brentano schmerzlich, daß seine vor Jahresfrist verstorbene Frau Sophie geheißen hatte.

Und Sophie Rotzoll – so hieß die Köchin des französischen Gouverneurs weiter – putzte die guten Pilze und briet sie in großer Pfanne mit Speck und Zwiebeln, bis sie Saft zogen, den sie pfefferte und zum Schluß mit Petersilie abschmeckte. Davon aßen die Freunde am langen Tisch, und auch für Lovise und Sophie reichte es noch. Der alte Förster und der kaschubische Waldarbeiter, der Kutschorra hieß, saßen auf der Herdbank und tunkten Brocken vom Brot, das Sophie mitgebracht hatte, in Schüsseln voller Biersuppe, die vom Vortag geblieben war. Und auch die Freunde brachen sich ab. In der Kammer neben der Küche mochten Lovises Kinder vom Knusperbrot träumen. Dem war Anis eingebacken.

Wie heiter die Freunde sprachen. Wie witzig ihnen die Köchin Sophie Bescheid gab. Als plötzlich wieder vom Butt und seinen Wahrheiten die Rede war, sagten Sophie und Lovise, solche Märchen seien auch ihnen bekannt. Aber nur die eine Wahrheit stimme. Nur der Mann wolle mehr, immer mehr. »Die machen doch all das Unglück!« rief Sophie und schlug mit der Faust auf das Brot.

Da hätte bald wieder Streit um den langen Tisch seine Ursache gehabt, wenn nicht der zarte Wilhelm plötzlich »Der Mond!« gesagt hätte: »Schaut den Mond!« Und alle sahen durch die kleinen Fenster, wie der volle Mond über den Teich, auf dem Schwäne schliefen, und über die Rehwiese, auf der Rehe ästen, sein Licht goß.

Also traten sie vor das Forsthaus. Nur der Förster blieb auf der Herdbank. Doch wie sie noch alle den Mond ansahen und auch schöne Worte wußten, ihn zu benennen, ging der

Maler Runge ins Haus, kam mit einem brennenden Holzscheit, das er aus dem Herdloch gezogen hatte, zurück und entzündete mit ihm ein doppelseitig beschriebenes Blatt Papier.

»He Butt! Das ist deine andere Wahrheit«, sagte Runge, als die Niederschrift verkohlt war.

»Oh, mein Gott!« rief der jüngere Grimm, »wenn das nur recht getan war.«

Darauf gingen alle ins Haus zurück. Und ich muß nun schreiben und schreiben.

Hinter den Bergen

Was wäre ich ohne Ilsebill!
rief der Fischer
zufrieden.

In ihre Wünsche kleiden sich meine.
Was in Erfüllung geht, zählt nicht.
Außer uns alles erfunden.
Nur das Märchen ist wirklich.
Immer kommt, wenn ich rufe, der Butt.
Ich will, ich will, ich will wie Ilsebill sein!

Höher, tiefer, güldener, doppelt so viel.
Schöner noch als gedacht.
Gespiegelt bis ins Unendliche.
Und weil kein Tod, kein Leben mehr als Begriff.
Jetzt das Rad noch einmal erfinden dürfen.

Kürzlich träumte ich reich:
alles war da wie gewünscht,
Brot, Käse, Nüsse und Wein,
nur fehlte ich, mich zu freuen.

Da verliefen sich wieder die Wünsche
und suchten hinter den Bergen
ihren doppelten Sinn: Ilsebill oder mich.

In die Pilze gegangen

Unsere Schuhe, die später gefunden wurden, ließen sich leichter benennen – das sind Max seine, Gottlieb seine, dem Fritzchen seine – als unser Aussehen vorher; mit unseren Rundköpfen konnten wir verwechselt werden wie die Pilze in den Wäldern um Zuckau und Kokoschken, in die wir mit Sophie gingen, die alle Pilze und uns beim Namen rief, als wir uns wieder einmal glücklich verlaufen hatten.

Das muß im Herbst des Jahres 89 gewesen sein, denn als wir sieben Jahre später, nachdem viel geschehen war, aus den Wäldern zurückfanden, wollte Fritz Bartholdy sogleich die Republik ausrufen; und Sophie, die Körbe voller Maronen und herrischer Steinpilze heimtrug, glaubte ihrem Fritz.

So groß waren damals die Wälder: Wer sich als Kind in ihnen verlief, fand gealtert zurück. Beinahe erwachsen und den Mund voller Entschluß, sagte der Gymnasiast Friedrich Bartholdy, als wir uns im Stadthaus seines Vaters, Beutlergasse 7, auf dem Dachboden versammelten: »Die Freiheit muß durch die Gewalt begründet werden!« Mal sprach er Danton nach, der schon tot war, mal Marat, mal Robespierre, die auch schon tot waren. Doch weil wir so lange und immer wieder in die Pilze gegangen waren, hatte sich uns die Idee erhalten. Die war schön wie ein einzeln stehender Steinpilz. Und als Sophie vom siegreichen General Bonaparte aus der jüngsten Zeitung laut vorlas, sagte Fritz: »Vielleicht ist dieser Napoleon jetzt die Idee.«

Seitdem bin ich immer wieder mit Sophie, Ilsebill, mit wem noch in die Pilze gegangen. Namen, die ich im Wald gerufen habe. Der Schrecken, wenn keine Antwort kam. Und manchmal habe ich auch gefunden, wurde auch ich gerufen, gab ich Antwort zu spät.

Im letzten Herbst, bevor wir nach Hammel zu Bohnen und Birnen das Kind zeugten, als sei es eine Idee, fand Ilsebill in den Geestwäldern um Itzehoe solch einen einzeln stehenden Steinpilz, der so groß war, daß wir lange vergeblich Vergleiche suchten, bis Sophie im angrenzenden Wald, doch knapp zwei Jahrhunderte früher, einen noch größeren ohne Vergleich fand; wie alle Pilzwälder, in die ich mit Ilsebill, Sophie und mit wem noch ging, farnig ineinander verkrautet und nahtlos moosgepolstert sind, so daß ich nie weiß, wer den größten Steinpilz, den man zu Sophies Zeit auch Herrenpilz nannte, tatsächlich und wann wo gefunden hat.

Ilsebill fand ihren am Rand einer Lichtung, während ich abseits auf Nadelböden dicht bei dicht eine Mahlzeit Blutreizker fand. (In Butter gebraten, haben sie Fleischgeschmack.) Es lohnt sich, in die Pilze zu gehen. Zwar verliert man Zeit – wie oft sind Sophie und ich einander rufend einander davongelaufen –, aber einige Jahre, nicht alle, die so verlorengingen, finden sich später wieder, solange noch Wälder sind. Das wollte meine Ilsebill mir nicht glauben. Sie meint, es sei jeder Pilz, den sie findet, der erste und letzte. Nie habe es vorher vergleichbare gegeben. Nie wieder werde auf solchem Stiel, so geil behütet und einzeln auf Moosgrund ein Steinpilz stehen und – während die Hand noch zögert – irgend jemanden glücklich, unvergleichbar glücklich machen.

Sieben Jahre lang gingen wir, während hinter den Wäldern die Revolution stattfand und die Guillotine als humaner Fortschritt gefeiert wurde, in die Pilze und hatten eine schöne Idee. Unter Schirmlingen lagen wir. Entwurzelt lief uns mit lackgrünem Kopf die Stinkmorchel nach. Im Hexenkreis standen Anisegerlinge. Noch wußten wir nicht, was der Fliegenpilz, außer rot leuchten, noch alles kann. Sophie trug einen trichterförmigen Mehlpilz als Hut, dessen handlicher Stiel himmelwärts zeugte und dem Pimmel meines Vaters glich, als er mit offener Hose treppauf zu meiner Mutter stieg, um mich, seinen Sohn Fritz, zu zeugen.

Viel später, als mir Ilsebill unterm Mehlpilz stillsaß und ich mit weichem Blei ein Bild zeichnete, aus dem Sophie ernst schaute, sah sie nicht mehr aus wie ein Kind. Schon wußte sie alles. Keine Neugierde mehr. Deshalb hat sie auch nie dem Gouverneur Rapp, so herrisch der wollte, erlaubt, mit seiner Stinkmorchel bei ihr Grund zu suchen. Sophie blieb zu.

Natürlich gingen wir nie richtig verloren. Ein Häher schrie, zeigte den Weg. Ameisen waren uns Schrittmacher. Durch Schneisen, brusthohen Farn, zwischen glattstämmigen Buchen ging es bergab, bis wir das Flüßchen Radaune fanden, das nach Zuckau floß, wo Sophies Großmutter in der Vorlaube saß und aus der Zeitung dem Domäneninspektor Romeike das Neueste über den Verlauf der Revolution vorlas: das Schreckenswort Septembermorde. Danach prüfte die Gesindeköchin Amanda Woyke unsere Ausbeute Pilz nach Pilz und erzählte von Steinpilzen, die sie in Hungerzeiten, als es noch keine Kartoffel gab, in den Wäldern um Zuckau gefunden hatte.

Max, der mit uns in die Pilze ging, wanderte später nach Amerika aus. Gottlieb Kutschorra, der aus Viereck kam, heiratete Sophies Cousine Lovise, die auch mit uns in die Pilze gegangen ist. Er wurde Waldarbeiter, sie versorgte die Försterei Oliva. Weil Sophies Mutter Anna, nachdem Danzig preußisch geworden war, städtisch heiratete, sah Sophie Rotzoll, die so nach ihrem Stiefvater, einem Brauergesellen, hieß, später täglich den Gymnasiasten Friedrich Bartholdy, der im Haus seines Vaters in der Beutlergasse letzte Vorbereitungen traf.

Als der Gymnasiast Bartholdy mit einigen Schiffsknechten, Flößern, Sackträgern und einem Corporal der ehemaligen Stadtwache, die am Gründonnerstag des Jahres 1793 mit ungeordnetem Gewehrfeuer versucht hatte, die preußische Besetzung der Stadt zu verhindern, vier Jahre später einen jakobinischen Club gründete und, dem Beispiel Frankreichs folgend, die Revolution und mit ihr die Republik Danzig ausrufen wollte, war Sophie Rotzoll, die mit ihrer Mutter nach des Bierbrauers Tod am Häkertor Flundern, Stinte und Neunaugen verkaufte, vierzehn Jahre alt und, weil in den siebzehnjährigen Gymnasiasten, auch in das Revolutionswesen vernarrt. Von Kindheit an kannte sie Fritz, dessen Mutter die Familie Bartholdy zu Ausflügen auf Land anhielt. Fritz und Sophie waren mit den Zuckauer Kindern bei der Himbeerlese zur Hand gewesen, Flußkrebse hatten sie in der Radaune gefangen, bei der Kartoffelernte geholfen, und im Herbst waren sie in die Pilze gegangen.

Fritz war für Sophie die verkündete Freiheit, der Freiheit Mund, womöglich die Freiheit selbst: sommersprossig, in schlaksiger Gestalt. So heillos der Junge am Familientisch stotterte, so ungehemmt verlas er im kleinen Kreis revolutionäre Aufrufe, so flüssig zitierte er vom Blatt Danton oder Marat. Sophies Gegenwart glättete seine Rede.

Für Fritz und seinen Haufen nähte sie Rosetten aus Tricoloreband. Für den jakobinischen Club hatte sie im alten Zeughaus am Leegen Tor vier Pistolen gestohlen. Für ihren Fritz hätte Sophie mehr, alles getan. Doch zum Glück war am 18. April 1797, als die Verschwörung in der Beutlergasse ausgehoben wurde, regulärer Markttag; Sophie verkaufte Stinte.

Die Eltern Bartholdy haben die Verurteilung ihres einzigen Sohnes nicht lange überlebt. Der Kaufmann siedelte, weil zwangsausgebürgert, nach Hamburg um, wo seine Frau und er bald darauf an der Cholera gestorben sein sollen. Fritz Bartholdy, der Corporal, vier Schiffsknechte, drei Sackträger und zwei polnische Flößer wurden wegen umstürzlerischer Konspiration zum Tode verurteilt; doch nur den Corporal und die beiden Flissaken traf das Urteil ganz. Fritz und die anderen wurden, weil der Diakon zu Sankt Marien, Pastor Blech, an höchster Stelle um Strafmilderung einkam, zu lebenslanger Festungshaft begnadigt. Die Schiffsknechte und Sackträger starben in Haft oder krepierten als Kanonenfutter, weil sie während der napoleonischen Belagerung der Festung Graudenz in den vordersten Laufgräben eingesetzt wurden. Friedrich Bartholdy jedoch erlebte als Festungsinsasse Preußens Niedergang, der ihm Hoffnung machte, Napoleons Aufstieg und Fall, den er als Patriot erlitt und feierte, den Wiener Kongreß und die Karlsbader Beschlüsse als Bestätigungen seiner lebenslänglichen Haft und endlich, nach achtunddreißig Jahren Festung, seine Entlassung, weil Sophie nie aufgehört hatte, den wechselnden Herrschern Gnadengesuche zu schicken.

Ein grämlicher Mann kehrte in Holzschuhen heim. Einen schlimmen Husten brachte er mit. Das Stottern hatte er beibehalten. Fritz Bartholdy war für nichts mehr außer für Schmorbraten und Rotkohl zu begeistern. Doch da er noch gute zehn Jahre lang lebte und, bekocht vom alten Fräulein Rotzoll, wieder zu Kräften kam, sah man die beiden oft, sobald es herbstete, von der Sandgrube aus, wo sie am Fuß des Bischofsberges eine Kate bewohnten, mit Körben in die Pilze gehen. Die Vorstadtkinder riefen dem Pilzweib und ihrem Waldschrat Spottreime nach. (Merkwürdig, wenn nicht verdächtig, daß die beiden Alten neben eßbaren Sorten den nichtsnutzen Fliegenpilz heimtrugen.)

Auch wenn ich mich lange geweigert habe, Friedrich Bartholdy, Sophies Fritz, gewesen zu sein, sehe ich mich doch hinter Schidlitz, wo damals noch Wälder standen, alt und verbraucht, weil Sophie so will, in die Pilze gehen. Zeit hatte unter Buchen, im Mischwald, auf Moosgrund und Nadelböden nicht stattgefunden. Die Reizker und Pfifferlinge waren sich gleich geblieben. Und auch der Steinpilz stand noch immer ohne Vergleich, als gäbe es unverletzt die schöne Idee.

Nie, auch im Wald nicht, habe ich Sophie von meinen Festungsjahren erzählt, so immergrün ihre Fragen kamen. Sie suchte etwas in mir, was ich gewesen sein soll, als wir jung in die Pilze gegangen sind und Verlorengehen gespielt haben. Sophie glaubte noch immer. Für sie war der Steinpilz noch immer Idee. Dabei half ihr, wenn sie Freiheit erinnern, Freiheit erleben wollte, der sonst nichtsnutze Fliegenpilz; er steht, wo oft Steinpilze stehen.

Sophie Rotzoll, die beim Prozeß gegen die jakobinischen Verschwörer aus der Beutlergasse frei ausging, sang gerne. Das mag sie für die Revolution, mit der viele neue Lieder kamen, obendrein bewegt haben. Auch als Fritz Bartholdy auf Festung blieb, hielt sie der Revolution und ihren Liedern, die bald Küchenlieder wurden, die Treue. Seit dem Jahre 01 führte sie als Köchin den Haushalt des Pfarrers Blech, der nicht nur in Sankt Marien predigte, sondern auch Professor der Geschichte am Königlichen Gymnasium war. Dort hatte er den Schüler Bartholdy unterrichtet und mit geschichtlichen Beispielen für die Republik und die Tugenden der Vernunft begeistert.

Pastor Blech hatte sich anfangs, wenn auch alttestamentarisch verschlüsselt, für die Revolution erklärt. Als die Königin Marie-Antoinette guillotiniert wurde, ging dem Freiheits- und Gleichheitsgedanken ein im Prinzip aufgeklärter Mitstreiter verloren. Dennoch und weil er neuerdings den Konsul Napoleon als ordnende Kraft begrüßte, duldete er Sophies mitreißende Küchenlieder. Er gab der Mamsell einigen Französischunterricht, was den Ausdruck ihres Gesanges verstärkte. Doch meistens sang Sophie in hafenstädtischer Mundart, die sie, der Reime wegen, stilisierte und mit dem Zugewinn der pfarrhäuslichen Bildung anreicherte.

Sophie blieb auf der Höhe ihrer Zeit. Auch sie feierte den Retter der Revolution, wobei sie in ihren Liedern fürstliche Maden auf Barrikaden, die Republik auf Prinzen in Aspik, Egalité auf Pilzfrikassee, die siegreichen Kanonen auf herbstliche Maronen und (ganz natürlich) den neuesten Helden Napoleon auf Revolution reimte. Ihrem in Festungshaft kränkelnden Fritz schickte sie Kalbsleberwurst nach ihrem Rezept und Honigkuchen, in den sie, neben einer besonderen Zutat, aufmunternde Zettelchen, ihre gereimten Barrikadenlieder eingebacken hatte. Bei Schummerlicht las der Gefangene:

»Im Herbst ich Supp aus Pilzen koch,
Napoljon holt dich aus dem Loch.
Blutreizker schneiden wir vom Stiel,
der Fürsten Hälse gibt es viel.
Monarchen zittern schon wie Sülze,
bald, Fritzchen, gehn wir in die Pilze.
Im Traum ich einen Steinpilz seh:
Die Freiheit kömmt. La Liberté!«

Und wenn Fritz von Sophies Honigkuchen gegessen hatte, glaubte er wieder ein bißchen und spürte kaum noch die nasse Kälte in seinem Loch.

Inzwischen ging Sophie alleine in die Wälder und fürchtete sich nicht. Auch im Wald sang sie und reimte, was ihren Korb füllte. So kurzsichtig sie war, sie fand doch immer. Oder die Kremplinge, Mooshäuptchen, Butterpilze, der breitschirmige Parasol liefen ihr nach.

Und wie beim Pilzesammeln sang Pastor Blechs Köchin beim Rühren, Walken, Schneeschlagen, überm Abwasch und während sie Dickblut oder gehackte Kalbsleber in Därme zu Würsten stopfte. Einige ihrer Gerichte, die auf den pfarrhäuslichen Tisch kamen, erhielten die Namen Napoleonischer Siege, etwa: Weißkohl zu Gänseklein à la Marengo. Doch als Sophie ihr Kalbsragout zu Kartoffelmus und Mischpilzen nach dem doppelten Unglück der Schlachten bei Jena und Auerstedt benannte, sagte der Diakon Blech: »Mein liebes Kind. Wenn es auch so aussehen mag, als habe nur der König die eine und andere Bataille verloren, wird uns alle, Gerechte und Ungerechte, doch bald das Kriegsleid einholen. Schon hat Stettin kapituliert. Schon hat man bei uns begonnen, die Palisadierung der Bastionen zu verbessern. Schon hat, nach flüchtigem Aufenthalt in unserer bedrohten Stadt, die königliche Familie abermals die Flucht ergriffen, um im entlegenen Königsberg Quartier zu nehmen. Und schon wird die hiesige Garnison verstärkt. Gestern zogen zwei Feldregimenter und zwei Grenadierbataillone ein. Für morgen werden Füsiliere erwartet. Sogar Kosaken sind angekündigt. Du kannst nicht ahnen, mein Kind, was das heißen mag. Nach all den Belagerungen unserer Stadt, bei denen sich Ordensherren, Brandenburger, Hussiten, der Polenkönig Bathory, Russen und Sachsen und immer wieder Polen und Schweden hervorgetan haben, steht uns neuerlich der Franzos mit seiner Belagerungskunst ins Haus. Das ist nicht die Zeit, der Freiheit sansculottische Liedchen zu trällern oder dem übermütigen Küchenwitz Lauf zu lassen.«

Dann begann Pastor Blech, der ich in meiner Napoleonischen Zeitweil gewesen bin, seine Chronik zu schreiben, die später zweibändig unter dem Titel »Geschichte der siebenjährigen Leiden Danzigs« geteilte Aufnahme fand. Blech schonte die kollaborierenden Bürger nicht. (Doch über Sophies Doppelrolle mochte ich nur in Andeutungen schreiben.) Jedenfalls sang sie nicht mehr in der Küche, im Treppenhaus oder im Pfarrgärtchen über der krausen Petersilie. Stumm verfinstert schmiß sie den Haushalt wie nichts. Täglich gab es Brot- und Biersuppen mit Klietern drin, obgleich in den Wäldern Grünlinge und Hallimasch überreich standen und auch letzte Steinpilze zu vermuten waren. Keine Suche nach Glück mehr. Nur schlimme Nachrichten machten Sophie im Nebensatz heiter: Mitte November wurden die Vorstädte geräumt. Man begann mit der Demolierung der Siedlung Neugarten. Die Kirche Sankt Barbara wurde Heumagazin, dann Notlazarett. Schon hausten im Kaschubischen polnische Insurgenten. Zwar machten Erfolge im neuen Jahr, besonders der Sieg bei Preußisch-Eylau, neuerdings Hoffnung, worauf Mitte Februar in Sankt Marien ein feierliches Tedeum gesungen wurde, aber dann fiel Dirschau und am 7. März Praust.

Zwei Tage später saßen die Franzosen unter dem Kommando des Marschall Lefèbvre, die Polen unter Fürst Radziwill und die Badener, kommandiert vom Erbprinz, fest in Sankt Albrecht, in Wonneberg, Ohra und Wotzlaff rings um die Stadt. Nur zur Weichselniederung hin war über die Nehrung der Ring noch offen, so daß der neuernannte Kommandeur der Garnison, Graf Kalckreuth, einreisen konnte. Endlich kamen die vielbegafften Kosaken.

Aber das half nichts. Die Nehrung wurde abgeriegelt, der Ring immer enger. Die Russen verloren den Holm. Eine englische Korvette mit Ersatzmunition ging verloren. Darauf trafen sich nach mehrstündigem Bombardement und beiderseitigen schweren Verlusten zum erstenmal Parlamentäre am Olivaer Tor. Zwar erlaubte die Kapitulation vom 24. Mai den ehrenhaften Abzug der Garnison, doch die Stadtbürger mußten aufs neue Quartier machen: Marschall Lefèbvre zog mit französischen Regimentern, sächsischen und badischen Truppen und den Ulanen der polnischen

Nordregion ein. Häuser mußten ganz oder teils geräumt werden. Auch im Pfarrhaus wurde es eng. Doch Sophie sang wieder in der Küche, im Treppenhaus und im Kräutergarten, meinte sie doch, es habe die Freiheit Quartier bezogen.

Und als im Juni der General, dann Konsul, jetzt Kaiser Napoleon Bonaparte unter unbetreßtem Hut durchs Hohe Tor einritt, auf dem Langen Markt, vorbeitrabend, die Parade seiner siegreichen Truppen abnahm, dann auf Langgarten das für ihn geräumte Allmondsche Haus bezog und dort am folgenden Tag über die zur Huldigung herbeizitierten Kaufleute und Ratsherren zwanzig Millionen Franken als Kontribution verhängte, war Sophie neben der einen und anderen Küchenmamsell zur Bedienung der Gäste bestellt.

So kam es, daß sie den Kaiser (wie einen einzeln stehenden Steinpilz) sah. Was er sagte, war knapper Befehl. Seine Gesten wischten Imaginäres vom Tisch. Immer mußte er Tatsachen schaffen. Lustig, wie er die Kaufmännchen traktierte. Seine Kenntnisse von den städtischen Finanzen waren enorm. Sein Blick, der allen, also auch Sophie galt. Und als sie ihm, der stehend aß, Häppchen geräucherten Weichsellachs servierte, knickste sie vor dem unruhigen Mann und bat für ihren eingekerkerten Fritz um Gnade, worauf sie nach kurzem Befehl des Kaisers von dessen Adjutant, dem General Rapp, zur Seite genommen wurde.

Rapp, gerade zum Gouverneur der Republik Danzig ernannt, sagte Sophie rasche Prüfung des Falles zu. Er probierte seinen elsässischen Witz an ihr aus, fand Gefallen an ihren hafenstädtischen Antworten und machte ihr das Angebot, fortan seine, des Gouverneurs Küche zu führen: So werde sich ihrem Fritz mit wenig Umständen helfen lassen.

Von da an kochte Sophie nicht mehr für Pastor Blech, sondern nur noch für Rapp (der ich andererseits auch gewesen bin) und für Rapps Gäste. Und weil Rapp für sein Leben gern Pilze aß, ging sie, als die sommerlichen Pfifferlinge ausschossen, später herbstlich Maronen und Grünlinge zuhauf und Steinpilze einzeln standen, nur noch für Rapp in die Pilze. Doch zwischen Buchen oder auf Nadelgrund, wo sie Flaschenboviste und Blutreizker fand, dachte Sophie nur immer und herzlich an mich, ihren Fritz.

Unsere Liebe, Ilsebill, was wir uns alles mit klammer Stimme geflüstert, in Briefen versteckt, von Türmen herab oder durchs Telefon trompetet haben: das Meer überdröhnend und leiser noch als gedacht, unsere Liebe, die wir so sicher umzäunt, so heimlich mit Krimskram in einer Hutschachtel versorgt hatten, die so sichtbar war wie ein fehlender Knopf, die in jede Rinde unter wechselndem Namen geschrieben stand, sie, unsere Liebe, die gestern noch greifbar, Gegenstand zum Gebrauch, unser Alleskleber, das Stichwort, die Toiletteninschrift, der flimmernde Stummfilm, ein bibbernd im Hemdchen gesprochenes Nachtgebet, die Taste gewesen ist, unseren Schlager immer noch einmal süß sein zu lassen, sie, die barfuß durchs Zittergras lief, sie, die als Backstein (kaum bröckelnd) in Ruinengemäuer gefügt war, sie, die beim Hausputz verlorenging und, als wir anderes suchten, zwischen den üblichen Rechtfertigungen, verkleidet als Bleistiftspitzer, gefunden wurde, sie, unsere Liebe, die nie aufhören wollte, ist nicht mehr, Ilsebill. Oder sie will nur noch unter Bedingungen möglich, womöglich sein. Oder sie ist noch – aber woanders. Oder sie war nie und wäre deshalb noch denkbar. Oder wir gehen mal wieder, wie ich mit Sophie ging, tief in die Pilze, um sie zu suchen. (Doch wenn ein Steinpilz einzeln ohne Vergleich stand und von dir oder dir gefunden wurde, war nie ich gemeint.)

Es ist so viel über sie geschrieben worden. Sie soll weh tun. Sie soll alles blaustichig einfärben. Einzig sie soll nicht käuflich sein. Wo sie fehlt, ist ein Loch: herzförmig gestanzt. Niemand kann sie willentlich in Betrieb setzen oder abstellen. Nur ungeteilt kommt sie vor. Doch die Küchenmagd Agnes liebte mich und auch mich. Und als die Nonne Rusch den Prediger Hegge schwächte, soll sie außerdem mich gemeint haben. Während sich Ilsebill in meiner hochgotischen Dorothea erkennt oder mich mit ihren Wünschen verwechselt. Aber Sophie, die ich als Pastor Blech und als Gouverneur Rapp geliebt habe, hat einzig und ungeteilt immer nur mich, ihren Fritz, geliebt, der als geeigneter Gegenstand lebenslang in Festungshaft saß, entrückt und nicht abzunutzen, während Sophie für andere (zuerst für Blech, dann für Rapp) in die Pilze ging und immer noch Freiheit, die schöne Idee meinte, wenn sie, vom Fliegenpilz angekündigt oder verraten, einzeln stehend den Steinpilz fand.

Sophie Rotzoll kochte vom Frühsommer 1807 bis zum Herbst 1813 für den Gouverneur der Republik Danzig und dessen zahlreiche Gäste. (Inzwischen starb nach der Großmutter bald ihre Mutter, man sagte, aus Gram, weil ihre Tochter als des Gouverneurs Bettjungfer verschrien war.)

Und so hat der Diakon von Sankt Marien, Pastor Blech, seinen Nebenbuhler um Sophies Gunst, Jean Rapp, gesehen: »Der junge Mann von einigen dreyssig Jahren, ein Kind des Glücks, schnell aufgestiegen, wie sein Herr, aus dem dunklen Mittelstande bis zur hohen militärischen Stufe, geziert mit der kostbaren General- und Adjutantenuniform und mehreren Orden, stellte sich mit seinem blühenden Gesichte und seiner nicht unfreundlichen Gebärde bis zur Täuschung als ein wohlthätiger Genius dar. Doch wie seine guten Eigenschaften nicht auf feste Grundsätze der Tugend gebaut waren; so flossen seine Fehler auch nicht aus einer inneren Bösartigkeit des Gemüths; sondern alle seine Fehler und alle seine Tugenden waren die eines warmblütigen Schwächlings, der ein Spiel der Umstände und Verhältnisse, der Laune, der Einfälle, der Leidenschaft ist. Daher sein leicht zu verletzender Stolz und seine zunehmende Prachtliebe; daher diese Geneigtheit, jedem elenden Zeitungsträger sein Ohr zu öffnen und ohne weiteres die raschesten Entschlüsse zur tiefen Kränkung manches Unschuldigen zu fassen; daher dieser unbedachtsame Spott oft bey den gerechtesten Klagen; daher diese Selbstvergessenheit, die auf Ehre oft die heiligsten Versprechungen that und dem Getäuschten doch nicht Wort hielt; daher endlich seine Wollüstigkeit, die sich nicht schämte, offen genug vor die Augen zu treten ...«

Und wenn ich mich heute als Rapp bedenke, muß ich mir als Pastor Blech, der Rapp so bedachte, immer noch zustimmen. Wie hat der großzügige und zugleich habsüchtige, hier verspielt galante, dort tierisch geile Mann die arme Sophie mit seinen immer neuen Versprechungen, den eingekerkerten Fritz betreffend, über Jahre gequält; wie oft ist ihm seine an sich rührende, ja täppische und durch Schüchternheit verfeinerte Liebe in rüde Zudringlichkeit umgeschlagen; und endlich: wie oft haben sein zynischer Mißbrauch der ihm verliehenen Macht und sein Spott auf das allgemeine Bedürfnis nach Freiheit Sophies immer noch kindlichen Glauben an die schöne Idee verletzt, so daß ihr im Verlauf der Franzosenzeit das Napoleonische zuerst verdächtig, dann widerlich, zum Schluß hassenswert wurde.

Und als nach fünfeinhalb Jahren die Geschichte rückläufig ging und die Große Armee in Rußland verkam, als Rapp, der auf Order des Kaisers den Feldzug mitgemacht hatte, seine heimgebrachten Frostschäden durch Übellaune auszugleichen versuchte, war ihm in Sophie eine Feindin erwachsen, die, wenn sie in die Pilze ging, neben eßbaren Sorten nun auch solche in Betracht zog, die politisch wirksam sein können.

Im Januar 1813 suchten die Divisionen Grandjean, Heudelet, Marchand und Cavaignac, bedrängt von Kosaken, hinter den Wällen der Stadt Zuflucht. Die Garnison wurde durch polnische Legionäre, rheinbündische Westfalen, mit einem Regiment Bayern, drei Regimentern Neapolitanern, durch französische Chasseure und Curassiere verstärkt. Und als die Magazine der Speicherinsel mit Vorräten angereichert, die Bastionen mit zusätzlichem Geschütz bestückt waren und die russisch-preußische Belagerungsarmee endlich den Ring um die Stadt geschlossen hatte, war auch Sophie mit ihrem Plan fertig; doch fehlte es nun, Anfang März, an geeigneten Pilzen.

Nach tagtäglichen Scharmützeln und Fouragezügen zur Schidlitz hoch und ins Werder, nach erstem Einsatz congrevischer Raketen, nach Großbränden und Seucheepidemien, erst Ende August, als nach sechs Monate währendem Hunger das Dominikshochwasser über alle Maßen ausfiel, weil starke Regenfälle die Weichsel hatten anschwellen lassen, daß von Schwetz bis zur Montauer Spitze die Deiche an sieben Stellen durchbrochen waren und die Flußniederung bis zu den Bastionen der Stadt als Fläche unter Wasser stand, so daß alle Außenwerke, das Fort Napoleon, das Fort Desaix abgeschnitten lagen und die Palisadierung mit häuslichem Gerümpel in die überschwemmten Gassen getrieben wurde, aber Fische in großen Mengen leicht von jedermann mit Käschern zu fangen waren – und alle wurden wunderbar satt –, als also das Dominikshochwasser die Belagerer und die Belagerten aus jedem militärischen Konzept gebracht hatte und der Ring um die Stadt für die flüchtenden Werderbauern auf dem Wasserwege durchlässig wurde, kamen wieder selten gewordene Lebensmittel wie Obst, Gemüse, Eier und Glumse in die ausgehungerte Stadt; Sophie hoffte ab Anfang September auf die Zulieferung bestellter Pilze: Ihr Haß hatte sich zu einem Rezept verdichtet.

Ja, Ilsebill. Den kennen wir auch. Wenn wir die Liebe mit dem Unterfutter nach außen tragen. Wenn wir uns endlich durchlöchert und also durchschaut haben. Wenn sich alles und auch der Widerspruch all dessen auf einen einzigen Punkt verengt. Wenn wir – wieder einmal in die Wälder gegangen – nicht mehr die unvergleichbar schöne Idee, sondern ihr Gegenteil meinen, das auch seine Schönheit hat: Verkleidet als Pilz steht der Haß auf Moosgrund und unter Eichen, eigentlich nicht zu verwechseln.

Übrigens soll der Butt, als das Dominikshochwasser bis in die Stadt reichte, von Rapp gerufen, den Gouverneur der absterbenden Republik Danzig gewarnt haben: »Mein Sohn! Vorsicht bei Tisch. Nicht jede Kalbskopffüllung ist gleichermaßen bekömmlich.«

Auf der Suche nach ähnlichen Pilzen

Ein Wurf Boviste,
glücklich gefunden,
daneben.

Als ich recht bekam,
gab ich den Rest, alles,
verloren.

Dieser Hut paßt
einen Kopf kürzer
auf Maß.

Nimm es diffus;
auch das Licht
schummelt sich durch.

Zwar sind es Boviste,
doch falsche,
genau.

Unterm Sauerampfer versteckt

Als an einem Märzabend der Wind böig bis zu Orkanstärke von Nordwest kam und immer wieder das Haus rammte, hatten wir aus der Stadt Gäste geladen, nicht ahnend, daß der Fährbetrieb über die Stör eingestellt werden könnte. Erst als die Dorfsirene an Kriegszeiten erinnerte und man die Feuerwehrmänner freiwillig gegen den Wind laufen sah, als die Stöpen in den Deichen und auch das große Deichtor zur Fähre hin geschlossen wurden, als es in Krögers Laden hieß, bei Hoher Flut könne es schlimm kommen wie zweiundsechzig, als sich das Dorf unter tiefjagenden Wolken hinter den Deichen duckte, weil den Böen Orkanstärke zuwuchs, so daß das Licht flackerte und für Minuten auch der elektrische Herd ausfiel, erst als eine der jungen Birken im Garten geknickt wurde, sah meine Ilsebill ein, daß wir drei Teller zu viel gedeckt hatten.

Schon machte sie ein Gesicht wie hinter geschlossenen Sturmläden. Schon kündigte sich, als weibliche Antwort auf die Katastrophenneigung der Natur, eine hausbesetzende Migräne an: Gläserklirren. Neue, haarfeine Sprünge im Putz. Durchs Telefon sagten die Gäste ab: Der Straßendienst warne. Bei Wedel sei kein Durchkommen. Jammerschade. Man habe sich schon gefreut.

Dabei hätte es Wruken und Kartoffeln mit Hammeldünnung zusammengekocht geben sollen, ein Gericht, dem Amanda Woyke (später Lena Stubbe) gerne zum Schluß süßsaure Kürbiswürfel unterrührte. Gestoßener Pfeffer, Piment, drei Zehen Knoblauch und Majoran gerebelt gehören an diesen Eintopf für naßkalte Tage.

Schon ganz vereinsamt zwischen den blanken Tellern tröstete ich mich – oder war es der Butt, der mein Ohr fand? »Ach was«, sagte er, »Sturmtief und Migräne sind nur die halbe Wirklichkeit. Wie oft ging die Weichsel hoch, warum nicht Elbe und Stör. Laß deine Ilsebill im abgedunkelten Zimmer liegen und sich eintrüben. Auch ohne Fährbetrieb: Gäste reisen an von weither. Zu Auas Zeiten die Weiber der Nachbarhorde mit Honigwaben und getrockneten Spitzmorcheln. Als Wigga für die Goitschen, wie ihr die Goten nanntet, Schwadengrütze kochte, bis sie genug hatten und davonliefen: Völkerwanderung nannte man das. Und wie die böhmischen Prälaten und polnischen Ritter von Mestwina mit Wildsauer zu Moosbeeren bedient wurden. Als Dorothea den vier geistlichen Herren, obgleich nicht Freitag war, schonischen Hering tischte. Und als Sophie für des Gouverneurs Gäste politische Pilze zum Würzen verwendete: war das ein Fest! Kein Gast ging, wie er kam. Du mußt nur das Haus offenhalten, mein Sohn: Denn immer neue Gäste kommen, obgleich die Fähre nicht geht. Steifbeinig und mit knarrenden Nebengeräuschen verlassen sie Massengräber, Archive und Stifteraltäre. Angenehm hungrig sind sie und fett an Geschichten. Neunundsiebzig Osterlämmchen von den Schäfereien Schidlitz und Scharpau hat die Nonne Rusch diesmal für den reichen Patrizier Ferber über Holzkohle gebraten: Äbte, polnischer Adel und andere Mitesser sind seine Gäste. Du solltest die Teller vorwärmen, weil Hammelfett gerne talgt. Aber leise, damit du deine doloröse Ilsebill in ihrer Peinkammer nicht störst...«

Seine Sprüche sind für den Kalender. »Gäste«, sagte der Butt, »sind auch nur verlängerte Suppen, jeweils Gewürz, die unvermeidliche Zugabe; und nur die Dümmeren kommen zu spät.«

Sich Gäste ausdenken: historische, gegenwärtige, künftige. Als Agnes für Opitz kochte und ausgehungert die schlesischen Flüchtlinge bei ihm zu Tisch saßen, um jammertalige Lyrik zu schwatzen. Und einmal hat Amanda für mich und meine zuletzt verbliebenen Regimentskameraden einen Berg Kartoffelbrei gekocht, über den sie Speckspirkel aus der Pfanne kippte: das Veteranenessen. Und eines Tages werde ich (ohne Ilsebill viel zu fragen) die Beisitzerin des feministischen Tribunals Griselde Dubertin auf ein Pilzgericht zu Tisch bitten. Und auch die Schwadengrütze aus Hungerzeiten könnte uns neuerdings...

Draußen wurden die Orkanböen mutloser. Der Wind drehte nach West. Märzregen. Von den Deichtoren kamen warm vom Kornschnaps die freiwilligen Feuerwehrmänner. Meine Ilsebill legte ihre Migräne ab, kleidete sich festlich in Fliegenpilzrot und sagte: »Essen wir doch zu zweit. Was brauchen wir Gäste. Sind wir uns etwa nicht genug? Muß denn immer dicker Betrieb und hinterher zwei Geschirrspülmaschinen voll Abwasch sein? Die mit ihren städtischen Neurosen. Die mit ihren ewigen Ehe- und Steuerproblemen. Die sollen in Hamburg bleiben. Erzähl mir lieber von Sophie.«

Das war ihr Plan: einen Kalbskopf gefüllt mit Pilzen zu tischen. Sie war ja berühmt ihrer gefüllten Kalbsköpfe wegen. Und zu ihren Gerichten aus Stein-, Butter-, Birkenpilzen, Pfifferlingen und Blutreizkern hatte die Tafelrunde des Gouverneurs Rapp mittlerweile Vertrauen gefaßt. Sogar dunkle Pilzsuppen mit Hasenklein löffelte man arglos und ließ auch nicht mehr vorsichtshalber, weil tief im Feindesland, einheimisches Hauspersonal zur Probe voressen.

Den Kalbskopf bezog Sophie von den verbündeten Westfalen, deren Stallungen auf Kneipab außer Reichweite der preußischen Batterien und geschützt durch die Bastionen Bär und Aussprung lagen. Nie kam es zu Protesten der Fouriere, denn das Küchenkommando des Gouverneurs durfte nicht nur die bürgerlichen Vorräte requirieren: Schließlich waren westfälische und polnische Offiziere regelmäßig geladene Gäste.

Schwieriger war es, frische Waldpilze in die belagerte Stadt einzuführen. Das Dominikshochwasser half. Nur weil mit russischer Erlaubnis immer noch Flüchtlinge aus dem überschwemmten Werder in die Niederstadt flüchteten, gelang es Sophie, mit den kaschubischen Flissaken ins Geschäft zu kommen. Die Flüchtlinge kamen mit Flößen von Petershagen und mußten fünf Dukaten preußisch pro Person zahlen, wovon die Hälfte an die russischen Vorposten ging, während der französische Kommandant von Bastion Gertrud mit einem Dukaten pro Person geschmiert sein wollte. Und gegen die vom Gouverneur der Republik Danzig verbriefte Duldung des Personenhandels lieferten die (aus Prinzip) parteilosen Kaschuben für Geld, aber auch für beschlagnahmtes englisches Tuch, was die Köchin Sophie Rotzoll forderte: im Frühherbst Rebhühner, Hasen, auch Rehe, die in den Wäldern zwischen den Seen für die Tafelrunde des Gouverneurs geschossen wurden, daneben Körbchen Preiselbeeren, Pflaumen und Pilze eßbarer Art, bis Sophie ihren Plan faßte und in Kassibern von ihrer Cousine Lovise aus der Försterei Oliva besondere Pilze forderte: Inmitten der üblichen Lieferliste – frische Butter, Junghenneneier, Glumse, Sauerampfer und Dill – standen altkaschubische Wörter.

1813. Ein Pilzjahr. Wie Sophie kannte ihre Cousine alle eßbaren, ungenießbaren und giftigen Pilze. Sie wußte, wo sie auf Moos oder Nadelgrund, in Lichtungen oder im Unterholz einzeln oder in Hexenkreisen standen. Als Kinder waren wir oft, Sophie voran, in die Pilze gegangen. Damals lebte die Großmutter Amanda Woyke noch. Unterm Vorlaubendach hat sie Sophie und Lovise gelehrt, alle Pilze herzusagen.

Das ist die düstere Totentrompete. Sie wächst unter Buchen und schmeckt. Das ist der breitkrempige Habichtpilz, der abgebrüht seine Bitternis verliert und wohlbekommt. Das ist der Brätling, der heißt nicht nur so. Das Stockschwämmchen wuchert an Erlen- und Pappelstämmen und würzt die Suppen. Das ist der Steinpilz, auch Herrenpilz genannt. Steht einsam für sich. Und glücklich ist, wer ihn sieht. (Der Fliegenpilz kündigt ihn an.) Das ist der dünne Anisegerling, den die Großmutter für den Herrn Domäneninspektor in Essig einlegte. Blutreizker sind das. Stehen unter Jungkiefern auf brüchigem Röhrenfuß und schmecken wie Fleisch vom Kälbchen. Das ist der prächtige Parasol. Den kennt jeder. Unter seinem Schirm finden die Märchen statt. Der schützt vor bösem Blick. Schmeckt roh nach Nüssen. Hier der Gruppenpilz Hallimasch. Kommt mit den Kremplingen erst im Spätherbst und ist nicht jedem Magen gut. Tintlinge (schmackhaft) schießen aus Schutt und Geröll, die Klostermauer entlang. Grünlinge, sandig, muß man gut waschen. Und hier noch Spitzmorcheln, die wir auf Zwirn ziehen oder auf Dornenzweige spicken, damit sie trocknen und uns im Winter Geschmack für Suppchen geben. Und das sind die politischen Pilze. Sie heißen: Seidenriß, Pantherpilz, Weißer Trichterling und Grüner Knollenblätterpilz.

Herbst dreizehn. Zwar wußte sie, daß es an der Zeit war, zwar sagte sie Rache für ihren eingekerkerten Fritz nun schon seit Jahren in ihrem Nachtgebet vor dem Amen her, doch konnte sich Sophie lange nicht entscheiden, mit welcher Zutat sie ihren pilzgefüllten Kalbskopf wirksam machen sollte. Der Pantherpilz zerstört das Nervensystem oft mit tödlicher Folge. Der Seidenriß enthält das Gift Muscarin wie auch der Weiße Trichterling, doch stärker dosiert. Die Blutkörperchen zerstört, jedoch erst vierundzwanzig Stunden später, nachdem er schon längst verdaut sein müßte, der grüne, schwach süß riechende, gern unter Eichen stehende Knollenblätterpilz.

Sophie entschied sich für alle. Ihre Cousine Lovise schickte ihr aus der Försterei, neben einem Korb prächtiger, nahezu madenfreier Steinpilze, in einem verknoteten Tüchlein die gewünschten Sorten. Sogar zwei junge, noch knollenköpfige Fliegenpilze legte sie bei, der stimulierenden Wirkung wegen. Dazu lieferten die kaschubischen Flissaken, die immer noch Flüchtlinge aus dem abgesoffenen Werder in die belagerte Stadt flößten, einen Korb Sauerampfer und frische Petersilie, die sonst nirgendwo mehr zu haben war. Den westfälischen Kalbskopf hatte das Küchenkommando schon am Vortag requiriert. (Butter, Eier und Glumse waren von den Russen beschlagnahmt worden.) Man schrieb den 26. September.

Tagsüber hatten die preußischen Batterien von Aschbude und Schellmühle aus mit glühenden Kugeln und congrevischen Raketen das Dominikanerkloster in Brand geschossen. Von Ohra aus waren bei kleinem Gewehrfeuer die Russen gegen das Vorwerk der Sternschanze angelaufen. Doch Major Le Gros, der zur Abendtafel als Gast geladen war, hatte den Feind noch vor den Palisaden niederkartätscht.

Immer wenn Sophie für den Gouverneur Rapp und dessen Gäste einen Kalbskopf entweder für essigsaure Kräutersülze abkochte oder für Füllungen präparierte, fiel Suppe für ihre Nebenküche und deren Kostgänger ab: Hinterm Haus des Gouverneurs auf Langgarten, das außer Reichweite der alliierten Batterien weiß und spätsommerlich, beschattet von Linden und Ahorn stand, strichen die hungrigen Hakelwerkkinder durchs Gebüsch und klapperten mit ihren Blechnäpfen.

Sobald Sophie mit kurzem, scharfem Messer das Hautpolster und die Fettbacke, das gebettete Auge, die Ohren und das weiche Maul von den Schädelknochen getrennt, die Zunge gelöst, das Hirn aus dem gespaltenen Schädel gelöffelt und dann die entbeinte Kalbskopfhülle mit der vorgekochten Zunge, den gehackten Zwiebeln, dem Hirn und den zu Scheiben geschnittenen Pilzen gefüllt und vernäht hatte, kochte sie die gelösten Knochen, also auch Unter- und Oberkiefer des Kalbes, mit Graupen und Liebstock, das man heute Maggikraut nennt, so lange zu Suppe, bis die Knochen blank waren und sich die vorderen langen Kälberzähne des Unterkiefers, doch auch die tiefwurzelnden flachen Backenzähne leicht ziehen ließen: Hübsch sahen die aus. Und mit der sämigen Graupensuppe, die sie über den Zaun in Blechnäpfe füllte, schenkte Sophie den Hakelwerkkindern lange und flache Kälberzähne, die gegen Ohrweh halfen, leichten Traum machten, vor fliegendem Blei schützten, bei Vollmond den ersten, zweiten und dritten Wunsch stärkten und überhaupt Glück brachten.

Jahrzehnte später, als das alte Fräulein Rotzoll auf dem Barbarafriedhof zu Grabe getragen wurde, gab es im Trauergefolge einige gesetzte Herren und Bürgersfrauen, die noch immer im Täschchen oder Tabaksbeutel den Kälberzahn von dazumal als Glücksbringer hüteten. Damals, sagten sie – doch kein Kind wollte von damals hören –, als der Hunger in allen Quartieren einsaß, als nach den Hunden die Ratten gefressen wurden, als sogar Menschenfleisch (Kosaken, die auf Patrouille verlorengingen) als Schweinegulasch seinen Marktpreis hatte, das Pfund für zwölf Groschen, während Pferdefleisch schon für elf Groschen zu haben war – damals hat uns ein Engel, den aber die Stadtweiber »dem Rapp sin Hur« schimpften, mit dicken Suppen über den Hunger gebracht.

Dem Gouverneur und seinen Gästen hat Sophie niemals Kälberzähne geschenkt. Rapp hielt täglich kleine bis große

Tafel. In den Jahren vor der Belagerung hatte er oft illustre Gäste: Murat, Berthier, Talleyrand, den späteren Prinz Bernadotte. Aber auch ausgesuchte Stadtbürger hat er ins Allmondsche Haus geladen, denen nach Tisch die Kontributionsrechnung aufgemacht wurde. Mehrmals war Pastor Blech einziger Gast des Gouverneurs gewesen. Die beiden Herren verstanden sich gut, solange über das Wenn und Aber der Revolutionsjahre, Sophies Kochkünste oder kenntnisreich über die Rosenzucht geredet wurde.

Nach Tisch legte Blech jedesmal ein Gnadengesuch für seinen ehemaligen Schüler Friedrich Bartholdy vor, der nun schon im zweiten Jahrzehnt der Festung Graudenz als Häftling einsaß. Doch Rapp lehnte alle Gesuche ab: Erst müsse gänzlich Frieden in Europa sein. Solange sich England nicht beuge, Schillsche Haufen den Aufruhr versuchten, in spanischen Gebirgen und sonstwo dem Kaiser getrotzt werde, könne man nicht auf Gnade rechnen. Die Ordnung brauche nun mal unumstößlich ihren Beweis. Auch ließ Rapp den Pastor wissen, daß ihn der jungfräuliche Stolz der Köchin Sophie – denn für sie schreibe der Gottesmann doch seine Gesuche – zur Härte zwinge. Jadoch, er sei nun mal in das sperrige Frauenzimmer vernarrt. Wie diese Sophie habe noch keine Festung ihm standgehalten. Sie müsse ihn ja nicht lieben, wie sie ihren eingekerkerten Fritz liebe. Doch ihr ewiges Nein könne einen Mann wie ihn nicht warmmachen. Wenn sie ihren Kerl wiederhaben wolle, möge sie ihm, dem Gouverneur, offener kommen. Was er verlange, sei nur natürlich und bringe beiderseits Spaß obendrein.

Danach kam Pastor Blech nie wieder als Gast. Und Sophie, die für Fritz jungfräulich bleiben wollte, ließ keine Gesuche mehr stellen. Doch erst als Rapp, von Moskau zurück, seine Frostschäden ausgeheilt hatte, als die Stadt eingeschlossen und preußisch-russisch belagert wurde, als die Bürger der eingeschlossenen Stadt erpreßt, verhöhnt, dem

Wucher der Kommissäre und (angesichts französischer Tafelfreuden) dem wühlenden Hunger ausgesetzt wurden, faßte sie ihren Entschluß, wartete sie den frühen Herbst ab, schrieb Sophie ihrer Cousine Lovise und wurden ihr, vergraben in Sauerampfer, die gewünschten Zutaten geliefert: der pilzwüchsige Haß.

So sehen wir sie: das zierliche Immernochmädchen, obgleich sie dreißig zählt und eine Madame sein könnte. Über den Steinpilzen hält sie den Kopf leicht schräg. Ihr torfbraunes, wie zum Vogelnest geflochtenes Haar. Eng sitzen die Augen beieinander. Zwei steile Stirnfalten bestätigen ihren Entschluß. Ein spitzer Winkel: die Nase. Ihr kleiner Mund pfeift Küchenlieder. Jetzt schneidet sie die Steinpilze vom Stiel zum Hut in Scheiben. Kein Schnitt läuft an. Wie schön sie sind. Still ist es in der Küche. Kein Pfeifen mehr. Jetzt erst setzt sie die Brille auf. Unter dem Sauerampfer holt sie hervor. Sie löst den Knoten im Tuch, nimmt ein neues Messer und ist entschlossen.

Als Sophie den entbeinten Kalbskopf vom 26. September mit Pilzen füllte, so daß er wieder sein pralles Ansehen gewann, waren als Gäste drei polnische Offiziere, darunter ein junger Ulan und Sohn des Generals Woyczinski, der heldenhafte französische Major Le Gros und ein sächsischer Kaufmann namens Zetsche geladen. Man war lustig und feierte Le Gros, dessen Kanoniere am Vormittag die anstürmenden Russen vor der Sternschanze niederkartätscht hatten. Eingangs gab es, weil ja Hungerszeit war, eine schlichte Sauerampfersuppe mit Mehlklietern. Danach tischte Sophie geräucherten Weichsellachs, der immer noch vorrätig war, weil das Dominikshochwasser Hecht, Lachs und Zander bis in die Gräben und Zuflüsse der belagerten Stadt gespült hatte. Und dann kam zu Safranreis, den die verbündeten Neapolitaner der Gouverneurstafel liefern mußten, knusprig aus der Backröhre jener Kalbskopf auf den Tisch, dessen Füllung Sophie, um die verratene Revolution und den jahrelangen Zwang, um die Verletzungen ihres jungfräulichen Stolzes und ihren eingekerkerten Fritz zu rächen, mit vier endgültigen Argumenten gewürzt hatte. (Mag sein, daß der Sauerampfersuppe, damit sie stimulierte, ein wenig Saft vom Fliegenpilz unterrührt war.)

Dabei war ihr Rapp nicht zuwider, eher gleichgültig und stellvertretend verhaßt. Er war ja nicht der Schlimmste. Plünderungen hielt er in Grenzen. Gewalttätigkeiten betrunkener Soldaten bestrafte er schwer. Wenige Monate lang, während Rapp mit Napoleon nach Rußland zog, sehnten die Bürger seine Rückkehr herbei. Immerhin – und das sagte auch Pastor Blech – hielt Rapp Ordnung. Daß auch er sich ein Vermögen konfiszierte, daß er am Preiswucher beteiligt war und beschlagnahmte englische Konterbande (Tuche zumeist) über Mittelsmänner (darunter der Kaufmann Zetsche) zu seinen Gunsten in den Handel brachte, daß Rapp sich vor der Belagerung auf Landsitzen in Langfuhr und Oliva Mätressen gehalten und die Bürgersfrauen mit seinem derben elsässischen Witz traktiert hatte: das alles hätte wohl nicht gereicht, um Sophie für die todsichere Kalbskopffüllung einzustimmen; es muß ihr ein Ereignis das Häkchen gelöst haben.

Pastor Blech meinte später, ohne diese Vermutung in seinen Aufzeichnungen über die Franzosenzeit zu bestätigen, Sophie sei, kurz vor Beginn der Belagerung, als die Straße nach Graudenz noch offen war, dem Gouverneur ins Bett gekrochen, um so ihren Fritz auszulösen; doch habe Rapp nicht gekonnt. Sein närrischer Wille sei nicht umzusetzen gewesen. Das Natürliche wollte ihm nicht zum Ereignis werden. Männliches Malheur habe ihn versagen lassen. Kein Kommando habe straffe Haltung befehlen können. Es werde wohl Sophies Unschuld gewesen sein, die ihn, den

Kraftprotz, entwaffnet habe. Jedenfalls sei sie dem Lotterbett des Gouverneurs als Immernochjungfrau und nun doppelt gekränkt entstiegen.

Rapp wollte seine Niederlage nicht eingestehen, gab alle Schuld Sophie (ihrer heroischen Kälte) und war nicht bereit, das bißchen versagte Lust durch chevalereske Moral wettzumachen: Fritz blieb in französischer Festungshaft. Und als Graudenz in preußische Hand fiel, bestätigte sogleich ein königliches Dekret die Fortsetzung seiner Haft. So korrekt wechselten die Systeme. Kein Gnadengesuch – Pastor Blech blieb unermüdlich – setzte den armen Kerl frei.

Vielleicht aber stimmt das alles nicht; wahrscheinlich ist Sophie dem Rapp nie ins französische Bett gekrochen, womöglich gab es kein männliches Malheur, ging es gar nicht um Fritz, sondern um die viel größere Freiheit, denn so jakobinisch die Küchenmamsell in ihrer Jugend gewesen ist, die andauernde Franzosenzeit machte aus ihr eine Patriotin deutschester Art; wie ja auch Sophies sansculottische Küchenlieder, sobald sie für Rapp kochte, nach einer kurzen Phase napoleonischer Begeisterung, vaterländisch tönten. Womöglich sind die vier todsicheren Pilze jener diffusen Freiheit gewidmet gewesen, die immer nur so lange anhält, wie ein mehrstrophiges Lied der beengten Seele Luft schafft. Jedenfalls wurde vor dem feministischen Tribunal der »privatistischen« Auslegung des Butt widersprochen. Sophie, so behauptete in Übereinstimmung mit der Anklage die Beisitzerin Griselde Dubertin, habe nicht aus kindischer Liebe, sondern der Freiheit wegen gehandelt. Und zwar aus Prinzip.

Schon nach der Suppe war man bester Laune. Beim Räucherlachs lief der Witz reihum. Dann wurde ansehnlich aufgetragen. Leicht ließ sich der gefüllte Kalbskopf in Tranchen schneiden. Rapp bediente die Gäste. Alle aßen, nur der

Gouverneur hielt sich zurück. Ach, war das Leben schön! Die polnischen Ulanen lobten die Füllung. Der westfälische Oberst ließ sich zweimal auflegen. Le Gros aß und erzählte zum drittenmal seinen vormittäglichen Sieg über die Russen. Der sächsische Kaufmann Zetsche war ganz in englisches Tuch gekleidet und plapperte mit vollem Mund ungehemmt. Rapp wollte seinen Magen zur Nacht nicht allzu sehr belasten: Nach Suppe und Lachs kam wenig Safranreis auf seinen Teller und ein Häppchen nur vom knusprigen Kalbsmaul. Er ermunterte aber seine Gäste, nach Gelüst zu speisen und mit ihm auf den Kaiser, auf Frankreich und auf das überreiche Pilzjahr zu trinken.

Als Graf Woyczinski ihn nötigte, dennoch zuzulangen, löffelte er das zuoberst liegende Kalbsauge, eine Delikatesse von alters her. Darauf Hochrufe, Redensarten. Schon steigerte man sich im Ausdruck. Der Kaufmann Zetsche pries die Kontinentalsperre, als hätte sich ein sächsisches Köpfchen den genialen Sperriegel erklügelt. Sogar der Westfale sprach mehr als vorbedacht. Schon sangen die Polen. Le Gros zitierte sich und andere Helden.

Und weil sie die Gäste des Gouverneurs und deren Spaß an Rätseln und Scharaden kannte, hatte Sophie, bevor sie den gefüllten Kalbskopf in die Bratröhre schob, dessen Fettbacken jeweils mit der Zahl des Revolutionsjahres, dem gegenwärtigen Datum und ganz klein mit den Initialen ihres Freundes Fritz tätowiert, wobei sie die Einkerbungen mit Safranpulver tönte. Auf rösch gebackener Haut las man, seit wann sich Europas Jugend Hoffnung gemacht hatte. Einige der Herren, die Sophies ungebrochene Verehrung für die Helden der Revolution kannten, spöttelten ein wenig, blieben aber taktvoll. Der junge Graf Woyczinski hielt sogar eine begeisterte Rede auf Mirabeau. Ein anderer polnischer Ulan antwortete mit Robespierrezitaten. Danton und Saint-Just kamen zu Wort. Gironde und Montagne, der

Konvent vor und nach den Septembermorden stritten ums Minimum und Maximum. Und Marat verkündete den Despotismus der Freiheit.

Doch während man noch mit Rede und Gegenrede, wobei auch die Guillotine pantomimisch zu Wort kam, die Revolution nachspielte und nebenbei rätselte, wen die in den Kalbskopf gekerbten Initialen F. B. meinen könnten – Rapp, der es ahnte, hielt sich zurück –, begann, nachdem der stimulierende Fliegenpilz für Stimmung gesorgt hatte, das dem Seidenriß und dem Weißen Trichterling eigene Pilzgift Muscarin stärker zu wirken. Leichtes Gesichtsmuskelzukken. Erweiterte Pupillen. Schweißausbrüche. Zetsche und der Westfale schielten. Ungenaue Handgriffe. Gläser wurden umgestoßen. Le Gros stotterte heldisch. Dann versetzte der Pantherpilz die Tischrunde – ausgenommen Rapp – in streitbare Erregung. Ging es anfangs noch eher witzig um die Zusammenhänge zwischen dem Wohlfahrtsausschuß und der Guillotine, so brachen nun nationale Gegensätze aus: Polen warf Frankreich Verrat vor. Sachsen tat so, als sei der Rheinbund Schande. Man griff, als Worte nicht mehr zustande kamen und weil Waffen bei Tisch fehlten, zu Flaschen, zum Zuschneidemesser. Stühle stürzten hinter sich. Kaum hatte der Sachse verächtlich das Wort »Pumpernikkel« ausgestoßen, ging ihm der bullige Westfale an die Gurgel. Entsetzt nahm Rapp Abstand, ohne die Wache zu rufen. Rasch griff er einen schwersilbernen Kerzenleuchter, um sich zu schützen. Denn plötzlich, nachdem Le Gros den einen polnischen Ulan mit dem Zuschneidemesser gekürzt hatte, riß Graf Woyczinski Kavalierswaffen von den Wänden, die dort als Dekoration hingen. Der Westfale ließ von dem erwürgten Zetsche ab und rannte in einen Degen, den Le Gros hielt. Darauf stieß der heldische Oberst den zweiten Ulan nieder. Und Le Gros und Woyczinski richteten sich mit schon zerstörtem Nervensystem und gelähmten

Zungen blicklos gegenseitig: Zerfetzt, durchbohrt lagen sie ganz natürlich ineinander verbissen.

Nur noch Rapp stand mit dem Leuchter. Die Flämmchen beruhigten sich wieder. Da zuckte kein bißchen Leben mehr. Der Grüne Knollenblätterpilz, dessen Wirkung zumeist erst tags drauf einsetzt, konnte keine Blutkörperchen zerstören.

Jetzt erst kam Hauspersonal, darunter Sophie. Der Ordonnanzoffizier rief die Wache. Rapp gab ersten Bericht: sechs Tote, darunter ein Zivilist. Nur zufällig sei er verschont geblieben. Ein anfangs harmloser Streit habe zwischen Offizieren tragisch geendet. Weibergeschichten, Spielschulden, ehrverletzende Worte, besonders die Anmaßungen des Zivilisten hätten, wie man sehe, die Raserei gefördert.

Dann ordnete der Gouverneur mit knappen Worten Aufräumungsarbeiten an. Der restliche Kalbskopf samt übriger Füllung wurde abgetragen. Die Leichen wurden gereiht und mit Tüchern verdeckt. Was sonst noch zu Protokoll zu geben war, überließ Rapp der Ordonnanz. Als Sophies Weinen aussagekräftig zu werden drohte, führte er seine Köchin auf die offene Terrasse zum Garten hin. Dort legte Jean Rapp seinen uniformierten Arm um ihre Schulter. Sie ließ das zu und machte ihn glücklich womöglich.

Mondlose Nacht lag über der belagerten Stadt. Von der Schellmühle her knatterte regelloses Musketenfeuer. Nur um zu stören, schossen die preußischen Batterien von Ohra aus, ohne viel Schaden anzurichten. In der Altstadt, nahe dem Eimermacherhof, brannten zwei Bürgerhäuser und gaben der Johanniskirche Seitenlicht. Wind in den Linden, im Ahorn. Erstes Laub fiel. Der Garten roch herbstlich. Nun weinte auch Rapp.

Der Gouverneur der Republik Danzig, nach dem bis heutzutage in Paris eine Avenue benannt ist, riet seiner Köchin, als beide auf der Gartenterrasse standen, ein paar Wochen Urlaub zu machen. Die schreckliche Szene, das viele junge Blut, die starre Leblosigkeit der gekrümmten Leichen, der zerfetzte Woyczinski, das alles habe sicher einen Schock bei ihr ausgelöst. Er wolle nicht, daß sie weiterhin durch die notwendigen Untersuchungen strapaziert werde. Auch wenn sie, das liebe Kind, in einem höheren Sinn unschuldig sei, müsse man doch mit peinlichen Fragen rechnen. Seiner Zuneigung dürfe sie immer gewiß sein, auch wenn sie in ihm den Feind sehe und seine Liebe nicht anhören wolle. Ja, er verstehe alles und bedaure im Grunde, nicht auch von der Kalbskopffüllung probiert zu haben. Eine Einflüsterung – Rapp wollte nicht sagen, von welcher Seite – habe ihn vorgewarnt. Ach, wäre doch er ihr Fritz und säße in Kerkerhaft. Sie, Sophie, möge ihm gütig verzeihen. Auch er sei nur Mensch. Sie solle nun gehen. Sie werde ihm fehlen.

So kam es, daß Sophie Rotzoll in den Untergrund ging. Pastor Blech wußte, wo sie sicher sein konnte. Bald darauf brannten die Magazine der Speicherinsel. Nicht Feindbeschuß, Terroranschläge sollen den Großbrand entfacht haben. Zu Rapp kamen nur selten noch Gäste.

Zum Fürchten

Im Wald laut rufen.
Die Pilze und Märchen
holen uns ein.

Jede Knolle treibt jüngeren Schrecken.
Noch unter eigenem Hut,
doch die Angsttrichter rings
sind schon gestrichen voll.

Immer war schon wer da.
Zerstörtes Bett – bin ich es gewesen?
Nichts ließ mein Vorgänger stehn.

Wir unterscheiden: schmackhafte
ungenießbare giftige Pilze.
Viele Pilzkenner sterben früh
und hinterlassen gesammelt Notizen.

Reizker, Morchel, Totentrompete.

Mit Sophie gingen wir in die Pilze,
bevor der Kaiser nach Rußland zog.
Ich verlor meine Brille
und nahm den Daumen;
sie fand und fand.

Wir aßen zu dritt

Eine einzige hat mich nie halten können. Mit allen habe ich was gehabt, sogar mit Helga Paasch, als sie noch mit ihrem Britzer Gemüse auf den Berliner Wochenmärkten einen Stand unterhielt und ich eine volle Jahreszeit lang meine Wruken und Mohrrüben fast umsonst bekam. Schlimm verlief die Geschichte zwischen mir und Ruth Simoneit; aber es stimmt nicht, daß sie meinetwegen erst Cognac, dann billigen Wermut zu saufen begonnen hat. Mit Sieglinde Huntscha konnte ich jederzeit. Das läuft aus alter Gewohnheit und kommt im Traum nie vor. Doch mit Bettina von Carnow hätte ich mich, als wir jung waren und nicht so genau hinguckten, einer naßkalten Herbststimmung wegen beinahe verlobt. So gut wie nichts habe ich mit Therese Osslieb gehabt, obgleich ich mir ein hinhaltendes Bratkartoffelverhältnis mit ihr gut vorstellen könnte. Meine Verehrung für Frau Dr. Schönherr hat während Jahren nicht nachgelassen, auch wenn sie sich an die Nacht in Bielefeld (oder war es in Kassel?) nicht erinnern will: »Sie müssen mich verwechseln. Was ja Männern mit Sammeltrieb leicht passieren kann.« Wieviel an Ilsebills Verdächtigungen übertrieben sein mag; mit Ulla Witzlaff kann ich am besten. Stallwarm hält sie mich. Nichts fehlt. Alles ist denkbar. Wenn sie lacht, kalben die Steine. Am liebsten sitzen wir in der Küche. Ich war wohl nicht bei Trost, als ich kürzlich was Neues einfädelte oder schlimmer: eine alte Geschichte aufwärmte.

Wir kamen während einer Prozeßpause ins Gespräch, denn eigentlich hat uns der Fall Sophie Rotzoll wieder angenähert. Wir taten so, als könne man neu beginnen, als sei das nicht ausgestanden und restlos vorbei. Auch sie ist Beisitzerin beim feministischen Tribunal und Apothekerin von Beruf. Paar Jahre älter als Ilsebill (die jetzt schon etwas Madamiges hat) wird Griselde noch lange mädchenhaft bleiben. Seitdem nur zwei drei Fältchen mehr um die Augen, ein wenig Bitternis um den Mund, sonst hat sie sich kaum verändert.

Wir kennen uns aus der Zeit vor dem Mauerbau. (Als ich noch halbwegs mit Sibylle Miehlau ging.) Obgleich sie mich für zu männlich stabil und deshalb für unsensibel hielt, paßten wir zeitweilig gut zusammen. Richtige Feststellungen wie: Ich müsse immer beschützen, Koffer tragen, Feuer geben, väterlich sein, beendeten ihre mehrmals gehaltene Schlußrede. Sie hat nun mal diesen Hang zu schwachen, ständig verhinderten Typen. Also hat sie mich abgehängt und sich heroisch für einen Knilch geopfert, der nur an ihrem Apothekerschränkchen Interesse hatte und sie bald darauf sitzenließ, um auf Staatskosten Theologie zu studieren. Dann ging die Sache mit Billy schief. Und irgendwas

Drittes, weiß nicht mehr was, wollte plötzlich auch nicht mehr klappen. Jedenfalls war das alles wie graue Vorzeit und nur als Mißverständnis erinnerlich, als zu Beginn der Verhandlung des Falles Sophie Rotzoll plötzlich bei mir was ticktack machte. Und Ilsebill, die sofort den richtigen Riecher hatte – nur mit der Witzlaff, das ahnt sie nicht –, begann zu zetern: »Erst die Geschichte mit der Simoneit, dann mit der Huntscha, während ich schwanger, hochschwanger bin! Und nun das noch. Deshalb diese vielen Reisen. Dieses ewige Hin und Her. Mit der will ich sprechen. Sofort. Und zwar von Frau zu Frau. Bis wir Klarheit haben. Verstanden?«

Ich mußte klein beigeben: »Gut, machen wir. Ich koch euch was. Große Aussprache zu dritt. Wenn sie überhaupt kommt. Einfach lächerlich, diese Eifersucht! Du weißt doch, daß ich immer nur dich meine ...«

Also hatte ich, weil Ilsebill drängelte und Klarheit, »endlich Klarheit« haben wollte, Griselde Dubertin (aschgraue Hugenottenfamilie) zu uns zur Kalbskopfsülze geladen: »Nun komm schon. Ich zahl den Flug und die Bahn. Irgendwann lernt ihr euch doch mal kennen.« (Wenn schon, dann hätte ich alle, die Osslieb und Helga Paasch, sogar Frau Dr. Schönherr und – damit sie Klarheit hat endlich – auch Ulla Witzlaff bei uns an den Tisch packen sollen; koste es, was es wolle.) Das sagte ich auch zu Ilsebill: »Warum nur die Dubertin? Das ist doch Schnee von gestern. Warum nicht die Carnow und die Paasch? Ein Abwasch, Ilsebill! Damit du klarsiehst, endlich klarsiehst!«

Aber es blieb beim kleinen Gedeck. Wir aßen zu dritt. Griselde kam übers Wochenende. Am Freitag noch hatte sie den Butt als Verräter und Konterrevolutionär schuldig gesprochen. Worauf er wieder mal Totenmann spielte und (bauchoben) die Vertagung des Tribunals erzwang. Die Buttpartei protestierte gleichfalls und beantragte Gutachten über die Zulässigkeit besonderer Pilze als politische Waffe im Kampf um die Emanzipation.

Ich bat Griselde, in Mystischgrün zu kommen, weil Ilsebill in Fliegenpilzrot zu erwarten sei. Ich freute mich auf die Aussprache. Und meine Kalbskopfsülze »Sophiezuehren« sollte diesmal besonders sein. Doch eigentlich hätte ich mich am liebsten bei der Witzlaff in der Küche, nahe ihren gleichmütig klappernden Stricknadeln (zwei schlicht zwei kraus) verkrochen. Oder mich hinter ihrer Kirchenorgel versteckt und mich mal ausgeweint richtig, während sie voll reingegriffen hätte: »Aus tiefer Not ruf ich zu dir...« Oder es hätte mich ihr Sopran – mein Gott, hat die Stimme! – über den Jordan gebracht: »Seufzer, Tränen, Kummer, Not, ängstlich Sehnen, Furcht und Tod...« Denn die Geschichte mit Ruth Simoneit hängt mir immer noch an. Womöglich hat sie doch meinetwegen Wermut zu saufen begonnen. Und mit Griselde rede ich nur und gegensätzlich von früher. Und mit Ilsebill wird es auch immer schwieriger: Dieses tägliche Gezänk. Ihre Lust, den geliebten Mann fixfertig zu machen. Ihre Wut, die wieder zunimmt nach kurzer Pause, nur weil sie es nicht geschafft hat, ganz aus sich (ohne männliches Zutun) schwanger zu werden. Dabei gibt es für mich immer und einzig nur: Ilsebill Ilsebill...

Dann kam es zum Essen zu dritt. (Als Gastgeschenk brachte Griselde einen Stoß Manzibücher mit: Anweisungen für die neue Hackordnung. Mir schenkte sie Topflappen: »Für den Koch!«)

Sosehr ich mich vorgefreut hatte, angenehm wurde das nicht für mich. Die beiden mochten sich auf den ersten Blick und harmonierten in Farbe und Stimme. Das lief an mir vorbei. Die sprachen über mich weg. Bevor ich die Sülze auftrug und aus der Schüssel unversehrt auf einen Teller stürzte – wie sie bibberte schön im Gelee –, waren die beiden sich einig: Ich sei immer nur halb oder in Achtelchen zu haben. Ich könne mich nie voll entscheiden. Immer sähe ich außerdem was. »Ausflüchte, seine ewigen Ausflüchte. Auch jetzt! Schon wieder!« rief Ilsebill. »Guck dir das an, Griselde. Wie frech er Grimassen schneidet. Der ist gar nicht da. Der ist ganz woanders. Der hat im Hinterstübchen immer Besuch.«

Nichts wird erlaubt. Alles wird kurzgehalten, damit ich beim Thema bleibe, nicht abschweife oder Zeit raffe. Aber ich will nicht einzig hier hocken: gegenwärtig und mittelfristig. Einladungen liegen vor, auszusteigen, hinzuschmeißen den momentanen Mist, oder, wie Ilsebill sagt: »Willst wohl mal wieder die Kurve kratzen. Dich abseilen. Bin dir wohl nicht genug. Und auch Griselde, die extra deinetwegen hier angereist kommt, ist wohl schon wieder abgemeldet. Fehlt wohl noch was oder wer!«

Es habe, schrieb mir Sophie nach Graudenz, wo ich seit sechzehn Jahren in Festungshaft saß, die Belagerung der Stadt am 29. November ein Ende gefunden, wenngleich die Besatzung noch weitere vier Wochen bleiben werde: ehrenhalber. Deshalb bleibe es bei der Einschließung. Doch schmuggle man über den preußischen Vorposten am Zigankenberg gegen Wucherpreis das Notwendigste: Sirup, Kartoffeln, Speck und Schwadengrütze. Mit Pilzen sei es leider vorbei. Ja, neuerdings koche sie wieder bei Rapp, wenn auch lustlos. Nach dem furchtbaren Gemetzel – man wisse bis heute nicht, um was der Streit ging – habe sie ziemlich geschockt von dem vielen Blut gekündigt (»Das waren ganz jungsche Kerle«) und sich im Hakelwerk einquartiert. Kurz darauf sei dem Franzos der gesamte Vorrat weggepäsert. Genau gezählt, hätten 197 Speicher gebrannt. Das habe kolossal ausgesehen. Und noch immer laufe das Gerücht, nicht feindliches Geschütz, sondern Patrioten hätten das Feuer auf der Speicherinsel gelegt. Auch sie, Sophie, stehe unter Verdacht, doch ohne Beweis. Rapp wolle sie (als Köchin) offenbar nicht verlieren. Sie koche wieder für große Tafel. Das Aushandeln der Kapitulation und die folgenden Festlichkeiten hätten russische und preußische Offiziere ins Haus gebracht. Freund und Feind seien lustig, als habe man nur aus Spaß 12 640 Haubitzgranaten, congrevische Raketen und Kartätschen gewechselt, als sei nicht die Hälfte der Garnison von Seuchen gerafft oder niederkartätscht worden. Doch falle bei der Fresserei, weil sie oft Sülze koche, in tiefen Töpfen viel Kalbskopfbrühe mit Knochenfleisch für die Hakelwerkkinder ab. Wenn es doch Pilze gäbe! Sie würde dem Rapp allzu gern eine letzte Pastete tischen.

Dann riet mir Sophie, nicht von der Hoffnung zu lassen, denn gleich nach der Befreiung vom Franzos werde sie eine Eingabe machen und mit Herzblut schreiben: Es möge die Königin, die doch Leid kenne, gnädig sein und ihren inniggeliebten Fritz aus der naßkalten Festung entlassen, wo er schon sechzehn Jahre lang seine Jugend versäume und längst bereut habe. Das alles sei damals kindlicher Irrtum gewesen. Man habe eine ganz andere Freiheit gemeint...

Aber ich mußte noch viele Pilzherbste im naßkalten Loch absitzen. (Inzwischen hatte ich vergessen, warum.) Und zu Griselde Dubertin sagte ich: »Diese Kalbskopfsülze habe ich Sophie Rotzoll zu Ehren gekocht und ganz aus sich und ohne Gelatine gelieren lassen.« (Neinnein! Ich will nicht ihr konspirativer Fritz und in Festungshaft lebenslänglich gewesen sein.) Zu Ilsebill sagte ich: »Ein wirklich interessanter Fall, diese Sophie. Hat mit Pilzgift gearbeitet, wie der Butt nachweisen konnte.« (Lieber bin ich der Gouverneur Rapp, der den gefüllten Kalbskopf überlebt und bis zum Schluß Ordnung hält.) Aus Griselde sprach nun die Apothekerin.

Sie ließ sich über bakterielle, pflanzliche und tierische Giftstoffe, sogenannte Toxine aus: »Insbesondere das Pilzgift Muscarin, das auch gering dosiert beim Fliegenpilz nachzuweisen ist ...« (Jedenfalls überlebte Rapp. Und Pastor Blech schrieb: »Am 2. Januar zogen nach den Polen die Franzosen, Neapolitaner, Bayern und Westfalen ab. Noch 9 000 Mann stark mit 14 Generalen. Über 1 200 Kranke blieben in der Stadt. Die Offiziere behielten ihre Degen und Equipagen. Die Bayern, Westfalen und andere Deutsche traten vor dem Olivaer Tor aus dem Glied und baten um Rückkehr in ihr Vaterland, um dort gegen den gemeinschaftlichen Feind zu dienen, welches ihnen bewilligt wurde ...«) Und wie vor dem feministischen Tribunal sprach Griselde Dubertin (über mich hinweg) zu Ilsebill: »Der Butt hat Sophie verraten. Niemals hätte dieser Rapp den Amanita phalloides überlebt. Das dem Grünen Knollenblätterpilz eigene Amanitatoxin zerstört die Leber, die Nieren, die Blutkörperchen, greift den Herzmuskel an ...«

Nein, Rapp will ich auch nicht gewesen sein. Lieber möchte ich Sophies väterlicher Freund bleiben: Nach dem Ende der schrecklichen Franzosenzeit kochte sie wieder für Pastor Blech; und zwar fünfundzwanzig Jahre lang, bis der Diakonus altersschwach starb. Rapp (der Verräter) war ich nicht. Und nachdem Sophie mir (dem gütigen Pastor) Kalbskopfsülze mit Zünglein, Bries und Kapern drin getischt hatte, schrieb ich zur Feier eines besonderen Tages: »Am 29. März wurde allhier das Königl. Land- und Stadtgericht proclamiert; es schaffte durch ein eigenes Publicandum von nun an das Gesetz Napoleon ab.«

Wir aßen zu dritt. Zwei Frauen Mitte und Ende Dreißig saßen sich an den Langseiten des Tisches gegenüber, während mir, kaum hatte ich die Sülze aus der Schüssel auf einen flachen Teller gestürzt, die eine Schmalseite des Tisches blieb. (Man nennt das Dreiecksverhältnis.)

Nachdem sich die beiden, einander einschätzend, zugelächelt hatten und erste Wechselrede über mich weggegangen war, wurde deutlich: Ich hatte mich (wieder einmal) übernommen. Wo ich saß, war offenbar nichts oder ein Loch oder nur beispielhaft etwas, das zwar meinen Namen trug, aber als exemplarischer Fall mal schonend und nachsichtig – »Die Kriegsjahre müssen ihn so verroht haben« –, mal mit Schärfe – »Eigentlich sollte man ihn entmündigen!« – während eineinhalb Stunden verhandelt wurde. Immer wenn Einverständnis sich ausgesprochen hatte, harmonierten Mystischgrün und Fliegenpilzrot, berührten sich Griselde und Ilsebill mit Fingerspitzen oder tauschten sie Blicke, wie man Perlmuttknöpfe tauscht. Ohne laute Beschwörung begann sich bei Tisch die Solidarität der Frauen zärtlich einzuüben. Innig sprachen sie: »Du, ich versteh dich tief. Was du sagst, ist mir eigen. Du tust mir gut, Griselde. Ach, Ilsebill, wie stark du aus deiner Schwangerschaft bist.«

Es gab nur Apfelmost und Schwarzbrot zur Sülze, die zwar gelobt wurde, doch ohne direkte Erwähnung des Kochs. Ich goß nach, legte auf und verhielt mich still in Gedanken an Sophie, wie sie in ihrer Kammer unterm Dach des Allmondschen Hauses für ihren Helden Napoleon ein Tempelchen errichtet hatte, um ihn, wie zuvor die alles aufklärende Vernunft, zu vergöttern. (Nur mit Mühe hielt ich den Wunsch flach, es möge mir gegenüber mürrisch, aber gerecht die Paasch sitzen oder die Witzlaff mit ihrem krausschlichten Strickstrumpf.)

Aus einem halbierten Kalbskopf, der Kalbszunge und der Kalbsmilke, auch Bries oder Schwäser genannt, hatte ich mit Zutaten und einer besonderen Würze die Sülze gekocht. Und zwar waren mir (vom letzten Herbst) zwei junge getrocknete Fliegenpilze vorrätig geblieben, die ich im Mörser zu Pulver gestoßen hatte: dabei Wünsche lispelnd, Flüche ausstoßend und flüchtend (die Geschichte treppab) meine Haken schlagend: Mich kriegt ihr nicht klein, mich nicht...

Nachdem ich wie in Abwesenheit verhandelt war, sprachen die beiden Frauen gleichzeitig über Kindererziehung und über die mangelnde Qualität ihrer Geschirrspülmaschinen. Ilsebill nannte ihre einen Fehlkauf. Griselde sagte, sie stelle grundsätzlich jede Erziehung in Frage. Ich blieb still in Gedanken an Sophie, die mich, ihren Fritz, geliebt und geliebt hat, denn gleich nach dem (mich nicht betreffenden) Befreiungskrieg hat sie Gnadengesuche gestellt und mir unentwegt Päckchen mit Honigkuchen geschickt, in die sie feingemahlenen Fliegenpilz, mir zur Ermunterung, eingebacken hatte.

Dann legte ich Ilsebill und Griselde noch ein Portiönchen bibbernde Sülze auf. Die beiden waren sich einig, daß man, bei aller Unzulänglichkeit ihrer Geschirrspülmaschinen und so offensichtlich man von der Industrie betrogen werde, auf keinen Fall wieder von Hand abwaschen wolle. Auch hieß es: Die antiautoritäre Erziehung müsse man, im Prinzip, beibehalten. Echte Vaterfiguren gäbe es ohnehin keine mehr. »Stimmt!« Das war mein Beitrag, der überhört wurde.

Die Kalbskopfsülze hatte ich nur mit Zitrone gesäuert. Den halbierten Kopf ließ ich gute zwei Stunden, die Zunge eineinhalb Stunden, die Milke nur eine halbe Stunde lang auf mittlerer Flamme kochen. Erst zum Schluß, nachdem das Fleisch vom Bein gelöst, mit Zunge und Schwäser gewürfelt und mit Kapern, Dill, Zitronensaft dem Sud untergerührt war, mengte ich den zu Pulver gestoßenen Fliegenpilz bei: ein altes sibirisches Rezept, das auch die indogermanischen Eroberer des drawidischen Indiens und die Wikinger kannten. (Zum Beispiel haben die Waräger, kurz nach Mestwinas Zeit, bevor sie die Pruzzen auf dem Hagelsberg angriffen, Pferdeurin gesoffen, nachdem sie einigen Stuten Fliegenpilz ins Futter gemengt hatten, was die Mythenbildung noch während der Schlacht gefördert haben soll; und auch die indischen Veden sind unter Einfluß von Soma, dem Pilz der Unsterblichkeit, geschrieben worden, denn der Fliegenpilz lädt zur Reise ein, hebt Zeit auf, löst jedes Hemmnis, macht uns wirklicher als gedacht...)

Nachdem die Geschirrspülmaschine an sich und die Pädagogik im allgemeinen abgehandelt waren, war ich wieder Thema, ohne beim Namen genannt zu werden. Es hieß nur immer: Er hat schon wieder. Er will jedesmal. Er kann nicht begreifen. Er meint, daß nur er. Er hält sich für unwiderstehlich. Er muß, ihn hat, ihn wird, sein Fehler ist, ihm fehlt grundsätzlich...

Es wurde mir Begabung als Geburtsfehler (und mildernder Umstand) bestätigt: »Dafür kann er nix. Dabei kommt ja was raus bei ihm. Wenn auch ironisch und um drei Ecken nur. Den mußt du mal über Natur reden hören. Ist ihm fremd eigentlich. Sieht er als Katastrophe an. Und wenn was schiefgeht – neulich war kein Klopapier im Haus –, datiert er sofort – typisch Mann – den Beginn der Apokalypse.«

Dann wurde meine politische Arbeit verhandelt: Was mir (ihm) trotz bester Absicht alles danebengegangen sei. Und zwar folgerichtig, weil ich (er) mich (sich) nicht eindeutig entscheiden könne: immer einerseits andererseits. Meine (seine) absurde Ideologiefeindlichkeit sei ja bereits schon wieder meine (seine) Ideologie. »Schade drum. Da kann er einem leid tun, Griselde, wirklich, wenn er so rumhängt und nicht weiß, wo und wie und hilflos Ausflüchte sucht, meistens historische. Wenn ich zum Beispiel ›Geschirrspülmaschine‹ sage, sagt er: ›Doch als im vierzehnten Jahrhundert...‹«

Danach waren sich beide einig, daß wegen meiner Begabung einerseits – »Er muß ja immer was machen!« – und andererseits meiner politischen Ausflüge wegen – »Er war ja immer weg, unterwegs!« – seine (meine) Kinder zu kurz gekommen seien, und zwar jederzeit. Die beiden begannen, mich (vom Fliegenpilz sacht auf die Reise geschickt) zum erstenmal rückwirkend aufzurechnen, indem sie mich für des Barockdichters Opitz uneheliche Bälger (die nicht bezahlten Alimente) und für die weggekümmerte Aufzucht der Gesindeköchin Amanda Woyke zur Zeit des Siebenjährigen Krieges verantwortlich machten. »Kein Wunder«, sagte Griselde oder Ilsebill, »wenn er als männliche Bezugsperson geradezu austauschbar wurde. Zum Beispiel hat ihn die Nonne Rusch immer nur auf Besuch, wenn er mal wieder flüchten mußte, im Bett, in der Küche geduldet.«

Als die beiden ihre und anderer Frauen Verhältnisse zu mir gegenwärtig und rückbezüglich rekonstruiert hatten, sagte Ilsebill: »Der ändert sich kaum.« Und Griselde Dubertin, die mich länger kennt, als es Ilsebill zuträglich ist, sagte: »Der ändert sich nie!«

Das stimmt. Frühprägungen sind das. Wer jemals bei einer Dorothea von Montau das Fürchten gelernt, wen jemals die Stallwärme einer dicken Gret umfangen hat, der fürchtet sich immerfort, der sucht umfassende Wärme, und sei es in der chaotischen Küche einer sonst wohltemperierten Organistin.

Auch meine Kalbskopfsülze hatte ich frühgeprägt jener Sophie Rotzoll nachgekocht, die mich, als ich im Frühsommer 1837 endlich aus der Festung Graudenz entlassen wurde, so bekocht hat, um mich zu stärken. Noch nicht sechzig war ich, doch schon ein Greis. Das Fräulein Rotzoll jedoch war vielfältig Mädchen geblieben. Und wie Sophie habe ich meine Sülze mit Kapern, Gürkchen, Dill gewürzt, mit Zitrone gesäuert und mit einem Pülverchen – man weiß ja nun, was der Fliegenpilz alles kann – hintersinnig und doppelbödig gemacht: Da siehst du dir zu. Da liegst du dir hellwach daneben. Da bist du in Aua aufgehoben. Und um dich wölbt sich feuchtwarm die Höhle...

War es Ilsebill oder Griselde, die als erste von meinem Mutterkomplex sprach? (Oder sprachen schon, wie zur Sülze geladen, mürrisch die Paasch, schläfrig die Osslieb, schnoddrig die Huntscha, besoffen Ruth Simoneit dazwischen?) Jedenfalls sagte Ilsebill: »Den hat er. Und zwar handfest.«

Nachdem auch Helga Paasch (mit eisenzeitlichen Argumenten) diesen Deckel meiner Existenz gelüftet hatte, urteilte Griselde Dubertin im Widerspruch zur Witzlaff, die »Na, wenn schon!« gesagt hatte, wie endgültig: »Jedenfalls läßt sich fast alles bei ihm auf seine extreme Mutterbindung zurückführen. Guckt ihn euch an: Der Junge ist, obgleich schon schrumpfköpfig, ein Brustkind auf ewig geblieben.«

Ulla Witzlaff, unterstützt von der Osslieb und Helga Paasch (saß nicht Frau Dr. Schönherr gleichfalls zu Tisch?), gab zu bedenken, daß meine unbestrittene Begabung solch komplexhafter Bindung bedürfe. Bettina von Carnow zählte ähnlich gebundene Künstler auf: »Der große Leonardo wurde von einer Ziege gesäugt!« Ruth Simoneit lallte: »Wir nuckeln doch alle!« Aber Ilsebill und Sieglinde Huntscha riefen: »Er ist nicht abgenabelt! Einfach nicht abgenabelt. Der muß abgenabelt werden! Endlich abgenabelt werden!«

Und jene Griselde Dubertin, in der ich töricht meine Sophie gesucht hatte, verriet bei Tisch, wie ich ihr kürzlich (dumm genug) vertraulich gekommen sei: »Der? Der geht nie zum Psychiater. Hat er mir letzte Woche punktum geflüstert. Richtig getobt hat er: ›Mich kriegt ihr nicht auf die Couch! An meinem Mutterkomplex verdiene nur ich! Das lege ich fest, testamentarisch: Ich sterbe unbehandelt. Auf meinem Grabstein soll stehen: Hier liegt mit seinem Mutterkomplex!‹«

Alle am Tisch lachten mich aus. Ilsebill fand das typisch. Die Witzlaff lächelte, weil sie mehr wußte. Die Dubertin sagte: »Na soll er.« Und Frau Dr. Schönherr, die, ich bin sicher, nun auch mit Appetit von meiner besonderen Kalbskopfsülze aß, sagte für alle (denn auch die Osslieb und die Witzlaff nickten): »Der übliche Fall. Im Grunde ist er kindisch geblieben.«

Dann sprach ich. Es muß mich der Teufel als Fliegenpilz geritten haben, denn plötzlich gab ich die mir verordnete Stille auf und sagte mehr zu Frau Dr. Schönherr als zu Griselde Dubertin, obgleich ich die Witzlaff meinte, auch wenn ich voll meine Ilsebill ansah (und unterm Tisch linksfüßig nach Ruth Simoneit angelte, doch Antwort von der Osslieb bekam): »Übrigens, liebe Ilsebill, gab jene Sophie, der ich unsere Kalbskopfsülze verdanke, nie auf. Jahr für Jahr reiste sie, sobald Erlaubnis vorlag, nach Graudenz, wo sie ihrem Fritz zusprach: Er möge durchhalten, durchhalten. Pfeffer- und Honigkuchen hat sie geschickt, mit Briefchen drin eingebacken. Bittgesuche hat sie gestellt an Luise, die Königin. Kniefälle hat sie getan, alles für ihn, bis er frei war endlich. Worauf sie mich gepflegt hat, liebevoll, und mit mir in die Pilze gegangen ist, wie in früher Jugend, als ich noch eine Idee hatte ...«

Die viel zu vielen Frauen am Tisch hörten wohl nicht. Noch immer über mich lachend – »Das Kindische an ihm ist immerhin liebenswert« – bestätigten sie einander: Daß er sich dauernd was vormache, daß er konfliktscheu auf seinen Konflikten sitzenbleibe, daß deshalb sein Magenblubbern wieder zunehme, daß er draufzahle, jedesmal immer nur draufzahle, daß der Arme sich wieder mal (und zwar mit Griselde) übernommen habe, daß er nichts, keine von ihnen (auch nicht Ruth Simoneit) verlieren und alle, sogar Helga Paasch, wie seine gesammelten Gläser behalten wolle, daß er unmöglich sei und typisch Mann.

Dann tranken sie schwesterlich auf mein Wohl und lobten, diesmal den Koch nennend, meine Sülze: Die sei wirklich besonders.

Therese Osslieb versprach, in ihrer Gaststätte, um den auf Kartoffeln fixierten Amandakult ein wenig anzureichern, die Kalbskopfsülze »Sophiezuehren« in ihre Speisekarte einzurücken. Worauf Ilsebill die versammelten Beisitzerinnen des feministischen Tribunals zum neuesten Stand des Falles Rotzoll befragte: »Er erzählt nur, was ihn betrifft. Ihr könntet mir paar interne Informationen geben. Ich wüßte da gerne genauer Bescheid. Sag mal, Griselde: Kriegt der Butt diesmal eins drauf?«

Obgleich sie Kinder mit ihrem Ehemann hat, von dem sie auf Stadtvierteldistanz getrennt lebt, um in rasch wechselnden Verhältnissen zu anderen Männern zu leben, haftet ihr etwas Jungfräuliches an, so daß ich wie aufgefordert war, in ihr Sophie zu suchen, nicht die kindliche (ernst unterm Pilzhut), sondern die leicht verknitterte Küchenmamsell, nachdem sie ins Pfarrhaus zurückgekehrt war: Anfang Dreißig war Sophie und verstört von Erlebnissen der Franzosenzeit, so daß sie oft verschreckt guckte, als sähe sie Entsetzliches immer wieder, ähnlich der Apothekerin und Beisitzerin im feministischen Tribunal, Griselde Dubertin, die auch (durch irgendwas Privates) verschreckt worden ist; weshalb sie oft den Faden verlor, als sie Ilsebills Informationsbedürfnis mit widersprüchlichen Auskünften zu füttern begann, wobei ihr Helga Paasch und Ruth Simoneit ins Wort fielen.

Es ging um den giftigen Seidenriß und den Knollenblätterpilz. Mal hieß es: Der politische Mord mit Hilfe von Toxinen sei als Ausdruck weiblicher Emanzipation radikal abzulehnen; mal wurde das politisch wirksame Pilzgericht geradezu als Instrument feministischer Selbstbefreiung empfohlen. »Aber besser klappen als bei der Rotzoll müsse es schon«, nörgelte Sieglinde Huntscha. Ruth Simoneit grölte: »Ich bin für Totschlag. Offen! Ruckzuck!«

Als die Paasch sagte, eigentlich sei diese Sophie eine dumme Gans gewesen, die immer nur ihren Fritz im Kopf gehabt habe, fixierte mich Griselde, als sähe sie mich in Gouverneursuniform. Sie schrie: »Da hilft nur Gift! Gäbe es für mich einen eingekerkerten Fritz, würde ich ähnlich pilzkundig handeln. Doch ohne Panne diesmal!« Dann lamentierte sie: So offenbar diese Sophie hörig gewesen sei, ihre Tat habe auch der Freiheit gedient. Das wolle selbst der Butt nicht bestreiten. Der nehme übrigens alle Schuld auf sich. »Der Lump!« Um Schlimmeres zu verhüten, habe er den jakobinischen Club in der Beutlergasse auffliegen lassen. »Der Verräter!« Durch ihn angestiftet, habe Pastor Blech den Stadtbütteln Hinweise gegeben.

»Naja«, warf die Paasch ein, »er haßt nun mal kindische Revolutionsspielerei.«

Womöglich wollte Bettina von Carnow Trost spenden: »Immerhin ist die gute Sophie nach vierzigjähriger Treue zu ihrem Fritz gekommen.«

Bevor Griselde handgreiflich werden konnte, beschwichtigte die Witzlaff den beginnenden Aufruhr: »Nichts gegen Sophie und Fritz. Die beiden Altchen müssen, wie sie so in die Pilze gewackelt sind, ein rührendes Paar abgegeben haben.«

Du hast mich immer wieder beim Ärmel genommen. Aber das war nicht mehr unsere Zeit. Zwar standen Pilze wie einzig für uns, aber die Idee, unsere, war vergangen oder hieß anders, stand nicht mehr auf einem Bein, war vielmehr beritten: Vom Weltgeist zu Pferde war damals die Rede. Dem sind wir nie in den Wäldern begegnet. Nur immer uns. Deshalb haben wir Fliegenpilze gesammelt. Die sind besonders. Die machen Bilder. Die zahlen die Zeit zurück. Die muß man mit Haut und Prusteln in Scheiben schneiden, trocknen, zu Pulver stoßen, das man an Süppchen, Kuchenteig, Sülze rührt. Oder man stößt nichts zu Pulver, verwahrt die lederzähen Stücke fingernagelgroß, nimmt ab und zu am Morgen oder gegen Abend ein Stück und kaut am Fliegenpilz, bis Bilder kommen, bis die Zeit sich rückzahlt, bis wir kindlich wieder mit Sophie tief in die Pilze gehen und eine Idee haben.

Das alte Fräulein Rotzoll und ich, wir lebten von gesammelten, getrockneten, zu Pulver geriebenen, in Essig gesäuerten Pilzen. Neben dem Häkertor, wo Sophie als Kind Flundern verkauft hatte, war unser Stand zweimal wöchentlich zugelassen. Am Faden gereihte Grünlinge und getrocknete Spitzmorcheln fanden das Jahr über Käufer. Aus Nesselstoff, den Sophies Großmutter hinterlassen hatte, schneiderte ich Säckchen (in Graudenz hatte ich Nähen gelernt), in denen Steinpilze und Blutreizker getrocknet ihren Preis hielten. Doch vom Frühsommer bis in den November wurden unsere Körbe voller Edel- und Suppenpilze leergekauft. Wir waren ganz gut bei Kasse, zumal wir frisch oder getrocknet jederzeit Stoff hatten. Unsere Kundschaft – Gymnasiasten, Leutnants der Leibhusaren und liberale Assessoren – war reiselustig und biedermeierlich auf Ausflucht versessen. Natürlich kamen auch alte Leutchen, die wie Sophie und ich ihre Zeit in Bildern zurückgezahlt haben wollten und deshalb vom Fliegenpilz nahmen, der ja auch seine Schönheit hat.

Dann gaben Griselde Dubertin (und die anderen Beisitzerinnen), als wir zu dritt (und doch in großer Gesellschaft) meine Kalbskopfsülze aßen, Bericht von den Alltäglichkeiten des feministischen Tribunals. Man plauderte interne Spannungen der Frauenfraktionen aus. Man lästerte über die Buttpartei und vermutete zwischen dem angeklagten Butt und der Anklägerin Sieglinde Huntscha zunehmende Übereinkunft, womöglich ein Komplott. Wieder stand Krach ins Haus. Umstritten war (zwischen Griselde und der Osslieb) die Behauptung des Butt: Sophie Rotzoll und ihr Freund Friedrich Bartholdy seien von Jugend an und noch als alte Leutchen süchtig nach Fliegenpilzen gewesen. Ja, Sophie habe sogar mit Fliegenpilzpulver einen schwunghaften Handel getrieben: sogar per Post mit Zwischenhändlern.

Dieser Punkt hatte vor dem feministischen Tribunal Tumult ausgelöst. Die vom Butt lancierte Mär von der »haschenden Sophie« war durch ein Sondergutachten über »Die stimulierende Wirkung der Fliegenpilze« erhärtet worden; und nur der Einspruch der Tribunalsvorsitzenden, Frau Dr. Schönherr, hatte die von der Anklage geforderte Verlesung des Gutachtens vor Publikum verhindern können. »Völlig recht hat die Schönherr gehabt!« rief Griselde. »Womöglich wäre der Fliegenpilztrip Mode geworden. Die bürgerliche Presse wartet ja nur darauf, daß wir uns eine Blöße geben. Und ich bin sicher: Auch Sophie wäre dagegen gewesen.«

Darauf waren sich alle einig und machten mich plötzlich zum Gegenstand ihres Interesses: Ich sei weder Sophies Fritz noch Pastor Blech oder Rapp der Gouverneur, ich – »Dieser Scheißkerl!« – sei vielmehr Sophies Vater gewesen, ein durchreisender Schnapshändler, der das arme kaschubische Landvolk betrogen und Amanda Woykes jüngste Tochter wie im Vorbeigehen dick gemacht hätte. »Dieser Lump!« Schlimm sei einzig nur ich. »Hassenswert! Nichtswürdig! Lausig! Überflüssig!« Die Dubertin schrie: »Abrechnen! Endlich abrechnen mit dem Gesocks!«

Schon nahmen die Weiber drohende Haltung ein. Schon besetzte mich Angst. Schon war jede Ausflucht versperrt. Schon fühlte ich mich gepackt, um gevierteilt zu werden. Kribbeln zwischen den Beinen. (Rief nicht die Simoneit: »Mit dem Küchenmesser ruckzuck!«?) Da rettete mich der Fliegenpilz.

Es hatte nämlich unser Essen zu dritt, dank der besonderen Zutat, mittlerweile eine weitere Dimension gewonnen. War mir doch, als säße mit der Paasch, der Osslieb und der Witzlaff nicht nur die versammelte Buttpartei und mit der Schönherr die personifizierte Autorität des feministischen Tribunals bei Tisch; vielmehr waren auch Agnes Kurbiella und Amanda Woyke, die Nonne Rusch, die Heilige Dorothea und Sophie Rotzoll ihrer Zeitweil entkommen. Die mürrische Wigga saß der Paasch gegenüber. Meine Mestwina tröstete Ruth Simoneit. Alle waren mit allen gedoppelt. Hatte sich doch der Tisch geweitet. Und meine Kalbskopfsülze vermehrte sich wunderbar in mehreren Schüsseln: Sie wollte nicht alle werden. Zeitaufhebende Rede lief. Ins Gelächter der Nonne Rusch mischte die Witzlaff ihr Lachen. Und irgendwo, nein allgegenwärtig war Aua, das dreibrüstige Prinzip; wie auch Frau Dr. Schönherr in Fürsorge überall war. Sie sorgte dafür, daß mir nichts Schlimmes angetan wurde. Sie ließ keinen Streit zwischen den Weibern aufkommen, auch wenn es, wo die Huntscha neben Dorothea saß, noch immer bedenklich knisterte. Soeben noch wollte Sophie oder Griselde, wenn schon nicht über mich, dann über die sanfte Agnes und die arme Bettina von Carnow herfallen. Sah ich nicht Kratzspuren? Lagen nicht Haarbüschel, blonde, torfbraune, krause, gewellte zwischen den halbleeren Sülztellern? (Die Witzlaff und mit ihr die Nonne Rusch standen, um mich zu schützen, zu Furien entzündet.)

Doch dann, nachdem ein paar Tränen geflossen waren, siegte das Gebot weiblicher Solidarität. Schwesterlich schwatzten sie über die Kartoffelpreise zu dieser und jener Zeit. Von teuren schonischen Heringen und immer zu knapper Hirse war lamentierend die Rede. Und an mir, dem braven Hausvater, dem Dussel und Anschaffer, dem ewigen Schwadroneur erprobten sie ihren Witz. Und plötzlich stand eine Orgel, besser, ein Wohnküchenharmonium neben dem Tisch. Und die Witzlaff zog alle Register, während die Nonne Rusch mit Agnes und Sophie »Himmelskönig, sei willkommen« sangen. Meine Mestwina verschenkte Bernsteinklunkern reihum. Und auch der Butt war wie anwesend. Plätschernd im Spülbecken neben der Geschirrspülmaschine. Schon näselte er seine Kalendersprüche: »Kurzum, meine Damen: bevor demnächst die Weiberwirtschaft die Männerherrschaft ablösen wird ...«

Zeit zahlte sich zurück. Bilder kamen frei Haus. Es neigte sich Aua. Und ich, der Mann, das kostbare Einzelstück, war aufgehoben in Fürsorge. Im Schoß meiner schwangeren Ilsebill lag ich und nuckelte an ihrer großen Brust: satt, in Frieden, entkommen, glücklich, wunschlos wie nie ...

Doch als uns der Fliegenpilz seine Wirkung entzog, als kein Glück mehr nachdämmern wollte, als wir aus jeweils verschiedener Zeitweil wieder der platten Gegenwart zufielen, als wir in Wirklichkeit fröstelten und keinen Traum mehr vorrätig hatten, war von der Sülze nichts übriggeblieben. Schon wieder übelgelaunt saß meine Ilsebill (in Rot) und hatte nur Lust auf ein heißes Bad. Griselde Dubertin blickte (in Grün) streng jüngferlich. Schon sprachen sie wieder, als sei ich ein Nichts, an mir vorbei, über mich weg und doch mich meinend, indem sie »Er denkt sich das einfach aus« sagten. »Er täuscht sich gründlich. Er will uns alle in einer Sülze binden. Wir müssen ihn kurzhalten. Er muß mal endlich einen Denkzettel bekommen. Zahlen muß er, das alles bezahlen. Ohne Verzug. Und zwar monatlich pünktlich.«

Als ich die Tafel aufheben wollte und mit einer kleinen Tischrede versöhnlich zu sein bemüht war – »Es hat mir wirklich Spaß gemacht, für euch, liebe Schwestern aus diesem und jenem Jahrhundert, meine besondere Kalbskopfsülze zu kochen …« –, schnitt mir Ilsebill kühl den Faden: »Wenn dir das Kochen so unheimlich Spaß macht, dann kannst du auch den Abwasch einräumen.«

Also räumte ich ein. Es waren mehr als drei Teller. Messer und Gabeln mehr als ein Dutzend. Viele Schüsseln. Und dreizehn Gläser, in denen noch restlicher Apfelsaft schwappte. Griselde half mir mit zwei drei Griffen. Knapp voll war die Geschirrspülmaschine. (Übrigens starb ich vor Sophie im Revolutionsjahr 48, ohne zu begreifen, um welche Freiheit es diesmal ging.)

Nur Töchter

Als der Butt gegen Ende der Verhandlung des Falles Sophie Rotzoll, weil die Beisitzerin Griselde Dubertin behauptet hatte, Sophie sei jungfräulich gestorben, von der Vorsitzenden des Tribunals, Frau Dr. Schönherr, mehr spöttisch als um genaue Auskunft verlegen nach dem Unterschied zwischen den Geschlechtern befragt wurde, antwortete der Plattfisch grundsätzlich, ohne sein Sandbett zu verlassen.

»Das alte Lied, meine Damen! Frauen empfangen, tragen aus, gebären, geben die Brust, ziehen auf, sehen eins von sechs Kindern wegsterben, kriegen ein neues wie nichts reingehängt, das sie austragen, nach wie vor unter Schmerzen gebären, an diese an jene Brust nehmen, Mamasagen und Laufen lehren; bis sich die Mädchen – und hier zählen grundsätzlich nur Töchter – für irgendeinen Kerl breit machen und wieder empfangen, was ausgetragen immer noch und nur von Müttern geboren wird.

Wie dürftig sind dagegen die Männer ausgestattet. Was sie empfangen, sind absurde Befehle. Was sie austragen, bleibt Spekulation. Ihre Ausgeburten heißen: das Straßburger Münster, der Dieselmotor, die Relativitätstheorie, Knorrs Suppenwürfel, die Gasmaske, der Schlieffenplan. Wir kennen tausend ähnlich namhafte Leistungen. Nichts war den Herren unmöglich. Es mußten die Eigernordwand bezwungen, der Seeweg nach Indien entdeckt, die Schallmauer durchbrochen, das Atom gespalten, die Konservendose und das Zündnadelgewehr erfunden, die Ruinen von Troja und Knossos ausgegraben, es mußten neun Symphonien vollendet werden. Denn weil die Männer nicht auf natürliche Weise empfangen, austragen, gebären können und selbst ihr blindwütiges Kinderzeugen als launischer Einzweck fragwürdig bleibt, müssen sie geistreiche Faxen machen, müssen sie vereiste Nordwände erklettern und Schallmauern durchbrechen, schichten sie Pyramiden, graben sie Panamakanäle, sperren sie Täler ab, experimentieren sie wie unter Zwang, bis alles synthetisch ist, müssen sie in Bildern, mit Wörtern, aus Tönen immerfort die Frage nach dem Ich, dem Sein, nach dem Sinn, dem Warum, Wozu und Wohin stellen, müssen sie allemann in der Tretmühle namens Weltgeschichte rackern, damit sie ausgemachte Männersache, datierte Siege und Niederlagen, Kirchenspaltungen und polnische Teilungen, Protokolle und Denkmäler ausspuckt. Passen Sie auf, meine Damen: Bald muß dieser Herr Nixon zurücktreten. Ein Männchen namens Guillaume machte vorgestern Geschichte. Und in Portugal setzen sich Militärs wechselseitig ab.

Affären und Großtaten von heute: Kalkutta. Der Assuandamm. Die Pille. Watergate. So heißen die Ersatzgeburten der Männer. Irgendein Prinzip hat sie trächtig gemacht. Mit dem Kategorischen Imperativ gehen sie schwanger. Immerhin versetzt sie das einzig von ihnen beherrschte Militärwesen in die Lage, den Tod als Niederkunft ins Ungewisse vorzudatieren. Doch was sie gebären – ob Kreation, ob Spottgeburt –, wird nie laufen lernen, nicht Mama sagen können. Ungestillt wird es wegkümmern oder sich nur papieren fortzeugen: männlich auf Sitzschwielen geborene Kinder. Kultur? Nunja! Nunja! Oder das Leichenschauhaus. Schwarten füllen die Bibliotheken. Musik in Schallplatten konserviert. Bröckelnder gotischer Backstein. In klimatisierten Museen erinnert sich Kunst ihrer Ursprünge nicht. Und die Geheimarchive, in denen von Männern geborene Mißgeburten als schlimme Dossiers leise knisternd fortleben. Schon gibt es die Datenbank. Schon numeriert sich die Menschheit, jederzeit abrufbar. Kurzum: das alles ist als Leistung erschreckend erstaunlich. Wir sprechen von der bahnbrechenden Tat. Wir sagen: Er war im Scheitern noch groß. Wir stehen erschüttert vor tragischen Existenzbeweisen, die aber alle ohne Natur sind, arm vor der Natur stehen und, weil so unnatürlich erzwungen, nur als Gegenzeugnisse zu werten sind. Hingegen bleiben die Frauen – selbst wenn sie studiert, sich emanzipiert haben und den Computer verbessern, den Profit steigern, das Rüstungswesen modernisieren und den Staat prägen können – immer, wenn auch hübsch frisierte Natur. Sie haben den Ausfluß monatlich. Sie geben Leben selbst dann, wenn sie namenlosen Samen aus Konserven abrufen. Ihnen, nur ihnen schießt pünktlich die Milch ein. Ja, aus Prinzip sind sie Mütter, auch wenn sie es nicht, noch nicht sind oder unter Umständen nie sein werden und sozusagen jungfräulich bleiben wie Fräulein Rotzoll.

Ich sag es: Frauen müssen nicht fürs Nachleben sorgen, weil sie Leben verkörpern; Männer hingegen können nur außer sich Nachleben beweisen, indem sie das Haus bauen, den Baum pflanzen, die Tat vollbringen, ruhmreich im Krieg fallen, doch vorher noch Kinderchen zeugen. Wer nicht gebären kann, ist allenfalls mutmaßlich Vater und vor der Natur arm dran.«

Als der Butt das und noch Schlimmeres gesagt hatte – er prophezeite den Frauen bei zunehmender Gleichmacherei zunehmende Neigung zu männlicher Glatzköpfigkeit –, verließ er (wie triumphierend) sein Sandbett und machte sich Spaß mit seinem Flossenspiel, während die Beisitzerinnen des feministischen Tribunals seine grundsätzliche Unterscheidung der Geschlechter als »ausschließlich biologisch« und »stockkonservativ« zensierten.

Griselde Dubertin rief: »Er ist und bleibt ein Reaktionär!«, und Sieglinde Huntscha spottete, bevor sie den Antrag der Anklage verlas: »Die armen Männchen! Nicht mal Kinder dürfen sie kriegen. Mir kommen die Tränen. So rührt mich das.« Nach wie befreiendem Gelächter der weiblichen Öffentlichkeit sagte sie trocken: »Jedenfalls starb die Revolutionärin Rotzoll unverheiratet kinderlos.«

Außer ihr haben mir alle Kinder geboren, sogar Billy. Für alle kam ich als Erzeuger zumindest in Betracht. Doch so sehr ich mir, seitdem das Vaterrecht durchgesetzt war, Söhne wünschte, mich durch Söhne namentlich und mit wachsendem Besitz fortgezeugt sehen wollte, haben mir alle nur immer Töchter geschenkt.

Man spottete, nannte mich Sparbüchsenmacher, riet mir zu Tinkturen, Pillen aus Mäusedreck und anstrengenden Pilgerreisen, aber nach jeder Geburt wurde nur immer die bezeichnende Semmel geboten, nie wollte ein Zipfel mich väterlich stolz machen. Selbst der Butt wußte keinen Rat. Als ich ihm nach Dorotheas vierter Tochtergeburt mein Leid klagte, raunte er dunkel von mutterrechtlichen Gegenkräften. Sie alle: die Göttinnen Demeter, Hera, Artemis, die pelasgische Athene und die dreibrüstige Aua seien zwar besiegt, aber ihre Macht bleibe unterschwellig immer noch wirksam. Er, der Butt, könne sich das Ausbleiben von Söhnen in diesem und jenem Einzelfall allenfalls als muttergöttliche Rache erklären, das sei der Preis, den man zahlen müsse.

Die Vermutungen des Butt haben sich nach jeder weiteren Zeugung bestätigt. Immer kamen nur Mädchen raus. Ich will nicht von Aua Wigga Mestwina reden: Denen war der Begriff Vater lange Zeit unbekannt, dann einen Witz wert. Aber weil ich als zünftiger Schwertfegermeister, der zwei Gesellen hielt und was zu vererben hoffte, meine Dorothea neunmal geschwängert habe, wäre ein einziger Sohn schon verdienter Lohn gewesen. Und auch die Tatsache, daß von den neun Mädchen acht (davon fünf an der Pest) starben, kann kaum trösten, denn auch die überlebende Gertrud hat nur Mädchen (vier oder fünf) geboren, unter ihnen Birgitta, die mit den Hussiten zog und vor Bautzen, als es belagert wurde, verkam.

Ich sagte es: Töchter, nur Töchter. Die Nonne Rusch kam mit Mädchen nieder, zweimal. Von Vätern war nie die Rede. Während die erste Tochter, Hedwig, an einen portugiesischen Pfeffersack verheiratet wurde, der an der Malabarküste ein Handelskontor eröffnete, wurde Katharina einem hiesigen Fleischhauer ins Bett gelegt. Hedwig und ihr Portugiese starben (mit drei von vier Töchtern) am indischen Sumpffieber; Katharinas überlebende Töchter (drei von sechs) heirateten hiesige Fleischhauer, mit denen sie Töchter, nur Töchter hatten. (Übrigens kann meine Ilsebill zwei Schwestern vorweisen. Griselde Dubertin kommt aus einem sogenannten Dreimädelhaus. Und auch die Witzlaff spricht nie von Brüdern.)

Es war und bleibt wie verhext. Von Agnes Kurbiella weiß man, daß sie außer dem weggekümmerten Grams (vom Maler Möller) bald nach dem Pesttod des Dichters Opitz ein Urselchen geboren hat. Und auch Amanda Woyke hatte für mich nur sieben Töchter übrig. Als Würmchen noch hungerten Stine Trude Lovise weg. Die restlichen blieben kaschubisch und leibeigen, bis auf die jüngste Tochter Anna, die (losgekauft) mit ihrem unehelichen Kind in die Stadt ging, dort den Brauergesellen Christian Rotzoll heiratete und Witwe wurde, als ihre Tochter Sophie neun Jahre alt war. Bleibt noch zu sagen, daß Lena Stubbe in erster und zweiter Ehe vier Töchter durchgefüttert hat; Billys Tochter wuchs bei den Großeltern auf, und Marias Zwillingsmädchen sind mittlerweile vier Jahre alt.

Das gefiel mir an Sophie, daß sie zublieb und als altes Fräulein noch jungfräulich schimmerte. Als ihr Fall vor dem feministischen Tribunal verhandelt wurde, begeisterte sich das Publikum an ihrer leidenschaftlichen Lust, die Männer heißlaufen, zappeln, hängen zu lassen. Nach ihrem vermuteten oder vom Butt mit Stichworten skizzierten Aussehen wurde (nicht unähnlich der Beisitzerin Dubertin) ein mehrfarbiges Poster angefertigt und in den feministischen Devotionalienhandel gebracht. Drauf sah man Sophie in hafenstädtischer Marktmädchentracht auf einer Barrikade stehen und den Butt linkshändig bei der Schwanzflosse fassen, während sie rechts ein Küchenmesser im Griff hatte. Ihr finsteres Schmalgesicht. Die torfbraunen Haare mit Tricoloreband hochgebunden. Das Mündchen geschwungen offen, als singe sie Revolutionäres. Und vor der Barrikade entwurzelte Pilze, eindeutig anspielend, als habe ein entmannendes Massaker stattgefunden.

Man kann annehmen, daß Sophie Rotzoll als Politposter zwischen entsprechender Grafik (denn auch von Dorothea und Amanda waren Poster im Handel) vielen Alt- und Neubauzimmerwänden zu Ansehen verholfen hat; und auch ich kaufte mir für fünf Mark einen druckfrischen Bogen, weil mir Sophie allzu gespalten erinnerlich ist.

Erst das Plakat vereinfachte das spröde Mädchen, dessen Vater ich gewesen sein soll. So eindeutig ist sie mir nie begegnet: die Tochter, nie Mutter. Und vor dem feministischen Tribunal behauptete der Butt: Man könne Sophies Jungfräulichkeit als Prinzip begreifen, wenngleich die Tatsache, daß ihr Jugendfreund, der revolutionäre Schüler Bartholdy, gut vierzig Jahre lang in Festungshaft gesessen habe, ihr hilfreich gewesen sei, dem Prinzip treu zu bleiben.

Als das Urteil verkündet, der Butt – dank Einspruch der Buttpartei – nur »ideell« für schuldig befunden wurde und der Sophiekult den Amandakult abgelöst hatte, verließ der Plattfisch sein Sandbett, um die Revolutionärin Rotzoll in einem Schlußwort zu feiern. Als wolle er die überwiegend weibliche Öffentlichkeit beschämen, rief er: »Soviel ist sicher, meine gestrengen Damen: Sophie ließ niemand ran! Während die Heilige Dorothea von Montau neunmal empfangen ausgetragen geboren hat, während die Nonne Rusch, ihrem Keuschheitsgelübde zuwider, zwar nur zweimal niedergekommen ist, doch vor, zwischen und nach den Geburten gut drei Dutzend Männer von unterschiedlicher Religion mit ihrem Fleisch bekannt gemacht hat, blieb Sophie Rotzoll ohne Gelübde dennoch verschlossen, wenngleich sie es spaßig fand, den polnischen Ulanen Kußhändchen zuzuwerfen; weshalb sie den Bürgern der belagerten Stadt Danzig als Hure galt. Ach, wären doch Sie, meine Damen, die Sie streng Gericht halten und die Männersache verdammen, wie Sophie verschlossen. Wäre doch jede von Ihnen endgültig zu. Läge es nicht bei Ihnen, Schluß zu machen mit dem Empfangen Gebären? Wäre es nicht an der Zeit, den Verkehr einzustellen, der Töchter und Söhne zu entraten, nichts mehr auszutragen und der Menschheit einen nachdenklichen Abgang zu gönnen? Mir liegen Statistiken vor, die Hoffnung machen. Von der Zwei-, dann Ein- zur Nullkinderehe. Schluß der Geschichte. Keine Zuwachsrate mehr. Nach mählicher Vergreisung: stilles, klagloses Wegdämmern. Die Natur wäre Ihnen zu Dank verpflichtet. Unser Planet könnte regenerieren. Rasch wäre alles versteppt bewaldet verwildert. Endlich dürften die Flüsse wieder ungehemmt über die Ufer treten. Und auch die Meere könnten aufatmen. Das sage ich nur beiseite gesprochen, abseits meiner Legende, simpel als Fisch.«

Doch als ich meiner Ilsebill alle Töchter der Köchinnen in mir aufgezählt, einige Tochtertöchter erwähnt, die Geschichte der Ausnahme Sophie abgespult und den Vorschlag des Butt als »immerhin diskutabel« wie meinen ureigenen Vorschlag vorgetragen hatte, sagte sie aus der Gewißheit ihrer Schwangerschaft heraus: »Und ich bleibe dabei: Diesmal wird es ein Junge!«

Fortgezeugt

Ein Gedanke entvölkert.
Rattenlos
rollt ins Abseits.

Der Gegenzeuge tritt auf.
Unten will oben.
Nicht keine, die andere Ordnung.

Es steht der Pilz
schirmlings
und lüftet die Wurzel.

Wann kappt der endliche Schnitt?
Doch staunend auch du
und offen.

Zeug fort – beiß ab.
Aber es bleibt nur
drohend beim Spiel.

IM SIEBTEN MONAT

könnte man Pferde stehlen. Hochschwanger und mittlerweile im siebten Monat ist es ihr Wunsch, auch wenn du keine Pferde stehlen magst, dir das zu beweisen: »Ich bin dein bester Kumpel, auf den du dich, wenn es schlimm kommt, verlassen kannst.«

Sie sehnt Ernstfälle herbei. Sie löst Ernstfälle aus. Eine Pionierfrau, die auf Kinobreitwand den großen Treck – Go West! – die gefahrvolle Landnahme träumt. Im Kleid immer Gegenwind. Das Haar verweht. Die Augen sichern Besitz und blinzeln nicht.

Doch wir sind keine Neusiedler. Weder Indianer noch Desperados bedrohen das Haus. Nicht mal Hypotheken belasten uns. (Gewiß, das Hochwasser neulich, als in den Deichen die Stöpen geschlossen wurden und die Fähre nicht ging. Aber die Wasser verliefen sich. Sturmschäden – bei uns paar kaputte Scheiben – trug die Versicherung.)

Aber meine Ilsebill kann nicht sein ohne Gefahr, die sie durchsteht oder abwendet oder behauptet. Seitdem die Ölkrise alles teurer macht, sagt sie beim Frühstück schon: »Mich schreckt das nicht. Dann werden wir eben zusammenhalten, noch fester zusammenhalten müssen.«

Immer will sie mit jemand, mit mir oder dir durch dick oder dünn gehen, komme, was wolle. Sie hält dir die krumme Verwandtschaft, aber auch deine besten Freunde, die sie kurz »schlechten Umgang« nennt, sie hält dir das Leben mit seinen Schmeißfliegen vom Leib: »Diese Spesenritter, Schmarotzer! Die wollen doch bloß dein Geld oder sonstwas mit dir anstellen.«

Wachsam liegt Ilsebill vor der Türschwelle und verkläfft alle Versuchungen. Kommst du ins Schwitzen, wirft sie dir einen geräumigen Schatten. Sie steht Schmiere, sobald du dich in siebenstöckige Abstraktionen verstiegen hast. Warnend pfeift sie, wenn dich von hinten grellbemalte und wüst tätowierte Zweifel beschleichen. Sie hängt, dir zur Rettung, ihr golden Haar in brunnentiefe Verliese. Sie schweigt, wenn ihre Neugierde gefoltert wird. Sie verrät nicht, daß du sie längst verraten hast. Dicht hält sie, dicht: Kein Ausblick ins Ungefähre bleibt dir erlaubt.

Nicht daß sie klagt. Stumm leidet meine Heldin und wird auch heldisch vor fahlem Himmel (die Kinder links rechts) gemalt. Die Trümmerfrau. Die Ährenleserin. Die Immerschwangere. Frau Sorge. Wie sie Kohlen klaut. Wie sie das letzte Familiensilber für Rübensirup hergibt. Auf verlorenem Posten setzt sie Moos an. Ihr Wille zwingt Kranke zu leben: unbedingt. Sie macht dich krank, um dich aufopferungsvoll zu pflegen. Bist du krank, lebt sie auf. Wolltest du sterben, würde sie mit dem Tod huren, um Aufschub, immer noch einen Aufschub gewährt zu bekommen. Nichts hält sie ab. Notfalls verjuxt sie dein Geld, um dir zu beweisen, daß Armut ihre Qualitäten fördert. Sie läßt dich tief fallen, um dir behutsam wieder das Gehen (an Krücken) Schritt für Schritt beizubringen. Erst wenn du leidest – sie hilft dir dabei –, wirst du ganz ihre mitleidende Liebe auskosten können. (»Kann ich dir helfen? Irgendwie helfen? Ich bin sicher, du wirst eines Tages meine Hilfe noch brauchen. Und zwar nötig. Dann ist es womöglich zu spät.«) Von ihr geblendet, kannst du ihrer Anleitung (auch im dichten Verkehr) gewiß sein.

Mit einem Wort: Auf Ilsebill ist Verlaß. Sie hat für mich Meineide geschworen. Mich, den ertappten Zechpreller, hat sie ausgelöst. Meine Hinterlassenschaften, viele kleine Dreckhaufen, hat sie verklärt. Streng war sie immer darauf bedacht, daß mein Bild staubfrei und gerade über dem Sofa hing. Dank Ilsebill erinnert man sich meiner: »War doch ein feiner Kerl, der Otto.« So hieß ich damals. Und meine Ilsebill, die nichts auf mich kommen ließ, hieß Lena.

Zweimal hat mich Lena Stubbe zum Mann gehabt. Und von jeder Ehe haben nur Feindeinwirkungen sie befreien können: Im siebzig-einundsiebziger Krieg beendete ein französisches Schrapnell meine Großsprecherei nach achtundzwanzig Jahren Maulheldentum, und als im Winter 1914 der Landsturm gegen die einfallenden Russen aufgerufen wurde, starb ich bei Tannenberg nach fünfundfünfzig Jahre währendem Säuferdasein zum zweiten Mal den Soldatentod. Lena hat mich die eine, die andere Ehe lang ertragen und hätte mich noch ein drittes Mal überlebt.

Der Leuchtturm, das Bollwerk, der Hafen, die Durchhaltefrau. Wie sie meine Prügel stumm und einsichtig als mißglückte Zärtlichkeiten ertrug. Wie sie mir, dem Versager im Bett, durch Gutzureden zu kleinen Wochenenderfolgen verholfen hat. Wie sie, als ich die Streikkasse bestohlen hatte, meinen Diebstahl nachts als Klofrau im Hotel Kaiserhof abverdiente. Wie sie mein sozialistisches Sonntagsgerede ins Werktätige übersetzte. Wie sie, als ich aus der Partei ausgeschlossen werden sollte, vor den Genossen sprach und nichts auf »ihren Otto« kommen ließ. Wie sie für mich auf die Polizeiwache ging. Und immer wieder meine Kotze von den Dielen gewischt. Und mich vom Nagel, an dem ich baumelte, mit dem Messer gesäbelt hat. Auf Lena war immer Verlaß. Mit Lena konnte man Pferde stehlen. Mit Ilsebill könnte man auch.

Aber ich will keine Pferde. Ich will nicht gerettet werden. Ich gerate gern in Versuchung. Am liebsten gehe ich in die Irre. Für mich sich zu opfern zahlt sich nirgendwo aus. Allenfalls Ilsebill zum Gefallen könnte ich morgen ein bißchen krank, schwach, hinfällig, mitleiderregend, exemplarisch als Fall, grad noch zu retten sein. Ich werde brav stillhalten und im Schlaf »Mama!« rufen. Doch hätte mich Lena nicht so erbarmungslos bemuttert und mit ihrem Gebrabbel – »Nu is ja gut. Nu wird gleich besser« – so zielstrebig als Brustkind gehalten, wäre ich nie Soldat und (aus lauter Angst) heldisch geworden.

Lena teilt Suppe aus

Aus Kesseln tief,
in denen lappiger Kohl und Graupen schwammen
oder Kartoffeln verkocht mit verkochten Wruken
und Fleisch nur Gerücht war,
es sei denn, es fielen Kaldaunen ab
oder ein Pferd krepierte zu günstigem Preis,
schöpfte Lena sämige Erbsen,
von denen nur Schlauben geblieben,
und Knorpel und Knöchlein,
die der Schweinsfuß, das Spitzbein gewesen waren
und nun im Kessel, wenn Lena tief rührte, lärmten,
wie vor dem Kessel, in Schlange gestellt,
die mit dem Blechnapf lärmten.

Nie blindlings, auch nicht mit fischender Kelle.
Ihr Suppenschlag hatte Ruf.
Und wie sie erhöht neben dem Kessel stand,
linkshändig auf ihrer Schiefertafel Zählstriche reihte,
mit rechter Hand rührte, dann einen halben Liter genau
in Napf nach Napf kippte
und aus gerunzeltem Winterapfelgesicht
nicht in den Kessel schaute,
sondern, als sähe sie was, in die Zukunft blickte,
hätte man hoffen, irgendwas hoffen können.
Dabei sah sie hinter sich,
sah sich vergangene Suppen schöpfen,
vor, nach den Kriegen, im Krieg,
bis sie sich jung sah neben dem Kessel.

Die Bürger jedoch,
wie sie abseits in ihren Mänteln standen
und Lena Stubbe erhöht sahen,
fürchteten sich vor ihrer andauernden Schönheit.
Deshalb beschlossen sie,
der Armut einen verklärenden Sinn zu geben:
als Antwort auf die soziale Frage.

Eine einfache Frau

Wie der Butt vor dem feministischen Tribunal sagte: »Jene Lena Pipka, die verheiratet Stobbe, wiederverheiratet Stubbe hieß, war und blieb, sooft sie im Mittelpunkt des regionalen Geschehens stand, eine einfache, doch nicht simple Frau. Wenn nun das Hohe Gericht hier, vor sortiertem Publikum, das Leben der Lena Stubbe als Fall ausbreiten will, wird sich mein Anteil an ihrem proletarischen Schicksal als geringfügig erweisen; denn seit der großen Revolution stellte mich die Geschichte vor gigantische, weil überregionale Aufgaben: Es begann das Zeitalter der Weltpolitik. Überall strittige Fälle. Freiheit, Gleichheit und so weiter. An allen Küsten war ich gefragt. Die baltische Region konnte von mir nur noch routinemäßig betreut werden. Neuerdings zum Weltgeist erhoben, sah ich mich als Butt (und Prinzip) gelegentlich überfordert: Kaum ein Stündchen blieb mehr, Einzelfälle, wie den hier verhandelten, mit notwendiger Sorgfalt zu bedenken. Dennoch werde ich mit Vergnügen die sachkundigen Fragen der gestrengen Anklage beantworten, zumal Lena Stubbe in ihrer Einfachheit eine bedeutsame Frau gewesen ist: nicht wegzudenken aus der frühsozialistischen Arbeiterbewegung, auch wenn ihr Name nirgendwo vermerkt, keine Straße, Allee, kein abgelegenes Plätzchen nach ihr benannt worden ist.«

Als die Vorsitzende des Tribunals die Daten der Lena Stubbe, geborene Pipka, verlas, zog sich ihr Leben als Einerlei in die Länge; denn außer dem Gespräch, das sie im Mai 1896 mit August Bebel geführt hatte, und einer Eisenbahnreise nach Zürich schien nur ihr biblisches Alter – sie starb dreiundneunzigjährig – bemerkenswert zu sein. Zweimal verheiratet. Ein Kind aus erster Ehe. Drei Kinder aus zweiter Ehe. Und doch entspricht die Geschichte der Arbeiterbewegung wie zufällig ihren Daten: Im Jahr nach der achtundvierziger Revolution in Kokoschken, Kreis Karthaus, als dritte Tochter eines Ziegeleiarbeiters geboren, findet sie als Sechzehnjährige Arbeit in der Volksküche Danzig-Ohra, heiratet sie ein Jahr später den Ankerschmied Friedrich Otto Stobbe, ist sie bald wie er Mitglied des Allgemeinen Deutschen Arbeitervereins, schließt sie sich nach dem Eisenacher Einigungsparteitag den Sozialdemokraten an, wird sie 1870, gleich zu Kriegsbeginn, zum erstenmal Witwe, leitet sie zehn Jahre lang die Volksküche Wallgasse, heiratet sie, bald nach der Einführung der Sozialistengesetze, den Ankerschmied Otto Friedrich Stubbe, verwaltet sie, während im Herbst 1885 auf der Klawitterwerft gestreikt wird, die Streikkasse, kommt sie mit einem Sonnabendtisch zu Nebenverdienst, hat sie, wenige Jahre nach dem Wegfall der Sozialistengesetze, ihren Parteivorsitzenden zu Gast, findet sie dennoch keinen Verleger für ihr »Proletarisches Kochbuch«, reist sie im Sommer 1913 nach Zürich und braucht dabei ihre Ersparnisse auf, wird sie im folgenden Jahr, gleich zu Kriegsbeginn, zum zweitenmal Witwe, arbeitet sie den Krieg über in mehreren Volksküchen, nach Kriegsende in der Küche der Arbeiterhilfe, danach in einer Caritasküche, danach beim Winterhilfswerk, danach in der Notküche der Synagogengemeinde, und zum Schluß teilt sie in der Küche des Konzentrationslagers Stutthof Suppe aus. Nicht nur ihre Männer, auch ihre vier Töchter starben vor ihr.

Als die Vorsitzende des feministischen Tribunals die schlichten Daten verlesen und Lena Stubbe als zwar passive, doch in ihrer Zeit beispielhafte Heldin gewürdigt hatte, rief sie alle Anwesenden im Gerichtssaal auf, sich ihr zu Ehren von den Plätzen zu erheben; auch der Butt verließ sein Sandbett und hielt sich eine Minute lang schwimmend bei leichtem Flossenspiel.

Danach sprach die Anklage. Dem Butt wurde vorgeworfen, er habe in seiner wenn auch immer seltener wahrgenommenen Funktion als Berater der Männersache weder Friedrich Otto Stobbe noch Otto Friedrich Stubbe gehindert, in betrunkenem Zustand Lena zu prügeln. Womöglich habe er sogar zum Prügeln geraten. Man könne sich vorstellen, wie der männliche Zeitgeist des neunzehnten Jahrhunderts aus ihm gesprochen habe: seine einschlägigen Nietzsche-Zitate, sein Herr-im-Haus-Standpunkt. Seine ironischen Hinweise auf das schwache Geschlecht. Seine pädagogischen Witze. Man kenne ja die männliche Mär von der angeblichen Bedürftigkeit der Frauen nach Prügel.

Sieglinde Huntscha sagte: »Auch mir hat kürzlich ein Mann diese Arie glatt ins Gesicht geschmeichelt. Das Schwein sagte: ›Du willst wohl paar geballert bekommen. Seh ich dir doch an, daß du das willst. Richtig paar in die Fresse. Womöglich ein blaues Auge zum Vorzeigen. Tu ich aber nicht. Auch wenn du zehnmal scharf drauf bist. Willst ja bloß, daß ich mich typisch männlich verhalte. Braucht ihr für euer Emanzipationsgeseire: den ewig prügelnden Mann.‹ Und dieser feine Herr – ich will keinen Namen nennen – sitzt hier als Publikum im Saal und verläßt sich ganz auf den Butt: ›Der wird uns Männer schon rausreden. Der weiß, daß Prügel nötig waren und sind. Der war schon immer für schlagende Argumente. Auf den Butt ist Verlaß.‹ Dabei hält sich der Kerl auch noch für liberal.«

Nachdem sich das Publikum mit Pfuirufen Luft gemacht und die wenigen Männer im Saal (auch mich) feindselig durchschaut hatte, sprach der Butt, nun wieder in seinem Sandbett: »Sie wissen wie ich, verehrte Anklägerin, daß körperliche Züchtigung schon immer Ausdruck männlicher Schwäche gewesen ist. Wie enttäuschend Ihre persönlichen Erlebnisse zur Zeit sein mögen – ich höre, daß Ihnen standhaft ein Mann provozierte Handgreiflichkeiten verweigert hat –, damals, zu Lena Stubbes Zeit, wurde das weibliche Geschlecht verzweifelt ungehemmt mißhandelt. In allen Klassen. Adel und Bürgertum nicht ausgenommen. Doch die Arbeiterfrauen bezogen regelmäßiger, das heißt jeden Freitag Prügel, weil das schwache Bewußtsein der Proletarier am Lohnzahltag keine andere Selbstbestätigung fand. Ja, selbst die organisierten Arbeiter schlugen als parteiliche Sozialisten freitags mit schwerer Hand zu. Weshalb es nicht erstaunen sollte, daß Friedrich Otto Stobbe und Otto Friedrich Stubbe ihre Lena geprügelt haben, zumal beide nur äußerlich forsche Kerle und begeisternde Agitationsredner waren; zu Hause, in Hosenträgern, standen sie eher schwächlich herum. Lena jedoch, die pünktlich geprügelte Lena, blieb immer, auch stumm leidend, die Stärkere. An ihr hätten sich zehn Kraftprotze zermürbt. Sie nahm Prügel aus der trüben Erkenntnis hin, daß des Mannes Zärtlichkeit oft ohne Maß ist. Nie hat sie sich gewehrt, etwa mit dem Feuerhaken. Sie wußte, daß ihr Friedrich Otto und ihr Otto Friedrich hinterher erschöpfte, gedemütigte, zerknirschte, ja, weinerliche Männchen waren. Und wenn jener anonyme Herr aus dem Publikum, der Ihnen, verehrte Frau Huntscha, kürzlich Prügel verweigert hat, zu Stobbes und Stubbes Zeiten gelebt hätte, hätte er sicher mit schwerer Hand zugeschlagen. Ich kenne den Herrn und seine ohnmächtigen Liebesbeweise.«

Schwach, wie ich ihr daneben stand oder in ihrem Schatten Grimassen schnitt, ihr anhing, nicht abgenabelt und immer auf Flucht querfeldein, schwach, wenn auch aufsässig gegen ihr Fleisch, reich an Ausrede, wenn ich ertappt wurde, freigebig auf ihre Kosten, durch alle Zeiten in ihrer Schuld, immer gewiß, sie wird schon sorgen, wenn alles verratzt ist, mal wieder verratzt ist, schwach, wie sie mich wollte, wie sie mich machte und für ihre Liebe passend fand, obgleich sie nicht herrschte, sondern sich stark über den schwachen Mann beugte, mildtätig fürsorgend war sie immer meinen Gebrechen voraus: Sie hat mich gegängelt, wohin sie wollte, sie hat mir in die Hosen und aus den Schuhen geholfen, sie wußte immer, wo ich versackt, in welchem Gedrängel ich wieder verklemmt war, und meine öden Weibergeschichten – die Frauen, auch in der Nachbarschaft, waren einfach verrückt nach mir – hat sie mit Brabbelwörtern in ihre Suppe verrührt: »Naja, Otto. Weiß ja, daß dir nuscht denkst dabei. Haste nu schon so oft versprochen. Wär ja schön. Aber mach mal, mach. Ich frag nich ...«

Nur als ich mit Lisbeth, ihrer ältesten Tochter (die von dem Stobbe), als die knapp fuffzehn war, ein bißchen in der Küche geknutscht und gefummelt habe, wurde Lena, die mit dem Wischkodder reinkam, fuchtig, wie heute Ilsebill am Telefon sauer wird, wenn ich mich (erschöpft von ihr) seitlich in die Büsche geschlagen habe: »Tu das bitte nie wieder. Du solltest diese Dummheiten wirklich lassen. Einfach davonlaufen. Wann wirst du endlich erwachsen sein. So? Mit einer Sozialarbeiterin vom Wedding. Und Beisitzerin soll die sein beim Tribunal? Erika? Daß ich nicht lache. Nur übers Wochenende. Einfach ab nach Paris. Du solltest dich schämen. Und zwar sofort. Nein, nimm die nächste Maschine. Ich hol dich in Hamburg ab.« Und Lena schrieb mir mit ihrer schönen Sonntagsschrift, als ich mit einem Servierfräulein vom Hotel Kaiserhof nach Berlin durchgebrannt war, wo uns die Penunzen ausgingen: »Hier ist, lieber Otto, die Rückfahrkarte. Ich mecht dir kein Bargeld schikken. Komm erst mal her und schlaf aus. Denn besprechen wir alles. Und ich koch dir, was immer geholfen hat: Suppe mit Klopsen drin. Und mach keine Dummheiten nich. Du weißt schon. Nimm den Mittagszug zwölf Uhr drei. Ich hol dich ab.«

So lag sie mir im Ohr wie ich ihr im Schoß. So stark war sie im Hinnehmen, wie ich schwach mich durch Schläge beweisen mußte und nicht wie heute selbstsicher bin: Meine Ilsebill oder Sieglinde Huntscha können mich noch so mit Mansprüchen provozieren, damit ich ihnen links rechts in die Fresse. Da dreh ich mir lieber ne Zigarette und sag: »Nee, Siggi. Is nich drin. Von mir kriegste keine geschallert. Das könnt dir so passen. Damit es hinterher besser im Bett klappt. Und du ›typisch Mann‹ sagen kannst. Das erzähl mal dem Butt. Der freut sich über Kalendersprüche.«

Über die Sprechanlage des feministischen Tribunals, das schon seit einer Woche den Fall Lena Stubbe, ihre besondere Leistung, das »Proletarische Kochbuch«, und die Brutalität ihrer beiden Männer verhandelte, sagte der Butt: »So also, Hohes Gericht, sah das aus. Lena herrschte. Ihre Männer zappelten nur. Beide mit ihren ewigen Weibergeschichten. Das in wechselnde Betten verschleppte Unvermögen. Dagegen Lenas unerschöpfliche Liebe, die dem großen, nie leeren Suppentopf in der Wohnküche glich; denn Lena ließ die Rindsbrühe, die sie aus billigen Knochen kochte, nie alle oder kalt werden, so fürsorglich war sie auf ärmere Tage bedacht. Während ihr Friedrich Otto und ihr Otto Friedrich immer verschwenderisch aus dem vollen lebten, bis nichts mehr war: taube Nüsse nur, Schlappschwänze alle beide, grad noch gut zum Hurrarufen. Da war auch meinerseits nichts zu raten.

Allenfalls konnte ich der guten Lena mit Hilfe der zeitweiligen Geschichte behilflich sein, indem ich den einen, den anderen Krieg nutzte; als es anno 1870 gegen die Franzosen losging, kam Friedrich Otto Stobbe, ein strammer Bursche mit Zwirbelbart, bei Östlich-Neufähr an die Baltische See gelaufen und rief: ›Krieg! Butt, weißt du schon, weißt du schon, Krieg! Raus geht es endlich. Schluß mit dem Wollsocken-Bratkartoffel-Nähkästchen-Weiberkram. Die ersten und zweiten Leibhusaren sind ausgerückt. Auch die westpreußische Feldartillerie. Nur das fünfte Grenadierregiment steht noch in Garnison. Was soll ich machen, Butt? Immer nur Ankerschmied bleiben und meine Lena warmhalten? Das kann doch nicht alles sein? Das macht doch nicht Leben aus? Ich bin doch noch jung.‹

Da habe ich ihm geraten, mit den fünften Grenadieren zu gehen, worauf er auch prompt – nach zwei drei Tapferkeiten – bei Mars-la-Tour den Soldatentod starb.

Und als anno vierzehn der Erste Weltkrieg, dieses Meisterstück europäischer Männlichkeit, an mehreren Fronten gleichzeitig begann, kam Otto Friedrich Stubbe, der sich mit seinen vierundfünfzig Jahren als immer noch rüstiger Herr begriff, zur Hafenmole Neufahrwasser gelaufen und rief über die Baltische See: ›Butt! Die Russen kommen! Schon fallen sie in Masuren ein. Morden und brennen. Das Vaterland ist in Not. Jede mannhafte Hand wird gebraucht. Was bin ich hier nütze? Ein Altmeister in der Ankerschmiede. Man ruft den Landsturm auf. Wir Sozialisten dürfen nicht abseits stehen. Der Kaiser kennt keine Parteien mehr. Soll ich, Butt, soll ich? Soll ich gegen die Russen?‹

Und auch ihm – Hohes Gericht! – habe ich Mut gemacht. Bei Tannenberg, wo unter Hindenburg die deutschen Waffen siegten, fand er folgerichtig den Tod fürs Vaterland. Zwei Männer, wie sie im Buche stehen.

Ach, Hohes Gericht, wie hatte ich damals schon die Männersache satt. Wie war ich dieser unbeirrbaren Vorwärtsmentalität überdrüssig. Was blieb mir zu tun noch übrig, wo sich doch jeder männliche Unsinn sogleich zu internationalen Verwicklungen auswuchs. Mehr ab- als zuratend tätig, wurde mir gleichzeitig bewußt, daß sich die männliche Potenz im Bett immer untüchtiger ausließ und auf geschichtlichem Feld nur noch monströs bewies. Deshalb versuchte ich, wohlwollend Kontakt aufzunehmen, als um die Jahrhundertwende zum ersten Mal die Frauen, Lady Pankhurst und ihre Töchter, auf die Straße gingen. Leider vergeblich. Die Suffragetten weigerten sich. Zu früh bot ich mich an. Das brauchte Zeit. Noch war der männliche Wahnsinn nicht komplett. Dessen Leistung war noch zu steigern. Dem konnte ich nur abwartend zusehen. Doch wird dem Hohen Gericht nicht entgangen sein, daß es mir immerhin gelungen ist, unsere Lena Stubbe von ihren zunehmend nichtsnutzen Männern zu befreien. Nach dem Heldentod ihres zweiten Mannes war sie eine emanzipierte Frau: Im Kriegswinter siebzehn sprach Lena Stubbe beim Kohlsuppeausteilen in der Volksküche Wallgasse laut gegen die Kriegskredite und stand auch sonst in allen Fragen ganz links.«

Stimmt das, Butt? Hast du mich deshalb zweimal ins Feuer geschickt? War ich so früh schon abgeschrieben? Begann schon damals dein Seitenwechsel, Verrat?

Als ich nach der Vertagung des Tribunals – es mußten Gutachten über die proletarische Küche im neunzehnten Jahrhundert eingeholt werden – mit Sieglinde Huntscha (rein privat) ein Bier trinken ging und sie mich danach (wie üblich) vier Stockwerke hoch in ihre Mansardenwohnung holte, sprachen wir zuerst über das Tribunal allgemein und hechelten dann Frau Doktor Schönherr und alle Beisitzerinnen durch, bis Siggi direkt wurde und zu provozieren begann: »Sag mal, in dir steckt doch auch son Stobbe oder Stubbe. Willste doch, aber traust dich nicht. Na, reinhauen. Mir oder deiner Ilsebill die Fresse polieren. Und auch die kleine Nöttke sah gestern ziemlich verheult aus. Das warst doch du. Oder? Einfach den strammen Max machen. Zackzack. Die Frauen in Zucht halten. Los! Schlag schon zu. Ich brauch das. Ich brauch das. Nun hau doch endlich und tu nicht so.«

Aber ich verweigerte Schläge (prinzipiell). Nie wieder wollte ich Stobbe und Stubbe sein. »Hör mal, Siggi. Das ist doch vorbei. Es geht doch auch ohne. Du willst doch nur, daß ich mal wieder typisch reagiere. Du brauchst das doch nicht. Wir brauchen das nicht.«

Es ging auch gut mit uns ohne. Rein privat und zärtlich zerstreut. (Und das mit Erika Nöttke stellte ich klar: »Das ist mehr väterlich. Die heult aus ganz anderen Gründen. Ständig überfordert und so. Auch vom Tribunal. Die ist einfach zu jung dafür, sag ich dir, viel zu jung.«)

Danach sagte Siggi ohne Gift im Zahn: »Wahrscheinlich willst du es doch. Immer noch. Nur weil du dich zwingst, vernünftig zu sein, rutscht dir die Hand nicht aus. Aber auch ich weiß nicht genau, was ich will. Streichel mich mal. Los! Streichel mich schnell.«

Dann nahmen wir (wie üblich) ein Taxi nach Steglitz raus. Sie ließ mich mit ihrem Schlüssel in das ehemalige Kino. Doch wollte sie diesmal dabeisein, wenn ich mit dem Butt sprach. Er hatte nichts dagegen. Animiert verließ er sein Sandbett und demonstrierte Flossenspiel. Er freute sich über die Abwechslung und sagte Siggi altmodische Artigkeiten. Dann sprachen wir über meine Zeitweil mit Lena Stubbe. Er erinnerte mich an ein paar öde, mir immer noch peinliche Weibergeschichten. Dann erwähnte er, was vor dem Tribunal bisher nur andeutungsweise ins Protokoll gekommen war: mein Griff in die Streikkasse und Lenas Nagelundstricksuppe. Ich versprach ihm, darüber zu schreiben. Plötzlich sagte er: »Überhaupt, das Buch. Heißt es nun endgültig ›Der Butt‹? Ich bestehe darauf. Und auch Sie, Sieglinde – darf ich so sagen –, sollten dafür sorgen, daß es im Sinne des feministischen Tribunals bei diesem einfachen Titel bleibt. Langsam nähern wir uns dem Ende der großen historischen Auf- und Abrechnung. Mein Sohn, es ist an der Zeit, daß du in einem besonderen Kapitel Bilanz ziehst. Nachdem du den Tod der Lena Stubbe beschrieben hast, solltest du sie alle noch einmal in ihrer Zeitweil sterben lassen: Aua, Wigga, Mestwina, die hochgotische Dorothea, schrecklich deine dicke Gret. Entsetzlich starb Agnes, friedlich Amanda, still für sich Sophie ...« Dann gab er mir literarische Ratschläge. Er sagte, ich solle zuerst ausführlich über »Nagel und Strick«, dann über »Bebel als Gast« schreiben. »Doch vergiß nicht, mein Sohn: niemals kompliziert werden. Nicht in sozialistischer Theorie verkommen. Immer, auch wenn es um den Revisionismus geht, einfach bleiben. Wie Lena Stubbe. Sie ist keine Clara Zetkin. Sie war eine einfache Frau.«

Manchmal geht sie spät in der offenen Bahnhofsgaststätte ein Sülzkotelett essen. Noch ist nicht sicher, ob Margret, Amanda Woyke oder Lena durch die Drehtür kommen. Sie will nicht mehr Köchin sein, Suppen abschmecken, Klopse rollen und Heringe Schwanz neben Kopf in der Pfanne erschrecken lassen, jeweils die letzte Zutat erwägen. Sie will nicht mehr Gäste – Edelmann, Bettelmann, Bauer, Pastor – zu Lob und Vergleichen rühren. Keinem Gaumen will sie mehr schöntun. Und auch die Kinder will sie nie wieder zu grünem Spinat zwingen. Ihren Geschmack will sie strafen. Keinen Mann mehr bekochen, die Küche kalt werden lassen, Abstand will sie gewinnen zu sich, wie sie in mir hockt oder durch mich entäußert Geschichte wird. Ihre datierten Rezepte: Hasenpfeffer und Gänseklein, Pomuchel in Dill und Rinderherzen in Braunbier, Amandas Kartoffelsuppe, Lenas Schweinenierchen in Mostrichtunke; das alles ist nicht mehr zu haben, ist außer der Zeit. In einer spät offenen Bahnhofsgaststätte will sie dem Sülzkotelett und seiner chemischen Frische (wie gaumenlos) Abbitte tun.

Lena, Amanda, die dicke Gret? Da sitzt sie in ihrem zu engen Mantel und schneidet sich Stück nach Stück. Mitternachtszüge werden ausgerufen. (Rheinische, hessische, schwäbische Durchsage.) Ob in den Bahnhofsgaststätten Bielefeld, Köln, Stuttgart, Kiel oder Frankfurt am Main: sie winkt dem Ober, der langsam, als wolle er ihr Jahrhundert verzögern, zwischen den leeren Tischen kommt und endlich (ich bin es) da ist.

Ein zweites Sülzkotelett ohne Kartoffelsalat, Brot oder Bier. (Womöglich die Nonne Rusch geschickt verkleidet?) Befragt, nenne ich ihr die Konservierungsmittel. Sie schneidet zu, gabelt auf und ißt in sich rein, als müsse sie Schuld abtragen oder ein Loch füllen oder jemanden (noch immer Abt Jeschke?) vernichten, der sich als Sülzkotelett nach Güte spätoffener Bahnhofsgaststätten getarnt hat.

Ich bin nicht sicher, ob ich Amanda oder Lena bediene. Nur Dorothea würde ich mit Schrecken erkennen. Manchmal sage ich beim Servieren Fangworte wie »Liebgottchen« oder »Nagel und Strick«. Aber sie schneidet sich ohne Gehör zu. Wenn Lena oder Amanda Gast bei uns ist und ihre Bestellung macht, bin ich empfindlich: Mir wird die Zugluft bewußt, die alle Wartesäle mit Gaststättenbetrieb weit offen und zeitlos macht. Da sitzt sie für sich. Eine einfache Frau, die vieles (und immer wieder mich) hinter sich hat.

Ich bringe Lena ein drittes, in Gelatine zitterndes Kotelett – es mangelt ja nicht – und mache Umwege zwischen den leeren fleckigen Tischen, damit sie, ganz außer mir, ihre Zeit hat, mich kommen, immer wieder auf neuen Umwegen kommen sieht. (Als wir jung waren und zubeißend Äpfel krachen ließen. Als sie mich wortlos mit dem fünften Grenadierregiment ziehen ließ. Als bei Klawitter gestreikt wurde.

Als sie mich mit Lisbeth in der Küche ertappte. Als ich ihr jeden Freitag mit dem Abziehleder. Als ich am Nagel hing und die Karnickel vor Schreck ...)

Bevor wir schließen müssen – weil ja auch Bahnhofsgaststätten schließen –, wird sie ein viertes Sülzkotelett ohne alles, in eine Papierserviette gewickelt, mitnehmen wollen: wohin? Wenn sie in ihrem zu engen Mantel – wie rund ihr Rücken ist – geht und in der Drehtür unscheinbar wird, frage ich mich, warum sie mir niemals Trinkgeld gibt. Kann es sein, daß Lena mich achtet, trotz allem, was war und noch wird?

Alle

Mit Sophie,
so fängt mein Gedicht an,
gingen wir in die Pilze.
Als Aua mir ihre dritte Brust gab,
lernte ich zählen.
Wenn Amanda Kartoffeln schälte,
las ich dem Fluß ihrer Schalen
den Fortgang meiner Geschichte ab.
Weil Sibylle Miehlau Vatertag feiern wollte,
nahm sie ein schlimmes Ende.
Eigentlich wollte Mestwina den heiligen Adalbert
nur liebhaben, immerzu liebhaben.
Während die Nonne Rusch polnische Gänse rupfte,
habe ich nichtsnutz flaumige Federn geblasen.
Agnes, die keine Tür
ins Schloß fallen ließ,
war sanftmütig immer nur halb da.
Die Witwe Lena zog Kummer an,
weshalb es bei ihr nach Wruken und Kohl roch.

Wigga, die Zuflucht, der ich entlief.
Schön wie ein Eiszapfen ist Dorothea gewesen.
Maria lebt noch und wird immer härter.

Aber – sagte der Butt – eine fehlt.
Ja – sagte ich – neben mir
träumt sich Ilsebill weg.

Nagel und Strick

Mit allen habe ich Äpfel gegessen, auf der Gartenbank, gegenüber am Küchentisch oder unterm Baum stehend, vom gärenden Fallobst benommen: mit Agnes, bevor mich die Pest holte, mit Margret, als Hegge aus Wittenberg kam und uns das Eifern lehren wollte, mit Sophie, als wir, kindlich noch, Revolution spielten. Wir ließen die Äpfel krachen, sahen uns, während wir zubissen, mit Bedeutung an, sahen zubeißend (Dorothea und ich auf Pilgerreise nach Aachen) aneinander vorbei oder bissen, Rücken gegen Rücken gestellt, zu, wobei mich Amanda, die Gardemaß hatte, um Kopfeslänge überragte.

Es kam auch vor, daß wir in angrenzenden Räumen – Lena in der Küche, ich in der guten Stube – die Äpfel krachen ließen. Doch wo und wie gestellt, in welchem Jahrhundert auch immer: danach kam es jedesmal zum Vergleich. Indem wir die Äpfel Biß gegen Biß legten, prüften wir unsere Liebe.

Man kennt andere, gefährliche Methoden. Unsere war harmlos und ist zu empfehlen. Wir lasen der Spur unserer Zähne ab, wie wir, trotz allem, verschieden blieben, wie fremd. Ich hielt den Apfel mit himmelwärts weisendem Stiel und biß von ihm weg zum Bürzel; Sibylle Miehlau (später Billy gerufen) hielt den Apfel, bevor sie zubiß, bei Stiel und

Bürzel. So machten wir uns die Zähne stumpf. So gaben wir Zeugnis. Sichtbar wurde so das verpuppte Gefühl. Der Anschein Liebe, das Unterfutter: der Haß. Quer und längs bissen wir zu und hörten uns beißen.

Es mußte still sein in unserer Küche, im Garten. Allenfalls sang im Kessel die Brühe, aus Rinderknochen gewonnen. Oder wurmstichig fielen Äpfel dumpf polternd zu schon morschen Äpfeln, in denen Wespen hausten und übersüß wurden. Nie haben wir im Dunkeln, dem knarrenden Bett zur Last, nie haben wir, während die Wanduhr anschlug, Äpfel gebissen. Nie sah uns irgendwer dabei zu. Oft warteten wir mit dem Vergleich, bis ihr und mein Zubiß anliefen, sich unsere Zahnspuren vielsagend bräunten. Doch ohne Worte: Liebe geprüft.

So standen Lena und ich in unserem Gärtchen hinter den mit Teerpappe gedeckten Arbeiterkaten und Karnickelställen auf dem Brabank, gegenüber Strohdeich am anderen Ufer der Mottlau. Hafen und Werft im Rücken. Doch keine Niethämmer. Denn wir streikten bei Klawitter schon vier Wochen lang. Im siebten Monat schwanger, stand Lena unter unserem Boskop. Am Vormittag hatte ich mit Flugblättern, was verboten war, nahe der Gewehrfabrik in der Niederstadt agitiert. Lenas frühsozialistisches Volksküchengesicht: obgleich ich das Schlimme, den nicht rückzunehmenden Griff schon getan hatte, sah ich sie voll an, während ich zubiß und sie beißen hörte.

Rasch anlaufend lagen die Äpfel Biß gegen Biß auf dem gestapelten Treibholz, das ich mit Ludwig Skröver nachts aus der Toten Weichsel geflößt hatte. Lud war mein Freund. Boskopäpfel eignen sich besonders. Nachdem wir unsere Liebe, die, trotz allem, stark war, geprüft hatten, sagte Lena wie ohne Verdacht: »Ich nehm uns Falläppel mit und mach uns Flinsen mit bißchen Zimt drin.« Oder sie hatte doch was gemerkt? Ich warf meinen angebissenen Apfel zum Fallobst in Lenas Schürze.

Als während der Zeit der Bismarckschen Sozialistengesetze, im Herbst des Jahres 1885, auf der Klawitterwerft gestreikt wurde, gehörte Otto Friedrich Stubbe, der als Agitator mitreißen konnte und ein forscher Kerl war, zum Streikkomitee, während Lena Stubbe als ehemalige Köchin der Volksküche Wallgasse, obgleich hochschwanger, für die streikenden hundertachtundsiebzig Werftarbeiter und deren vielköpfige Familien in einem leerstehenden Waschhaus Kohl- und Graupensuppen kochte; zugleich verwaltete sie die Streikkasse.

Die üblichen Zwischenfälle. Schlägereien mit Streikbrechern vor dem Werfttor auf Strohdeich. Berittene Polizei knüppelte mit Schlagstöcken dazwischen. Die Verletzten – zumeist blieb es bei Platzwunden – waren allemal Arbeiter. Versammlungen der Sozis, auf denen nicht nur in Reden, sondern auch mit fettgedruckten Proklamationen die Arbeiter der Sägewerke im Holzhafen, die Stauer auf der Speicherinsel, die gewerkschaftlich gutorganisierten Drucker und Setzer der Druckerei Kafemann und die Bäcker der Germania-Brotfabrik zum Solidaritätsstreik aufgerufen werden sollten, wurden polizeigewaltlich aufgelöst, die Flugblätter beschlagnahmt.

Als es dennoch zu Arbeitsniederlegungen im Hafen, in der Waggonfabrik, sogar in der Gewehrfabrik und in der Kaiserlichen Marinewerft kam, wurden elf Parteifunktionäre verhaftet und – laut Gesetz – ausgewiesen. Einige, unter ihnen Otto Friedrich Stubbes Freund Ludwig Skröver, wanderten nach Amerika aus. Aber der Streik ging weiter und hätte nach sechs oder sieben Wochen Dauer womöglich die Herabsetzung der Akkordnormen und den zehnstündigen Arbeitstag erzwungen, wenn nicht in der vierten Streikwoche die Streikkasse bestohlen worden wäre.

Lena Stubbe zeigte den Diebstahl sofort dem Streikkomitee an, verbürgte sich für den Ersatz der gestohlenen

Summe – es fehlten siebenhundertfünfundvierzig Mark –, sprach aber keinen Verdacht aus, obgleich Lisbeth, ihre sechzehnjährige Tochter aus erster Ehe, halblaut verdächtigt wurde und Lena wußte, daß ihr Otto, der alle Kinder verdächtigte und durchprügelte, in die Kasse gegriffen hatte. Gleich nach ihrer Niederkunft im November wurden das neugeborene Mädchen (Martha), die fünfjährige Luise und die fünfjährige Ernestine unter Lisbeths Aufsicht gestellt. Lena nahm als Toilettenfrau im Hotel Kaiserhof Arbeit an. Und als im Frühjahr des folgenden Jahres, obgleich über die Hälfte der gestohlenen Summe abgearbeitet worden war, dennoch gegen Otto Friedrich Stubbe Anklage erhoben wurde, sprach Lena vor den Genossen für ihren Mann und setzte den Abbruch der schiedsgerichtlichen Verhandlung durch. Sie sagte: »Ich kenn doch mein Otto. Das macht der nie nich.« Die Genossen entschuldigten sich bei dem Genossen Stubbe.

Doch so sehr sich auch Lena bemühte, den Diebstahl zu vertuschen, den Griff in die Streikkasse durch Nachtarbeit auszugleichen und ihrem Otto gegenüber nichtsahnend zu erscheinen, er wußte, daß sie wußte. Und weil durch ihre Nachsicht gedemütigt, betrank er sich jeden Freitag an Kartoffelschnaps und schlug er sie jeden Freitag regelmäßig im Beisein der wimmernden Kleinkinder; Lisbeth lief aus dem Haus. Und jedesmal, wenn Otto Stubbe seine Lena mit schwerer Hand oder mit dem Abziehleder für sein Rasiermesser verprügelt hatte, weinte er über sich, so daß ihn Lena, die nicht weinte, trösten mußte. Wie hätte sie auch untätig einem ausgewachsenen Mann zusehen können, der Rotz und Wasser heulte, wobei er jämmerlich nur noch in seinen Hosenträgern Halt fand.

Das war schon so mit Friedrich Otto Stobbe, ihrem ersten Mann, gewesen. Auch Stobbe, der ihr gerade noch ein Kind (Lisbeth) machen konnte, bevor er im siebzig-einundsiebziger Krieg als Grenadier des 5. Danziger Grenadierregiments bei Mars-la-Tour fiel, hat, wie es später Otto Friedrich Stubbe tat, üblen Fusel gesoffen und seine Lena freitags geprügelt. Auch war Stobbe weinerlich wie Stubbe und bedurfte der Tröstung. Lena hatte einen Hang zu starken Männern mit weichem Gemüt.

Als sie wöchentlich regelmäßig von Otto Stubbe, der wie ihr erster Mann Ankerschmied war, durchgehauen und zur anschließenden Tröstung verpflichtet wurde, zählte sie Mitte Dreißig, er Mitte Zwanzig. Also fiel es Lena nicht schwer, des jungen Mannes immer bereitwillige Frau und alles verstehende Mutter zu sein. Denn weder beim Kloppen noch bei den Tröstungen war von der bestohlenen Streikkasse die Rede. Eher ging es bei dem allwöchentlichen Ritual stumm zu, wenn man von Lenas mütterlichem Gebrabbel – »Nu is ja wieder gut. Nu wird gleich besser« – und von Ottos unermüdlichen Ankündigungen – »Ich häng mir auf. Ich häng mir noch auf« – absehen will. Das sagte sich so hin. Solch Gerede kannte Lena auch von ihrem ersten Mann. (Und doch war Friedrich Otto Stobbe eher normal durch einen Bauchschuß zu Tode gekommen.) Darauf konnte Lena nur sagen: »Nu wirst dir doch wegen nuscht nich was antun, Otto.«

Doch eines Tages, gut ein Jahr nach dem abgebrochenen Streik – Lena ging wieder schwanger, der Diebstahl war abgegolten – hing Otto Friedrich Stubbe im Karnickelstall hinter der Arbeiterkate am Nagel im Türbalken: in Socken, die Holzschuhe waren ihm abgefallen. Lena, die den Hof kehrte, weil Sonnabend war, hörte den Schemel, die Holzschuhe poltern, die verschreckten Karnickel trommeln, ließ den Strauchbesen fallen, dachte an Stobbe und Stubbe zugleich – wohl auch an alle Äpfel, in die ich mit ihr, um unsere Liebe zu prüfen, gebissen hatte –, gab einzig dem verdammten Kartoffelschnaps schuld, ließ alle Kloppe wie ungeschehen sein, griff das beiseite liegende Karnickelschlachtmesser und schnitt den baumelnden Otto vom Nagel im Balken ab. Der sonst so forsche Ankerschmied kam bald wieder zu sich, doch mußte er gut eine Woche lang das blaue Hemd am Hals hochgeschlossen tragen.

Überall stehen korrekt gescheitelte Menschen und meinen mich, wenn sie »Warum?« sagen. Auf die Frage, warum ich mir bei so knapper Zeit verschwenderisch Zeit nehme, mit weichem Blei oder englischer Stahlfeder handgeschmiedete Nägel zu zeichnen, wußte ich, der ich aus einziger Leidenschaft Krimskram sammle, keine Antwort; denn die drei verzogenen Nägel bedeuten genug, haben Zweck hinter sich, erinnern ihre Aufhänger nicht, auch kein Gebälk mehr, dem eingeschlagen zu sein damals, als jeder Nagel noch stramm stand, vernünftig gewesen sein mag.

Weil aber die Frage nach dem »Warum?« noch immer Gewehr bei Fuß steht und weil nur Geschichten den straffen Fragesteller und seine immer zur Sache kommende Stimme ermüden können, erzähle ich sich verzettelnde Geschichten, in denen die kochende Nonne Margret noch schlachtwarme Gänse zum Austropfen an den einen Nagel über die Schüssel für Schwarzsauer gehängt hat, während am mittleren Nagel Sophies getrocknete Pilze (Grünlinge, Morcheln, Steinpilze und Reizker) im Leinensäckchen hingen. Am dritten Nagel jedoch (dem jüngsten in meinem gestrichelten Bild) habe ich mich erhängt, weil das soziale Elend damals so wollte, weil ich betrunken zuschlug und mich mit Kartoffelschnaps besoffen hatte, weil ich ein Schläger war, weil ich den Strick immer nur angekündigt hatte, weil mein Griff in die Streikkasse durch nichts zurückgenommen werden konnte, weil ich Lenas Mitleid, ihr Allesverstehen, ihr stummes Hinhalten, ihr unausgezahltes Wissen, diese erbarmungslose Güte und selbstlose Nachsicht nicht mehr ertrug, weil mir mein letzter Stolz, der Schwanz, nicht mehr stehen wollte und weil ich seit Tagen verstopft war; ich konnte drücken und Rizinus schlucken, da kam nichts, da kam nichts. Da nahm ich mir einen Kälberstrick. Und auch den Nagel im Balken wußte ich schon. Nur um die Karnikkel sorgte ich mich. Das könnte meine Stallhasen erschrekken, wenn ich mich über der Stalltür... Doch Lena, die mich immerzu retten mußte, die nie ohne Hoffnung war, die für und gegen alles Rezepte wußte, auf die Verlaß war, verdammt Verlaß war, schnitt mich rechtzeitig ab. O Gott! Wann wird Schluß sein?

Danach hat sie mir aus Rindsknochen ein Süppchen gekocht, in der sie den Strick samt Schlinge und den Nagel eine Stunde lang mitkochen ließ. Zum Schluß hat sie ein Ei an die Brühe gerührt und nicht nach dem »Warum?« gefragt, als ich löffelte, auslöffelte mit leichten Schmerzen beim Schlucken.

Nie wieder hat sich Otto Friedrich Stubbe erhängt. Doch jene Suppe aus Rindsknochen, dem Schmiedenagel, dem Kälberstrick gekocht, die Lena ihrem Otto mit untergerührtem Ei zur Stärkung und dann jeden Sonnabend vorbeugend getischt hat, wurde bald bei anfälligen Kandidaten bekannt. Womögliche Bammelmänner klopften bei ihr an. Sie sprachen schüchtern vor. Sie luden sich ein. Sie gewöhnten sich an den leichten Beigeschmack Hanf. Sie kamen wieder und wieder. Und Lena fragte nicht nach dem »Warum?«, sondern kochte für ihren Sonnabendtisch einen Familientopf voll Nagelundstricksuppe gegen nicht üble Bezahlung.

Außer ihrem Otto, der nach dem üblichem Prügeln und Flennen nicht von seiner Freitagsankündigung »Ich häng mir noch auf!« lassen wollte, saßen Herr Eichhorn, ein königlich-preußischer Amtsrat, der Alleininhaber einer florierenden Zuckerraffinerie namens Levin, ein Leutnant beim 1. Leibhusarenregiment, Götz von Putlitz, und das Söhnchen des Werftbesitzers Klawitter, Karlchen, an ihrem Küchentisch.

Neben dieser Stammrunde gab es wechselnde Gäste aus allen Ständen. Zeitweilig kam sogar der Kirchgemeindevorsteher von Sankt Jakob, Herr Wendt. Und für arme Schlukker wie den Sackträger Kabrun und für einen jungen überspannten Menschen namens Paul Scheerbart, der sich eine gläserne, ganz und gar einsichtige Welt erträumte, hielt Lena Stubbe frei Tisch.

Lustig ging es bei ihr zu. Selbst politischer Streit löste sich in Schulterklopfen und Verbrüderung. Vom Aufhängen oder der Kugelimkopf war nie oder nur witzig die Rede, etwa indem Herr Levin erzählte, wie er auf vergeblicher Suche nach einem geeigneten Strick endlich (und dem ungetreuen Weib zur Strafe) die Perlenketten seiner Klothilde geknüpft hatte: Doch sei das teure Gehänge, als er den Stuhl wegstieß, mehrmals gerissen. »Zwei geschlagene Stunden, meine Herren, habe ich geklaubt und gefädelt, um den Schaden zu beheben. Denn meine Frau Gemahlin kennt keinen Spaß.«

Lenas Suppe hatte also, neben dem nachschmeckenden Hanf, positiv stimmenden Nebengeschmack. Der Leutnant trug fortan seine Majorsschulden leichter; später quittierte er den Dienst bei den Leibhusaren und kümmerte sich um das väterliche herabgewirtschaftete Gut in Hinterpommern. Der preußische Amtsrat nahm anstelle seiner früh verstorbenen Frau eine zweite Frau, die ihn wenige Jahre später wieder zum Witwer machte; doch auch seine dritte, nur kurze Zeit kränkelnde Frau hat er dank Lenas Nagelundstricksuppe mit außerdienstlicher Heiterkeit überlebt. Selbst Karlchen Klawitter gelang es, seinen Vater, den rigorosen Werftbesitzer, der immerhin die erste preußische

Dampfkriegskorvette auf Stapel gelegt hatte, aus Distanz (und dabei drei Suppenteller leerend) lächerlich klein zu sehen. Als Hermann Levin später seine ihm treulose Frau mit einem perlengestickten Seidenschal erdrosselt hatte, wollte er den Mord vor Gericht nicht als den Umstand mildernde Verzweiflungstat, sondern als ihn befreiende Handlung bewertet wissen; lebenslänglich verurteilt, hat er an Lena aus dem Zuchthaus anhängliche Briefe geschrieben, zumal sie ihm über Jahre (bis er 1909 starb) an Besuchstagen ihre lebensbejahende Suppe im Henkelmann ins Zuchthaus Schießstange gebracht hat: Die blieb gleich mit ermunternder Substanz, doch variierten ihre geschmacklichen Beigaben.

Lena Stubbe verstand es, ihren zahlenden und freigehaltenen Gästen Abwechslung zu bieten. Sie kochte zwar immer denselben, von ihrem Otto vormals geweihten Urnagel, der sich leicht verkrümmt hatte, als sie ihn dazumal aus dem Balken zog, doch im strammen Zustand die Länge eines tüchtigen Männerpimmels gehabt hätte. Auch blieb es bei mitgekochten Kälberstricken, die eine landwirtschaftliche Produktenhandlung in der Milchkannengasse im Schock billig anbot und denen Otto einzeln, bevor sie Strick nach Strick der wallenden Brühe beigelegt wurden, fachkundig die Schlinge knüpfen mußte. Doch verengte sich Lenas Küchenzettel nicht auf Rindsknochen und das endlich untergerührte Ei: Sie kochte (mit vorgegebenen Zutaten) Schafsnacken und dicke Bohnen, geräucherte Schweinerippchen zu gekümmeltem Sauerkraut, Gänseklein und Wruken, sogar vier Stunden lang Kutteln vom Pansen der Kuh, saure Klopse, westpreußische Kartoffelsuppe mit Knoblauchwurst, Spitzbeine, ordinäre Erbsen mit Speck; und bei festlichen Anlässen, wobei die Gäste nur gelinde draufzahlen mußten, kochte sie zu Nagel und Strick zarte Kalbszungen, die sie mit Weißwein abschmeckte und gekochten

Rübchen garnierte. Dazu gab es eine Mayonnaise, aus Sonnenblumenöl und Eidotter geschlagen. Oder sie füllte ein Spanferkel mit Strick, Nagel und Dörrpflaumen.

Das war ein Festessen, das am 18. Januar 1891 stattfand, wobei Herr Levin, der kurz darauf seine Frau erdrosselte, gemeinsam mit dem Amtsrat Eichhorn die nunmehr zwanzigjährige Reichsgründung hochleben ließ, während Otto Stubbe und der radikal gestimmte Werftbesitzerssohn Karlchen Klawitter die kürzliche Aufhebung der Sozialistengesetze sowie Bismarcks Abdankung feierten. Der überspannte Paul Scheerbart jedoch erging sich in gläsernen Zukunftsvisionen. Und auch der Exleutnant und nunmehr Krautjunker Götz von Putlitz wollte aus vager, weil liberaler Position weder die Gründung des deutschen Reiches noch den endlichen Triumph der Sozialisten feiern, sondern behauptete, daß durch die kürzlich vollzogene Gründung der Schichauwerft eine wirtschaftliche Großtat wirksam werde, die dem Reich wie dem einfachen Arbeiter nützlich sein könnte, denn ohne die Wirtschaft – das müßten doch der Zuckerfabrikant Levin und auch der Ankerschmied Stubbe einsehen – gebe es keinen kapitalen Gewinn und keinen sozialen Fortschritt. Er sei immer gegen Bismarcks Schutzzollpolitik gewesen, während sich die Sozis im Reichstag mehrmals für die Zölle ausgesprochen hätten.

Darauf stritten sich Otto Stubbe und Karlchen Klawitter mehr plänkelnd als bitterlich über den wahren Weg zum Sozialismus. Lena Stubbe versuchte mit Bebelzitaten auszugleichen. Es ging um die trübe Praxis und ums hehre Prinzip. So kündigte sich, wenn auch gemildert durch die dem Spanferkel eingenähten Attribute Nagel und Strick, der Revisionismusstreit der späten neunziger Jahre an: bei festlichem Anlaß. Karlchen Klawitter vertrat den revolutionären Flügel. Otto Stubbe hatte einerseits Bedenken und andererseits Ahnungen. Beide beriefen sich auf Engels und nur

Karlchen gelegentlich auf Marx. Ungerührt träumte währenddessen Paul Scheerbart sein glasgeblasenes Utopia. Lena Stubbe jedoch, die nicht zu Tisch saß, sondern schlicht selbstverständlich die Herren bediente, zitierte, als sie zum Nachtisch Kompott aus Boskopäpfeln mit Schlagsahne servierte, aus ihrem Leib- und Magenbuch, Bebels »Die Frau und der Sozialismus«, und sagte abschließend: »Ihr Männer redet nur immer. Aber jemacht sein muß auch.«

Jedenfalls endete das Fest fröhlich und gab Anlaß zu Verbrüderungen. Karlchen Klawitter und der Exleutnant lagen sich in den Armen. Der Amtsrat, Otto Stubbe und der Fabrikant Levin sangen »Heil dir im Siegerkranz« und dann »Wacht auf, Verdammte dieser Erde!« Lena, die den entrückten Scheerbart tätschelte, freute sich, weil vom Spanferkel nichts geblieben war. Zwischen benagten Knöchlein und Pflaumensteinen lagen der leichtgekrümmte Schmiedenagel und der zur Schlinge geknüpfte Kälberstrick fett glänzend. Bei aller Ausgelassenheit versäumten die Gäste nicht, bevor sie aufbrachen und noch einmal mit Apfelmost in Wassergläsern auf die Freundschaft, den Fortschritt und das Leben anstießen, einen nachdenklichen Blick auf Strick und Nagel zu werfen, wobei jeder auf seine Weise besonnene Haltung annahm. (Danach gehörte der ausgekochte Strick zum Abfall; der Nagel jedoch wurde gewaschen, mit Leinsamöl gegen Rost geschützt und in einem verschließbaren Ebenholzkästchen, das der Sackträger Kabrun aus Dankbarkeit für den Freitisch getischlert hatte, bis zum nächsten Sonnabend eingeschreint.)

Und das viele Jahre lang: denn Stubbe, nun Ankerschmied auf der Schichauwerft und nach dem Erfurter Parteitag, wo er als Delegierter mal gegen Kautsky, mal gegen Bernstein gestimmt hatte, gänzlich verrannt in den bis heute anhaltenden Revisionismusstreit, blieb anfällig, wie auch die anderen Männer gleich welchen Standes; Otto Friedrich hörte nicht auf, unter den Tröstungen seiner Lena zu brabbeln: »Ich nehm mir nen Strick. Ich such mir nen Nagel. Ich mach damit Schluß. Genug hab ich. Und zwar einen, der reißt nich. Mach doch das nich mehr mit. Das ist zuviel für ein einzigen Mensch. So haben wir nich gewettet, daß ich das alles allein. Was heißt hier: Warum? Reicht das nich? Reicht das nich? Neinnein. Ich laß mir nich mehr bemuttern. Und wenn ich draufgeh dabei. Wasch mir noch vorher den Hals, jawoll. Und zwar nen Kälberstrick. Und weiß auch ein Nagel. Auf dem is Verlaß. Morgen schon, wenn nich ...«

Wogegen Lena Stubbe, wie man nun weiß, ein Rezept wußte. Und als sie, kurz bevor der Vorsitzende August Bebel nach Danzig kam – das war im Mai sechsundneunzig –, ihre Rezeptsammlung unter dem Titel »Proletarisches Kochbuch« abschloß, hatte sie alle Gerichte – aber bemerkenswert: ohne die Zutaten Nagel und Strick – ordentlich und mit klassenbewußten Kommentaren niedergeschrieben, denn Lena war gegen die bürgerliche Küche und deren »Man-nehme-zwölf-Eier-Ideologie«. Einleitend schrieb sie: »Soviel protziger Aufwand macht die kochenden Arbeiterfrauen unsicher, verführt sie, über ihre Verhältnisse zu leben, und entfremdet sie ihrer Klasse.« Die Nagelundstricksuppe nahm sie wohl deshalb nicht in ihre Rezeptsammlung auf, weil dieses Gericht den Verzweifelten aller Stände und Klassen gewidmet war.

Doch als sie den Genossen August Bebel als Gast in der guten Stube hatte und ihm nach dem proletarischen Festessen – Schweinenierchen in Senftunke – ihr klassenbewußtes Kochbuch als Manuskript vorlegte, tischte sie ihm vor dem Hauptgericht eine aus Rindsknochen gewonnene Brühe, in der sie dennoch (und heimlich) den Strick samt Schlinge und den gekrümmten Nagel hatte mitkochen lassen, denn damals ging das Gerücht um, der Vorsitzende der

Sozialdemokratischen Partei sei ermüdet. Der anhaltende Kampf um immer ein bißchen mehr Gerechtigkeit habe seine Hoffnungssubstanz verbraucht. Er wisse keine Antwort mehr auf die Frage nach dem Warum. Der parteiinterne Streit zwischen dem reformistischen und dem revolutionären Flügel deprimiere ihn tief. Oft schaue er wie blicklos oder murmele fatalistische Sätze. Er zweifle grundsätzlich. Man müsse das Schlimmste befürchten, wenn nicht ein Wunder geschehe . . .

Bratkartoffeln

Nein, mit Schmalz.
Es müssen alte mit fingernden Keimen sein.
Im Keller, auf trocknem Lattenrost,
wo das Licht ein Versprechen bleibt von weither,
haben sie überwintert.

Vor langer Zeit, im Jahrhundert der Hosenträger,
als Lena die Streikkasse unter der Schürze
schon in den sechsten Monat trug.

Ich will mit Zwiebeln und erinnertem Majoran
einen Stummfilm flimmern, in dem Großvater,
ich meine den Sozi, der bei Tannenberg fiel,
bevor er sich über den Teller beugt, flucht
und mit allen Fingern knackt.

Doch nur geschmälzt und in Gußeisen.
Bratkartoffeln mit
Schwarzsauer und ähnlichen Mythen.
Heringe, die sich in Mehl freiwillig wälzen,
oder bibbernde Sülze, in der gewürfelte Gürkchen
schön und natürlich bleiben.

Zum Frühstück schon aß Otto Stubbe,
bevor er zum Schichtwechsel auf die Werft ging,
seinen Teller voll leer;
und auch die Sperlinge vor den Scheibengardinen
waren schon proletarisch bewußt.

Bebel zu Gast

Kein Wort mehr über den Tellerrand. Keine Rede und Gegenrede. Nie wieder leer, dazwischen, daneben, über die gedrechselten Köpfe der Genossen hinweggeredet. Weil im großen Kessel die Schweinsfüße, Spitzbeine genannt, noch jedes Knöchlein gebettet, in ihrem Sud mit Lorbeer und Nelke, Schwarzpfeffer gestoßen, mit Zwiebeln (doch ohne Nagel und Strick) seit zwei Stunden wallen, nun gar sind und uns, die wir alles und auch die Zukunft zerredet haben, stumm machen.

In tiefen Tellern Brühe, die zum Schluß mit Essig abgeschmeckt wird. Für jeden ein zweigeteiltes, zwischen den Zehen bis zum Knieknorpel gespaltenes Spitzbein. Auf dem Tellerrand ein Klacks Mostrich. Graubrot dazu, um die Brühe zu tunken. Nicht Messer, nicht Gabel. Mit bald gelierten Fingern, mit Zähnen, die sich an früher, noch früher, an Lena Stubbes besondere Spitzbeine erinnern, zwischen und gegenüber Freunden, den alten Genossen sitzen, die sich zerstritten, auseinandergeredet haben, bis nichts mehr blieb als blaustichige Hoffnung, und die jetzt Knöchlein nach Knöchlein blank nagen, Knorpel beißen, an Sehnen zerren, Mark schlürfen, die mürbe Wabbelhaut mampfen, bedürftig nach einer zweiten, dritten Spitzbeinhälfte sind: ohne Wort, jeder für sich am Tisch, zwischen gestützten Ellbogen die Sehschlitze verengt, alles zurückgenommen, bis wir solidarisch sind, geeint durch Geräusch.

Blieben billig Spitzbeine jederzeit. Zur Zeit drei Pfund für einsfünfzig. Jetzt sind wir satt und halten mit Klebefingern das Bier im Glas. Die Stille ist von Seufzern umzäunt. Wir sitzen in Gelee. Zahnlücken werden abgesaugt. Rülpser steigen und erste gaumige Worte: »Na, das war mal was. Is doch ne Sache.« Wir plaudern und geben einander recht. Wir wollen wieder vernünftig sein. Nicht mehr gnietsch aufeinander. Ein einfaches Essen, das selbsttätig friedlich macht. Freundlich sehen wir uns. Die Knöchlein liegen zuhauf. Ach ja, Salzgurken gab es dazu. Jemand – das werde wohl ich sein – will eine Tischrede halten und die sozialistische Köchin Lena Stubbe feiern, die alle zerstrittenen Genossen ihrer Zeit mit einem Kessel voller Spitzbeine stumm gemacht und eine kurze Wohltat lang töricht gehalten hat, weshalb sie auch das Gericht »Halbierte Schweinsfüße zu Roggenbrot und Salzgurken« als kommentiertes Rezept in jenes »Proletarische Kochbuch« aufgenommen hat, das sie dem unvergeßlichen Genossen Bebel vorlegte, als ihn eine Agitationsreise in unsere Gegend brachte und er höchstselbst einen Abend lang Lenas Gast war.

Am nördlichen Stadtrand, gegen das Hafen- und Werftgelände hin, wo die Altstadt in die Jungstadt überging und die Armut den Kindern ihren Prägestempel setzte, standen in Reihe als unverputzte Ziegelbauten mit Teerpappendach mehrere einstöckige Arbeiterkaten, die vormals der Klawitterwerft, später Schichau gehörten und jeweils von zwei Werftarbeiterfamilien bewohnt wurden. Die Stubbes wohnten lange neben den Skrövers, bis Ludwig Skröver mit seiner Familie ausgebürgert wurde und nach Amerika auswandern mußte. Der Schiffszimmermann Heinz Lewandowski mit Frau und vier Kindern zog in die benachbarte Wohnung, deren Tür in der Mitte der länglichen Kate neben Stubbes Tür wie diese grün gestrichen war. Dem Korridor folgte die Wohnküche mit Fenster und Fenstertür zum anschließenden Hof, Plumpsklo und Garten. Vom Korridor aus schloß nach rechts (bei den Lewandowskis nach links) mit zwei Fenstern nach vorne die gute Stube an. Jeweils nach rechts und links, doch kleiner als die guten Stuben, grenzten die Schlafzimmer an die Wohnküchen der Stubbes und Lewandowskis. Unterm Teerpappenflachdach kein Platz für Kammern. Nach hinten raus Karnickelställe an die Kate gelehnt. Die Kachelöfen waren von den guten Stuben aus zu beheizen, wärmten aber, von der Trennwand geteilt, auch die Schlafzimmer beider Familien vor.

Am wärmsten war es in der Küche. Die Wasserpumpe im Hof war für beide Mietparteien vorbedacht worden. Weder den Lewandowskis noch den Stubbes wäre der Gedanke gekommen, die selten benutzte gute Stube als Kinderschlafzimmer einzurichten. Also standen neben dem zweischläfrigen Ehebett dicht bei dicht zwei Kinderbetten, in denen die drei Kleinkinder aus Lena Stubbes zweiter Ehe schliefen, und stand zu Füßen des Ehebettes ein schmales Bett, in dem Lisbeth, die Tochter aus erster Ehe, schlief, bis sie, achtzehnjährig und gründlich im Eheleben unterrichtet, einen Arbeiter der Waggonfabrik heiratete und schwanger zum Troyl verzog, worauf das leergewordene Schmalbett von der zwölfjährigen Luise bezogen wurde. Lisbeth, Luise, Ernestine und Martha erlebten Otto und Lena Stubbe Nacht für Nacht: schnarchend, knarrend unter Gestöhn, furzend, weinend, stumm plötzlich, im Schlaf redend. So lernten die Kinder im Dunkeln und vergaßen nichts.

Die gute Stube jedoch blieb geheimnisvoll und war, bis auf die hohen Feiertage, so gut wie unbewohnt, bis Lena Stubbe im Jahr 1886, kurz nach dem Streik auf der Klawitterwerft und dem Selbstmordversuch ihres Mannes, einen Sonnabendtisch für womögliche Selbstmörder in der Wohnküche bekochte und so, weil einige ihrer Gäste den gehobenen Ständen angehörten, zu ansehnlichen Nebeneinnahmen kam, die sie zum Gutteil für Bücher und Zeitschriftenabonnements verwendete: Die gute Stube wurde zu Lenas Studierzimmer. Wenn sie ihre Brille nicht in der Küche verlegt hatte, dann lag sie unter Papieren in der guten Stube. Dort las Lena die »Neue Zeit« und das »Neue Frauenleben«, dort reihte sich Rezept nach Rezept ihr »Proletarisches Kochbuch«, von dort aus schrieb sie in Sonntagsschrift Briefe an den Vorsitzenden ihrer Partei, voller Fragen sein Buch »Die Frau und der Sozialismus« betreffend, worauf Antwort kam: Er verkleinerte seine Utopie von der freien Berufswahl, nahm den Staat als Erzieher zurück und kündigte seinen Besuch an, interessiert an Lenas klassenbewußter Küche.

In Kiel mit Betriebsräten: »Sag mal, Kollege. Was schreibste denn so kompliziert nur für die bürgerlich Privilegierten und nicht für uns, die Arbeiterklasse?« So fragte ein Dreher. »Das ist zu hoch für uns. Wenn wir fixfertig sind vom Malochen, bleibt nur noch die Glotze. Uns muß man schon einfach und spannend wien Krimi kommen.«

Als sei das ein Vorgang am Schnürchen: Schlafen, Malochen, Mattscheibe glotzen. Als liefe im Schlaf nicht ein Flimmerquiz, und auch der Drehstahl nie abgestellt. Als seien nicht in die Vorgänge genormter Arbeit Filme und rückgespult Gegenfilme, Einsprüche von rückwärts und Vorsorgekosten als Material unterschoben, so daß mit dem Drehspan immerfort private Abfälle und sonstige dumme Geschichten anfallen. Als habe nicht, während der Quizmaster seinen Witz variiert, die Werkhalle Einspruchsrecht. Als setze sich nicht der andere Film fort, der im Traum, während der Frühschicht, im Berufsverkehr, noch während die eigene, fremd bleibende Frau sich breitmacht, lief, läuft, reißt, wieder anläuft, sich wiederholt, pausenlos ohne Zeitabnehmer, als gebe es keinen Tarif, nur Schlager im Ohr,

Rotkohl aufgewärmt, und alles, auch das Schwarzweiße, in Farbe.

»Mach ich ja, liebe Kollegen. Ich schreibe gestauchte Zeit. Ich schreibe, was ist, während anderes auch, überlappt von anderem, neben anderem ist oder zu sein scheint, während unbeobachtet etwas, das nicht mehr da zu sein schien, doch, weil verdeckt, blöd dauerte, nun einzig noch da ist: zum Beispiel die Angst.«

»Genau, Kollege. So isses. Daß man nicht abschalten kann. Meistens was querläuft. Und die Kinder ja auch nich mal still. Sondern immer was außerdem. Nich grade Angst. Mehr son Gefühl irgendwie. Aber deine Langsätze, Kollegen, da ist genausowenig ein Durchkommen. Bevor das aufhört, bin ich schon draußen. Kannste nich einfach?«

»Kann ich, Kollege. Kann ich.«

Als Lena Stubbe, eine der vielen Köchinnen, die in mir hocken und raus wollen, im Jahr fünfundachtzig, während auf der Klawitterwerft gestreikt wurde, die Suppenküche für alle besorgte und die Streikkasse verwaltete, merkte sie an einem Montag, daß in der Kasse siebenhundertfünfundvierzig Mark fehlten, worauf sie zu ihrem Otto, der immer gleich zuschlug, wenn er ertappt wurde, nichts sagte und still hinhielt, als Otto nach den Kindern, die alle Zöpfchen trugen, auch sie, seine Lena, als Vater, Ehemann, Sozialist und Ankerschmied mit schwerer Hand durchschlug, bis er erschöpft war und weinen mußte, weil Otto nicht sein wollte, wie ich ihn in einem wieder zu langen Satz beschrieben habe, sondern klassenbewußt und solidarisch; denn noch kürzlich hatte Otto Stubbe gegen das Prügeln proletarischer Kinder und frühverbrauchter Arbeiterfrauen vor den Genossen in Adlers Brauhaus gesprochen: »Wir wollen ja keine Untertanen nich ranziehn, sondern, wie Bebel sagt, aufrechte Deutsche!«

Und die Genossen von damals haben alle genickt und »Richtig!« gesagt – wie auch ihr, liebe Kollegen vom Ortsverein Kiel, nickt und »Richtig!« sagt, wenn ich euch zu erklären versuche, warum schwierige Sätze kurz und einfache lang sind. Kurz deshalb dieser Satz: Der Agent im Kanzleramt soll als rechter Sozialdemokrat tagsüber besonders zuverlässig gewesen sein. Aber ihr wollt ja meine kurzen und langen Sätze nicht lesen, weil euch ein paar linke Söhne aus rechtem Haus als leseunkundige Unterprivilegierte abgebucht und zu saudummen Proleten, zum Otto mit der Schlagehand gestempelt haben. Die Köchin Lena Stubbe jedoch kannte zu ihrer Zeit mehrere Bücher, die ihre Zeit bewegten. Wenn sie für die oft zerstrittenen Genossen mürbgekochte Spitzbeine zum Benagen ausgeteilt hatte, las sie Sätze und Abschnitte aus dem Standardwerk »Die Frau und der Sozialismus« vor, während die Männer mampften.

Und als der Vorsitzende der Sozis im Jahre sechsundneunzig die Hafenstadt Danzig besuchte, um den Streit der Genossen zu schlichten – es ging schon damals um und gegen den Revisionismus –, sprach sie lange mit ihrem Parteivorsitzenden über das immer noch fehlende proletarische Kochbuch. Sie saßen in der guten Stube. Anfangs war auch Otto Stubbe dabei. Von nebenan hörte man, wie sich die Kinder bemühten, leise zu sein. Lauter waren in der Nachbarwohnung die Lewandowskikinder. Draußen war Mai, und Flieder blühte zwischen den Katen. Otto hatte vorgeschlagen, Bebel zu Ehren ein Karnickel zu schlachten. Aber Lena Stubbe kochte Schweinenierchen in Mostrichtunke. Das schmeckte, liebe Kollegen.

Als August Bebel die Wohnung der Familie Stubbe in der Arbeiterkate Auf dem Brabank 5 betrat, wurde er gleich von Lena in die gute Stube geführt, zu deren Mobiliar, anders als in anderen guten Stuben, ein Schreibsekretär mit vielen Schubladen und gestapelten, zettelgespickten Büchern gehörte. Auf dem Sekretär stand, neben einem Ebenholzkästchen, in dem Lena einen schmiedeeisernen Nagel verwahrte, gerahmt ein Zeitungsbild von Bebel, wie er im Reichstag gegen Bismarck ansprach. Schmächtig stand der berühmte Mann mit soviel Vergangenheit nun tatsächlich, gegenwärtig und wohlanständig gekleidet neben dem Sofa. Dennoch stand er wie abwesend, bemüht um einen ersten Satz. Er schnupperte: »Es gibt wohl was Pikantes?« Denn aus der Wohnküche über den Korridor durch die Tür zur guten Stube meldete unverwechselbarer Geruch den seichigen, noch nicht gemilderten Nebengeschmack des Hauptgerichtes.

Noch kürzlich hatte Lena zu ihrem Otto »Schluß, sag ich, Schluß!« gesagt, nachdem er sie nicht nur wie jeden Freitag geprügelt hatte. »Mach man so weiter, bis Schluß is. Und zwar für immer.«

Doch die Ankündigung, eines Tages womöglich und zwar endgültig Schluß zu machen, faßte sie nicht der gewohnten Kloppe wegen – dazu sagte sie allenfalls: »Haust dir ja selbich in die Fresse« –, sondern weil Otto neuerdings ihre Erbsensuppe mit langen Zähnen aß und an den Schweinenierchen in Mostrichtunke nur noch das Seichige schmeckte. »Denn kannste sehn, wer für son Kacker wie dich Suppchen und sonstwas kocht. Und jammern zu spät: Lenas Nierchen waren die besten. Denn da is kein Kleinbeigeben mehr. Hab ich zu oft gesagt: Er kann ja nich anders. Muß immer stark machen und Faust auffen Tisch. Hinterher tut ihm leid. Und is ihm ganz weinerlich. Na, koch ihm, das mag er, paar Nierchen geschnibbelt, damit se schön ausziehn. Und zum Schluß Mostrich dran. Weil er das mag und immerzu jibbert: Nu koch doch mal wieder Nierchen in Tunke. Denn wenn die mürb sind, leg ich Pfeffer dran, reib ich Rettich frisch rein, geb dann auf kleiner Flamme, damit er nich grusselt, fünf Eßlöffel Senf bei oder Mostrich, wie man bei uns sagt, und rühr und rühr. Aber damit is Schluß jetzt. Hab ich ihm oft genug. Immer die Fresse groß auf und reden vonne Solidarität. Gut, wenn er kloppen muß, soll er. Mich trifft das nich. Auch wenn er mir Veilchen haut. Aber auf meine Nieren laß ich nuscht kommen. Wer bin ich denn, daß ich bekoch und betu! Auch noch Kartoffelchen für die Tunke. Und zum Abschmecken paar Gewürzkörner dran oder wie man auf fein sagt: Piment. Aber das is ihm nich gut jenug mehr. Wässern soll ich oder in Milch legen, damit se nich seichen. Als wenn denn noch Jeschmack kommen mecht. Schluß, sag ich, Schluß. Soll er doch sonstwo hin. Vleicht findet er eine, die se ihm wässert oder labbrig in Milch macht. Aber denn wird auch nich richtig sein. Und jammern wird er nach Nierchen von Lena. Aber denn is zu spät.«

Das alles sagte Lena Stubbe immer wieder und wässerte fortan die Schweinenierchen einen halben Tag lang, bevor sie sie zuerst hart-, dann weichkochte. Aber geschrieben in ihrem Kochbuch hat sie ganz anders. Und die Nierchen in Mostrichtunke für den Drechslermeister, Handelsreisenden, Agitator, Parteivorsitzenden, Volksredner und Reichstagsabgeordneten hat sie weder gewässert noch gemilcht, weshalb es auch bis in die gute Stube roch.

Schon nach der Suppe aus Rindsknochen (und ein zwei besonderen Zutaten) lockerte sich der Genosse Bebel ein wenig. Anfangs schien er bedrückt zu sein oder auch nur ermüdet von den immer gleichbleibenden Verpflichtungen seiner Ämter. Mehr zu Lena als zu Otto Stubbe hin klagte er, wenn auch männlich beherrscht: Wie viele Freunde ihm im Verlauf kämpferischer Jahre abhanden gekommen seien, wie straff sich trotz oder wegen der lastenden Sozialistengesetze die Partei habe lenken lassen und wie behäbig einerseits und zänkisch zum anderen sich das Parteivolk nun bei wachsendem Erfolg betrage. Wie schwierig es sei, den Sozialismus an Gesetzlichkeit zu gewöhnen, ohne daß dieser notwendige Prozeß Kompromißlertum fördere, wie weit man sich vom Ziel entfernt sehe, je erfolgreicher die Wahlen zum Reichstag ausfielen, ja, daß bei greifbar nahem Erfolg das Ziel an Deutlichkeit verliere.

Bebel sprach Zweifel aus und ging auch mit sich zersetzend um: Zu selbstsicher habe er den Zusammenbruch des herrschenden Systems und die Revolution vorausgesagt, zu oft habe er die bevorstehende Staatspleite geradezu datiert und somit falsche Hoffnung gemacht auf den endlichen Sieg. Sicher, er habe sich durch Marx' Prognosen verleiten lassen. Selbst England betreffend seien die falsch gewesen. Der Bernstein habe, was die Verelendung der Massen angehe, recht behalten. Man müsse erkennen, daß der Kapitalismus wandlungsfähig und nicht ohne Einfall sei. Andererseits lasse sich aber die sozialistische Idee nicht ohne Hoffnung auf die bevorstehende Umwandlung und das greifbare Ziel einer neuen Gesellschaft beleben. Und in der Tat spreche alles dafür, daß die ausbeuterische Mißwirtschaft demnächst ihren Kollaps erleben werde. Aussicht bestünde ernsthaft auf den revolutionären Tag. Wenngleich man das nicht laut sagen solle, der gebotenen Gesetzlichkeit wegen.

Während Lena Stubbe die Wirkung ihrer Rindsbrühe auf den tief deprimierten Mann gelassen (und ihrer Zutaten gewiß) abwartete, rutschte Otto Stubbe, solange Bebel von Zweifeln eingetrübt war und die Revolution ins Aschgraue vertagte, unruhig auf dem Stuhl; doch sobald sich der Vorsitzende, dank Lenas Rindsbrühe, wieder straffte und mit hellem, herrischem Auge Zukunftszeichen blitzte, verfiel der rasch zu gewinnende Ankerschmied der Begeisterung. Forsch sagte er Revolutionäres auf. Er ließ anarchistische Untertöne mitorgeln und bekam den Jetzt-oder-nie-Blick, so daß ihn Bebel mit Hinweis auf die Erfurter Parteitagsbeschlüsse zwar ohne Schärfe, doch unbedingt zur Ordnung rufen mußte.

Da tischte Lena schon die Schweinenierchen in Mostrichtunke zu Salzkartoffeln. In gläsernem Wasserkrug stand Braunbier bereit, das die Stubbetochter Luise aus einer Kneipe am Eimermacherhof geholt hatte. Während gegessen wurde, hörte man die Lewandowskikinder laut wie nahbei und die eigenen von nebenan kaum. Bebel lobte das einfache und doch so pikante Gericht. Lena erzählte von ihrer Tochter Lisbeth, deren schwindsüchtiger Mann wohl nicht mehr lange machen werde. Nunmehr locker, herzlich und interessiert an familiären Einzelheiten saß der Vorsitzende, ohne (wie anfangs oft) seine goldene Taschenuhr zu ziehen, so daß Lena, kaum war als Nachtisch ihr berühmtes Kompott aus Boskopäpfeln mit Zimmet drin gelöffelt worden, ihren mittlerweile lärmigen Otto durch bloßes Blickwerfen (und kraft ihrer geprügelten Autorität) aufforderte, die gute Stube zu verlassen. Otto erklärte sich pflichtbewußt: Er wolle sich nun ein wenig um die unruhig werdenden Kinder kümmern. Es sei wohl besser, wenn Lena und der Genosse Bebel unter sich blieben. Vom Kochen im politischen Sinn verstehe er ohnehin wenig. Er schwöre zwar auf kräftige Hausmannskost, doch fehle es ihm an Küchentheorie. Das sei Lenas Sache. Wenn es aber mal losgehe, auf die Barrikaden und so, sei er als erster dabei. Darauf könne sich der Genosse Bebel verlassen.

Als Otto Stubbe gegangen war, wurde es still in der guten Stube. Es blieb auch ein Weilchen so. Nicht einmal Fliegen waren im Zimmer. Der Vorsitzende zündete sich eine Zigarre an und bemerkte, die stamme aus Engels' Nachlaß. Spöttisch noch soviel: Der gute Friedrich sei zwar hauptsächlich Fabrikant geblieben, aber in seinen letzten Lebensjahren, womöglich weil befreit vom Marxschen Überdruck, habe er sich zum nützlichen Sozialdemokraten gemausert. Dann wieder Stille. Lena suchte ihre Brille, fand sie und legte wortlos dem paffenden Vorsitzenden ihr ordentlich geschriebenes Manuskript vor. Bebel blätterte hier lesend, dort überschlagend im »Proletarischen Kochbuch«.

Einige der Köchinnen in mir wären heute gewerkschaftlich organisiert. Amanda Woyke gewiß. Womöglich die dicke Gret. Streitbar links orientiert: Sophie Rotzoll. Doch ganz bestimmt Lena Stubbe.

Auf einer Tagung der Gewerkschaft Nahrung-Genuß-Gaststätten, die kürzlich in Köln stattfand, sprach die Delegierte Lena Stubbe zu Kantinenköchen und Köchen der Gaststättenbetriebe »Wienerwald«, zu den Konservenköchen und sonstigen Köchen. Natürlich saßen auch Kellner, Serviererinnen, Schlachthofmetzger, Fabrikbäcker usw. im Saal. Zu Beginn ihres Kurzreferates »Die Küche der unterdrückten Klasse« sagte Lena eher launig als provozierend: »Liebe Kolleginnen und Kollegen! Was heißt hier Schnellküche! Zur Hölle mit den Fertiggerichten! Auch wenn sie Zeit sparen, frag ich euch: Zeit wofür und für wen?«

Sie bekam nur kleckernden Beifall. Und auch ihr Angriff auf die Konservenindustrie, gepfeffert mit Beispielen schlechter Qualität, wurde nur von wenigen Köchen und solchen zudem unterstützt, die als elitär verschrien waren, weil sie in Hotelküchen erster Ordnung (Rheinischer Hof, Hilton, Steigenberger) sogenannten internationalen Ansprüchen genügen mußten: Fasanenbrüstchen auf Ananaskraut. Das Fertiggericht als Konserve – »So kann sich doch auch der einfache Mann mal Rinderzunge in Madeirasauce leisten!« – wurde von der Mehrheit demonstrativ bestätigt und in einem Zwischenruf »Fortschritt im Sinne gewerkschaftlicher Solidarität« genannt.

»Dann solltet ihr auch die Erbswurst feiern!« rief Lena Stubbe. »Schließlich hat ein Berliner Koch und Kollege, kurz vor Ausbruch des siebzig-einundsiebziger Krieges, die proletarische Erbswurst erfunden und so die preußische Armee gestärkt.« (Beifall, Gelächter.) »Oder ihr solltet den Grafen Rumford zum Ehrenmitglied ernennen, weil diesem Herrn gleich zu Beginn des neunzehnten Jahrhunderts, als Antwort auf die soziale Frage, ein nach ihm benannter Magenkleister eingefallen ist: die Rumfordsche Armensuppe, aus Wasser, Kartoffeln, Graupen, Erbsen, Rindertalg, Altbrot, Salz und abgestandenem Bier solange gekocht, bis sie pappig nicht aus dem Löffel fallen konnte.« (Abermals Beifall und Gelächter der Delegierten.)

Doch als die ehemalige Köchin der Volksküche Wallgasse und Danzig-Ohra aus ihrer frühsozialistischen Erfahrung schöpfte und in ihrem Kurzreferat immer wieder historisch wurde, als sie das damals schon fehlende proletarische Kochbuch auch für die Jetztzeit forderte, als Lena Stubbe nachzuweisen begann, daß sich die Arbeiterfrauen zur Zeit des Frühkapitalismus, in Ermangelung klassenbewußter Kochbücher, an bürgerliche Schwarten – Henriette Davidis und Schlimmeres – gehalten hätten und so der eigenen Klasse entfremdet und mit kleinbürgerlichen Sehnsüchten – »Eure Rinderzunge in Madeirasauce!« – traktiert worden seien, als Lena behauptete, daß die Arbeiterbewegung und in ihr die Gewerkschaften damals und heute versäumt hätten, den jungen Fabrikarbeiterinnen das klassenbewußte Kochen beizubringen – »Da wird doch nur noch blindlings nach der Konserve gegriffen!« –, protestierten die Tagungsteilnehmer mehrheitlich. »Schließlich gibt es Qualitätskonserven!« und »Hier soll wohl der längst überwundene Klassenkampf wieder aufgewärmt werden!« Jemand rief: »Typisch linke Spinnereien sind das!«

Dennoch behielt die Köchin aus dem neunzehnten Jahrhundert das letzte Wort: »Kollegen!« rief sie den Köchen zu. »Ihr kocht ohne geschichtliches Bewußtsein. Weil ihr nicht wahrhaben wollt, daß der männliche Koch während Jahrhunderten ein Produkt der Klöster und Fürstenhöfe, der jeweils herrschenden Klasse gewesen ist. Während wir Köchinnen immer dem Volk gedient haben. Damals blieben wir anonym. Wir hatten keine Zeit für die Verfeinerung von Saucen. Kein Fürst Pückler, kein Brillat-Savarin, kein Maître de Cuisine ist unter uns. Wir haben in Hungerzeiten das Mehl mit Eicheln gestreckt. Uns mußte zum täglichen Haferbrei Neues einfallen. Eine entfernte Verwandte von mir, die Gesindeköchin Amanda Woyke, und nicht etwa der Olle Fritz hat die Kartoffel in Preußen eingeführt. Ihr aber habt euch immer nur Extravagantes einfallen lassen: Rebhuhn entbeint auf Diplomatenart, mit getrüffelter Wildfarce gefüllt, garniert mit Gänseleberklößchen. Nein, Kollegen! Ich bin für Spitzbeine zu Schwarzbrot und Salzgurken. Ich bin für billige Schweinenierchen in Mostrichtunke. Wer nicht historisch Hirse und Schwadengrütze nachschmecken kann, der soll hier nicht großspurig vom Grillieren und Sautieren reden!«

Verärgert riefen die Köche: »Zur Sache! Zur Sache!« – Dann ging es nur noch um die nächste Tarifrunde in Nordrhein-Westfalen.

Inzwischen hatte sich der Vorsitzende der Sozialdemokratischen Partei zwar nur flüchtig, aber doch einen Eindruck gewinnend mit Lena Stubbes Manuskript für ein »Proletarisches Kochbuch« bekannt gemacht. Er lobte das Unternehmen. Er räumte ein, daß die junge Arbeiterfrau, zumeist ländlicher Herkunft und an Selbstversorgung gewöhnt, nun im städtischen Bereich ohne Orientierung und bei der Versorgung der Familie, etwa beim Kochen, ohne klassenbewußten Leitfaden geblieben sei. Der enorme und gesundheitsschädliche Zuckerverbrauch in Arbeiterhaushalten sei ihm bekannt. Auch hänge der Alkoholismus der Arbeiter gewiß mit den orientierungslosen Eßgewohnheiten des Proletariats zusammen. Schon beim Einkauf beginne die bürgerliche Verführung. Es stimme: Seinem Buch über die Frau fehle ein entsprechendes Kapitel. Womöglich habe nicht nur er, sondern die Arbeiterbewegung insgesamt von Anbeginn versäumt, mit dem Kopf auch den Gaumen aufzuklären und einen klassenbewußten Geschmack zu entwickeln. Man könne wohl doch nicht alles der Vernunft überschreiben. Der Ruf nach Gerechtigkeit hafte zu platt am Papier. Das Sinnliche fehle. Der Bauch wolle nicht nur voll sein. Deshalb gehe dem Sozialismus, so scharf witzig er treffen könne, der lustvolle Humor ab. Ein Werk wie dieses sei deshalb überfällig. Vortrefflich seien der Genossin Stubbe die Kommentare und historischen Hinweise gelungen, zum Beispiel auf die Fleischknappheit und Verteuerung um 1520 und die daraus resultierende Entwicklung weitverbreiteter Mehlspeisen wie Dampfnudeln und Klöße. Auch stimme er mit ihr überein, daß die Einführung der Kartoffel in Preußen mehr verändert habe als die gloriose Schlachtenfolge des Siebenjährigen Krieges. Er könne ihren Befund, der Sieg der Kartoffel über die Hirse sei ein revolutionärer Vorgang gewesen, nur unterstreichen. Das sei durchaus marxistisch gedacht, wenngleich Marx den Aspekt proletarischer Eßgewohnheiten, womöglich aus Gründen seiner bürgerlichen Herkunft, nicht habe erkennen können. Dem Kapitalismus wie dem Sozialismus hafte von Anbeginn etwas Puritanisches an. Im übrigen bewundere er die Kenntnisse der Genossin Lena. Er sehe in ihr eine sich selbst bildende Arbeiterfrau beispielhafter Art. Auch er habe sich als Drechslergeselle seine Kenntnisse ohne ausreichende Vorbildung anlesen müssen.

Daraufhin drückte August Bebel lange Lena Stubbe die Hand, so sehr hatte sie ihn überzeugt. Er rief aus: »Welch ein unvergeßlicher Tag!« Doch als Lena den Vorsitzenden ihrer

Partei bat, ein Vorwort zum »Proletarischen Kochbuch« zu schreiben, denn als Frau und unbekannt könne sie keinen Verleger finden, wurde Bebel unsicher. Er glaube nicht, daß das Bewußtsein der Genossen schon so reif sei, um das Vorwort ihres Parteivorsitzenden zu einem Kochbuch als politische Notwendigkeit zu begreifen. Er würde sich lächerlich machen und damit der guten Sache nur schaden. Ganz zu schweigen von der Reaktion der bürgerlichen Öffentlichkeit. Im gegnerischen Lager warte man nur darauf, daß er sich eine Blöße gebe. Leider leider.

Und auch Lenas Vorschlag, zumindest wichtige Teile ihres Kochbuches – und sei es ohne Nennung ihres Namens – einer neuen Auflage seines Erfolgsbuches kleingedruckt anzuhängen, wurde von Bebel unter Bedauern zurückgewiesen. Die Genossin Stubbe lese ja, wie er sehe, regelmäßig die »Neue Zeit«. Also kenne sie auch seine Auseinandersetzung mit Simon Katzenstein zum Thema Frau. Man dränge ihn, in der nächsten Auflage Katzensteins kritischen Artikel und seine Antwort aufzunehmen. Da werde – leider, leider – für Auszüge aus dem Kochbuch kein Platz bleiben. Außerdem wäre eine Kürzung der ausgezeichneten Arbeit nicht zu verantworten. Neinnein. Das wolle er der Genossin Stubbe nicht antun.

Als August Bebel jene goldene Taschenuhr zog, die heute der Vorsitzende der SPD, Willy Brandt, bei feierlichen Anlässen trägt, setzte Lena ihre Lesebrille ab und blickte wäßrig auf den abgegessenen Tisch. Sie sagte: »Na macht nuscht.« Er sagte: »Ich gestehe, deprimiert gekommen zu sein; doch ich verlasse Sie wohlgemut. Denn nun muß ich leider. Die Genossen warten auf mich in Adlers Brauhaus. So heißt wohl das Lokal in der Tischlergasse. Es steht wieder einmal der Revisionismus auf dem Programm. Dieses ewige Gezänk. Viel lieber würde ich von Ihnen noch einiges über Ihre Urahnin, die Gesindeköchin Amanda Woyke, erfahren. Jaja. Gäbe es nicht die Kartoffel ...«

Als August Bebel die Arbeiterkate Auf dem Brabank 5, inmitten der Familie Stubbe, verließ, wartete draußen viel Volk, das ihm zujubelte, ihn hochleben ließ und an die gute Sache glaubte. Arbeiterlieder wurden gesungen. Hände mußte er schütteln. Tränen standen in Augen. Der Maiabend bot Sonnenuntergang. Ein Polizeileutnant, der mit seinen Leuten den Menschenauflauf beaufsichtigte, sagte: »Das ist ja toller, als wenn höchstselbst der Kaiser kommt!« Und eine Arbeiterfrau, Frau Lewandowski von nebenan, antwortete dem Leutnant: »Der da ist unser Kaiser!«

Die Reise nach Zürich

begann am Freitag vom Danziger Hauptbahnhof aus, nachdem die Nachricht vom 13. und 14. August donnerstags in der »Volkswacht« gestanden hatte. Zwar wurde vom hiesigen Vorstand sogleich beschlossen, eine würdige Trauerfeier zu veranstalten, die auch am Sonnabend im Bürgerschützenhaus unter starker Beteiligung stattfand, aber einen Delegierten wollte man nicht schicken, zumal sich die Genossin Lena Stubbe, die vor Jahren mit dem Parteivorsitzenden lebhaften Kontakt gepflegt hatte, kurzerhand entschloß, auf eigene Kosten die lange Reise anzutreten; einen Lorbeerkranz mit weißer Binde, auf dem »Leb wohl!« und »Wir geloben Solidarität!« in roten Lettern geschrieben stand und den der Ortsverein gestiftet hatte, nahm sie mit sich. Desgleichen gehörten, neben dem Notwendigsten in einem strohgeflochtenen Koffer, ein Laib Brot, ein Einmachglas voller Schwarzsauer vom Schwein und ein Netz Äpfel zu ihrem Gepäck. Gerade noch rechtzeitig wurde der eigens ausgestellte Reisepaß unterschrieben.

Otto Friedrich Stubbe brachte Lena zur Bahn. Er sprach männlich beherrscht und doch tiefbewegt zu ihr, obgleich er noch am Vortag von der teuren und Lenas Ersparnisse gänzlich verzehrenden Reise nach Zürich abgeraten hatte: »Da wird ja Menge genug sein.«

Während ich die Abfahrt des D-Zuges nach Berlin ungefähr (kurz nach 11 Uhr) angeben kann und mich auch sonst genau an den August 1913 erinnere, ist mir die Gegenwart wie unbegreiflich: Ist doch vor wenigen Tagen der jetzige Vorsitzende der SPD als Bundeskanzler zurückgetreten, nur weil ihm die Kommunisten einen Agenten ins Amt gesetzt hatten. Man kann es nicht fassen, flucht, »Diese Schweine!«, telefoniert mit anderen Fassungslosen, setzt sich, weil das Rumlaufen nichts bringt, lamentiert immer wieder, »Das darf nicht sein!«, und schreibt, um das Vergangene zu beleben, über August Bebel: Wie hätte der wohl anstelle gehandelt? Was hätte der zum Agentenproblem gesagt? Und für oder gegen wen hätte sich Bebel entschieden, als sich am 22. April 1946 die KPD und die SPD in der sowjetisch besetzten Zone Deutschlands auf einem Vereinigungsparteitag zur SED zusammenschlossen? Bei diesem feierlichen Anlaß überreichte ein alter Genosse unter Beifall des sozialdemokratischen Genossen Grotewohl dem kommunistischen Genossen Pieck jenen Holzstab, den Bebel selbst gedrechselt und mit dem er auf dem turbulenten Erfurter Parteitag von 1891 »Ruhe!« geklopft hatte.

Doch die symbolische Schutzkraft des Stabes war nicht stark genug, um etliche Sozialdemokraten (bald nach dem Einigungsparteitag) vor dem Zuchthaus Bautzen zu schützen, auch konnte nichts die regierenden Kommunisten in der DDR hemmen, sich selber und jeden anderen, also auch Bebels Nachfolger zu bespitzeln.

Das hatte der Drechslermeister natürlich nicht bedacht, als er sich – noch immer aus beruflicher Neigung – einen Stock handlich drehte, um seiner Autorität, bei allzu lautem

Streit über den wahren Weg zum Sozialismus, Nachdruck zu geben. (Oder war Willy zurückgetreten, weil ihn die Macht ekelte?)

Als Lena Stubbe um 19.30 Uhr in Berlin auf dem Bahnhof Friedrichstraße ankam, mußte sie in die Stadtbahn umsteigen, denn der D-Zug über Halle, Erfurt, Bebra, Frankfurt, Karlsruhe, Basel nach Zürich fuhr um 22 Uhr 13 vom Anhalter Bahnhof ab. Von Schneidemühl an hatte sie in ihrem Eckplatz wie gleichmütig schlafen können, so flach war das Pommernland. Auf dem Bahnsteig, dem entlang viele Genossen aus anderen Ortsvereinen und Parteibezirken mit Kränzen standen, aß sie einen Apfel, und später, als sie in ihrem Abteil mit Glück einen Fensterplatz fand, schnitt sie von dem Laib Vollkornbrot ab und legte Portionen Schwarzsauer aus dem Einmachglas auf die Stullen. Dazu trank sie eine von den vier Flaschen Aktienbier leer, die ihr ihr Otto Friedrich fürsorglich in die Reisetasche gesteckt hatte.

Der Vorsitzende, dessen Tätigkeit als Buchautor einträglich gewesen war, hatte sich für sein Alter ein Haus am Zürichsee gebaut, weil seine einzige Tochter dorthin geheiratet hatte. Lena war, als August Bebel dreiundsiebzigjährig starb, vierundsechzig Jahre alt. Die Genossin ihr gegenüber mochte Anfang Vierzig sein. Es saßen noch drei Herren im Abteil, von denen aber nur einer aus sozialistischen Gründen nach Zürich wollte. Dieser Herr Michels, der als Dozent der Nationalökonomie in Turin wohnte und, obgleich zufällig in Lenas Abteil geraten, dennoch mit der anderen Mitreisenden bekannt war – er duzte sie –, eröffnete bald nach Abfahrt des Zuges ein Gespräch von solch radikaler Tonart, daß die beiden anderen Herren, noch bevor sie in Halle ausstiegen, das Abteil wechselten, wobei der eine, zum Vergnügen der Frauen, von »kommunistischer Pestilenz« sprach.

In mehrfachem Sinn taten die Herren Robert Michels Unrecht, denn der immer noch junge Mann entstammte einer rheinischen Kaufmannsfamilie. Zwar hatte er, nach kurzem Zwischenspiel als preußischer Offizier, rasch Kontakt zu revolutionären Sozialisten gewonnen, aber von der deutschen Sozialdemokratie und deren Ordnungsprinzipien abgestoßen, die Nähe der italienischen und französischen Syndikalisten gesucht. Von Sorel beeinflußt, war ihm der kleinbürgerliche Reformismus der Sozis zuwider, wenngleich er von dem Unteroffizierssohn Bebel nicht nur enttäuscht, sondern auch, aus Sehnsucht nach wahrer Autorität, fasziniert war. Deshalb fuhr Michels zum Begräbnis des Vorsitzenden einer Partei, die er, auf seinem Weg nach vorne, schon längst hinter sich gelassen hatte. Weit links sah er sich von der Frau Rosa, die sich selbst zum linken Flügel ihrer Partei zählte. In Lena Stubbe, die ihm, wie allen im Abteil, Äpfel anbot, sah er nichts; wie hätte er auch jene weißhaarige Frau begreifen können, die sich bei der Abfahrt des Zuges bekreuzigte und diese Sünde wider den Geist der Aufklärung auf jeder Station wiederholte.

Die Wechselrede der beiden jüngeren Reisenden entzündete sich an der These vom Generalstreik als revolutionärer Kampfmaßnahme der Massen. Zwar war auch Michels für den großen Streik, doch warf er Rosa vor, Angst vor dem Gebot der Legalität bewiesen, vor Bebel, dem »notorischen Mehrheitspolitiker«, gekuscht und die linke Abspaltung nicht gewagt zu haben. »Du mit deinem Demokratiegerede. Die Massen sind als Kraft blind. Sie müssen durch führenden Willen vorangerissen werden. Der Wille des Volkes will immer nur paar Pfennige draufgezahlt und gelegentlich ein Freibier spendiert bekommen. Eure Sozialdemokratie stinkt nach bürgerlicher Dekadenz. Da ist alles aufs Statut gebracht. Kein Platz bleibt mehr für anarchistische Kraft, die mit eisernem Besen den Staub von tausend Jahren zuhauf kehrt und endlich Raum schafft für die viel größere Freiheit.«

Die wolle sie auch, sagte Rosa. Doch Freiheit lasse sich nicht von oben nach unten befehlen. Sie müsse von der Basis her – und sei es mit Hilfe von Organisation – wachsen. »Freilich ohne das jetzige Kompromißlertum. Die Bernsteins und Kautskys müssen weg. Jetzt, wo der Alte tot ist, werden junge Kräfte frei werden. Wir müssen wieder zur Spontaneität zurückfinden. Notfalls gegen die Partei.«

So redeten sie bis Bebra. Als es draußen schon dämmerte, sprach Lena: Eigentlich wolle sie bißchen schlafen. Aber das müsse doch noch gesagt werden. Was die Genossin Luxemburg da rede, habe sie ähnlich in Zeitschriften gelesen. Und das stimme auf dem Papier. Der Freiheit von unten hoch könne sie nur zustimmen. Und was der Genosse Michels, von dem sie leider noch nichts gelesen habe, hier großartig von sich gebe, sei so schön, als hätte es ihr Otto Friedrich in Adlers Brauhaus gesagt, wenn ihn mal wieder sein radikaler Sonntag hinreiße. Aber das Leben finde am Montag statt und dann die lange Woche lang. Das habe der Genosse Bebel immer wieder gesagt. Ein Jammer, daß er nicht mehr den Vorsitz halte. Was solle denn nun geschehen, wenn niemand so viel Richtigkeit links und rechts je wieder auf einen ordentlichen Satz bringen könne? Denn zuviel Richtigkeit sei gefährlich. Da rede man sich bald von der Einigkeit weg. Ob die Genossin Luxemburg das nicht bedenken wolle. Und was den Genossen Michels angehe, der so studiert sei und für alles zwei Wörter habe, der solle man aufpassen, daß ihn seine Rede nicht allzuweit nach links trage, sonst komme er rechts wieder raus. Sie kenne da Leute, wie Karlchen Klawitter, die hätten sich paar Jahre später nicht wiedererkannt. Nur was wirklich sei, zum Beispiel das Elend, das bleibe sich gleich.

Darauf bot Lena Stubbe noch einmal von ihren Äpfeln an, zog sich dann den Mantel übers Gesicht und schlief, während der D-Zug durch den hellen Morgen hastete und dabei bemüht war, pünktlich zu bleiben, denn auch der Lokomotivführer und der Heizer sowie die wechselnden Zugschaffner waren alle Genossen. Die wußten genau, wen sie wohin fuhren und daß ihr planmäßiger Zug von Teilstrecke zu Teilstrecke historischer wurde.

Rosa Luxemburg und Robert Michels jedoch waren unter Lenas Worten – einmal hatte sie zu Rosa »Kindchen« und »Marjell« gesagt – ein wenig nachdenklich geworden. Doch mußten sie, weil der Sozialismus so will und wie aus Gewohnheit noch eine gute Stunde lang, wenn auch aus Rücksicht halblaut, übers Prinzip streiten, bis auch sie müde wurden.

Natürlich wollte sich Rosa nicht (wie ihr später mit schlimmer Folge geschah) von der Partei abspalten. Natürlich wollte der radikale Bürgerssohn nicht nach exzentrischem Kreislauf ins Lager der Reaktion eingehen (dennoch wurde Robert Michels bald nach dem Ersten Weltkrieg – der stand kurz bevor – in Italien, wo er Professor war, ein begeisterter und bis zum Schluß radikaler Faschist). Überhaupt reiste im D-Zug nach Zürich viel Zukunft mit: Ebert und Scheidemann saßen in einem Abteil erster Klasse, auch Plechanoff, den Lenin schon damals als Revisionisten beschimpfte, kam auf diesem Weg angereist, um an Bebels Grab für die russischen Genossen zu sprechen.

Es ist ja leider nicht so, daß man alles vorher wissen kann. Bebel hatte den brillanten jungen Mann, bei allem Spott auf Bürgersöhne, durchaus geschätzt: seine (liberale) Wissenschaftlichkeit, seinen (farbigen) Stil. Und auch Brandt war die Zuverlässigkeit und die durch nichts einzutrübende Gemütslage des Genossen Guillaume zur beruhigenden Gewohnheit geworden. Verräter haben ihren besonderen Charme. Das schmeichelte sogar ein wenig, zumal Michels wie Guillaume bis in ihren Verrat hinein immer respektvoll, der eine über Bebel, der andere über Brandt zu berichten wußten. Wer Michels' Nachruf auf Bebel liest, erkennt selbst in den kritischen Passagen, wie sehr er den alten Knasterbart geliebt haben muß. Und sollte uns Guillaume eines Tages die »Memoiren eines Verräters« bescheren, wird er gewiß fein säuberlich zwischen der Sache seiner staatlichen Auftraggeber und seinem privaten Gefühl zu unterscheiden wissen. Schließlich verrät man nur, was man liebt; wenngleich Lena Stubbe, die zeitlebens nur immer der Not gehorchte, eindeutig blieb, auch wenn sie liebte.

Pünktlich um 15 Uhr 29 erreichte der D-Zug den Hauptbahnhof Zürich. Die Arbeiterunion hatte für die Angereisten Quartiere vorbereitet. Wie immer klappte die Organisation. Lena, die sich von Rosa mütterlich – »Paß auf dich auf, Marjell! Und schreib mal was Kluges über uns arme Weiber« – und von Michels mit einem gutmütigen Klaps verabschiedet hatte, fand ihr Nachtlager bei der Familie Loss. Es gab zu Milchkaffee eine schweizerische Spielart von Bratkartoffeln, Röschti genannt.

Vater Loss, der sich bis zum Kannichtmehr als Briefträger seine Schuhsohlen abgelaufen hatte, erzählte, wie die hiesigen und die reichsdeutschen Genossen von der Post während der Zeit der Sozialistengesetze zusammengearbeitet und die in Zürich gedruckte, im Reich verbotene Zeitung »Socialdemokrat« über die Grenze geschmuggelt hätten.

Lena Stubbe erzählte vom Streik auf der Klawitterwerft und wie Bebel Auf dem Brabank Gast gewesen war. Ihr Proletarisches Kochbuch, das keinen Verleger gefunden hatte, erwähnte sie nur beiläufig, doch fand sie bei Mutter Loss, die in Lenas Alter war, Interesse.

Dann wurden alle zu Bett geschickt und von Zürichs Glocken wieder geweckt. Ein schöner Sommertag gab den

Anschein, daß überall alles blitzblank sei. Das Geld ging zur Kirche. Der liebe Gott hütete sein Bankgeheimnis. Noch merkte man nicht, daß Bebel tot war.

Das war im Mai, als Willy zurücktrat. Ich hatte mit Möwenfedern den sechsten tagsüber mich gezeichnet: ältlich schon und gebraucht, doch immer noch Federn blasend, wie ich als Junge (zur Luftschiffzeit) und auch zuvor, soweit ich mich denke (vorchristlich steinzeitlich) Federn, drei vier zugleich, den Flaum, Wünsche, das Glück liegend laufend geblasen und in Schwebe gehalten habe. (Willy auch. Sein bestaunt langer Atem. Woher er ihn holte. Seit dem Lübekker Pausenhof.) Meine Federn – einige waren seine – ermatten. Zufällig liegen sie wie gewöhnlich. – Draußen, ich weiß, bläht die Macht ihre Backen; doch keine Feder, kein Traum wird ihr tanzen.

Die Bestattungsfeierlichkeiten waren auf Sonntag mittag, zwei Uhr angesetzt. Weil der Genosse Loss zum Organisationskomitee gehörte, bekam Lena eine Einlaßkarte für den Städtischen Friedhof Sihlfeld, die sie bei der Arbeiterunion in der Stauffacherstraße abholte. Die aufgebahrte Leiche war bis Sonnabend im großen Saal des Volkshauses für das Publikum zugänglich gewesen. Von dort wurde der tote Bebel zum Haus seiner verwitweten Tochter in der Schönbergstraße gebracht. Dann formierte sich der Trauerzug. Voran das Musikkorps »Konkordia«. Es folgten über fünfhundert Kranzträger, unter ihnen Lena Stubbe, die ihren Kranz nicht hatte abgeben wollen. Danach der Leichenwagen, dem mehrere Blumenwagen, der Wagen mit der trauernden Familie und zwei weitere Wagen mit Gebrechlichen folgten. Den Trägern der Traditionsfahnen schlossen sich die Delegationen aus Deutschland (mit der Reichstagsfraktion), Frankreich, England, Österreich, der Schweiz sowie weitere Gruppen an. Hinter dem Musikkorps »Eintracht« folgten in großer Masse die politischen Vereine von Zürich und Umgebung. Den Schluß bildeten die Gewerkschaftsorganisationen. Selbst die in Sachen Arbeiterbewegung immerfort hämische »Neue Zürcher Zeitung« staunte über den Aufwand und wollte nicht begreifen.

Durch die Rämistraße über die Kaibrücke, durch die Thalstraße, Badener Straße bewegte sich der Trauerzug in Richtung Sihlfeld. Die Kirchen blieben stumm; nur der Glöckner der Jakobskirche war offenbar ein Genosse. Tausende standen auf den Bürgersteigen. Die Herren trugen zumeist flache Strohhüte, die Frauen Hüte mit Kunstblumenschmuck. Nicht alle Herren entblößten sich, während der Leichenwagen vorüberfuhr. Ein Jahr später wurden Strohhüte von gleicher Beschaffenheit fotografiert, als sich überall in Europa vielköpfige Mengen versammelten, um der Proklamation des Krieges zuzujubeln; obgleich die Sozialistische Internationale noch kurz zuvor in Basel den Einbund gegen jeglichen Krieg beschlossen hatte, wobei Bebel seine Friedensrede gegen den Rüstungswettlauf und die allseitige Kriegshetze, wie immer, tatenlustig beendet hatte: »Gehen wir ans Werk, frischauf vorwärts!«

Auf dem Friedhof Sihlfeld sah Lena Stubbe die Genossin Rosa nur kurz, doch mehrmals den Genossen Michels, der mit allen Delegationen vertraut und mit den Franzosen und Italienern per du war. In das griechische Tempelchen, dem man nicht ansah, daß es ein Krematorium bedeutete, fand Lena nicht mehr hinein. Zu groß war der Andrang der Delegationen. Sie konnte noch rasch ihren Kranz abgeben und später das eine und andere Wort der Reden hören. Es sprachen der Schweizer Nationalrat Hermann Greulich, der Österreicher Viktor Adler, der Belgier Vandervelde, der Reichstagsabgeordnete Legien, der Russe Plechanoff. Leider war Jean Jaurès durch Krankheit verhindert. Namen, die erst später bekannt wurden, seien dennoch genannt: Otto Braun, Karl Liebknecht, Otto Wels, Ebert, Scheidemann. Im Namen der sozialistischen Frauen aller Länder sprach die Genossin Clara Zetkin. Sie nannte Bebel »Erwekker von Millionen Frauen«. Sie sagte: »Niemand hat mit heiligerem Ingrimm als du alle Ungerechtigkeiten und Vorurteile über unser Geschlecht bekämpft...«

Neben der Urne seiner Frau Julie wurde seine Urne beigesetzt. Weil August Bebel im Testament es so gewünscht hatte, sang zum Schluß der Grütli-Männerchor das Huttenlied von Gottfried Keller: »Du lichter Schatten, habe Dank...«

Lena blieb noch, weil sie nun mal die lange Reise gemacht hatte, drei Tage bei ihren Quartierleuten als Gast. Doch die Berge hat sie nur von weitem gesehen: bei Föhn, vom Ufer des Zürichsees aus. Für Frieda Lewandowski, die Nachbarin Auf dem Brabank, kaufte sie eine Kuhglocke. Erst am letzten Tag wurde sie traurig und wurde ihr alles fremd.

Als die Genossin Loss sie zum Bahnhof brachte, gab sie ihr einen runden Brotlaib, ein Stück Appenzeller Käse und ein Krüglein voll leichtem Wein vom Herrliberg mit. Im D-Zug nach Berlin saß sie zwischen Fremden. Doch bald holte sie ein Diarium aus ihrer Reisetasche. Ihre Brille fand sie in einem schwarzen Seidenbeutel zwischen dem restlichen Geld, dem Paß, einigen Haarklammern und dem Röhrchen voll Natron. Sie schrieb Rezepte auf, nach denen die Genossin Loss zu kochen gewohnt war, etwa: Zwiebelwähe oder Chäsküchli in Fett schwimmend gebacken oder geschnetzelte Leber zu Röschti oder eine Suppe aus gebräuntem Mehl. So näherte sich Lena wieder ihrem Otto Friedrich, den sie bald, weil der Krieg seine Abstriche machte, überleben sollte.

Unter Kartoffelschalen, in der Mehlschütte, bei den Speckschwarten, die Amanda Woyke zum Ausreiben der Pfannen beiseite legte.

Viele Stilleben mit Brille: Ich könnte Lena Stubbes gezwirntes Gestell vor den krummen Nagel, über den zur Schlinge geknüpften Strick legen.

Beim Zwiebelschneiden und wobei noch sie die Brillen nicht abnahmen. Beim Linsenlesen, wenn meine Ilsebill die Hammelkeule mit Knoblauch spickt, als die gestopfte, mit Äpfeln gestopfte Martinsgans zugenäht wurde, vor Lena Stubbes Gewürzschränkchen, in dem nie Majoran fehlte, wenn Sophie Rotzoll in die Pilze ging.

In der Mehlschütte, unter Kartoffelschalen und wo noch ihre verlorenen Brillen wiedergefunden wurden: nach Wochen zuunterst im Steinguttopf voller Griebenschmalz, in jenem (zudem mit Backpflaumen) gefüllten Rinderherz, das die Nonne Rusch dem bösen Abt Jeschke im Kloster Oliva auftrug; und jene Brille, die Sophie beim Pilzesuchen verlor, fand sich ein knappes Jahrhundert später in einem frischgekauften Dorsch gleich neben der Leber, als Lena Stubbe ihn aufschnitt, weil Freitag war.

Wie viele Brillen haben sie getragen, verlegt und manchmal wiedergefunden? Dreizehn. Die letzte brach am Vatertagsfest des Jahres 1962, als Sibylle Miehlau, kurz Billy genannt, mit ihrer Brille unter die Motorräder geriet.

Maria vergleicht Preise mit bloßem Auge. Agnes, die nicht schreiben nicht lesen konnte, trug keine Brille. Schon eingemauert, beim Talglicht, wenn sie ihre Bußzettel kritzelte, hätte die Fastenköchin Dorothea eine Brille gebraucht; ihr dominikanischer Beichtvater hatte ihr hochgotische Buchstaben beigebracht. Auch von Wigga und Mestwina behauptet der Butt, sie seien kurzsichtig gewesen. Nicht nur weil sie ein steinzeitliches Bild abgibt: Wer könnte sich Aua mit Brille vorstellen?

Also sortierte Sophie, die ihre Brille mal wieder verlegt hatte, das Körbchen Pilze, das trotz Belagerung in die Stadt gekommen war, mit schwimmendem Blick, was politische Folgen hatte, während Lena Stubbe ihren Otto ohne Brille auf der Nase rechtzeitig vom Nagel schnitt.

Mit dem Wollärmel und womit noch putzten sie ihre Brillen, wenn Kochdunst, Fettflecken, Nebel oder Fliegenschiß den Blick trübten.

Die Nonne Rusch, deren Brille ein Erbstück des Patriziers Ferber gewesen ist, wischte ihre Gläser mit dem Bürzelflaum junger Enten klar. Als ältliches Fräulein nahm Sophie Rotzoll, bevor sie ein neues Gnadengesuch an den Kommandanten der Festung Graudenz schrieb, einen Hasenfuß zum Brilleputzen. Billy lieh sich mein Taschentuch. Mit einem Seidentüchlein, das ihr Graf Rumford aus München, London oder Paris geschickt hatte, rieb Amanda Woyke ihre beschlagenen Gläser. Und Lena Stubbe, die sich wie Amanda und Sophie schon früh an aufklärenden, revolutionären, agitierenden oder streng wissenschaftlichen Schriften verlesen hatte, putzte ihre Brille, bevor sie sich in der guten Stube an den Schreibsekretär setzte, mit einem roten Halstuch, das von ihrem ersten Mann, einem forschen Kerl und Draufgänger, hinterblieben war.

Sie alle: kluge Frauen, die auf Schiefertafeln und liniertem Papier, in Schulhefte oder auf Zettelchen, aus blauen Zuckertüten geschnitten, ihre Haushaltsrechnungen reihten, Briefe und Gnadengesuche, Rezepte und besorgte Anmerkungen schrieben; Lena Stubbe hat ihr »Proletarisches Kochbuch«, bevor sie es in Sonntagsschrift schönschrieb, als erste Fassung auf den Rückseiten veralteter Flugblätter und verjährter Streikaufrufe entworfen.

In die Zeitung, den Hauskalender, ins Klugsche Gesangbuch vertieft, wenn sie den Kindern die Scheitel nach Läusen absuchten – und wo noch nutzten sie ihre Brillen?

Auf dem Klo, um den eigenen Kot, um des jeweiligen Mannes Dünnschiß, um die Würstchen der Kinder zu beschauen; um aus der Bibel laut zu lesen, in der die Nonne Rusch und Amanda Woyke lasen, während Hammelzungen, Kuttelfleck, Rindsknochen und Schweinsfüße in ihrem Sud wallten; um aus den Briefen ihrer Töchter und Tochtertöchter von mir und meinen Wechselfällen zu erfahren – ich schrieb ja selten oder nur, wenn ich mich flüchtend mal wieder in Not gebracht und verschuldet hatte.

Um sich bebelkundig zu machen, setzte sich Lena Stubbe die Brille auf, während sie den bullernden Kesseln der Volksküchen Ohra und Wallgasse oder dem Familientopf danebensaß. So sehe ich sie: Durch das immer rutschende Nikkelgestell blieb sie in Sorge auf Fortschritt bedacht. Doch teilte Lena Volksküchensuppen mit ihrer Halbliterkelle aus, nahm sie die Brille ab und blickte hellblau, später ein wenig wäßrig in unsere Zukunft.

Lena nachgerufen

Irgendwann starb uns Aua weg. Wir sollen sie halb roh und halb gargekocht gefressen haben, weil der Hunger so wollte. Wigga ist an Blutvergiftung gestorben. Sie, die nur warnend von den gotischen Eisenfressern sprach, verletzte sich an einem rostigen Bratspieß, den die abziehenden Goten auf dem Schwemmland der mündenden Weichsel liegengelassen hatten.

Zuerst zwangsgetauft und dann enthauptet wurde Mestwina, weil sie den Bischof Adalbert mit einem gußeisernen Löffel erschlagen hatte.

Als sich Dorothea von Montau in der Domkirche zu Marienwerder einmauern ließ, wurde ein letzter Ziegel gespart. Und dieser Lücke im Mauerwerk verdanken wir engbekritzelte Papiere, wirr verzücktes Geschreibsel, Liepjesureime und Kassiber, auf denen, vermengt mit unflätigem Gebet, durchschossen von Schreien nach Freiheit und gebunden durch bußfertige Kriechworte, jene Rezepte geschrieben standen, nach denen Dorothea in ihrem Gemäuer bekocht werden wollte, bis sie keine Speise mehr annahm, keinen noch so dürftigen Kot abführte und nur noch steif lag in ihrer restlichen Körperlichkeit.

An einer Fischgräte erstickte die Nonne Margarete Rusch, als am 26. Februar 1585 der Polenkönig Bathory mit der Stadt Danzig den Pfahlgeldvertrag schloß und diese günstige Übereinkunft mit den Patriziern bei einem Hechtessen feierte.

Während der Dichter Quirinus Kuhlmann, der Kaufmann Nordermann, die Küchenmagd Agnes Kurbiella und ihre im Kopf leicht vogelstimmige Tochter Ursula am 4. Oktober 1689, die Männer als Verschwörer, die Frauen als Hexen unter freiem Himmel in Moskau verbrannt wurden, soll Agnes auf schon brennendem Holzstoß, einem Kochfischrezept nachgestellt, aus den Poemen des Dichters Opitz zitiert haben: »Ich bleib vnd bin deß Liebsten für und für. Sin Fisch, sin Lust beruhet gantz auff mir. Komm Hertze komm! Laß uns zu Tische bleiben. In feister Ruh vnd da die Zeit vertreiben.«

Und als Amanda Woyke friedlich im Arm ihres aufklärenden Brieffreundes Graf Rumford verstarb, soll sie mit visionärem Blick überall auf der Welt atomkraftbetriebene Großküchen gesehen und das Ende der Hungerleiderei verkündet haben.

Und auch Sophie Rotzoll, die so gefährlich steil lebte und in Pilzrezepten den Tod für ihre Feinde bereithielt, starb ganz normal im Herbst 1849 an Altersschwäche. (Später wurde gestritten, ob sie mit letzten Worten »Es lebe die Republik!« oder »Rehrücken in Aspik!« gerufen habe.)

Und Lena? Lena Stubbe lebte noch lange, obgleich sie ihrem Vorsitzenden August Bebel, gleich nach dessen Begräbnis in Zürich, am liebsten nachgestorben wäre.

Und dann kam der Krieg, dann wurde gehungert, dann wurde gestreikt. Danach riefen sie die Revolution aus. Danach kam alles ganz anders. Danach hungerten sie immer noch. Dann kam der Völkerbund. Dann rief man den Freistaat aus. Dann ließ der Hunger ein bißchen nach. Dann verlor das Geld seinen Wert. Danach wurde neues gedruckt. Dann wurde Lena Urgroßmutter. Und immer noch teilte sie Suppe aus. Ihr immer gerechtes Maß. Fast ein Jahrhundert lang. Zu Lebzeiten schon das Denkmal der Frau mit der Suppenkelle.

Denn wie Lena Stubbe vier Kriegsjahre lang in Volksküchen und während der Zeit der Inflation als Köchin der Arbeiterhilfe im roten Hafenvorort Neufahrwasser, in Ohra und auf dem Troyl Kohl- und Graupensuppe ausgeteilt hatte, so schöpfte sie Suppe, als die Organisationen SA, NS-Frauenschaft, NS-Volkswohlfahrt und Hitlerjugend nach ihrem Winterhilfswerkprogramm an sogenannten Eintopfsonntagen Erbsensuppe mit Speck aus Gulaschkanonen austeilen ließen. Zu diesen Veranstaltungen, die ab 1934 immer beliebter wurden, spielte das Musikkorps der freistädtischen Schutzpolizei unter Leitung des Kapellmeisters Ernst Stieberitz Marschmusik und muntere Weisen so laut und schmetterig, daß weder jener dreijährige Junge, der wütend auf seine Blechtrommel schlug, gegen den Lärm ankam, noch jene bald neunzigjährige Frau gehört wurde, die zwischen Suppenschlag und Suppenschlag vor sich hin fluchte, wobei sie dennoch gerecht austeilte und keinem Suppenesser auf den Rockkragen schielte.

Erst später fiel auf und wurde vermerkt, daß Lena Stubbe in der Notküche der Synagogengemeinde in der Schichaugasse aushilfsweise koschere Suppen für arme Ostjuden kochte, die ab April des Jahres 1939 vergeblich auf ihr Visum nach Amerika und sonstwohin warteten. Und als Lena nach Beginn des Rußlandfeldzuges den ukrainischen Zwangsarbeitern Mehl- und Brotsuppen warm hielt, deren Zutaten sie erbettelt oder von ihren Rationen abgespart hatte, als sich die alte Frau wie die hungrigen Ostarbeiter mit einem draufgenähten Stoffetzen, der mit gemalter Schrift »OST« sagte, jedermann wie zum Hohn kenntlich machte, als Lena Stubbe kindisch wurde und nur noch offen sprach, wurde sie im Alter von dreiundneunzig Jahren in ihrer Wohnung Auf dem Brabank verhaftet und ohne gerichtliches Verfahren in das bei Danzig gelegene Konzentrationslager Stutthof deportiert. Aus Gründen staatlicher Fürsorge, wie es auf Anfrage ihrer Enkeltochter Erna Miehlau hieß. (Damals war Lenas Urenkelin, die kleine Sibylle, zwölf Jahre alt und spielte noch immer mit Puppen.)

Auch in Stutthof hat Lena Stubbe ein knappes Jahr lang Schlag auf Schlag blaustichige Graupensuppen in Blechdosen gefüllt. Nicht nur die politischen Häftlinge vertrauten ihr. Sie kam nicht von der Kelle los. Sie mußte gerecht bleiben. Ihr Halblitermaß. Anno neunundvierzig geboren. Ein Jahrhundert lang wäßrige Hoffnung. Wie sie austeilte. Wie sie voller nützlicher Erinnerung blieb. Wie sie ihren in zwei Kriegen gefallenen Ehemännern immer nur Gutes nachsagte. Wie sie von früheren Suppen erzählte. Wie sie beim Suppeausteilen, als sei keine Zeit vergangen, aus den Schriften ihres Immernochvorsitzenden zitierte.

Verstorben am 4. Dezember 1942: Altersschwäche. Nach anderer Aussage hat ein Küchenkapo, der zu den bevorzugten, weil nur kriminellen Häftlingen gehörte, Lena Stubbe zu Tode geprügelt, als sie die ohnehin dürftigen Kochrationen Margarine und Rindertalg vor dem Zugriff der Kapos schützen wollte. Mit einem Buchenholzscheit. Zwei politische Häftlinge, die Lena aus ihrer Zeit bei der Arbeiterhilfe kannten, fanden das zerschlagene Bündel hinter der Latrinenbaracke. Sie mußten Ratten verscheuchen. Die gezwirnte Nickelbrille lag daneben, entzwei.

Als während der Besetzung Danzigs durch die zweite sowjetische Armee auch die mit Teerpappe gedeckten Arbeiterkaten Auf dem Brabank abbrannten, verbrannte mit ihnen Lenas »Proletarisches Kochbuch«, das keinen Verleger gefunden hatte.

Amanda und Sophie ausgenommen, so viel gewaltsamer Tod: das vergiftete Blut, der ausgehungerte Leib, das verbrannte Fleisch, das erstickte Lachen, der Rumpf ohne Kopf, die erschlagene Fürsorge. Viel ist da nicht zu beschönigen. Addierte Verluste. Das Konto Gewalt.

Meine Ilsebill, die nicht aus dem Märchen, sondern aus Schwaben kommt, rechnet gern mit den Männern ab: »Das könnt ihr: zuschlagen. Euer ewiges Waterloo. Eure heroische Pleite.«

Und auch der Butt hat mir die Rechnung aufgemacht: »Es heißt Bilanz ziehen, mein Sohn. Das sieht nicht gut aus. Ich fürchte, du stehst im Minus.«

Das sagte er nach Abschluß der Verhandlung des Falles Lena Stubbe. Sieglinde Huntscha hatte mich wieder mal (heimlich nachts) zu ihm gelassen. (Sie blieb im Kassenraum: »Quatscht euch nur aus!«) Er hob sich aus seinem Sandbett und schien bis in die Schwanzflossen gut aufgelegt zu sein, obgleich seine Verurteilung bevorsteht und ihm Haftschäden anzusehen sind: Seine gesteinte Oberhaut ist verblaßt, die Hauptgräte zeichnet ab, als wolle er gläsern werden, um sich glaubhaft zu machen.

Als ich ihm das nächste Kapitel, den Fall meiner armen Sibylle, vortragen wollte, unterbrach er mich: »Jetzt ist genug gestorben!« Dann begann er Phrasen wie »Kassensturz« und »Stunde der Wahrheit« zu dreschen. Von der jungsteinzeitlichen Aua bis zur frühsozialistischen Lena beschwor er noch einmal seine Mission. Er buchte das Vaterrecht und den Staat als Idee, die Kultur und die Zivilisation, die datierte Geschichte und den technischen Fortschritt als seine Erfolge und beklagte dann den Umschlag männlicher Großtätigkeit ins Monströse: »Wissen und Macht habe ich euch verliehen, doch nur Kriege und Elend habt ihr bezweckt. Die Natur wurde euch anvertraut, worauf ihr sie ausgelaugt, verschmutzt, unkenntlich gemacht und zerstört habt. Bei all dem Überfluß, den ich euch eröffnet habe, könnt ihr dennoch die Welt nicht satt machen. Der Hunger nimmt zu. Eure Ära klingt mißtönend aus. Kurzum: Der Mann ist am Ende. So viel perfekter Leerlauf läßt sich kaum noch verwalten. Ob im Kapitalismus oder im Kommunismus: Überall vernünftelt der Wahnsinn. Das habe ich nicht gewollt. Euch ist nicht mehr zu raten. Die Männersache erledigt sich selbst. Feierabend, mein Sohn. Es gilt abzudanken. Mach es mit Anstand.«

Dann schlug er mir vor, das nach ihm benannte Buch mit dem Fall Lena Stubbe ausklingen zu lassen und ihm, gleich nach dem Urteilsspruch des feministischen Tribunals, das Schlußwort zu geben: »Ihr könnt mir Alexander und Cäsar, die Hohenstaufen und Deutschherren, auch noch Napoleon und den zweiten Wilhelm anlasten, aber nicht diesen Hitler und diesen Stalin. Die liegen außer meiner Verantwortung. Was danach kam, kam ohne mich. Diese Gegenwart ist nicht meine. Mein Buch ist geschlossen, meine Geschichte ist aus.«

Da rief ich: »Nein Butt! Nein! Das Buch geht weiter und die Geschichte auch.«

Ach Ilsebill! Ich träumte, der Butt spricht zu dir. Lachen hörte ich ihn und dich. Glatt lag die See. Ihr wart dabei, Zukunft zu machen. Ich saß weit weg und abgeschrieben. Nur rückbezüglich noch da. Ein Mann mit seiner gelebten Geschichte: Es war einmal...

IM ACHTEN MONAT

Am Himmelfahrtstag, der ein Feiertag ist, feiern wir Vatertag. Viele Männer, dürre, nur noch von Sehnen gehalten, und fette, die sich gegen alles gepolstert haben, solche mit Lachfältchen, narbige, schon schrumpfende, viereckige, mit ihrem Gehänge beschwerte Männer fahren, ein ganzes Volk Männer, nur Männer fahren ins Grüne raus: in bekränzten Kutschen, auf bewimpelten Fahrrädern, in Vereinsstärke, pferdebespannte Wagen voll, in Automobilen alten und neuen Typs.

Früh sind schon bierselige Horden unterwegs, die sich in U- und S-Bahnabteilen drängen. Doppelstöckige Autobusse tragen Ladungen singender Männer. Halbwüchsige sind in Rudeln auf Motorrädern unterwegs: schwarzledern in ihren Lärm gehüllt. Auch Einzelgänger entschlossen zu Fuß. Die Veteranen der letzten Kriege, entfesselte Teilbelegschaften von Borsig und Siemens, die Herren der städtischen Wasserwerke, Müllmänner, Fernfahrer, Schalterbeamte, der Vorstand der Firma Schering, vollzählig versammelte Betriebsräte, wer Hertha oder Tasmania anhängt, Kegel- und Sparvereine, Skatbrüder und Briefmarkensammler, verbitterte Rentner, entnervte Familienväter, Ladenschwengel und picklige Lehrlinge, Männer, nur Männer wollen unter sich sein, ganz ohne Ilsebill, ledig der Röcke und Lockenwickler, wollen weg von der Brust, raus aus der Möse, frei vom Strickstrumpf, dem Abwasch, dem Haar in der Suppe, wollen außer sich sein und ins Grüne, wollen nach Tegel und an den Wannsee, auf den Teufelsberg und zur Krummen Lanke, nach Britz und Lübars, wollen rund um den Griebnitz- Schlachten- Grunewaldsee mit Flaschen und Stullen, Kuhglocken und Trompeten, gestreift und kariert raus und ins Grüne, wollen auf Moospolstern, zwischen Bäumen auf Kiefernnadeln oder bierärschig auf knickbeinigen Gartenstühlen die ganz große Sau loslassen, wollen herrlich, selbstherrlich und abgenabelt von Muttern sein.

Und am Vatertag, der auf Himmelfahrt fällt, wollte auch Sibylle Miehlau Vatertag feiern: Auf jeden Fall! Von ihren Freundinnen, die Fränki, Siggi und Mäxchen hießen, wurde sie Billy oder auch Bill gerufen. Alle vier hielten sich für anders geartet und waren es, obgleich alle vier auch anders als anders geartet sein konnten, wie ich genau weiß; denn Anfang der fünfziger Jahre hatten Sibylle und ich heiraten wollen: große Pläne, wir waren verlobt. Es gibt Fotos: wir auf dem Markusplatz und unterm Eiffelturm. Wir auf den Kreidefelsen der Insel Rügen. Wange an Wange. Hand in Hand. Wir paßten zueinander. In jeder Lage. Und unser Kind...

Billy – das sag ich heute noch – war eine Frau von Format. Sie hatte ihr Jurastudium abgeschlossen. Alle Männer waren nach ihr verrückt. Sie galt als Vamp und lief auf Pfennigabsätzen. Sie vernaschte und wurde vernascht. Deshalb wurde auch nichts aus unserer Ehe, was wir bedauerlich fanden; denn Sibylle hatte einen häuslichen Zug, der auch später, als sie sich schon entschlossen hatte, andersgeartet zu sein, betulich ausgelebt wurde: Sie nahm das Mäxchen (mit seinem Seesack voller Gammelzeug) in ihre Wohnung auf, die eigentlich schon unsere Wohnung gewesen war: mit Kinderzimmer und Doppelbett.

Das Mäxchen sah aus wie ein menstruierender Junge, platt und fragil, während Sibylle die Maße eines Pin-up-Girls hatte: Typ Stars and Stripes. Auch Siggi und Fränki wohnten in Wohngemeinschaft, doch locker im Verhältnis zueinander, immer auf Suche und unruhig wie dreijährige Hengste. Sie waren, bei allem männlichen Gehabe – immer in Hosen, die Stimmen im Keller –, vier kluge und ganz normal exaltierte Mädchen, die sich, weil sie zu oft auf doofe

Jungs oder langweilige Männer (wie mich) gestoßen waren, ins eigene Geschlecht verkrochen hatten. Jetzt wollten sie anders, unbedingt anders sein. Dabei hätte ich es mit jeder von ihnen gekonnt. Und mit Sibylle habe ich im großen und ganzen prima geschlafen. Und die kühle Siggi habe ich ganz normal durchgezogen, ohne daß sie geklagt hätte hinterher. Und auch das Mäxchen wurde von mir, als es mit Billy ihren Schleckleck anfing, wie nebenbei vernascht. Nur Fränki, dieses Fuhrmannsgemüt, lag mir nie.

Jedenfalls begannen sie alle vier, eines Tages verrückt zu spielen: »Das geht nicht mehr. Das ekelt uns. So plump kann man uns nicht kommen. Wir sind ganz andere Zärtlichkeiten gewohnt. Ihr wollt doch bloß immer rein raus und fertig. Aufreißen und liegenlassen. Das kann man mit uns nicht machen, nicht mehr. Bedien dich sonstwo. Tut uns leid. Wir sind nun mal anders geartet. Na schön: anders geworden. Vorher, das zählt nicht. Das mußte man hinter sich bringen, und zwar konsequent. Können ja trotzdem Freunde bleiben. Komm doch mal wieder vorbei, auffen Schnaps und so.«

Das taten sie: harte Schnäpse trinken und Bier aus der Flasche. Und auch in Fränkis offenem Dreiradauto (aus fünfter Hand), das sonst für Schnelltransporte und Kleinumzüge gut war, rüttelten paar Flaschen Korn im Eiskübel und zwei Kasten Bier, als sie alle vier, Siggi am Steuer, die Hundekehle, dann Clayallee hochfuhren, um am Grunewaldsee zwischen zehn-, nein, hunderttausend Männern den Himmelfahrtstag lang Vatertag zu feiern.

Billy trug einen Zylinderhut. Fränki saß mit Melone. Siggi hatte sich ihre Schlägermütze verpaßt. Dem Mäxchen hing ein zu großer, um jede Fasson gebrachter Filz um die Ohren, der im Fahrtwind gehalten werden mußte. Figuren aus einem Film, der aus Hutrollen besteht. (Später tauschten sie ihre Deckel. Und Billys Zylinder blieb tragisch liegen.)

Und jene zehntausend Männer, die alle ins Grüne wollten, hatten sich auch, je nach Rolle, behütet mit Pickelhauben, Zipfelmützen, Strohhüten, Kreissägen genannt, mit Papierhelmen und richtigen Stahlhelmen. Jemand hatte sich sein feinkariertes Taschentuch mit vier Knotenzipfeln über die Glatze gespannt.

War ja alles Verkleidung nur. Sonst trugen sie nie oder selten Hüte und Mützen. Barhaupt am liebsten. Seit sie kein Vamp mehr sein wollte: Sibylles zum Wuschelkopf verkürzte Lockenhaare. Fränki kannte man nur mit Herrenschnitt: blauschwarz gefärbt. Siggis stumpfblonde Pagenfrisur: schulterlang strenggeschnitten. Dem Mäxchen hatte Billy eines Sonntags, als sonst nichts lief, einen Amischnitt verpaßt: Streichholzlänge, die knisternde Bürste.

Und wie der Rollenfilm vorschrieb, rauchte Fränki Pfeife, schwieg Siggi mit einem Brasilstumpen zwischen den Zähnen, hing Billy eine selbstgedrehte Zigarette an der Unterlippe, kaute das Mäxchen Kaugummi, während alle vier auf dem mit Papierrosetten geschmückten, von einem blaugelben Gartenschirm überdachten Dreiradwagen in Richtung Grunewaldsee rumpelten: eingekeilt zwischen einem offenen Mercedes voller affiger Corpsstudenten in vollem Wichs und einer einspännigen Kutsche, in der drei ältere Herren ohne zu ermüden »Im Grunewald, im Grunewald ist Holzauktion ...« sangen.

Die Laune war gut. Das Wetter war prächtig und versprach, prächtig zu bleiben. Fortgeschrittener Vormittag, kurz nach zehn. Die politische Lage wie immer gespannt: ein Jahr nach dem Mauerbau. Westberlin eine Insel, auf der man leben konnte. Auch wenn die Grundstückspreise fielen, ging es doch wirtschaftlich einigermaßen. Besonders Fränki konnte nicht klagen: jede Menge Umzüge und Schnelltransporte. Und in Billys Anwaltspraxis florierte das Scheidungsgeschäft: »Die blöden Weiber hoffen immer bis zum Schluß und ziehen dann den kürzeren, jedesmal.« In Sieglindes Hundezwinger vermehrten sich Schäferhunde stammbaumgerecht und kleine Schleckhündchen, die reißend Absatz fanden; dabei hatte auch Siggi Jura bis zum trocknen Ende studiert, aber dann keine Lust mehr gehabt. (Erst ein gutes Jahrzehnt später konnte sie im Verlauf eines öffentlichen Tribunals ihren juristischen Büffelkram an den Mann bringen: »Ich klage an!«)

Das brachte die Zeit mit sich: Alle waren berufstätig, nur das Mäxchen studierte noch (auf Billys Kosten) in einem Tanzstudio den ekstatischen Barfußtanz und nebenbei klassisches Ballett. Sag ich ja: waren tüchtig, lebenslustig und nicht ohne Ehrgeiz. Man stand seinen Mann, ohne einer von diesen Scheißmännern zu sein, die, selbst wenn sie vögeln, noch wichsen. Oder die zickigen Weiber mit ihrer Tages- und Nachtcreme, ihren Dauerwellen und vierzehn Paar Schühchen, mit ihren Preßtränen Schondeckchen Sammeltassen, mit ihrem Krimskram im Handtäschchen und ihrer Bimmelbammelangst vor dem Dickwerden. Nein, nicht nur vorm Schwangerschaftsbauch. All die Fettwulstängste und Schrecknisse vor früher Hängebrust. Der Schrei vorm Spiegel, weil Fältchen kichern, Äderchen blau sind und Mutters Neigung zum Doppelkinn durchbricht: Nur nicht alt werden! Nicht mehr begehrt, befummelt, begrapscht und in allen Löchern bewohnt sein von einem Stück Mann, spargellang; denn nur um das dreht es sich – um dieses ausgelatschte Stück Fummelfleisch, das ein Loch bildet, extra groß für den strammen Max. »Hör mir bloß auf mit dem partnerschaftlichen Seelengequatsche!« rief Billy, als ich ein Wort zum Sonntag riskierte.

Nein, nicht mit uns. Wir nicht. Kesse Väter wir, wie man sagt. Immer auf Reise. Ungebunden. Jägernaturen. Kinderlos glücklich. Denn daß Fränki (als Franziska Ludkoviak) zwei Gören aus ihrem früheren Ehe- und Sparherdleben hat, die sie ihrem Verflossenen, dem immer bekümmerten Pappi, samt Baugeschäft und neuer selbstloser Mutti gelassen hat, zählt nicht. Und auch Billys Tochter (von mir) wuchs längst abgetan bei der Großmutter auf.

Schluß mit dem Windelkram! Scheißkinder! Wir machen uns keine. Und unsere Trinen – denn auch das Mäxchen besteht darauf, sein Eigenleben zu führen – werden von uns nicht dick, sondern ganz anders abhängig gemacht. Als wenn wir keine Krisen und häuslichen Sorgen hätten. Immerzu Eifersucht und wo warst du gestern. Dieses zermürbende Klein-klein. Und für jeden Furz Lügen erfinden müssen. Als wenn es keine größeren, übergeordneten, sagen wir mal: geistigen Probleme gäbe, die den Mann fordern und produktiv in Frage stellen. Aber nein: jeden Tag Szenen und Zänkereien. Siggis Freundin hat ihren zweiten Selbstmordversuch hinter sich. Fränki kann nur noch mit Prügel Ruhe und Ordnung schaffen. Billy ist, ehrlich gesagt, enttäuscht, weil sie das Mäxchen ganz anders eingeschätzt hatte und nicht mal so und mal so und mal so rum, denn Mäxchen läßt zwischendurch Kerle ran oder läßt Kerle zugucken, wenn sie es irgendeiner Trine besorgt. Lauter Verwirrungen und ein paar tragische Fälle. Jeder hat was Schreckliches durchgemacht. Siggi will, als sie zwölf war, von ihrem Vater begrapscht worden sein. Billy spricht gerne von Frühprägungen, weil sie, vierzehn Jährchen alt, aber doch schon ein richtig ausgewachsener Pummel, als die Russen kamen, von drei, manchmal sagte sie: von fünf Russen vergewaltigt, und zwar von einem nach dem anderen vergewaltigt wurde. Fränkis Mutter soll Zirkusreiterin (oder Bauchrednerin) gewesen sein. Und das Mäxchen wollte nie, mußte aber immerzu mit Puppen spielen. (Und was es noch gibt: die zu heiße Milch, der schreckliche Onkel, Opas Schnurrbartbinde und ein Cousin aus Stolp, der seinen Namen in den Schnee pissen konnte ...)

Doch heute ist Vatertag. Heute haben alle Trinen und frühprägenden Geschichten zu Hause zu bleiben. Nur wir sind auf großer Fahrt. Zwischen hunderttausend Strichmännchen sind wir vier willentlichen, eigentlichen, übernatürlichen, weil bewußten Männer zielstrebig unterwegs: Wir kommen ohne Gehänge aus, wir hängen nicht vom Gehänge ab, wir sind frei, das neue Geschlecht. Schon hat uns die Natur an die Brust genommen. In allen preußisch markierten Forsten, um Papierkörbe an allen Seeufern, an den Tischen der Ausflugslokale halten wir Rast, protzen wir ab, nehmen wir Quartier und winken uns zu von Gruppe zu Gruppe: Hallo Jungs! Hoch die Tassen! Hier ist es gut. Hier laßt uns Hütten bauen. Hier sind wir unter uns, mal richtig ungestört unter uns. Frieden. Kein Weibergezänk und Wünschmirwas, Wünschmirdas. Keine Ilsebill weit und breit. Nichts muß mehr strammstehen. Entspannt euch, Leute! Und einen kräftigen Schluck. Auf wen denn? Na, auf den Vater. Den müden verbrauchten kaputten, endlich mal schlappschwänzigen Vater. Auf uns alle zwischen den preußischen Kiefern, an den gescheuerten Biertischen, inmitten Seeufermüll. Wie wir angereist sind: zu Fuß, auf Rädern, bespannt oder motorisiert. Jadoch, ein Volk von Brüdern, wie es im Lied heißt, Männer zuhauf. Alles, was Mann ist, feiert am Himmelfahrtstag den Himmelhochvater, den Übersollvater. Und auch die Jungs auf ihren geputzten Motorrädern – »Ja, ihr, da drüben am anderen Ufer!« –, die noch nicht wissen, wohin mit der Kraft, die sich in Leder geschmissen haben: schwarze Engel, mit Nieten beschlagen, wirklich wie Filmfiguren, die lässig federn und immer die richtige Witterung haben. Schlanke, auf Lauer stehende Hechte. Und einer bläst auf der mitgebrachten Trompete angriffige Signale. Ja, laßt uns Vatertag feiern, Vatertag feiern ...

Am Ufer des Grunewaldsees, dort, wo der Baumbestand gelichtet ist, unter einer hellgeflammten Kieferngruppe, auf Sand Nadelgrund Zittergras stellten Fränki und Siggi das Flaschenbier und den Kornschnaps im Eiskübel ab. Das Mäxchen trug den Freßkorb mit den Steaks und den Hammelnieren. Nachdem sie den Feldspaten, den Feuerhaken, den Eisenrost ausgeladen hatte, schleppte sich Billy mit zwei Feldsteinen von nahbei ab und legte sie zur Feuerstelle. Wie nach langer Reise und mythenbildender Irrfahrt sagte sie: »Ist ja märchenhaft hier. Hier kochen wir ab.«

(Damals, beim Rückzug. Versprengt in masurischen Sümpfen. Und nach der Schlacht bei Wittstock, als wir mit Torstensons Reitern und den schottischen Regimentern Lesley und King die Kaiserlichen geschlagen hatten und zwölf Ochsen am Spieß ...) Feuerchen machen. Holz holen. Was abstarb, angeschwemmt wurde, nun knochenhart ist. Äste übers Knie gebrochen. Kistenbrettchen, da waren mal Kieler Sprotten drin. Aus Sträuchern, für die es Winter blieb, knackende Zweige brechen. Und verrunzelte Kiefernzapfen geklaubt, die brennen die brennen. Was noch? Deine Gefühle und ähnlicher Zunder. Meine zerknüllten Papiere, auf denen in Langzeilen Haß zettelt. Alle Ideen feuergeboren. Wir, was sich reibt und entzündet. Der alte, den Hausbrand nährende Streit. Meine Beweise brennen viel besser. Deine Liebe schwelt nur und kümmert. Eure Moral hat noch keinen Funken geschlagen. Das läßt uns kalt! Kalt läßt uns das.

»Nein, Mäxchen. Wärst du doch bloß zu Hause geblieben«, sagte Billy, als sie zwischen zwei Feldsteinen das Kleinholz auf Knüllpapier schichtete. »Das ist nun mal nichts für dich, dieser Männerauftrieb. Da haben kleine Mädchen wie du nichts zu suchen. Jetzt mach ich mir Vorwürfe, weil ich nachgegeben, wieder mal nachgegeben habe deinem Gebettel:

Nimm mich mit, nimm mich doch mit. Das war leichtfertig. Wenn das die Jungs drüben spitzkriegen, ordinär wie die sind. Wieso? Du willst mir doch hier nicht erzählen, daß du keine Trine mehr bist. Ist ja lächerlich. Haste gehört, Fränki? Klein-Mäxchen will nicht mehr Papas Liebling sein, sondern wie wir auffen Putz hauen. Keinen Weiberkram mehr, nur noch sachlich von Mann zu Mann. Ist das nicht komisch, irrsinnig komisch?«

Da brannte das Feuer schon kleinklein von unten gefräßig hoch. Niemand lachte. Nur paar Mücken vom See. Und Fränki sagte mehr zu sich als zu Siggi: »Unsere Billy hat immer noch nicht begriffen, daß sie, genau besehen, unsere allerliebste Dickmadame ist, weshalb ihr das Mäxchen auf Muttertag einen ausgewachsenen Tittenhalter geschenkt hat. Eigentlich und genaugenommen, hätte unsere Billy zu Hause bleiben und Kreuzworträtsel lösen oder Mäxchens Socken stopfen sollen. Mal son richtiger gemütlicher Hausfrauentag. Ich hätte ihr meine Bettina und paar von Siggis Trinen rüberschicken können zum Tratschen und Salzstangenknabbern. Ist doch hier völlig fehl am Platze, unsere Dickmadame – oder?«

Da schwieg Billy, die mal meine Sibylle gewesen ist, wie ein Mann (verbissen verschlossen) und kümmerte sich nur noch ums Feuer. Das machte jetzt richtige Flammensymbole. Und auch an anderen Abkochplätzen im Grunewald und Spandauer Forst, auf den Lichtungen zwischen Tegels Bäumen, wo überall das Päsern, Zündeln und Mitdemfeuerspielen verboten war, hatten Männer wie sachkundige Pfadfinder Holz zwischen Feldsteinen geschichtet und zu Flammen emporgejubelt, so daß die berittenen Polizeistreifen Mühe hatten, vorbeizublinzeln: »Aber aufpassen, Leute, auch wenn Vatertag ist. Wir wollen hier nix gesehen haben.«

Das zeichnet den Mann aus. Wo er hinkommt und seinen Kreis schlägt, da ist Feuerstelle, da prüft er den Wind, da überschaut er die Lage und handelt nach Vorschrift. Er weiß das von Anbeginn, solange er unterwegs ist. Seinen Weg zeichnen Brandspuren. So markierten Männer Geschichte.

Mit dem Feldspaten zogen sie einen Graben um ihr Lagerfeuer. »Noch nie was von Steppenbrand gehört?« Siggi überwachte den Funkenflug. Fränki starrte in die Flammen, als könne man ihrer Charakterschrift Botschaften ablesen. Das Mäxchen sprang drei-viermal über das langsam zu Glut kommende Feuer. Und nur Billy war auf den Zweck aus und klatschte beiseite, wo sie Gewürze, die Pfeffermühle und sonstiges Zubehör abgestellt hatte, die fußlangen und daumendicken Steaks aufs Küchenbrett. Mit einer Speckschwarte rieb sie den eisernen vierbeinigen Rost ab, dem anzusehen war, daß er schon oft über Glut stillgehalten hatte. Dann schnitt sie grüne Paprika zu Streifen. Ärmel hoch. Griffige Unterarme. Beil, der Koch, dem alles teilbar und Hackstück ist. Jetzt schnitt sie die Nieren auf, daß es seichte.

Billy glänzte nahe dem Feuer und versuchte entschlossen, an dem Gequatsche vorbeizuhören: Ihr Scheißer ihr! Was wißt ihr schon. Das Grillen auf offenem Feuer war immer schon Männersache. Schon in der Steinzeit. Später die Ochsen am Spieß. Es waren Männer, die auf Töpfe und Pfannen geschissen haben und über nackter Glut Steaks und Hammelnieren erschrecken ließen. Damals, auf Winterfahrt durch Litauens Sümpfe. Auf dem noch glühenden Gebälk gebrandschatzter Klöster habe ich Ferkel, Lämmer und Jungggänse … Als die Hussiten bis nach Oliva kamen … Und nach der Schlacht bei Wittstock …

Aber Fränki blieb verächtlich und ließ alles Geköch nur als Weiberkram gelten. »Was wird uns denn unsere Mutti heute Leckeres brutzeln? Tätowierte Stierhoden? Fingerlange Sextanerpimmel? Ach, wenn wir unsere Mutti nicht hätten. Wir Kerle stehen blöd rum, reden über die nukleare Abschreckung und über die ernste politische Lage, aber sie macht und tut und sorgt sich fraglos, selbstlos. Alles für uns.«

Das Mäxchen sagte nur: »Mach dir nix draus. Bist schon o.k., Billy. Wir wissen ja, was mit dir los ist.«

Aber meine Sibylle wußte das nicht und nie. Als ich mit ihr anfing, das war im Mai fünfzig, hatte sie gerade aus der frischgebackenen DDR rübergemacht. Aus Hoyerswerda kam sie, wo ihre Eltern, Ostflüchtlinge aus Danzig-Westpreußen, wohnen blieben und ihrem Einzelkind regelmäßig Pflaumenmus und Streuselkuchen schickten. Damals war Billy eine blondlockige, üppige, mal fleißige, dann launisch faule Studentin der Jurisprudenz, die eigentlich ganz was anderes hatte studieren wollen: weiß nicht mehr was.

Wir galten als verlobt. Und während der ersten vier Semester hat sie auch gemacht, was ich wollte, bis sie willentlich Vamp wurde und ich sie nur noch vor- oder nachvögeln durfte. Zwischendurch Heulkrämpfe. Die Frühprägung. Fünf oder sieben Russen. Im Keller. Auf leeren Kartoffelsäcken. Deshalb Studium aufgeben wollen. Was ganz anderes, was Normales machen: eine Hühnerfarm hochbringen oder nur Hausfrau sein, Kinder haben (fünf oder sechs) oder nach Australien auswandern, bei Nullkommanull anfangen.

Wie nebenbei hat sie ihr Examen gemacht und ein Dutzend Männer, darunter auch zwei drei Exoten, abgenutzt zu den Akten gelegt. Ich blieb immer greifbar und sagte meine Sprüche: »Sag mal, was willst du eigentlich? Sag mal, kannst du dich nicht endlich entscheiden? Sag mal, du kannst doch nicht immer was anderes wollen? Sag mal, wie viele Wünsche hast du denn noch?«

Da machte ich ihr, weil ich dachte, das hilft, ruckzuck ein Kind. Aber das war dann im Weg und wurde ruckzuck bei den Großeltern abgestellt. Das Muttersein kotzte sie an. Und auch ihr Vampwesen flachte ab. Sibylle wurde geradezu zickig mager. Mich, niemanden ließ sie mehr ran. Redete nur noch über Existentialismus und so. Und als sie in Schmargendorf, gleich nach der Referendarzeit, ihren eigenen Laden eröffnete, begann sie Freundschaften mit geschiedenen Frauen zu schließen, deren Fälle sie mit Erfolg vor Gericht verhandelt hatte: darunter Fränkis Fall.

Doch nachdem ihre Entscheidung – »Ich bin anders und steh dazu« – wie sicher war, durfte auch ich manchmal wieder. Wir verstanden uns viel besser als früher. (Das sind nun mal ihre Widersprüche.) Sogar unsere Tochter durfte mit uns einmal im Monat in den Zoo zu den Affen und Seelöwen: Wir sahen (auf Fotos) wie richtige Eltern, wie eine Kleinfamilie aus.

Erst im Sommer sechzig – Sibylle war mit großem Trara dreißig geworden – hatte ich restlos ausgeschissen. Das Mäxchen war aufgekreuzt und duldete keine halben Sachen. (»Ihr könnt ja Freunde bleiben. Aber sonst läuft hier nix mehr.«) Anfangs hatte ich noch gedacht oder gehofft: Das Mäxchen wird sone Trine sein wie die anderen auch. Ist doch alles nur Angabe. Und Billy wird das langstelzige Vögelchen vernaschen, wie sie vorher die Männer roh oder gekocht verputzt hat. – Auch Billy meinte noch lange, sie habe die Hosen an. Dabei wurde sie wieder richtig mollig rundum und ganz verrückt auf Haushaltführen mit Einbauküche, Geschirrspülmaschine und schicken Knollmöbeln. Ihr Standardsatz (vor langer Rede über die Kochkunst) hieß: »Wenn ich doch nur das Kochbuch hätte, das meine Urgroßmutter geschrieben hat, die von den Nazis im KZ umgebracht wurde.«

Naja, gekocht hat sie immer gerne, als Vamp und auch andersrum. (Ihr rheinischer Sauerbraten, ihr ungarisches Paprikagulasch, ihre Saltimbocca, ihr Coq au vin ...)

Jedenfalls hatte bald darauf Mäxchen das Sagen. Mäxchen bestimmte wann und mit wem Ferien auf Elba, Formentera oder diesmal auf Gotland gemacht wurden. Mäxchen bestimmte, welcher Godardfilm, welcher Beckett oder Ionesco unbedingt angesehen werden mußten. Mäxchen ließ den Spannteppich wieder rausreißen. Mäxchen sagte: »Hier kommt der Fernseher hin.« Mäxchen ging fremd. Mäxchen machte Schulden, und Billy zahlte. Und Mäxchen hatte auch gesagt: »Auf Vatertag bleibst du mir schön zu Hause.«

Gab das ein Theater. Erst ein zweistündiger Weinkrampf, vor dem sechs Sektgläser kaputtgingen und ein Taschentuch zerbissen wurde, hatte Mäxchens Willen gelockert. Und als dann Siggi vermittelnd sagte: »Und wer soll kochen? Etwa Fränki?«, hatte Mäxchen o.k. gesagt. »Soll sie von mir aus, ausnahmsweise. Aber keine Szenen, verstanden! So launisches Getue und ewiges Rumgezanke und immer neue Wünsche. Das halt ich nicht aus. Wirklich, das halt ich nicht aus.«

Und als der Vatertag in ganz Berlin mit großer Ausfahrt, umständlicher Platzsuche und dem Ritual des Feuermachens, mit dem großen Abkochen begonnen hatte, gab sich Billy angestrengt Mühe, keine beleidigte Heulsuse und launische Trine zu sein. Das Glutschüren half ihr. Und Fränki, Siggi und das Mäxchen waren auch derart vatertagstoll mit sich selbst beschäftigt, daß ihnen Billys Zustand molliger Zwiespältigkeit kaum auffallen mochte.

Es gab ja genug zu tun. Wie all die zehntausend, nein hunderttausend Männer an den Seeufern, zwischen den Bäumen, vor Erfrischungsbuden und gescheuerten Tischen hatten Siggi (hingeflezt), Fränki (stehend) und das Mäxchen (unruhig auf und ab) Bierflaschen am Hals, die fünfte sechste schon leergegluckert, bis der Drang übermächtig wurde und das knäbische Mäxchen etwas Verblüffendes tat: Nicht etwa in üblicher Strullhocke gab es seinem Bierblasendruck nach, sondern breitbeinig stehend als klassischer Mann begann das Mäxchen, an einem hellgeflammten Kiefernstamm sein Wasser abzuschlagen, indem es seinen Jeans den Schlitz zum Hosenstall öffnete und einen rosafarbenen Pimmel mit Griff wie gelernt in zielgerechte Lage brachte. Wer das nicht glaubt, soll es probieren.

Das Kunststoffprodukt zapfte offenbar durch einen Patentgummiwulst als Saugverschluß das Pißlöchlein kunstgerecht an; denn täuschend ähnlich (und aus Distanz gesehen natürlich) pißte das Mäxchen lange gegen den Stamm, wobei sein Blick am Stamm vorbei über den See auf die vatertagsfeiernden Männerhorden am anderen Ufer gerichtet war. (Bei Winterwetter hätte das Mäxchen leicht ein großes M in den Schnee pissen können.)

Das brachte Spaß und Staunen. Fränki wollte das Wunderdings auch haben, anfassen, sich mit dem Saugverschluß draufstülpen, den dollen Hecht mal ausprobieren. »Mann! Wo haste den her? Was? Aus Dänemark? Für neunzehn achtzig nur? Muß ich haben, unbedingt haben.«

Wie ein Kerl stand Fränki, den Männerblick trüb in ferne Prärien verloren. Kein Neid auf die Stinkmorchel mehr. Nie wieder erniedrigendes Weibergestrull. Wie die tausend und abertausend Männer im Verhältnis zu hunderttausend anderen Kiefern pißte Fränki aufrecht in leicht schrägem Winkel gegen aufrechte preußische Bäume: Jawoll!

Als Siggi dran war, hatte sie sogar, während sie unten pißte, oben nach echter Männerart eine Flasche Schultheiß am Hals. Die Schlägermütze in den Nacken geschoben. »Vatertag! Vatertag!« röhrte das Mäxchen, und die Hirsche benachbarter Männergruppen, darunter die korporierten Studenten in vollem Wichs, antworteten brünstig.

Als aber Billy vom Feuer und der gewachsenen Glut kam und »Ich auch. Laßt mich auch mal« sagte, bekam sie nur väterliche Worte. »Das geht zu weit, Kindchen. Alles hat seine Grenzen. Nicht immer Wünschmirwas Wünschmirdas. Unsere Dickmadame hat doch versprochen, schön brav zu sein. Gibts denn nicht endlich was zu futtern?« Und Fränki rief: »Hunger! Hunger!« Worauf das Mäxchen zu singen begann: »Drei vier! Wir haaaben Hunger Hunger Hunger, haben Hungerhungerhunger, haben Hungerhungerhunger, haben wir...«

Da blieb Billy, meiner armen, gekränkten und so tragisch frühgeprägten Sibylle, nichts übrig, als die gespeicherte Glut mit dem Feuerhaken vorzuziehen, den Rost vierbeinig über die Glut zu stellen, vier mächtige, zuvor mit gestoßenem Pfeffer, mit Thymian und Öl eingeriebene Steaks vom Rind und sechs halbierte Hammelnieren, auf die sie geviertelte Knoblauchzehen gedrückt hatte, eng bei eng auf die Roststäbe zu legen, daß es zischte, prasselte und seinen Duft steigen ließ, der sich mit der harzigen Grunewaldluft und dem Modergeruch des Sees mischte.

Wie der Koch Beil im schwedischen Feldlager war Billy geschäftig, als müßte sie zwölf Ochsen am Spieß gleichzeitig bedienen. »Grillieren ist Männersache. Sag ich ja immer: ausgemacht Männersache! Issen Urtrieb. Hat die Natur so geregelt.«

Nachdem sie die Steaks und halbierten Nieren gewendet hatte, legte Billy die grünen Paprikastreifen zwischen das zusammengeschnurrte und doch seinen Saft haltende Fleisch. Nur der Nierenseich tropfte in die Glut. Als Mäxchen, von Fränki unterstützt, wieder das langgezogene Hungerlied brachte – »Drei vier!« –, rief Billy: »Noch zwei Minütchen, ihr verfressenen Kerle. Gleich isses soweit.«

Sie aßen zu viert. Und wenn man sie die zu großen Happen kauen sah, das Kauwerkzeug blank, nicht mümmelnd zurückgenommen, aßen sie vier Mann hoch.

»Tja«, sagte kauend Fränki, »das war vor der Schlacht bei Wittstock. Wir hatten die lustige Hur in Weiberkleidern gefangen, war aber ein Bengelchen drunter, das sollte examiniert werden, hochnotpeinlich. Da begann schon das blutige Treffen ...«

»Im ersten Schreck, und weil im Getümmel kein Aufpassen war, rettete ich mich auf einen Baum«, sagte das kauende Mäxchen, »und las Zeile nach Zeile in einem Buch, das ich dem Profoß geklaut hatte. Und in dem Buch stand genau beschrieben, was auf dem Schlachtfeld geschah: in Bildern und Worten.«

»So ist das mit der Wirklichkeit«, sagte zwischen erschrekkenden Schneidezähnen die kauende Siggi. »Alles was ist, ist schon vorgeschrieben. Auch daß wir hier sitzen und Steaks kauen, war schon mal, und zwar gleich nach der Schlacht, als wir die Kaiserlichen über die Dosse und in die Sümpfe getrieben hatten. Stimmt's, Billy?«

»Ja«, sagte Billy kauend, »damals war ich Koch beim schottischen Regiment Lesley. Aber keine Steaks gab es, sondern Ochsen am Spieß. Und unser Mäxchen, das wir in Weiberkleidern irgendwo hoppgenommen hatten, kletterte, als das Hauen und Stechen vorbei war, mit seinem Buch, in dem alles vorgeschrieben stand, vom Baum und bekam auch ein Stück Ochsenbrust, weil das Kerlchen so mager war, aber lustig und Redensarten führte, die dem Volk vom Maul abgeschrieben worden waren: ein hergelaufener Troßbube, schelliger Narr und ein Simplex, wie er im Buche steht. Will immer die große Nummer schieben. Denkt sich im Kopfstand was aus. Hat Segelohren, der Bengel.«

Sagte ich schon: Das Mäxchen hat mich vertrieben. Die sperrige Latte, sinnwidrig auf den sanften Namen Susanne getauft. Das spirrige Ding, dem nichts anschlug: keine Schweineschmalzgriebe, nicht Brühe aus Rinderhesse gewonnen, keine Gänsekeule, kein heißes Hammelfett. Nichts konnte das Schlüsselbein polstern, die Wirbelsäule sanft betten. Seitdem das Mäxchen vom ekstatischen Ausdruckstanz wegstrebte und ins klassische Ballettexercise eingespannt war, sagte man seinem Körper Auszehrung und seiner Seele Heißhunger nach.

Deshalb hat meine Sibylle mich, die Zumutung Mann, aus unserer gemeinsamen Wohnung vertrieben. Nein, das Mäxchen hat mich vertrieben, hat meinen Platz eingenommen, hat meinen Schreibtisch und eingesessenen Sessel besetzt und hat mein Bett, das mit seinem Gestänge an Sibylles Bettgestell hing – wie auf ewig vergattert –, mit einer Eisensäge ritschratsch abgesägt.

Ich bin dabeigewesen. Demonstrativ amputiert. Trennung von Tisch und Bett. Worauf meines beiseite geschoben, beschimpft, verdammt und bespuckt wurde. Das Kopfkissen, die Daunendecke, das Weißzeug, der Keilrahmen mit den Sprungfedern und die Matratze wurden, als habe ein Pestkranker das Laken zum Sterbelaken gemacht, gegen Trinkgeld der Städtischen Müllabfuhr ausgeliefert: »Weg mit dem Dreckskerl! Was brauchen wir den. Was der kann, hab ich im kleinen Finger.«

Erst dann rief das Mäxchen Handwerker ins Haus und ließ sich aus dem Gestänge meines ledigen und ganz zum Skelett abgemagerten Bettes ein rundgriffiges Langstück sägen, dessen Enden zu Halterungen gebogen und ins Mauerwerk gedübelt wurden. Fortan ist das Fragment meines Bettes Mäxchens Ballettstange gewesen. Zur asketischen Funktion umgedeutet. Ohne Erinnerung an mich und Sibylle, wie wir im gemeinsamen Doppelbett (zu Zeiten guter Marktlage) ein Fleisch gewesen sind. Nur noch die strenge Übung. Die klassische Schönheit. Das schweißtreibende Exercise. Mäxchen wollte ja zum Theater und wenn nicht Solo, dann Gruppe tanzen. Susanne Maxen, Mäxchen genannt, galt als begabt.

Und auch Billy (meine Sibylle) hielt sich für berufen, wenn nicht zur Darstellung anderer Rollen, dann doch zur Selbstdarstellung. Oft nach dem Essen, also auch, als überall Vatertag gefeiert und die innen noch roten, erst zum Schluß gesalzenen Steaks und die saftigen Hammelnieren vernichtet waren – es gab Schwarzbrot trocken dazu und Schafskäse danach –, hat Billy gesagt: »Mein Leben ist ein einziger Film.«

Weshalb jetzt jener Vatertagsausflug zum Grunewaldsee, den zwischen hunderttausend Männern Billy und Fränki, Siggi und das Mäxchen bis zum entsetzlichen Ende mitgefeiert haben, aus wechselnden Perspektiven erinnert werden soll: bäuchlings im zertretenen Gras, von besteigbaren Grunewaldkiefern herab, aus Büschen, vom glatten See aus, wie sie ein Grüppchen am Ufer zwischen anderen Grüppchen sind. Und auch bei den restlichen neunzigtausend und mehr Männern in Spandau, Britz und im Tegeler Forst, an Biertischen und rund um die anderen Seen, sollen Kameramänner dabeisein und draufhalten draufhalten. Überall getarnte Mikrofone, damit kein Gequatsche verlorengeht. Jetzt! Jetzt! Während der Mittagspause ...

Nach sattem Rülpsen werden ewige Worte gesagt. (Das wollen wir festhalten und später zwischenschneiden.) Ein Bankangestellter, Mitte Vierzig, verkündet am Griebnitzsee überm gewesenen Schnitzel: »Aber so ist das Leben.« An einer Liedertafel des Gesangvereins Harmonia, unter Buchen in Britz, sagt nach dem Eisbein mit Kraut und Erbsenpüree ein pensionierter Oberlehrer zu seinen Sangesbrüdern: »Nur noch im Lied ist Freude.« Knapp nach der dritten Bockwurst am Teltowkanal zieht ein Maurerpolier

Bilanz: »Jetzt ist die Welt wieder in Ordnung.« Und bei den Jungs in schwarzem Leder, die ihre Motorräder immer fahrbereit halten, sagt einer, der Herby heißt (und nachdem alle Pommes frites aus Tüten gefuttert haben): »Son Tag ohne Bumsen ist keiner.« Während Billy nahezu gleichzeitig ihren bedeutenden Satz – »Mein Leben ist wie ein Film!« – spendet.

Danach hängen sie ihren Gedanken nach, vom Mittag und seiner flirrenden Ruhe benommen. Pans Stunde. Paar Mücken hochgestimmt. Die Hüte, Mützen beiseite. Billy, Fränki, Siggi, das Mäxchen liegen jeder für sich – Billy auf einer Kamelhaardecke – und kauen Grashalme, rauchen, und das Mäxchen versucht, wie es in Spandau und Tegel von Tausenden versucht wird, einen Kaugummi zu zermürben. Die Gedanken, denen die vier mittäglich nachhängen, sind Gedanken, die in einem klassischen Western zum Konflikt zwischen Helden führen.

Ob Siggi oder Fränki: Einer steht gegen viele. Ob Billy oder das Mäxchen: Sie schießen sich, Rücken gegen Rükken gestellt, aus der Falle. Viereinige Gedanken vereinigen die vier als siegreiche Vier. Sie streicheln die Einsamkeit des Überlegenen. Sie verachten die Mehrheit. Sie gehen lässig mit ihrer Sicherheit um. Denn in Gedanken ziehen sie allemal schneller. Sie überqueren den staubigen Platz. Sie machen schmale Augen, bevor sie den Saloon räumen. Alle vier an der Theke. Ihre Durststrecken. Beladen mit den Satteln krepierter Pferde. Ihre Art, dem korrupten Sheriff die Absätze von den Stiefeln zu schießen. Überhaupt, wie sie schießen: aus jeder Lage, auch aus komischer. Wie Siggi (nach langem Ritt durch die Salzwüste) eingeseift im Badezuber sitzt und sich dennoch durchs Handtuch pengpeng behauptet.

Und immer gibt es da einen milchigen Jungen, der Ärger macht, träumend im Wege, dußlig im Schußfeld steht und den Billy raushauen muß, auch wenn die Smithbrothers (Fränki und Siggi) dem zitternden Burschen (das Mäxchen) die Schlinge schon um den Hals gezurrt haben. Doch in Gedanken und Filmen, die niemals reißen, wird der gerettete Junge zum mageren, störrischen und komisch eckigen Mädchen in Hosen. Das kommt in Gedanken und Wahrheit raus, wenn die Schußwunde ausgebrannt, die Pfeilspitze rausgeschnitten werden muß: kleine Brüstchen unter der Gänsehaut. Susanne heißt unser Mäxchen. Doch Billy verzichtet mannhaft auf einen Fick hinterm Busch. Beim Abschied nur rauhe Zärtlichkeit, der gutmütige Klaps auf den Spannarsch des Jungen im Mädchen: »Machs gut, Susan. Und paß auf dich auf!«

Dann wieder Einsamkeit im Sattel oder neben dem klapprigen Gaul durch Steppe und Wüste. Immer engere Kreise ziehen die Geier. Gerippe liegen beiseite. Stechfliegen oder Mücken bleiben als Plage verhängt. Gold, Frauen, denkt Fränki. Rache, denkt Siggi. Nur Billy will wieder ehrlich werden, nicht mehr töten töten müssen, sondern zu Hause in Kentucky auf dem weiten welligen Weideland Rinder züchten – »Komm doch mit, Mäxchen!« – und Pferde zureiten...

Doch Fränki springt aus dem Film ans Ufer des Grunewaldsees, wo der Vatertag dösige Mittagsruhe hält, und schießt mit beiden Zeigefingern – Peng! Peng! – aus der Hüfte: »Ihr Hunde! Ihr hündischen Hunde!«

Nein, Billy, meine Sibylle, deren Leben ein Film ist, hat nicht nur in Wildwestfilmen ihre Hauptrolle. Billy ist auch als Bill zur See gefahren und hat Kabeljaufänge nach Island gebracht. Ein hartes Leben.

Oder in Kriegsfilmen: Billy war an mehreren Feldzügen aktiv beteiligt. Schon im Dreißigjährigen Krieg will sie, wenn nicht als Koch in einem schottischen Regiment, dann als Obrist unter dem schwedischen General Baner (gleich nach der Schlacht bei Wittstock) Schlesien zurückerobert, die Katholen vertrieben und als Kurier des Kanzlers Oxenstierna in der Hafenstadt Danzig jenen Dichter (und Doppelagenten) Opitz getroffen haben, dem eine Küchenmagd Schonkost gekocht und die letzten Jährchen versüßt hat.

Oder in Liebesfilmen: Sibylle Miehlau ist zu allen Zeiten als Mann unwiderstehlich gewesen. So will sie der hochgotischen Pilgerin Dorothea von Montau, als auf der Wallfahrt nach Aachen im Krug zu Putzig erste Rast gemacht wurde, den süßen Jesus ersetzt haben: als fahrender Student auf raschelndem Strohlager, immer wieder und nochmal. Natürlich muß das Mäxchen die zerbrechliche Dorothea in ihrer Inbrunst spielen.

Und ganz in Szene ist Billy in einem Film, der Vatertag heißt und mit dem Aufbruch der hunderttausend Männer beginnt: wie sie zu Fuß, bespannt, motorisiert Platz suchen, Feuerchen machen, Bier trinken, gegen Bäume pissen, abkochen, Stücke Fleisch kauen, Mittagsruhe halten und Gedanken nachhängen, die alle verfilmt sind.

Plötzlich ein Lüftchen. Die preußischen Kiefern räusperten sich. Unter der Asche des Lagerfeuers machte sich die Glut kleine Hoffnung. Es runzelte der Grunewaldsee seine Stirn. Als Boten der schwarzgelederten Rocker flogen am anderen Ufer sieben, elf Krähen auf. Woanders rührten sich Kiefern am Schlachten- und Griebnitzsee. Die Eichen im Spandauer Forst und in Tegels Mischwald erinnerten sich lebhaft. Gerüche wechselten das Quartier. Die Papierservietten der Ausflugslokale blühten noch einmal auf. Und nahe dem Dorf Lübars, wo die Deutsche Demokratische Republik mit Stacheldraht angrenzt, kannte das Lüftchen – es kam von drüben – ein einziges Deutschland nur. Als hätte der liebe Gott die Mittagsruhe des Himmelfahrttages, der in Berlin und anderswo als Vatertag gefeiert wird, mit einem mehr geatmeten als gesprochenen »Sooo« aufheben wollen.

Und auch Billy, Fränki, Siggi, das Mäxchen wurden aus ihren Gedanken und spannungsreichen Abenteuerfilmen gekippt. Sie sprangen auf ihre Ledersohlen. Das Mäxchen trug Jesuslatschen. Fränki steckte in Fallschirmjägerstiefeln. Siggi und Billy trugen gewöhnliches, wenn auch derbes Schuhzeug. Sie wippten alle vier in den Knien. Sie schüttelten sich Gedankenreste und Präriestaub ab. Sie ließen alle Glieder versuchsweise knacken. Sie machten Trippelschritte wie Sparringspartner oder Kurzstreckenläufer vorm Start.

Und auch am anderen Ufer wie an entlegenen Seeufern wurden die männlichen Gliedmaße gesammelt geschüttelt gestreckt: Mal sehen, was wir noch wert sind. Den alten Adam auf Vordermann bringen. Wollen doch nicht nur faul auf dem Sack liegen, süße Träume kleinlutschen, sozusagen außer Kurs sein. Nein! Was kostet die Welt?

»Sag mal, Siggi, ist denn nix los mit dir heute? Nu mach mal, Mäxchen! Ne richtige Vorzeige. Und Fränki? Das soll unser guter alter Fränki sein? Der Fuhrknecht und Höllenhund? Der Mann mit der eisernen Pranke? Los Jungs! Du auch, Billy! Hatte uns Billy nicht versprochen, die ganz große Sau loszulassen? Is doch Vatertag heute, Vatertag heute!«

Da begann das große, überall das ganz große, das noch nie dagewesene, wirklich sehenswerte, weil von Amateuren gebotene, dennoch profihafte männliche Kräftemessen. Ganz einfach: jeder zeigt, was er kann. Das war schon immer so und ist bei Olle Homer und Olle Moses, im Nibelungenlied und beim Kampf um Rom belegt. Nicht nur die Jugend der Welt, auch Opa schafft das, indem er tief unten ein Stuhlbein faßt und den Stuhl vom Boden eines Britzer Ausflugslokals hoch ins Buchenlaub hebt.

Das können viele: Biergläser, sorgfältig gekaut, auffressen. Wer beim Kommiß war, schafft hundert Kniebeugen freiwillig mit vorgehaltenem Benzinkanister (nur halbvoll). Das immer noch staunenswerte Laufen auf Händen. Was noch?

Soweit sich Männer verstreut gesammelt haben: bayerisches Fingerhakeln, gesamtdeutsches Tauziehen, ostasiatisches Freistilringen. Was jeweils Kraft Mut Geschick beweist. Denn das macht den Mann aus: der blutige Ernst im fröhlichen Spiel.

Drüben die schwarzgelederten Jungs zwischen den Motorrädern – »Daß die nicht schwitzen!« – bewarfen sich, gezielt scharf daneben, mit Extramessern: springende Klinge und so. Während den korporierten Studenten von nebenan – auch die wollten ihren Wichs nicht ablegen – nur immer das blöde Exsaufen einfiel, wobei sie stramm standen (immer mühsamer) und Trinksprüche schnarrten, altdeutsche und lateinische. Ein glatzköpfiger Herr, Mitte Fünfzig, jener allgemein bekannte Einzelgänger, der immer seinen kleinen Extraauftritt hat und dessen Glatze von einem viermal geknoteten Taschentuch geschützt wurde, hockte vorne links am Seeufer und setzte sich Blutegel, die er aus der Grunewaldbrühe gefischt hatte, an seine traurigen Altmännerbeine.

Warum nicht? Der soll auch seinen Spaß haben. Schließlich leben wir in einer freien Gesellschaft, in der jeder sich Blutegel ansetzen kann, so viele er will.

Da nahm sich das Mäxchen die Freiheit, eine der preußisch gewachsenen Kiefern zu besteigen: Es sprang aus seinen Jesuslatschen, nahm nochmal Abstand und maß den auserwählten Baumstamm inmitten der Baumgruppe, sprang aber nicht den Stamm an, sondern ging federnd auf ihn zu, dabei die Finger spielerisch nach Raubkatzenart spreizend und krallend, um vor dem Stamm einige entspannte Sekunden der Sammlung und Besinnung, womöglich ein kurzes

Gebet einzulegen; denn das katholisch herangewachsene Mäxchen hatte gelernt, in besonderen Situationen, zum Beispiel kurz vor der barfüßigen Besteigung eines hellgeflammten Kiefernstammes, den Heiligen Antonius um Hilfe anzugehen, weil das von unten leichter aussah, als es auf halber Höhe, wo jetzt das Mäxchen eine Pause einlegte, getan war: Fuß nach Fuß und Griff um Griff, wobei die Haut an den Fußkanten, in den Handflächen fetzte und nur der Harzduft der klebrigen Rinde die Mühe, Gefahr und den Schmerz entschädigte; auch halfen die Zurufe der Freunde Fränki und Siggi, deren rhythmischer Triebvers »Steht kerzengrade wie zur Parade« das Mäxchen nicht nur anfeuerte, sondern vorerst nur hintersinnig, doch kurz vorm knorrig gezausten Wipfel der phallischen Kiefer regelrecht Lust brachte, weshalb das himmelhoch verstiegene Mäxchen abermals eine Pause einlegen mußte: eng an den vibrierenden Stamm gegossen, bis es ihm ganz natürlich und geradezu weiblich kam: Achachachachach...

Danach machten die restlichen anderthalb Meter dem Mäxchen einige Mühe. Doch schließlich war es geschafft. Weit entrückt die Freunde. Beifall von unten. Diese komischen Figuren in ihrer lächerlichen Verkürzung. Die hatten natürlich was gemerkt und machten blöde Witze. Bißchen schwindlig war es dem Mäxchen schon, aber auch wohlig im schwankenden Wipfel.

»Na und!« rief es von oben nach unten. »Blasser Neid, was? Könnt ja auch, wenn ihr wollt. Stehn Bäume genug rum. Los, Billy! Du trübe Tasse. Hoch den Fettarsch. Klemm dir son Bäumchen zwischen die Schenkel. Rubbel dich hoch. Nu mach schon, mach. Oder willste ne Trine bleiben, Heulsuse, Pinkelemma, Lutschliese, Tittenmutti, Sparbüchse. Immer nur hinhalten hinhalten!«

Da kämpfte meine Sibylle schon wieder mit den wie selbsttätig kommenden Kullertränen, während das verstiegene

Mäxchen hoch oben im Wipfel turnte, Irokesenschreie ausstieß, die ganz große kopfstehende Freiheit forderte, alles, was Frau war, ist und bleiben wird, zum ringsum behaarten Löchlein reduzierte und die dazu passenden Männer als Stöpsel beschimpfte: »Ich, Maximilian, bin das neue Geschlecht!« Laut rief das Mäxchen wipfelhoch in den fortgeschrittenen Vatertag: »Ich werde mir einen Sohn zeugen. Sohn zeugen. Der soll Emanuel heißen. E – ma – nu – el heißen!«

Das hörte sich hübsch an von unten, wenn auch ein bißchen schaurig und reif für Wittenau. »Komm runter!« rief Fränki und machte sich mit den beiden Feldsteinen zu schaffen, die Billy zur Feuerstelle gelegt hatte. Während das Mäxchen langsam und Fuß vor Fuß sichernd von seiner Himmelfahrtskiefer stieg, schleppte Fränki, links rechts beladen, beide Feldsteine zum Seeufer, um dort den einen, den anderen erstaunlich weit in den See zu stoßen. Mit vollendeter Steinstoßtechnik. Fränki, der Mann mit dem breiten Kreuz und den schmalen Hüften. Plumps und nochmal plumps machte der Grunewaldsee und ließ zweimal Kreise wachsen, die sich brachen, bis sie etwa das bedeuten mochten, was Fränki – wer weiß mit wem? – vorhatte; denn wenn das Mäxchen sich selbst genug zu sein schien, war Fränki noch immer auf Partnerschaft angewiesen: zwei vom inzwischen heruntergekommenen Feuer noch einseitig erhitzte Feldsteine, die Plumps Plumps machten und ihre Wellenkreise mischten.

Die phallische Kiefer, die plumpsenden Steine. »Ihr mit eurer symbolistischen Kacke!« sagte Siggi und spuckte ihren zerkauten Brasilstumpen aus. »Und was hat das zu bedeuten? Hier, ein Hosenknopf. Da, Nadel und Zwirn. Etwa die fleißige Hausfrau? Irgendwo Schräubchen locker? Knöpfchen auf Suche nach passendem Knopfloch? Abwarten, sag ich. Nix Hokuspokus. Zeig ich euch. Aber Ruhe dabei.«

Und mit gleichmäßigen Stichen von außen nach innen, durch alle vier Löchlein, parallel überkreuzt nähte sich Siggi, ohne zu zucken und wie gelernt, den ordinären Hosenknopf an ihre linke Backe. Kein Tröpfchen Blut floß dabei. Nicht mal das Mäxchen riß Witze. Billy schwitzte vor Erregung, während Fränki auf den angenähten Knopf starrte, als habe mehr als nur ein Hosenknopf Halt an Siggis linker Backe gefunden.

»Na!« sagte Siggi, nachdem sie den von innen straff zwischen ihren großen und regelmäßig stehenden Schneidezähnen geführten Faden abgebissen hatte. »Na? Wie sieht das aus? Knopf an der Backe. Hat nix zu bedeuten. Is kein Symbol. Wertfrei sozusagen. Oder will hier vleicht jemand ein sinniges Gedichtchen von der verlorenen Liebesmüh aufsagen?«

Weil Siggi (wie später die feministische Anklägerin Sieglinde Huntscha) in jeder Lebenslage ein Gesicht von streng klassischer Schönheit zur Schau trug – griechische Nase, hohe Wangenknochen, kühngezeichnete Brauen über dem großgeschnittenen Raubvogelblick unter gemeißelter Stirn –, wirkte der Knopf an ihrer schmal zum Kinn laufenden Wange nicht komisch, sondern wie ein raffinierter Hinweis auf ihre (ohne Knopf) womöglich zu vollkommene Schönheit.

»Nicht übel«, sagte Fränki. Mäxchen bettelte: »Näh mir doch auch einen an. Bittebitte.« Doch als Billy »Phantastisch!« rief und von irgendwo her einen Taschenspiegel zauberte – »Guck mal. Steht dir phantastisch!« –, lehnte Siggi den eitlen Weiberkram ab. »Ich weiß, wie ich aussehe. Macht euch bloß nicht ins Hemd. Kleiner Scherz unter Freunden. Werd ich mir gleich wieder abschminken. Na, Billy, und was hast du uns zu bieten?«

Da beschloß meine arme Sibylle, die immer alles falsch gemacht hatte, nun als Billy etwas ganz besonders kraftvoll

Männliches zu tun. Sie schlug vor, weil sie doch alle Freunde seien, eine Pyramide der Freundschaft zu bauen. Sie werde als Untermann die Basis stellen. Auf ihrer rechten und linken Schulter ertrüge sie gerne Fränki und Siggi. Das gymnastische Mäxchen möge sich, gelernt balancierend, auf die linke und rechte Schulter von Fränki und Siggi stellen und so die Pyramide krönen. Freilich wäre auch ein Handstand, den das Mäxchen hochoben vollzöge, erwägenswert. Doch müsse zuerst auf halber Höhe, also ohne Billy als Untermann, fleißig geübt werden. Allerdings bitte sie um barfüßige Besteigung. Und vielleicht könne man den einsamen glatzköpfigen Blutegelmann unten am Seeufer fragen, ob er so freundlich sein wolle, von der gelungenen Freundschaftspyramide mit Billys idiotensicherem Fotodingsbums ein paar Erinnerungen zu knipsen. Das sei doch immerhin was. Das sehe man sich hinterher gerne wieder mal an. Neinnein, sie schaffe das schon als Untermann.

So geschah es mit Unterbrechungen und Zwischenfällen. Das Mäxchen übte auf Fränkis und Siggis linker und rechter Schulter, während Billy zuschaute, den Handstand, bis es klappte. Fränki und Siggi zogen Stiefel und Schuhe aus. Das Mäxchen lief zum See und fragte den vereinzelten Glatzkopf, ob er paar Aufnahmen knipsen wolle. Der wollte und zog sich die letzten Blutegel ab. Mit gespannten Schenkeln und Knallwaden ließ sich Billy von Fränki und Siggi, wobei das Mäxchen Hilfe stellte, nacheinander besteigen. Aber dann, plötzlich launisch, weigerte sich das Mäxchen, die Pyramide zu krönen. Das sei doch alles Quatsch und eine ausgemachte Furzidee. Außerdem lasse sich das Mäxchen nicht von einer Trine Vorschriften machen. Wo komme man da hin. Lieber wolle es noch einmal die langstämmige Kiefer rauf.

Also stieg Fränki von Billys linker Schulter, während Siggi rechts die Position hielt. »Entweder du spurst, oder es setzt was!« schrie Fränki.

Doch das Mäxchen maulte: »Nix hast du mir zu sagen. Mach, was ich will.«

Da bekam das Mäxchen linksrechts von Fränki eins zwei geschallert: Zackzack! »Wirste nun? Immer noch nich? Zack zack! Besser jetzt? Oder noch was gefällig? Na also.«

Schließlich stand das Mäxchen weinend auf Fränkis und Siggis Schulter, die beide auf den Schultern meiner armen und aus Mitleid mit dem geohrfeigten Mäxchen weinenden Sibylle standen. Fränki und Siggi blickten grimmig. Den Handstand wagte das Mäxchen nicht. Aber auch so wurde es ein gelungenes Foto, das der hilfswillige Glatzkopf nach zwei verwackelten Aufnahmen machte. Siggi hat das Foto der Pyramide der Freundschaft später, als sie keine Hunde mehr züchtete und freiberuflich tätig war, riesengroß vergrößern lassen und an eine ihrer Mansardenwände gepinnt.

»Verdammt noch mal!« sagte die Anklägerin Sieglinde Huntscha, wenn sie nach der Bedeutung des grobkörnigen Großfotos gefragt wurde. »Das alles und noch mehr hat unsere Billy ertragen müssen.«

Natürlich wurde die Freundschaftspyramide, der Billy den Untermann gestellt und die das Mäxchen, auf Fränki und Siggi fußend, gekrönt hatte, weil sie am Vatertag glücklich getürmt (und geknipst) wurde, nicht nur von der benachbarten Gruppe korporierter Studenten in vollem Wichs gesehen, sondern fiel auch am anderen Ufer des Grunewaldsees auf, wo die schwarzgelederten Jungs ihre scharfen Messerspiele beendet hatten und endlich mal was erleben wollten.

Ich weiß nicht, ob die studierten Säufer sich einer sogenannten schlagenden Verbindung zurechneten, ob ihre Korporation Teutonia, Saxonia, Thuringia, Rhenania, Friesia oder nur schlicht Germania hieß. Ich habe auch keine Lust, in einschlägiger Literatur nachzulesen, welche Aufgaben, Pflichten und Rechte Burschen und Füchse haben.

Schmisse vom Mensurenschlagen hatten die Bengel keine. Dickliche und langaufgeschossene Figuren, von denen einige Brillen trugen. Jedenfalls kamen sie näher, als noch die Pyramide stand und gerade geknipst wurde. Und auch die schwarzen Engel vom gegenüberliegenden Ufer hatten zwei motorisierte Kundschafter geschickt, die allerdings zu spät auf der Seeuferböschung Position bezogen: Die Freundschaftspyramide hatte sich aufgelöst. Nie wieder sollten die vier so getürmt sein. Nie wieder hat ihre Freundschaft einen soliden Untermann gefunden. (Ach, Mäxchen, was ist aus dir geworden? Macht irgendwo – glaub in Wiesbaden – Krankengymnastik. Und Fränki? Ist in Hamburg ganz groß ins Immobiliengeschäft eingestiegen. Und Billy? Ach Billy! Einzig Siggi ist mir noch habhaft mit ihren Anklagen ohne Maß ...)

Dennoch befanden sich die korporierten Teutonen oder Rhenanen, angedunt wie sie vom Exsaufen waren, immer noch auf dem Vormarsch, während die schwarzen Engel auf Motorrädern, denen kein Zubehör fehlte, wie versteinert sitzen blieben. Die Saxonen quatschten dumm; die Schwarzgelederten sagten kein Wörtchen.

»Großartig! Phänomenal! Ganz exorbitant!« rief ein Teutone mit Brille.

Ein anderer rief: »Da capo! Da capo!«

Worauf alle korporierten Studenten die Freundschaftspyramide noch einmal getürmt sehen wollten. »Meine Herren, wenn es nicht zuviel verlangt ist, würden wir gerne dieses ungemein extraordinäre Spektakel noch einmal sehen wollen.«

Aber Fränki winkte ab: »Is nich. Feierabend. Macht mal rüber zu euch, Jungs. Wir sind hier für uns.«

War es Instinkt, war es Erkenntnis? Hatte meine mollige Billy ihnen den Star gestochen? Plötzlich das böse Wort:

»Aber das sind ja. Unerhört! Eine Zumutung! Weiber! Ganz ordinäre Weiber! Will man uns nun auch den Vatertag durch Obszönitäten blessieren?«

Und ein dickes Semester mit Brille zwängte sich in die Rolle des Sprechers: »Meine Damen – oder was immer Sie sind. Ihre Anwesenheit allgemein und insbesondere auf diesem heute ausschließlich dem Vatertagsvergnügen vorbehaltenen Terrain wird von uns mit Abscheu und Protest, jawohl, mit Protest vermerkt. Man darf wohl von einem Skandal sprechen. Fern aller sittlichen Norm geht hier Ungeheuerliches vor. Nicht daß wir ausgemachte Weiberfeinde wären. Im Gegenteil. Ganz im Gegenteil. Sind doch die Frauen, wie schon Goethe sagt, silberne Teller, auf oder in die wir Männer sozusagen goldene Äpfel legen. Aber heute – und bei allem Respekt vor Ihren circensischen Darbietungen – gilt das nicht, meine Damen. Das verstößt gegen jedes Prinzip. Hier muß unsererseits ein deutliches Machtwort gesprochen werden. Bevor Sie diese Gefilde umgehend räumen, müssen wir um eine Erklärung bitten.«

Da standen schon Fränki, Siggi, Billy und das Mäxchen abwehrbereit. Fränki hatte den Feuerhaken gefaßt. Siggi drehte ihren Siegelring, dem zur Handfläche hin ein kurzer und stumpfer Dorn wuchs, nach außen, so daß er zum Schlagring wurde. Das Mäxchen bewaffnete sich mit dem vierbeinigen Eisengrill. Nur Billy stand mit bloßen Händen, doch wortgewaltig gegen die korporierte Übermacht: »Was muß ich hören? Platzverweis? Ihr wollt uns? Daß ich nicht lache! Männer? Ihr krummen Hunde wollt Männer sein? Mit Komplexen gepfropfte Hinterlader seid ihr. Nicht abgenabelt. Am Fließband gefertigte Ödipusse. Hat euch Mutti etwa die Brust verweigert? Habt ihr als Säuglinge nicht genug nuckeln dürfen? Hat man euch schreiend in eurer Pisse blaurot werden lassen? Gab man euch Streicheleinheiten zu wenig, draufgezählt Schläge zuviel? Und du, mein

Bürschchen! Ja du! Warst du im Hemdchen bibbernd dabei, hast durch den Türspalt gelinst, als Vater und Mutter Schreckliches taten? Hat dich oder dich ein Hündchen geleckt? Und du? War dir dein großer Bruder, die kleine Schwester, der Fratz, im Weg, einfach immer im Weg? Los! Wir tauschen Komplexe. Ein paar hab ich doppelt.«

Sie wichen zurück. Mit und ohne Brille traten sie hinter sich. Kein Schlagring, Eisengestell oder Feuerhaken drängte die korporierten Studenten vom Schlachtfeld, sondern Billys direkte Ansprache, ihr Auswurf: »Schnellwichser! Wichsbengel!«

Und als meine Sibylle plötzlich kehrtmachte, sich die knapp sitzenden Jeans runterpellte und mit gezielter Vorzeige den Teutonen oder Rhenanen ihren venusweißen Arsch wies, dem auch sogleich ein Furz entfuhr, ergriff die Saxonen und sonstigen Germanen heilloser Schrecken: Sie entwichen in vollem Wichs und verloren dabei zwei drei Brillengestelle und ein Kommersbuch, aus dem das Mäxchen später Studentenlieder sang: Gaudeamus igitur und so weiter...

Gab das ein Gelächter! Fränkis wiehernde Fuhrmannslache. Siggi zeigte beim Lachen beide Zahnreihen geschlossen. Das Mäxchen wälzte sich glucksend und preßte die Oberschenkel gegeneinander, wie es sonst nur Pipimädchen tun. Breitbeinig stand Billy und schickte dem Feind Lachsalven nach. (So hatten sie bei der Jagd auf heidnische Litauer und Pruzzen als deutschherrische Ordensritter gelacht: damals im Winterlager zu Ragnit. So hatten sie als schwedische Reiter den fliehenden Kaiserlichen nachgelacht: damals bei Wittstock, als die Papisten allesamt in den märkischen Sümpfen hopsgingen...)

Eine trockene, sich selbst infizierende Lache. Und womöglich wirkte das Gelächter der vier Helden fernwirkend ansteckend, denn auch vom anderen Seeufer wehten Lachfetzen. Überall an den Seen, unter Bäumen, vereinsstark an Tischen wurde gelacht, wenn auch aus anderen Gründen. Humor stand auf der Tagesordnung. Herzhaftes Männerlachen. Schenkel- und Schulterklopfen. Mal richtig so wieder aus voller Brust. Verschluck dich nicht, alter Junge. Ist ja zum Totlachen. Ich lach mich kaputt. Über Witze, zum Beispiel knallharte Männerwitze. Kennste den? Was ist der Unterschied zwischen... Kleinfritzchen sieht, wie sein Vater im Ziegenstall... Graf Bobby hat ein entzündetes Auge... Der Moses trifft den Abraham im Puff... In der Hölle begegnen sich Hitler und Stalin... Da sagte Kleinfritzchen... Aber Moses, sagte Abraham... Ach, wenn es nur das Auge wäre, rief Graf Bobby... Also die Kaffeebohne unterscheidet sich dadurch... Na, wenn ich das gewußt hätte, sagte Hitler zu Stalin... Aber da kann doch die Ziege nicht für, sagte Kleinfritzchens Mutter...

Doch so laut, verhalten, herzhaft und tränentreibend die zehn-, nein hunderttausend Männer ihren Vatertagshumor bewiesen, jene zwei schwarzen Engel, die auf ihren überzüchteten Motorrädern zu Zeugen des großen Gelächters wurden, wollten nicht lachen, mitlachen oder auch nur ein kleines verhuschtes Lächeln aufsetzen. Denen löste keine Pointe das Häkchen. Absolut nichts fanden die komisch. Kein Witz wollte ihnen einfallen. Denen stand Ernst im Gesicht geschrieben. Aufmerksam, als sei das berufliche Pflicht, hatten die beiden in ihrem Schwarzleder den Disput mit den korporierten Studenten registriert: jedes Scharfmacherwort. Die unerhörten Beleidigungen. Wie die männliche Würde verletzt wurde. Billys nackter Arsch, vor dem die Studentchen geflohen waren, hatte sich den beiden – Herby hieß einer, der andere Ritschi – tief eingeprägt: na, wie ein Siegel oder Brandzeichen.

Und kaum war das Gelächter abgeebbt – nur das Mäxchen gluckste noch –, heulten, fauchten und knatterten schon wieder die beiden Motorräder. Nach demonstrativer Schleife über die Seeuferwiese und gekonntem Slalomfahren zwischen den preußischen Kiefern brausten die Zeugen ab, um am anderen Seeufer unerhörte Meldung zu erstatten.

»He, Jungs!« rief ihnen Billy nach. »Warum denn so eilig?« Als aber die Männer rund um den Grunewaldsee, am Wannsee, im Spandauer und Tegeler Forst sich selbst und anderen gezeigt hatten, was sie konnten (Glasfressen, Steinstoßen, Tauziehen, Bäume raufrunter, Schmerzen ertragen und große Lasten über sich heben), als am Vatertag, der auf Himmelfahrt fällt, in Lübars und Britz, überall im Grünen, als das Gelächter der Männer – leistungsstolz – seinen Höhepunkt feierte und alle sich gründlich ausgelacht hatten – selbst das Mäxchen konnte nicht mehr –, stellte sich Fränki vor eine keusche Birke, die mit paar anderen Jungbirken zwischen den Kiefern stand, und lachte, verlachte alles, aber auch alles, sogar sich selbst in seiner absoluten Größe, bis er die keusche Birke kahlgelacht hatte. Der alte Fuhrknecht und Veteran aller Kriege (er war bei Tannenberg, Wittstock und Leuthen dabei) konnte Birken kahllachen.

Zehn Schritt nahm Fränki Abstand, so daß er das Bäumchen ganz im Schußwinkel hatte. Er schoß Lachsalven gezielt und streuend. Er zog seine große zynische Lachnummer ab. (Nichts war ihm heilig.) Er befahl dem frischen, noch maigrünen Laub einen frühen Herbst und Blätterfall und entlaubte, als Billy, Siggi, das Mäxchen »Mehr! Noch mehr!« schrien, die restlichen rumstehenden Birken, die letzte nur halb, denn inzwischen war das Gelächter überall zwischen Spandau und Tegel und rund um den Grunewaldsee in männliche Trauer umgeschlagen, wie das so üblich ist: aus einem Extrem ins andere.

Alles, auch die haushohe Leistung, was eben noch staunenswert war und fotografiert werden wollte, stieß bitter auf, schmeckte säuerlich nach und hatte (selbst der ganz eindeutige Triumph von vorhin, als die Studentchen Reißaus nahmen) den Beigeschmack der Sinnlosigkeit. Das Nichts schlug durch. Vatertagselend färbte die geröteten Bäckchen der Herren aschgrau, wo auch immer sie im Grünen abgeprotzt hatten. Bleihaltige Schwermut war jedem Schluck Bier beigemengt. Weltekel. Gallebitter stieß Existenz auf. Aus Urgründen lösten sich Seufzer, stiegen treppauf, drängten ans Licht: fahle Flaschengeister, die den strengen Kieferndruft der preußischen Wälder nicht lange ertrugen, denn sie platzten, zerflossen und schlugen wie Mehltau nieder, was die Vatertagsmänner auch nicht fröhlicher machte.

Immerhin lösten sich jetzt die Zungen. Man sprach sich aus. Das jahrhundertelange Elend wurde – man war ja unter sich – eingestanden. (»Sei mal ehrlich, alter Junge. Das kann man nur schonungslos auf den Tisch legen. Da hilft kein Schminken. Da hilft nur Offenheit, radikale Offenheit.«) All die Niederlagen, historische und gegenwärtige, in eine lange Latte gekerbt. Aufgespulte Versäumnisse, die abgespult fadenreich genug waren, um dem Mann, der kategorischen Größe, das Totenhemd zu besticken.

»Wir sind doch fertig«, sagte Siggi, »restlos verbraucht. Mit uns ist kein Blumentopf mehr zu gewinnen. Will man sich nur noch nicht eingestehen, als Mann, daß wir ausgedient haben. Vor der Geschichte, die unsere Sache, die einzig Männersache gewesen ist, sind wir gescheitert. Oder politisch gesprochen: Wir verwalten nur noch die Konkursmasse. Die immer noch einmal verschobene Krise. Um Schlimmeres zu verhüten. Die atomare Abschreckung. Na, und die Mauer? Ekelhaft. Alles ekelhaft!«

Und Fränkis Bilanz »Seit Ende der Steinzeit, als mit Kupfer, Bronze und Eisen die Zukunft losging, haben wir Männer nur noch Scheiße gebaut!« stand wie mit Rauchschrift in den Himmel geschrieben. »Versager! Wir sind Versager!«

Sogar das Mäxchen gab zu, mit dem maskulinen Latein am Ende zu sein: »Manchmal zweifel ich wirklich, ob das richtig gewesen ist, für alles, aber auch für jedes Problemchen die volle Verantwortung zu übernehmen. Das überfordert den Mann. Und zwar jeden auf Dauer. Sollen die Weiber doch mal. Werden schon sehen, was das heißt: für alles und nichts strammstehen müssen. Ich jedenfalls hab das satt. Mir fällt nichts mehr ein. Könnte ne Pause brauchen. Mal fünf sechs Jahrhunderte lang von mir aus abhängig, aber versorgt sein. Ist doch ne Sache: Frauchen zu spielen und sonst nix. Nur mit den Wimpern klimpern und die Votze hinhalten. Ab und zu mal ein Kindchen kriegen. Sich auf Muttertag freuen. Romane schmökern und nebenbei die Geschirrspülmaschine bedienen. Wär dassen Fest!«

Da sagte Billy: »Kannste gleich mit anfangen, Mäxchen. Hilft ja nichts, das Gejammer. Liegen noch immer die Teller unabgewaschen rum. Los, mach mal, hopp. Mit Sand und Seewasser. Ihhh, alles voll Ameisen. Na gut, ich helf dir und trockne ab.« Und Billy hatte sogar (fürsorglich) ein Küchenhandtuch kariert im Freßkorb auf Abruf liegen.

Aber das Mäxchen wollte nicht. Und Geschirrabwaschen schon gar nicht. Oder noch nicht. Nicht in diesem Jahrhundert: »Laß doch die Ameisen. Die kriegen das schon hin. Die haben schon größere Teller geputzt. Außerdem muß ich nachdenken. Na, über alles und über den Sinn.«

Doch als Billy auf Abwasch bestand und »Nachdenken kannste später, mein Sohn!« sagte, erwachte Fränki aus brunnentiefer Schwermut und sagte aus genauso abgründiger Gewißheit: »Was heißt hier: Mein Sohn? Wenn überhaupt einer von uns, dann bin ich Mäxchens Vater. Und um auch das klarzustellen: mein Sohn wäscht nicht ab. Und am Vatertag schon gar nicht.«

»Genau«, sagte das Mäxchen zu Billy. »Mein Pappi heißt Fränki. Und du bist und bleibst ne Trine. Los! Wasch schon ab den Mist. Und stör uns nicht.«

»Aber«, sagte Billy, schon wieder den Tränen nahe, »ihr könnt mich doch nicht einfach immer nur rumschubsen und zur Minna machen. Ich koch und mach und tu. Aber das heißt doch nicht, daß immer nur ich. Bin doch nicht euer Wischkodder. Ich will gleichberechtigt mit euch. Hab doch auch meinen Stolz.«

Da sagte Siggi: »Wie die Weiber. Streiten genau wie die Weiber. Dachte, das haben wir hinter uns. Entweder sind wir nun alle vier oder keiner. Denk, wir wollen Vatertag feiern – und zwar friedlich. Verstanden!«

»Genau«, sagte Fränki mit Strenge zu Mäxchen. »Hörst du, mein Sohn!«

»Aber dann dürft ihr aus mir auch keine Trine mehr machen wollen«, rief schluchzend Billy.

»Bist aber eine. Ne richtige Tränentrine!« schrie das Mäxchen. »Schluchz schluchz! Tropf tropf!«

»Du bist wohl nicht mehr zu retten!« sagte Siggi und knallte dem Mäxchen eins zwei links rechts. Worauf Fränki brüllte: »Meinen Sohn schlage ich, verstanden! Nur ich!« und trat Siggi gegen das Schienbein. Worauf das Mäxchen, während Siggi in Richtung Fränki eine rechte Gerade landete, Billy ins verheulte Gesicht spuckte. Worauf Billy mit beiden Pfoten dem Mäxchen in die Stoppelhaare ging. Und schon war die Schlägerei perfekt wie damals, als nach der Kapitulation der Sachsen in Pirna die Beute geteilt werden sollte und Fränki sich mit Siggi um einen Karton Konfekt prügelte, in dem viel später die westpreußische Gesindeköchin Amanda Woyke ihre Korrespondenz mit Graf Rumford – dem Spinner – aufbewahrt hat. (Und auch bei anderer historischer Gelegenheit – gleich zu Beginn der Völkerwanderung – hatte es wegen nichts Krach gegeben, bis nur noch die Fäuste …)

Aus ziemlichem Abstand – einen Steinwurf – guckten die Studenten in vollem Wichs zu. Auch waren schon wieder zwei schwarzgelederte Boten auf Motorrädern in Rufweite. Mäxchens Nase blutete echt. Siggi schlug Fränki ein Veilchen. Fränki kugelte Siggi den rechten Arm aus. Doch am meisten Kloppe bekam Billy, denn als sich Siggi, Fränki, das Mäxchen schon wieder vertrugen und einander die Nasen putzten, den Arm einkugelten, das Veilchen kühlten, heulte die mollige Dickmadame immer noch Rotz und Wasser, was die beiden Motorradfahrer als Botschaft rund um den Grunewaldsee trugen. (Daß auch an anderen Orten, wo überall der Vatertag seinen männlichsten Ausdruck suchte, harmlose Rempeleien, aber auch ernsthafte Tätlichkeiten stattfanden, gab tagsdrauf der Polizeibericht bekannt: Hundertzwölfmal wurden die Einsatzwagen per Funk gerufen. Es kam zu Sachschaden. Siebenundachtzig Verletzte wurden gezählt, darunter neunzehn schwere Fälle und ein Todesfall...)

Oh, ihr Krieger um der Sache willen. Ihr Träumer, die ihr vom Ernstfall träumt. Ihr Helden, immer bereit, den Tod euch vorzudatieren. Ihr Streiter aus Gerechtigkeit. Ihr Sieger über das Leben. Angreifer und Verteidiger. Ihr todverachtenden Männer.

Da überkam die Kämpfer große Müdigkeit. Und auch an anderen Orten wollten die zehn-, die hunderttausend Männer, weil sie sich ziemlich abgestrampelt hatten, mal kurz ein Nickerchen machen. Fränki schnarchte als erster. Dann schlief, auf dem Bauch liegend, alle vier Glieder gestreckt, Siggi ein. Weil aber Billy nicht aufhören konnte zu schluchzen, setzte sich das Mäxchen zu ihr und sagte: »Nu schlaf mal was, Dickmadame. Haben dich ganz schön gezaust, was? Was fängste auch an mit dem blöden Abwasch. Hättste Pappteller mitnehmen sollen. Wenn es noch ne richtige Sache wäre. Achgottachgott. Immer noch ein paar Kullertränchen. Nu penn doch endlich. Oder sag: Die können mich mal! Oder denk dir was Schönes aus. Oder ich erzähl dir zum Einschlafen was. Die Geschichte aus uralter Zeit, als alle Weiber drei Titten hatten. Oder was anderes. Zum Beispiel die Story vom Butt...«

War mal ne Dickmadame. Die hieß, na wie hieß die schon: Ilsebill. Und die hatte nen Kerl, der hieß Maxe. Sie saß immer zu Haus und lackierte sich die Fingernägel grün. Er angelte immer nach Feierabend draußen an der Hafenmole. Und während Max angelte und angelte, lag seine Dickmadame, nachdem sie ihre Fingernägel grünlackiert hatte, alleine in ihrer Furzmulde und wünschte sich mal diesen, mal jenen Kerl ins Bett.

Da biß eines Feierabends, als Maxe mal wieder an der Mole angelte, ein Butt an. Das ist ein Plattfisch. Dem stehen die Glubschaugen schräg zum blubbrigen Maul. Der kommt im Märchen vor. Deshalb konnte der Butt sprechen und sagte zu Maxe: »Setz mich frei, denn kannste dir was wünschen.«

Da nahm Max den Butt vom Haken, schmiß ihn ins Meer, daß es klatschte, und sagte: »Och, Butt. Meine Ilsebill, die sone richtige mollige Dickmadame ist, will immer nur knutschen und knuddeln, bumsen und durchgebumst sein, mal mit dem, mal von dem. Mit mir hat sie nie genug. Immer will sie von nem Kerl, der nich ich bin, gestoßen werden. Meine Morchel stinkt ihr. Was mach ich bloß, mach ich bloß?«

»Mit was fürn Kerl will sie denn?« fragte der Butt und guckte querläufig aus dem Wasser.

»Zum Beispiel mit nem Feuerwehrhauptmann in Uniform«, sagte der Angler Maxe und blickte über die glatte See; er angelte nämlich in der Ostsee.

»Bist schon einer mit Knöpp und mit Tressen«, sagte der Butt und tauchte.

Da stieg das Mäxchen uniformiert zu seiner Ilsebill ins Bett und nahm sie zwischen, daß ihm die Knöpp absprangen. Und das so lange, bis Ilsebill den Hauptmann satt hatte und mit ihren strammen Beinchen zappelte, wobei sie jammerte jammerte: »Ach, hätt ich doch nen richtigen Staatsanwalt drin.«

Da machte der Butt aus Maxe, als ihn Max aus der leicht gekräuselten See rief, einen Staatsanwalt in Robe, mit Hornbrille und schwarzem Deckel drauf. Und als Ilsebill auch dessen Stinkmorchel nicht mehr riechen konnte und sich einen echt neurotischen Anarchisten in die Federn wünschte, legte der Butt ihr einen mit Strumpfmaske getarnten Terrormaxe samt tickender Bombe ins Bett; da machte die Ostsee schon kleine, kurzatmige Wellen.

Das flutschte auch eine knappe Woche lang, weil Ilsebill den Typ »irrsinnig interessant« fand. Doch als sie endlich begriffen hatte, daß auch Terroristen nur zwei Eier im Sack haben, sagte sie: »Möcht mal wissen, was an dem Typ besonders sein soll. Quasselt mittendrin immerzu Politik und denkt was ganz anderes. Nu wünsch ich mir nen stinkreichen Präsidenten zum Maßnehmen und Abgewöhnen.«

Da ließ der Butt Maxe, der ihn bei Windstärke fünf bis sechs gerufen hatte, als Bundesbankpräsident in einem silberblauen Mercedes bei Ilsebill vorfahren. Der Präsident war überall, auch um den Schwanz rum, graumeliert. Als Ilsebill auf ihre mollige Art den Kapitalismus bewältigt hatte, wollte sie nun, nach nur kurzem Zwischenspiel, von einem bierärschigen Gewerkschaftsfunktionär und – während Sturmböen die Ostsee gefährlich machten – endlich von einem drahtigen Filmstar, und zwar live und voll ausgeleuchtet, zwischengenommen werden.

Da schrie der Butt bei Windstärke zehn: »Deine Ilsebill kriegt wohl das Loch nicht voll. Immer mehr! Immer mehr!« Trotzdem machte er, ziemlich lustlos, aus dem Gewerkschaftsboß Maxe einen richtigen Belmondo, der, während die Kamera surrte, im Hechtsprung (vom Schrank) unserer

Ilsebill ins Himmelbett segelte, wo er sogleich dolle Fleisch-, Beiß- und Aufreißszenen abriß, mit Einblendungen anderer Aufreißszenen aus anderen Filmen.

Doch als Ilsebill auch den, bis er wirklich komisch wurde, leergemolken hatte, schrie sie nimmersatt: »Nu will ich nen Symphoniker mittem Taktstock mittendrin haben!« Danach trompetete sie das Schicksalsmotiv.

Da seufzte der Butt, als ihn Maxe, schräg gegen den Orkan stehend, gerufen hatte, meerestief, machte aber aus ihm im Handumdrehen einen Topdirigenten, der alles auswendig dirigieren konnte. Als aber Ilsebill auch den, nach dreimal da capo, vernascht hatte, weinte die Dickmadame paar Kullertränen und jibberte: »Immerzu Interpreten. Nichts ist mehr original. Alles aus zweiter Hand. Nu soll mich mal Olle Beethoven von vorn und hinten geigen.«

Doch als ihm Maxe erschöpft Bericht gab, rief der Butt aus seinem entfesselten Element heraus: »Jetzt ist genug! Was zuviel ist, ist zuviel. Hände weg von unseren Klassikern. Von heut an kriegt sie nur noch – und ewiglich – ihren Max schlecht und recht verpaßt. Jeden Sonnabend nach dem Angeln.«

Sogleich hörte das Unwetter auf. Bald lag glatt und harmlos wieder die See. Und große Federbettwolken segelten über den Himmel.

So mußte sich Ilsebill mit ihrem Maxe abfinden. Fortan lebte sie nur noch von Erinnerungen. Die waren aber angenehm ...

Das sagte das Mäxchen zu Billy, die unter seinen Worten eingeschlafen war. Getrocknet hatten die Kullertränen bißchen Salz hinterlassen. Fränki schnarchte noch immer wie ein kanadischer Holzfäller. Gestürzt – ein gefallener Engel – lag Siggi bäuchlings. Das Mäxchen kuschelte sich an die mollige Dickmadame und beschloß kurz vorm Einschlafen:

»Ich will ihr ein Kind machen, Kind machen, Kind machen ...«

Auf dem Sandhügel, zwischen den preußischen Kiefern, saßen auf ihren Motorrädern zwei Schwarzgelederte und überschauten ernst die friedliche Szene.

Was im Tiefschlaf wummert. Träume im Schleppnetz. Alles ist wirklicher und findet verzögert statt. So träumte ich kürzlich: Ich bin eine hochschwangere Frau, die vor dem Hauptportal des Kölner Doms, zu Füßen der Türme, nachmittags, während der Hauptgeschäftszeit, mit einem Mädchen niederkommt, das gleichfalls schwanger ist – meine Ilsebill – und knapp nach mir aus schwieriger Steißlage einen Knaben gebiert, der jedoch buttköpfig ist: schiefmäulig glubschäugig quersichtig. Aus der Hohen Straße und vom Hauptbahnhof kommen Passanten mit Einkaufstaschen gelaufen, umstehen unsere Doppelgeburt und rufen: Ein Wunder! Ein katholisches Wunder! Worauf der buttköpfige Sohn meiner Tochter aus mir zu den Passanten spricht. Er erklärt ihnen den Sinn des Lebens, die weltpolitische Lage, Preisschwankungen bei Grundnahrungsmitteln und die Notwendigkeit der Steuerreform. »Kurzum«, sagte er, »wir leben auf Kosten ...«

Als Fränki erwachte, war es Mäxchens Ruf gewesen – »Ich will einen Sohn zeugen!« –, der zuerst Fränki und gleich darauf Siggi aus dem nachmittäglichen Vatertagsschlaf riß; denn auch Siggi und Fränki hatten, wie das Mäxchen, den großen, eindeutigen, jede Nebenhandlung löschenden, nur auf sich bestehenden Zeugungstraum gehabt, der tiefer wummert als je gedacht und dessen urdumme Kraft sich auch dort steilt, wo die Natur nichts geplant hat.

Doch so unbekümmert um ihre Beschaffenheit alle drei geträumt hatten, nur dem Mäxchen war der fordernde Ruf nach dem Sohn, der gezeugt sein will, aus dem Schlaf in den frühen Abend hinein gelungen, so daß nicht nur Fränki und Siggi geweckt wurden und zeugungswütig »Ja! Ja!« riefen, sondern hell angestoßen das Mäxchen sich selbst aus dem Schlaf brachte mit seinem Trompeterwillen, während Billy, der mollige Engel, wie ahnungslos schlummerte, obgleich alle drei, der Fuhrknecht Fränki, der Held Siggi und die Stahlfeder Mäxchen, Vater sein wollten aus ihr: Sie war der Nährboden. Ihre umkrauste Möse sollte dreimal heimgesucht, ihr Fleisch beschattet werden. Die Dickmadame war gemeint. In Billy wollten sie ihr Kapital anlegen. In ihr sich fortwuchern. In ihrer Körperlichkeit gründete dreimal Hoffnung auf einen Sohn: Jajaja!

Das Mäxchen, das zuerst gerufen hatte, wollte natürlich zuerst. Und während die beiden verspäteten Jarufer noch mit dem Mäxchen stritten, wer den Vortritt beim großen Zeugen haben sollte (und während überall in den Wäldern um die Berliner Seen abertausend Männer ihr Nickerchen beendeten und mit tiefwummernden Zeugungswünschen erwacht waren), schlief Billy immer noch engelsgleich und träumte auf Federbettwolken von einem freiwilligen Feuerwehrhauptmann mit dirigierendem Taktstock, vom schwarzrobigen Staatsanwalt, in dem ein Terrorist steckte, von Beethoven, der ihr im Hechtsprung kam, von immer rascher wechselndem Herrenbesuch und allerneuesten Attraktionen und Wünschen, die in Erfüllung gingen.

Es war aber das Mäxchen, dem Fränki und Siggi den ersten Stoß vergönnt hatten. »Laß mal den Jungen. Der muß sich abstrampeln.«

Während die zwei abwartenden Väter ihren Schatten warfen, pellte der junge Möchtegernvater – »Immer sachte, mein Sohn«, mahnte Fränki – von Billys tiefschlafendem Fleisch die Jeans, die Schlüpfer auch, so daß es pfingstlich duftete.

O dumme Unterlassung der Natur! Nun mußte das Mäxchen sich doch mit dem Kunststoff gürten, nachdem des ersten zeugungswütigen Vaters Hosen gefallen waren und das Nichts offenbar wurde. Jaja, es war ja alles griffbereit. Gleitsalbe auch. Das unterscheidet den Mensch vom Tier: daß ihm zu allem, was ist oder fehlt, Ersatz einfällt. Wir wissen uns schon zu helfen!

Zwischen Gebüsch lag Billy auf ihrer Kamelhaardecke und atmete traumgerecht. Kein Blick der bebrillten und nichtbebrillten Korpsstudenten konnte sich irgendwas abgewinnen. Die hingen viel zu besoffen in ihrem Wichs, um Anteil nehmen zu können. Nur die Schwarzgelederten auf ihren Maschinen waren Zeugen vom Hügel herab, als zum erstenmal in Billy hinein willentlich und kraft Glaubens gezeugt wurde.

Wie zärtlich der Junghengst das besorgte. Wie sich Natur leicht betrügen läßt. Was alles beim Freilufttheater möglich ist. Man muß nur improvisieren können und sich den Rest ausmalen. Man muß mit Einfällen wunderbarer Art die Löcher in unserer löchrigen Existenz stopfen. Man kann durch Glaubensstärke was nicht ist dennoch sein lassen, ganz ohne Zwinkern. Denn wenn Oblatengebäck des Herrn Jesu Fleisch und gewöhnlicher Landwein sein Blut sein können, dann kann auch ein kunstvoll erdachtes Zwischenstück (viel edler geformt als die übliche Stinkmorchel) Heil bringen oder zumindest ein bißchen Erlösung. Ach, ihr Rammler, Böcke, Hengste und Bullen, wie dumm seid ihr von Natur her beschaffen! Ihr Erpel und Gockel, nur das fällt euch ein. Ach, ihr natürlichen Väter! Was wißt ihr, wenn euch was abgeht, von jener überwirklichen Zeugung, die der Natur nur andeutungsweise bedarf?

Nachdem sich das Mäxchen ideell bewiesen hatte, kam Siggi zum Zug. Und immer noch wollte Billy ihren Traum nicht aufgeben. Immer noch sahen die Schwarzgelederten vom Hügel herab in sich hinein, was sie sahen: das Unerhörte. Die ganz dicke Sauerei. Den Kunstfick. Die Beleidigung aller vatertäglichen Saubermänner: Denn die beiden Burschen in Leder waren, als Siggi die schlafende Billy heimsuchte, um die Unschuld ihrer chromreinen Motorräder besorgt und verhängten die jeweils drei Frontscheinwerfer der 500-ccm-Maschinen mit ihren Lederjakken. Ähnlich verschämt wechselten die Krähen von einer nah stehenden Kiefer zur übernächsten. Das alles war ungesehen noch schlimm genug.

Also sahen die Krähen und Motorräder nicht, daß nun auch Fränki die Hosen fallen ließ und sich mit dem bedeutenden Kunststoff gürtete. Jetzt aber versagte das Sakrament, kaum war es eingeführt worden. Billy erwachte. Flöten ging ihr der Traum. Die Wirklichkeit hieß Fränki. Den wollte sie abschütteln. Der blieb aber stößig. Den wollte Billy nicht. »Nein nein!« schrie sie. Siggi und das Mäxchen mußten sie links rechts halten und ein bißchen kreuzigen. Denn mittendrin aufhören wäre nicht fair gewesen, Fränki gegenüber, dem alten Fuhrknecht.

»Wirst du die Fresse halten!« rief das Mäxchen. »Is ja gleich fertig«, versicherte Siggi. Und nach ein paar Stößen, die Billy nur noch leise wimmernd ertrug, meinte Fränki, den Übersohn gezeugt zu haben. Richtig schlapp machte er ein Weilchen und sagte dann, von Billy steigend: »Na also. Was soll das Geschrei. Jetzt fühl ich mich gleich um ne Nummer besser.«

Natürlich weinte Billy, nachdem ihr so geschehen war. Sie weinte für sich und wollte vom Mäxchen keine Tränen getupft bekommen. »Gemein«, sagte sie. »Ihr seid gemein. Mein Gott, seid ihr gemein.«

Schluchzend zog sie sich die Schlüpfer, die Jeans hoch und ließ den Reißverschluß funktionieren. Die Krähen kamen zurück. Auf dem Hügel enthüllten die beiden Burschen die

Scheinwerfer ihrer Motorräder und saßen wieder ganz in Leder. Vom See her wehte ein Abendlüftchen. Die Mücken waren jetzt zahlreich.

Da sagte das Mäxchen Trostwörter: »Hast einfach zu süß ausgesehen im Schlaf. Ne richtige Unschuld. Konnt man nicht widerstehen. Sind ja man sachte gewesen. Und wenn nich Fränki wie ne geballte Ladung, dann hättste bestimmt nix gemerkt. Komm, nu sei wieder lieb. Ich helf dir auch die paar Teller abwaschen. Blitzblank. War ja nicht so gemeint. Und wenn du dir die immer noch wünschst, kriegste für zu Haus ne neue Quelle-, Miele- oder Bosch-Geschirrspülmaschine mit allem Drum und Dran.«

Und auch Siggi sagte: »Das mußte sein. Jetzt erst ist richtig Vatertag. Hoch die Tassen. Hier Billy. Nimm mal nen Schluck aus der Pulle.«

Und Fränki ließ eine Bierflasche schnalzen und trank, der Natur zuprostend, auf den dreimal gewollten Sohn.

Doch Billy wollte nicht lieb sein. Sie wollte auch mit Mäxchen keine Teller abwaschen. Niemandem wollte sie zuprosten. Langsam, als hinge noch Schlaf an ihr, stand sie auf, machte ein paar unsichere Tippelschrittchen und sagte dann fest: »Ich geh jetzt. Mit euch will ich nie wieder. Das habe ich nicht gewollt.«

Und jeden einzeln, Fränki, Siggi, das Mäxchen voll in den Blick nehmend, sagte sie: »Wenn ich das will, nehm ich mir nen richtigen Mann. Der ist mir lieber. Das sag ich euch als Frau. Habt ihr verstanden! Als Frau.«

Wie um anders, neu, genauer zu sehen, setzte sie ihre Brille auf, die sie sonst nur beruflich benutzte. Dann ging Billy, ohne durch die Hornbrille hinter sich zu schauen. Nachprüfbar ging sie Schritt nach Schritt. Die Krähen folgten ihr von Kiefer zu Kiefer. Die auf den Motorrädern sahen, in welche Richtung sie ging, und ließen ihre Maschinen anspringen, um die neueste Nachricht um den Grunewaldsee zu tragen.

Wohl doch betroffen, sahen das Mäxchen, Siggi und Fränki der Schritt nach Schritt schwindenden Billy nach, auch wenn Fränki leichthin sagte: »Reisende soll man nicht aufhalten.«

Darauf soffen die drei nur noch Bier auf Schnaps, Schnaps nach Bier in sich hinein und hielten so den Vatertag bis in die Dämmerung aufrecht. Woanders mochte von der Bundesliga, von Toto und Lotto, von der Einkommensteuer und von Spesen die Rede sein; die drei übrigen Helden jedoch zählten auf, wann, wo und wie oft sie in zurückliegenden Jahrhunderten ihre Zeugungskraft bewiesen hatten. Mag sein, daß der Schnaps ihnen half, die Zeit aufzuheben.

Das Mäxchen erzählte, wie es den langen Dreißigjährigen Krieg über mal hier, mal dort, als Magdeburg brannte, im westfälischen Soest, vor Breisach, gleich nach der Schlacht bei Wittstock und auch während ruhiger Etappenzeit seine Scherflein in hundert Sparbüchsen vergeudet hatte. »Das war, als ich Axel Ludström hieß. Da lagen wir als Oxenstiernas Leibregiment auf der Halbinsel Hela. Lauter kaum beflaumte schwedische Reuther. Das war im Mai, als ich mir eine kaschubische Marjell, Agnes hieß die, in einer Dünenmulde aufriß. Und die anderen Jungs gingen auch kurz mal drüber...«

Siggi hingegen gefiel sich als polnischer Ulan und malte farbig aus, wie der junge heldische Graf Woyczinski der spröden Köchin des Napoleonischen Gouverneurs Rapp im tiefen Wald begegnete, wo sie im Körbchen Pilze für des Gouverneurs Küche sammelte: »Doch als ich vom Pferd stieg, ihr Händchen küßte und ein paar blumige Sachen sagte, konnte die Marjell natürlich nicht widerstehen. Wir lagen auf Moosgrund. Um uns standen Morcheln, Pfifferlinge, Boviste, breitschirmige Parasole. Ach, rochen die Pilze! Ach, waren wir sattsam ein Fleisch. Welche Lust! Nur die Ameisen störten. Sophie hieß sie. Später hat sie uns alle, das patriotische Aas, mit einem gefüllten Kalbskopf vergiftet. Nur Rapp kam davon. Dennoch habe ich nichts zu bereuen ...«

Und Fränki schließlich erzählte lang breit, wie er es als preußischer Dragoner, zu Ollefritz' Zeiten, einer Gesindeköchin zwischen den Schlachten besorgt hatte. »Meine gute Amanda. Ob nach Roßbach, Kunersdorf, Leuthen oder Hochkirch, wann immer ich meine Blessuren bei ihr auskurierte, jedesmal schlug es an. Nach siebenjährigem Krieg hatte ich entsprechend viel Söhne gezeugt und wurde deshalb Domäneninspektor. Die Kaschubei! Herrliche Sandböden! Worauf ich mit Zucht und Strenge in Preußen den Kartoffelanbau durchgesetzt habe. Dabei standen mir meine Söhne bei, alle sieben ...«

Und ähnliche Taten mehr, bis Siggi sagte: »Sie ist nun mal überempfindlich. Ich weiß nicht. Wir hätten sie doch nicht einfach so gehen lassen sollen. Womöglich kriegt sie Ärger. Laufen doch nur noch besoffene Kerle rum, die keinen Spaß verstehen.«

»Los, packen wir!« rief Fränki und trat dem Mäxchen, das nicht hoch wollte, in den Arsch. Rasch verstauten sie den Eisenrost, die unabgewaschenen Teller, die Kamelhaardecke, die leeren Flaschen, was sonst noch rumlag – nur Billys Zylinder blieb liegen – auf Fränkis Dreiradauto und fuhren los: Billy suchen. (Auch die benachbarten Korpsstudenten brachen auf, singend: »Hoch auf dem gelben Wagen ...«)

Mit ihrem Dreiradkarren, dem Automobil aus fünfter Hand, dem flotten Wägelchen für Schnelltransporte und Kleinumzüge, mit Fränkis Gefährt durch dick und dünn, vorsintflutlich, steinzeitlich, außer jeder Mode und gerade noch – nach letztem TÜV – zugelassen, mit ihrem fahrbaren

Untersatz, auf dem Siggi und das Mäxchen zwischen den Vatertagsutensilien, den rollenden Bierflaschen und nicht abgewaschenen, nun einer nach dem anderen zerscherbenden Tellern saßen, während der Fuhrmann Fränki am Steuer den wirren Kurs hielt – »Wir finden dich! Finden dich, Billy!« –, mit ihrer verläßlichen Karre fuhren sie, übriggeblieben zu dritt, über Stock und Stein rund um den Grunewaldsee, der ganz still lag und Abendrot spiegelte, hin zum Jagdschlößchen, Forsthaus und zurück um den See, dann auf Seitenwegen, umdämmert vom Abend, inmitten der überall aufbrechenden Vatertagsgesellschaft, stumm, eingesargt im Gegröl der halb- und volltrunkenen zigtausend Männer – nur Siggi knirschte, während das Mäxchen vor sich hin flennte, zwischen Schmallippen: »Haut einfach ab. Läßt uns sitzen. Versteht keinen Spaß. Wie ne beleidigte Leberwurst ...« –, bis sie auf einem Seitenweg, der von einem Seitenweg zweigte, im Dämmerlicht etwas Knautschiges ahnten, das sich mitten auf dem Sandweg, den freiliegende Wurzelstrünke holprig machten, im Licht der Frontscheinwerfer des Dreiradkarrens deutlich als ein Häufchen Jeans bewies.

»Das sind Billy ihre!« riefen Fränki, Siggi oder das Mäxchen. (Seitab lagen der blauweiß gestreifte Pulli, der Tittenhalter.)

Ganz einsam (mutterseelenallein) war sie kreuzquer gelaufen: immer tiefer hinein in den Wald. Denn am See, auf den Lichtungen, vor den Erfrischungsbuden wurde sie angepöbelt: »Kiek die Trine!« und angemotzt: »Was willen die hier an Vatertag?« – »Die juckt es wohl, was?«

Nur noch für sich sein. Alles zurückgenommen. Sie hatte sich in ihre Einsamkeit eingepuppt. Auch die wärmt ja und gibt sich gesellig. Es war ihr (das sagte sie vor sich hin) wie Schuppen von den Augen gefallen. »Da mußten die erst kommen und mir Bescheid stoßen.«

Was für ein neues Gefühl: Frau sein. Wenn auch einsam verrannt. Doch nun entschlossen und ohne Umkehr. Schiffe verbrennen. Brücken einreißen. Nach vorwärts weisende Sätze bilden: »Ich komm aus ner Flüchtlingsfamilie. Ich hab als Kind schon was durchgemacht. Ich kenn das: neu anfangen. Das liegt hinter mir, endgültig hinter mir. Wieder bei Nullkommanull beginnen. Und wo man mal aufgehört hat. Nein, Heidilein wird nicht mehr bei den Großeltern gelassen, sondern – die hol ich rüber – ein richtiges Zuhause haben. Braucht doch Zärtlichkeit, son Kind, und mütterliche Wärme. Die hab ich noch und noch. Einfach lächerlich: als wenn ich mir keine Geschirrspülmaschine selber. Da brauch ich doch die nich. Das sind doch nur Verirrungen, durch die man durch muß. Ich will. Und zwar als Frau. Und zwar eindeutig. Ich werde ...«

Zwischen Mischwald, Gebüsch, auf Haupt- und Nebenwegen, über Nadelböden und Moosgrund, immer tiefer hinein in den Grunewald trug Billy die schöne Vatertagserkenntnis: »Ich bin eine Frau, eine Frau, eine Frau!« Rausgejubelt das Lockwort. Laut angeboten das schwache Geschlecht. Als Köder, doch nun triumphierend das Wörtchen »Dickmadame« gestreut.

Und sie bissen auch an. Hatten sie nie aus dem Auge verloren. Waren fährtenkundig. Von Baum zu Baum halfen oben die Krähen. Und sie stöberten sie auf, die sieben schwarzgelederten Hechte. Kamen auf ihren noch abgedunkelten Maschinen über Haupt- und Nebenwege gezuckelt. Eher gutmütig brummelten die Motoren. War ja alles nur Spiel. Wollten nun mal was Lebensechtes erleben. Schossen plötzlich ihr Licht aus dreimal sieben Scheinwerfern ab, trieben Billy, die Frau, die Dickmadame, das nun doch ein wenig verschreckte Häschen vor sich her, mal hier-, mal dahin, in windstille Abzweigungen, wo nur noch Butterbrotpapier und Bierflaschen vom Vatertag zeugten.

Noch rief Billy: »Hallo Jungs! Hört doch auf mit dem Quatsch! Kommt, wir trinken friedlich paar Schnäpse am Roseneck oder sonstwo...« Aber da hatte sich schon der Kreis geschlossen. Schnapp! machte die Falle. Das lief ab nach bekannter Regie. In diesem Film gab es kein Entrinnen. Das Ende war vorgeschrieben.

»Runter die Plünnen!« sagte einer ganz leise. Jetzt brummelte auch kein Motor mehr. Im vereinigten Licht, wie im Vollbad stand Billy mollig drollig tapsig in gleißender Lokkenpracht und gehorchte ein wenig geniert. Deshalb behielt sie die Schlüpfer an und die Schuhe und Ringelsocken. Mehr wollte sie nicht: auf keinen Fall! (»Ihr glaubt doch wohl nicht im Ernst...«)

Der Hase brach aus, rief: »Bei euch piept's wohl!«, schlug Haken, als sieben Motoren wieder gutmütig brummelten. In eine Schneise hinein lief Billy, kurvte um Baumstämme, brach prasselnd durch Knieholz, lief lief, bis sie fiel, weich auf Nadelboden und alle sieben wieder um sich hatte. »Bitte, Jungs, bitte...«

Aber die sagten nur gar nichts oder nur »Sau!« zu ihr. »Na warte, du Sau!« – »Dich reißen wir auf, du Sau!« – und hatten schon ihre Lederhosen offen. Und hatten einer nach dem anderen, wie auf Befehl, einen Ständer. Und standen an zur Kommunion. Und fanden das ganz normal. Und rotzten einer nach dem anderen ihren Rotz in sie rein, daß Billy überlief. Traten sie auch, bevor sie, nachdem sie, mit ihren Extrastiefeln: »Drecksau, verdammte!«

Und einer schob ihr, als alle fertig waren, einen knackigen Tannenzapfen in die Wunde: »Na lauf, du Obersau, lauf schon!«

Aber Billy wollte konnte nicht mehr. Nur noch Kullertränen. Und eine Leere, die sich als letzter Wunsch auftat: Oh. Mit ihren gedrosselten Motorrädern schoben sie Billy an, schubsten, pufften sie – »Nu mach schon!« –, bis einer, dann der nächste kurz Gas gab und über Billys Beine, ihren Bauch rollte. Nun erst, weil alle sieben immer das gleiche taten, die anderen auch: drüber und nochmal drüber. Ernsthaft und mit Gründlichkeit.

War das noch ein Mensch? So fanden Fränki, Siggi und das Mäxchen abseits der Schneise ihre Billy: auf Nadelboden zum Klumpen gefahren. Daneben kaputt die Brille. Da war kein Stückchen Schönheit mehr geblieben. Da war alles Leben raus. Da konnte man nur noch – und Fränki sagte das – »Scheiße!« sagen. Das Mäxchen kotzte beiseite gegen einen Baumstamm. Fränki tobte mit Fäusten gegen sich: »Gottverdammt!« Deshalb mußte Siggi sachlich bleiben. »Wir müssen sie liegen lassen, hier. Und anrufen von unterwegs. Da ist momentan nichts zu machen.«

Also fuhren sie mit ihrem Dreiradauto für Schnelltransporte und Umzüge aus der Schneise über Neben- und Hauptwege und ließen die tote Billy im Wald. Über die Clayallee fuhren sie als Teilnehmer des rückläufigen Vatertagverkehrs bis zum Roseneck, wo Siggi ausstieg und in der Telefonzelle neben der Bushaltestelle verschwand. Fränki blieb hinterm Steuer sitzen und reinigte seine Pfeife. Das Mäxchen hatte keinen Kaugummi mehr. Siggi meldete durchs Telefon: »Da müssen Sie von der Clayallee rechts ab, ja genau, und dann wieder rechts, dann links, nochmal links, dann rechts in die Schneise rein. Und nach fuffzig Schritt liegt da paar Schritt links ab ne nackte Frau tot. Jadoch. Richtig. Sage ich ja.«

Danach ging das Leben weiter.

IM NEUNTEN MONAT

So sind wir Männer: zur Freundschaft fähig. Von Ludek über Ludger bis zum Prälaten Ludewik, vom Holzschnitzer Ludwig Skriever über den Henker Ladewik bis zu Axel Ludström, dem Schweden, von meinem Kumpan Ludrichkait und dem bayrischen Hauptmann Fahrenholz über Ludwig Skröver, der nach Amerika ging, bis zu Fränki Ludkowiak, dem alten Fuhrknecht: wir hielten zusammen, durch dick und dünn. Freunde! Blutsbrüder! Ach, und Jan. Jan Ludkowski. Dem haben sie in den Bauch voller Schweinekohl geschossen. Lud fehlt mir. Wie mir Lud fehlt!

Kürzlich starb mein Freund Ludwig Gabriel Schrieber. Ob er dem dummen Gips Form abgewann oder zur Scheibe Sellerie, auf dem Elektrokocher gebraten, Filets vom Räucherfisch legte und über alles Rühreier (für sich, für mich) kippte, ob er stumm hinterm Glas saß und mit kleinem Finger den Tropfen holte, um sich die Stirn zu kühlen, oder von seinen wie Litanei bekannten Taten (»Als an der Eismeerfront der Iwan in Schneehemden kam ...«) gleichbleibenden Landserbericht gab, ob er im Zorn mit den Zähnen knirschte oder den unbehauenen Stein streichelte, Lud blieb immer eindeutig: ein Mann, Brocken, Stier, Täter, der Engel, in Sünde gefallen.

Das war schon immer so. Wie er den Faustkeil zum Zeichen geschliffen hat. Als er Prälat gewesen ist und im Gefolge des böhmischen Adalbert angereist kam, um uns Heiden das Kreuz zu bringen. Damals, als er für Peter und Paul den Altar (hochgotisch) schnitzte und nebenbei aus Kirschbaum eine Madonna, die meiner Frau Dorothea glich: Starr blickte sie auf einen entrückten Punkt mit ihren eingesetzten Bernsteinaugen.

Meistens starb er mir nach. Doch während ich noch das Märchen »Von dem Fischer un syner Fru« ganz anders erzähle und meine Ilsebill kurz vor der Niederkunft ist, stirbt mir Lud weg, so daß ich ihm nachrufen muß: dem Freund zu jeder Zeitweil. Da seufzte der Fischer Ludek, den sich die Nachbarhorde als Künstler hielt, als er meinen keramischen Kleinkram sah. Da holte der Genosse Ludwig Skröver, der neben uns Auf dem Brabank wohnte und später, unter dem Druck der Sozialistengesetze, nach Amerika auswandern mußte, mit langem Haken Treibholz aus der Toten Weichsel an Land. Da drückte der Obrist Axel Ludström, der als Fähnrich beim Regiment Oxenstierna auf Hela gedient hatte, eine Zitrone aus über dem weißäugigen Dorsch, den uns meine Küchenmagd Agnes tischte. Da geschah es, daß der Henker Ladewik seinem Freund, dem Grobschmied Peter Rusch, mit dem er am Vortag letzte Kutteln gelöffelt hatte, den Kopf vom Rumpf hauen mußte. Da schlug Fränki Ludkowiak mit einem Schlag den Nagel in den Tisch. Da verfinsterte sich der kürzlich gestorbene Bildhauer Schrieber vor den Tonfigürchen seiner Schüler, um dann von sich und den Hethitern, von Mykene und der minoischen Heiterkeit, streng von der Form zu sprechen.

Lud wußte das alles. Er war als Bildhauer oder einfach als Mann, der das Stierkalb trägt, immer dabeigewesen. Der neolithische Lud und seine handgroßen Fruchtbarkeitsidole. Jene pomorschen Babkas, grob aus Findlingen gehauen, die von polnischen Archäologen nahbei Oxhöft ausgegraben wurden, sind alle von seiner Hand. Als Lud sehr früh schon (bekehrt durch den heiligen Augustinus) christlich wurde, hat er nie den Schmerz des Gekreuzigten, immer dreieinig das Prinzip dargestellt. Und als ihn der Schwertfeger Albrecht Slichting in seiner Bauhütte (neben Peter und Paul) besuchte, wo er, nach dem Bild meiner Dorothea, eine Madonna aus Holz schnitzte, die fürchterlich war, röstete Lud Hammelnieren in ihrem Fettmantel über der Glut.

Danach sprachen wir mit talgiger Zunge über Gott und die Welt. Er war unzufrieden. Er war gegen die Zeit. Er knirschte mit den Zähnen. Er hätte, wie es später der Bildhauer Schrieber tat, den einen, den anderen Scheißkerl mit seinem berüchtigten Handkantenschlag umlegen können. Als bald darauf die Zünfte gegen das Patriziat aufständisch wurden, war der Holzschnitzer Ludwig Skriever dabei. Anfangs ging es um Bier aus Wismar, dann um die Rechte der Gewerke. Natürlich wurde der Aufstand niedergeschlagen. Lud konnte fliehen und galt für vogelfrei. Ich sah ihn erst wieder, als im übernächsten Jahrhundert das große Saubermachen in den Kirchen begann.

Obgleich Kupferschmied von Beruf, hatte Lud, der sich nun Ladewik nannte, keinen Spaß mehr an der Sache. Nicht für Calvin, einzig aus sich: er wurde Bilderstürmer in Hegges Gefolge. Und ein Taufbecken, das er (angeblich) nach den fleischlichen Ausmaßen der Nonne Rusch aus Kupferblech getrieben und üppig ziseliert hatte, zerschlug er eigenhändig, um dann abermals die Lust zu verlieren: Ladewik wurde Henker im Stockturm und hat mich, seinen Freund, scharfrichten müssen.

Wogegen war Lud? Gegen das Schnörkel- und Filigranwesen, gegen die feistfarbenen Stifteraltäre, gegen Plunder und Pomp, gegen jegliches Bildnis, gegen das Wort, gegen sich selbst. Mit schwerem Hammer, mit gezieltem Handkantenschlag, mit des Henkers Schwert. So war Lud: gewalttätig. Hauen und Stechen. Urlaute im Gebrüll. In jedem kleinen Nazi mußte er den Teufel besiegen.

Doch als der Fähnrich Axel Ludström mit anderen Reitern vom Regiment Oxenstierna die Halbinsel Hela heimsuchte und über die noch kindliche Agnes herfiel, erinnerte sie noch lange seine Stimme. Die ging durch und durch. Die war irdisch nicht mehr und ist erzengelhaft gewesen. Denn als der Obrist Ludström mit Torstensons Reitern in alle

Kriegsgreuel getaucht wurde und auf schwedische Weise in Sachsen hauste, sang er aushilfsweise den einen Tenorpart »Nacket bin ich von Mutterleibe kommen ...«, als am 4. Februar 1636 die musikalischen Exequien als Requiem für den reußischen Grafen Heinrich aufgeführt wurden; der langwierige Krieg hatte dem Hofkapellmeister Schütz nur noch wenige Musikanten und Sänger gelassen.

Schön sah Lud aus als Schwede. Sein sanfter Ernst. Sein kühler Eifer. Und seine Strenge, sein Zorn. Doch als wir uns im nächsten Jahrhundert bei Kriegsbeginn wiederbegegneten, war Lud ziemlich runtergekommen. Alle nannten ihn Ludrichkait. Alle lachten ihn aus. Nur ich nicht. Wir hatten immer Branntwein dabei. Der Krieg verbindet. Durch dick und dünn. Sieben Jahre lang. Wir waren bei Leuthen, Hochkirch dabei. Gegen Schluß verlor er ein Bein bei Burkersdorf. Und kam doch immer wieder nach Zuckau gehumpelt, wo die gute Amanda für uns Veteranen jederzeit Glumse zu Pellkartoffeln und Leinöl übrig gehabt hat.

Mag sein, daß Lud es gewesen ist, der als bayrischer Hauptmann unter Napoleons Gouverneur Rapp bei der Verteidigung der Stadt Danzig geradezu heldisch war, als er Sophie Rotzoll, die beim Fouragieren von Kosaken überrascht wurde, rausgehauen hat. Ich habe Fahrenholz nicht gekannt. (Ich saß ja auf Festung, in Graudenz, in Haft.) Doch sicher sprach mein guter alter Lud aus dem radikalen Sozialisten und Schiffsbauer auf der Klawitterwerft, der den Streik gegen Klawitter und bei der Germania-Brotfabrik, im Holzhafen und bei der Druckerei Kafemann ausgerufen hat. Ludwig Skröver und Otto Stubbe waren Freunde. Oft haben die beiden, ohne daß Lena was merkte, für sich (im Wäldchen Saspe) ein Karnickel gebraten. Später wurde die Streikkasse bestohlen. Ausgewiesen nahm Skröver mit Kind und Kegel ein Schiff nach New York. Nur eine Postkarte, kein Brief kam. In Chicago soll er bei den Anarchisten tätig geworden sein.

Rauf und runter. Und das immer wieder. Lud war nicht kleinzukriegen. Wenn Not am Mann war, kam Lud. Mußte ein kniffliges Ding gedreht werden, Lud wußte wie. Ohne Lud lief nichts. Selbst als er in jetziger Zeitweil Kunstprofessor wurde und dort wieder anfing, wo er im Mittelalter (als Bilderstürmer) aufgehört hatte, stand Lud zentral. Man traf sich bei Lud. Mit Lud sich vollaufen lassen. Die Legende vom heiligen Lud. Denn wenn er hier schroff, dort brutal gewesen ist, fromm war er immer und betrunken am frömmsten. Niemand konnte wie er in ein leeres Glas starren und dabei leise (mit dem Rest seiner Erzengelstimme) Katholisches singen und durch den Glasfuß bis dorthin zurücksehen, wo er als böhmischer Prälat und (bald nach Adalberts Tod) Bischof von Pommerellen die Zwangstaufe aller Pomorschen angeordnet hatte. Er sah sich, wie ein Selbstporträt in Bronze beweist, als Kirchenfürst oder Klosterabt oder Märtyrer: unnahbar, nach innen genommen, legendär und demnächst kanonisiert.

Beschrieben sah Lud so aus: wie gegen starken Wind angehend. Vorbeugend grimmig, wenn er geschlossene Räume, das Atelier voller Schüler betrat. Stirn und Backenknochen gebuckelt, doch alles fein ziseliert. Das lichte Haar weich. Die Augen gerötet, weil ja Gegenwind herrschte zu jeder Zeit. Zart um Mund und Nasenflügel. Wie seine Bleistiftzeichnungen keusch.

Lud fehlt mir. Wie mir Lud fehlt! Und selbst im Streit... Selbst wenn wir uns mit den Fäusten... Lud und ich waren anstrengend miteinander befreundet...

Wie während der Freundschaft mit Ludek, als uns Aua und Eua tauschten. Und als mich Ludger auf die Völkerwanderung mitnahm, trat mich sein Pferd. Der Prälat Ludewig duldete meine dreibrüstigen Marienfigürchen. Ich weiß nicht, ob Dorothea dem Holzschnitzer Skriever Modell gesessen hat; einige meiner Töchter waren von ihm. Bevor mich Ladewig scharfrichtete, lobte er meinen kräftigen Nacken. Als mich die Pest aus dem Jammertal holte, hat der Obrist Ludström im Namen der schwedischen Krone (und mit Hilfe der Küchenmagd Agnes) sorgfältig meinen Nachlaß gesichtet. Mit Ludrichkait hab ich mein Geld (und meine Seele) versoffen. Ich bin nicht sicher, ob Sophie dem bayrischen Hauptmann nur mit einem Küßchen gedankt hat. Als die Streikkasse bestohlen wurde, hätte ich gerne mit Ludwig Skröver halbe-halbe gemacht. Nur über Fränki, den alten Fuhrknecht, will ich nichts sagen. Und als ich mit Lud nach Berlin kam...

Bleibt noch Jan. Doch Jan Ludkowski, mit dem ich befreundet war, der wie ich Worte machte, Jan, der zu Maria gehörte, ist tot wie Lud. Jan war anders. Auch Lud war anders. Mit Jan konnte man reden bei Brot, Käse, Nüssen und Wein. Mit Lud auch. Wir sangen bis in die Nacht und waren verzweifelt. Wir hielten an unserem Traum fest. Männer können das: Freunde bleiben. Das will Ilsebill nicht begreifen.

Verspätet

Ilsebill aus dem Haus.
Ich bin nicht hier.
Eigentlich hatte ich Agnes erwartet.
Was sonst geschieht – Tellerklappern –,
gehört zu Amanda: ihr täglicher Abwasch.

Lena war da.
Vielleicht haben wir nur vergessen,
genaue Zeit abzusprechen.

Ich traf mich mit Sophie, während von allen Kirchen
die Vesper geläutet wurde.
Wir küßten uns wie im Kino.

Kalt stehen Reste: Hühnchen, was sonst.
Angefangen lungert ein Satz.
Selbst Fremdes riecht nicht mehr neu.
Im Schrank fehlt ein Kleid: das Großgeblümte
für Feste mit Dorothea gedacht,
die immer in Lumpen ging.

Als es noch die Musik gab,
konnten wir Gleiches zusammen verschieden hören.
Oder Liebe, das Foto: Billy und ich
auf dem weißen Dampfer, der Margarete hieß
und zwischen den Seebädern dicken Rauch machte.

Natürlich bin ich verspätet.
Aber Maria wollte nicht warten.
Jetzt sagt der Butt ihr die Zeit.

Bis zum Erbrechen

Mit Maria bin ich verwandt. Ihr Vater ist der Cousin meiner Mutter. Leute, die Kuczorra hießen, gab es in Kokoschken, Ramkau und Zuckau schon zu Amanda Woykes Zeit. Und eines ihrer Enkelkinder, Lovise Pipka (Sophies Cousine), hat einen Kutschorra, der aus Viereck (heute Firoga) kam, geheiratet. Also ließe sich Maria auf Lena Stubbe, die eine geborene Pipka war, und auf Amanda Woyke zurückführen, wie ja auch meine Großmutter mütterlicherseits als eine geborene Kuczorra (deren Mutter allerdings eine geborene Bach gewesen ist) meine Herkunft weit genug belegt, um mich (wie Maria) mit Amanda und Lena verwandt sein zu lassen. Und da es in Marias Linie mütterlicherseits mehrere Kurbiellas und Korbiellas gibt, meine Mutter einen Onkel Kurbiella hatte (der nach Amerika ausgewandert ist) und sich die arme Sibylle Miehlau an eine Großtante Korbiella (Schwester ihrer Großmutter mütterlicherseits) erinnerte, die in Karthaus Stopfgarn, Knöpfe und Gütermanns Nähseide verkauft haben soll, könnte ich auch mit Agnes, der Köchin der Schonkost, Verwandtschaft herbeireden, zumal es Hinweise gibt, daß Agnes' Mutter, die wie der Vater Kurbiella auf Hela von den Schweden erschlagen wurde, eine geborene Woyke oder Gnoyke gewesen sein soll. (Erwähnt muß auch werden, daß Katharina, die jüngere Tochter der Äbtissin Rusch, einen Fleischhauer namens Kurbjuhn geheiratet hat und daß die Mutter der Dorothea Swarze, von Montau genannt, eine geborene Woikat gewesen ist.)

Schließlich sind wir Kaschuben alle über paar Feldwege miteinander verwandt. Es lagen ja nur der Wald Goldkrug bei Bissau, das Himbeergestrüpp vor Zuckau, die Chaussee nach Karthaus, der Fluß Weichsel, das Flüßchen Radaune und vier fünf Jahrhunderte dazwischen: die Zeit vor und nach der Kartoffel, Geschichte, die über uns wegging. Davon wußte Maria nichts.

Sie ist blond. Bevor sie in einem Konsumgeschäft Verkäuferin lernte, fielen ihre Locken, wie sie grad wollten. Dann lernte ihre Freundin Friseuse. Die Kuczorras leben, bis auf einen Bruder meines Onkels, der nach fünfundvierzig in den Westen ging, entweder in Gdynia oder in Wrzeszcz, das als Danziger Vorort früher Langfuhr hieß. Sie bewohnen mit Marias zwei jüngeren Schwestern in der Ulica Lelewela, die früher Labesweg hieß, eine Zweieinhalb-Zimmer-Wohnung. (In Kokoschken besitzen sie noch eineinhalb Morgen Kartoffel- und Gartenland.)

1958, als ich zum erstenmal ein Visum bekam und mit verwackelten Erinnerungen zurückfuhr, war Maria neun Jahre alt und lachte, als sie mich in meinem westlichen Zeug sah. So blieb sie: blond, kicherig, tanzlustig, rasch im Kopfrechnen, eine tüchtige Konsumverkäuferin, ein wenig krakeelig im Umgang mit Jungs und ohne mehr zu wissen, als gerade gegenwärtig lief. Ich war der Onkel aus dem Westen, der alle paar Jahre angereist kam, Schallplatten (die Beatles) mitbrachte, der weder polnisch noch kaschubisch sprechen konnte, von dem sie sich Vorstellungen machte: schöne und falsche.

Aber auch ich habe Maria mir vorgestellt. (Das kommt davon, wenn man seine Sprache vergißt.) Es wurde dann schlimmer, als ich es mir ausgedacht hatte. Ich hätte zu Maria eine andere Geschichte erfinden müssen. Eine glückliche mit bißchen Kummer drumrum und einem passenden Hochzeitsgeschenk. Aber die Zeit war dagegen. Maria blieb nicht Verkäuferin im Konsum. Es wurde für sie eine Stelle woanders frei. Sie wollte sich unbedingt verbessern. Dabei war Maria gar nicht für die Küche geschaffen. (In einem Andenkenladen in der Frauengasse hätte sie geschliffenen Schmuck verkaufen und an sich tragen können: passend zum Haar.)

Pomorsche Währung. Das Kleingeld der Küste lange Strände reich. Die Mitgift wandernder Dünen. Was rückgezahlt wurde von der Baltischen See. Schon die Phönizier kamen zuerst von Sidon, dann von Karthago über Cornwall, wo sie Zinn gegen Purpurstoffe einhandelten, bis hierher gesegelt und tauschten sich gegen Saatgetreide (Gerste und Emmer) faustgroße Stücke ein. Und als Mestwina enthauptet wurde, streute die Bernsteinkette von ihrem Hals bis weit ins Hinterland. Amanda fand später paar Klumpen in den Kartoffeläckern. Und als mir Maria einen Bernstein groß wie eine Walnuß schenkte, erkannte ich wieder, begann die alte Geschichte neu, sah ich Maria verändert, wurde sie anders möglich.

Da lernte sie noch im Konsum. Den Bernstein hatte sie beim Kartoffelbuddeln auf dem restlichen Land in Kokoschken gefunden. Ein schönes Stück: aus krustig-gelbem Schalenrand rundet sich dunkel der durchsichtige Tropfen und schließt eine Fliege ein.

Du hättest mir den Bernstein nicht schenken sollen. Jetzt erzähle ich alles. Wie du anders wirklicher wurdest. Wie dir das Lachen verging. Wie du versteinert bist.

Ab Sommer neunundsechzig arbeitete Maria Kuczorra, die im Konsum zuerst Verkäuferin gewesen war, dann an der Kasse gesessen hatte, als Köchin der Werkkantine der Leninwerft Gdańsk. Dort verdiente sie hundertzwölf Zloty mehr als beim Konsum. Da ihr Küchenerfahrungen fehlten, stand sie nur aushilfsweise hinter den Dampftöpfen, wurde aber, auf Grund ihrer Preis- und Qualitätskenntnisse, mit dem Großeinkauf und der Konservenhaltung beauftragt.

Ihre praktische, dabei heitere Art ließ raschen Erfolg zu. Im Umgang mit der Bürokratie halfen ihr die Konsumerfahrungen, Sondergenehmigungen zu erwirken. Sie schaffte die große Tiefkühltruhe an. (Auch schob sie über dritte Hand Traktorenersatzteile gegen Frischgemüse.) Der Speisezettel der Werftkantine wurde abwechslungsreicher. Doch als Maria begann, einen Teil ihres Einkaufs über den Freihafen abzuwickeln und plötzlich Südfrüchte in der Kantine vorrätig waren, bekam sie Streit mit ihrem Freund Jan, einem in Gedanken kühnen, sonst eher ängstlichen jungen Mann, der in der Werbeabteilung der Werft Prospekte für das westliche Ausland redigierte und Maria behilflich gewesen war, als sie sich für die Kantinenküche bewarb.

Jan hatte zwar Schiffsbau studiert, aber vernarrt war er in pomorsche Frühgeschichte. Nachts machte er Verse. Ein

Aufsatz von ihm über die Minnelyrik des Wiclaw von Rügen war im Ostsee-Almanach publiziert worden. Sein Gedichtzyklus über Fürst Mestwins Tochter Damroka, die erste Äbtissin des Klosters Zuckau, hatte, weil stark in erotischen Metaphern, neben wohlwollender Kritik den Protest des kaschubischen Kulturverbandes zur Folge gehabt. Umstritten war seine These, jener Feldherr, den der Kaschubenfürst Svantopolk vernichtend schlug, sei der Däne Fortinbras gewesen, der in der Schlußszene des »Hamlet« vorgibt, siegreich aus Polen zu kommen. Jan wollte bei Shakespeare anknüpfen und eine Fortsetzung der Tragödie schreiben. Nur fehlte es ihm an Zeit. Tagsüber schrieb er Werbetexte für den polnischen Schiffsbau, die ins Englische Schwedische Deutsche übersetzt wurden und als wirksam (im westlichen Werbeverständnis) galten; am Abend wartete Maria, die entweder ins Kino oder tanzen wollte.

Er hatte sie im Konsum kennengelernt. Von Anfang an stritten sie. Eine Dose vergammelter Konservenerbsen hatte er zurückgebracht und der Kassiererin Kuczorra unter die Nase gehalten. Als sie sich am Abend im öffentlichen Klostergarten Oliva trafen, sagte Jan: Mit ihren Korkenzieherlocken erinnere ihn Maria an die kaschubische Fürstentochter Damroka, eine Schwester seines Helden Svantopolk und Cousine des Wiclaw von Rügen. Die habe am Flüßchen Radaune das Kloster Zuckau der dort wuchernden wilden Himbeeren wegen gegründet. Und er zitierte aus seinem langen Gedicht. Maria gefielen Jans historische Vergleiche. Sie ließ sich von ihm Damroka nennen. Bald liebten sie sich.

Und ich? Ich bin nicht Jan. Ich bin Marias Halbcousin. Doch sie nennt mich Onkel. Mir hat sie nur einen Bernstein geschenkt. Mit einem Insekt als Einschluß. Ich bin der Einschluß. Im Zweifelsfall ich: spätversessen und aufgehoben.

Neben mir: ich. Außer mir: ich. Mir (als Bär) aufgebunden: das folgsam brummende Ich. Immer entlaufen, zeitflüchtig, hinterrücks. Wo der Geschichte die Latte im Zaun fehlt. Hör mal, Maria: Das war, als Mestwina von mir gelöcherten Bernstein am Hals trug. Von ihren Töchtern und Tochtertöchtern leiten sich Sambor, Mestwin, Svantopolk und die Prinzessin Damroka ab. Nein, das bin ich gewesen, der sich den sprechenden Butt fing. Ich auf der Zunftbank, als die Gewerke aufständisch wurden. Ich saß im Stockturm und löffelte meine letzten Fleck. Und als mich die Pest im Vorbeigehen grüßte. Und als die Kartoffel über die Hirse siegte. Mich hat die große, alles verrührende Köchin gegen die Zeit gerührt. Wie sie mich (immer noch) mit der Schaumkelle klärt. Wie sie mich austeilt gerecht. Wie ich gesäuert ihr mürbe bin. Liebstock und Kümmel, Majoran, Dill. Abgeschmeckt ich. Jan, das bin ich, Maria, nach deinem Rezept.

Und als Maria Kuczorra schon ein Jahr lang in der Werkkantine der Leninwerft für Frischgemüse, Konservenhaltung, günstigen Einkauf und (wenn auch illegal) für Südfrüchte sorgte, als sie auf Wunsch ihres Freundes, den sie immer noch liebte und der sie (am Abend im dunklen Kino, ins Ohr beim Tanz) Damroka nannte, als Maria endlich, weil Jan das wünschte, ihre gelockten Haare nicht mehr zur Friseuse trug, als es Herbst wurde und in den Zeitungen viel über Verträge zu lesen stand, die reif für die Unterschrift seien, als endlich in Warschau Gomulka und Brandt für Polen und Deutsche ihre Namen setzten und – wie es hieß – Geschichte machten, als es winterte und die Vorsorge für Weihnachten begann, war es Maria, die zu raschem Einkauf riet: Man rede so viel über den Vorrang der nationalen Aufgaben. In den Zeitungen stehe nur noch Erhabenes über die Größe der geschichtlichen Stunde. Über Konsum stehe nichts geschrieben. Das alles seien Zeichen schlimmer Art. »Die setzen die Preise rauf«, sagte Maria zu Jan.

So kam es. Durch Verordnung. Für Zucker, Mehl, Fleisch, Butter und Fisch. Am 11. Dezember. Und am vierten Advent hatte man heiraten wollen.

Es sprach ja ökonomisch vieles dafür. Man kann nicht alles subventionieren. Das hält selbst der Kommunismus nicht aus. Wenn kein Markt den Preis regelt, tut es der Staat zu spät. Aber mit den Preisen kommt mehr und manchmal alles ins Rutschen.

Jan sagte, als die Preise für Grundnahrungsmittel am Freitag – die hatten schlau sein wollen und das Wochenende einkalkuliert – um dreißig bis fünfzig Prozent heraufgesetzt wurden: Es sei eine geschichtliche Tatsache, daß die Verteuerung schonischer Heringe und die Einfuhr von billigem Bier aus Wismar mehrmals die zerstrittenen Zünfte geeint und gegen das Patriziat aufständisch gemacht hätten. Dann spekulierte er lange über den fallenden Pfefferpreis zur Zeit der Reformation und die gleichzeitige Fleischverknappung in Mitteleuropa, weil der Auftrieb von Schlachtvieh nachließ.

Maria sagte: Wenn sich das im Kapitalismus so zugetragen habe, dürfe sowas im Kommunismus nicht passieren. Das sei einem schon in der Schule beigebracht worden. Und wenn die Gewerkschaft nichts mache, werde man ohne die Gewerkschaft. Und wenn es den Männern an Mumm fehle, werde es Aufgabe der Frauen sein, ihren Männern Dampf zu machen. Neinnein, sie wolle heut nicht ins Kino. Er, Jan, solle laufen und sich organisieren. Sie, Maria, werde sich mit den Weibern vom Konsum bereden. Die kenne sie. Die wüßten wie sie über Preise Bescheid. Die hätten den toten Hund im Keller schon lange gerochen. Auf die könne man zählen.

Und weil (wie Maria ihrem Jan) die Frauen ihren Männern überall Dampf gemacht hatten – »Und komm mir nicht nach Haus, bevor die Preise runter sind!« –, lief vom nächsten Tag an in Gdańsk und Gdynia, in Szczecin und Elblag entlang der polnischen Ostseeküste der Streik der Hafen- und Werftarbeiter. Die Eisenbahner und andere schlossen sich an. Sogar die Mädchen von der Schokoladenfabrik »Baltic«. Weil die örtlichen Gewerkschaftsleitungen nicht mitzogen, bildeten sich spontan Streikkomitees, Arbeiterräte wurden gewählt. Nicht nur die Preiserhöhung sollte gestrichen werden. Die Arbeiterselbstverwaltung wurde gefordert: der alte, tiefwurzelnde, närrische, schöne, nicht auszurottende Traum, sich selbst bestimmen zu wollen.

Auf der Leninwerft in Gdańsk wurden rasch, bevor die Miliz mit Kontrollen begann, die Vorräte in der Werftkantine angereichert. Das geschah nachts. Am nächsten Morgen kamen sie von überall aus den Vororten, aus Ohra und vom Troyl, aus Langfuhr und Neufahrwasser, womöglich fünfzigtausend Arbeiter und Hausfrauen. Am Hauptbahnhof vorbei zogen sie und sammelten sich vor dem Zentralgebäude der Kommunistischen Partei. Dort sangen sie, weil es nicht viel zu reden gab, mehrmals die Internationale. Nur wo Jan stand (leicht abgetrieben von Maria), wurde diskutiert, weil Jan voller historischer Vergleiche war, die er nicht bei sich halten konnte. Wie immer fing er bei den alten Pommerellen an: bei Sambor, Mestwin, Svantopolk und der schöngelockten Damroka. Da hörten die Werftarbeiter noch zu, doch als Jan ausschweifig wurde, sich in die Wirrnis mittelalterlicher Zunftordnungen verstieg und die Forderungen der Gewerke nach Sitz und Stimme im sitzenden und stehenden Rat mit der gegenwärtigen Forderung nach der Arbeiterselbstverwaltung verglich, hörten die Arbeiter weg.

Dann sang die Masse noch einmal die Internationale. Nur Maria, die abgedrängt stand, sah ihren Jan historisch bewußt agitieren: ohne Zuhörer nun, in einer Luftblase gefangen. Leicht schräg hielt sie den Kopf, mit einem Zug um den Mund, knapp vorm Lächeln.

So haben alle den Kopf schräg gehalten: ein wenig sorgenvoll und zugleich amüsiert über so viel Gerede und männlichen Eifer. So, doch schon spottbereit, sah und hörte die Äbtissin Margarete Rusch dem Prediger Hegge zu, wenn er auf dem Hagelsberg mit der ewigen Verdammnis alle Teufel von Aschmatei bis Zaroe beschwor. So besorgt, doch das Lächeln schon ins Wehmütige verwaschen, sah die Küchenmagd Agnes Kurbiella dem Dichter Opitz über die Schulter, wenn er vor weißem Papier ohne Wort, doch inwendig reich an Figuren saß. Mit diesem Ausdruck empfing mich Wigga, die eisenzeitliche Runkelmuhme, als ich fußkrank von der Völkerwanderung nach Hause gehumpelt kam. Und ähnlich sah mich Lena Stubbe bei schräger Kopfhaltung, sobald ich sie freitags mal wieder mit dem Abziehleder verprügelt hatte und jeweils danach den Strick suchte und den Nagel nicht fand. Anders, höhnisch lächelte Dorothea und hielt den Kopf schief, wenn ich mein Zunftgeschwätz abließ oder mit Kleingeld rechnete. Sophie wiederum war voller Besorgnis, wenn sie für ihren Fritz, der in Festungshaft saß, ein Päckchen Pfefferkuchen schnürte, in die sie feingestoßen den stimulierenden Fliegenpilz eingebacken hatte. Und so lächelte auch meine Mestwina, als sie den Bischof Adalbert ihre Fischsuppe löffeln sah. Sobald sie mich nachgestillt hatte (den großen dummen Jungen), hielt Aua den Kopf schräg, besorgt aus Fürsorge und lächelnd aus der Gewißheit: Es wird nie genug sein, es kommt der Hunger ewiglich, es bleibt Grund für Sorge.

Deshalb hielt Maria den Kopf schräg, als sie ihren Jan eingekeilt in der Menge und dennoch ungehört agitieren sah: Gleich wird es ihn frieren, allein gelassen mit seinen Geschichten. Gleich wird er mich suchen, um bei mir abzuladen. Denn ohne mich redet er nur aus Angst. Gleich werde ich sagen: Recht hast du, Jan. Man muß das historisch sehen. Das hört nie auf. Auch nicht im Kommunismus. Immer die Niederen gegen die Oberen. Damals hießen die Bonzen Patrizier. Die machten den Hering aus Schonen teuer. Die setzten, obgleich es genug gab, den Pfefferpreis hoch. Die sagten immer: Der Däne ist schuld. Die Sundzölle steigen. Alles wird teurer. Das ist so. Das hat man zu akzeptieren. Das sagt der Staat als Partei. Und die hat recht, immer recht. Und die sagt immer: Für Freiheit ist es zu früh.

Als Jan im Gedränge seine Maria wiedergefunden hatte, sagte sie: »Nu komm mal. Nu gehn wir ab in die Werft. Da sind wir sicher. Da fehlt es an nichts. Da warten wir ab. Und wenn es noch so lang dauert. Wird eben Hochzeit nach Weihnacht sein und lustig bestimmt.«

Erst als die Menge sich zu verlaufen begann, kam es zu Prügeleien mit der Miliz. Vor dem Hauptbahnhof klirrten Scheiben. Einige Zeitungskioske brannten. Später brannte die Parteizentrale. Die Stimmung war eher heiter. Man hatte gesehen, wie zahlreich man war. Dann kam es zu Verhaftungen, weshalb ein Teil der Menge zum Gefängnis Schießstange zog. Auch dort Benzin in die Fenster. Ein Junge fiel vor ein Kettenfahrzeug. Aber geschossen wurde noch nicht.

Erst am nächsten Tag, als sich die Arbeiter der Leninwerft auf das Werftgelände zurückzogen, die Werfttore mit Werkschutz sicherten und – für den Fall militärischer Besetzung – die Sprengung wichtiger Werftanlagen sowie der vorzeitige Stapellauf der Neubauten vorbereitet wurde, als von Warschau her Einheiten der Volksarmee anrollten und die Miliz ihren Ring um das Werftgelände geschlossen hatte, als in der Werftkantine für über zweitausend Mann gekümmelter

Schweinekohl gekocht wurde, als vor dem Haupteingang der Werft einige junge Arbeiter mit der Miliz diskutieren wollten und als Jan Ludkowski durch ein Megaphon zuerst die historischen Hintergründe des Streiks bekanntmachte – von den Aufständen mittelalterlicher Zünfte über den Aufstand der Matrosen und Arbeiter in Petrograd gegen die Parteibürokratie und für das Rätesystem bis zur gegenwärtigen Verteuerung und den Forderungen des Streikkomitees nach Arbeiterselbstverwaltung –, als Jan schließlich aus dem Kommunistischen Manifest zitierte und seine volle, wohltönende, nur um der Sache willen harte Männerstimme weit (bis in die Altstadt) tragen ließ, schoß die Miliz und traf mehrere Arbeiter. Fünf tödlich. Unter ihnen war Jan.

Auch in Gdynia, Szczecin, Elblag wurde geschossen. Die meisten Toten (über fünfzig) soll es in Gdynia gegeben haben, wo die Miliz mit Maschinengewehren aus Hubschraubern und mit Mörsern in die Menge geschossen hat. Dann wurde in Warschau Gomulka gestürzt. Der neue Mann hieß Gierek. Er nahm die Preiserhöhungen für Grundnahrungsmittel zurück. Die Arbeiter glaubten, sie hätten gesiegt, und streikten nicht mehr, obgleich die Forderung nach der Arbeiterselbstverwaltung ohne Antwort geblieben war.

Als Jan von der Miliz erschossen wurde, traf es ihn in den Bauch voller Schweinekohl und nicht, wie er es sich in Gedichten (nach Majakowski) gewünscht hatte, in die Stirn. Mitten im Satz war er tot. Maria hatte nicht helfen können, als die Toten und Verletzten aufs Werftgelände geschleppt wurden. Sie übernahm gerade in der Kantine eine Lieferung Fischkonserven, die von der Besatzung zweier sowjetischer Frachtschiffe, die im Trockendock lagen, gespendet worden waren. Später warf sie sich auf den toten Mann, der den Mund noch offen hatte, und schüttelte ihn, als wollte sie mit ihm streiten: Sag noch mal was. Sag, das ist logisch und klar. Sag, die Fakten sind nun mal so. Sag, historisch bewiesen. Sag, schon Marx hat gewußt. Sag, es wird werden. Sag mir was, sag...

Maria hat nach Jans Tod nicht aufgehört, in der Werkkantine zu arbeiten. Solange mit dem neuen Mann, Gierek, verhandelt wurde – man einigte sich halbwegs – kamen Vorräte reichlich. Die Beerdigung der Toten fand übereilt, ohne Öffentlichkeit, auf verschiedenen Friedhöfen in Emaus, Praust und Ohra statt. Die Familien konnten nicht teilnehmen. Jan soll auf dem Friedhof Emaus liegen. Weil die vier anderen Toten Oberschlesier gewesen sind, kannte sie niemand richtig. Viel zu spät wurden die Angehörigen in Kattowitz und Beuthen benachrichtigt. Das brachte Ärger. Das wurde bedauert von oben.

Aber es ist nicht so, daß die Toten zählen. Der Verkehr fordert mehr. Und immer sozialer wird an die Witwen und Waisen gedacht. Bauchschüsse alle. So tief hatte die Miliz gehalten. Zwar wurde das aktenkundig für später, doch kein Prozeß nannte die Schuldigen alle. Es stimmt schon: Das Leben geht weiter.

Die eigentliche Trauerfeier fand zwischen Weihnacht und Neujahr auf dem Werftgelände statt, im Freien, weil die Kantine zu klein war. Ein windstiller frostiger Tag. Maria saß in Schwarz neben anderen Frauen in Schwarz, dem Rednerpult, den Blumen, Fahnen, der Musik, dem brennenden Öl gegenüber. Die Redner (beinahe alle Mitglieder des Streikkomitees) wiederholten, daß man nicht vergessen werde. Sie sprachen vom Sieg der solidarischen Arbeiter, auch wenn noch nicht alles erreicht worden sei. Auf Stapel lagen nahbei zwei Schiffe, nur von Möwen besetzt. (Großaufträge für Schweden. Die hätte man unfertig vom Stapel gelassen, wenn die Miliz das Werftgelände gestürmt hätte.) Jan hatte noch an Werbeprospekten gearbeitet, in denen Fotos der Rohbauten den Fortschritt bebilderten. Einer der Redner erwähnte Jans Tätigkeit, die er phantasievoll nannte. (Nicht erwähnt wurden Jans immer wieder abgeschmetterte Vorschläge, neu erbauten Passagierschiffen pommerellische Namen wie »Svantopolk« oder »Damroka« anzuhängen. Stefan Bathory sei kein Pole, sondern siebenbürgischer Ungar gewesen, und trotzdem heiße ein Schiff stolz nach ihm.)

Als zum Schluß ein Redner der Partei sprach, verteilte er die Schuld, ohne Namen zu nennen. Jemand aus der stehenden Menge der Werftarbeiter rief den Namen »Kociolek!« Maria weinte nicht, weil ihr etwas im Hals steckte. Die anderen Frauen in Schwarz weinten. Zwischen den Reden weinten sie lauter. Auch Männer weinten.

Nach den Reden spielte die Werftkapelle eine zuerst feierliche, dann kämpferische Musik. Von den Tankschiffen auf Stapel hoben sich die Möwen, setzten sich wieder. Danach sagte ein Schauspieler ein Gedicht auf, das Jan über den Tod geschrieben hatte. Zwar war darin mit dem Dichter, von dem es hieß, er müsse sich zu Tode leben, der Barocklyriker und Hofhistoriograph Martin Opitz gemeint, aber durch betonende Deutung des Schauspielers und im Rahmen der Trauerfeier traf der Satz »Mit dem Blut stocken die Wörter...« nur noch auf Jan zu. Diese Verszeile wiederholte sich in jeder Strophe. Es kamen auch Metaphern wie »Schwarzer Kot« vor, der sich auf Tod zu reimen hatte.

Als das Gedicht rezitiert war, mußte Maria, die etwas im Hals hatte, kotzen. Zwei Männer vom Werkschutz führten die immer noch würgende junge Frau in Schwarz an den Rednern, Blumen, Fahnen, am Ölfeuer und an der Musikkapelle vorbei zwischen die Werftschuppen, wo sie sich auskotzte. Vor der Trauerfeier war Maria zur Friseuse gegangen.

Später in der Werkkantine bekam sie, nachdem sie Tee getrunken hatte, Heißhunger auf Dillgurken. Aber die gab es nicht mehr. Und eine der weinenden Frauen, Jans Mutter, die aus Konitz gekommen war, sagte zu den anderen weinenden Frauen in Schwarz, als die Angehörigen der Erschossenen in der Kantine beim Tee saßen: »Das hat sie von meinem Sohn. Die hätten ja heiraten sollen. Vielleicht wird es ein Junge.«

Es wurden aber zwei Mädchen auf die Namen Mestwina und Damroka getauft. Die sind jetzt bald drei und kennen ein Foto mit Jan drauf. Das steht auf dem Vertiko neben einer historisch getreuen Kogge. Maria jedoch, mit der ich verwandt bin und die mir den Bernstein aus dem Kartoffelfeld mit der eingeschlossenen Fliege geschenkt hat, Maria, die überall, ob im Konsum, ob in der Werftkantine als lachlustig gegolten hatte, Maria versteinerte. Sie spricht nur noch hart.

Einige Kleidersorgen, weibliche Ausmaße und letzte Visionen

Sie wollen über Maria nichts sagen. Den Beirat im Rücken, wie dieser zerstritten, doch in der Sache einig: da sitzen sie und halten Jüngstes Gericht. Weil auch der Butt sich weigerte, verantwortlich für die Fälle Sibylle Miehlau und Maria Kuczorra zu sein, verließen die Hausfrau Elisabeth Güllen und die Biochemikerin Beate Hagedorn unter Protest den ehemaligen Kinosaal. Gleich nach der Verhandlung des Falles Lena Stubbe schrie die Hagedorn: »Ich scheiß auf die Vergangenheit. Heute wird unterdrückt. Überall. Wie in Polen, auch wenn da sowas wie Kommunismus ist. Die haben da nicht nur gegen die Preiserhöhung gestreikt. Das waren da nicht nur übliche Hausfrauensorgen. Da war mehr los. Und das geht weiter da. Was uns fehlt, ist die große Aktion. Raus müssen wir und schreien. Verweigern müssen wir uns. Und nicht nur im Bett. Überhaupt und total! Bis nichts mehr läuft. Bis die Herren gekrochen kommen. Bis wir die Sache im Griff haben!«

Bald soll das Urteil gesprochen werden. Den Mai über, solange die abschließende Beweisaufnahme dauerte und alles Schlimme noch einmal ins Protokoll kam, war dem Butt Veränderung anzusehen: Sobald er sein Sandbett verließ, kam er uns und der Presse, die auf erkennbare Haftschäden lauerte, mehr und mehr durchsichtig vor, wie gläsern. Seine Großgräte war abzulesen. Mittlerweile ist sein Geschlinge deutlich. Man erkennt die Milch, den Beweis seiner Männlichkeit.

Wohl deshalb drängt der Beirat, man solle endlich Schluß machen, das Urteil sprechen und vollstrecken. Der Beisitz (ohne die Hagedorn und die Güllen) hat sich letzte Termine gesetzt. Noch einmal erlebe ich alle, wie sie mir lieb, verhaßt, gleichgültig und (aus der Sicht des Publikums) vorstellbar sind. Etwa Sieglinde Huntscha: immer in Jeans und mit abgelederter Jacke. Man könnte ihre Figur durchtrainiert nennen, wüßte ich nicht, daß sie Plattfüße hat; weshalb die Anklägerin beim Plädoyer so gut wie nie auf- und abgeht, sondern zumeist aus dem Stand (und leicht sächselnd) spricht: »Nachdem auch im Fall Stubbe das schuldhafte Verhalten des Butt unbestritten sein sollte ...«

Gleichfalls schlank, doch mit mammiger Brust, sitzt die Pflichtverteidigerin in bestickten Hemdblusen, die sie gern mit Schleifen geschlossen hält. Obgleich Bettina von Carnow beim Sitzen einen Buckel macht und nie weiß, wie sie den zu langen Hals wenden soll, zeigt sie, sobald sie steht oder Gänge wagt, die Ausmaße eines Mannequins.

Ganz anders ragt im Beisitz die Sitzriesin Helga Paasch. In ihr haben wir eine Person, Mitte Vierzig, die, unbekümmert um ihr Gerüst, Jackenkleider trägt, die das Viereckige ihrer Natur überbetonen. Sobald sie spricht – »Mann, seid ihr umständlich!« –, fegt sie Unsichtbares vom Tisch.

Gleich straff, wenn auch von zierlichem Maß und mädchenhaft kleingeblümt gekleidet, sitzt, wie zum Ausrufzeichen gerichtet, Griselde Dubertin. Gelegentlich in Hosenröcken. Die Schärfe ihrer Zwischenrufe. Die Bitternis ihrer Nebenbemerkungen. Immer auf dem Sprung, immer anderer Meinung und übertrieben im Ausdruck, wirkt sie als Gegensatz zu Therese Osslieb, deren gemütvolles Phlegma sich sogar unausgesprochen mitteilt und plötzliche Erregungen (Streit mit dem Beirat) glättet.

Die Osslieb trägt Schürzenkleider, Wickelröcke und urgroßmütterlichen Nachlaß mit Spitzenbesatz. Dabei hängt sie ähnlich tragisch durch wie ihre Freundin Ruth Simoneit, die, wenn sie nicht angetrunken auf der Bühne rumtorkelt und alles (auch sich) zum Teufel wünscht, gut anzusehen ist in ihrer griffig gedrechselten Schönheit, an der außer Bernstein immer zu viel asiatischer, afrikanischer, indianischer oder sonstwie exotischer Schmuck baumelt.

Neben ihr hat es die Sozialarbeiterin Erika Nöttke schwer. Verklemmt wie sie ist, hängt an ihr Kummerspeck, der in der Regel grau in grau und wenig kleidsam in Pullovern wolkt und Faltenröcke dehnt. Obgleich sie die Jüngste im Beisitz ist, spricht aus ihr dennoch Frau Sorge. Ihr Berufsjargon – »Resozialisierte Integration« – kann ihren Tonfall nicht dringlicher machen: Sie piepst. Ihr hört niemand zu. Ihre zu langen Tiraden gehen in Zwischenfragen (Griselde Dubertin) oder am Geraunze der Paasch oder in anhaltender Unruhe des Publikums unter, obgleich Erika Nöttke mehr als jede andere Beisitzerin zur Sache zu sprechen bemüht ist.

Ganz anders Ulla Witzlaff, der zu jeder Begebenheit historischer Herkunft private Beispiele einfallen, die immer

Zuhörer finden: »Bei uns wohnte auf einer kleinen Insel, die heißt Oehe, eine alte Frau mit ihren Schafen ...« Ulla ist die Schönste, auch wenn sie nirgendwo hübsch ist. Man kann sich in ihr Haar vergucken. Meistens kommt sie in langen fluddrigen Röcken und manchmal, unvermittelt, als Dame im schwarzen Abendkleid, was einem Auftritt gleicht. Das zugelassene Publikum klatscht. Und die Vorsitzende des Tribunals muß (wenn auch unmerklich) ihre Autorität beweisen.

Frau Dr. Schönherr soll Mitte Fünfzig sein. Doch weil sich die anerkannte Ethnologin wie zeitlos kleidet (sportlich-dezent oder in Schottenmuster), bleibt ihr Alter wie ausgespart. Von ihr geht Ruhe aus. Nie ergreift sie eindeutig Partei. Ironisch vieldeutig bleibt sie selbst dann, wenn sie zum Urteil kommt. Alle Beisitzerinnen – ob sie der Buttpartei, ob sie der Opposition angehören – meinen, Ursula Schönherr auf ihrer Seite zu haben. Sogar der revolutionäre Beirat gibt Ruhe, wenn sie die Forderung nach weiblicher Solidarität zum Gebot erhebt.

Sie hat das feministische Tribunal während neun Monaten über alle Stolperdrähte geführt und hat sich in Fürsorge dergestalt erschöpft, daß ich in der immer adretten Ursula Schönherr meine jungsteinzeitliche Aua vermuten darf, wie sie in meinen Träumen querliegt.

Doch Aua war dick, nein: fett, geradezu unförmig. Es hing ihr der Arsch in die Knie, was aber durchaus dem steinzeitlichen Schönheitsideal entsprach, das wie alles von Frauen bestimmt wurde. So hat das Bekenntnis zur Kurzbeinigkeit die Urform der Vasen geprägt, denn Auas Köpfchen drehte sich vergleichsweise nichtig über den runden, nur wenig Hals erlaubenden Schultern. Ein über die Ufer tretendes Fleisch. Überall schwellend gepolsterte Geniste, Kuhlen und Kühlchen, wie bereit, Moos anzusetzen. Wo heute der gymnastische Zwang dem weiblichen Schenkel ein langweiliges Straffsein befiehlt, war Auas Schenkel, weil ihm zwischen Knie und Scham immer wieder neuansetzende Wülste einfielen, reich mit Grübchen, den Gütepräqungen urförmiger Schönheit besiedelt. Überall Grübchen. Und wo der Rücken sich zum Gesäß entschloß, ließen sich dichtbesiedelte Ballungsgebiete nachweisen.

Auas Ausmaße fanden sich allenfalls bei der Nonne Rusch wieder, die ihren Fettmantel pflegte – sei es der Wärme wegen, von der sie gern abgab, sei es, um ihrem Gelächter die gehörige Resonanz anzureichern. Es lohnt sich aufzuzählen, was alles an der dicken Gret wabbelte und sich zu Falten verzog, sobald aus ihr urplötzlich Gelächter brach, Glucksblasen warf und ihren gewaltigen Leib bewegte: das viermal gewölbte Kinn, ihre Backen, Neben- und Überbäckchen, die gleich Bastionen umgreifenden, bis ins Rückenfett verlagerten Brüste, der Bauch, der wie allzeit schwanger jedes Tuch aus den Nähten sprengte, und ihre hellbeflaumten Oberarme, die einzeln so umfänglich waren wie die hochgotische Taille der Dorothea von Montau.

Doch bevor ich Dorothea mit Sophie vergleiche – die eine wie aus Glas geblasen, die andere spillerig flach, doch beide gleich zäh –, will ich daran erinnern, daß Amanda Woyke insgesamt der Kartoffel nahestand: handlich, knollig und fest im Fleisch. Ähnlich kompakt, doch kurzwüchsiger war Mestwina, während Wigga schon früh ihrem starken Knochenbau nachgab und mehr aufs Gerüst als aufs Fleisch hielt. Lena Stubbe hingegen, die mit Apfelfrische begann, blieb sich treu, so daß sie im hohen Alter noch immer an ein Äpfelchen erinnerte, wenn auch geschrumpft.

Dorothea war ohne Gewicht. Eine flüchtige Erscheinung, schmerzlich, weil von sinnloser Schönheit. Fleischlich war sie so knapp ausgestattet, daß sie den Stallziegen glich, die im März, sobald die Futterspreu ausgeht, nur noch Phantom sind und Kinderschreck. Wenn sich gelagertes Fett rundum faßbar beschreiben läßt, kann das wenige Fleisch der Dorothea von Montau nur auferstehen, indem ich die Räume messe, die es besetzt hielt. Ihre weiten, jede Bewegung steigernden Gewänder. Ihre Kostümanleihen bei den Bresthaften, wenn sie vom Leichnamsspital in Lumpen zurückkam oder in schweißnasse Sterbelaken gehüllt. Doch wenn kein Fleisch, ihr Haar hatte Gewicht. Weißblond aufgelöst hing es ihr bis in die Knie. So, Wind in den Tüchern, im Haar, nahm sie Raum ein, schritt sie die Gassen leerend, schüttelte sie Ekstase, lag sie, ein zuckendes Bündel Sackleinen, über das sich Haare ergossen, zwischen den Bettlern von Sankt Marien oder geisterte sie bei Bodennebel vor den Toren der Stadt: nach Erscheinungen läufig.

Selbst dort, wo sich ohnehin kein Mann hat verlieren können, war Sophie eng bemessen. Platt, eckig, von knäbischer Anmut, auf Hüpf- und Schlenkerbeinen, ein zähes, biegsames, aber auch peitschendes Weidengeäst. Sophies Ausmaße? Abgesehen von ihrer platzfordernden Stimme, zählt nur ihr federnder Schritt, der sich immer voraus war. Und selbst als altes Fräulein blieb sie ein Handchenvoll; freilich eines, das ausreichte, um als geballte Ladung die Küche in die Luft zu sprengen und jene bis heute umlaufende Forderung nach einst verlorenem Frauenrecht freizusetzen.

Und Agnes? Die wog nicht. Die sah nicht aus. Die war nur auf Bildern zu sehen, die der Maler Möller gemalt und zerstört hat. Sie soll (das deutet Opitz an) kraushaarig gewesen sein. Ich erinnere ihre Barfüße. Manchmal hoffe ich, wenn leise die Tür geht: Agnes kommt – aber immer kommt Ilsebill und bringt sich mit.

Jetzt füllt sie meinen Entwurf, der auf flachem Land liegt. Der Teller mit Himmel drauf. Niedriges Regengewölk und ähnlicher Eintopf. Schon rollen die Augen von Rand zu

Rand. Weil ich Agnes nicht fassen kann, lege ich Ilsebills Leib hochschwanger auf das Werder zwischen Käsemark und Neuteich, wo die Weichsel mit ihrem Himmel drüber freie Luftbilder erlaubt, oder hier, zwischen Brokdorf und Wewelsfleth, auf die eingedeichte Wilstermarsch.

Im Rücken immer den Fluß, liegt meine Ilsebill. Ein träges Strandgut nach weiblichem Maß. Das Fleisch mit seiner Grübchenaussaat rechtshüftig gelagert, so daß ihr Becken hochkant den Himmel sperrt. Genau dort stützt ihr gewinkelter Arm ab, wo die Männer mit ihren Aktentaschen voller Gutachten das Atomkraftwerk geplant haben. Quer liegt sie allen Plänen. Eine ihrer Brüste neigt sich über den Deich. Ihr rechter Fuß spielt mit dem elbischen Nebenfluß Stör. Mit ihrem Gewicht wie auf immer gebettet. Unter ihr weg, wo sie das linke Bein winkelt, laufen Hochspannungsmaste breitspurig über das Land: die flüsternde Kraft, die alten Gerüchte, die Bernsteinsage, es war einmal.

Um Ilsebill krabbeln mit ihrer Kragenweite die Strichmännchen, die alles zersiedelt, verplant, saniert, entsorgt haben. Über sie weg: düsengetrieben in schrägem Anflug lokale Nato-Manöver, die immer und immer den Ernstfall üben. So lagert sie, aus allen Zeiten gefallen. Wo die Weichsel, die Elbe münden und münden wollen. Ihr wandernder Schatten: Geschichte, die nicht geschrieben wurde, doch da ist und nachhängt. Straßen, die sie umgehen sollen. Sichtblenden, sie abzuschirmen. Warntafeln, die sie leugnen. Ein Zaun, doppelt gesponnen, zu ihrem Schutz. Männliche Sprünge ringsum. Vermessene Kürze. Leistung, die Ilsebills Blick sucht. Staunen soll sie und sprachlos bleiben. Aber nach Laune wälzt sie ihr Fleisch auf die andere Seite. Bewegung nennen wir das. In ihren Ausmaßen widerlegt sie die männlich verwaltete Macht. Schon ist Ilsebill Landschaft geworden und jeder Deutung verschlossen. Laß mich rein! In dich hineinkriechen will ich. Verschwinden ganz und meinen Verstand einbringen. Ich will es warm haben und die Flucht aufgeben …

Doch als ich zu meiner Ilsebill wollte, sagte sie: »Bald bin ich soweit. Das zieht schon. Es wird ein Junge sein. Der soll Emanuel heißen. Was willst du noch. Immer nur das. Das brauch ich nicht mehr. Hau ab! Hau endlich ab. Geh schon, geh oder sag mir, was mit dem Butt ist …«

Das Feminal

So nannte der Butt während der Schlußverhandlung seines Falles das feministische Tribunal. Er sagte nicht mehr: »Aber aber, meine verehrten Damen!« Kein Urvater wollte sich anbiedern: »Seid ihr doch alle meine geliebten Töchter!« Nie wieder versuchte er, sich durch Ironie Überlegenheit zu verschaffen, indem er von den »Versammelten Ilsebillen« sprach oder mit Pathos das »Hohe langhaarige Gericht« in den Bereich der Lächerlichkeit rückte; vielmehr brachte er die ihn anklagende Versammlung auf den Kurzbegriff »Feminal«. Das Feminal möge urteilen. Wie auch das Urteil lauten werde, einzig das Feminal spreche Recht. Nur das Feminal sei ihm übergeordnete Instanz.

Weil während anhaltender Haft so durchsichtig und bis in die Schwanzflosse farblos geworden, sprach der Butt in gläsernen Worten sein Schuldbekenntnis, das allerdings schon wieder Programm war und neue Horizonte erkennen ließ: »Die zu verhängende Strafe wird mich fortan dem Feminal verpflichten.« Um sich noch deutlicher zu machen, ergänzte er den gerade gefundenen Kurzbegriff, indem er vom »Jüngsten Feminal« sprach, weshalb abermals Ironieverdacht aufkam; so unsicher verhielten sich die emanzipierten Frauen bis zum Schluß dem angeklagten Plattfisch gegenüber.

Und doch: Welch ein Unrecht! Was hatten die Weiber mit meinem Butt angestellt? Diese Blässe. War das noch seine Stimme? Kein väterlicher Rat wurde dem Sohn ins Ohr gesorgt. Kein Schimpfen, Drohen, keine Befehle. Wohin hatte sich sein witziges Besserwissen verflüchtigt? Niemandem, keiner Ilsebill mehr wollte er zynisch dazwischenreden. Nie wieder sollte es Anlaß geben für abgründiges, sein Sandbett und untere Seelenlagen aufwühlendes Gelächter.

Wie er sich zu Beginn der Verhandlungen, als Aua Wigga Mestwina auf der Tagesordnung standen, Urworte raunend in mythologischen Klatsch gerettet und, sobald ihm die Anklage spitzfindig gekommen war, neben anderen Göttern den Gott Poseidon angerufen hatte, so gab er sich nun einfach preis: »Seht, so bin ich. Durchlässig. Durchschaut mich. Nichts bleibe euch verborgen.«

Und wie ihm, solange die Fälle Dorothea Swarze, Margarete Rusch und Agnes Kurbiella verhandelt wurden, jedes historische Datum – ob das Konzil zu Konstanz oder die Schlacht bei Wittstock – den Fluchtweg in weitere Folgerichtigkeiten eröffnet hatte, gab er nun seine Winkelzüge auf und sprach schuldbewußt zur Sache. Kein dominikanischer Prior wollte (in Buttgestalt) kanonisches Recht fisteln. Nie wieder sollte man ihn näselnd aus mittelalterlichen Zunftordnungen zitieren hören. Kein inquisitorisches Vorzeigen der Werkzeuge mehr. Nichts aus dem Hexenhammer. Ohne jammertaligen Tonfall, der die Pest, den Hunger, den langatmigen Krieg und meine barocke Zeitweil in jambische Ordnung hätte bringen können, sprach sich der Butt aus: »Ich habe ... Ich bin ... Ich will nie wieder ... Ich werde in Zukunft ... Mir geschieht recht.«

O Gott! Wie haben sie dich verhauen! Selbst sorgsam abwägen, die Kunst des Relativierens üben wollte er nicht mehr, obgleich ihm, solange Amanda Woyke und Sophie Rotzoll als Fälle (und ich im Verhältnis zu ihnen) verhandelt wurden, hinhaltende Vergleiche Vorteile gebracht hatten. Nie wieder sagte der Butt »Kurzum« vor ausschweifender Rede. Nie wieder sprach sich seine Belesenheit aus. Weder wollten aus ihm die Kirchenväter noch die Häretiker sprechen. Er hatte erkannt, daß das Feminal, weil gegen ihn, auch gegen Augustinus und Thomas verhandelte. Waren nicht alle Großen des Geistes, von Erasmus bis Marxengels und – als der Fall Lena Stubbe verhandelt wurde – sogar der gute alte Bebel angeklagt gewesen? Wurden mit ihm nicht dreitausend Jahre Geschichte verurteilt? Hätte der Butt nicht in seinem Schlußwort noch einmal voll tönen, seine Epoche ausklingen lassen, tieforgelnd Bilanz ziehen, die Männersache und mit ihr die Zivilisation zwar als gescheitert, doch immerhin in ihrer tragischen Größe bebildern, mit rhetorischen Figuren bevölkern, als kulturellen Fortschritt auf kunstvollen Treppen steigern und mit einem, wenn nicht liturgischen, dann doch Chöre ersetzenden Abgesang feiern können, dessen Untertöne von bleibender Leistung (das Straßburger Münster, der Dieselmotor), dessen Obertöne von schuldhafter Verstrickung (die Mondrakete, das gespaltene Atom) und dessen Mittellage von männlicher Kümmernis (die hausväterliche Sorge und Steuerlast) gezeugt, vielstimmig und reich registriert gezeugt hätten?

Aber er zog keine Register. Wenn auch sein Schlußwort beachtlich genannt wurde und jenen Eindruck hinterließ, den man als nachhaltig bezeichnet, sprach nicht mehr der alte, mir so vertraute, vielmehr der neue, mir fremd gewordene Butt. Er, der Kauz und Erfinder schnurriger Anekdoten, die selbst den versammelten Weibern (in ihrer Eisschrankkühle) ein Lächeln abgenötigt hatten, er, dem alles, sogar der Tod der armen Sibylle Miehlau, lachhaft gewesen war, verfiel dem Ernst, wenngleich ich sicher bin, daß es doch irgendwo in seiner fischigen Existenz gekichert hat.

Jedenfalls bestellte der Butt Wortfelder, auf denen einzig Moral Ernte und Graubrot versprach. Er, der Vielredner und Meister im Abschweif, er, der Listige, dem jede Finte billig gewesen war, gab sich offen, als sei er verletzlich. Nicht mal sein Sandbett wollte er aufsuchen, als ihn die Anklage zum letzten Mal meinte. Von gläserner Beschaffenheit, bot er sich dennoch an: Jedes Wort traf. Wie zerbrechlich schwebte er in seinem Gehäuse. Nicht mehr dingfest zu machen und doch (wie Fotos bewiesen haben) ganz da. Einzig dem Feminal geliefert, den vielen Ilsebills.

Festlich hatten sie sich gekleidet. Exotischer Silberschmuck hing an ihnen, Federn und Blumen ins Haar gesteckt. In einen Schal gehüllt saß Ruth Simoneit. Ullas Haar hochgesteckt, damit ihre Ohrringe gülden. Sogar Erika Nöttke trug Schmuck: ein Perlenkettchen. Klirrende Armreifen betonten jeden Hinweis der Anklägerin. Sieglinde Huntscha nannte den Butt: »Geist der Gewalt. Vater des Krieges. Urheber aller Kriege.« Sie rief: »Wir kennen Sie. Sie sind das zerstörende, dem Leben feindliche, das mörderische, männliche, das kriegerische Prinzip!«

Darauf sagte der Butt: »Ja. So ist es. So war es bisher. Ich erklärte den Krieg zum Vater der Dinge. Nach meiner Weisung wurde von den Thermopylen bis Stalingrad die Stellung bis zum letzten Mann gehalten. Unnachgiebig sagte ich: Durchhalten. Immer wieder habe ich den Tod für irgend etwas – für die Größe der Nation, für die Reinheit dieser oder jener Idee, für die Ehre Gottes, den unsterblichen Ruhm, für irgendein abstraktes Prinzip: das Vaterland – meine Erfindung – hochgepriesen und zum eigentlichen Lebensinhalt erklärt. Die Bilanz ist bekannt. Beim Töten und beim Auszählen der Toten sind die Menschen gründlich gewesen. Fast überall in Europa können ferienreisende Autofahrer ihren Landkarten ablesen, wo, zumeist reizvoll gelegen, großflächige Soldatenfriedhöfe Teil der Landschaft geworden sind. Die uniformen Grabkreuze zeugen vom Ersten Weltkrieg in den Zweiten Weltkrieg hinein; in Dorfkirchen liest man die Namen der Toten beider Kriege in einen Marmor gehauen. Worum ging es eigentlich? Selbst ich, der Urheber, bin mir der Gründe nicht sicher. Zwar hoffte ich nach den Kriegen – aber worauf? Auf das gründliche Umdenken? Auf die große Besinnung?

Der 1945 ausbrechende Frieden ließ nur noch begrenzte Konflikte zu; das konnten sich die nachdenklichen Großmächte unter dem Schutzmantel des atomaren Gleichgewichts versprechen. Doch diese begrenzten Konflikte hatten gleichfalls Millionen Tote zur Folge, auch wenn nicht mehr – seitdem es die Weltpolitik gibt – so europäisch gründlich gezählt wurde. Ich nenne den Koreakrieg, den Krieg in Vietnam, die Dezimierung eines Volkes beim sogenannten Biafrakonflikt, den Vernichtungskampf gegen die Kurden, alle Nahostkriege bis zum jüngsten Krieg Yom Kippur, die indisch-pakistanischen Kriege, ein vergleichsweise kleines Beispiel: den anhaltenden kriegsähnlichen Zustand in Nordirland; auch schoß im Dezember 1970 die polnische Volksmiliz auf streikende Werftarbeiter. Tote! Tote! Zweistellige, vierstellige, fünf- und sechsstellige Zahlen.

Wer macht das? Was treibt die Menschen dazu, sich gegenseitig zu vernichten? Welche Vernunft waltet, wenn ein Gutteil Lohn des Arbeiterfleißes in immer perfektere Vernichtungstechnologien investiert wird? Welcher säkularisierte Teufel putzt das Feindbild so blank, daß sich die Menschen mitten im erklärten Frieden ächzend unter der Rüstungslast gegenüberstehen: Auge in Auge, verblendet, todsicher? Immer noch Beelzebub? Der sogenannte Todestrieb? Oder neuerdings ich, der Butt aus dem Märchen? Das männliche, weil kriegerische Prinzip?

Das Feminal hat zu Recht erkannt und sagt es treffend: Das alles, dieses papageienhaft Friedfertigkeit beteuernde

Leben zum Tode hin wird ernsthaft und entschlossen, mit pragmatischem Sachverstand und moralischem Anspruch einzig von Männern betrieben. Eingesegnet von den Pfaffen dieser oder jener Religion, wird das alles mit geradezu selbstlosem Einsatz von Männern, einzig von Männern geplant, korrekt – trotz Pannen – durchgeführt, hochgerechnet und mit Sinn versehen. Ich spreche in Kenntnis. Aus mir wirkten Frieden und Krieg. Das war mein Wille: Männer machen Geschichte. Männer lösen Konflikte. Männer stehen oder fallen, und zwar bis zum letzten Mann. Männer befürchten den Ernstfall und träumen von ihm. Männer werden für den vorzeitigen Tod gründlich ausgebildet. Männer sind mit dem Tod auf Du und Du. Männer haben – um ein geflügeltes Wort zu zitieren – das Gewehr zur ›Braut des Soldaten‹ erklärt.

Und all das, solange ich wirke und meinen Rat vergeude. All das, solange Geschichtsschreibung Daten setzt. Grandios verstiegen, aus Dummheit heldenmütig, mit angstgespeister Todesverachtung stürmten und stürmen sie vorwärts – und zwar über Gräber. Ich darf an Lena Stubbes Ehemänner erinnern: bei Mars-la-Tour und Tannenberg kratzten sie ab: zwei Helden von Durchschnitt.

Doch all das nicht nur im Kriegsfall: Die uns bekannten Revolutionsverläufe sind orgiastische Todesbeschwörungen gewesen; mal hatte dieses, mal jenes männliche Reinlichkeitsprinzip Säuberungsprozesse mit tödlichem Ausgang zur Folge; ob die Inquisition ihre Verhörmethoden zur Ehre Gottes verfeinerte, ob die Guillotine als humanistischer Fortschritt gefeiert wurde, ob die stalinistischen Schauprozesse den Segen der Wissenden und Unwissenden erhielten, ob in den nazistischen Konzentrationslagern die Umerziehung zum Tode nur noch ein bürokratischer Verwaltungsakt war: Zu allen Zeiten waren es Männer, die mit kühler Inbrunst, vom Glauben geschlagen, jeweils der gerechten Sache verpflichtet, den Blick aufs Endziel genagelt, Erzengeln gleich und schauerlich unbeirrbar den Tod von Menschen vordatiert haben: Selbstherrlich, gläubig, fern von Weib und Kind, dafür den jeweiligen Instrumenten mit Leidenschaft zärtlich ergeben, als sei das Töten die Fortsetzung der Sexualität mit anderen Mitteln. Man besuche nur Schützenbälle, man sehe bübischen Zweikämpfen zu, finde in Fußballstadien Vergnügen oder mische sich auf Himmelfahrt, wenn hier, in Berlin, lauthals Vatertag gefeiert wird, in die Menge: diese gestaute, auf Anlässe lauernde Aggression. Diese Brunst: eindringlich und zerstörend.

Natürlich gab es auch immer wieder Friedensapostel und Männer, die ein kühnes und zitierbares Wort gegen den Krieg riskiert haben. Ich darf das Hohe Feminal an den Dichter Opitz erinnern, der mitten im Dreißigjährigen Krieg – man weiß, wie vergeblich – Frieden zu stiften versucht hat. Oder des alten Bebel Rede wider den Krieg. Das war im Frühjahr 1913, und die Sozialistische Internationale jubelte ihm zu. Wir wissen: In Kirchenliedern und philosophischen Traktaten wurde der Friede besungen, herbeigesehnt, zur Allegorie versponnen und sattsam verinnerlicht. Doch weil man nie ernsthaft, außerhalb männlicher Denkkategorien versucht hat, die Konflikte der menschlichen Gesellschaft zu lösen, blieb es bei Friedensbeteuerungen oder spitzfindigen Unterscheidungen zwischen gerechten und ungerechten Kriegen. Es waren und blieben Kreuzzüge im Namen der Nächstenliebe möglich. Es wurde und wird die Selbstbefreiung der Menschen als Zwang verordnet. Es hat das Prinzip der freien Marktwirtschaft die permanente Unterernährung von Millionen zur Folge: Auch Hunger ist Krieg!

Und weil sich die Geschichte wie eine zwangsläufige Folge von Krieg und Frieden, Frieden und Krieg darstellt, als sei sie Naturgesetz, als könne es anders nicht sein, als habe eine außerirdische Kraft – man nehme mich als dingfestes Beispiel – das alles wie Schicksal verhängt, als müsse sich Aggression so und nicht anders entladen, als dürfe Frieden nur immer jeweils die Spanne bleiben, in der sich der Mann auf den nächsten Ernstfall vorbereitet, ist dieser Teufelskreis wie auf ewig geschlossen – es sei denn, er wird von denen aufgebrochen, die bisher keine Geschichte gemacht haben, die keine geschichtsnotorischen Konflikte lösen durften, denen ich die Geschichte männlich verordnet habe, denen Geschichte nur immer Leid gebracht hat, die den kriegerischen Prozeß speisen und dessen Verschleiß an Menschenmaterial ausgleichen mußten: die Frauen als Mütter.

Doch kann das möglich werden? Wurde dem Feminal nicht kürzlich bewußt, wie klaglos sich die Gesindeköchin Amanda Woyke zwischen den Schlachten des Siebenjährigen Krieges Kind nach Kind machen ließ, ohne zu fragen, wofür? Und war es nicht bisher so, daß die Mütter, Frauen und Schwestern der sich hinmordenden Männer stumm blieben, zum Denkmal der leidenden Frau versteinerten oder gar zuließen, daß man sie als Heldenmütter verehrte?

Das Feminal, dem ich mich ausgeliefert habe, das meine Schuld offenbar machte und dem mein Wille zur Sühne angeboten bleibt, sollte nicht nur urteilen, sondern auch begreifen, daß fortan den Frauen Macht zufallen wird. Sie werden nicht mehr wortlos am Rande stehen müssen. Die Geschichte will weiblich geprägt werden. Zeitenwende! Schon fällt der Mann verdrossen aus seiner Rolle. Schon will er nicht mehr wollen. Schon behagt ihm sein Schuldgefühl. Aus ist es, aus! Das Feminal setze ein Zeichen, damit wieder Zukunft ist.

Und doch fragen wir uns: Warum erst jetzt! Warum ließen viele hundert Millionen Mütter, Schwestern und Töchter ohne Einspruch die Kriege der Männer geschehen? Bis in unsere Tage klammern sich Frauen, die unwiederbringlichen Verlust erlitten haben, an die Tröstung, ihr Mann, ihre Söhne, Brüder, der Vater, alle die Helden seien irgendwo in den Wolchow-Sümpfen, in der Libyschen Wüste, im Nordatlantik und anläßlich Luftschlachten für etwas und nicht umsonst gefallen; der Tod der Söhne, Brüder, Väter und Ehemänner habe einen Sinn gehabt. Logisch hat sich aus den Kategorien des männlichen Macht- und Moralverständnisses – weil eins ja das andere bedingt und das Dritte zuläßt und notwendig macht – nachweisen lassen, daß die eigene Sache gerecht gewesen sei, daß der andere angefangen habe, daß man im Irrtum zwar, doch besten Glaubens so handeln mußte, daß man eigentlich Frieden wollte, daß aber betonte Wehrlosigkeit, wie Pazifismus und ähnliche Kindereien, den Angreifer nur provoziere, daß es, bei allem Leidwesen, verdienstvoll sei, für das bedrohte Vaterland oder für eine Idee, die in der Regel männlichen Köpfen entsprang, zu sterben; und sterben müsse man sowieso. – Hinzu kommt, daß es die überlebenden Männer aus gelernter Ritterlichkeit nie unterließen, sich nach gewonnenen oder verlorenen Kriegen vor den Müttern und Witwen ehrfurchtsvoll zu verneigen. Nach Siegesparaden finden Kriegerehrungen statt. Volkstrauertage laufen ab wie am Schnürchen. Von den Toten ist kein Einspruch zu befürchten. Und was sagen die Mütter?

Da stehen nun auf dem Buffet, da hängen über dem Sofa die gerahmten Fotos junger, harmlos lächelnder oder ernst konzentriert blickender Männer in Ausgangsuniform, deren Ernst oder Lächeln nur Versprechen blieb. In Schubladen und Mappen liegen aufbewahrt Schulabgangszeugnisse, Feldpostbriefe, die letzte Behauptung: ›Mir geht es ganz gut hier...‹ und Zeitungsausschnitte mit schwarzgeränderten Anzeigen, die unter der Punktummitteilung noch einmal alle Orden und Ehrenzeichen aufzählen. Ein millionenschwerer Nachlaß, der politisch folgenlos blieb. Kein weibliches Votum schlug durch, als – noch standen die Trümmer – die Wiederbewaffnung verordnet wurde. Ergeben nahmen die Frauen die Fortsetzung des männlich beschlossenen Wahnsinns hin. Und selbst dort, wo es Frauen gelang, politisch Einfluß zu gewinnen, haben sie – von Madame Pompadour bis zu Golda Meir und Indira Gandhi – Politik immer nur im logischen Streckbett des männlichen Geschichtsverständnisses betrieben, also – nach meiner Definition – als Krieg fortgesetzt. Könnte das anders werden? Jemals, demnächst, überhaupt?

Das Feminal wird nicht folgenlos bleiben. Unsere Zeitweil ist geprägt vom Drängen nach weiblicher Emanzipation. Die Frauen, so sagt man, sind politischer geworden. Sie organisieren sich. Streitbar treten sie auf und lassen sich nicht das Wort abschneiden. Schon verzeichnen sie Teilerfolge. Doch wird – so frage ich mich besorgt – die Forderung nach sozialer Gleichberechtigung dazu führen, daß auch der männliche Moralkanon gebrochen wird? Oder wird die Gleichberechtigung der Geschlechter nur die Potenzierung des männlichen Machtstrebens zur Folge haben?

Fast fürchte ich, den Frauen fehlt Rat, nachhaltiger, fortwährender, ja, überirdischer Rat. Doch wie sollte ich, das verkörpert schuldhafte, das männliche und – nachgewiesen – kriegerische Prinzip, geeignet sein, die Sache der Frauen, fortan nur noch die Frauensache zu beraten?

Ich will. Ich könnte. Schon wüßte ich wie. Das Feminal möge urteilen.«

Wie meine Ilsebill immer beides zugleich wünscht, indem sie freiberuflich und beamtet sein will, ländlich wohnen und großstädtisch in Szene sein möchte, einerseits das einfache Leben (selber Brot backen) anstrebt, andererseits nicht auf gewissen Komfort (neuerdings eine vollautomatische Wäscheschleuder) verzichten kann, weshalb ihre Wünsche, so heftig sie auseinanderstreben, durch Willen gezwungen sind, paarweis zu laufen: so war auch das feministische Tribunal (als Feminal) nach der Schlußrede des Butt hin- und hergerissen, als endlich das Urteil über ihn gesprochen werden sollte. Eigentlich wäre Totschlag als Strafe fällig gewesen, wenn man nicht seines Rates (als Sühne) bedurft hätte.

Als Ganzes wollte man beides, gespalten dies oder das. Während die Buttpartei gegen die Liquidierung des Angeklagten Einspruch erhob, prinzipiell gegen die Todesstrafe war, allenfalls eine symbolische Züchtigung erwog, danach aber den Butt als sühnenden Berater verpflichten und deshalb wieder seinem Element übergeben wollte, war die radikale Minderheit entschlossen, auf seinen Rat zu verzichten und den Butt auszulöschen.

Die Anklägerin Sieglinde Huntscha plädierte für Tod durch Stromschlag. Griselde Dubertin wollte seinem Frischwasser in täglich größerer Dosis Quecksilber zusetzen. Ruth Simoneit war für Garkochen bei lebendigem Leib. Und während die Pflichtverteidigerin einerseits den Freispruch forderte, bat sie andererseits um humanen Strafvollzug: Sie ersuchte das Feminal, den Butt in eine geschlossene Anstalt zu verlagern, damit sich die Psychiatrie seiner annehmen könne.

Kein eindeutiger Spruch kam zustande. Der revolutionäre Beirat, gespalten wie der Beisitz, war mehrheitlich allenfalls für die Vertagung des Urteils zu gewinnen. Stumm und nun gänzlich verblaßt, als wollte er zum Astralleib werden, hielt sich der Butt in Erwartung.

Da schlug die Vorsitzende des Feminals, Frau Dr. Schönherr, angeregt durch die Beisitzerin Ulla Witzlaff, einen Kompromiß vor, dem womöglich auch meine Ilsebill zugestimmt hätte, weil er den einen, den anderen Wunsch zu erfüllen, harte Strafe und anhaltende Sühne versprach: In Gegenwart des Butt, ihm unübersehbar, vor seinen verqueren Augen sollte – was die Entfernung von drei Stuhlreihen im ehemaligen Kino notwendig machte – an langer Tafel, so daß der Beirat, der Beisitz, die Anklage und Verteidigung sowie einige Vertreterinnen des Publikums Platz fanden, das demonstrative, man sagte, zukünftig denkwürdige, das rituale, feierliche, das große Buttessen stattfinden. Frau Helga Paasch versprach, über den Berliner Großhandel eine ausreichende Menge Steinbutt in die Gaststättenküche der Beisitzerin Therese Osslieb zu liefern, wo auch prompt neun, als sich Erika Nöttke sorgte, das werde nicht reichen, elf ausgewachsene Exemplare von je zwei bis vier Kilo Gewicht (der Spaß kostete nach Großhandelspreis 285 DM) auf Estragonbutter angedünstet, mit Weißwein gelöscht, in reichlich Sud auf kleiner Flamme gegart, mit Dill und Kapern gewürzt, schließlich samt Rogen und Milch, die im Juni beim Steinbutt groß ausfallen, in vorgewärmten Schüsseln geschichtet, von Alufolie bedeckt und (mit Salzkartoffeln und Gurkensalat) per Taxi nach Steglitz befördert wurden.

Im ehemaligen Kino Stella war der Tisch schon festlich gedeckt: Er bildete ein Hufeisen um den Butt in seinem Behältnis. Kerzen brannten. Zitronenscheiben lagen auf Salatblättern arrangiert. Kühler Riesling stand bereit. Die dampfenden Schüsseln wurden aufgetragen. Das Feminal nahm Platz. Nach knapper und, trotz des feierlichen Anlasses, launiger Rede legte Frau Dr. Schönherr zuerst der Pflichtverteidigerin, dann der Anklägerin auf. Das Buttessen begann.

Ich sollte erklären, warum mir die Ehre zugekommen ist, Gast gewesen zu sein, obgleich ich, so kurz vor ihrer Niederkunft, bei meiner Ilsebill hätte ausharren müssen. Dem zugelassenen Publikum wurden seine Vertreter durch Losentscheid bestimmt. Und weil ich ein günstiges Los gezogen hatte und als einziger Mann zwischen vierundfünfzig Frauen am Buttessen teilnehmen durfte, hatte Ilsebill nichts dagegen: »Laß dich nicht abhalten. Fahr nur. Ich komm schon zurecht. Das dauert bestimmt noch paar Tage. Notfalls schick ich ein Telegramm oder laß dich da rausrufen aus deinem Harem.«

Ich saß zwischen einer alten Dame, Bibliothekarin von Beruf, und einer jungen Lehrerin, die sich, obgleich ich von »einer Delikatesse« sprach, weigerte, von der Buttmilch zu essen. Sie verabscheue männliche Organe, hingegen nehme sie gerne ein wenig vom weiblichen Rogen. Froh war ich, daß mir Ulla Witzlaff gegenüber saß und den Kopf leicht schräghielt. (Sie nahm von der Milch.)

Weit weg, vom Glasgehäuse des verurteilten Butt verdeckt und doch kenntlich, saßen die Dubertin und Ruth Simoneit. Auch die Hagedorn und die Güllen saßen provozierend dabei. Aufgeregt schnitt ich Grimassen. (Hoffentlich gibt es nicht Streit.) Deshalb immer Kavalier sein. Gesprächspausen überbrücken. Beim Zerlegen der Plattfische helfen. Wie leicht sich das weiße Fleisch von der Hauptgräte lösen ließ. Wendig legte ich den Damen auf: »Und bitte mit ein wenig Zitrone beträufeln. Darf ich Ihnen vom Kopf die Bäckchen vor der Kiemenflosse empfehlen? Oder etwas vom Schwanzstück, Fräulein Nöttke? Noch etwas Sud drüber und Kapern. Wie köstlich der Dill den Geschmack hebt! Und bitte die weißgekochten Buttaugen aufheben. Die bringen Glück und erfüllen uns jeden Wunsch.«

So machte ich mich den Damen nützlich. Ich goß Wein nach, filetierte meisterlich, sagte »Noch ein Kartöffelchen?«, kannte sogar die Mädchen vom Beirat beim Vornamen: Ich scherzte mit Ilona, lächelte Gabriele zu, hatte ein Wort für die immer finstere Emma und war mit Alice fast einer Meinung. Ich belebte das Tischgespräch, indem ich, anatomisch kenntnisreich, einen Buttkopf zerlegte, Witzchen machte, doch wieder rechtzeitig zum gebotenen Ernst des feierlichen Anlasses zurückfand. Ich lobte das weise Urteil, nannte die Schlußrede des Butt »raffiniert aufrichtig«, wertete das Feminal als wegweisende Institution, zitierte aus dem bekannten altgriechischen Weiberstück, erzählte beiläufig von der bevorstehenden Niederkunft meiner Ilsebill – »Sie wünscht sich so sehr einen Jungen!« –, beteuerte sogleich, daß mich, den Vater, auch ein Mädchen überglücklich machen würde, verteilte Glücksbringer: Fischaugen, hob das Glas zum Wohle und erlaubte mir, nachdem vom Butt nur elfmal zerfledderte Köpfe, Schwanz- und Seitenflossen, Kleingräten, Hautlappen und blanke Großgräten geblieben waren, als extrem vereinzelter Mann eine kleine Tischrede zu halten.

Die Witzlaff lachte aufmunternd. Erika Nöttke bat mich, es kurz zu machen. Die alte Dame zu meiner Rechten drehte an ihrem Hörknopf hinterm linken Ohr. Als ich mit dem Fischmesser ans Glas klopfte, zischte die Junglehrerin: »Frechheit!« Aber Frau Dr. Schönherr nickte mir von der Mitte der hufeisenförmigen Tafel freundlich Erlaubnis zu.

Ich bedankte mich zuerst für die Ehre, Gast sein zu dürfen. Lobend erwähnte ich die Kochkunst der Wirtin und Beisitzerin Therese Osslieb. Ein Scherz noch über Helga Paaschens kostensparende Beziehungen zum Großmarkt. Dann kam ich zur Sache.

Indem ich preisgab, daß mich das Schuldbekenntnis des Butt, seine Rede wider den Krieg, erschüttert hatte, fand ich zum erstenmal Gelegenheit, mich in wechselnder Zeitweil vorzustellen. »Schon im Neolithikum...«, sagte ich. »Als wir endlich christlich wurden...« – »Die Pest hatte, wie schon Friedell sagt, durchaus ihre positive Seite...« Ich zitierte mich als Opitz aus seinem »Trost-Gedichte in Widerwertigkeit deß Kriegs«. Ich war bei Kolin, Leuthen, Hochkirch dabei. Ich öffnete die Tür, als der Genosse Bebel mich und meine gute Lena Auf dem Brabank besuchte. Um Sieglinde Huntscha zu schonen, berichtete ich nur andeutungsweise vom Vatertagstod der armen Billy. Dann wurde ich aktuell politisch: »Noch heute ist die Kantinenköchin der Leninwerft in Gdańsk wie versteinert. In den Bauch haben sie Jan geschossen. Ja, die Miliz schoß auf Arbeiter. Und das im Kommunismus. Nein, überall, wo Männer den Finger am Abzug halten. Und das immer schon. Waffensprache. Materialschlachten. Vorwärtsverteidigung. Verbrannte Erde. Das hat der Butt getan. Sein Rat hieß: Töten! Sein Wort setzte Gewalt. Aus ihm wirkte das Böse. Ihn zu bestrafen, sind wir versammelt. Hier, Butt! Hier! Damit du siehst, was von dir bleibt. Du Todbringer, Lebensfeind!«

Und ich hob eine blanke Hauptgräte mit dem zerfledderten Kopf und zeigte sie dem Butt in seinem Glasgehäuse. Da nahmen Griselde Dubertin und Ruth Simoneit, die Huntscha und die Paasch, aber auch Elisabeth Güllen und Beate Hagedorn, die bisher geschwiegen, verbissen geschwiegen hatten, je eine Hauptgräte, und andere Frauen nahmen die restlichen Gräten, Köpfe und Schwanzflossen und zeigten sie dem Butt, auf daß er sehen mußte. Und einige Frauen riefen: »Sterblich bist du!« Andere behaupteten: »Eigentlich bist du tot!«

Da überkam mich Zorn. Und ich ging zu ihm und warf die eine Hauptgräte auf das Podest vor sein Gehäuse: »Da!« Sogleich warfen die Frauen die anderen Gräten, Köpfe und Flossen dazu, bis alle elf zuhauf lagen und der Butt sehen mußte, was von seinesgleichen geblieben war. »Da! Da!« Und alle wischten sich die Finger und warfen die Papierservietten dazu. Und alle spuckten wir auf den grätigen Abfall, in dem die Köpfe blicklos das quere Maul sperrten.

Der blasse, wie aus Glas gehauchte Butt jedoch blieb in seiner Schwebelage und suchte nicht sein schützendes Sandbett auf. Ach, wie er leiden mußte. Ach, wie ihm Recht geschah.

Da sagte Frau Dr. Schönherr: »Nun ist die Strafe vollzogen worden. Schon übermorgen wird der Butt ausgesetzt, auf daß er sühnen möge. Wir haben den Transport gründlich vorbereitet. So findet das Feminal sein Ende. Ich danke euch, Schwestern!«

Dann hob sie die Tafel auf.

Auf Møn

Als das Urteil verkündet war, sollte es, unter Aufsicht der Beisitzerin Ulla Witzlaff, vollstreckt werden. Noch bevor er sein Schlußwort zum Vortrag über das männliche Kriegswesen und die Leidensfähigkeit der Frauen ausweitete, hatte der Butt, weil jemand, ich glaube Ruth Simoneit, vom »Weltuntergang« faselte, die Katastrophenneigung der Erde mit Beispielen erläutert und dabei die nächste Eiszeit auf »demnächst« datiert. Doch während er noch zehntausend Jahre wie ein Stündchen verstreichen ließ, hörte man ihn, beiseite gesprochen, den Wunsch äußern: Man möge ihn, den Schuldbewußten und zu verurteilenden Übeltäter, damit er zweckdienlich sühnen könne, in seinem bevorzugten Gewässer, in der westlichen Ostsee aussetzen. Er kenne da eine Insel, deren östliche Küste als Kreidefelsen schroff abfalle. Vom hochragenden Kliff lasse sich, bei klarer Sicht, mit bloßem Auge jene ähnlich beschaffene Insel erkennen, von der aus das besagte Märchen »Von dem Fischer un syner Fru« in Umlauf gesetzt wurde. »Zwei malerische Flecken, die nicht nur geologisch miteinander korrespondieren«, sagte der Butt. Gleich nach dem letzten Glazial – »Das ist ja alles noch nicht so lange her!« – habe sich der Grund der Ostsee zwischen den Inseln gebildet. Feuerstein finde man zu Füßen der Kreidefelsen, auch interessante Versteinerungen, Seeigel etwa und die Fangarme von Tintenfischen: »Mittelmeerisch warm war die junge Ostsee ein halbes Weltstündchen lang.« Dort wolle er ausgesetzt werden und von dort aus seinen neuen Verpflichtungen nachkommen: zum Wohle der Frauensache.

»Er meint die Insel Møn«, sagte Ulla Witzlaff zu Helga Paasch, die als Beisitzerin neben ihr saß. Ulla hat ihre Kindheit auf Rügen verbracht und in Greifswald die Kirchenmusikschule besucht, bis sie, als in Berlin die Mauer gebaut wurde, in den Westen rübermachte. Also war sie berufen, das Urteil des Feminals zu vollstrecken und den Butt an gewünschter Stelle auszusetzen; zumal Ulla versichern konnte, daß der Quecksilbergehalt der Ostsee dort minimal sei.

Weil die Behörden der Deutschen Demokratischen Republik die Überführung per Eisenbahn oder VW-Bus nach Rostock-Warnemünde bis zur Schiffsfähre nach dem dänischen Gedser verweigerten, wobei die amtlichen Stellen den Butt nie beim Namen nannten, sondern als »subversives Element« und »reaktionäre Kraft« bezeichneten und der Arbeiter- und Bauern-Staat Furcht vor dem Plattfisch erkennen ließ, mußte der verurteilte Butt, unter strenger Geheimhaltung und geschützt vor etwaigen Anschlägen der radikalen Gruppe um Griselde Dubertin, nach Hamburg ausgeflogen werden.

Von dort wurde er per Auto nach Travemünde gebracht. Von dort aus ging die Reise mit dem planmäßigen Fährschiff nach Gedser. Von dort ab übernahmen dänische Feministinnen den Transport über Vordingborg, Kalvehave, dann über die Brücke auf die Insel Møn. Da man erst gegen Abend eintraf, nahm die Gruppe um Ulla Witzlaff in einem Gasthof am Hunosø Quartier, nahe der steilen Kreidefelsenküste.

In seinem Spezialbehälter hatte der Butt die Reise gut überstanden. Schon war er, wie aus Vorfreude, weniger durchsichtig. Seine gesteinte Haut gewann Farbe zurück. Bei munterem Flossenspiel blieb er allerdings stumm.

Und ich war dabei. (Natürlich war Ilsebill wütend, weil ich, so kurz vor ihrer Niederkunft, wieder mal aushäusig sein wollte. »Das Kind kümmert dich wohl überhaupt nicht!« schrie sie, als ich durchs Telefon um Erlaubnis bat.)

Nachdem neben Ulla Witzlaff und Therese Osslieb auch Helga Paasch meinen Antrag auf Reisebegleitung befürwortet hatte, wurde ich als Transporthelfer zugelassen. Außer den genannten Frauen waren noch Erika Nöttke (die graue Maus) und die Pflichtverteidigerin des Butt, Frau von Carnow (ganz in himmelblauer Seide), mit von der Partie. Sieglinde Huntscha hatte angeblich keine Lust gehabt. Frau Dr. Schönherr hielt ihre Anwesenheit bei der Vollstreckung des Urteils nicht für erforderlich.

Wir hatten Grund, die dänische Delegation um Sicherheitsmaßnahmen auch während der Nacht zu bitten: Da sich Ruth Simoneit der radikalen Opposition um Griselde Dubertin angeschlossen und vor der Urteilsverkündung mit Griselde für »Totschlag« plädiert hatte, mußte, wenn nicht mit Anschlägen, dann doch mit Störaktionen während der Aussetzung des Butt gerechnet werden. Auch die siebte und achte Beisitzerin des Feminals, die üppige Hausfrau Elisabeth Güllen und die Biochemikerin Beate Hagedorn, die mich entfernt an meine Sibylle und an Maria Kuczorra erinnerten, galten als radikal und des Terrorismus verdächtig, zumal sie nach Abschluß der Beweisaufnahme den Sitzungen ferngeblieben waren; nur beim großen Buttessen saßen sie schweigend dabei.

Am nächsten Morgen sollte der Butt zu Fuß durch einen Buchenwald an die Steilküste transportiert werden. Diese

Aufgabe fiel mir zu. Mit zwei Tragriemen wurde mir das Spezialbecken (wie ein Bauchladen) vorgeschnallt. Durch eine Klarsichtscheibe sah ich gehend den Butt, wie er mit geschicktem Flossenspiel meinen schwankenden Schritt auszugleichen versuchte. Zuerst über einen Feldweg, dann einen schmalen Waldpfad lang näherten wir uns der Küste. Vor mir (und dem Butt) gingen die dänische Delegation und die wenigen zugelassenen Journalistinnen. Hinter uns die Witzlaff und die Osslieb, Helga Paasch und Erika Nöttke. Frau von Carnow hatte den Weg zu beschwerlich genannt und war im Hotel geblieben.

Natürlich versuchte ich mit dem Butt ein letztes Gespräch. Sobald die Frauen vor und hinter mir genug Abstand hielten, flüsterte ich: »Sag doch was, Butt. Ein Sterbenswörtchen. Soll nun alles aus sein mit uns? Hast du mich wirklich abgeschrieben? Willst du nur noch die blöden Weiber beraten? Was soll ich denn machen, Butt? Sag doch was, sag! Ich versteh die Welt nicht mehr.«

Aber der Butt schwieg sich aus. So trug ich ihn, als müßte ich mit seiner Last mich und meine geschichtliche Zeitweil, die Männersache zu Grabe tragen. Vor und hinter mir schwatzten lustig die Weiber. Wie luftig und großgeblümt ihre Kleider den leichten Wind annahmen. Ein holländisches Kamerateam dokumentierte fürs Fernsehen. Erika Nöttke pflückte ein Blumensträußchen. Die Paasch sammelte ein paar griffige Steine als Andenken, denn überall lag Feuerstein rum. Und Ulla Witzlaff sang mit ihrer Schmetterstimme irgendein christliches Gemeindelied: »Der Tag, der ist so freudenreich ...« Und die Osslieb sang schwesterlich mit.

Als wir an den ungeschützten Rand der Steilküste kamen und man mit bloßem Auge (wie versprochen), und weil das Wetter prächtig war, die Kreidefelsen der Insel Rügen erkennen konnte, wurde in mir die Versuchung flügge, den Butt in seinem Spezialglaskasten (meinen Bauchladen) ruckzuck abzuschnallen und von oben (hundertundelf Meter tief) auf den Feuersteinstrand zu stürzen – nein, vielmehr war ich versucht, mich selbst – Es ist ja doch alles aus! – mit dem vorgeschnallten Butt, womöglich laut rufend »Es lebe die Männersache!«, von der Steilküste springend zu Tode zu bringen, oder nur mich ganz alleine, den Butt und die Zukunft schonend, oder wenn nicht die Osslieb, dann doch Ulla mitziehend: in Liebe geeint in den Tod.

Aber da war schon fürsorglich Erika Nöttke an meiner Seite. »Ich mache mir Sorgen«, sagte sie, »ob der Butt die plötzliche Umstellung überleben wird. Über neun Monate wurde er in Frischwasser gehalten, ausreichend mit Sauerstoff versorgt und regelmäßig gefüttert. Weil keinen Umweltschäden mehr ausgesetzt, könnte ihm die reichlich verschmutzte und mit Algen übersättigte Ostsee gefährlich werden. Zwar haben wir mit chemischen Zusätzen während der letzten Wochen einen annähernden Ausgleich herzustellen versucht, aber der Schock wird doch groß, womöglich zu groß sein. Schließlich hat sich sein Aussehen während der Haftzeit zunehmend verändert. Er ist blaß, durchsichtig, beinahe glasig geworden. Hoffentlich überlebt uns der Butt.«

Auch Helga Paasch war besorgt. Doch die Osslieb und die Witzlaff beruhigten Erika Nöttke: Das mache doch dem Butt nichts. Der sei ein zäher Bursche. Der werde sogar die nächste Eiszeit überstehen. Teerrückstände und Quecksilber seien dem lächerlich. Der passe sich an. Der lebe notfalls nur aus Prinzip. »Guckt euch den an!« rief Ulla. »Schon kriegt er wieder Farbe. Bald ist der wieder in Form!«

Nachdem wir alle den herrlichen Ausblick ein Weilchen genossen hatten und auch dem Fernsehen – man brauchte Zwischenschnitte – gefällig gewesen waren, begann der Abstieg durch eine waldige, zwischen die Kreidefelsen gebettete Schlucht, der man für touristische Nutzung mit meterlangem Knüppelholz eine Naturtreppe beigebracht hatte. Indem ich den Bauchladen mit beiden Händen von unten abstützte, versuchte ich, dem Butt allzu starke Erschütterungen von Stufe zu Stufe zu ersparen, doch holprig ging es schon zu. Erika Nöttke, die mich in Schweiß sah, wollte mich ablösen. Ich verneinte mannhaft. (Laß mir doch den Butt nicht nehmen. Das war mal mein Butt. Bis zum Schluß halt ich das durch. Ich steh zu meiner Geschichte.)

Unten angekommen, blieb nur wenig Zeit für eine Verschnaufpause. Denn ein Blick die Kreidefelsen hoch zeigte unsere gefährliche Position und die wirkliche Lage an: Oben standen die Weiber der radikalen Opposition. Um Griselde Dubertin und Ruth Simoneit geschart, drängten sich die Frauen vom revolutionären Beirat. Ich erkannte Elisabeth Güllen und Beate Hagedorn. »Mensch!« rief die Paasch. »Da ist ja die Huntscha bei!«

Als schon die ersten Steine von oben geworfen wurden, glaubte ich in der Menge aufgebrachter Weiber die Pflichtverteidigerin des feministischen Tribunals erkannt zu haben. »Mein Gott!« rief ich. »Einfach übergelaufen.«

»Wo ist sie! Wo?« wollte die Osslieb wissen.

»Da!« rief ich. »Da!«

Aber Bettina von Carnow gab sich nicht mehr zu erkennen. Auch hinderte uns der Steinhagel, den Verrat genau zu bezeugen und womöglich zu fotografieren; denn auf den vielen Fotos der zugelassenen Journalistinnen sowie in dem Fernsehschwenk des holländischen Teams waren später zwar die Huntscha, die Hagedorn, die Hausfrau Güllen und Griselde Dubertin, aber nicht die Carnow auszumachen. Doch ich, ich habe sie gesehen: das dumme Luder.

Die meisten Steine trafen uns nicht. Nur die arme Erika Nöttke wurde voll getroffen und blutete am Hinterkopf. Man warf mit Feuersteinen, die überall auf der Insel Møn zu finden waren. Ferner wurden zwei Mitglieder der dänischen Delegation, eine englische Journalistin und die Kamerafrau des holländischen Teams leicht verletzt. Ein Feuerstein traf den Spezialkasten des Butt, ohne Schaden anzurichten. Als ich einem faustgroßen Stein (den womöglich Griselde Dubertin geschleudert hatte) ausweichen wollte, stürzte ich auf den steinigen Strand und schlug mir durch die Hose das linke Knie auf. Gott sei Dank hatte ich kurz zuvor den Butt in seinem Gehäuse abgesetzt. So liegend und vom Schmerz benommen, fand ich im Steinbett einen winzigen versteinerten Seeigel; womit die These des Butt, die Ostsee sei nach der letzten Eiszeit ein annähernd tropisches Meer gewesen, bestätigt wurde. (Den Fund hob ich auf. Der soll mir Glück bringen und mich vor meiner Ilsebill schützen. Wer weiß, was noch kommt.)

Während von oben wahrscheinlich »Verrat!« geschrien wurde, schimpften die Paasch und die Osslieb von unten wie Marktweiber zurück. Ulla Witzlaff jedoch stieg aus Schuhen und Strümpfen, öffnete mit dem von ihr verwahrten Spezialschlüssel den Spezialbehälter für den Butt, faßte mit beiden Händen unter die weiße Bauchseite des Plattfisches, hob ihn aus dem Behältnis, zeigte ihn uns, den Fotografinnen, der Fernsehkamera und den schimpfenden schmeißenden Weibern auf dem Kreidefelsen und trug ihn Schritt für Schritt über die Ufersteine, bis sie kniehoch umspült stand und laut mit ihrer Singstimme sprach: »Hiermit vollstrecke ich das Urteil der Frauen über den Butt. Zukünftig soll er frei sein nur noch für uns. Wir werden ihn rufen. Wir werden ihn rufen!« Dann legte sie ihn in die See, worauf es still wurde. Nur die zugelassenen Fotografinnen klickten, und die Kamera surrte.

Er sei gleich ablandig weggeschwommen, sagte die Witzlaff. Danach mußten wir uns um die verletzte Erika Nöttke kümmern. Die radikale Opposition hatte inzwischen den

Kreidefelsen geräumt. Der Aufstieg war mühsam, obgleich Fräulein Nöttke nicht getragen werden wollte. Sie hatte noch immer ihr Blumensträußchen bei sich. Helga Paasch warf die gesammelten Feuersteine von sich. Eigentlich hätte ich gerne mit der Witzlaff paar Ferientage auf Møn verbracht, doch als wir in unserem Hotel eintrafen, lag für mich ein Telegramm vor: »Kommen erforderlich. Geburt steht bevor. Keine Ausrede bitte. Ilsebill.« Gerade noch rechtzeitig fand ich nach Hause.

Wortwechsel

Im ersten Monat wußten wir nicht genau,
und nur der Eileiter hatte begriffen.
Im zweiten Monat stritten wir ab,
was wir gewollt, nicht gewollt,
gesagt, nicht gesagt hatten.
Im dritten Monat veränderte sich der faßbare Leib,
aber die Wörter wiederholten sich nur.
Als mit dem vierten Monat das Neue Jahr begann,
begann nur das Jahr neu; die Wörter blieben verbraucht.
Erschöpft, aber noch immer im Recht,
schrieben wir den fünften, den sechsten Monat ab:
Es bewegt sich, sagten wir unbewegt.
Als wir im siebten Monat geräumige Kleider kauften,
blieben wir eng und stritten uns
um den dritten, versäumten Monat;
erst als ein Sprung über den Graben
zum Sturz wurde –
Spring nicht! Nein! Wart doch. Nein. Spring nicht! –,
sorgten wir uns: Stammeln und Flüstern.
Im achten Monat waren wir traurig,
weil die Wörter, im zweiten und vierten gesagt,

sich immer noch auszahlten.
Als wir im neunten Monat besiegt waren
und das Kind unbekümmert geboren wurde,
hatten wir keine Wörter mehr.
Glückwünsche kamen durchs Telefon.

Was wir uns wünschen

Es oder er. Wird es ein Mädchen, soll es wie meine Mutter heißen; ist es ein Junge, wird er wie ich Federn, wie sie der Himmel verliert, von Müllhalden sammeln und sie hauchleicht, mit Atem kaum, durch Pusten, dann Luftstöße heben, in Schwebe, Fall, Taumel und neuen Aufwind bringen. Sie fliegt! Sie fliegt! hören wir Emanuel rufen...

Ein Kind mehr hat mit dem Schrei 10 Uhr 15, kaum abgenabelt, seinen Namen bekommen, der nie umstritten war. Geschlecht, Länge, Gewicht. Schon ähnelt es, wird es bald, soll es später als Ilsebills Tochter, aber doch anders, steiler, bewußter, geradeaus gehen und sich nehmen, was ist, damit keine übrigen Wünsche im Schrank hängen bleiben, nie gelüftet, bis sie die Motten kriegen. Ein Mädchen mehr mit dem Spalt, der offenblieb, als uns die schöne Aussicht vernagelt wurde.

Auf den Wunsch, der als Forderung vor dem Feminal laut wurde – »Warum immer wir! Sollen die Männer mal Beine breit machen, empfangen, austragen und gebären!« –, hatte der Butt Antwort gewußt: »Sehen Sie, meine Damen: Selbst der Mond liegt im Teich spiegelverkehrt. Wie will man das richtigstellen? Wie, frage ich, wie?«

Als Ilsebill niederkam, enttäuschte die Tochter sie. Da war nur die Muschel, die Möse nur, das Ziel aller Männer, die unterwegs unbehaust sind und sich loswerden wollen, immer wieder und nochmal. (Mich zischte die Mutter an: »Du Sparbüchsenmacher!«)

Nicht alle Wünsche, die Ilsebill hat, wollen in Erfüllung gehen. Weil ich bei der Geburt unserer Tochter dabeisein durfte, sprach ich (in grünem Zeug, mit Mundschutz und in sterilen Schuhen) kleinen Trost: »Ehrlich, Ilsebill. Heute sind Mädchen viel besser dran. Früher, als ich noch dumm an das Erbrecht glaubte, hab ich mir jedesmal einen Jungen gewünscht. Aber Dorothea, Agnes, Amanda, Lena: alle wollten mir immer nur Töchter schenken; und selbst die Nonne Rusch brachte nur ihresgleichen. Doch als die Kantinenköchin Maria Kuczorra mit Zwillingsmädchen niederkam – die heißen Damroka Mestwina –, haben ihr die Arbeiter der Leninwerft in Gdańsk, weil Marias Jan tot ist, einen doppelladigen Kinderwagen geschenkt und zwei Pißpötte rosa, damit später keine Komplexe ...«

Normal wäre es eine schwierige Geburt gewesen, weil die Steißlage Komplikationen bringt. Deshalb entschlossen wir uns zum Kaiserschnitt, der garantiert schmerzfrei ist, weil bis zum Nabel hoch alles taub gemacht wird. Vorher wurden mit Ultraschall die Lage und Größe des Kindes vermessen; doch sah man auf dem grobkörnigen Foto nicht das Geschlecht.

Wo er sich über der rasierten Scham wölbte, schnitt der Arzt quer in Ilsebills Leib durch die Haut, den Fettmantel, das Muskelgewebe und Bauchfell, was Ilsebill, deren Kopf weitweg abgeschirmt lag, nicht sah.

Ich sah das, weil Väter das sehen sollen, wie im klaffenden Leib die Gebärmutter griffig liegt und mit dem Skalpell geöffnet wird. Damit sie leerlief, ritzte der Arzt die Fruchtwasserblase. Wäßriges Blut. Saugfähige Tücher in die Hohlräume gestopft. Venen abgeklemmt. Dann griff er in seinen Handschuhen zu, und schon kam unsere Tochter ärschlings auf die Welt und zeigte – Halleluja! – ihr Semmelchen, während im Kreißsaal des Städtischen Krankenhauses aus versteckten Lautsprechern leise Musik alles nett, harmlos, freundlich, unterhaltsam und ganz gewöhnlich machte; denn der moderne, jeder vernünftigen Neuerung aufgeschlossene Chefarzt will nicht, daß sich die Assistenzärzte mit den koreanischen Lernschwestern während der Kaiserschnittoperation (weil sie grad nichts zu tun haben) privat über Autos Politik Wochenendfreuden unterhalten und so die Mutter, die ja, weil schmerzfrei, alles überdeutlich hört, um wichtige Kleinerlebnisse bringen; vielmehr soll nur, außer den Instrumenten und den halblauten Anweisungen – »Klammer bitte. Tupfer bitte« –, die süße Musik zu hören sein.

»Und das, sehen Sie«, sagte der Arzt durch den Mundschutz zu meiner Unterrichtung, »ist der Eileiter...« (Außerdem sah ich noch, wie gelb, ähnlich Hühnerfett, Ilsebills Bauchfett ist. Ich hätte mir damit, weil ein Stück abfiel, zwei Spiegeleier braten können.)

Nachdem sie der Mutter gezeigt worden war, schrie die abgenabelte Tochter abseits, wo sie gewogen, gemessen und mit einem Schildchen am Fuß oder Arm unverwechselbar gemacht wurde. Ach, mein Würmchen, mein wimmernd Grams, Babeduttchen, mein Tochterleben...

Als Ilsebills Gebärmutter, die sich gleich wieder zusammenzog, und ihr Bauch wieder zugenäht waren und gleichzeitig auf einem Nebentisch die Schneide-, Klammer- und Tupfinstrumente und Saugtücher gezählt wurden, fehlte eine Metallklammer, so daß man die Nähte wieder auftrennen, die Bauchhöhle durchsuchen wollte; doch fand sich die Klammer glücklich im Eimer für die Nachgeburt, wo sie nicht hingehörte. Was aber ich, der Vater, der zusah, in Ilsebills Bauch hineingewünscht habe, das blieb, das wurde eingenäht, das sind Wackersteine, die verrate ich nicht.

Oh, meine Heimlichkeiten! Als gäbe es nichts, was mir wünschenswert ist. Als wäre das alles: die schnellrankende Kürbishütte oder ein Ohrensessel, der taub macht gegen das Leid der Welt. Als seien meine Sehnsüchte – »Jadoch, Maria. Ich komme. Ich komme bald ...« – nur billige Ausflüchte, Schlupflöcher, die man vernageln muß. Ach, wie ich Ruhe, Entrückung, neue Tapeten, ein Flugticket in bessere Zeitweil brauche. Ach, wie mir ein entlegenes Jahrhundert fehlt. Ach, wie mich dürstet nach Tod und Ewigkeit.

Aber meine Wünsche zählten noch nie. Ich muß nur immer erfüllen, verdammt! Und alles verantworten, jawoll! Und zahlen, bezahlen! Und mich schuldig fühlen für alles und nichts.

Was (schließlich) kann ich dafür, daß es wieder ein Mädchen geworden ist. Bin doch kein Automat, der spuckt, was man drückt. Immerhin wurde an jenem Tag, an dem meine Tochter geboren wurde, von den Vertretern des einen und anderen deutschen Staates ein Vertrag unterschrieben, der die Privilegien der Lübecker Stadtfischer, die seit 1188 durch Barbarossa verbrieft sind, auch in den Hoheitsgewässern der DDR garantiert, was ja wünschenswert war, schon seit langem.

Als ich, nahbei dem Städtischen Krankenhaus, in einer Imbißstube zuerst paar Schnäpse zum Bier, dann eine, dann noch eine Bockwurst mit Senf und Brot bestellte, liefen im Fernsehen die Spiele der Zwischenrunde: Polen lag vorne. Chile war ausgeschieden. Und immerzu regnete es. Die Fußballweltmeisterschaft machte mich zum Zuschauer zwischen anderen männlichen Zuschauern, die wie ich Kornschnäpse tranken, Bockwürste in Senf stippten, zubissen, mit Bier nachspülten, den verlorenen Blick hatten und alle Väter sein mochten, um ihre Töchter besorgt.

Der Wirt kannte sich aus mit seiner besonderen Kundschaft. Die Eckkneipe hieß »Zum glücklichen Vater«. Er sagte: »Wieder kein Junge? Na macht nichts. Mädchen sind billiger, seitdem es keine Aussteuer mehr gibt. Die sind heute alle emanzipiert. Die wünschen sich heute ganz andere Sachen.«

Jadochja! Kriegst du alles. Dein Vater wird sorgen. Dein Vater kümmert sich. Dein Vater ist dir noch bißchen fremd, weil er keine Gebärmutter hat. Du mußt deinem Vater Zeit lassen, bis er paar Schnäpse gekippt und paar Runden gedreht hat. Dein Vater hat Unruhe in sich, die bewegt die Welt. Dein Vater ist hinter was her. Dein Vater muß kurz mal verreisen: dorthin, von wo er herkommt. Wo alles anfing. Es gibt da eine Maria, mit der er verwandt ist. Die hat ihm einen Bernstein geschenkt, in dem eine Fliege gefangen sitzt. Du mußt keine Angst haben. Dein Vater kommt wieder. Der kommt immer wieder und erzählt dir Geschichten, in denen Federn geblasen werden und Kinder, die in die Pilze gingen, glücklich verlorengehen und Fliegen in einem Bernstein überwintern. Und auch vom Butt will ich dir erzählen, wenn ich wieder zurück bin...

Mannomann

Hör schon auf.
Machen Punkt.
Du bist doch fertig, Mann, und nur noch läufig.

Sag nochmal: Wird gemacht.
Drück nochmal Knöpfchen und laß sie tanzen die Puppen.
Zeig nochmal deinen Willen und seine Brüche.
Hau nochmal auf den Tisch, sag: Das ist meiner.
Zähl nochmal auf, wie oft du und wessen.
Sei nochmal hart, damit es sich einprägt.

Beweise dir noch einmal deine große, bewiesene,
deine allumfassende Fürundfürsorge.

Mannomann.
Da stehst du nun da und im Anzug da.
Männer weinen nicht, Mann.
Deine Träume, die typisch männlich waren, sind alle gefilmt.
Deine Siege datiert und in Reihe gebracht.
Dein Fortschritt eingeholt und vermessen.
Deine Trauer und ihre Darsteller ermüden den Spielplan.
Zu oft variiert deine Witze; Sender Eriwan schweigt.
Leistungsstark (immer noch) hebt deine Macht sich auf.

Mannomann.
Sag nochmal ich.
Denk nochmal scharf.
Blick nochmal durch.
Hab nochmal recht.
Schweig nochmal tief.
Steh oder fall noch ein einziges Mal.

Du mußt nicht aufräumen, Mann; laß alles liegen.
Du bist nach deinen Gesetzen verbraucht,
entlassen aus deiner Geschichte.
Und nur das Streichelkind in dir
darf noch ein Weilchen mit Bauklötzen spielen. –
Was, Mannomann, wird deine Frau dazu sagen?

Dreimal Schweinekohl

Zwei Blechlöffel und einen Henkelmann voll nahm Maria mit, als wir mit der Straßenbahn nach Heubude rausfuhren, um uns in die Dünen zu setzen, mit Blick auf die See.

Schon bei Amanda Woyke läßt sich Weißkohl nachweisen, den sie verschnitten in Fässern als Sauerkraut eingelagert oder mit Kartoffeln und Schweinerippchen auf Feiertage dick eingekocht und dem Gesinde getischt hat. Weil Kohl bläht, wird Agnes Kurbiella weder dem Maler Möller noch dem Dichter Opitz Kohlsuppen, Schmorkohl, Kohlwickel oder gar Schweinekohl vorgesetzt haben; leicht verdaulichen Blumenkohl gab es noch nicht. Der kam erst mit dem Fortschritt. Ich kann mich nicht erinnern, daß die Nonne Rusch unsere heutigen Kohlsorten verarbeitet hat, doch wurde chinesischer Kohl (Pe-Tsai) zu ihrer Zeit gelegentlich importiert. Nach Wirsingkohl und Kapuster, wie wir den Weißkohl nannten, roch es erst in späteren Küchen. Mit Wruken und Kohl hat uns Lena Stubbe über den Winter gebracht. Weil Dorothea von Montau den heute gewöhnlichen Grünkohl nicht kannte, wird sie Wildsorten, etwa Nesselkohl oder den leicht bitteren Strandkohl, auf Gründonnerstag mit sonst nichts verkocht haben. Und wie Dorothea Sauerampfer im Holzfaß eingemacht hat, haben Amanda Woyke und Lena Stubbe Kappusköpfe, denen die Strünke ausgestochen wurden, mit dem Krauthobel zerschnipselt, in Fässern, die zuunterst mit Krautblättern ausgelegt waren, geschichtet, gesalzen und mit dem Holzstößel so lange gestampft, bis Saft über dem Kraut stand, worauf zuoberst wieder Kohlblätter gelegt und ein Holzdeckel draufgepaßt wurden; ein Feldstein mußte das Kraut im Faß beschweren.

So säuerte es mit der Zeit, auf daß man Schweinekohl, wie ihn Maria im Henkelmann in die Dünen mitnahm, nicht nur mit frischem Weißkohl, sondern auch mit Kraut, Kümmel und Wacholderbeeren süßsauer kochen konnte. Schweinerippchen eignen sich oder ein Stück geräucherter Schweinekamm.

Und einmal, als Maria schon in der Werftküche für den Einkauf sorgte, aß ich mit Jan Ludkowski, ihrem Verlobten, in der Kantine der Leninwerft Schweinekohl. Ich hatte Erlaubnis erhalten, einige Werkhallen, das leere Trockendock und ein als Rohbau auf Stapel liegendes Fährschiff zu besichtigen. Man zeigte mir, was im Prospekt bebildert und mehrsprachig beschrieben stand: Das lohnt keine Mitteilung. Die Arbeitsgeräusche einer kommunistischen Werft unterscheiden sich nicht vom Arbeitslärm kapitalistischer Werften. Höflich machte ich Notizen, die später ungenutzt im Hotel Monopol liegen blieben; aber interessant war es schon, zu sehen, was die Polen aus der bei Kriegsende zerstörten oder von den Sowjets demontierten Schichauwerft, Danziger Werft und Klawitterwerft gemacht haben. Jan sagte: »Unsere Aufträge aus dem Westen... Das bringt natürlich Devisen... Selbstverständlich müssen wir zu Freundschaftspreisen an die Sowjetunion liefern, zum Beispiel schwimmende Fabriken, die gleich im Fanggebiet Fischprodukte verarbeiten, hochmodern sind die...«

In der Kantine war die Mittagspause vorbei. Ein zweistöckiger Flachbau, vor dessen verglaster Vorderfront Möwen Kunststücke flogen. Nur wenige Angestellte (Weißkittel aus den Konstruktionsbüros) saßen entfernt an zwei drei Tischen. Für sie, für uns gab es restlichen Schweinekohl, der aus gekümmeltem Frischkohl mit Kartoffeln und Rippchen eingekocht war. Dazu tranken wir Buttermilch. Jan, der auch sonst Werftbesucher zu betreuen hatte, sprach zu mir wie vor großer Delegation. Noch immer nicht abzustellen, reihte er Produktionszahlen, protzte er mit schwedischen Großaufträgen, durchsäuerte er, wie man Weißkohl zu Kraut säuert, seinen technokratischen Kommunismus mit fatalistischen Zusätzen: »So sind wir Polen... Wir wissen vorher, daß es mit dem Fortschritt schon irgendwie schiefgehen wird... Uns bringt man nicht einfach auf Vordermann ... Aber irgendwie klappt es trotzdem ... Wir kennen ja unsere Geschichte ...«

Und schon war Jan Ludkowski bei seinem Thema, während er noch die Rippchen benagte. Weil das Fährschiff (das ich besichtigen durfte) nach irgendeinem Polenkönig (Bathory oder Wladislav) und nicht nach einem pommerellischen Stammesfürsten (Sambor oder Svantopolk) benannt werden sollte, hatte er als bewußter Kaschube mehrere Eingaben vergeblich gemacht; dabei hätte einleuchten müssen, daß Mestwina oder Damroka hübsche Schiffsnamen sind.

Jan konnte Geschichte ins Detail bringen, als sei er dabeigewesen. Und da auch ich mehrmals meine Zeitweil hatte und in jedem Jahrhundert irgendwas liegenließ, fiel es uns leicht, bei Schweinekohl und glumsender Buttermilch noch einmal jene entscheidende Schlacht zu schlagen, bei der Herzog Svantopolk nicht nur die Dänen verhauen, sondern mit seinem Sieg über den Feldherrn Fortinbras auch Shakespeares Hamlet fortgesetzt hat.

Jan und ich kamen überein, daraus ein Theaterstück entstehen zu lassen: Irgendwo zwischen den kaschubischen Wasserlöchern stehen die Heere sich gegenüber. Svantopolk und Fortinbras verhöhnen einander: Du Kaschubensau! Du Dänenschwein! Da erscheint zwischen den Heeren Hamlet als Geist und spricht in Versen dunkel und zweideutig über alles, was strittig ist: natürlich über Shakespeare und seine Doppelgänger. Natürlich über Kommunismus und Kapitalismus. Und vom Butt könnte andeutend die Rede sein: wie er den einen Held und den anderen hinterhältig beraten und ins Verderben geschickt hat.

»Ja«, sagte Jan, »und nach der Schlacht könnte Hamlet als Geist zwischen den Erschlagenen ...«

»Klar«, sagte ich, »aber was passiert nach dem Sieg?«

»Es könnte«, sagte Jan, »der siegreiche Svantopolk an sich zu zweifeln beginnen. Er zögert und zaudert ...«

»Solange«, sagte ich, »bis die Deutschherren kommen, die keine Zweifel kennen und aufräumen, unerbittlich aufräumen.«

Wir haben die Fortsetzung der Hamlet-Tragödie nicht über den ersten Akt gebracht. Maria kam aus der Küche und sagte: »Na, spinnt ihr schon wieder?« Sie kam mit Korkenzieherlocken als Mestwins Tochter Damroka. Und ich begriff, daß Jan sie in historischer und gegenwärtiger Zeitweil liebte. Er, stämmig, rundköpfig und mit Bauch, wurde schlank, wenn er »Marysia« sagte. Doch die Kantinenköchin der Leninwerft in Gdańsk sprach, wenn sie nicht lachte (aus sich heraus wegen nichts lachte), am liebsten über Preise und Engpässe in der Versorgung: »Fehlt nur, daß uns Kapuster knapp wird. Wollt ihr noch Schweinekohl? Hat noch.«

Jan und ich wollten. Maria brachte und ging. Auch frische Buttermilch glumste in Gläsern. Aber es fiel uns nichts mehr zu Svantopolk und Fortinbras ein.

Was ist das, Geschichte? Genau kann man nicht sagen, wann unser Weißkohl (Brasica oleracea), der als Neuerung wichtig war wie der Buchweizen, die Hirse, die Kartoffeln und Wruken, zum erstenmal großflächig angebaut wurde; denn schon zu Mestwinas Zeit haben die Pomorschen die wildwüchsige Frühform des Weißkohls abgesämt. Sicher, die Emser Depesche hat viel bewegt, aber die Zuckerrübe wohl mehr. Hätte Prinz Hamlet (als Geist) Svantopolk und Fortinbras, den Kaschuben, den Dänen zu blähendem Schweinekohl als Gäste geladen, wäre die Geschichte ganz anders verlaufen. Das sagte ich zu Jan. Und als im Jahr drauf, kurz vor Weihnachten, weil die Preise für Grundnahrungsmittel in Polen erhöht werden sollten, überall an der Ostseeküste gestreikt wurde, gab es zwar in der Kantine der Leninwerft Schweinekohl genug, und doch verlief die Geschichte nicht anders, sondern wie immer und überall böse.

Sie schossen Jan in den Bauch. Am 18. Dezember 1970 schossen sie Jan in den Bauch voller Schweinekohl. Die Miliz der Volksrepublik Polen schoß, neben anderen Arbeitern, dem Schiffsbauingenieur und Mitarbeiter der Werbeabteilung, dem Gewerkschaftsmitglied und Mitglied des Kommunistischen Bundes, Jan Ludkowski, vierunddreißig Jahre alt, in den Bauch voller gekümmeltem Schweinekohl, der mittags in der Kantine der Leninwerft an über zweitausend streikende Arbeiter ausgeteilt worden war. Gerade noch rechtzeitig, bevor die Werft von der Miliz abgeriegelt wurde, war es Maria Kuczorra, die die Vorräte der Werftkantine bewirtschaftete, gelungen, einen Lastwagen voller Weißkohlköpfe, der für die Armee unterwegs war, in die Werft umzulenken. Schweinerippchen waren tiefgefroren vorrätig. Und an Kümmel hat es in Polen noch nie gefehlt. Er war sofort tot.

Mit Jan konnte man sitzen und reden. Über mundgeblasene Gläser. Über Gedichte. Sogar über Bäume. Wir haben über Gryphius und Opitz gesprochen, wie die miteinander über was wohl gesprochen haben mögen. Über die Last böser Zeit. Wie es schlimm war und manchmal ein bißchen besser wurde. Über Langzeilen und Binnenreime. Auch über Politik: kleine und große. Einmal fuhren wir mit Jans altem Skoda in die gehügelte Kaschubei und setzten uns an ein Wasserloch. Taschenkrebse flüchteten unter Ufersteine. Ein Zitronenfalter. Lerchen über den Feldern. Es war so still, daß Jan erschrak, als er »Hoffnung habe ich keine mehr« sagte. Einmal liefen wir bis an die See, Bernstein suchen. Wir fanden paar Krümel. Manchmal war Maria dabei. Das war schön, wenn sie störte. Natürlich sahen wir beide Maria verschieden. Ich sah sie deutlicher. Wir gingen zu dritt ins Kino. Ich hielt Marias andere Hand. Im Film ritt polnische Kavallerie in den Tod gegen Panzer. Ein Pferd hieß Lotna.

Maria weinte. Später gingen wir in den Ratshauskeller. Dort lachte Maria wieder. Sie war schwanger, als Jan in den Bauch voller Schweinekohl geschossen wurde. Und einmal, als ich ihm vom Butt erzählt hatte – das war im März, und die See schlug mit Wellen Schaum –, sagte Jan leise: »Den kenn ich. Den kenn ich gut ...« Und die Geschichte mit Ilsebill kannte Jan auch.

Ach Butt! Wohin bist du entkommen? Es ist so still, und nichts ist entschieden. Was soll aus uns werden? Weil wir erschöpft sind, schläft unser Streit und redet im Schlaf nur. Kleinworte haken nach. Zankäpfel rollen über den Tisch. Du hast. Du bist. Ich will. Ich werde. Unser Kind wird. Deine Tochter hat schon. Was mir zusteht. Was mir abgeht. Meine Bedürfnisse. Deine Interessen. Die Zweitwohnung. Die Zusatzversicherung. Reiseprospekte. Wünsch dir was. Wünsch dir das. Bitte, von mir aus. Von mir aus schon lange. Das kostet aber. Das kostet nur noch. Hau doch ab. Hau endlich ab.

Ach Butt! Dein Märchen geht böse aus.

Drei Monate nach der Geburt unserer Tochter, als sie schon lächelte – »Guck mal, sie lächelt!« – und die Wicken am Zaun immer noch blühten und die Schwalben hoch flogen und der Sommer dauerte und Ilsebills Bauch wieder heil war und alles bezahlt (und vom Butt keine Rede mehr), sagte ich zu meiner Ilsebill, die schlank und voll neuer Unruhe war: »Schweinekohl! Das verstehst du nicht. Einfach Schweinekohl. In den Bauch voller Schweinekohl. Ich muß da hin. Ich muß da wieder mal hin. Von da komm ich her. Da fing alles an. Da wurde ich abgenabelt. Da drehen wir einen Film. Nein. Ohne Rollen. Nur fürs Fernsehen dokumentarisch. Über den Wiederaufbau. Wie die das geschafft haben, die Polen. Alle Gassen und Kirchen. Den ganzen gotischen Krempel. Genauer, als es gewesen ist. Und was das gekostet hat. Was heißt hier Vergnügungsreise! Natürlich will ich die sehen, bestimmt. Schließlich sind wir verwandt...«

Und als ich das (und noch mehr) zu Ilsebill, die ganz woanders (Kleine Antillen) hinwollte, gesagt hatte, flog ich mit einer Interflugmaschine von Ostberlin über die Kaschubei nach Gdańsk, wo das Team vom Fernsehen, Drittes Programm, schon Drehorte besichtigte, Zwischenschnitte speicherte, den Stadtkonservator aufgesucht hatte, kleinen Ärger mit dem Zoll (über Filmmaterial) pflegte und mich mit einem alten Pharus-Plan der Freien und Hansestadt Danzig erwartete.

Die Rechtstadt heißt jetzt Glowne Miasto, der Lange Markt Długi Targ, die Brotbänkengasse Chlebnicka und ihre Verlängerung, die Jopengasse, Piwna. Wir drehten in der Häkergasse (Straganiarska) und in der Ruine von Sankt Johannis. Wir drehten von der Speicherinsel (Spichlerze) die wiederaufgebaute Front schmalbrüstiger Häuser und backsteinroter Tore entlang der Mottlau (Motława). Wir drehten die Langgasse (Długa) rauf runter, je nach Sonnenstand. Im rechtstädtischen Rathaus drehten wir Anton Möllers Bild »Der Zinsgroschen«. Herr Chomicz, der Konservator, sprach seine die Kosten aussparenden Erklärungen. Plötzlich blieb uns der Strom weg. Während wir auf den Hauselektriker warteten, besuchte Prinz Philip von England halboffiziell das Rathaus. Und andere Zufälle. Und immer Sonnenschein. Drehwetter. Touristen. Und manchmal, wenn wir Pause machten, setzte ich mich auf den Beischlag vor dem gotischen Giebelhaus des Schriftstellerverbandes in der schattigen Frauengasse, die jetzt Mariacka heißt, weil ich dort oft mit Jan, über dies und das redend, gesessen hatte; endlich kam Maria Kuczorra vorbei: mit ihrer Einkaufstasche aus Wachstuch.

Natürlich ist sie schöner geworden. Aber sie lacht nicht mehr. Und auch die Korkenzieherlocken hat sie sich, gleich nach der Geburt ihrer Töchter, abgeschnitten. Noch immer ist sie in der Werftkantine der Leninwerft tüchtig. Sie spart auf ein Auto. Jans alten Skoda hat sie verkauft.

Kurzgelockt, in Jeans und Pullover kam Maria vorbei, als ich auf dem Beischlag in der Frauengasse saß, meinen dritten grützigen Kaffee trank und (inwendig reich an Figuren) auf Agnes Kurbiella wartete oder mich vor Dorothea Swarze fürchtete, die um diese Zeit (Vesper) oft in Sankt Marien ihre Gesichte gehabt hat.

Ich rief sie an: »Marysia!« – wie Jan sie angerufen hätte. Sie wollte keinen Kaffee mit mir trinken, sondern gehen, woanders hingehen. Ich zahlte und räumte meine Papiere zusammen: Notizen zu Opitz. Was Hegge aus Wittenberg mitbrachte. Auszüge aus dem Klugschen Gesangbuch: »Ach Gott von himmel sih darein ...« Auszüge aus der Zunftordnung der Schonenfahrer. Die Namen Napoleonischer Generale zur Zeit der Belagerung der Republik Danzig durch die Russen und Preußen ...

Zwischen Beischlägen gingen wir auf das Frauentor zu zur Mottlau. Die Frauengasse ist eine Gasse, durch die man lebenslang geht. Gerne hätte ich für Maria in einem der vielen Beischlagläden eine Bernsteinkette gekauft. Schmuck trage sie keinen mehr, sagte Maria. Auf einem alten Fährprahm, der an der Langen Brücke (Długie Pobrzeże) festgemacht lag und als Fischbratküche an Stehtischen billigen Schnellimbiß bot, aßen wir von Papptellern gebratenen Dorsch. Ich wollte über Jans Töchter mehr wissen als nur die Namen. Die Mädchen seien bei Jans Mutter. Maria hatte Fotos bei sich. Als sie wissen wollte, wie meine Tochter heiße, log ich und sagte Agnes. Fotos hatte ich keine bei mir. Maria holte Papierservietten. Zum gebratenen Dorsch hatte es einen Klacks Tomatenketchup gegeben. Die Mottlau roch stärker als die Fischbratküche. Über Jan kein Wort. Nur als wir gingen und uns für den nächsten Tag verabredet hatten, sagte Maria plötzlich: »Der kam aus Warschau. Der heißt Kociolek. Der hat Befehl gegeben. Da haben sie geschossen. Der ist nun weg. In Belgien. Der macht die Botschaft da.«

Am Ende wurde alles bestätigt. Die Märchen hören nur zeitweilig auf oder beginnen nach Schluß aufs neue. Das ist die Wahrheit, jedesmal anders erzählt.

Am nächsten Tag drehten wir Sankt Birgitten, die Radaune, ein trübes Gewässer, die Große Mühle und die aufgebockten Turmhelme für Sankt Katharinen; demnächst sollten sie montiert werden. Ich sagte vierzig Sekunden lang Sätze für den Filmschluß.

Am späten Nachmittag holte ich Maria vom Werfttor ab. In ihrer Wachstuchtasche trug sie einen Henkelmann voll Schweinekohl. Der sei noch warm, sagte sie. Löffel hatte sie auch dabei. Die klapperten. Dem Platz vor dem Werfttor war nichts anzusehen. Im Vorbeigehen deutete Maria auf eine wie beliebige Stelle der Asphaltdecke: »Da lag er, da.«

Wir nahmen die Straßenbahn nach Heubude, einem Fischerdorf, das heute Stogi heißt und als Seebad mit Badeanstalt noch immer beliebt ist. Wir fuhren den Vorstädtischen Graben hoch, über die Alte Mottlau, die Speicherinsel, die Neue Mottlau, durch die Niederstadt, bogen hinterm Werdertor links ab, überbrückten die Tote Weichsel und sprachen bis Heubude kein Wort.

Natürlich stimmt der Satz nicht: Heubude war Endstation. Wir gingen auf Sandwegen durch den Strandwald. Das sind die ersten Septembertage, wenn das Licht zweideutig wird. Wir gingen nebeneinander, dann hintereinander, ich hinter Maria. Seitdem ihr Rücken: abweisend, rund.

Hinterm Strandwald zog Maria die Schuhe aus. Ich meine auch und die Strümpfe. Das war mir bekannt: Barfuß durch

Strandhafer über Dünen gehen. Wir hörten die See schwach anschlagen. Gegen Westen sah man die Zweckbauten des neuen Ölhafens. Auf dem letzten Dünenkamm, der flach zum Strand abfiel, blieb Maria stehen. Der Strand war leer bis auf wenige Figuren, die sich weitab verliefen. Maria ließ sich in eine Mulde fallen und zog die Jeans und den Schlüpfer aus. Ich ließ die Hosen fallen. Sie half mir, bis mein Glied stand. Ich weiß nicht, wie lange ich gebraucht habe und ob sie fertig wurde. Küssen wollte sie nicht, nur schnell das. Gleich nachdem es bei mir gekommen war, kippte sie mich raus und zog sich den Schlüpfer, die Jeans an. Die Figuren weitab auf dem Strand hatten sich inzwischen noch weiter verlaufen.

Danach aßen wir mit Blechlöffeln den lauwarmen Schweinekohl aus dem Henkelmann. Maria redete jetzt Kleinigkeiten über die Töchter und über das angezahlte Auto, einen Fiat. Der Schweinekohl erinnerte mich. Als der Henkelmann leer war, sprang Maria auf und lief über den Strand bis an die See. Ich blieb, sah sie laufen: wieder ihr Rücken.

Die See lag glatt und leckte den Strand. Bis zu den Knien in ihren Jeans ging Maria in die See. Sie stand eine Weile, dann rief sie laut dreimal ein kaschubisches Wort und hielt die Arme wie eine Schüssel. Da sprang ihr der Butt, der platte, uralte, dunkle, gerunzelte Butt, dessen Haut gesteint ist, nein, nicht mehr mein Butt, ihr Butt, wie neu aus der See in die Arme.

Ich hörte sie sprechen. Beide hörte ich sprechen. Sie sprachen lange, sie fragend mit hellen Spitzen, er väterlich zuredend. Maria lachte. Ich verstand nichts. Immer wieder der Butt. Ahnte ich doch seine Punktumsätze. Die sonst nie lachte, lachte knietief in der See. Wie leer der Strand war. Wie weit ich weg saß. Schön, daß sie wieder lachen konnte. Über was, über wen? Ich saß neben dem leeren Henkelmann. Aus der Geschichte gefallen. Der Schweinekohl schmeckte nach.

Es dämmerte schon, als sich Maria mit dem Butt ausgesprochen hatte. Und als sie ihn an die See zurückgab, rillte der Abendwind das Baltische Meer. Sie stand eine Weile und zeigte mir ihren Rücken. Dann kam sie langsam ihren Spuren entgegen. Doch nicht Maria kam zurück. Es wird Dorothea sein, sorgte ich mich. Als sie mir Schritt nach Schritt größer wurde, hoffte ich schon auf Agnes. Das war nicht Sophies Gang. Kommt Billy, die arme Sibylle zurück?

Ilsebill kam. Sie übersah, überging mich. Schon war sie an mir vorbei. Ich lief ihr nach.

Inhalt

IM ERSTEN MONAT

IM ZWEITEN MONAT

IM FÜNFTEN MONAT

IM SECHSTEN MONAT

IM SIEBTEN MONAT

IM ACHTEN MONAT

IM NEUNTEN MONAT

Für die neue Werkausgabe wurden alle Texte mit den Erstausgaben verglichen und in Abstimmung mit dem Autor kritisch durchgesehen. Unter den Essays und Reden, die erstmals in diesem Umfang vorliegen, findet sich eine ganze Reihe von Texten, die bisher gar nicht oder nur an entlegener Stelle gedruckt waren. Ein Personenregister erschließt die nichtfiktionalen Texte.

Die Werkausgabe wird ergänzt durch sieben Kommentar- und Materialienbände. Der Stellenkommentar bietet Erläuterungen zu Personen, Ereignissen und kulturhistorischen Details und verfolgt die vielfältigen Motivverknüpfungen in Grass' schriftstellerischem und bildkünstlerischem Werk. Die Materialien umfassen ausgewählte Quellen, Zeugnisse zur Entstehungsgeschichte und motivverwandte Texte von Grass. Mit Entwürfen und Auszügen aus verschiedenen Fassungen geben sie exemplarisch Einblick in den Arbeitsprozeß des Autors. Bilddokumente mit Grafiken, Arbeitsplänen, Karten und Fotos runden die Materialien ab.

Günter Grass: Werkausgabe

1: Gedichte und Kurzprosa. 2: Theaterspiele. 3: Die Blechtrommel. 4: Katz und Maus. 5: Hundejahre. 6: örtlich betäubt. 7: Aus dem Tagebuch einer Schnecke. 8: Der Butt. 9: Das Treffen in Telgte. 10: Kopfgeburten oder Die Deutschen sterben aus. 11: Die Rättin. 12: Unkenrufe. 13: Ein weites Feld. 14: Essays und Reden I, 1955–1969. 15: Essays und Reden II, 1970–1979. 16: Essays und Reden III, 1980–1997.

Kommentar- und Materialienbände

1: Gedichte und Kurzprosa, Theaterspiele. 2: Die Blechtrommel, Katz und Maus, Hundejahre. 3: örtlich betäubt, Aus dem Tagebuch einer Schnecke. 4: Der Butt, Das Treffen in Telgte. 5: Kopfgeburten, Die Rättin. 6: Unkenrufe, Ein weites Feld. 7: Essays und Reden.